U0754246

刑 警 师 徒

（第二部）

任剑波　著

群 众 出 版 社

·北 京·

图书在版编目（CIP）数据

刑警师徒. 第二部/任剑波著. —北京：群众出版社，2019.9

ISBN 978-7-5014-6006-9

Ⅰ.①刑… Ⅱ.①任… Ⅲ.①长篇小说—中国—当代 Ⅳ.①I247.5

中国版本图书馆 CIP 数据核字（2019）第 201213 号

刑警师徒（第二部）

任剑波 著

出版发行：群众出版社

地　　址：北京市西城区木樨地南里

邮政编码：100038

经　　销：新华书店

印　　刷：北京市泰锐印刷有限责任公司

版　　次：2019 年 9 月第 1 版

印　　次：2019 年 9 月第 1 次

印　　张：17

开　　本：880 毫米×1230 毫米　1/32

字　　数：368 千字

书　　号：ISBN 978-7-5014-6006-9

定　　价：50.00 元

网　　址：www.qzcbs.com

电子邮箱：qzcbs@163.com

营销中心电话：010-83903254

读者服务部电话（门市）：010-83903257

警官读者俱乐部电话（网购、邮购）：010-83903253

公安业务分社电话：010-83905672

——谨以此书献给牺牲、致残、退休和还在刑侦一线的同行们

　　看上去，他们都是一些十分普通的人，走在大街上和老百姓没有什么两样。既有正常人的七情六欲，也有工作家庭带来的悲喜忧伤。真正能够记住他们的，是那些身家遭难、劫后余生的人；真正能够理解他们的，是相依相伴的亲人和出生入死的队友。这，就是刑事警察。剑拔弩张之际，他们克服来自死亡的恐惧，大案如山面前，他们战胜魔鬼的迷障，始终把人民群众的利益看得重于一切。对于他们来说，为自己热爱的职业奔波劳累，就是最大的幸福；即使为自己崇尚的事业献身，也是最好的归宿。百折不挠地侦查破案，就为追求万家灯火的平安。人民公安为人民的精神，激励着他们在打击犯罪、保护人民的斗争中留下了一个又一个可歌可泣的故事，造就了一批又一批英雄模范人物。他们的故事已经或正在成为历史，岁月，记载着他们的使命和荣誉。

　　他们是犯罪分子的克星，他们是人民群众的卫士！

前　言

距离《刑警师徒》（第一部）出版不到两年，《刑警师徒》（第二部）即将付梓。手抚书稿，心中感慨良多，有喜悦，有兴奋，但更多的是得偿所愿后的慰藉。

实事求是地讲，《刑警师徒》（第一部）得到的关注度和认可度超出了我的预期。该书出版后，所印书籍很快销售一空，《中国警察网》连载刊发，网上的有声小说也广受追捧，北京一家影视公司将其改编为电视连续剧并将于近期开机拍摄。我深知，其中一部分是过去的老同事、老战友以及公安机关的同行们碍于情面给予的友情支持，还有一部分是来自于社会各界的人们出于对公安工作的关心和对英雄主义敬仰予以的关注。但不论源于何故，能够达到宣传公安工作、弘扬刑警精神的目的就足够了，因为这正是我写《刑警师徒》的初衷。

另外，《刑警师徒》（第一部）还意外地引起了不法分子的关注，先后有43家书商盗版印刷在网上售卖。对此，许多朋友鼓动我运用法律手段维护版权，但我真的是没有精力去应对，只能劝慰自己被盗版说明这本书有价值、有市场，权当是帮我做推广了。但还是要提醒广大读者擦亮眼睛，仔细辨别，不要购买盗版图书。

《刑警师徒》（第一部）出版后，我放松下来休息了一段时间，毕竟写作是个苦差事。其间，许多老同事、老战友和读者朋友纷纷询问我的写作安排，追问第二部何时面世。让我记忆深刻的是一位老部下的话，他说刑侦题材的文学作品看多了，但是刑警写刑警的，《刑警师徒》是第一部，他在书中看到了自己和同事的影子。作为一名老刑警、老侦查员，我的责任感和使命感再一次被激发：觉得有责任有义务以我的方式让更多的人了解、支持刑侦工作，让更多的人知道公安民警特别是刑侦民警和平时期的坚守与付出，他们是新时期最可爱的人！

　　相对于《刑警师徒》（第一部），第二部的写作过程轻松了一些，构思情节不再陌生，结构安排也比较熟悉，表述方式延续了第一部的风格。在将近一年的时间里，我的脑子基本上都被七叔和公孙坚决占据着，他们是鲜活的，有血有肉的，不断地与一个又一个故事情节相叠加、重合，最后以文字的形式跃然纸上。多少个不眠之夜背后的辛劳和苦楚，只有亲身经历才知道个中滋味，但是我觉得一切付出都是值得的。

　　侦查破案与捉笔写作是完全不搭界的两件事，前者要求还原客观真实，后者要求高于现实生活，如今在我这里算是勉强地有机统一了。正像部局一位同志所说，刑侦专家和公安作家集于一身的还不多见。由于水平有限，书中难免有一些缺点和不足，还望朋友们多指点、多包涵，也希望大家在关注《刑警师徒》的同时，关心刑侦工作，关爱刑侦民警，更希望刑侦战线的同志们传承红色基因，发扬刑警精神，当好人民利益的守护者、公平正义的维护者。

最后，借此机会，我要向一直以来关心、支持我的各位同行、战友们以及广大拥趸、读者们说一声谢谢，你们是我最最宝贵的财富，是我笔耕不辍的力量源泉，感谢你们！

　　　　　　　　　　　　　　　　　　　任剑波
　　　　　　　　　　　　　　　2019 年 7 月 6 日于长春

《刑警师徒》之徒弟公孙坚决

（八十五）枪口余生

"洞洞幺（001）、洞洞幺（001），两洞洞（200）呼叫，请回答！两洞洞（200）呼叫，请回答！两洞洞（200）呼叫洞洞幺（001）……"在乡间土路颠簸的北京吉普车上，150兆警用车载电台里时而清晰时而模糊地传出通信科长伏德贵的声音。

这是三年后，1993 年 5 月下旬一个星期天的上午。001 是我——平原县公安局局长公孙坚决内部警用电台编码代号，200 是平原县公安局的基地电台，设在县局通信科。我正在坚持三年来养成的利用休息日巡查农村派出所的习惯，由第一站沿江乡派出所出来，赶赴振兴乡派出所的途中。

"我是 001，请讲。"我选一处地势较高语音清晰的地方停下车回复。

"报告 001，三分钟前，年初局政治处下派到振兴乡派出所干事徐晖报告，刚接到该乡开荒地村治保主任电话，他们村发生一起村民抢夺林业执法民警枪支案，已知民警一死一伤，

1

他即刻前去处理，请求县局紧急增援。情况我已经报告了值班的吴副局长。完毕！"

我还没来得及回话，电台再次响起来，"洞洞拐（007）呼叫洞洞幺（001），洞洞拐（007）呼叫洞洞幺（001）"，007是今天值班主管刑侦副局长吴国强的代号。

"我是洞洞幺（001），请讲。"我急忙摁下回话键。

"007报告，我准备启动处理严暴案件一号预案，命令距离振兴乡最近的四个派出所在家警力征用和借用各种交通工具火速前往增援，有枪的带枪，没枪的带应手器具，听从今天值班在岗、距离案发地5公里的三里界乡派出所所长霍正燃同志的统一指挥，掩护群众，不怕牺牲，务必把犯罪分子堵截在开荒地村。我立即集合在局里的所有年轻民警，带上武器和半个基数的弹药前去增援。让冯副局长来局值班，报告完毕！"吴国强兴奋、激动地报告了他的意见。

"001原则同意。"我略作思考，再次摁下发送键。"001补充如下：一是马上电话通知武警中队张必成队长，让他们想办法通知今早去武装部靶场打靶的兵力全员全装以最快速度赶往案发地开荒地村，包围并封锁该自然村，围而不动，听候命令，做好清查和攻击准备，并且在运动中向武警支队报告。二是处理此涉枪案件的指挥顺序是001和007，007为前线指挥。本频道除200和001、007、武01就此案保持通联外，其他电台一律保持静默，让出通信频道，保障指挥畅通。顶替007的005（冯副局长）到200基地台值班，负责协调保障、请示汇报等事宜。三是我正在由沿江乡赶往振兴乡开荒地村途中，现在位置距案发地大约10公里。四是005立即将发案情况和处理预案向县委、县政府和地区公安处报告。五是我电台信号不好或有紧急情况来不及请示时，听前指007指挥。007缺位听霍正燃所长指挥。争取武警到位前完成封锁开荒地案发中心现场并疏散周边群众任务，到位民警要不怕牺牲，前赴后继。完毕!"我一口气讲完指令性意见。

"007明白! 200明白!"

吉普车重新启动行驶不到1000米，刚刚静默不到2分钟的电台再次响起，"武01呼叫001，指令已接收，部队登车完毕，正由靶场向目标地机动。"刚才基于对突发案件和队伍情况熟悉及根据以往经验本能做出的决策终于在武警中队长张必成的报告中得到了认证和回应，我焦虑的情绪有所缓解，长长地吐出一口气。

武警平原县中队也是武警松江省总队下属一百多个基层连队中的佼佼者，他们军政素质好，多次在全总队比武中拔得头筹。现有一台解放运兵车在身边，机动性强。又适逢今天打靶，人员车辆、枪支弹药配备整齐，整体战斗力和单兵素质出众。能减少县局启动预案后的下达指令→找枪械员→开枪库→领枪→挑选适当的人配发适应的枪等一系列平时说起容易、写起简单、操作麻烦的程序，应该是能最早到达现场的有生力量。

在猛烈颠簸的吉普车副驾驶座位上，我两手紧紧抓住面前的拉手，一遍遍催促司机"快点，再快点!"看一眼左侧的速度表，已经90迈的高速，不能再快了。东北农村的乡间土路每年仅在秋收后上冻前修补一次，在这样的土路上把车开到这样的速度已经是极致了，尽管在今天看来只是中速而已。我强

3

制理性地安慰着自己，开始检查随身携带的武器弹药。从当上副局长开始，我就跟七叔一样，习惯带两支手枪，只不过七叔带的是两支"五四式"手枪，我带的是一支"五四式"和一支最新配发给局领导的"六四式"手枪，而且都带有除枪本身弹夹外的两个备用弹夹，均压满 7 发子弹，每支枪 3 个弹夹 21 发子弹加枪套上的 5 发是 26 发，两支枪就是 52 发子弹，足以应对一次有规模的战斗，何况对方只是抢夺一支"五四式"手枪，按照当地公安机关民警携行枪弹的习惯，一般不会超过 15 发，加之枪已打响，两名民警一死一伤，至少消耗二三发。凭借我的体能素质和射击技能，发生枪战只要不是在背后突然袭击，胜算是有把握的。想到这里，心情平静下来，不免对即将发生的战斗有些期待甚至渴望。

在开荒地与振兴乡政府必经之地的村西头一排杨树林前，狂奔的吉普车和骑自行车飞奔而来的派出所民警徐晖差点相撞，"上车！"徐晖刚认出我就被拉进车内。

车子刚挂上挡还没起步，就被一台疾驰而来的红色两轮摩托车挡住了去路。骑车人长得虎背熊腰，"他是本村治保主任邢二虎，擅长蒙古式摔跤，在全县那达慕大会上连续两年夺得金牌，人又仗义，在本地有点影响力。"徐晖说完就下了车。

邢二虎介绍，中心现场位于村东头的李满仓家老房子里，今天李满仓家盖新房上梁（有的地方也叫上箔。东北干打垒土平房一项重要工程节点，将梁坨和檩子、椽子在垒起的土框上组装成房顶骨架，剩下就是将苇帘或高粱秸帘和柴草铺就踩上土、抹上碱土泥巴就行了），很多村民前去帮忙，刚上完房顶箔，已经踩上土，林业公安的两名民警就到了，说有人举报李家的橡子里有最近村北树林带丢的大树枝干，要现场检验确认，李家的亲属认为是故意找茬，就吵起来并打到一起，林业警察有一人拔出枪来被大伙抢了过来，又被李家一个叫二宝的远房亲戚抢过去并冲着两名民警连开 3 枪，一人胸部中弹，一人头部中弹，血流一地，两人不死也够呛。

"枪目前在谁手上，开枪人在哪里？"我着急问一句。

"不在二宝手里也在大宝手上，他们俩一打仗就一起上，现在还在李满仓家老房子院里。"邢二虎回答。

"李家院子屋里还有多少人？"我追问。

"连屋里带院子里至少有 20 人"，邢二虎回答肯定。他骑的摩托车突突突地始终没熄火。

"徐晖，你不要进现场，马上组织李家周边群众撤离，但是时间要在我进院子后。"我边说边解下腰间的武装带并抽出左腋下的"六四式"手枪递给我的司机张生福："把我送到现场后你立即去村头接武警！"张生福张大的嘴巴还没合上，我一把将徐晖推下车，啪的一声关上车门。"前面带路！"我冲着同样在摩托车上发愣的邢二虎大吼一声。

随着一阵尖锐的刹车声，两台发疯似奔来的摩托车和吉普车停在李满仓家老屋的院门旁，车轮卷起的乡间尘土弥漫大半个院子。人们还没反应过来，一台草绿色吉普车怒吼着掠过人群，绝尘而去。

我下车后没有马上采取行动，而是站在尘土渐渐散去的院门口没动。其实在村西头和邢二虎沟通过程中，我就否掉了原来接警时的突袭强攻，及时抓获犯罪分子、缴回枪支的预案。因为犯罪现场有大量群众，被抢枪支还在犯罪分子手中，犯罪分子又在群众当中。相当一部分群众又刚刚喝了酒，情绪容易激动，一旦动枪必定造成新的伤亡，此外，两名民警状况不明，急需确认和抢救。在这种情况下，缓和紧张气氛，降低现场行动力度和强度，延迟或避免枪战发生乃为上策。甚至只要不带走枪，犯罪分子逃跑也没关系，反正你跑了初一跑不了十五，走到哪里都是中国地盘。于是我将两支手枪、几十发子弹交给司机带走，不给现场人员尤其是犯罪分子带来视觉上的强烈冲击，避免引发冲突。还有一种考虑是，一旦发生枪战，我被打中牺牲，两支枪几十发子弹落入犯罪分子手中，那对方就持有三支枪，再裹挟群众做盾牌，会给后续到达的武警民警造成重大伤亡。当然，这句话是不能说也没时间说的。

我身着半袖衬衣，下摆扎在裤腰里，制式的咖啡色警用内腰带和瘦瘦的腰间一览无余，没有任何武器和金属器械。现场鸦雀无声，几十双眼睛默默地注视着我。当我在心里默默数了十个数后，开始用平静的眼神观察院内外的情况。这是平原县农村平常的农家院落，由于新房就建在老房的西侧，又正在施工中，一些建筑材料、建筑垃圾被丢得满院都是。中心现场的三间土平房，中间开门的是厨房和过道，西屋和东屋为两个居室，中间和西屋站着不少人。

"走！进屋看看。"我对身后的邢二虎说。

"走吧！"邢二虎声音不大，但还是跟了进来，手里多了一把不知在哪里找到的木匠斧子。

屋里中间过道靠西屋灶台前半躺着一个人，上身着一黑色夹克，下穿橄榄色警裤。头部靠在灶台前部分，子弹从后脑勺进，颜面部出，白色脑浆与鲜红色的血还在流，人已经不行

6

了。西屋的炕头斜躺着一个着装民警，胸前中弹，我将手放在他的鼻子下，还有呼吸。

"看来我的评估是对的，避免冲突，救人要紧，但是枪不能让他们带走，否则得不偿失。"我直起腰，两只小臂交叉抱在胸前，这样做一是让大家看清楚我的两只手是空的，还有这是七叔教我苏式贴身格斗双拳左右开弓的预备动作。

对面七八个喝了酒的精壮汉子，手里都拿着镰刀、斧头等农村常用工具，还有一个居然操着一把夏天草原打青草的钐刀，血红的眼睛注视着我的一举一动。

"我是县公安局局长公孙坚决！"

我的话一出口，有几个人身子好像震了一下，因为这几年，尤其是"八三"严打斗争后，我在全县干部群众中具有一定名声。后排拿钐刀的手放了下去，前排拿斧头的那只手背在自己身后。

"我不知道你们因为什么打架，如果是民警的问题，回去我们一定严肃处理。但枪是国家发给公安机关执法用的，你们谁捡到了马上拿出来。另外，邢主任马上组织几个人，把伤员送县医院！"我想先拖住这伙人，把伤员运走。

"还有救吗？还是快找枪吧！谁拿枪抓紧拿出来，别他妈的给脸不要脸！"邢二虎此时"狐假虎威"，直奔主题。

真是不怕有狼一样的对手，就怕有猪一样的队友！一下子把方向带偏了，气氛顿时紧张起来。此时，我只有顺势而为了："武警部队已经把村子包围了，现在拿出枪，积极抢救伤员，咱们还是按照你们因故打架致伤的人民内部矛盾来处理，否则……"

一支黑洞洞的枪口在我对面第二排的黑脸男子手中慢慢抬起，"完了!"这两个字在脑袋里一闪而过。说时迟，那时快，虚放在左大臂上的右小臂瞬间挥出，由掌变拳砸在我对面拿斧子人的脸上，他哼的一声向后倒去。本想按照在校时军事教官示范的空手夺枪要领，左掌推开枪口或抓住握枪之手，右脚上前一步，用右手拇指卡在手枪张开的机头上，使之不能击发。但是，枪口瞬间顶在我的左胸口并咔哒一声扣动了扳机，双方一愣，我首先反应过来，立马双手扣住对方持枪的右手向外翻转，别腕往怀里一带，同时抬起左膝盖结结实实地顶在他的脸上，他像口袋一样哼都没哼就倒下了，枪转眼到了我的手中。我身子一侧，后背靠在屋墙上，同时左手迅速拉动套筒，哑弹跳出，一粒黄澄澄的子弹顶上枪膛。

　　"都蹲下! 双手抱头，谁动我毙了谁!"我威严断喝，目露杀机。本想开枪震慑，但不知道这颗子弹还是不是哑弹？这颗子弹下边还有没有子弹？

　　"都趴下，谁不趴下我劈了谁!"我的队友邢二虎加深一步，重复我的命令。

　　片刻，哒哒，哒哒哒，班用机枪的长点射由远及近，子弹打在院子门前全村最高大杨树顶端枝丫上，树叶唰唰落了一地，站在院子里被刚才屋内惊心动魄搏斗局面反转中还没完全缓过神来的人们，立马乖乖地趴在地上。

　　"局长! 局长!"徐晖和张队长喊着冲进屋内，我目不斜视，枪口略高，监视着蹲在地上的人，似一尊塑像。张队长上前抬起枪口，掰开我因持续紧张而僵硬的手指，拿下了这把要我命又救我命的手枪。

（八十六）意外泄密

天气闷热得喘不过气来，耳边似乎有呼呼的热风掠过。对面平房窗台上出现一支黑洞洞的步枪枪口，枪口的准星似乎隐约可见。我也持一支"五六式"半自动步枪与之对峙，握枪的右手和搭在扳机上的食指都是油腻湿滑的汗水。据说对面这个枪手曾是某著名野战军的特种兵，今天遇到我算是棋逢对手或者说旗鼓相当了。嗯！怎么下雨了，雨点还有些热？

啪！左脸有些疼，我一激灵，睁眼看时，眼前不是枪口射来致命的子弹，而是苏丽梅泪眼圆睁，拍打在我脸上的右手呈刚刚抬起状，原来是噩梦中被苏医生，不，现在应该叫外科苏主任猛击一掌。"你干……"我刚要发火，话没说完就被爆发式'哇'的一声哭喊打断："就打，就打，打残废你我也不想当寡妇！"不规则的缺乏力度的拳头雨点般击打在我迷迷瞪瞪仰卧睡眠状态下前胸两肩处。

在短时间噩梦惊魂、蒙圈愤怒状态还没恢复时，苏丽梅突然抱住我的脑袋趴在我身上号啕大哭，尽情倾泻长时间积淀的一腔哀怨。我在耳边哭喊和口鼻被堵头部缺氧几乎窒息的情况下，坚持两秒用力缓过一口气后，终于想明白曾严格提过要求，并采取掩护措施的开荒地村战斗经过泄露了。这是三天后在家午睡时分。当耳边号啕大哭变成呜咽有声时，前天开荒地枪击民警现场后续的处理情况又出现在我眼前。

"统统都给我抓起来，一个也不能放过！"这是张必成中队长刚从我手中将手枪拿下后，院子里就传来了吴国强副局长

9

严厉的命令声。

在武警中队二十几支长枪和吴国强所带十几支长短武器的枪口下，刚才不可一世气壮如牛的那伙人，乖乖地束手就擒，连一句反驳的话都没有，让战前动员激情高涨的武警战士找不到任何发泄实力的借口，实在大煞风景。

已经在县里资格渐长名声渐大的吴国强，带着两台救护车和全套的医护人员很快将伤亡民警运走，刑事技术人员开始提取相关物证，侦查人员开始分别谈话取证，侦查活动依法按照程序启动了。

我也将现场交给吴国强指挥，和武警中队一起撤回县里。因为我跟吴国强有特别交代，屋里夺枪搏斗的事儿谁也不准讲，可还是不知道哪里漏了风，导致今天这个一向眼大胆小、温良谦和的小绵羊苏主任变成河东吼狮。但是，随着苏丽梅"叨叨念"的声泪控诉，我也不觉眼眶发热、鼻子发酸。

自从当上县公安局长后，组织只给配了一个副政委抓思想政治工作和队伍纪律作风建设，党委书记、局长、政委由我一肩挑，成了名副其实的警政主官。常规的公安工作对我来说已经十分熟悉，但是随着改革开放的不断深入，各种影响社会治安的新情况新问题不断涌现，公安机关传统打防管控手段屡受挑战与质疑，倒逼公安工作改革方式和方法。我又有着不甘落后甚至愿意接受挑战的个性，因此以局为家，以家为店倒置的工作家庭关系成为常态。孩子在幼儿园，苏丽梅和七婶两人照顾得很好，她着急有事我抽空把孩子接下往七婶家一放，返回局里接着干也没觉得有什么问题。但是七婶有时要跟七叔去地区住一段时间，家里有时就乱了套，弄巧赶上我有案子或出差，苏丽梅有手术，县医院外科医生护士就多了一样照顾主任孩子的活儿。

一个小县城人口不到十万，有的世代居住于此，时间一长大家都熟悉。公安机关管理社会的职能又覆盖人生从摇篮到坟墓的全过程，打击犯罪的司法职能人人皆知。因此，有人找苏医生为自家直系亲属办"农转非"，为朋友丈夫或孩子提前解除行政拘留等等烦心事几乎每隔三五天就有，搞得苏丽梅不能跟我说有时又不得不说，但是每次都碰一鼻子灰，委屈不满的情绪逐渐滋长堆积。最不能接受的就是我拼命三郎、不管不顾冲锋在前的"癫狂"（兴奋）作风，这不，前天开荒地村一战不幸中的万幸（手枪哑弹），她才没成为寡妇。最不能容忍的，她是她们科最后一个知道的，而且就是眼前这个没事人一样躺在家里呼呼大睡男人交代的保密要求。

"我还是你媳妇吗？这还是你家吗？你在外面还做了什么不能叫我知道的事，这日子怎么过啊，我的命好苦啊！"这种声泪控诉还没完，就有人敲门，我立马一个鲤鱼打挺跳下床，扔给苏丽梅一条毛巾擦眼睛，双手按照顺时针方向在捋顺比平头稍长一点的自然发型去开门，顺便回头对苏主任眨眨眼睛，意在积极配合，快速恢复常态。

"哎呀！姥爷、爸、妈、大哥。"门一开站在眼前的都是苏家人，我急忙打招呼。增援部队到了，这肯定是苏丽梅搞的鬼，看来被集中火力批一顿和做一次深刻检讨是躲不过去了，这个可恶的老娘们儿！我心里恨恨地说。

从进屋开始，岳母的眼光上下左右就没离开过我，看得我心里发毛，姥爷近前解开我刚刚扣好的衬衣扣子，撩起衣摆和背心，前胸后背看了两遍才放手。岳父和大舅哥眼圈有些发红，少顷，岳母终于留下两行热泪且一发而不可收，进屋时的紧张严肃气氛有所缓和。

苏丽梅本来见到娘家人想再次大放悲声，我突然急中生智对岳母说："妈，七叔说，'人的命，天注定'。这种情况出现一次，一生的灾难都免了，我福大命大造化大，刚才丽梅还和我商量要吃个'喜'（东北习俗，躲过大祸是喜事，吃顿庆祝饭）呢！正好大家都来了，我打电话告诉吴国强和吴嫂，给我们俩请假，下午不上班，庆祝一下！"

"对！对！要吃'喜'，要庆祝！"姥爷始终是我最坚定的支持者。

"走，丽梅，咱俩去买菜，顺便把伊戈尔接回来。"我怕这傻娘们儿在娘家人面前添油加醋，再度燃起战火，急忙做出最友好、最殷勤的邀请。

"你有钱吗？装相。"苏主任对我翻眼睛。她终于在最关键时刻和我站在一起，看来刚才引用七叔的说法起作用了。

"没有！钱不是早都依法上交了吗。"我实话实说，顺便在她家人面前提高她的家庭地位。

"那你骑自行车驮我，见着谁我也不下来，除非公公、婆婆回来！"苏丽梅半撒娇半报复地讲着条件。

"什么！"我一愣，七叔七婶都知道了，天哪！我立马有些蒙圈。

光天化日之下，正值上班时间，夫妻俩招摇过市去市场买菜，引来诸多好奇的目光。越怕见到熟人就真能见到熟人，我们胜利派出所的政治指导员和户籍员，正好从局里办事出来和我们相向而行，见我如此这般刚要打招呼，我目不斜视地带着苏主任一闪而过，那个警校刚毕业的小丫头差点惊掉下巴，指导员倒是诡异的一笑。

其间，又碰到她们医院溜号逛街的小姐妹，她就大声打招呼也不下车，还不时像谈恋爱那会儿把脸贴在我后腰上秀起恩爱来，搞得我像旧社会三轮车夫一样脸上带笑，任劳任怨。是啊！生活原来这样美好，为国已经捐过一次命了，是该为家献献情了，局长的脸难道不是丈夫的脸、父亲的脸吗?！笑话就笑话吧，谁让你欠人家母子一条命的人情呢！我边低头蹬车边想。

"脸还疼吗?"苏丽梅贴着我腰用刚能听到的声音温柔地问。

"不疼！开始我以为是对方枪口打过来的子弹呢。"我实话实说，这回轮到她不出声了。

锅碗瓢盆交响曲伴随着欢声笑语，一顿丰盛的晚餐基本就绪，门外一阵三轮摩托车响，刑警队二组组长于猛拎着大提包，引着七叔七婶进来了。

"我的孩子!"七婶目无他人，直接奔我而来紧紧把我抱住，泣不成声，真情实感令人动容。

"婆婆，婆婆，公孙他真的没事，你看咱们多高兴啊!"策划者苏主任又恢复了贤惠妻子、孝敬儿媳妇的角色。

"小公!"七叔叫我。

"到!"我响亮回答，并立即脚跟相碰，目视前方，全屋立马肃静了。

七叔就像当年在土平房向他报到那样从门口向我走来，细

13

长的眼睛紧紧盯着我的眼睛，眼神由平静、慈祥、可能是喜爱或是欣赏，慢慢严肃起来。我的心提了起来，苏丽梅已经紧张地抓住了七婶的一只胳膊。但是七叔在距我三步远的地方站住了，谁也没想到的是，七叔突然脚跟相碰，举起右手向我敬了一个十分标准的军礼。在全屋人还在蒙圈没有恢复常态之际，七叔走近两步，右拳砸在我的左胸上："好小子，不愧是我老巴的徒弟！上菜，喝酒。"转过身时，泪水已顺着受伤的脸颊滴落在桌子上……

这顿饭，吃得最香，这顿酒，喝得最爽，这宿觉，睡得最实，这半天一宿，我把自己还给家人，还给不是亲人胜似亲人的师父师母，就像凤凰涅槃浴火重生一样，尽情享受着人间美好和任何人不可或缺的亲情。

"小子，你明天到局里，让吴国强把被抢去向你们开火的那把'五四'枪和那发哑弹拿过来给我看看，哑弹提取了吧?"在第二天我去七叔家临走时他交代我。

"是，让技术员带着有关器材也跟过来。"我补充说。

……

"被抢去并向你们射击的那把枪，我从枪支编号上查出，应该是一支1953年我国在"五一式"手枪改造试制的第一批枪，虽然也是"五四式"，但是无论从性能和可靠性方面与咱们仿制的苏联 TT30/33 式 7.62 毫米托卡列夫手枪，还是后来设计定型了的国产 1954 年式 7.62 毫米手枪相比，都有很大的差距。加之，佩枪的这位民警对枪的保养很差，至少有个把月没有认真擦拭。更主要的是我和技术员详细检测了这发哑弹，发现这枚铜质外壳的手枪子弹口径居然是 7.63 毫米，不是

14

"五四式"手枪7.62毫米的原装标配。"七叔说。

"目前咱们局武器弹药还做不到保障充分，随枪发放的只有一个基数的子弹并且由治安科集中保管，民警携行的一般只有10发左右，一般民警为了练枪法打靶，也通过各种关系在内部搞点配发数以外的子弹来补充自己的非正常消耗。"吴国强插话说。

"能不能是德国造那种'毛瑟手枪'？就是我们八路军经常使用叫'驳壳枪'的子弹，我记得这种枪是7.63毫米口径。"我思维也活跃起来，接着插话说。

"就是驳壳枪子弹，你这次捡条命是因为这支首批试制的'五四式'部件未达标，性能差；持枪人对枪平时保养不到位，运行差；被击发的这颗子弹非原装，口径差。这三种因素碰到一起，枪才没响，人还在。这种概率应该是几万分之一。"当七叔回来的第三天晚上，在吴国强夫妇请七叔七婶在家吃饭时，七叔说出了经他反复试验检测，综合分析出来手枪哑火原因的结论。

（八十七）心中有爱

曾经有人讲，一个领导班子要是闹不团结，在堡垒里战斗，那就让班子集体参加三次以上葬礼，或者将班子解决矛盾的专项会议放在火化场告别厅的休息室开。其意思是只有在人生终点人们才能看清生命的真谛，也就是人活着只是一个过程，工作只不过是过程中的一个阶段。在有限过程和宝贵的工作时间里没必要为你对我错斗得死去活来，况且，都是一个信仰，一个目标，没有什么大的原则问题。可是，这招也不一定管用，至于有没有人如此实践可能也没人考察过。我想绝大多数人还是向往未来，不忘过去，活在当下。这不，在苏丽梅哭闹以后似乎要痛改前非的我，一走进公安局大门就满血复活一样精神抖擞，投入工作，老婆的警告、自己的承诺通通被丢在脑后。

开荒地村袭警事件在全省引起很大震动，毕竟执法林业民警一死一伤，县里组织一个专班处理这起事件。烈士抚恤、伤员救治由其他职能部门负责，但是侦查办案还是公安、检察机关按照各自职能向前推进。随着案件调查的不断深入，我和吴国强坚持实事求是地把当天带回来的绝大多数在场人，按照证人和参与人等不同情况拿出处理意见，并经局长办公会达成共识后放掉或改变非羁押的其他强制措施，受到包括非主犯以外犯罪嫌疑人家属在内广大干部群众的好评。

县委县政府书面向省地两级公安机关推介我在解决这次事件中的良好表现，在经过省公安厅地区公安处政治部门一系列严格缜密的考核后，我被荣记个人二等功，徐晖、吴国强等人也都受到三等功以下的表彰奖励，武警中队的表彰奖励按照部队的规定程序进行。

当年刘副书记刘县长此时已经是县委书记了，他听说地区公安处政治部主任来县局准备在全体民警大会上代省公安厅宣布立功命令，也暂停会议赶来祝贺。

"下面，请立功受奖代表公孙坚决同志讲话。"主持会议的副政委宣布。

"……稿子上的话我不准备念了，当着县委领导、地区公安处领导及全体民警的面，我想讲几句实话，也是我此时的感受。可以吗？"我向坐在主席台中间的刘书记和地区公安处政治部主任请示，他们含笑点头。

我放下稿子，那种无知无畏一根筋的劲头上来了，职业刑警的实话脱口而出："此时此刻我站在这里讲话，和每次不一样，除了激动，更多的是幸福和感谢。幸福的是今天我能站在这里讲话是阴错阳差，枪没打响，否则我已经是一把骨灰，躺在冰冷的木盒中。"

此言一出，语惊四座，会场立即鸦雀无声甚至有些肃穆。"感谢党的教育和培养，我一个农民的儿子成了今天的公安局长，人民功臣；感谢各级领导的关心关爱，我县公安工作和我个人才有今天的良好局面；感谢在座的班子成员和全体民警对我一贯的支持和帮助；感谢我的师父师母对我无微不至的教育关怀及我的家人辛苦付出；最后感谢那把想要我命又救我命的'五四'式手枪，七叔经试验检测是三种原因作用在一起才没打响，概率为万分之一甚至几万分之一。"

我一口气讲了这么多，发现大家听得很认真，受到鼓舞，缓口气"信口开河"。"我想借此机会用三分钟时间敞开思想跟大家交交心。开荒地村袭警事件后我心跳了好几天，这是后怕。当时夺枪动作事后偷着练了好多次，都没还原。我老婆前几天知道真相后跟我哭闹一场，家中袭警，没构成轻伤。我第一次请假半天陪她到市场买菜，合伙做饭给来看我的她娘家人吃'喜儿'，这是她这么多年对我提出的唯一要求，我都照办了。我这几天一直在想，作为妻子，事后知道这件事对她的感受冲击只有结过婚的女人才能体会得到。通过这件事情我有所感悟，平时买菜做饭，陪着唠嗑甚至夫妻拌嘴吵架，婆婆妈妈家长里短的生活琐事对我们警嫂来说都是一种奢侈。我俩那天招摇过市街头秀恩爱，我清楚地知道她其实是在检验一个活生生的丈夫在身边的感受，咱们县城包括咱们局里不少同志那天都看见了。一年三百六十五天，多少个三百六十五天过去了，我们忽视了家庭，忽略了亲人。我今年拿出半天回归生活，还给妻子家人，以慰藉他们辛苦的付出和连年累月惊恐的心灵。但是我们没有错，我们舍弃小家是为了大家，我们的职业就是打击犯罪，保护人民，为此不惜流血牺牲，因为我们心中有大爱。如有来生，我还会娶苏医生为妻，能有来世，我还要和弟兄姐妹们一起工作生活。讲完了！"我立正敬礼。刘书记带头站起来鼓掌，雷鸣般的掌声持续足有三分钟。

"主任，我姐夫当着县委书记和全局民警的面说你在家袭警，说要有来世，还娶你为妻，多肉麻啊！有什么驭夫经验分享一下呗？"苏丽梅科里的年轻医生，也是我们城关镇派出所民警家属的小刘第一时间告诉了苏丽梅我讲话的大体内容。

"去去！哪来的那么多经验，你姐夫就是一根筋，有时聪明过人，有时傻得可笑，但是有一点，就不会撒谎，一撒谎就结巴，好收拾。"苏丽梅端起架子，依然导师风范。

转眼一年快过去了，腊七腊八，冻掉下巴，一年中最寒冷的节点到了。就在冰天雪地，零下32度的气温下，刑警队值班室接到了阿拉坦傲都乡派出所报案，该乡牧羊场场部驻地附近发生一起杀人焚尸案。吴国强率队前去半个月，也没有听到有进展的声音，显然是侦查工作卡了壳儿，再等下去会变成疑难案件，再说性质这么严重的案件不破对谁也交代不了。我在

18

东北小年这天（农历腊月二十三）坐在办公室里想。

……"现场你都看过了，这是现场勘查和尸体检验的技术卷，晚上有时间再仔细看看，前期侦查工作基本就是这样，当前最关键、最急迫的事情是查明尸源。"吴国强看着我说，尽管脸上平静，但是语气有些急躁。

我利用农历腊月二十四一天时间看现场，与侦查员、技术员、法医座谈，听前期侦查工作汇报，心里基本有点数。因为案件没有吃透，就什么也没讲，让吴国强在屯子里给我找个单独的屋子，以便我有条件静下心来消化一天时间的所见所闻。

搞这种事吴国强是强项，就前后一顿饭工夫，他就把村东头姓韩的老两口动员到邻居家借宿，又临时把韩家闲置的西屋差人打扫干净，搭一个能烧玉米芯的土火炉，他和司机、另一个侦查员住了进来。

"你先睡觉，我有什么问题或有什么发现再叫你。告诉技术员，把现场物证，包括死者身上的衣服和所有的东西拿到我屋里去，但是要注意保密，有的群众忌讳这些死人的物品。"我对吴国强说。

"好的，你一来我心里就有底了，这案子看来有希望。"吴国强神神叨叨地说。

前期工作显示，这个叫牧羊场的自然屯原来是人民公社时期的一个放牧点，共有 24 户人家 103 口人，蒙汉回满四个民族杂居。实行分田到户的农村联产承包责任制后，牧场周边草原由本场本乡人承包，农田均被本县以外来的人承包。今年农业收成好，前一时期外来收粮商贩也时有出没。

现场勘查和尸体检验认为，杀人和放火焚尸应该是分两个阶段或是两个日期进行的。被害人先是被就近取材的木棒击打头部，造成颅脑损伤重度昏迷，后存活一段时间死亡（这个木棒已被前期侦查员扩大现场搜寻范围而获取，木棒上的血迹经检验与死者血型相同），包括野外零下 32℃～34℃ 极寒天气加速了他的死亡。死者颜面部被焚烧得十分严重，没有任何辨认价值，腹部爆裂，上身只剩下后背部着地地方的衣服碎片，可以辨认是一个蓝色的腈纶线衣，腰后半部是一截类似军警 1965 年前配发的黄色线质的外腰带，裤子残留布块能看出是黑色条绒质地的材料。比较完整的是一双深黄色的翻毛皮鞋，除鞋带烧断鞋面颜色变黑外，基本上还是完整的。

我把这些脏兮兮带着焦臭和血迹的物证在煤油马灯前详细地与技术卷宗上的照片逐个比对，基本上是吻合的，技术员工作很细，卷宗制作得也很规范。还有什么呢？我看着这堆别人避讳不及，而我却视为宝贝的肮脏物证在昏暗的灯光下发呆。

我想起我的校外硕导，那个全国著名刑侦专家关于犯罪现场"三地"之一的论断，"现场是痕迹物证的保留地"。此案犯罪现场在野外，又被二次焚尸，有价值的物证少得可怜。

"鱼过千层网，网网还有鱼。"我在昏暗的灯下想起七叔的话。少不等于没有，网网就是多次，眼前这些物证虽少，但刚看一次，反正也不能睡觉，再看他几次，至少十次，免得后悔。我在给自己加油鼓劲。

为保证原始状态、防止多次查验带来的次生损坏，我用从技术员那里拿来的相机在口叼手电筒的光源照射下一一拍照。当第三次检查那双比较完整的皮鞋时，发现鞋里面似乎有一个黑乎乎的鞋垫，伸手一探一摸，黏糊糊粘得比较结实。我歇口气叼着手电筒双手并用一摁一拉，将鞋垫拽了出来，刺鼻的味道差点把我熏晕。当两只臭烘烘的鞋垫整齐放在炕上马灯面前时，我再次用手电检查皮鞋里面确认没有他物才放心。这是一双非制式非商品化的家庭缝制的布与羊毛毡合成的鞋垫，大约有42码大小，针脚和缝制习惯基本相同，可以认为出自一人之手。在两次屏住呼吸翻看鞋垫后，我发现这对鞋垫的中间似乎有点厚，立马翻开尸检卷宗查看死者脚的照片，完整的照片显示，死者脚心比较空，不是扁平足，能够形成目前鞋垫中间较高的空间现象，当然，尸体和活体是有区别的。干吗这么研究，不就是一副臭鞋垫吗，拆开看看不就完了。我拿在手上一摸一折就明确感觉中间有东西，似乎还能听到点说不清楚的声音，我的心狂跳起来！当我用小刀小心翼翼撬开鞋垫中间部分缝线时，一个白底红线横格信笺纸包着几张近几年才有的蓝色底板100元人民币新币，打开一看是三张新币计300元，信笺上写"大榆树乡东升村解宝军76年往来账"，还有"出民工补助"等字样。"肯定与死者有关联，死者身源不清的问题看来有望突破。"我兴奋起来。随即走到西屋门口，还没等推，门就自动开了，吴国强等三人着装整齐地站在地上。

"我一听你快步走出来就知道有戏了，怎么干？"吴副局长单刀直入。

"叫技术员小李子马上过来，动作要轻，不要惊动别人。你们两个等一会儿技术员到后跟我进东屋，我得喘口气。"说着我连忙到屋外呼吸几口新鲜空气。

"你的司机小武子是否可靠？"我头也没回问身后的吴国强。

"没问题！武汉（小武子）是复员兵，跟我好几年了。"吴国强打保证说。

"那就让小武子做现场提取物证的见证人。"我点头认可。

说话间技术员小李子到了，我们一行人进了东屋。"这都是什么味道啊？"小李子不知所以，敢实话实说。拍照固定后，第二个鞋垫在我的操作下被割开了，也是三张100元人民币和一个收条："今收到南丰县大榆树乡解宝军收粮款一百零伍元整。富民县幸运村谢德发。"

"我说咋样？我说咋样？小公一来，不，公局一来，案子就上线，不服不行！"吴国强手舞足蹈，兴奋不已。"剩下的事我来办，马上派出两组立刻动身进行核查。"

"你还是给我开开门通通风吧，另外找点白酒洗手消毒。"我说着和小李子走进西屋。

"局长，我工作不细，向你检讨。"小李子进屋就说。

"你有改正机会，那双鞋的鞋底我还没详细检查，你给我每个厘米都检查，检查全，检查透，争取有所发现。"说完，我脱下棉警服盖在身上，受过伤的后腰贴着农村热乎乎的土炕上十分舒服，转眼睡着了。

（八十八）爱的回报

死者身份很快被确认为本省南丰县大榆树乡东升村村民解宝军。此人当过兵，后因倒卖军用物资被部队遣返，好逸恶劳，在生产队出民工时一次赌博曾把裤子都输掉了，五年前离了婚。村里人已经好几年见不到他了，据说是与一个大老板贩卖粮食，头两年挣过大钱，腰里还别过农村见不到的小黑盒子BP机，主要是负责走村串屯购买粮食到乡镇，然后由老板派车运走。但是具体在哪里活动都说不清楚，这些情况还是他回村过年时喝酒说的。富民县幸运村的谢德发证实鞋垫里的收条确系出自他手，而且提供解宝军曾在平原县农牧区收购过粮食，具体在哪里收粮也不清楚。

查清尸源无疑使案件侦查工作前进一大步，但是原来确定的应该是熟人作案的方向和立足本地重点是牧羊场的工作范围是否准确呢？在大家思想发生动摇时，吴国强请我给全体专案民警讲一讲，以期坚定信心，继续务实工作，这是农历腊月二十五的晚上。

在一个相对封闭的土墙土院牧羊场场部五间平房的三间原会议室、现在专案指挥部里，吴国强开宗明义说出会议要旨，也算给我打个场子。"大家这段很辛苦，做了一些有效的工作，现在尸源也查清楚了，原来讨论的案件方向范围应该没有错，但是我说你们不信，下面请小公给你们讲讲，看你们信不信。"因为都是刑警队的老人儿，一个锅里搅马勺很多年，用不着客气。没人认为吴国强称公孙局长为小公有点狂妄自大，也没人觉得在这个场合吴副局长不叫局长叫小公有何不尊。

"我今天上午下午又去两次现场，加上昨天咱们共同复勘现场是第三次去现场了。今天这两次我主要是踏查现场，观察现场周边环境，也就是想看看犯罪嫌疑人为什么选择这里实施犯罪。犯罪现场和犯罪嫌疑人有什么关联？被害人与犯罪嫌疑人究竟是什么样的人物关系？这关系到我们确定的侦查方向是否正确的问题。"我开个头，看大家都在注意听。

"我们都知道，国强也跟我说过，犯罪嫌疑人有个二次返回现场处理尸体的过程，这个判断，现场痕迹物证提取论证完和尸体解剖检验后均给予支持。那么，我们就从头梳理一下这起案件。无疑，这是一起杀人案，人被木棒击中头部，严重颅脑损伤昏迷后死亡，后又被人点火焚烧，至颜面部和上身躯干损毁严重，个别器官部位已经碳化。我们把这些客观现实联系起来能不能这样认识'杀人放火，焚尸灭迹'呢？杀人是目的，也就是让被害人在这个世界上消失，也是第一个目的。放火是跟进措施，为焚尸灭迹服务，是第二个目的。为什么要杀人，也就是犯罪动机，我们不清楚，但是为什么要灭迹，暴露了犯罪行为人的动机，就是掩盖被害人的真面目，让公众尤其是公安机关查不出或者最晚查出被害人身份，给自己争取最大的安全系数。大家都知道，一般的杀人分尸、杀人焚尸都存在着被害人和嫌疑人之间的某种关联，一旦被害人身份被确认，警方很快就会摸到嫌疑人身上，也就是说熟人作案的可能性大。"

"对！我也是这么说的，怎么样，我说得有道理吧？"吴国强大声插话说。

"但是你说的可没小公说得有条理。"资格比吴国强老很多的刑警何双城说，顺便用大茶壶给我的碗里加满了茶水。

"以前七叔经常跟我们说人有几样'熟'，我归纳一下，大概有这几种。以血缘关系关联起来的熟人叫亲属，我们可以称之为'亲熟'；以地缘关系关联起来的熟人叫老乡，我们可以称之为'地熟'；以业缘关系（也就是行业、职业关系）关联起来的熟人叫同事、同行，我们称之为'业熟'；以人际交

24

往关系关联起来的熟人叫朋友，我们称之为'人熟'。"我看大家听得认真，思维越加活跃，语言更加流畅。"如果大家记着费劲，可以这样记：亲友、战友、朋友、赌友、狱友；同学、同乡、同行、同好（爱好），也就是"五友"、"四同"，这应该是这起案件或者说熟人作案案件的侦查工作方向。经过我们前期工作，解宝军有赌博前科，近年来又跟人做粮食收购生意，有人证实他曾在我县走村串户收购过粮食，那我们就从亲友、赌友、同乡、同行方面入手，一会儿，在我们大家讨论通过、意见一致的侦查范围内展开工作。我要强调的，一是国强局长可以考虑把亲友和同乡放在一起摸排，也就是在规定范围内看谁家与本省南丰县大榆树乡东升村有交集，分县、乡、村三层分级排队评估。二是把赌友和同行放在一起工作，在划定范围内耍钱赌博、不务正业流出、从业不明的，近三年在本县和南丰县倒腾粮食的都要摸出排队，逐人筛查评估。最后我要强调一点，做生意就是做买卖，有收粮就有卖粮，在划定范围内的三年以内卖粮户也要查清摸透，与解宝军或者他打工的粮食贩子公司有无交叉都要查清摸透。第一个问题我就说到这里。国强，咱们是现在讨论呢，还是我说完一起讨论？"我征求吴副局长的意见。

"就热下锅，一次讲完。"吴国强说话虽然不太规范，但是清楚给力。"不用讨论，不用讨论，一次讲完，一次讲完得了。"刑警队特有的现象，大家七嘴八舌乱哄哄地发表个人意见。

"那我接着讲第二个问题，也就是侦查范围问题。国强和你们前期划定的侦查范围没有错，应该坚定信心。为保险起见，可以适当扩大范围，但是重中之重的核心十环就是牧羊场本屯，今晚这里没有外人，我敞开说，虽然你们把每家都摸了15到20遍，但你们那是盲摸，没有带着敌情、带着条件去摸，鱼过20网，网中可有鱼！"

说到这里，大家不出声了，有的低头回忆，有的抬头望天棚，只有吴国强和于猛高声附和："是这么回事，没用今天这把尺子卡""公局说得没错！"

我接着讲："七叔过去一再跟我们讲，'熟'就说明近，一是走得近，二是关系近，三是距离近。咱们这起案件，我看三近都占有，一是走得近，双方肢体接触，一死一活。二是关系近，不光是犯罪嫌疑人熟悉，附近还可能有人熟悉被害人，而且案发前有来往也应该有人知道，否则焚尸灭迹就解释不了。三是距离近，我反复查看最新军用地图和询问吴国强副局长，除牧羊场本屯外，离犯罪现场最近的村屯和放牧点都在15公里以外，犯罪嫌疑人第二次进入现场焚烧尸体应该是当天，依据是没有留下任何机动车和畜力车轮胎的痕迹。杀人现场的工具是就近取材，一个枯干质地坚硬的榆树棒子，说明犯罪嫌疑人临时起意，侵害行为仓促而激烈，没有很充分的犯罪预备。既然犯罪工具都没准备好，对尸体的处理更没考虑好，于是有了二次重返现场的情况。从尸体被焚烧程度看，应该有汽油、柴油、煤油类助燃物添加，如果居住或暂住15公里30华里以外的犯罪嫌疑人长途奔波二次回来处理尸体，不但不符合常理，也没必要冒第二次风险，增加暴露的概率，这与他焚尸灭迹的意愿相悖。"（在农村，与30华里以外村屯的群众互相不认识属于正常现象）

26

"还有一个情况，我今天上午第二次去现场发现，有一个夏季草原放牧人走的羊肠小道在现场的西边 500 米处，冬季荒芜后很难被发现，我看一下地图，有一条阿拉坦傲都乡通往 50 公里外李家围子镇乡间废弃的土路，这条小道应该是这条废弃乡间土路的抄近道，当地也叫拉荒道。我从现场走到羊肠小道，再站在这条拉荒道看牧羊场屯，犯罪现场就在小道与屯子的直线上。有没有这种可能，犯罪嫌疑人和被害人想从某地去阿拉坦傲都乡或李家围子镇，也不排除由这两个乡镇前来某地。我看一下，这条羊肠小道不具备任何交通工具通行的条件，可以排除借助任何交通工具，包括摩托车、自行车。"

"存不存在'两头在外'，也就是被害人和犯罪嫌疑人都是外来人的情况呢？"一个侦查员问。

"不能完全排除，但是基本可以排除。因为二次回归现场是为了掩盖犯罪行为造成人已死亡的结果，最大限度延迟发现或发现不了死者是谁，那么谁能最早发现犯罪现场呢？当然是当地人，事实也是如此。如果'两头在外'，就没有必要重返现场毁灭罪证了。"我回答。

"路遇偶发，图财害命的情况也不是不可能的。"另一个刚毕业参加工作的小侦查员说。"那道理还不是跟刚才公局说的一样，你看被害人着装情况，穷嗖嗖的，打劫他以后犯罪嫌疑人得哭，再说路遇就是不认识，有必要回去再打扮一下吗？"吴国强说。大家笑了。

"我强调一点，这次范围扩大，将这条土路延伸到的阿拉坦傲都乡和李家围子镇一并纳入摸排范围，用'五友'、'四同'去卡，核心牧羊场屯，把谁家具备机动车，谁家具备汽油、柴油、煤油都作为必访必核条件，相邻两个乡镇的供销社和加油站也必须仔细访问，大家讨论一下，如果没有大的异议，就弯下腰来工作，向这个范围要人，或者大胆点说，就向牧羊场要人，能不能要出来，我的药方开得对不对，就看你们的了！"我连鼓劲带忽悠，连督促带威胁地结束了我的辅导讲话，起身回到了我的驻地。我得留下时间和空间让吴国强他们进行二次加工，消化处理，分解落实，这一点，我对吴国强一百个放心。

回到住处，我又把刚才基于前期工作和已知条件，对案件的分析判断，对侦查工作的方向范围，对侦查活动即将采取的推进措施和工作方法，重新检讨和评估一遍，应该说，整体上没有丢档落空，只要认真操作到位，应该能够破获这起案件。

这是按照套路打，这一套组合拳下来，至少一周到十天，弄不好得半个月。那不是过春节了吗？我们干刑侦的，最怕重要节假日前发案，往往刚刚动员组织上去侦查力量，过节一耽搁、一松劲，再组织动员起来不光是错过了黄金时间档，整个队伍的心气都没了。特别是春节这样中华民族传统节日，全国、全世界的华人都休假过节，这样的喜庆日子你向群众了解杀人放火的事儿，怎么说也不方便做。今天是腊月二十五，再有五天就是腊月三十了，不行，不能让大家干到三十，最迟，腊月二十八晚上也得撤点，那就只有三天工作时间，三天能破案吗？

我躺在驻地热乎乎的土炕上眼望屋顶想。不行，这土炕太舒服，容易消磨意志，我穿鞋下地，站在土墙前开始想如何采取短平快措施尽快突破案件。

28

"如果推断没错，犯罪嫌疑人就应该在牧羊场本屯，这是毋庸置疑的。你敢叫板吗？"我问我自己。

"可以叫板，就应该在这个范围。"我自己回答。

"什么叫应该在？到底在还是不在？"我自己又追问一句，我又以最快的速度把自己的推断梳理一遍，只要他是正常人，就应该在。"怎么又加上应该了，怂包！"我骂自己一句。"在！"这句话不觉叫出了声。

西屋的侦查员轻轻敲门，"有事吗，局长？"我摆摆手，小伙子退了出去。

"必须依靠群众，必须信任群众，没有群众支持，你是玩不转的。"我想起七叔在我上任局长之前的警示谈话。

"可问题是现在群众不信任我们，从案发到今天每家每户至少访问 20 次了。"群众信任谁呢？我在大脑里检索全局在牧区工作过的民警。突然，一个脸色黝黑，憨态可掬、汉话很差的蒙古族民警"八十一"跳了出来，对，就是他！全名应该叫"包八十一"，他爷爷八十一岁那年他出生的，原来是这个乡派出所的民警，现在是平原县牧区最大的国有牧场派出所所长兼保卫科长。

"来人！"我叫道。

"到！局长。"西屋刚毕业的侦查员应声而至。

"你把这个纸条马上交给吴副局长，告诉他明天早晨我要见到这个人。"

"是！"侦查员接过写着'包八十一'的字条走了。

认识"包八十一"是我刚当上局长那年，我带办公室主任分阶段跑基层派出所搞调研，准备每个乡镇利用 2—3 天时间深入村屯了解一些治安问题，做实公安基层基础工作。第一天晚上刚回到阿拉坦傲都乡派出所，就被一些蒙汉群众围住了。办公室主任上前还没问出个子丑寅卯，就听见这些人喊了起来"八十一，巴特尔"，"巴特尔，八十一"……派出所里另一位民警也是蒙古族，但是他的劝阻声很快被喊声淹没。人越聚越多，喊声也越来越大，好在派出所对面是乡政府，乡党委秘书拿着个大喇叭站在派出所墙上用蒙语喊了一通话，人群才安静下来。

在党委秘书的协调下，我和办公室主任分批接待了这些群众，说起来很简单，"八十一，好警察，是英雄，不能离开阿拉坦傲都乡"。因为听说现在临时主持派出所工作的"八十一"要调到其他乡镇去当所长，知道局长来乡里调研故而来访。

"不会是当事人或者相关人组织的吧？"我对办公室主任说。

"不应该，我了解一下。"办公室主任说。

"不用了解，我代表组织给你介绍，而且保证是真真的。"乡党委书记特木尔走了进来。

"那年七月，连天大雨，我们牧羊场蒙古族村民布和家一只母羊和三只生下不久的小羊羔在草原上被暴风雨刮走了，四只羊就是当年村民的半个家当。布和夫妻冒雨出去找羊，全村人知道后都跑出去帮忙。'八十一'下乡办案正好路过那里，就抢过布和骑着的马奔向灰蒙蒙的草原深处。第二天中午，出去找羊的人都回来了，唯独不见'八十一'，大家慌了，一面报告乡政府，一面全场总动员，变找羊为找人。乡里紧急动员起来的基干民兵骑兵连100多人以牧羊场为起点，按照东西南北分四队撒出去了，终于在离牧场正西40华里左右的地方发现了'八十一'骑走的布和的那匹马。马已经累得走不动了，拴在草原唯一的一棵树上，一只警用黄胶鞋的脚尖指向西北方向。大家快马加鞭又跑出十多里，发现绿色的草原上有一个红色的东西在移动。跑近一看惊呆了，'八十一'上身只穿一件红色的背心，下边穿着蓝色的短裤，赤着双脚。腰里的牵引绳另一端拴在母羊的脖子上，脖子上搭着警裤，警裤的两个裤管从底下系住，每只裤管里装着一个小羊羔。怀里还抱着用警服包着的第三只小羊羔。橄榄色的"八九式"警服和身边的草原浑然一体，跟跟跄跄地奋力前行……

当人们缓过神来高喊'八十一'的时候，'八十一'抱着羊羔软绵绵地倒下了。牧羊场的各族群众流着热泪把'八十一'抬回牧场，老人妇女甚至做起法事祈祷'八十一'平安，他昏睡一天一夜后终于醒过来了。这就是我们的'八十一'，这就是我们的警察！我们的英雄！"特木尔红着眼睛讲完了最后一段话。

"局长，吴副局长已经派车去接字条上那个人了！"我的回忆被回来复命的侦查员打断。

是啊！只有你把群众放在心里，群众才能跟你说心窝里的话。你把群众的利益扛在肩上，抱在怀里，群众才能把你交代的事放在心上，落在实处。"我们的警察！"我想起特木尔书记称赞"八十一"的话。我们的警察就是群众的警察，也就是人民的警察，人民在先，警察在后，这和我们党全心全意为人民服务的宗旨一脉相承，否则，我们和旧社会警察、外国警察又有什么区别呢?!

"局长,我来了!"第二天早上,我刚穿衣下地,"八十一"就推门而入打招呼。

"我就给你一天时间,访问出这起杀人焚尸案是谁干的。"我看着他的眼睛说。

"肯定在这个屯子吗?"他操着有点生硬的汉语说。"肯定!"我底气十足,惊得小侦查员嘴几乎成了"O"形。"是就行。""八十一"转身走了。

不到一顿饭工夫,"八十一"急匆匆回来了,吴国强立马跟到东屋,"布和必须要和你喝酒。"他喘着粗气对我说。

吴国强冲我眨眼睛,"那好吧!就我一个人吗?"我知道不可能让第二个人去。

"八十一"斩钉截铁,"必须一个人!"

"局长来了。""八十一"对着两间土平房里屋地上站着的一个三十五岁左右的男子说。

"局长这么年轻?"炕上抱着一个三四岁小男孩的妇女说,汉语中有较重的口音。我上前摸摸小男孩的脸,一伸手,小男孩张开双臂奔我来了,我抱过小孩照小脸蛋亲一口:"长得真好看,将来一定能当比叔叔还大的官。"

"呜!(应该是汉语的感叹词'哇!')局长都说我儿子能当大官了!"后面是激动的表情和语速较快的蒙语,可惜我听不懂。"喝酒!"叫布和的男子终于说出一句肯定的汉话。

一碗蒙古族酸咸菜,一碗刚从缸里捞出来的东北酸菜切的酸菜心,还有三块风干的牛肉干,奶茶已经倒在碗里,水正在烧。一瓶草原白酒从地下红色的箱子里掏出来,看来珍藏已久。布和用嘴咬开瓶盖，咕咚咕咚倒在三只碗里，白色透明的酒打着旋转，似乎和主人心思一样在纠结、斗争。

"八十一"在吃蒙古咸菜，"干!"几乎是一声呐喊，布和一扬脖子，咕咚咕咚像刚才往碗里倒酒一样喝干了碗内的酒，亮出碗底给我看。我二话没说，双手端碗也没停下一气将酒喝干，亮出碗底给主人看，为防意外，我伸手抓一把酸菜心，狼吞虎咽下去。耳边蒙语又响起来，而且是三个人热烈的讨论声。趁着明白，借着酒劲，我抓住"八十一"一只手："谁干的，人在哪?"

"西头王老六的小舅子，那天布和看见了。去年从外地搬来的，人现在还在老六家，刚才布和媳妇去看过。"

"绝对保密!"哇! 我一口酒差点吐在"八十一"身上。

(八十九) 目不暇接

1994 年的春节，我们一家三口照常在七叔家过年。

我的弟弟大学毕业后被分到老家的县财政局工作，本来安排他去预算科，他却非要去财政干校教书，此举动令全局上下侧目。但是误打误撞，不久就收获了爱情，干校一个非常不错的姑娘看上了他。因为爷爷和父母跟前有人照顾，我们比较放心。苏医生始终掌握把我们工资总数的 25% 给双方父母家，她家条件好，岳父岳母明确表示他们那一份给我父母家，而且在开工资前一个星期汇出，汇到我父母家的时间和我们开工资的日子相差无几。老家那边上上下下都很满意，家庭经济纠纷从来没有过。

斯琴两口子在南方特区买卖做得风生水起，但是也存在各种危机。"小安徽"有一次给我打电话说斯琴和丈夫找他协调海关电子零部件报关事宜，他认为他们申报的这种电子商品与海关查缉走私的物品相同，且大宗批发至内地几倍涨价，可能搞些猫腻儿，挣些快钱。说还看见斯琴的丈夫两次领着香港合作商富姐招摇过市，关系暧昧。这些情况既不能和七叔七婶说，又不能跟苏丽梅全说，准备春节时回来找机会敲敲边鼓，予以警示。

七叔七婶虽然身体很好，没什么大毛病，但是颜面上明显见老，行为动作上有些迟缓，更主要的是有意无意总在回忆过去。"公公婆婆现在怎么有些唠叨呢，婆婆还总是哼哼那些听不明白的歌，搞得孩子都学会'喀秋莎'了！""你想说什么？"我立即警惕起来，甚至有些横眉立目。"没说什么，就是老人到这个阶段都记性不好，喜欢回忆过去，但是别人的历史没有公公婆婆辉煌。这个时段他们的感情也脆弱，咱们得多多注意。"苏医生知道我的底线，从来不敢触碰，再有她胆子小，偶尔说点狠话还可以，从来没看见她跟别人发脾气。其实七叔七婶这几年有时心情不好和情绪不稳定，除了退休或者二线没有那么多工作占用他们时间外，主要是近些年发生的事情对他们的打击很大。

前些年的"八九"动乱时，他们就觉得不可思议，但是许多事情别说他们，国家恐怕一时也难以理出头绪来。接着又遭遇1991年12月25日晚苏联国旗从克里姆林宫上空缓缓落下，标志着苏联作为一个主权国家正式停止存在。苏联解体、东欧剧变，偌大的一个社会主义大家庭，顷刻间不战自溃，纷纷倒旗落马。西方敌对势力大肆宣扬"共产主义大溃败"，国内一些坚持资产阶级自由化的人也主张放弃四项基本原则，走"西化"的道路。这些本来都是世界大事、起码是国家大事，和基层老百姓似乎很远。但是对七叔七婶来说，他们从小就信奉的共产主义理想并为之苦苦追求、浴血奋战，用无数生命和鲜血建立并捍卫的无产阶级专政、人民当家做主的社会模式，东欧社会主义阵营瞬间分崩离析，无疑是对他们最大的打击。

更为他们不可接受的是有人对共产主义学说、共产主义制度批评指责，对中国特色的社会主义制度说三道四，这让他们愤怒，令他们痛苦，现实的一些现象正蚕食他们的精神支柱——为共产主义奋斗终生的理想信念。他们都是经过"文化大革命"和历次政治运动的人，不能也不愿意将这些想法观点与人交流，看似生活无忧，但是内心痛苦，思想深处的纠结别人是体会不到的。这些就是他们衰老的主要原因。当然，唯一的女儿斯琴看似风光前卫，思想深处与他们的世界观、人生观相差甚远。这些，只有我——他们的徒儿才读得懂，苏医生了解的都是表面现象。

"听说你们年前破获一起杀人焚尸案，搞得挺漂亮。犯罪分子到底是什么作案动机啊？"七叔和我见面，十句话不过肯定谈到案件上，其次才是刑警队，再次是公安局。他一提这茬，我就把用"八十一"上案的情况跟他介绍一遍。

吴国强就是吴国强，我跟"八十一"刚离开驻地，他把在家包括司机在内的十个人、两台吉普车做了分工，于猛带一台车出屯绕道后山丘附近制高点上，便于机动和随时增援。王闻带一台车在屯西头现场附近，他能感觉到犯罪嫌疑人应该在西头。屯南、屯东各放出一个暗哨,我和"八十一"没回来前,全屯临时封闭,许进不许出。他把剩下的人分两组,他带一个人在布和与我驻地中间一家院墙旁边守候,另一组两个人在能看得到他的地方待命。当"八十一"将我半背半拖从布和家弄出30多米时,吴国强从墙后面冲出来接过将我背起来,我睁开眼睛对"八十一"说:"回去继续喝酒,中午前不许回来!""啊!""八十一"看吴国强一眼,懵懵懂懂回布和家继续喝酒去了。

吴国强背着我刚走两步,正好我的嘴对着他的耳朵:"村西头,王老六家,小舅子,人还在。"

"咕咚!"我被吴国强当街仍在屯中土路上,冰冷坚硬的冻土地如同石头一般坚硬,着地时又被右屁股后面的手枪硌了一下,疼得我哎呦一声,动弹不得。更可气的是跟他来的技术员小李子也没及时救助我,跟他狂奔而去。也好,这一摔一疼加之刚才吐出大半,人清醒了许多。

当我一瘸一拐回到驻地不到3分钟,院子里就一阵发动机响,王闻和小李子从吉普车后面拖出一个反铐双手,身着线衣线裤,身高一米七五左右身材魁梧的男子。应该是这个人,我看到他的身高心里有底了。

"拉到指挥部去审。"我命令。

"不用,刚才扔上车就都招了。"

"王闻,领他去提取柴油桶,回来把材料录好。"吴国强说。"怎么样?还恶心想吐吗?"他突然想起我"因公喝酒"差点致残的茬儿来。

"醉酒倒是没什么大事了,就是你寒冬腊月背着我往地下

36

扔，差点被摔死！"大家哈哈大笑。

我指着技术员小李子说："还有你，我摔在地上惨叫，你看都不看一眼，就去追吴国强，到底是局长亲还是杀人犯亲呐？"

"那个时候，杀人犯比局长有吸引力。"小李子实话实说。

"一群混蛋！"我笑骂道，屁股隐隐作痛。"还不是都跟你们学的！"小李子小声嘀咕着。

王闻询问的笔录上显示，犯罪嫌疑人石玉柱，男，37 岁，本省常山县人，农民，独身，喜赌钱，爱喝酒。曾因聚众赌博和参与赌博被治安拘留两次，还因酒后闹事致人轻伤被判拘役六个月。一年前来牧羊场投奔他姐夫王老六，起初表现较好，协助王老六将去年收获的大豆找到好买家解宝军，比本地其他人多赚了一万多元钱。后因长时间好吃懒做被王老六嫌弃，又因要多卖大豆款的提成钱与王老六闹翻离开牧羊场将近一年。这次在平原县郊区的畜牧交易市场附近的小旅馆里再次与解宝军相遇，喝酒吃饭时解宝军称老板已经有话，如果今年超额完成任务指标，让其作平原县分公司的代购商，并拨出定金 10 万元，今天拿到 2 万元，1 万元已经预付本县一个种粮大户了，还展示 1 万元预定大豆款。石玉柱正穷困潦倒，立马巧舌如簧，说其姐夫王老六家因去年大豆丰收获利，今年扩大种植面积，不但丰收，质量还好，他这次到县城就是寻个好买家，你是老主顾，先看好再交定金。解宝军最近赌博输了钱，好不容易从老板那里骗出来 1 万块钱，如果这单买卖成功，老板信任，还可以多弄出点钱。石玉柱本想谈成这笔买卖后就跟着解宝军混，当个经理助理，吃喝玩乐很逍遥，于是两人一拍即合，搭去阿拉坦傲都乡的车就奔牧羊场而来。在下车去牧羊场的路上，石玉柱突然觉得其姐夫王老六不一定待见他，如果今年没种那么多黄豆或不卖给解宝军，那么自己里外不是人，钱也拿不到。不如在这远离人群的地方干掉解宝军，得到钱再做打算，但是没想到，在距屯西小树林不远处放羊的布和看到了作案第一阶段经过……

"焚烧尸体有助燃物吗？"七叔跟我一样关心案件细节，以证实自己的推断。

"有！是王老六家的柴油。他家去年春天买个小四轮拖拉机，一次性买了一大桶180市斤柴油，焚尸用的小加油桶被掩埋在王家西院墙附近菜窖的下边，已经起获，并检验出犯罪嫌疑人的指纹。"

"你现在比我强了！我这辈子就做这么一件值得骄傲的事，今生无悔！小苏，拿酒来，我要和小公喝几杯。对，今天过年不能出现空白点，伊戈尔喝水，你和你婆婆也都得喝酒，送走过去，迎接未来！"七叔最近动不动就好激动。

苏医生听出送走过去丰富的含义，忙不迭地说："对，送过去，送瘟神，迎未来，迎平安，我们都喝。"

"爷爷，是迎新年！"伊戈尔补充一句。

"对！迎新年，迎新年。"欢声笑语将过年的气氛渲染得更浓。

上班收心，这是春节后各级党政机关、人民团体、企事业单位当年通常的做法。这不，正月初六刚上班，我就被通知到县委大礼堂参加全县科、乡、局级领导干部学习班，集中重新学习邓小平南巡讲话，中心思想和目的是思想再解放一点，胆子再大一点，步子再快一点。文件中要求"要坚持党的十一届三中全会以来的路线方针政策，关键是坚持'一个中心、两个基本点'。不坚持社会主义，不坚持改革开放，不发展经济，不改善人民生活，只能是死路一条。基本路线要管一百年，动摇不得。只有坚持这条路线，人民才会相信你，拥护你，谁要改变三中全会以来的路线方针政策，老百姓不答应，谁就会被打倒。这一点，我讲过几次。如果没有改革开放的成果，'六四'这个关我们闯不过，闯不过就乱，乱就打内战。为什么'六四'以后我们的国家能够很稳定？就是因为我们搞了改革开放，促进了经济发展，人民生活得到了改善。所以，军队、国家政权，都要维护这条道路、这个制度、这些政策"。

邓小平同志南巡讲话是 1992 年，在过去一年多的时间里，南方改革开放如火如荼，力度之大，令人瞠目，但是东北腹地的平原县基本上还是按部就班，改革的力度不大，主要是效果不明显。"怎么改，公安局还得侦查破案，打击犯罪，保护人民。"我自顾自地在那里瞎琢磨。

台上，县委常委、宣传部长正在领读原文"改革开放胆子要大一些，敢于试验，不能像小脚女人一样。看准了的，就大胆地试，大胆地闯。深圳的重要经验就是敢闯。没有一点闯的精神，没有一点'冒'的精神，没有一股气呀、劲呀，就走不出一条好路，走不出一条新路，就干不出新的事业。不冒点风险，办什么事情都有百分之百的把握，万无一失，谁敢说这样的话？一开始就自以为是，认为百分之百正确，没那么回事，我就从来没有那么认为。每年领导层都要总结经验，对的就坚持，不对的赶快改，新问题出来抓紧解决。恐怕再有30年的时间，我们才会在各方面形成一整套更加成熟、更加定型的制度。在这个制度下的方针、政策，也将更加定型化。现在建设中国式的社会主义，经验一天比一天丰富。经验很多，从各省的报刊材料看，都有自己的特色。这样好嘛，就是要有创造性。"一整天下来，满脑子都是改革、开放，迈大步子，有大动作，公安局要干什么呢？我昏头涨脑地回家吃饭。

"哎呀！新年就有新气象，伊戈尔，你爸正点回家了，快说'爸爸，进步！'"苏医生这傻娘们儿也会忽悠人了，我心里偷偷地说。

"爸爸，进步！"伊戈尔从奶奶怀里跑出来跟我说。

"今天给局机关开大会了？"七叔问我。

"是参加县里的科局级领导干部学习会，搞了一整天。"我回答。

"嗯！"七叔听着。

"学习邓小平同志南巡讲话，把讲话精神落到实处，加大加快改革开放步伐，今年省地县必须见实效，先搞开发开放试验区，再逐步推广。会后，与会人员还填一张表，把自己近亲属在外地尤其是珠江三角洲地区工作的副科级以上干部都写上去，如果有香港、澳门的亲属就更好了。"我向七叔传达会议精神。

"干什么？"七叔问。

"拉关系、拉资金、挖资源，积攒人脉，为振兴本地经济服务。"我回答我的理解。

"扯……"七叔张口要骂，一想不妥，忍住了。

"外地有的基层领导介绍经验材料甚至说，只要不贩卖军火，不贩卖鸦片，干什么都行，只要不把钱揣进自己腰包，就不算你犯错误。"我继续传达。

"扯淡!"七叔终于骂出了声。"怎么会这样?"七婶说。七叔七婶似乎也有些蒙圈了。

"你填斯琴的关系了吗?"苏丽梅关心地问。

"你以为我傻呀? 我不填还害怕他们找呢。"我说。

"你明天打电话告诉那个疯丫头，不准掺和家乡的事儿，一旦试砸了，我和你七婶的脸往哪儿放。"七叔叮嘱。

"是!"我习惯应答。

"是!"伊戈尔学我说话。大家都笑了。

（九十）两台"皇冠"

好像一夜之间，改革开放的春雨就落到了平原县。省地县组织的学习考察团从深圳回来后，思想观念确实发生了根本性变化，邓小平同志的"发展是硬道理"和"三个有利于"讲话精神被各级干部所认同，并迅速得到执行。上级领导也明确要求，在改革开放的大环境下，既然允许"闯"和"试"，就允许犯错误和改正错误，但是不允许不改革，有的基层领导则说得更直接"不换思想就换人"。于是乎，有一批公务员离开机关，下海经商，有的直接辞职，混迹江湖。

还有一些原来被我们打击和掌控的对象甚至是专政对象，几天不见，也手拿"大哥大"、腰别"BP 机"人模狗样地成为什么"总"了。形势在变，环境在变，人也在变，不变的只有变化本身。县区领导和重要职能局的领导都用上了最能代表身份的"大哥大",就是后来我们说像大砖头一样模拟信号的手机,局里有的领导也鼓动我装备一个,理由是凭什么咱们公安局领导比别人差,何况我们才是真正需要。

我其实心里也是痒痒的,但是一定要坚持到最后,除非领导说你不带不行时。原因很简单,一是七叔这里你就过不去,他天天在家骂斯琴两口子腐败堕落:"一个电话一万多,一个月电话费五千多,有什么紧急军情要务非要走哪儿提到哪儿,香港就是腐蚀人们灵魂的花花世界,人要离开组织没人管理,深圳那地方靠香港又那么近,能学到什么好东西?!"二是我们配备的150兆电台经过这几年县里重视投资,已经组网完毕,能覆盖全县所有乡镇场和大部分村屯,如果有紧急情况,通信科的大功率基地台和几个局领导的较大功率车载台就能临时组网,保证工作需要。为以防万一,我还向省厅和省军区打报告申请协调了两部短波军用电台,能在全县任何地点、任何时间内保证两台之间的联通。我要到哪里带个警用报话机,可能没人说什么,要是手持"大哥大"就不一样了。原来的"四以"、"三低"纪律作风还是不能忘记的。但是,诱惑无处不在,和其他地方一样,平原县领导和县里职能局领导大部分换了日本丰田吉普、丰田轿车,当然,都是走私货。不过,从广州开回来之前,人家当地就给落了车籍,这对我们来说都是不可逾越的鸿沟,但事实就摆在你面前。我们还是国产的北京212吉普车。

一天,两台挂着军牌的日本丰田皇冠2.8轿车驶进了公安局大门,斯琴和她丈夫身穿军装走下了车。乌黑锃亮的新车豪华气派，帽子状的车标令人目眩。

"公孙，这是我和你姐姐对老爸和你的一点心意，老爸老妈在这里你没少关照，我们生意特别忙，也没时间回来，这次正好我家老爷子的老部下 W 军区的范叔叔派人到南方提车，顺便让他们开到你们省城两台，你姐非要亲自送……等等，我接个电话。"

斯琴的丈夫从口袋里掏出一个我们没看见过极小的电话后来我们知道是"摩托罗拉掌中宝"接通，"什么事情？可以！我这里有正事儿，以后 100 万以下的事儿不要请示我，一群没用的东西！"关上电话，他又补充了一句："你姐非要让我和她一起过来亲自送上门。"

我从楼上跑下来刚到车旁边，姐夫就说了这么一大堆话。"老爸老妈前天刚走，你们就在这里吃完饭再去吧？"

"我们买的是今天下午五点回南方的飞机票，你姐说老两口过一段要去，就拜托你派人送过去吧。"姐夫虽然穿着军装，但是油头粉面让人看着不舒服，听着口气很大的讲话尤其是称七叔七婶"老两口"的用词，我突然有一种想打他一顿的冲动。

"姐，你也走吗？"我把脸转向从下车就没捞着说话的斯琴问。

"公孙，我也得走，这次生意数额较大，很关键，我得帮你姐夫掌握点。"

"那好吧，我领你们去宾馆，叫上苏丽梅。吃完饭休息一下派车送你们去机场。"我说。

"送我们就用这辆轿车，千万别用你们的北京吉普，像囚车似的。"姐夫提出要求。我迟疑一下："可以。"

"你怎么这么多事儿?"斯琴批评丈夫，可能觉得有点过分。

"姐夫搞小舅子就是正当防卫嘛，对吧，公孙?"姐夫说。

我没出声，太想打他了!

苏丽梅是个实在人，见到斯琴两口子突然回来又马上要走，就问爸妈是否知道，一定要打电话告诉他们，否则没法向七叔七婶交代。斯琴夫妇坚决阻拦，我已经看明白了，就对苏主任说："过几天爸妈他们要去，这次回来送车，主要是给他们一个惊喜，另外他们有任务在身，你没看见都着军装吗?"苏丽梅这才作罢。

"局长，油田二级处的一个处长听说咱们搞到两台走私车，问什么价格，只要别超过省内弄进来同样车的价格太多，他们准备都要。"下午打发走斯琴他们刚回局里，办公室主任张凤斌就跟我说。

"谁说要卖?这是我师姐送给七叔七婶的，不是转卖获利的。"我没好气地跟他说。顺便把剩下那台车的车钥匙扔给他，"等送机场那台车回来一起，找个车库存放起来，有时间动一动，等待七叔处理意见。"

"好嘞!"办公室主任喜欢车，愉快接受了存车和没事动动车的任务。

"你说斯琴她们也是，风风火火地回来就走，怎么就忙成那样呢?我看她丈夫一顿饭时间接打四五个电话那样，好像比你还忙。你看打电话那语气做派，跟皇帝老子差不多!"下班回家吃饭，苏丽梅边给我盛饭边说。

自从上次开荒地村袭警事件后，她不知道听谁说的，只要丈夫在家吃饭，媳妇必须亲自给盛，说这样能避免吃偏饭（不贪污腐败）吃阴饭（不吃阎王爷的饭），因此就坚持下来了。

"你少拿他跟我比，我忙我是为人民服务，他忙他是为人民币服务，能一样吗？我要是不当局长，就狠狠打他一顿，让他一星期下不了床，浪荡公子！"我终于忍不住，提前暴露了火力点。

"哇！老公，你真够爷们的啦！"苏医生学着刚才斯琴俩人不地道的广东话拍我一下。

"得！得！你别把我吃的饭搞出来。"我急忙打住。"还有，你想办法，把斯琴她们回来又走的事儿今晚就告诉七婶，这样七婶就能告诉七叔，免得汇报迟了挨说。"我指使苏医生。

"那七婶要问为什么来去匆匆，我怎么回答？还有，那两台车我说还是不说？"苏丽梅拿不准。

"车的事当然得说了，要不回来干嘛来了。你就说他俩穿着军装回来的，有任务马上走，公孙派人送到机场的，我怕是军事秘密就没敢问。"

"我看明白了，咱家不但大事你说了算，不好的事都是让我来干。我不说，将来公公问我怎么解释？"苏医生智力不差，稍加思索就反应过来了。

"你主要是提前预警，七婶跟七叔一说，他们弄不明白一定会打电话问我，这样有个时间差，缓冲一下，免得七叔一听火冒三丈，七婶过分担心，斯琴刚下飞机被劈头盖脸一顿批，那样咱俩岂不是猪八戒照镜子，里外不是人。"

"你说的好像也有道理哈。"苏医生反驳无力，只好按照我的安排去做。

一天、两天，还是没有七叔电话，我感觉有点不妙，就和苏丽梅带着儿子伊戈尔坐周六晚上的火车去地区行署大院看七叔七婶。一个是孩子确实想念爷爷奶奶，其次是七叔七婶一看见孩子就一片云彩全散，起码有伊戈尔在跟前，不至于把我骂得太惨。

"反正我都是按照你说的那样做的，演砸了也不怪我。"苏医生还是改不了胆小的毛病。

七叔七婶看样子刚吃完饭，正在喝茶，看我们全家不约而至，有点意外。

"奶奶!"

"我的孩子!"伊戈尔扑到七婶怀里，俩人立马欢快地说起俄语来。

"怎么回事?"七叔刚问一句。

"爷爷! 你想我了吗? 我好想好想你啊!"伊戈尔不失时机地解了围。

"吃饭了吗?"七婶问。

"没吃，爸爸说到这儿就能吃到奶奶做的列巴。"

"快去做吧，孩子都点餐了。"七叔讲。

当七婶、苏医生和伊戈尔都去厨房时，七叔发话: "说说吧!"我原原本本汇报一遍，时间在三分钟之内。

"你说他们（斯琴夫妇）钱和车来源正常吗?"七叔还是搞案子的思维。

"钱是俩人做生意赚的，现在不提投机倒把了，没有证据证明钱来源不正常，那就是正常。车的来源肯定不正常，就是走私车，但是当地给落了车籍，不正常转为正常了。至于为什么穿军装把车从省城 W 军区开过来，主要是规避我们公安、工商联合检查站，南方和咱们去南方提车的同志都这样做，没有军牌就挂警牌。"

"我看这俩人这样下去很危险，军队也做买卖更危险。"七叔说出了他的担忧。

"车到山前必有路，现在国家困难，可能也是权宜之计，你不是跟我讲，当年在抗联，没办法时也吃过大户，不过不是抢，是逼吗。"我安慰他。

"反正我不坐日本车，我这腿里还有日本人的炮弹片呢！也不能卖，那不是正给人家提供走私贩私的证据和口实了吗？这个小祖宗，这哪是孝敬我，分明是坑我，可惜了我一世清白。"七叔真的有些痛心疾首了。

"那怎么办？"我请示。

"不知道，你不是公孙参谋吗？"七叔将我一军。

"是！"我条件反射般地差点跳起来。

七叔用手往下压压，"说个'道道'我听听。"

"我还没考虑好。"我没把握。

"没有解决方案你能来？你当你师父真的老了？"七叔依然狡猾如初。

"那我说说。在你不卖、不坐的两个基本原则下，看这样行不行。一个方案是交公，你这辆交地区公安处，置换一辆处领导用车做侦查办案专车。这个'专'呢，你用时就是专家用车，出现场办案就是专案用车，平时就是侦查科专属用车，别的科室无权调用。车是你交到公家的，你优先用，维护保养加油公家负责。你不用时科里用，这样使车子的使用效能最大化，相当于解放初改造资产阶级工商业时的公私合营，也没辜负我姐孝敬你的一片苦心。你又没丧失原则，体现了老党员的气度，老革命的骨气，专家的胸怀，自己的尊严。更主要的是处领导、科领导、侦查科全体都满意，赢得了最大的正面效应。"

"混蛋，我能和资产阶级比吗？"七叔动心了。

"我就是这么一说，你永远是无产阶级坚定战士。"我笑嘻嘻地安慰他。

"说说你那辆怎么处理？"七叔算是认可我的主意了。

"我这个正科级小干部坐'皇冠2.8'那不是坐火山口吗，我压根就没动过心思。我想周日晚上回去就向县委刘书记汇报，你知道他是我老领导，对我也了解，一定会支持我的。"

"说具体怎么做！"七叔从来没把我当成过干部。

"正好油田有人盯上这两台好车了，我就用它换一台新国产的'北京213'大吉普和一台常规的'北京212'吉普车，如果成功，大吉普给刑警队做出现场用车，'212'小吉普给最偏远落后派出所，也就是年前破案出力最多的阿拉坦傲都乡派出所，如果搞好了，油田还能支持一年的加油钱。"

"看来你小子基础工作做得不错，蓄谋好几天了吧？"七叔也算默许。

为达到最佳效果，也为了将来七婶满意，师姐面前好交代，尤其是不让那个蜕化变质、浪荡公子模样的姐夫有机可乘，我提出了最为关键的建议，"你要同意，我代你写一份报告，将这两辆车的来源（就是女儿女婿赠送），自己的意愿（无偿献给国家），落到单位的固定资产账，给你两个收条自己存留，至于怎么置换，车子怎么使用，我跟公安处领导谈。"我看着七叔的脸说。

"同意，没问题。你小子这几年局长没白当啊，嗯！也挺狡猾，挺狡猾！还有吗？"

"处长的车是去年夏天专员买的伏尔加，一个月前专员换上一个也是2.8的丰田皇冠。我去说把伏尔加置换过来，这车子又大又宽还是苏联产的，七婶一定能高兴。"我开始拍"叔屁"。

"要我做什么？"

"在家坐等，别打电话骂我姐，人家一片好心，别再在伊戈尔面前骂我，我也有父亲的尊严。"我在争取人权。

"拿酒来！小公一来我就高兴，就他能把话说到我心里。"七叔大呼小叫，看样子仿佛卸下千斤重担，我心里又感动又有点可怜他。

（九十一）保驾护航

随着大尺度的改革开放，敞开的窗户不但飞进了苍蝇，也飞进了不少臭蚊子。新中国成立以来尤其是"镇反"以来，从没发生过的绑架案也在毗邻香港的深圳发生，过去只在电影电视中出现的黑社会也渗透到内地发展组织，兴风作浪。

县城城关镇郊区辐射东北腹地的畜牧交易市场，由于人流、资金流和交易活动频繁，很快被一伙人盯上，一个月内连发四起场内抢劫案和两起场外周边小旅店抢劫案，造成三人重伤一人轻伤，损失金额高达一万多元。吴国强带刑警队进驻该市场一星期没有开张，第十天，靠队里特管干部大家称"苏三哥"的秘密力量"老客"提供的线索，案件才上线，在本省和邻省抓获6名犯罪分子。

平原县专门往返东北轻工业批发市场S城的"倒爷大巴"，一个月前在平原县辖区外的邻县公路上被抢劫，而且明火执仗，气焰嚣张，跟新中国成立前的土匪没有什么区别，只是拿刀不拿枪而已。县局组织两次化妆侦查、跟车设伏，消停一段时间无功而返。全县有名的养貂大户，两次被夜间蒙面强盗洗劫，破财免灾才侥幸活命。

开放的社会，活跃的经济，空前严峻复杂的社会治安状况，按下葫芦起来瓢的高发案态势，尤其是情节严重的持械抢劫类侵财案件频发，影响恶劣，群众反响强烈，也引起刘书记等县里党政领导的重视和关切，遂责成县委政法委会同县公检法司机关进行调研，拿出对策。

面对打不胜打、防不胜防的治安状况，必须采取应急措施稳住阵脚。经与班子成员沟通后，将全县分为：街面犯罪控制——巡警负责；场所犯罪控制——治安负责；内部单位犯罪控制——经文保负责；居民区犯罪控制——派出所负责；站车犯罪控制——客运派出所负责；针对城乡结合部和农村重点专业户犯罪——刑警队负责布控经营；夜间主要街道和部位巡逻——局机关负责（第二天休息一上午）；进出县界六条道路卡点交警负责，且持冲锋枪、半自动步枪武装上岗，加大盘查震慑力度。其他局领导则按照分工各自负责，副政委和政治部组成督导组抽查检查。标准是不能再发有影响大要案件，在下一轮标准打防管控方案拿出之前，辖区和责任区内发一起有影响大要案的，主官停职；发两起的，免职；发三起的，撤职；该单位按照干部任命排名顺序依次由政治指导员和副职科所队长递进接替领导权主持工作，而且不讲道理地宣布："没有人，没有钱，自己梦，自己圆。可以辞职，不可以不干。"后来下发的白板文字通知被办公室主任润色为"向辖区要人力，向群众要安全"。这一套组合拳下去，果然全县城乡一个月没发生大要案，甚至连治安案件也明显减少。

在这段时间里，配合政法委的调查和我们防控的体会，用七叔交给我的办法，接连召开党委会、中层干部会、民警大会，集思广益，梳理出"内部盘活警力存量，外部坚持依靠群众，纵向争取党委领导，横向开展部门合作"作为治安主管部门的公安机关打防管控整体思路。经过连续学习讨论，大家认识到，我们之所以被动挨打，主要是用过去计划经济条件下静态社会管理模式，应对改革开放后市场经济条件下的动态社会治安问题。现在的形势是：犯罪分子 24 小时全天候犯罪，东西南北中全方位对人财物目标侵害，可我们还实行朝九晚五的机关化八小时工作制，猫鼠没能同步。工作机制上，我们始终沿袭：案件发生→群众报警→公安受理→组织出警→核实立案→进入侦查（或处理）这样一个固态模式，一句话，属于被动反应型警务模式。这对于计划经济条件下沿用战争年代类似军队的高度组织化，苏联模式的静态社会管理方式适用有效，对于改革开放后，更多的人主要是占我国人口 80% 以上的农村农民由组织人变成社会人、由固定地域单位人变成自由人，发生变化后的动态社会管理很不适应，甚至漏洞百出。

如何改变这种被动局面，以适应当前新形势下出现的新情况、新问题呢？还是万变不离其宗，用毛主席他老人家当年给首任公安部部长罗瑞卿交代的公安工作方针"党委领导下的专门工作与群众路线相结合"和邓小平同志最近南巡讲话中提出的"群众满意不满意，高兴不高兴，答应不答应"来作为衡量我们工作的唯一标准。两代领导人的讲话，充分体现了"一切为了群众，一切依靠群众，从群众中来，到群众中去"的党的群众路线。社会治安好与坏，说到底是人民群众看党和政府管理社会，给人民一种安全感的基本需求和评判标准。这个在实践中不断补充、修改、完善的我们那套后来被戏称为"公孙式组合拳"方案后，维持了相当一段的治安稳定局面，用现在的说法应该叫"主动提前型警务"吧。

一九九五年春节这段时间全县城乡特别消停，偶尔有几起聚众赌博案件，大都是冬闲的农民娱乐过界、加大点彩头而已，弄得我和吴国强心里惶惶的有些不落底。今年斯琴强烈要求七叔七婶和我们一家去南方过年，我肯定是走不了，苏丽梅年前趁伊戈尔放寒假，一起提前回老家去看了爷爷奶奶，医院也要值班，主要是她不想看斯琴丈夫那副大老板的派头，七叔七婶就领着伊戈尔去南方过年了。

农历大年初二，按照当地习俗是出嫁姑娘回娘家的日子，我和苏丽梅刚在岳父家端起饭碗，我随身携带的警用步话机响了，苏医生看我一眼，给我拿了过来，"200 呼叫 001，听见请回话！"又是通信科长伏德贵的声音，全家人都屏住呼吸看着我。

"没事儿。"我笑一下，离开饭桌两步："我是001，请讲！"

"一分钟前，平圣湖渔场派出所报告，农行平圣湖信用社发生一起枪击案，值班的守库员被打死在信用社院外的南墙根下。吴国强副局长已到局里，让我向您报告。"在调小音量后，伏科长报告的内容仍然传遍全屋。

我转身返回桌前，拿起酒杯面带笑容给大家敬酒："姥爷，爸爸妈妈，大哥大嫂，祝你们新春快乐！本来想今年好好陪大家过个安稳年，但是又出点小问题，作为公家人，我身不由己，需要回去看看。作为姑爷，这些年一直让你们惦记，我很抱歉。丽梅在这里替我多敬杯酒，处理完了我回来和你一伙儿打扑克，赢大哥大嫂点压岁钱。"我努力用最平和的语气说出了新年祝福和道歉的话，一口将杯中的酒干掉。待苏丽梅送我出大门时，县局的值班吉普车已经停在那里，吴国强安排这些事从来不用我操心。

"请007报告情况！"一上车，我就开始联系。

"报告001，我已经命令距离平圣湖渔场10公里的国营平北热电厂公安处、平北化肥厂公安处各自集合30人的保卫干警和经济警察，由处长带队，持长枪携行半个基数的弹药立即前往案发地，分大小两个包围圈。指定有一九七九年对越自卫反击战和八四、八五'两山'作战经验的电厂公安处王处长，和绝大部分由部队转业干部组成的电厂公安处队伍负责对平圣湖信用社的包围，以信用社周边院墙设立警戒区，枪口向内，防止有人逃脱，围而不攻。由平北化肥厂公安处林处长带队将平圣湖渔场包围警戒，人到位后许进不许出，听候指令，报告完毕！"

"同意007安排部署，请通知平圣湖派出所胡所长，局领导到位前听从电厂公安处王处长指挥，并协助两支队伍展开勤务。现在现场的指挥顺序依次为电01、化01、平01，基地指挥顺序是007、001，完毕！"

不到十五分钟，我已经站在通信科外面的会议室里，这里相当于现在公安机关的指挥中心。"协调武警中队了吗？"我进屋就问。

"张队长已经向地区支队报告了，还没回信。节日期间武警部队出任务控制很严，武器出库和兵员离开驻地需要报总队批准。"吴国强回答。

"不能再等了，咱们先走，枪取出来了吗？"我有些着急。

"报告，巡警代队长邹志富报到！"还没等吴国强答话，刚刚转业到公安局上班不到一周的原解放军边防连长、机枪班长出身的邹副队长到了。

"我们的枪弹已经出库，不过紧急预案中的第一顺序人员不齐，到位率不到一半。"吴国强如实报告。

"咱们先走一批，留下005冯副局长坐镇，治安大队长邵延和巡警邹副大队长携机枪、长枪跟进，边走边调度！"我说完上车。

吴国强临时安排一下，也上了我的车。

"小公，这次你动嘴，我动手，我安排，你补漏，给我一次单独指挥的机会怎么样？"吴国强申请。

可能上次牧羊场案件破获后又有人说三道四了吧。

"没问题！"我说完拿过车载电台按下送话器："全体注意，我是001，今晚行动的总指挥授权给007，所有参战人员听从007指挥，完毕！"

还没等吴国强说话，"007、007，电01呼叫！我们已经按照要求集结登车完毕，是否出发，请指示！平北热电厂公安处长王玉山。完毕！"王处长是野战部队团副参谋长转业，报告词简单准确。

"你告诉王处长带上两台5000W探照灯和不少于2000米的专用电缆。"我说。

吴国强刚要问为什么，打个咴，马上按下送话器："请电01安排携带两台5000W探照灯和2000米的专用电缆随后赶上！"他临时发挥得不错。

停顿大约5秒，我想王处长也可能要问吴国强要问的问题，即探照灯的用途。但是在警用频道电台里，此时听众不知有多少人，此时既不能露怯又不能出丑。"电01明白，完毕！"王处长结束通话。

少顷，"化01呼叫007，队伍按照要求集结登车完毕，是否出发，请指示！"平北化肥厂公安处处长林中风报告。

这次吴国强没有马上回复，看我一眼。"叫他们带上一辆救护车和全套医护人员及外伤抢救药品。"我说。

吴国强按下发送键："马上出发！请化01再安排一辆救护车及随行医护人员、外伤急救药品，随后到平圣湖渔场外与你们会合。"这次说得干净利落。

"化01明白！"林处长回复。

"怎么样？还有什么漏项吗？"吴国强问我。

"暂时没有。你告诉治安大队把新配发的催泪弹、爆震弹带上了吗？"我突然想起这个茬儿。

"武器库中所有能带的东西都带上了，包括最近缴获的四枚"六七式"木柄手榴弹，还有刑警队最厉害的那条德国牧羊犬'猎豹'。今天是攻坚战，没点硬货就得吃亏。"吴国强的脑袋够用。

四十分钟后，我们到达平圣湖渔场信用社外围前线指挥部——信用社前排农居左侧倒出来的一户人家，当过兵打过仗的人就是不一样，不仅制高点抢占，警戒哨位设置、警力部署、机动警力安排都井然有序。战场管理最能体现队伍首长平时的管理水平，也最能反映出这支队伍的战斗力。我看见这房后有座差不多两米高的土墙，即使站在信用社所在后排房的房顶上开枪射击，也对"前指"屋内的人构不成威胁。

王处长规范地报告他们到达后我们到达前的基本工作安排后，平圣湖渔场派出所所长报告："经初步核实，被枪击致死者确系信用社值班员高文斌（已经组织信用社主任和职工三人辨认），复员兵。子弹右后背进，左前胸出，已经死亡，死者生前应该喝不少酒，酒味很大。开枪者应该是该信用社的另一个守库员，叫胡永才。案发后信用社主任往里打电话叫通一次，接电话的正是胡永才，承认是自己开的枪，还打听高文斌死没死。主任在咱们的指导下说正送往县医院路上，是过堂（贯通）伤。二次打电话没人接，目前室内电灯全关闭。据信用社主任介绍，胡永才在某野战军当过八年兵，军事素质特别好，曾在全省农行系统民兵轻武器射击比赛中得过亚军，今年27岁，有个对象还没结婚。"

我看一眼吴国强："吴副局长，说说你的意见。"

吴国强脑袋转得快："我就讲2分钟，这么大的案件，咱们得组建前线指挥部，公局坐镇总指挥，我常务副总指挥，王处长、林处长副总指挥，否则乱套，这是一。第二，我们的最高目标是零伤亡活捉犯罪分子。三是说下一个动作，首先得确认胡永才此时还在屋里。"吴国强说得靠谱，我想。

"王处长，你当过兵打过仗，怎么能把屋里人引出来？"我没想到吴国强转手将球扔给王处长。

"我们部队打仗基本都是火力侦察，开枪开炮试探。"王处长张口就来。

"这不是上策。"林处长发表意见。

"胡永才家住哪里，家中还有什么人？"我刚开口问，县农行行长和信用社主任同时到了。

"他家就在附近的沿江乡住，已经按照吴副局长的要求派车去接他妈和他对象了，估计半小时到。"信用社主任说。

县农行都行长是个女同志，四十多岁，梳着齐耳短发，精明强干。"我们工作没做好，给公安同志添麻烦了。里面的小胡我认识，平时表现不错，就是有点偏激，能不能给点时间，让我们再做做工作，让他出来投案自首？"吴国强看我。

"可以！不过只能给十分钟，我们要确认他是否在里面才有更多的时间和机会劝降。"我诚恳地对都行长说。

"局长，野战电话扯过来了，邮局说电话好用，只要对方拿起来就能通话。"办公室主任张凤斌报告。

"嘟嘟嘟。"绿色的电话机红灯闪烁，吴国强拿起电话，"请公孙接电话！"对方命令。

"我是公孙，请讲。"

"我是高处长，今天的情况你们县局已经汇报了，我要说的是，如果人还在里面，不要组织强攻，围而不打，等待增援，武警支队参谋长正带一个加强班和特种设备增援过去。"

"是！"我放下电话机愣了一秒钟。

"嘟嘟嘟。"电话又响了起来，我刚拿起来，"喂！公孙呐！"是刘书记。"刚才公安处高处长给我来电话，让我阻止你发动强攻，我也这个意见，围而不攻，等待增援。"

"是！但是……"我正要说明情况。"没有但是，你作为局长，要为部下的生命负责，不要逞个人英雄主义！"刘书记斩钉截铁。

"是！坚决服从命令，围而不攻。"我放下电话。

"完了？"吴国强问。

"完了！你们不都听见了吗？"我有点垂头丧气。

"王处长，继续密切监视！"

"是！"王处长答应一声出去了。

"都行长，信用社金库里还有多少现金？平时每支枪配多少发子弹？"我隐隐地感觉高处长说的增援武警携行的特种设备，能不能是火攻器具呢？

"现金春节前都提走了，刚才让家里看一下，库里就剩864.53元，不到一千元钱。加上这五间土平房也就是两万元钱，他要不投降，一把火全烧了也别进攻，大过年的不能牺牲干警。""每支枪按照规定是10发子弹，但是他们当过兵的人，好像手里都有点，现在里面是两支半自动步枪，起码是十八九发子弹。"信用社主任接过来说。

当务之急是确定他目前在不在里面，如果他要在信用社主任通话之后王处长他们大部队到来之前逃出来呢！"刚才我用望远镜观察现场时，好像有个后门。"我说。

"那是夏天用的，冬天北风多、天气冷，春节前就从里面封死了。"还是信用社主任回答。

"我注意到了，已经派两个经警队的转业干部用步枪盯死了，地面雪地上也没有出来的足迹。"王处长说。

说话间十五分钟过去了，不能再等，必须确认屋里是否有人，我站了起来。

"怎么干?"吴国强懂我。

"引蛇出洞!"我说。

(九十二) 生擒活捉

"王处长，吴副局长让你们带的探照灯到了吗?"我问。

"到了，包括附属的动力电缆。"

"凤斌，你想法联系拉一条动力线到'前指'西院信用社前面正对过的房子里。"我对办公室主任说。

"我们考虑过这个问题，带来 2000 米长的动力线，电工也跟着来了，给我们领到最近能接动力线的地方就行。""附近不到 500 米就是一处粮食加工点，那里使用的就是动力电缆。"胡所长说。

20 分钟后，我们来到"前指"右侧、信用社正对过的两间土平房里，老百姓已经被疏散出去了。

"我的想法是，把探照灯架到这间房子的房顶上，照射信用社前面所有门窗，他在明处，我们在暗处。那么，如果他在屋里，或者开枪，或者不敢出门，前者达到了我们验证屋里是否有人的战术目的，后者，我们进行下一步试探动作，枪击信用社门窗玻璃，发射催泪弹逼其出屋或有所反应。"我说，众人点头称是。

"找三架上房用的梯子来！"我对胡所长说。

十分钟后，包括将 5000W 探照灯举起来的绳子、木棍和在下面托举的四个棒小伙都已到位，作为掩体用的每袋 100 斤玉米也灌满了 6 麻袋。在大家的注视下，6 麻袋玉米被悄无声息地沿着木梯送上房顶，治安大队的大力士时东风匍匐着将其推到房子的中间，形成一个掩体。接着，近 100 公斤的探照灯被拖拉并用弄上房顶。

这边，我和机枪手邹志富的掩体和准备已经到位，我的掩体右面是一个农村夏天在外面做饭用土坯垒起来的大烟囱，我将麻袋用头顶一顶，在麻袋包和烟囱之间架起七叔给我的"苏八"望远镜。

可能忙中出错，也可能大家一忙活起来忘记可能在敌人的枪口下活动的现实，房子下面有人问一句"好了吗?"此刻时东风干得兴起，正骑在正面朝向信用社方向的探照灯上回答一句"好了!"几乎在一道耀眼的光柱照向信用社砖平房的同时，一声枪响，探照灯熄灭，玻璃破碎声差不多是最后听到的，接着，"咕咚"一声，时东风滚落到房下，好在没受伤，又爬了起来。

我身边的班用机枪手邹志富虽然当过兵，但是也没参加过实战，此时犯了一个致命性的错误，从掩体后面抬起头观察对面响枪处，我心里叫一声"不好！"伸出左手臂往下摁他脑袋的同时我的头部自然抬高，对面又响了一枪，邹志富本能地往下一缩一滚，带动我和班用机枪一起摔倒房下。

当大家七手八脚把我们从地上拉起时，我首先想到机枪保险是否关上，接着把摔歪了的棉帽扶正，这才在手电光下检查有没有出血的地方。邹志富起来活动一下腰，觉得有点活动受限，吴国强安排下去检查，看到机枪在王处长手里，我放心了。

首战不利，损失一台探照灯，但是试探的目的达到了，胡永才还在屋里，我的心平静下来。这也可以叫做平局吧，算是自我安慰。只过了一会儿，我骨子里不安分、不服输的一根筋劲头又上来了。

"咱们就这样等么？"我站在前指的东屋地上看看身边的左膀右臂。

"局长有什么想法，我和吴副局长商量后向你报告，你先休息一会儿。"王处长看着我说。作为上过战场的军人，他更不愿意打一轮窝囊仗就此罢休。

让我想想，我开始在新更换的 200 度大灯泡的电灯下晃来晃去，思考在绝对零伤亡的前提下引蛇出洞、生擒活捉的妙计。

"等一下，别动！"吴国强突然盯着我头上看。

"怎么了？"我看着他。

王处长上前将我的帽子拿下，第一时间用手在我头上捏摸了一圈，松口气。继而放在灯下观看，"真悬！"大家一愣，发现橄榄色的羊剪绒棉警帽左上端，在两只棉帽耳向上系扣状态下，一缕白棉絮露出在外。

"拿筷子！"王处长说。

有人递过一双筷子，王处长拿起其中一只，顺着露出棉絮的地方一探，紧贴帽顶在前帽脸中间靠右上侧伸了出去，又抽出筷子调过头，从右前帽脸进左后帽耳出展示给我看，伸下舌头，大家目瞪口呆。

吴国强上来动情地把我脑袋搂在怀里做第二遍检查，都行长转过身去抹眼泪。我心里当时"咯噔"一下。想起从房上掉下来帽子歪扶正的那一刹那，还不知道上一秒子弹稍偏一点就阴阳两隔了。

"不行！我得报这一枪之仇，否则我这'公孙神枪'不是让人耻笑？"我的坚决不服输劲儿上来了。

"小公，你别胡来！"吴国强厉声喝道。

"今天我是被你授权的现场最高首长，下边的事儿不用你管，你讲战术意图，我和王处长执行。"吴国强一喊，我冷静下来了。

"对！我无论如何不能冲动！"心里想。

"但是我有个条件，今天我帽子被打坏的事儿绝对不能扩散，包括事后，这是纪律，否则，我家属一定会跟我离婚，我以前跟她保证过枪战不冲在前边。"

"行行行！"吴国强满口答应，"谁说谁是王八蛋！"他怕刚才答应的力度不够，补上一句粗话。

"你们俩这样，把剩下这台探照灯在安全隐蔽的情况下安放好，灯光不用直射，达到用余光能看到信用社门窗院子的程度就行，这样便于长时间有效监视，这是一。二是王处长你手下有没有成熟的班用机枪手？如果有，请他接替邹副大队长在地面安全掩体后面、探照灯的死角处火力监视。如果有把握，一会儿用一次性扫射把信用社前门窗玻璃基本打碎，这样能再次试探胡的底线。三是将他冻透冻伤，减少明天武警强攻的抵抗强度，也为我们发射催泪弹提供条件。四是吴副局长命令警犬驯导员带'猎豹'隐蔽好，一旦犯罪分子从屋里窜出，立即扑咬，宁可牺牲犬也不能牺牲人。你们俩看看怎么样？"

"是！"俩人领命而去。

大约十五分钟后，屋内突然一亮，"啪"一声枪响，探照灯依然在亮。"哒哒、哒哒哒、哒哒"班用机枪长短点射交替倾泻着刚才的一腔郁闷，"听声音，射击者是个老手，后半部接连打出两个花点，没有个三两年的功夫恐怕做不到这样。"我用在校时军事科目教员训练出的基本功品评着。

"王处长手下真是人才济济！""咚！咚！"两声类似东北俗称"麻雷子"的单响炮声，什么声音？我正在品评，一股麻麻辣辣的味道过来了，瞬间鼻子发酸发痒，眼泪下来了。

"这帮混蛋，也不看看什么风向就打催泪弹！"我在心里骂道。

少顷，吴国强和王处长鼻涕一把泪一把地进来了，吴副局长进屋就摆手，已经说不出话来了，王处长用手套捂着口鼻处顺带擦着眼泪。

"咱们队伍里边是不是有胡永才的同伙呀，怎么顶着西北风还打催泪弹呢，这到底是催谁的泪啊！"我嘲笑吴国强。

"同伙就是治安大队长邵延那小子，他看信用社玻璃都打碎，里边那小子被机枪压住了，在墙头后边冒出来'铛铛'

就是两枪，一看风头不对转身他跑了，这兔崽子！"吴国强好容易喘过一口气，为自己申辩。

"你没听见狗都不叫了，警犬也在哭！"王处长火上浇油。这种现场只能一个人指挥，必须统一动作。

"国强，你把咱们的人都撤下来，信用社前面的灯光照射和火力监控都交给电厂公安处，包括刑警队的训导员和警犬，由王处长指挥。注意掩护好机枪阵地，里面不开枪，外面不开火。我想他在零下30摄氏度的低温下挺不过几个小时，要么投降，要么冻死。"

"那我们?"吴国强质疑。

"你们到后门'门斗'（东北冬天为防风雪在北门外面临时搭建一个棚子，一般是木质的）外面替换下两个经济警察，并在适当地点设伏，准备好衣物，防止冻伤。王处长跟过去看一下，回来调整火力点，强调纪律，别在关键时刻造成自伤。"

"那个门进腊月时就被封死了。"信用社主任再次强调。

"你听小公的没错。"吴国强此时讨厌别人插话，尤其是这个信用社主任。

"在有一线生机时，别说是后门斗，鬼门关他都得试试！"我说出自己的判断。

"你瞧好吧！"吴国强信心满满。

"无论前院后门，责任同等重要，功劳一样大小。"我看着王处长说。

"奖金一分不少！"都行长也受到鼓舞补充一句，不知不觉中，大家眼泪和鼻涕都没了，催泪瓦斯过劲儿了。

"局长，家属到了。"办公室主任张凤斌进来说。

一个 50 多岁的农村大娘和一个 20 多岁的姑娘被派出所所长老胡带了进来，"这个是咱们县的公安局长，这个是你儿子的上级农行行长。"老胡介绍完出去了。

"领导哇！你们饶了他吧！"进来这娘俩边哭边下跪，被人扶了起来，可怜天下父母心！

"都行长，你跟这娘俩好好谈谈行吗？如果她们同意，这部电话可以直接打进信用社，邮局总机都调试好了，对方拿起就能讲话。只要把两支枪都扔出来缴械投降，人我们能保证安全，案件依法处理。"我见都行长点头，领着屋内的民警撤到屋外，留下都行长、信用社主任和那娘俩聊。

"怎么这么长时间才到？"我问所长。

"她对象上县城她姐家去串门，多跑了计划外一百多里路，开得老快了。"胡所长解释。

五分钟过去，都行长出来了，"电话没人接，是不是人被打死了？"后一句话声音特别低。

"不能！"我肯定地说。

"他们娘俩要喊话，可以吗？"都行长似乎替家属争取或求情。

"可以！"我迟疑一下答应了。

"王处长！""到！"王处长应声而至。

我说："你带两个有经验的同志将这娘俩带到正面的房子安全处，把话筒给她们让其劝胡永才放下武器，举手出来投降。"

"放心！"王处长答应。

"胡永才！你听着，你妈和你对象跟你说话！"几分钟后，深夜中传来王处长清晰的声音。

"才子，才子！你出来吧，妈和小玲在这等你呐！"夜空中传来一个母亲断断续续的恳切声音。

"胡永才，我是小玲，出来自首吧，你判无期我也等你一辈子！别再跟政府作对了！"

沉默……"妈，小玲！我对不起你们，现在说什么都晚了，快回去吧，下辈子我们还是一家人！"胡永才似有悔意，但是不肯投降。

"才子，才子！"接下来就是呜咽声。

"胡永才，你要相信政府，出来吧，出来吧！"这是小玲的哭喊声。

"你们快走，公安不会放过我的，再不走我就开枪了！"劝降失败。

"缴枪不杀，解放军优待俘虏！"一个尖利的声音。

"谁喊这么不靠谱的话？"我有点愤怒，回头一看是有人称其外号"胡汉三"的派出所胡所长提着高音喇叭进来了，让人哭笑不得。

"怎么办？"送走了胡永才母亲和对象，都行长看着我说。

"等！"一看表，已经下半夜2点多钟了，几乎折腾一夜。"王处长，你再去查一遍岗，及时换岗，别睡着了冻伤人，天亮前这段时间最冷也最容易出情况。"

"是！"王处长出去了。

吴国强这个管刑侦的副局长不是吃素的，就在胡永才母亲和对象与其喊话对话时，将设伏点往前推进了15米，并用身体将上次在牧羊场案件跟我左右的警校毕业生小冯顶上了北"门斗"棚顶上。他和王闻、于猛三人各盖一条白色床单隐蔽在距"门斗"不到 5 米的壕沟里。

万籁俱寂，朔风凛冽。凌晨四点半，正是东北这个季节这个时段老百姓俗称"鬼龇牙"（形容冷的程度）的最冷时刻，随着"嘎吱"一声轻微响，北"门斗"里面似乎有动作，大家精神起来。接着"嘎吱吱"，北"门斗"向东开着的、原来紧闭的门在雪光的反射下出现 10 公分左右的缝，一支像"三角锥"似的东西往出探了一下又缩回去了。

"啪"前院响了一枪。"汪！汪！汪!"警犬"猎豹"激烈地狂叫起来。"啪"又一枪，"哒哒"，机枪打出一个短点射，就在前院枪响犬吠之时，"嘎吱吱"北门斗向东方向刚才开一个缝的木门被强力推开，平端着上了三棱刺刀的"五六式"半自动步枪的胡永才探出大半个身子并向前走了一步，就在他听到对面壕沟里有动静要采取动作的一刹那，身后"门斗"上面穿着羊皮大衣的新警小冯连人带雪飞身将他和步枪一并砸倒在地。

"上!"吴国强大喊一声爬起来跃出壕沟，于猛一蹿，动弹不得，皮大衣被冻在地上。还是王闻年轻动作快，蹿出跃起扑在胡永才压在身下的步枪上，吴国强跟着压了上去……

（九十三）寻根抗联

"爸爸、妈妈!"农历正月初六上午，在省城机场出口外面，我们首先见到伊戈尔像小燕子一样喊着扑过来，我赶紧迎上去接过七叔七婶手中的随身行李。伊戈尔已经八岁，开学就是小学二年级下学期的学生了。孩子吸收了父母的优点，身高一米四二，浓眉大眼，额宽耳大，皮肤白皙，虎头虎脑，个头已经接近他妈妈的肩膀了。

"我的孩子们。"七婶把我和苏丽梅的头搂到一块，亲吻苏医生和我额头一下，完成了简易程序的见面礼。

"妈妈，你想我了吗?"小孩子想第一时间证实自己的判断。

"想！想！"苏医生迫不及待地亲儿子一口。

"爸爸，你想我了吗?"伊戈尔又追着我问，"我总想你作业做没做完。"我逗伊戈尔。

"爷爷，我爸说他不想我，就想作业完没完成!"这小子转身告状。

"哈哈哈!"七叔朗声大笑，看样子，他一踏上故乡的土地，见到我和苏丽梅，就非常开心。伊戈尔不甘心，回头快速热烈地跟七婶说起俄语来，我听出"歌词大意"是爸爸想的还是他的作业完成情况。一个纯粹的中国小男孩竟然和一个毛子老太太流利对话，引起路人驻足旁观。

"爸爸想你，爸爸十分想你，快走吧!"我赶紧把他们带到停车场。

"公公、婆婆，南方怎么样，住得还习惯吗?"坐上金杯面包车，苏丽梅才得到一次问话的机会。

"环境很优美，人们穿得很漂亮，也有很多吃西餐的地方，就是天气太热，你们不在身边，很想念，有时就很烦躁。"七婶说出心里话，她从来不说假话。

"广州比我们解放时好多了，但是那里的人一色说鸟语，听着很费劲，吃的东西也太淡，没什么滋味!"七叔说。

"我喜欢南方，不用穿棉衣，还有好多好多好吃的、好看的、好玩的!"伊戈尔说出自己的印象。

"最近有什么案子吗?"七叔最关心的永远是案件。

"别的没什么，正月初二晚上，平圣湖渔场农村信用社两个值班的守库员酒喝多了打起来，一个人把另一个打急了，被打的那位在打他那个人跑出 30 多米跨院墙时，用值班的半自动枪将其打伤致死。我们去连劝带吓终于给搞定了，没有伤亡。"

由于七婶、苏丽梅和孩子在车上，我只能最大程度地轻描淡写汇报。

"嗯，那就好。"七叔明白我的意思，也不再追问。

七婶和伊戈尔开始他们的俄语交流，我听出是关于他姑姑斯琴让他以后去南方上学的事，问他奶奶跟不跟爸爸妈妈说。但是苏医生听不懂，还面露微笑地看着儿子在七婶怀里撒娇任性。七叔跟我聊完案子就闭目养神，可能回到家乡一看见我们立马放松，不一会儿竟然传出轻微的鼾声。苏丽梅怕七叔睡觉着凉感冒，伸手拿过我的棉警帽轻轻扣在公公头上。

"嗯，你领新帽子了?"苏医生轻声细语地问，不知什么时候开始关注细节了。

"啊!是这样哈。"我开始磕巴，"初二那天去你家串门，大哥不是向我要一顶棉警帽带吗?接着出现场也没来得及办这件事，昨天我用旧帽子换了这个新的，一带正好，大哥带可能小点，我已经自己掏钱，让被装助理到省厅装备库买顶号大点

1号（副）的。"我开始编瞎话。"这不挺正常吗，你磕巴啥？"苏医生不屑。

好不容易将棉帽问题搪塞过去，想起了那天抓获胡永才的后续情况。

"凤斌，你到家第一件事就是给我找个2号（正）棉警帽，旧点的也没关系。"在胜利返程的车上我对办公室主任说。

"怎么？"张主任想问怎么回事，但是话到嘴边忍住了。昨天下班前，张主任到办公室将崭新的2号（正）新警帽送给我。看来这伙计是下功夫了，弄不好跑省厅装备库倒腾出来的也保不齐，我及时将那个挂彩的棉警帽交出，以便尽快灭失证据，这还差点被"身边的赫鲁晓夫"——苏丽梅发现。看来撒谎是要付出代价的，这除了要多买一顶新警帽外，还要准备十个谎言来周全这一个谎言。

"金窝银窝不如自家的狗窝好啊！"七叔走进自家干净利落的院子，窗明几净的红色砖瓦房，在暖烘烘熟悉的房间里转了几圈后，发出如此感言。

"哈拉少！乌其哈拉少！"七婶也高兴地把苏医生二次搂在怀里，"我的孩子，你累坏了吧？"

"这都是你儿子搞的，我和我们科几个小姐妹就给他当帮手，公公那屋子谁都不让进，就他自己收拾，干了两天晚上。"苏丽梅开始在七叔七婶面前表扬我。

"我今年要过完正月再去公安处上班，你明天给高处长打个电话，请个假，在家好好陪陪你七婶，顺便放松放松，这半个多月把我憋屈坏了。另外，明天把伊戈尔送江北他姥姥家住几天，他太姥爷一定想坏了，被我们独自霸占这么多天。我们在家这些天，没事儿回来吃饭，顺便把活儿干了。"七叔几句话把一个月的工作生活都安排好了。七婶把斯琴给我们带的两大行李箱衣物按照每人一份（包括苏家父母、姥爷，我家父母、爷爷）交代给苏丽梅，还有我的西装和苏医生的几个款式连衣裙。

"这次去南方见了几个老战友，都是当年四野南下的，算算账，现在知道我们团还活着的不到 100 人，真是令人感慨呀！我和你七婶有个计划，趁着现在还走得动，今年准备去抗联牺牲的老首长墓地、抗联在国内的老营地走走，再回趟苏联，先看看你七婶他妈，然后去和你七婶相识的哈巴罗夫斯克抗联教导旅营地看看，了却一生的心愿。这件事你来办，手续你来跑，国内你来陪，休假你申请！"七叔在苏丽梅和七婶准备节日期间两顿饭的晚饭时，单独给我交代了家庭今年的宏伟计划。

"是！"我像接受任务一样习惯性地回答。

"车上小苏问你换新警帽时为什么磕巴，有什么隐私吗？"七叔突然发问，眼睛里露出狡黠的目光。

"什么隐私！你不都睡着了吗，还能听见？"我想打马虎眼。

"睡觉都得睁半只眼睛，是我教你的吧？我是该听的就听到了，不该听的你拿大喇叭喊我也听不到。"七叔笑嘻嘻地盯着我的眼睛说。

"处置平圣湖信用社涉枪案件中我为掩护身边的同志，头部抬高，棉帽上边让半自动子弹穿个眼儿，啥事没有。你可不能让丽梅知道，因为开荒地村袭警案件后她闹我，我答应再发生涉枪案件不会冲锋在前了，否则她会跟我离婚，到时候惨的不是我，是伊戈尔和你。"我威胁七叔。七叔愣了一下，收起笑容，郑重地点了点头。

七月流火，但是坐落在东北长白山深处的杨靖宇烈士陵园仍然感到阴凉、肃穆。这是我按照七叔正月里从南方回来给我交代的年度大事——"追纪抗联，重返哈巴"的时间表和路线图的第一站。我们加上司机一行四人，刚下用斯琴送的"皇冠2.8"丰田轿车置换回来的"北京213"吉普车，就立马赶到这里。我们按照七叔七姊的要求，购置了鲜花，敬献在杨靖宇英雄塑像前，立正敬礼，表示崇敬和哀悼。

"杨靖宇（1905—1940），著名抗日英雄。原名马尚德，字骥生，汉族，河南省确山县人，中国共产党优秀党员，无产阶级革命家、军事家，著名抗日民族英雄，鄂豫皖苏区及其红军的创始人之一，东北抗日联军的主要创建者和领导人之一，1932年，受命党中央委托到东北组织抗日联军，历任抗日联军总指挥政委等职。率领东北军民与日寇血战于白山黑水之间，他在冰天雪地、弹尽粮绝的紧急情况下，最后孤身一人与大量日寇周旋战斗几昼夜后壮烈牺牲。杨靖宇将军被评为100位为新中国成立作出突出贡献的英雄模范之一。

杨靖宇牺牲前夕，他和战士们同吃着一碗用雪水熬煮的糊糊，十分沉静地对警卫员说：'就是我们这些人都牺牲了，还会有人继承我们的事业，革命总是会成功的。'此后几天，他都没有吃到一粒粮食，饿了就以草根、棉絮充饥，战斗到生命的最后一刻。1940年2月23日下午，敌人在濠江县保安村三道崴子包围了杨靖宇。在日本侵略者留下的战场实录中有这样的记载：'讨伐队已经向他（杨靖宇）逼近到一百米、五十米，完全包围了他。讨伐队劝他投降。可是，他连答应的神色都没有，依然不停地用手枪向讨伐队射击。交战 20 分钟，有一弹命中其左腕，啪嗒一声，他的手枪落在地上。但是，他继续用右手的手枪应战。因此，讨伐队认为生擒困难，遂猛烈向他开火。'下午 4 时 30 分，杨靖宇被敌弹射中胸腔，壮烈殉国，年仅 35 岁。杨靖宇为国捐躯后，日本侵略者剖开了他的遗体，发现他的胃饿得变了形，里面除了尚未消化的草根和棉絮，连一粒粮食都没有！壮士喋血，为争民族之气，连残暴的侵略者也被震惊和折服了。当年参与'围剿'的伪通化省警务厅长岸谷隆一郎都不得不承认：'虽为敌人，睹其壮烈亦为之感叹：大大的英雄！'并特意为杨靖宇举行了'慰灵祭'。

1958 年 2 月 23 日，杨靖宇殉国 18 周年时，通化隆重举行公祭杨靖宇烈士仪式。中共中央、国务院及党和国家领导人毛泽东、刘少奇、周恩来、朱德等分别送了花圈。中共中央在悼词中高度评价杨靖宇是'伟大的民族英雄、优秀的共产主义战士'。"我联系当地公安局专门找的解说员介绍如上。

下午，我们在当地公安局找来的向导带领下，来到一片抗联密营群。向导介绍，这里曾是杨靖宇带领东北抗联一路军1936 年 6 月到 7 月间，在长白山深山密林里建立的一处秘密营地——蒿子湖密营。这里四周被群山环抱，地处号称方圆百里的蒿子湖之中，属长白山原始林带，中间又有东西走向的大川——老龙岗，被当地人称之为"迷魂阵"。一旦步入大川，便可见小川纵横交错，地形复杂相似，很快就会迷失方向。我们在当地同志带领下，隐约可见当年兵营、灶房、水井、磨坊、粮仓、饮马池、枪械所、被服厂、指挥官驻地等重要遗址。

1936 年，日本侵略军对东北抗日联军进行了大范围的军事围剿，并在东北林区推行集团部落制，强行并屯、保甲连坐、"蓖疏山林"、"铁壁合围"，迫使抗联部队由公开的根据地转进了"密营"。抗联就在深山密林中，储备军需、医治伤员、修理枪械、收集敌情、缝制冬衣，恢复生机。

从 1937 年夏天开始，杨靖宇领导的东北抗联第一路军在桦甸先后进行了攻打红石砬子、突袭柳树河子和木其河木场多次战斗，缴获了大量的枪支弹药和生活物资，给日本帝国主义以沉重的打击。直到 1939 年末，日本侵略者对抗联战士疯狂围剿，更由于叛徒告密，抗联损失巨大，不得不退到蒙江一带深山密林区，杨靖宇也英勇牺牲。抗联战士以惊天地泣鬼神的英雄壮举，同日本侵略者进行着不屈不挠的斗争。这些密营遗址，不仅是当年抗日联军艰苦卓绝的真实写照，更是抗联英雄们浴血奋战的历史铁证。

"还有一棵神树，也叫'抗联树'，几十年来总有人前来祭拜，路不好走，我们看不看？"当地公安局的同志问我。我转脸征求七叔七婶意见，因为这一天他们很疲劳。"抗联树，必须看！"七叔表态。

走过一段齐腰深的荒原野草地，穿过密集的白桦林，来到一片更加高大密集的红松林中，十几米高的树干上赫然刻着"抗联从此过，子孙不断头！""这是什么意思？"七婶问我。她虽然是绝对的中国通，但是对博大精深的中国文化和表达直接，铿锵给力的东北话理解还是不能如意。

"七婶，大意是抗联的部队从这里过去后，东北人民子孙再也不任人欺辱、任人宰割了，表达了最简单的誓言，最强大的决心。"我汉语为主，俄语为辅，附带手势，终于解释明白了。

"哈拉少！""据说这是当年一位叫金银松的抗联战士，将'抗联从此过，子孙不断头'十个字用刺刀刻在树干上的。"当地公安局找的向导介绍说。

"这个金银松是不是朝鲜族？"七叔突然发问。

"这个不知道，应该是，当年抗联里很多朝鲜人，像朝鲜伟大领袖金日成就是抗联的。"向导回答。

"指定是那个金银松，他就是杨靖宇的部下，当过首长通讯员。"七叔喃喃自语，已经泪流满面，大家愕然，我急忙递过毛巾和水壶。"这个小金就是我跟你们讲过的，我跟你八爷在苏联八十八旅入境侦察日本人防御工事，被日军咬住，你八爷带领全加强班十五六个人掩护我和另一个朝鲜同志将俘虏押上船回江北苏联那个人，就那次我腿部受伤，你八爷他们全部牺牲。"

"后来呢？"我好奇地问一句。

"后来在我住院治伤期间，苏军组织八十八旅一次空投敌后入境侦察时，再次被日军包围，在用电台发完情报后，他抱着电台拉响苏式手雷和上来的鬼子同归于尽了。"七叔深情地说。

我们肃然起敬，向着这棵代表着民族不屈精神和抗日将士神灵的"神树"鞠躬致意。随着岁月的流逝，树长高了，标语也长高了；树长粗了，字也随着变大了。战争已经远去，时代正在变迁，人们正陶醉在和平的幸福生活中，可这株历经战火硝烟、刻有东北抗日联军标语的"抗联树"，如今仍然屹立在长白山的密林深处。

让我们记住东北抗日联军、义勇军所有的抗日将士们吧！是他们用血肉之躯为祖国的独立、民族的解放，在白山黑水间坚持十四年艰苦抗战，打败了日寇，为的是让我们子子孙孙不断头！

（九十四）重返哈巴

"东北抗日联军（简称东北抗联）是1931年'九·一八'事变后，中国共产党在东北组建、领导的一支人民抗日武装，由东北抗日义勇军余部、东北抗日游击队和东北人民革命军等抗日武装发展而来。

1938年秋，日本加紧对国民党顽固派的政治诱降和对敌后根据地、游击区抗日军民的疯狂围剿。在1939年到1940年这两年中，抗联的活动区域由原先的70个县缩小到不足10个县。抗联部队也由原先的4.5万人缩减到1000人左右，杨靖宇、陈翰章等先后牺牲。

1940年3月19日，中苏双方将领举行会谈。抗联负责人周保中要求苏方考虑将东北抗联转移到中苏边境一侧建立野营，进行军事训练和阶段性休整。苏方也一直想借助东北抗联了解日军在东北的战略设施和军事情报，因此，双方的谈判进展顺利。1940年11月下旬，冲破日军堵截的抗联部队，开始分期分批跨越黑龙江进入苏联境内。"

在滨江市革命历史博物馆"东北抗联馆部分",我和七叔七婶一行认真地听取博物馆讲解员的介绍。

"我们八十八旅的事呢?"七叔有些急不可待。

"在右边,马上到了,首长。"讲解员理解七叔。"哈拉少!"七婶高兴。

"1940年初,东北抗日斗争到了最艰苦的时期,为保存在东北唯一的抗日武装,东北抗日联军进行战略转移,除留下少数部队在东北坚持战斗外,其余大部分部队陆续撤退到苏联远东境内。

1942年7月16日,东北抗日联军领导人周保中、李兆麟同苏联远东方面军司令员阿巴那申克大将经过协商,决定将留在苏联远东境内的东北抗联部队加以扩充整理,编为'东北抗日联军教导旅'。

1942年8月1日,由东北抗联改编而来的抗联教导旅在苏联伯力正式组建,番号为苏联远东方面军独立第八十八步兵旅,对外番号'八四六一'步兵特别旅。教导旅按照苏军要求进行了授衔,标准是:旅长为中校;副旅长、参谋长、旅司令部各部部长为少校;营长、副营长为大尉;连长、指导员为上尉;排长为中尉、少尉。战士一律授予士兵军衔。苏联远东军司令员阿巴那申克大将来到检阅部队后正式宣布:'授予抗联教导旅以苏联远东红军第八十八独立步兵旅的苏军番号。'教导旅名义上归苏军远东部队代管,装备由苏联提供,干部战士分别授予苏军军官、军士军衔,薪金和待遇与苏军同级指战员相同。

抗联教导旅官兵共 1500 人，其中抗联人员 643 名，其余人员是苏联籍的亚洲人和营以上的苏军副职军官。初期没有设政委、政治部，设政治副职，后改成政委。周保中任旅长，抗联第三路军总指挥李兆麟任副旅长（实为政委）。全旅编为 4 个步兵营，1 个无线电营，1 个迫击炮连，1 个教导大队。每营 2 个连，每连 3 个排。每营装备重机枪 6 挺，每连装备轻机枪 9 挺，每排装备冲锋枪 15 支。"

　　"说得靠谱！"七叔评论。

　　"这是革命历史博物馆，史实资料都是经过严格审查的，首长！"由于是在滨江市公安局政治部宣教科当科长的我的同学出面联系的，馆里指派的讲解员对我们一行十分客气礼貌。

　　"小子，我和你八爷就是这 643 人中的 2 个人。我和你八爷刚跑到江北是 1942 年的 6 月份，老毛子审查甄别我们两个月还没结论，原因就是我的俄语太好了，他们怕是小鬼子和满洲国派来的奸细。我反复说明是抗联赵尚志部侦察大队的地下交通站侦察员，他们就是不信。正好八十八旅筹备处成立，赵部侦察大队有个参谋也跑过来了，八十八旅就派他来辨认甄别，你七婶当翻译，这才把事儿整明白，确认我俩是抗联的。后来你七婶告诉我，苏联人把我说的'地下交通站'理解是'鬼据点'，与'鬼子据点'就差一个字，你说气不气人？也好，没这事也不能认识娜莎，她也成不了你七婶。"七叔颇为自豪。

　　"请首长往这边看。"讲解员引导。

　　红军第八十八独立步兵旅军官名单：

　　旅长：周保中中校；

政委、副旅长：李兆麟少校；

参谋长：马尔钦科少校（即原来的北野营主任杨林大尉）；

副参谋长：崔石泉（崔庸健大尉）；

后勤部长：金牙少校；

第一营营长：金日成大尉，政委、副营长：安吉大尉；

第二营营长：王效明大尉，政委、副营长：姜信泰大尉（姜健）；

第三营营长：王明贵上尉，政委、副营长：金策大尉；

第四营营长：柴世荣大尉，政委、副营长：季青大尉（李德佩）。

"七叔，这个二营长王效明是咱们松江省在全国解放前省人民政府第一任全省警务处处长吗？"我好奇地问。

"就是他，1955年被授予解放军海军少将军衔，前几年才去世。我刚到八十八旅的时候在他手下当兵，后当侦察班长、侦察参谋。"七叔似乎找到了感觉。

"教导旅成立后的两三年中，开展了汽车驾驶、无线电通信、空降跳伞、滑雪等特种训练，提高了广大指战员的战术技术水平和作战能力。随着苏联出兵中国东北的临近，苏联远东边防军还对教导旅进行了特殊训练，如空降跳伞、开摩托、识图绘图、收发电报、爆破、战地拍照等。据教导旅二营三连连长回忆，中苏两国官兵关系十分融洽。在苏军的协助下，除了搏斗、刺杀等基本技能外，第八十八旅的将士还接受了跳伞和滑雪训练，这对他们来说既新鲜又刺激。针对东北气候严寒、冬季雪人的特点，教导旅高度重视滑雪训练。抗联战士在这项技能上颇为努力，虽然战士们摔得全身青一块紫一块的，但仍然坚持训练。抗联教导旅在苏联三年的异国训练中不断成长、不断壮大，由一支只会打游击的队伍，发展成为一支掌握先进武器装备的专业部队。"讲解员继续介绍。

"1941 年夏，由于形势的变化，抗联首长决定派十五支小分队回东北侦察敌情，坚持游击活动。8 月，抗联第二路军第二支队支队长兼政委王效明率 50 多人带着电台返回东北虎（林）饶（河）地区。他们一入境，便遭到日伪军的追击。在极其困难的情况下，他们不仅完成了侦察敌情的任务，还积极地打击敌人。一天，在夜幕掩护下，王效明率部在图（们）佳（木斯）铁路线上的孟家岗炸毁了一列日军兵车，炸死炸伤日军 500 余人。这次成功的爆炸震动了日本侵略军，鼓舞了东北人民的抗日斗志。群众悄悄地传诵着这样一首歌谣：'敌气森森日月昏，关东父老盼联军。一声爆炸山河动，处处争谈王效明'。"

"这是真的！当年我和营长一起回来的，但是，返回苏联时不足 20 人，仗打得很艰苦。"七叔证实。

"我们往下看。"讲解员把我们领到下一版图前，"1945 年 7 月下旬，抗联教导旅侦察分队的 280 名指战员，组成 20 多支特遣队，秘密潜回中国东北境内，在牡丹江、佳木斯、哈尔滨、长春、沈阳等地降落，进行战前侦察。侦察员用各种方式，接近或潜入日军数百个营区、工事、弹药库、军事谍报指挥机关等要害设施，将日本关东军的 17 个战略地堡及中苏边境上三道防线的情况，无一遗漏地标注成空袭目标，并制成图表，由交通人员星夜传递越界过江，送到抗联教导旅情报中心。在此期间，侦察员们不仅摸清了日本关东军的军力部署情况，还多次完成了暗杀、破坏等任务。"

......

"在此期间，抗联侦察队员完成的最具传奇色彩的事件，莫过于炸毁虎头要塞的'亚洲第一炮'。虎头要塞位于黑龙江完达山脉的丘陵之中，是日军为进攻苏联而秘密修筑的边境军事要塞，拥有庞大的进攻和防御体系，是中苏边境东段的核心阵地之一。在要塞的山顶有一门榴弹炮，炮身直径为 1 米，炮口直径为 41 厘米，炮长约 20 米，号称'亚洲第一炮'。它的杀伤力极为惊人，装药量为 1 吨，一颗炮弹竟有 4 米长，最大射程达 20 公里，可以随时打到苏联的土地上，对即将出兵东北的远东军威胁极大。在苏军发动总攻的前夜，抗联教导旅小分队混入虎头要塞，炸掉了这门'亚洲第一炮'。"

"我们一个加强排 60 多人，一个都没回来！"七叔说着有些眼圈发红。

"在 1945 年 8 月苏军发动进攻之前，苏军最高统帅部印制了日军在东北防御体系的资料图册，下发连以上干部人手一册。图册详细绘制了日军防御工事结构、位置、坚固程度、火力配备等情况，为苏军迅速摧毁日军防御体系提供了可靠的保证。毫无疑问，苏军绘制的情报图册，凝结着抗联指战员的鲜血和生命。抗联将士为世界反法西斯战争作出了巨大贡献。"

能有组织这样评价，此生足矣！七叔七婶闭上眼睛，任凭热泪流淌……

次日，我们来到中国陆地最东端，素有"华夏东极"和"东方第　县"的抚远县，这里是中国最早见到太阳的地方。

地处黑龙江、乌苏里江交汇的三角地带。东、北两面与俄罗斯隔黑龙江、乌苏里江相望，南邻饶河，西接同江。全县总面积6262.48平方公里。县政府所在地抚远镇距俄罗斯远东第一大城市——哈巴罗夫斯克市航道距离仅65公里。这个县的乌苏镇距离俄西伯利亚大铁路在远东地区最大编组站卡杂科维茨沃2.5公里，战略地位十分重要。

在这里，我们同期被分到抚远公安边检站的同学热情地接待了我们，并带领我们参观苏联海军英雄烈士纪念碑。这个烈士陵园始建于1945年9月，纪念在解放抚远战斗中牺牲的27名苏联红军战士。1960年，县人民政府易地重建花岗石碑一座，高达30米。主碑两侧各有10米高的陪塔一座，四周为宽敞的石铺平台。石碑正面铭刻"苏联海军英雄烈士纪念碑"11个金色大字，背面铭刻原中共黑龙江省委第一书记欧阳钦题词："中苏两国人民用鲜血凝成的友谊万古长存"。

七叔七婶站在乌苏里江边，望着近在眼前的哈巴罗夫斯克，遥望郊区不远处的八十八旅"A营"驻地，心潮澎湃，不止一次流下热泪。从1945年8月跨过乌苏里江奔赴多灾多难即将迎来解放的祖国大地至今，整整50年，半个世纪过去了，沧海桑田，岁月如歌，说不尽的壮怀激烈，道不明的国恨家仇！今天，他们终于站在这里，品评着岁月静好，享受着天伦之乐。

"小公，拿酒来！"七叔大喊一声。

"是！"我立马从车里取出两个军用水壶，倒掉其中一只水壶的水，把另一只水壶中的酒匀到原来装水的壶中，递给七叔七婶。

"娜莎，干!"七叔七婶四目相对，酒壶怦然有声，半壶白酒顷刻喝干，"哈巴，我们回来了! 回来了! 哈哈哈! 呵呵呵!"七叔七婶继而又相拥而泣。

"醉卧沙场君莫笑，古来征战几人回!"我和我的同学也流下了热泪。

哈巴罗夫斯克边疆区位于俄罗斯远东南半部、中部，东南部与中国黑龙江省接壤，东邻鄂霍茨克海、日本海，隔鞑靼海峡与萨哈林岛相望，土地面积 78.86 万平方公里，占俄联邦领土面积的 4.6%，是远东经济发达地区之一，是仅次于莫斯科、圣彼得堡的全俄第三大航空港，它的飞机、船舶制造业在全俄占有重要地位，也是俄罗斯远东最重要的工业区和经济中心之一。

（九十五）九八抗洪

坊间曾经有一种传闻，说是 20 世纪每个年代后期，中国总有大事发生。别的我没考量，自己亲身经历的 1978 年 12 月党的十一届三中全会在北京召开，否定了"以阶级斗争为纲"的"左"的错误方针，确定了过渡时期总路线，编制了我国发展国民经济的第一个五年计划，确定了把工作重点转移到社会主义现代化建设上来和实行改革开放的战略决策，从此，中国走进了改革开放的新时代。1989 年中央果断平息"6·4"反革命暴乱动乱，维护了社会的持续稳定和改革开放的大好形势。这两件大事，倒是发生在七八十年代的后期。

转眼到了 1998 年，进入 6 月下旬以来，气候异常，长江流域降雨频繁、强度大、覆盖范围广、持续时间长，新闻媒体几乎每天都有形势严重的最新报道。

"今天讲的是长江发生了自 1954 年以来的又一次全流域性大洪水。"在局值班室里，一帮人围着电视机边看边议论。

好像呼应南方的天气一样，东北松花江上游和嫩江流域，6 月上旬至下旬出现持续性降雨过程，部分地区降了暴雨，7 月上旬降雨仍然偏多。由于第二松花江水和嫩江水汇合一处流入第一松花江的"三江口"在平原县境内，上级格外重视。县里也按照上级要求提前组建了"平原县抗洪抢险指挥部"，县长挂帅，水利、农业、商业、公安等有关部门组成专班开始运转。我和通信科伏科长当天就将沿江堤段所有通信状况进行了测试，一周内重新购置了一大批新换装 350 兆电台的基地台和车载台，组成了强大的通信覆盖网。

平原县人习惯将第二松花江在平原境内的流域称为"南江"，而将嫩江在平原境内的流域称为"北江"。七月下旬，北江上游又出现持续性强降雨过程。我立即抽调政治处、治安大队、交警大队、警务督察等部门得力干部组成抗洪抢险公安专班，由分管治安的副局长带队开赴前线驻扎，同时在全局进行二级勤务动员。

8 月上中旬，两江上游再次出现强降雨过程，大部分地区出现了大暴雨，局部地区半个月的雨量接近常年全年的雨量，上游已经形成了嫩江、松花江流域的大洪水。8 月下旬，嫩江出现第二次洪峰。形势严峻，上级水利部门通报的上游水文站数据不再具体，只说可能超过 1954 年大水，应该是百年一遇。随着全民总动员，公安局里的全警总动员已经实行多日，所有有行动能力的民警都上了大堤，除维护交通秩序、治安秩序、后方秩序外，还负责一个重要险段堤防的值守，警力捉襟见肘，工作十分繁重紧张。局里除两个治安大队值守枪库的枪械员比较正常外，留守和值班的十几个人基本就是一支老、弱、病、残、妇队伍。

8月1日20时30分，湖北省嘉鱼县合镇垸溃决。该垸为长江大堤之间的洲滩民垸，溃决后省防汛指挥部紧急调动2000名解放军、武警官兵和公安民警，动用150多艘冲锋舟、橡皮船全力抢救，并空投1万件救生衣。在抢险中有19名解放军官兵牺牲。

8月7日13时50分，长江九江大堤发生决口，决口位于九江市城区长江大堤上游段4号-5号闸口之间。中央军委紧急调动部队进行堵口，南京军区、北京军区某集团军和福建、江西武警等联合作战，于12日18时堵口成功。

白纸黑字的汛情通报，惊心动魄的决堤画面，日益见长的身边洪水，诠释着什么叫作水火无情。

就在大家惊魂未定之际，上级通报北江（即嫩江）已经形成全流域性大洪水。平原县上游的前三个水文站水位均超过历史纪录，洪水重现期为150年以上。受各支流来水影响，嫩江干流水位迅速上涨。洪峰流量超过了1932年，沿途各地即刻加强备战，确保人民群众的生命安全。

"这一着急上级也能把文件印错！"指挥部抽调过来值守电台的通信科59岁民警老李说。

"怎么回事？"我急忙问。

"你看这前三份通报提的要求都是保证人民群众的生命财

产安全，这次财产落下没写。"老李说。

"关键时刻就保命吧，还要什么财产呐，你真是舍命不舍财呀！"来指挥部领任务的刑侦局长吴国强以他"生产队长"的直白语言解释了这次文件精神的实质。

8月12日，嫩江第三次洪峰形成并到达平原上游前四个水文站，流量14800立方米/秒，洪水频率约为400年一遇。上级要求紧急疏散转移地图标识红线（等高线）以内的所有群众，确保生命安全。

"这前四个水文站的洪峰到达我们平原县江段需要多长时间？"我问指挥部的水利工程师老王。

"一周左右，20号前后一两天。"老王是老水利，业务在全省都有名。

"我们必须提早动手，做细做实群众转移和家园守护工作，否则人走了再回流，必定造成现实危险！"我心里琢磨着。

8月13日至14日，江泽民总书记到长江湖北荆江大堤、洪湖大堤、武汉龙王庙、月亮湾等险段指挥抢险，慰问军民，发出决战决胜的总动员令，给抗洪军民以极大的鼓舞。

8月14日，国家防总向东北三省发出《关于抗御松花江特大洪水的紧急通知》，要求防汛部门及时转移危险区域内的群众，确保人民群众的生命安全，采取有力措施加强重点工程的防守。

这天中午，我回到局里，想再次挖潜找人，盘活存量资源，支援抗洪前线。突然看到交通派出所的鞠万山在值班室里，立马气就不打一处来。小鞠年龄跟我差不多，因为孩子都在一个班。

"局长，我这两天心脏病犯的不是时候，医生说必须住院，否则很危险。"鞠万山首先开口。

"现在大家都危险，哪里不危险？走路还能掉下树叶砸破脑袋呢，不就是这个时候需要我们吗？"我一生气语言尖刻且语速很快。

"那我下午上前线！"小鞠表态。

"你白天打针，晚上吃药值班，替下文书老陈上前线。"我转身走了。

刚出值班室门，迎面碰上了督察室的小顾，"局长好！"这是个刚刚转业回来还没正式报到的武警干部，规范地举手敬礼。

"你怎么不上前线？"我像过去旧军队扩兵遇到壮丁一样，还礼的右手还没放下就发问。

"局长这两天事多可能忘记了，前天平圣湖派出所胡所长不是违规喝酒骂办户口群众让你关禁闭，碰上我来局里提前报到你让我看着他吗？"小顾委婉提示。

"那好！一会儿办公室拉给养的车回来，你押他一起上前线，实行劳动改造，免得卖一个搭一个！"我恨恨地说。最近心情焦躁，仿佛全世界都对不起我，一肚子的无名火。

第二天早晨七点刚过，局里看家的副政委一个电话打到我们局领导刚配发两年的诺基亚手机，他说："今早接班的同志发现，鞠万山因心脏病突发（心梗）死在值班室的地上，看现场应该是下地去取桌子上放的救心丸未成所致。县医院的医生和院长都来看过，确认死亡多时。"

"我马上回去!"在蒙圈了三四秒钟后才说出一句话。愧疚和自责伴随我一路无语,其实内心翻江倒海。

"局长回来了!"在县医院太平间外面的一伙人里有人说。

"局长啊,他就这么一狠心走了,我们娘俩怎么过啊!呜呜……"鞠万山在县供销社工作的媳妇痛不欲生。

"爸爸!"伊戈尔的同班同学、那个聪明漂亮的小女孩鞠倩倩还带有稚嫩童音的哭声像子弹一样有穿透力,谁听了都会撕心裂肺。

"嫂子、倩倩,都起来,我对不起你们,是我昨天安排他值的班,这个责任我来负,要打要骂我都接受。"我诚恳地对这对母女说。

"公孙局长,我们几个医生刚才碰过头,他这是心梗,在医院住院也是这个结果,你别太自责。"鞠万山的大哥、县卫生局局长鞠万河说。

"看看嫂子、倩倩、大哥还有什么要求,我们一定全力以赴,不讲代价!"我两眼通红,信誓旦旦。

"万山走了,孩子以后上学长大就业怎么办啊?"嫂子说到这里又痛哭起来。

"嫂子,万山死在工作岗位上,按照政策规定是因公牺牲,但不是烈士。你是公安的遗属,我们一定会管。倩倩今后上学就业的事儿你不用操心,就负责带好养好就行了,我和公安机关一定会管到底,单位不管我来管,今天在场的各位可以做个见证,我公孙坚决只要活着,一定会把鞠倩倩上学就业安排好,让鞠万山在天上看着我是否说话算数,能否做得了他的弟兄!"

"谢谢你啊,局长。来,倩倩,给叔叔磕头!"再次下跪的娘俩被人拉起。

"局长,前线这么紧张,你快走吧,后事由我和副政委来处理,给组织添麻烦了!"鞠万河说。

多好的家属,多通情达理的大哥!比起他们的真诚,他们的胸怀,他们的包容和对亲人的挚爱,我真的太卑微、太渺小了。

"万山兄弟,你放心走吧,你的亲人就是公安的亲人,就是我的亲人,只要我不死,我一定会把你的孩子抚养成人。"我暗下决心,心里流泪返回前线。

更加严峻的考验还在后面。

江水不断上涨,水面接近江边的主堤平面,人们在主堤上面堆砌麻袋包,筑成子堤。19 日 15 时,电台呼叫,20 分钟后一架军用直升机降落在平原县抗洪抢险指挥部附近的山包上,请做好飞机相关安保工作。我知道,"飞机的相关安保"指的是乘飞机人的安保工作,国务院领导来了。在前线的省委书记、某野战军军长、地委书记、县委书记等前线首长均受命前往开会。

16 时,在距离县前线指挥部 20 米外四个方向放四个民警站岗的情况下,地委书记面色严峻地向地区专员、军分区司令、地区公安处长、县委书记、县长、县武装部长和县公安局长七个人传达了上级的绝密指示:"嫩江第三次洪峰预测明天凌晨四点到达平原县李店水文站,流量 15000 立方/每秒,频率 400 年一遇。从国家战略利益考虑,为保卫大庆油田,保卫下游特大工业城市哈尔滨,上级决定明天四点洪峰到达李店水文站达到最高峰值时，炸开嫩江平原李店水文站附近大堤100米分洪。松北地区和平原县党政军要做好相关准备工作，做到分洪前不泄密，分洪后不死人。"

室内鸦雀无声，大家这时候才真正体会到什么是压力山大。

"今天早晨指挥部通知的5个乡镇再动员500辆小四轮拖拉机，每车4人共2000人的增援民工一会儿就到了，如果不及时通知制止，下半夜车不走，增援的责任段可都在红线以下，后果不堪设想啊!"县长忧心忡忡地说。"抓紧想办法。但两个硬杠杠不能破，谁破枪毙谁。爆破时预警和爆破前溃堤预警由公安机关执行，行动吧!"会议结束。

"小公，这500辆四轮子2000人的事怎么搞，老巴不总是说你鬼点子多吗?"刘书记和县长认真地看着我说。

"你信得着，我现在就开始做。"一根筋的劲头关键时候又上来了。

"001，001，交01呼叫!"交警大队长呼叫。

"请讲!"我回答。

"离大堤最近的沿江乡增援的100辆'小四轮'400民工已经到达上堤出发线，是否出发?"我看书记、县长两人一起摆手。

"情况有变，停止上堤。就地将所拉之土卸到前来方向的公路右侧，掉头返回本地，任务就算完成。你马上派出交警，交警不够你调动巡警维持秩序，迅速折返。"我说。

书记、县长点头。

"有什么情况吗?"大队长感到指令有点怪。

91

"没有情况。另外，你马上用电台通知城关镇交警中队和平北交警中队依次拦截前来增援的另外 4 个乡 400 辆'小四轮'1600 名民工，组织就地卸土，就地掉头折返原地，给解放军今晚大批增援车辆让出运输路线，抢险救急。"我这次总算没磕巴。

"明白！马上落实。我说的嘛！"后一句是大队长自己议论，送话键没松开讲的。书记、县长松口气，刘书记拍拍我的肩膀和县长匆匆走了。

"走，我们过去看看。"我对在指挥部负责警力调度、现在已经是政治处副主任的徐晖说。

刚才我用望远镜看到大堤下出发线附近有十几辆"小四轮"和几十人，半小时还没撤走，恐有闪失。近前一看，一台加宽车棚板的"小四轮"坏到了折返路中间的水泥桥上，下边水流湍急，人不敢靠近去抬。两个交警左喊右劝，人车还是不动。

"用咱们的车顶能出来吗？"我问司机。

"只能顶到桥下水里，咱们的车弄不好水箱保不住。"司机回答。

"问你有没有把握？"我有些横眉立目。

"有！"我的司机当过兵，知道此时就是战时。

"让开！"我分开众人，站在桥中间四轮拖拉机的车厢上。

"老乡们，我是县公安局局长公孙坚决，部队运输大批物资的抢险车辆马上就到，我们必须尽快撤离这里，让出通道，时间紧急。我决定，用我的车把这台四轮车顶到桥下，打通道路，赢得时间，损失由公安局负责，洪峰过后给买辆新的。"

"谁信呐！能买新的，我车也走不了了！"一个看似农村混混的人说。

"不走也得走！上车，顶。"我面露凶相，命令司机。

徐晖把背着的冲锋枪瞬间端平，"往后退！"一群人，顺着两个交警的手势，立马退出 10 多米远。丰田吉普慢慢用保险杠顶住四轮车箱，吼叫着将这辆"拦路虎"推到滚滚的江水中，道路被打通了。

"谁的车，拿条！"徐晖喊。

"还真给呀！"一个老实的农民上前接了过去。

0 时，生死攸关的 8 月 20 日来了。前线所有的人员按照总指挥部的要求撤到距离大堤 500 米外的山坡上。山坡与李店水文站之间有个横堤，也是唯一运送物资的通道，能跑大型货车，20 名全副武装的巡警在这里布下最后一道警戒线。此时，留在李店水文站最高观测点的就我一人，这是指挥部要求这个时段唯一可以在现场的人。0 时 15 分，横堤下面一队身着迷彩服的解放军悄声快速而来，他们都背着背包似的器材和工具，迅速消失在水文站的左侧。我知道，这是某野战军工兵营按照计划实施泄洪爆破的小分队开始作业，20 分钟后，这支队伍像来时一样静悄悄地离开大堤。

"预警员上岗！"这是松公 01、地区公安处高处长的命令。两个黑影从高地向这边快速移来。

"你怎么来了？"我一看除刚才经激烈讨论，附带硬性条件的预警员徐晖外，另一个竟不是吴国强，而是昨天上午从禁闭室放出来实行劳动改造的"胡汉三"胡所长。

"局长，我知道我犯错误了，但是我符合有儿子的硬性条

93

件，而且因为老婆是满族，有两个带把儿的。最主要的是你局长、副主任都不怕死，我所长就怕死吗?! 有我老胡在，用得着两个局长放信号吗? 我没了，就是烈士，全家光荣，大家也把我犯错误这点缺德事忘了，活着回去你继续关我禁闭!" 他看我还在犹豫，把背着的冲锋枪摘下来，枪口朝上递给我："要不你俩放信号，我在这里陪着!"

"留他在这吧!" 徐晖讲情。

"好吧!" 我答应了。看到徐晖的冲锋枪像现在美军在中东战场上那样端在怀里，枪口略低，这样能最快抬起枪口开火。何况"胡汉三"还不至于干出太出格的事来。

"你们两个'警民联系卡'带了吗?" 我问一句。

"都带了。" 他俩从"八九式"半袖警服上衣口袋里掏出全局上半年走访群众时的警民联系卡给我看。这个塑封的卡片里有本人的照片、姓名、单位、警号和联系电话。大家都知道这是为牺牲后找到尸体确认身源准备的，不过都没讲破，各行各业都有一些忌讳和潜台词。

上级规定预警员任务：如果爆破前发现溃堤和漫堤征兆，经现场负责人同意，就将两支冲锋枪弹夹里60发子弹打空和信号枪2发红色信号弹打上天空，下面的事儿很简单，活下来是英雄，死了是烈士。因为，在水平面与地面38米的落差下，奔腾而出的江水将一泻千里，生还的也只能是现在电视神剧里的神人。如果是爆破预警，信号员基本可以生还。

凌晨2时过去了，江水在涨。3时过去了，3时45分过去了，江水一直在涨，眼看着离主堤上面码了五层麻袋包的最高一层还有10公分的时候，我将情况向指挥部报告："平公001

报告，江水长势很快，预计未来 10—15 分钟漫过子堤，请示未来 10—12 分钟时发规定信号，完毕！"

电台里沉默！

"001 呼叫 200！"我以为电台出了毛病。

"松 01 命令：无论什么情况，3 时 55 分，你们必须完成预警，向左侧大堤快速撤出，不得自作主张！"这是地委书记的指示。

我心头一热。3 时 52 分到，上涨的江水在脚下拍打着我们湿透的裤管，有的已经借风打过堤坝，千钧一发。"举枪！"我命令。此时我们已经没有怯意，仿佛神灵得以净化，正在完成一项神圣的使命或者宗教式的仪式。突然，远处传来一阵低沉的呼隆隆的继而像老牛一样呜呜的叫声，江对岸按照要求拉的临时照明灯灭了一大片。

"对面开口子了！"高地上有人惊呼。

"停止发信号！停止发信号！"电台里一片呼叫声！

（九十六） 纪不容情

1998 年 9 月 28 日，全国抗洪抢险总结表彰大会在北京隆重召开，中共中央总书记、国家主席、中央军委主席江泽民庄严宣布：中国人民已经取得了这场抗洪斗争的全面胜利，这是中国人民创造的又一个举世瞩目的伟大业绩。百年不遇的特大洪水终于在勇敢的中国人民面前退却了。这场大灾并没有造成大难，没有造成灾民饥饿和疫病流行，也没有造成社会慌乱和不安。

"局长，胡所长刚才下车就到督察室报到来了，禁闭还执行吗？"8月23日下午，刚刚送走抗洪抢险的解放军大部队，警务督察小顾就到我办公室请示。

"还有几天？"我问。

"还有三天半。"小顾答道。

"今天下午开始执行，晚饭我给他送，晚上让政治处徐晖陪他睡觉。"我说。

"是！"小顾出去了。

"这公安局怎么和部队一样啊，执行纪律条令这么死板！"这小子脚刚迈出门就叨叨咕咕地说。

在大堤上连续四十二天没回家，无数次越过家门而不能入，苏医生和全国全县人民一样十分理解，只是中间捎过几回药，争取一次去前线巡回医疗抗洪抢险民工的机会，到我的指挥部帐篷里看看，坐十几分钟。今天看见部队都送走了，大批人员从前线撤回，她也早早回家，做好饭菜，果然等到我准时下班回来，如果不是儿子在家，看架势会给我一个"七婶式"拥抱。

"快洗洗吃饭吧，你看你的脸和脖子都和大堤上的黑土一个颜色了！"女人对自己的男人观察得细。

"等一等，一会儿还有点事儿。"我说。苏医生的脸迅速从春天的阳光灿烂立马变成冬天般的冷若冰霜，这女人真是翻脸比翻书还快，可惜当时还没有这个词，只是觉得变脸快。

"那你还回来干什么？"这娘儿们越来越不好驾驭了！当我把对胡所长继续执行禁闭，需要给他送饭，以平衡大家心态体现不忘生死之交战友感情时，苏医生的脸色又从冬天回到了

96

夏天，眼圈开始发红。

"那你送完饭还干什么？"她关心我的下一个日程安排。

"回来陪你吃饭，陪你睡觉！"我脸上有点不庄重的笑容。

"讨厌！那就再炒一个菜，多带点饭，我跟你去，咱们一起陪胡大哥吃点饭，也算吃'喜儿'了！"苏医生说出她的安排。

"你别胡说，江北开口子，造成重大经济损失还有人员伤亡呢！"这回轮到我变脸了。

"我是站在一个妻子的角度说的。胡大哥这次毕竟是你的生死兄弟，回来你又给人家关起来，搞不好大家不得说你没良心呐！"她说的也是实情。

禁闭室里，除胡所长外，还有政治处副主任徐晖，他也看这个难兄来了。当我把两个凉菜、两个热菜加路上又买的一斤香肠摆上禁闭室写检讨材料的"三匣桌"上后，苏医生突然在她的手袋里拿出一瓶"平原白酒"和四只小酒盅来。这是最近几年改革开放，适应原来四野南下那些平原籍老干部、老领导怀念家乡、记住乡愁，而将原来的"草原白酒"广泛化的名字改成指向明确、地域化明显的品牌酒。

"哎呀！局长，弟妹，这可怎么好，这犯错误还有功了，不得了，不得了！""胡汉三"有些语无伦次。

"你犯错误没功，但是你关键时刻守大堤有功！"我还是端着局长的架子。

"胡大哥，我们今天特意从家拿酒拿菜陪你和徐晖哥俩吃个'喜儿'，虽然公孙不让这样说。感谢关键时刻你们生死与共，站在一起。你也别记恨你们局长，他是领导，必须执行纪律。我公公说，共产党的纪律是铁、是钢，谁都不能例外，你要同意，咱们把这杯酒干了！"说完，将自己杯里的酒一饮而尽。苏医生一改文明礼貌的知识分子作风，就像我们刑警队的女汉子一般。真是"近朱者赤，近墨者黑"，公安机关男人的同化力量不可小觑。一句话感动两个人。

"弟妹，你是要陪局长生活一辈子的，那天要是再晚三两分钟，我们哥俩就陪局长战斗一辈子了。从此后，就是一家人，一家人不说两家话。我老胡别的能耐没有，关键时刻替局长顶刺刀、挡子弹没有二话，何况我还有两个儿子呢！""胡汉三"很激动，跟我和徐晖碰一下杯，都干了……

十天后，讨论抗洪抢险立功受奖人员名单时证实了我当初将胡所长继续关禁闭的正确性。按照上级的明确指示，洪峰到达当天晚上，大堤值守预警发信号的三个人每人记个人二等功一次，这几乎是从上到下的共识。但是，仍然有喜欢"高、大、全"的领导提出了胡所长群众观念不强，与来所办事群众发生语言冲突，影响警民关系，立功受奖应该慎重云云。

这个时候我不能沉默了。

"我个人认为，我们是不是首先厘清对三方面问题的认识。首先看立功的事实也就是立功点有没有问题，其次是如何看待奖罚分明的问题，最后如何评判先进事迹与英雄壮举的问题。"我最后发言。

其实我既是党委书记又是局长，完全有认可权也有否决权。但是此事如果说不透，会产生示范效应，伤及关键时刻舍生忘死、平时工作有小错瑕疵这类同志的心，最后产生"英雄流血又流泪"的反面效果。

我接着说："首先，老胡这个人参加水险预警是他自己抢来的，当时的险情大家不全知道或后来才知道真实情况，可以说上堤预警基本上九死一生，抢着去死的人咱们在座的也不是个顶个做得到的吧。我上，是局长的职位责任，死活都得去，谁当局长谁得去，没有选择，老胡不一样。二是老胡违反了公安机关的群众纪律，局里决定的七天禁闭一天没少，洪峰过去抢险回来补上没执行的三天半。该处罚的已经执行完毕，那么该奖的是否也要兑现。第三个问题，这次我们评定的功绩可以算是关键时刻英雄壮举范畴，是一时一事，不是平时先进人物的持续好事。咱们都听七叔讲过，打锦州时俘虏的国军炮兵，经过战场简短的阶级教育和宣传动员，掉转炮口就轰掉国民党军几个地堡，国民党军的帽徽还没来得及摘掉，就是解放军的人民功臣了。这就是平时和战时评定好坏的区别，一个有错误的和有点小坏的人在特定环境条件下不影响他做出惊天动地的大事好事来，更不应该影响他成为英雄人物。我同意给胡所长记二等功。"下面自然有掌声了！

1999 年的春节到了。七叔七婶去俄罗斯没回来。我和苏医生商量把爷爷、爸爸妈妈接过来一起过年。本来想让弟弟和弟妹也一起来过个团圆年，但因为不久前弟弟家生了个小侄儿就不能成行了。好在弟弟的岳父母都在跟前，爸爸妈妈他们也放心。可能是这几年我有好几次风险极高的大事经历，苏医生对我特别在意，对我家也格外重视，这次过年一切都是她张罗准备，包括哪些话绝不能说，都一一训练我和伊戈尔好几遍，直到满意为止。爷爷、爸爸、妈妈到达平原县城的第二天，江北苏医生的姥爷、爸爸、妈妈就登门探望来了，亲家相见，其乐融融，伊戈尔炕上地下一会儿展示才艺——唱俄罗斯儿歌，一会儿背诵唐诗，一会儿捏泥人儿，忙个不停。当然，江北客人到达之前，苏医生已经提早做完功课，例如，不该说的，类似我经历两次危险枪战和抗洪抢险决堤前预警之事绝对不说，不该问的，类似老家弟妹与婆婆之间是否和谐绝对不打听。此时的苏丽梅，做个政委应该没什么大问题，当然是家庭的。你没看某电视剧里的八路军团长不就明确讲过军政首长分工"政委管生活"嘛。

从我参加工作起，我们县公安局就遵循着一个不成文的规定，年三十除夕这一天一夜必须局里主要领导和各科所队长值班，理由是老局长当年讲的"你们平时作威作福，大年三十就要站岗放哨。这就是咱们共产党解放军的规矩，吃苦在前，享受在后，何况你们又没吃什么苦"。我这一届当然也不例外，年三十早饭后我到局里先检查一下武器库，看到家在外地的枪械员卢华忠仍然在岗，有些诧异。

"你怎么不回家过年，是你们大队长安排的吗?"我问。

"不是，是我自己要求留下的。家里没事儿，孩子准备高考，回去净给人家添麻烦。"老卢解释。如果我没记错，这应该是他陪我在单位过的第九个春节了。

"多好的同志啊!"我不由得心生感叹。"能不能家里有什么事儿啊?"我的职业多疑症发作了。"通知治安大队长邵延到我办公室来一下!"我用内线电话告诉通信科。

"华忠家里可能有点事，但是他从来不讲。前几天教导员还跟我说，看见他晚上经常自己在办公室默默喝酒，我俩商量这个问题搞不明白春节后得让他离枪库远点。"大队长跟

100

我说。

"节后你跟教导员把卢华忠送回去的同时带点东西，慰问一下家属，十来年如一日在局里值守春节，家属有想法是正常的，我们要做好解释工作。另外，孩子今年高考后就张罗把家搬过来，总把媳妇一个人扔在农村也不是个事儿。"我叮嘱。

……

"别说了！这'八九式'警服从头到脚都是给你们治安大队量身定做的。"我摔门而去。元宵节那天出夜勤回来，大队长、教导员很正式地把我请到他们大队长办公室汇报卢华忠家庭问题。"歌词大意"是，华忠老家的一个村干部盯上了他媳妇，软硬兼施控制好几年，村里村外都有人议论但是也没什么证据，老卢可能回去风言风语听到点什么还打过他媳妇，为此他家属还喝过农药云云。

"你们怎么看？"我问。

"这事可能有，肯定不是自愿；也可能没有，那个家伙自己放风，搅浑水日后摸鱼。"教导员说。

"这话等于没说。如果有怎么做老卢的工作？"我问。

"我们想听听局长的意见。"这两个家伙肯定事先商量好了，等着我表态。

于是有了开头那句话和拂袖而去的情形。

不久，我接连收到上级公安、检察机关和县信访办转过来的上访信，反映民警卢华忠持械回乡屡次殴打村干部至伤的问题，我心里没底，问治安大队警政主官，均坚决否认，于是批给纪检督察予以调查核实。经查，卢华忠和治安大队全体民警在信中提到的时间段均在岗在位，不占有起码具备的时间空间

101

作案条件，没有证据证明伤害该村干部系卢华忠本人或指使他人所为。事情就这样不了了之了。

一晃半年时间过去了，有一天我值班，治安大队长笑嘻嘻地到我办公室报告，老卢孩子考上大学，家也搬来了，媳妇被安排到治安大队下面的自行车管理所做临时工，现在是老卢不回家，媳妇就来找，两口子非常黏糊。

"你跟我说这话是什么意思?"我问。

"你那次在我们大队摔门而去给我们整蒙圈了，尤其那句话，我们班子琢磨好几天才搞明白。"大队长诡异地笑着说。"我忘记我说啥了，反正我说有用的话你们一句也没记住，要不我怎么像一个旧社会的老婆婆那样天天'叨叨念'呢?!"我装傻充愣。

"你不是说，这'八九式'警服是专门给我们治安大队从头到脚量身定做的吗?"大队长提示。

"对呀! 这次换装，不是像以前咱们参加工作时，差不多报个号，上级就按照上报的号码发下来了。这次不都是给每个人量的尺寸吗?"我在叙述事实。

"这倒也是真的哈。"大队长觉得此言无懈可击，败下阵来。

"不对! 我们研究你这句话时，那个大学生、你比较欣赏的副大队长黄克分析，你的话主要是说警服的颜色。""橄榄色!"我说。

"对。橄榄色不就是绿的吗?"大队长突然记起。

"是绿的，有错吗?"我问。

"没错。你别打岔，局长。"大队长提高语速，唯恐其间我再插话打断他的思路。"我们分析的结论：你其实在说，这'八九式'警服是橄榄色的警服，橄榄色就是绿色，这不重要，重要的是你引申到帽子上了，警帽也是橄榄色，绿色的，'绿帽子'在东北就影射家里老娘们儿出轨或让人欺负，男人忍气吞声的意思，对不对？"这小子在他们集体研究评估后来我这里敲"回车键"确认来了。

"没那个意思，那是你们没文化的人歪评三国。"我笑着说。

"老卢什么事儿也没有，我们什么也没做，此事儿跟我们一分钱的关系都没有，这是调查后的结论。"这小子笑嘻嘻地从我这里滚开了。

（九十七）小区幽灵

如果说 1998 年南方长江流域百年一遇，平原县内松花江、嫩江流域四百年一遇特大洪水为"天灾"的话，那么七月份和九月份接连在县城两个高档小区发生的入室抢劫杀人案可以称为"人祸"，只不过是由于特大洪水的到来和全力以赴抗洪抢险而没有引起人们的高度关注而已。一个季度不到，一个县城之内，四人被害，两户被灭门，被害人又均为近年来富起来的百万以上个体工商户。抗洪抢险结束，尤其春节一过，这两件压得我、吴国强和刑警队抬不起头来的大案攻坚工作正式启动了。

在烟雾缭绕的会议室，侦查员关于案件侦查情况的汇报已经进行一天半了，随着大家依次发言，我的脑子里像当下计算机软件实时更新一样不断去伪存真，覆盖或增删原来的内容，构建还原案件情节，完善自己的"侦查假说"。我坐在那里边听边想又是半下午了……

"98·7·17"案件。1998年7月17日18时，平原县繁华的商业中心农贸市场关门闭店。在一楼搞猪肉批发的个体业主董春萍收拾好摊床档口，拎着刚买的干豆腐和油饼匆匆回家。在她身后不远的街道拐角处，两双阴鸷的眼睛在寸步不离地盯着她。

董春萍一家三口，住在城关镇育红派出所管内新建的高档小区A栋一单元六楼，丈夫赵永科开个货运公司。夫妻俩在党的富民政策下，凭力气靠双手勤奋致富，买卖做得风生水起，很快成为县里屈指可数的百万以上富裕人家。他们的女儿是县实验中学一年级学生，聪明漂亮。想到女儿，董春萍不由加快了脚步，先期放学回家的女儿正在写英语作业，她便像平常一样下厨房做晚饭。

"咚咚咚！"一阵急促的敲门声。"谁呀？"董春萍问。"我们。"门外人答。"干什么？""自来水公司维修队检修自来水管的。"回答声隔着厚厚的防盗门传进屋内。董春萍不假思索地打开门，门外进来一高一矮两个人，到屋里看了一圈自来水管走向，说没什么问题。那个矮个拿出一个笔记本，让房主签字。当董春萍走进卧室拿出笔正弯腰要写字时，矮个"嗖"地亮出一把匕首，从后面逼住了她的脖颈，凶狠地说："别动！把钱拿出来！""我……我没钱！""没钱就杀死你！"在歹徒的威逼下，董春萍告诉他钱在皮包里。歹徒从她的皮包里翻出了5000元钱和一个4万元的存折，问清姓名、密码和储蓄

104

行后，顺手捡起她家电风扇罩，猛地将其头部蒙住，掏出事先准备好的绳索缠绕在她脖子上，随后将其倒剪双臂，勒死在卧室。

在董春萍女儿的房间，另一名歹徒对这个天真无邪的孩子同样完成了凶残的一幕。孩子作业本最后一笔划出一道长长的线，成为生命的休止符。

两名歹徒又翻出了部分金银首饰，然后，为转移公安视线，特意在孩子笔记本上写上"省城"二字；为最大限度延迟发现案件现场，又故意把钥匙折断在插孔内，趁夜色逃之夭夭……

"98·9·22"案件。1998年9月22日上午，平原县城最著名的华商小区B座一居民楼内，在中心市场卖精品服装的李明夫妇俩也许是被昨日一天的火爆生意折腾得太疲倦了，已经8点多还沉浸在甜美的梦乡中。做梦都想不到的是，一场灾难正慢慢向他们袭来。

一阵敲门声，李明从梦中惊醒，他光着上身蹬上裤子急忙来到门前。

"你们找谁？干什么的？"李明问。只见屋外站着长相较为相似的两个人，那两双贼亮的眼神让李明产生了几分怀疑，可当二人说是自来水维修公司，有人投诉这栋楼有漏水现象，趁着早晨各家有人来检修设备时，李明原有的几分警惕很快消失。两人进屋巡查一圈后，立刻凶相毕露，一对一单挑，三下五除二，夫妻俩就被控制住，但在激烈的反抗中李明也用身边的剪刀刺伤其中一个歹徒的手臂，几滴血落到地上……

我们当初的侦查基础工作是否扎实，有无遗漏？我边听汇

105

报边回忆侦查活动的组织实施情况。

"98·7·17"案件接到报警后，我和吴国强带领侦查技术人员第一时间赶赴现场勘查。继而针对小女孩作业本上所留"省城"字样，派出强大工作专班赴省城就董家及其丈夫的所有社会关系开展工作。在家的侦查员先后走访了董家的邻居、亲戚、朋友、本地经商伙伴、家庭成员和社会关系及其丈夫的朋友、女儿的同学近千人，重点审查70余人，做了大量艰苦细致的工作。在尚未获得有价值线索的情况下，连天大雨，南北江同时涨水，所有人员放下案件，投入到抗洪抢险的紧急任务中，侦查工作就此中断。

"98·9·22"案件。走访李明家的商业伙伴称，9月22日上午10时，李明约好与商场同行一起去S城服装市场进货。可是那天到约定时间别人都上了车，李明还没有赶到，朋友们打家中座机电话、手机、传BP机，一概没有应答，"时间就是金钱"，只好走了。23日，大家回来后还是没发现他们两口子到市场开张；24日，他家雇的服务员往其家中打电话请示服装打折价格时，家中电话仍无人接听，继而分别往李明夫妻双方父母家打电话，也不知情。两家父母着急了，他们找遍熟悉儿女的朋友家，还是没有两人下落。此时，B座一单元楼道有一种特别难闻的腐臭味道，最后邻居相互印证，基本指向味道来自六楼李明家中。于是，大家上到楼顶，将绳子拴在一人腰上，从楼顶慢慢放到李家窗前，此人踹碎玻璃探视屋内，发现李家夫妻遇害。

"98·9·22"案报案当天我带人赶到现场时，李家夫妻的尸体已经高度腐败且呈巨人观。李明双手及左小臂有较明显的擦蹭挫裂抵抗伤，夫妻双双被倒剪双臂分别用绳子勒死在两个房间。不同的是，李明的双脚也被犯罪分子就地取材，用李家的窗帘拉绳捆绑，绳扣的系法应该是平原、松北地区人们常用的一种捆绑牲畜用的"猪蹄扣"形式。现场勘查中，技术员小心翼翼地提取了滴在地上的少量血迹，经过检验为 B 型。经详细排查，李家夫妻未见可以滴落的流血伤痕，那么这 B 型血迹应该是犯罪分子所留。通过进一步走访查明，9 月 22 日，也就是案发当日上午 10 时，一男青年去平原县农行储蓄所持李明妻子存款折取款。此人瘦小个、刀条脸、小眼睛、单眼皮、高颧骨、黑皮肤，带白色眼镜，当地口音，穿一个灰蓝焦衫，填两张 2 万的取款单，共取走现金 4 万元。大家认为，这个取款人极可能就是犯罪分子或其中一人。于是，一场围绕现场痕迹和"取款男子"人形的摸底排查工作开展且延续至今。

"任何案件的侦查都从犯罪现场开始，现场获得的痕迹物证多少与案件侦破与否关系甚大，这是常识。"这是我读研究生时，我那个校外硕士生导师、全国著名刑侦专家告诫我的话。"你们再把两个现场发现、提取、检验的东西详细说一遍。"我跟技术组后改名技术科的科长郑卫东说。

"'98·7·17'案件，被害人女儿英语作业本下面有汉字'省城'字样，经文字检验认定不是董春萍女儿书写。

'98·9·22'案件，技术员在现场地上提取少量血迹，检验为'B'型，经工作认定为犯罪分子受伤所留。"郑大学惜字如金。

"两案现场还有哪些相同点？"我问，因为想起这两个现场曾经被犯罪嫌疑人处理过，半天没有人出声。"好像'9·22'现场被人处理过，我们提取那几滴血是在被害人李明身下发现的，其他地方好像很干净。"郑卫东回答。

"怎么处理的？是扫帚扫的还是拖把拖的？"我问。

"这个不知道。"郑卫东说不清楚，他和我一样，不会撒谎。

"把两个案件的现场勘查卷宗拿过来。"我命令。

两个现场的全方位概览照片靠近入户门右侧均有一把拖把立在那里，我心里有数了。

"国强，你马上安排两组人去重访两家幸存者董春萍丈夫赵永科和李明7岁的女儿李丹丹，问这两家有没有拖完地把拖把放在门口右侧的习惯，不要引导，让其自然陈述。""明白！"吴国强出去安排了。

"两个现场为什么没发现犯罪嫌疑人指纹呢？"我问。

"带着至少一层手套作的案，因为两个现场我们在分区分块勘查中，不止一次发现相关客体上有线质手套的印痕，就是工厂发放的劳动保护类的廉价劳保用品。"技术员小李子回答。

"两个现场的出入口是哪里？"我明知故问。

"就是两家的入户门。"小李子十分肯定地回答。

"何以见得？"我紧逼一句。

"因为两个现场的入户门均没受到外来暴力损坏，说明犯罪嫌疑人以和平方式进入现场。"小李子答。

"你说应该是叫门而入？"我仍然揪住不放，"应该是！"小李子回答得很肯定。

我开始翻看现场勘查卷，只有"98·7·17"案件董春萍家入户门从外往里方向照的照片，能看到完整的门框和入户门完好无损，但是照这个门的目的在细目照片上反映出拍照者的真实意图，为证实犯罪嫌疑人脱离犯罪现场时故意将钥匙折断留在钥匙插孔半截是为最迟发现案件现场所为。"98·9·22"案件则没有关于入户门的任何照片。

"为什么不拍照又不做文字记载？"我严肃地对小李子说。郑大学也低下他那高贵的头。

"大家再仔细想想，两案还有哪些相同之处，起码再找出两点，也好比较研究。"我继续动员，发扬警事民主。

"那就是两起案件被害人的职业身份相同，都在全县最大的商业中心做生意而且生意做得好。"已经由一组改为一中队的副中队长王闻说话客观靠谱。

"还有两起案件都发生在城关镇，这也算相同点吧！"二中队长于猛类似赌气的话，引起大家一片笑声……

"局长，县委办公室来电话，刘书记让你马上过去一下。"大家正讨论得热烈，政治处副主任徐晖进来在我耳边小声说。

"国强局长领着大家再详细认真研究一下，'磨刀不误砍柴工'，研究好，才能减少盲目性，增加针对性，少走弯路。"我叮嘱几句。

"公孙呐，最近在忙什么？好像都瘦了。"刚进办公室，刘书记给我倒杯水，拉把椅子坐在我对面。

"这两天都在研究汛期前后发生在城关镇那两起入室抢劫杀人案。案件不破，寝食难安，愧对百姓，书记是不是也问这两起案件啊？我准备这几天详细梳理一下，向县级领导做个专门工作进展情况的报告呢。"我心里发虚，抢先表态。

"案件是要抓紧搞，你是主官，主要还是抓人头、出主意，想办法，大家都说一有案件你就给'开药方'，这就很好嘛。案件的事今天咱们不谈，来平原县多少年了，当局长几年了?"刘书记突然话锋一转。

"来平原十八个年头十七年半了，当局长十个年头九年半多了。"我不假思索地回答，但是话一出口，感觉谈话方向有点不对。

"是这样，公孙，地委组织部会同地区公安处前几天来咱们县了解你的情况，其实你的情况不用了解，从领导到群众都知道，但是组织上有规矩，干部任用上有程序。"刘书记盯着我睁得越来越大的眼睛继续说。"地区公安处有一位领导调到另一个重要部门任职，领导职位出现空缺，高处长第一时间找到地委组织部和书记专员，说这次无论如何要把你抢走。本来地委尊重县委的意见，准备换届时将你作为副县长人选推荐给组织部门，上次你在抗洪抢险中的表现书记专员印象极深，一致同意。可是高处长这老兄就像抢头彩一样红了眼，这几天有时间就往我家里打电话，说平原县前十年就欠你一个副县级，都耽误十年了还不放人说不过去，不行就在过几天全地区公安工作会议上放人，还答应一大堆条件来忽悠我。"刘书记还准备讲详细过程。

"等等，书记。"我有些蒙圈，"你说这意思是让我走啊，我可哪里也不去，我除了搞案件别的什么都不会，你最了解我的，我不能走，何况我背着两起命案，欠着四人血债呢!"

"什么? 你有血债!"这次轮到刘书记蒙圈了。

110

(九十八) 公副处长

"公孙坚决同志，这次组织选拔你到地区行署公安处任副处长是经过全面考虑和认真考察的，既考虑到公安处班子年龄结构、专业结构的合理均衡，也是对你个人在平原县这么多年工作的肯定，对你在刑事侦查专业素养方面的认可。希望你在新的工作岗位上继续发扬对党忠诚、爱憎分明、机智勇敢、刚直不阿的优点，克服对上汇报不够、横向协调欠佳、管理时而护短的不足，在公安处党组的领导下协助处长把全地区公安工作特别是刑侦工作搞上去，取得新成绩。祝你在新的岗位上工作愉快！"一周后，在松北地区地委组织部干部科办公室，地委组织部分管干部的副部长跟我讲了以上的话。我本想按照在刚才来谈话路上谋划的慷慨激昂地做一番表态发言，但是副部长已经把手伸出来告别送客了，只好起立敬礼向后转走人。

"怎么样？都谈什么了？"

高处长在我从地委组织部回到他办公室报到的第一句话就这样问。"优点我没记住，缺点三条我记住了：'对上汇报不够，横向缺乏协调，管理时而护短，'这问题很严重吗？"我从蒙圈中还没完全清醒过来。

"哈哈哈！"高处长朗声大笑。"不严重、不严重，温馨提示。这组织部真厉害，你这缺点他们看得还真准，是这样，是这样。还说什么了？"他接着问。

"说让我协助你把全地区的刑侦工作搞上去。这么说，我就分工管刑侦了？"我先回答后问。

"是的。为了要你来地区公安处分管刑侦，我可动了不少心思，还差点跟你们县委刘书记闹翻。他非要推荐你当副县长后备人选，说你综合素质好，工作能力强，善于学习，为人正直，关键时刻敢拼命担当，等等。我一看这样一来你就得当副县长，来不了公安处。副县长十个也好选，有十年刑侦工作经历和十年县公安局局长资历的刑侦人才打着灯笼也难找，我不上点手段能行吗？于是就找有关部门领导反映你也存在'有时只顾低头拉车，不抬头看领导指的路；搞起案件刑侦独大，其他警种一律不顾；刑警队里你敢骂娘，别人说孬你就瞪眼'等方面的不足。他们笑着问我经常这样吗？我说偶尔，这都是他师傅老巴带的。我的意思是，有这样缺点的人怎么适合做政府领导呢？他们问我适合做什么？我讲，最适合干的就一样，地区公安处副处长管刑侦。这位领导笑着把我推出了门。你们刘书记还不松口，最后我把省厅给松北全地区十七个县区的三十四个农转非机动指标给他三十个，这伙计才保持沉默，你说也太狠点了吧。"高处长露出狡黠得意的目光。

　　"你可把我害惨了！组织部有这个印象，我在地区公安处三五年都翻不了身！"我恨恨地说。"你还翻什么身？来公安处就翻身了。当副县长一年就得烦死你，来这里一见案子你就眼睛发亮，精神焕发，将来不是专家教授也能长命百岁！"他说这话的意思我还得感谢他。

　　"那我得先回平原县将那两起命案破了再回来上班，不能背着大要案件，欠着家乡血债到地区分管刑侦。"我提出我的想法。

　　"你的想法没错，但是做法有问题。不是你侦破案件后再

112

来，而是你来上班后再带人去搞侦破，这样名正言顺，合理合规。明天任职命令下达，你将被免去平原县公安局局长，任地区行署公安处副处长。你不报到就在平原县坐地搞案件，什么身份？平原县委将任命吴国强为县公安局局长，届时他听你的还是你听他的？"高处长说得似乎也有道理哈。

"处长，平原县公安局刚刚报告，该县城关镇今天早晨又发生一起入室抢劫杀人案，三人遇害。"刑侦科科长赵立群进来报告。这是 1999 年 2 月 24 日，农历正月初九。

"这真是天不留人案留人，看来你一时半会儿还真不能回处里上班呢！但是规矩原则不能破，你一会儿就带赵立群和一个搞技术的先走，以地区行署公安处副处长的身份指导案件侦破。还有什么要求？"高处长问。

"我想这几起案件可能内部有些关联，当然现在还没有硬件（证据）支持，侦破难度显而易见，你如果同意，我想把侦查管辖拿过来，由地区公安处主侦，平原县公安局配合。破不了案件我引咎辞职也就用不着回公安处上班了，但是不知道侦查科什么想法，这样做是有一定压力和风险的，请你仔细斟酌，我明天听结论。"犯罪嫌疑人顶风作案，公然挑战，激起我迎战好斗不服输的战斗激情和骨子里"一根筋"的劲头。

"不用斟酌，就按照你说的办，是不是系列案件，这个案件就由公安处主侦，贪生避战不是人民公安机关的作风，也不是我老高的性格，难道我们头上帽子比群众的身家性命还重要吗?！你就放手去做，破案经费、装备技术，一切由地区公安处全员全额保障，举全区公安之力拿下此案！"

"公孙副处长，我们准备好了，什么时间出发？"赵立群

113

科长领着痕检工程师邓殿发请示。

"马上走!"我说。

"不到你的办公室看看了?"高处长提醒我。

"不看了,案子不破就等于没来过,免得再搬过来搬回去的折腾了!"我头也不回地跟赵科长他们下楼了。

"这小公,还真有老巴那股劲,怪不得县局那么多年轻人巴老爷子就收这么一个徒弟。"高处长对身边的政治部主任说。

"我还头一次见到他这样,一听大要案立马来精神,不惧敌,不怯场,真是一块搞刑侦的好料,差不点就让平原县给留下。"主任考虑的永远是"人事儿"。

"公孙副处长,你都知道,我虽然在侦查科长这个位置上,还是按照部队副团职保卫处长干部安排的,业务上搞案件没有你经历的多,这次在你手下当兵还请多指教,我也曾数次向七叔申请当徒弟,他总是笑而不答,不置可否,这次你给我个机会吧?"赵立群上车就说。

"这是后话,如果案子破了,可以考虑。"我无心跟他谈这个话题,想的都是案件上的事儿。

没想到这伙计兴奋了,"老邓,你听到了吧,案子破了,我就是公孙副处长的徒弟,听说平原县局也没几个入他法眼的。"

"这徒弟你当定了,跟着小公还有破不了的案件?"老邓是当年我在地区公安处当副科长时的好朋友,人温良敦厚,与世无争,但是就愿意在业务上较真,天王老子不对他都争执到底,而且语言直接到位,处里处外喜欢他讨厌他的都大有人在。

"老邓净胡扯!" 我这时候得掺和一句,否则对二位就不尊重了。

"我们有信心!" 这两个新伙伴几乎异口同声地预测。

"局长,局长。" 在县局大院,同志们看见我从地区公安处的车上下来而非送我去谈话的县局车上下来,心里有些酸酸的不是滋味。

"上楼喝点水吧?" 副政委看见有地区公安处的同志在,提示我。

"先不忙喝水。国强,现场搞完没有?" 我问吴国强。

"还没完,正在搞!" 吴国强回答。

"立群,老邓,你俩如果不累的话咱们先上现场怎么样?" 我提议。

"太好了!这才是搞案子人的作风!" 老邓称赞。

"我们跟着你!" 赵科长表态。虽然我这时还没完全从县局局长到公安处副处长职位上转过弯来,他俩十分明确知道我是他们的主管领导,直接上级。

"副政委、各位!我们先去现场了,待会儿回来再看大家,我估计得待上一段时间。" 院里围过来有二三十人,我大声热情地跟同志们打招呼,在这转折关头得照顾到副政委和同志们的感受。

"这次我们还是按照过去你教给我们的,以案件实际发生日命名的代号 '99·2·23' 案件,尽管是今天 1999 年 2 月 24 日报的案!" 吴国强接着说,"这里是城关镇新建的第三个高档小区叫富裕人家,案件发生在小区 A 座一单元二楼。被害人系辐射平原周边十多个县的进口汽车零配件的个体老板一家三口，其中被害人之一，这家儿子是正在我们镇郊派出所实习的省警校毕业生。"

"怎么样？"我见到技术科长郑卫东劈头问了一句。"马上就完了，你关心的事儿我都记着呢！"郑大学转身又进去了。"那咱们就在这里等一会儿吧。老邓你可以进去，告诉郑卫东，现场固定好后，尸体没抬走之前我要进去看看。"我说。

"局长，你和赵科长到隔壁喝碗粥吧，东西都是热乎的。"吴国强说。他知道我这个点从松北地区赶到平原县，中午饭肯定没吃。

"好的。"我和赵科长走进隔壁这家被临时借用作为"前指"的居民家中添油加料（吃饭）。20分钟后，我和赵科长脚上套着塑料袋站在固定后的犯罪现场，听技术科长郑卫东和技术员小李子做现场初勘情况的汇报。

"经与派出所片警核实及亲属辨认，死者一家，户主叫楚一凡（44岁，位于客厅的1号尸体），妻子刘艳丽（43岁，位于厨房的2号尸体），长子楚德禹（20岁，省警校在镇郊派出所的实习生，也就是位于客卧的3号尸体）被一伙人持尖刀、钝器杀死在自家屋内，抢走手机、BP机、金银首饰及部分现金、存折。经侦查员刚刚传回来的走访得知，今早银行信用社刚上班犯罪现场没发现前这段时间，有一男青年持楚一凡存折到储蓄所支取现金2万元整。"技术员小李子如此这般介绍。

郑卫东郑大学像打哑语一般示意我跟他围绕尸体走了一圈，又对1号尸体和3号尸体俯身仔仔细细从头到脚看一遍，

116

随后把我领到入户门边，一把拖布赫然靠立在门框右边。我用手指指，他点点头，我知道已经照相固定取材完毕，脱下胶质医用手套用手摸摸，拖布的布条湿湿的，进卫生间一看，浴缸里面有少半缸水，可以看出有暗红的血色痕迹，现场显然在犯罪嫌疑人脱离现场前被精心处理过。

"主要致人死亡的犯罪工具没留在现场?"我心里在想。

眼睛开始搜寻这个比较宽敞的三室两厅房间，郑卫东显然知道我在寻找什么，领着我又逐房间详细踏查一遍，在3号尸体楚德禹的房间里，棚顶的吸顶灯被打碎的玻璃灯片落在地上、压在尸体下面，诠释当时激烈搏斗和被害人被打倒制服的经过，我伸手摸摸死者的头部，俯卧体位的死者头顶部有较大面积的凹陷性骨折，第一次致命打击应该是质地较硬、质量较重的钝器，持有者身高不应低于一米七七，钝器棍棒类应该在一米左右，否则这样高举架的房间不会碰碎棚上吸顶灯。后背及两肋有几处刀伤，深及胸腔腹腔，现场另外两具尸体只有颈部勒痕和刀伤，三人均被倒剪双手，呈俯卧体位死亡，1号、3号尸体头部被自家衣被遮盖。进入现场的应该有三人或三人以上，我边看边想。

"尸体可以移出解剖了。"我看一眼郑大学，他面无表情地点点头。

尸体拉走了，天也黑了下来，虽然刚才开窗通了一阵风，但空荡荡的屋子里还有较浓烈的血腥味儿。赵科长和邓工程师被吴国强和教导员王立伟领着去尸检那边了，剩下的王闻、张柏华、于猛和吃完饭返回来的技术员小李子陪着我坐在客厅一把木椅子上看着入户门发呆……

静静的黑夜偶尔有北风从窗边吹过，如泣如诉；无形的压力像大山一样落在每个人的肩上，如影相随。接连发生的血案显示着犯罪正在升级，趋于疯狂；而我们对犯罪主体还一无所知，被动挨打。这样高频率的严重犯罪不断重现，社会反响强烈，领导肯定关注。过去的成绩，昔日的辉煌，随着三起大案的接连发生没有及时破获已经烟消云散。败军之将何言勇？班师回朝凯歌还。刑警这个职业，是靠侦破案件实力说话的。世上有一千条路人人都可以走，但摆在刑警面前的路就是两条，要么成功要么失败，没有中间的路可以选择，时至今日，连退路也没有了。严峻的形势考验着屋内这些没有特异功能、不会神机妙算、貌不出众、语不惊人的难兄难弟。

　　置于绝地而后生！不遇强敌，何以称之为雄师？不战悍将，何以称之为高手？"尔曹身与名俱灭，不废江河万古流。"我突然有一种莫名的悲壮与冲动。

　　啪嗒嗒、啪嗒嗒！"什么声音？"我缓过神来，声音低沉而威严。大家都在各自想着心事，循声望去，技术员李一南正右手拿着一张一代身份证拍打着左手背，眼睛直勾勾地看着地上尸体搬走粉笔勾勒的 1 号尸体留下的体位图入戏了。

　　"哪儿来的身份证？"我问。

　　"这家的。"小李答道。

　　"什么位置发现的？"我接着问。

　　"在刚才抬走 1 号尸体身边的被子下边。"技术员说。

　　"你怎么知道是这家的，排查了吗？"我追问。

　　"没有，应该是这家的。"李一南有点心亏气短，声音不大。

"你应该回老家！以前怎么说的?"我一肚子无名火正没处发泄，有些气急败坏。

"王闻!"我叫一声。

"到!"这个脾气秉性与我相似、七叔颇为欣赏的副中队长应声而至。

"马上和小李子一起将这张身份证履行见证、提取、固定、登记程序，排他调查工作连夜进行，明天下午上班前必须给我一个是不是犯罪嫌疑人'现场遗留物'的交代，搞差了就整死你!"我恶狠狠地说。

"是!"王闻声音洪亮起来。

"你们两个!"我指着张柏华和于猛说，"把人叫来，给我反复演练模拟犯罪经过，按照'观察进入现场→现场实施犯罪→处理脱离现场'经过来做，看从中有什么启示和感悟。另外，打击头部的钝器和刺入人体的犯罪工具怎么就没有发现? 犯罪嫌疑人进入和离开这栋楼甚至小区的出入口及两侧相关部位也要连夜挑灯搜查，不等天明!"

"是!"他俩回答得整齐有力。

我的自我、自信、自强的特性正在满血复活中……

(九十九) 并案侦查

"这张提取自'99·2·23'案件现场 1 号尸体身边，覆盖死者颜面部被子底下的居民身份证，经县局户政部门初步检验，是公安机关发放的第一代有效身份证。信息如下：钟秀珍，女，42 岁，原辽东省正东县刘启富村小地窝堡屯农

119

民……"

"先说结果，是不是'现场遗留物'?"第二天下午一时，在县局刑警大队'狼烟四起'呛人眼睛的会议室里，副中队长王闻规范的汇报刚开个头，就像当年七叔收拾我一样，被一棍子打了回去。

"是'现场遗留物'!"王闻肯定地回答。

大家闻之一振，会场立马寂静无声。

"说依据!"我貌似平静，其实心里狂跳好几下。

"首先，与被害人所有近亲属特别是案发当天去其爷爷家玩耍得以幸存的孤儿楚家二儿子楚德文反复核实，楚家既没有辽东省正东县的亲属朋友又从来没见过这张身份证。为准确起见，我们将楚家唯一一个正东县在平原的商业伙伴查找到位，在排除他不占有作案时间空间的前提下，了解楚家与正东县的联系与渊源，结论是据他掌握再没有任何关联，因时间关系，这条线没最后查死。其次，我们感觉楚德禹在镇郊派出所实习，是否有协助发放居民身份证的工作任务和是否有群众捡拾上交的身份证件，楚德禹有没有接触这类物品的条件，结果也是否定的。三是我们重新检查了楚一凡公司的电话号码本和公司业务往来通讯录，没发现与正东县有交集的记录。关于楚一凡家中三人的电话通讯记录，邮电局和移动公司正在帮助联系省局省公司，有一组侦查员已经在去省城的路上。"王闻说。

"国强、立群，你们两个什么意见?"我问道。

"无论如何，应该到身份证持有者所在地的公安机关去一趟，一是查一下有无此人，二是看此人现在何处。"吴国强吴局长说得靠谱。

"我赞成，让地区公安处的外联科长耿启光陪你们去，他对辽东省正东县一带比较熟悉。"赵科长表态。

"让王闻中队将这条线一查到底，彻底打透，怎么样?"吴国强请示。

"那是你的事儿，吴局长。"我半开玩笑半认真地说。今天早晨，县委刘书记给我打电话询问案情时再次征求我县公安局长人选的推荐意见，今天下午常委会就会免我任他。

"出发!"吴国强下令，他没听出话外之音，全身心投入案件侦破之中。

不久，会议室外一阵骚动，接着有人大呼小叫持续到会议室门外。张柏华中队终于在强力挤压下分别在现场单元门垃圾道里和距离小区300米左右的垃圾集中投放点中找到了沾有血迹的镀锌一寸钢管和两把尖刀、一卷与现场捆绑三名被害人手脚同类同质的细麻绳——犯罪工具找到了。

"干得不错，怎么搞的?"我不由自主表扬他们一次。

"今天早晨，我们从第一个到现场的清洁工开始收拢人，不让他们擅自活动，到齐就给他们开个会，讲了搜寻要求和奖励机制，关键是奖励机制，早饭馒头咸菜大米绿豆粥管够，今天每人补贴10元，搜到想要东西的，一件奖励200元，快赶上他们一个月工资了。这一下积极性特别高涨，把家人都动员上来，不到半天就找到这些!"张柏华大声小气地炫耀自己的成绩。

经与被害人家属，孩子的爷爷奶奶及孤儿楚德文核查回忆，户主楚一凡的手机，楚家被害大儿子楚德禹的BP机均被抢走。张柏华立刻派人与移动公司、传呼台就保持手机、BP

机正常运行工作协调落实。

王闻查现场身份证这个小组四人轮番开车，一路狂奔，300公里外的正东县不到五小时就赶到了，连夜开展工作。经查，钟秀珍个人信息与身份证相同，现场遗留物确系正东县公安局所发有效身份证件。1990年钟秀珍同丈夫李永发携子前往松江省平原县城关镇做小生意，至今没回。前线电话反馈后，吴国强立即组织核查。经工作，钟秀珍与丈夫来平原后暂住城关镇胜利派出所辖区光荣街荣胜委，两口子的小生意就是在火车站前卖水果。1996年腊月初二钟秀珍因肺结核病死在平原县医院并在平原火化场火化，骨灰存放于该火化场第二寄存室。钟秀珍死后，其丈夫李永发和孩子去向不明。

一个县城小镇弹丸之地，半年时间连发三起杀死7人的大案，间隔之短、杀人之多、危害之烈，为平原县乃至松江省解放以来少有，全国亦不多见，领导关注、群众反响强烈。平原县城笼罩在莫名的恐怖气氛中，在县中心商场和个体工商户中人们谈案变色，惶恐不安，广大人民群众和工商各界纷纷要求县委县政府保障他们的人身安全，公安机关领导和刑侦部门承受着巨大的压力。

已经快到退休年龄的牛副厅长在高处长的陪同下于案发第四天来到了以"99·2·23"为代号前线指挥部的县局刑警大队会议室，县委刘书记一并前来听汇报和慰问参战民警。

"报告牛副厅长，松北地区公安处和平原县公安局刑警支大队部分民警正在研究梳理自去年七月份以来，发生在平原县城关镇的三起入室抢劫杀人案有关问题，是否继续进行，请您指示！"在公安机关新近改成队建制的平原县公安局刑警大队会议室会议桌一侧，我声音洪亮按照条例要求规范地敬礼报告。

牛副厅长庄重地举手还礼，目光如炬，直视着我的眼睛，我没有躲闪回避，坚定平和跟他四目相对，握手交流，此时语言是多余的，他眼神的坚毅，握手的力度，你就能感觉到亲热与企盼，一切均在不言中。

"稍后继续！"牛副厅长指示。

"是！"报告批复程序完毕。

"老刘啊，这小公都是咱们看着成长起来的，身上真有老巴的真传。前些年有句什么话来着，'革命战士士气高，泰山压顶不弯腰'。在这种大案如山压力下还有这种精气神，不愁案件攻不下，破不了，你们有没有信心呐？"牛副厅长问。

"有！"我们异口同声，整齐有力，震得刑警大队会议室木框的窗户玻璃嗡嗡直响。

"我也相信小公他们能拿下这批案件，县委县政府举全县之力发动群众支持公安破案，这次高处长和地区公安处同志又来平原坐镇指挥，破案也就是时间问题。"刘书记照顾各方，积极表态，信心满满。

"好啊！刘书记，你要没事，咱们就一起听听。老高，怎么样，咱们继续。谁汇报？"牛副厅长征求刘书记、高处长意见。

"小公，不，公孙副处长汇报。"大家都笑了。

"我们这次除现场勘查、尸体检验，走访调查的基础工作正常进行外，地县两级刑侦部门的领导和侦查骨干主要在平原县局前两个案件侦查的基础上，与这次'99·2·23'案一起，对三起案件进行了比较系统的梳理研究，发现有以下规律特点。"我沉下心来，翻开活页笔记本，看一眼只有自己能明白的文字、符号、简图并存的随手记录开始汇报。

1. 从案件发生的时间看：都在早晨或傍晚，此时人员流动大，防范意识最薄弱；第一起案件（"98·7·17"为抗洪抢险全民动员，全警上岗的第二天）和第二起案件（"98·9·22"）均是大灾时间节点，在特大水灾的背景下，在平原的外地人纷纷逃离此地或是洪峰过后没有返还；第三起案件（"99·2·23"为农历正月初八）又是春节后的休闲时间节点。外地人作案的可能性小；发案间隔短，频率高，也具有本地人作案的特征。

2. 从案件发生的地点看：三起案件都在平原县城关镇中心部位最近两年内建成的高档小区，三处现场都在居民小区楼内，半径不超过 1000 米。这样高密度犯罪现场反映出犯罪嫌疑人系板块式作案，也像当地人所为。

3. 从被杀害对象职业看：这三家都是在平原县周边地区有影响、平原县城比较富裕的经商个体户，第三起案件现场又发现与平原县火化场有关联的身份证。相同相近的侵害目标反映出犯罪嫌疑人作案动机、作案目的的同一性，很像熟情的当地人所为。

4. 从侵入现场方式看：三家都是叫门而入，犯罪嫌疑人和平进入现场，应该是熟人或是熟知当地居民接人待物的习惯，骗取被害人信任予以开门。

5. 从致死被害人方式看：被害人均呈俯卧体位，被倒剪双臂，用绳索勒死或用锐器钝器致死后，用衣物蒙头盖脸。这种特征反映出犯罪嫌疑人中应有一人受过专门训练，具有擒拿格斗技能。

6. 从被抢劫的物品看：都有无线通信器材（手机、BP机）、金银首饰、现金、存折等。尤其是"99·2·23"案件，犯罪嫌疑人抢得楚一凡手机后曾通过"170"台查询话费，说明熟悉新型手机使用技能，年龄应该不太大。

7. 从检验鉴定的结果看："98·9·22"、"99·2·23"两案，在储蓄所提取的3张取款单上字迹，经初步文检认定为一人所写。

我们在前期两案侦查的基础上，经认真分析比对，认为三起案件虽然个案特征不少，但同一要素较多，倾向于并案侦查。

下一步工作想法：

一是组织专案侦查班子，统筹破案。过去的事实证明，侦查质量既决定于指挥员能力，更决定于专案班子的组建和人员配备。我们应该根据系列案件涉案范围大小、多少等因素实行统筹安排，分工负责，协同动作，发挥县局、油田公安局、保卫处科、地区公安处有关部门整体作战优势。二是进一步梳理研判案情，确定三起案件的相同元素，逐案进行分析，着眼于全部案件的整体把握，避免个案侦查时的"头痛医头，脚痛医脚"式的零打碎敲，努力使侦查效益最优化。三是开展并案论证并制定侦查方案，选择侦查途径，开展新一轮的工作。侦查方案是开展侦查工作的纲领，侦查途径的选择决定着破案速度和质量。这些过去我们重视不够，但是对这样有相当质量的案件，尤其是并案后的系列案件，把破案放在第一位无疑是正确的。但是，系列案件犯罪最大的特点是连续犯罪，因此，对系列案件的侦查要将控制再次发案放到重要位置，安排"侦""控"结合，打防并举，实行侦防两条线。从社会效果讲，如能阻止犯罪的再次发生就实现了侦查效益的最大化。

下一步首要工作：

从紧紧抓住现场遗留物——身份证的调查入手，它毕竟来自于犯罪现场被害人身边，那么什么人能随身携带一个四十多岁因肺结核去世女人的身份证呢？那只有她的家人亲人，而她的丈夫李永发又在案发后不知去向，寻找其丈夫李永发应该是当务之急……

我一口气把成熟的不成熟的自我评估和想法都讲了出来。

因为是公安机关研究案件的专项会议，高处长首先征求牛副厅长意见，其次征求县委刘书记意见，两位领导都摆摆手，拜托他一个人讲。高处长站起来宣布：

一、同意公孙坚决同志代表地县两级公安机关对案件性质的认识和拟将三起案件合并侦查及下一步工作大体思路，请尽快形成文字材料的并案论证和侦查工作方案报省公安厅审核论证，但不用等待批复，立即组织实施。

二、省地公安机关决定，由松北地区行政专员公署公安处副处长公孙坚决带领刑警支队长赵立群、刑侦顾问巴图·巴雅尔（暂时因外出没到位）和地区公安处刑警支队 5 名侦查技术人员从今天起进驻平原县公安局，与县局同志一起组成系列案件联合专案组。成立松北地区公安处平原系列案件前线指挥部，该案自此列为省公安厅督办案件，由地区公安处主侦，平原县公安局配合，省公安厅拨专款保障。

……

转眼来到农历"二月二",是龙抬头的日子。我给地区公安处跟我来的赵立群支队长他们五人放了两天假,自正月初九跟我出现场至今都二十多天没回去了。行署公安处不比基层县公安局,这样盯案子差不多也是第一次。下午我让吴国强局长跟县局专案组的同志们说也早回去一会儿,大家休整一下,与家人聚聚。

"爸爸,案子破了吗?"伊戈尔看见我高兴地奔上来搂着我的脖子,尽管个头已经到我肩膀。

"你他……"我刚要开口骂他问这句我最不愿意听的话,苏丽梅立马圆睁大眼对我警示,后半句话就咽回去了。

"今晚喝点酒吧?放松睡一觉。你到公安处加上公公他们不在家,这一正月你的脸就没晴过,我们娘俩可是没惹着你。"苏医生在调解气氛。

"对对!今天放松,二月二,龙抬头,我们一定要抬头。"我居然笑一下。

"算了,你笑比哭还难看!"这老娘们儿越来越像家庭妇女了。

"爸,爸,我今天去毛毛哥家取小人书,我吴大娘打电话把别人骂了,是因为那人说你调地区粮食局当副局长了,真的吗?"伊戈尔还是个孩子,非常天真地问我。

"你爸是地区公安处的副处长。"苏医生纠正,她有时候智商低。

"儿子,那是你大娘听错了。你记住,你爸爸是能破案的公安局长,永远的公安局长。"我把儿子紧紧地搂在怀里说,回手将苏丽梅倒的半杯酒一口干掉。缓过神来的苏医生自己倒半杯酒也一口喝干，"你爸是永远的公安局长!"

由于案件久侦不破，专案组外受舆论谴责，内受同行关注，上级督促破案，苦主周周追逼。公安机关的声誉，人民警察的形象在群众中受到严重损害。一时间刑警成了千夫所指的罪人。有一天研究案件至下半夜两点多钟，几个年轻的刑警熬不住，就去对门的县医院小卖店买方便面充饥，店主以为穿便衣的侦查员是照顾住院病人的家属，说这么晚了陪病人真不容易，一个年轻的刑警顺口说我们是对面刑警队的，店主立马变脸说："你们不是吃饭都不花钱吗，还买什么方便面，没货!"说完啪的一声把售货窗口关上了……

在第二天的摸底动员大会和专案组会上我讲："这是我在任县公安局长期间发生的三起血案，至今未破，也是本人欠平原人民的一笔血债和良心债，案件不破，我不能直面平原父老。"

尤其是"98·9·22"案件被害人李明的父母和岳母领着唯一幸存的6岁孤女，每星期两次到专案组打听破案进展情况。二位母亲的眼泪和儿童稚嫩的声音，像枪弹一样袭击着专案组全体成员的心。"99·2·23"案件被害人楚一凡70多岁白发苍苍的老父亲领着幸存的11岁孙子，每星期都提着装有10万元钱的白色布包，要给专案组做经费用。老人家讲："到专案组坐一会儿，看到你们忙来忙去的在破案，我的心里就好受些，人民政府在管，我儿的仇就能报。"被害人家属那种急切破案的心情就像条无情的鞭子抽打和折磨着每一个人。大家说："案子不破，人就像是我们杀的一样，出门不敢见人，不

128

愿正视领导和群众。"老人和孩子凄惨的哭声催人落泪，逼人崩溃，神经衰弱的完全可能自杀。

一天，我回家看到苏丽梅眼睛红红的将一张报纸塞到床底下，"什么机密还这样遮遮掩掩?"我说，过去拿过来一看，大号字红颜色的标题非常醒目"神探公孙——平原县公安局长破案拾零"，都是头几年陈芝麻烂谷子的悬疑之事。这是当年比较流行的街头小报，泛滥车站码头，受众很广。究竟是故意而为还是偶尔碰巧，我已经懒得去想。

"丽梅，你记住，别人怎么说并不重要，你老公不是英雄起码不是狗熊，什么时候都是响当当的公安局长、刑侦处长。既不会跳楼，也不会自杀，'冻死迎风站，饿死不倒槽'的骨气既有组织遗传，也有家庭基因，坚决不服输，一定能破案。擦干眼泪，挺起胸膛!"苏医生的大眼睛受到鼓舞露出坚定的目光。

(一〇〇) 专案侦查

"刑事侦查：是指公安机关、人民检察院在办理案件过程中，依照法律进行的专门调查工作和有关的强制性措施。(记忆关键字：专门调查)"这是我这几年在全省刑警培训班上授课的开头语。按照七叔的说法，破案的方法更直接有效，就是"调查研究"，下去调查，上来研究，出去调查，回来研究，循环往复，不破不休。这不，我们刚刚把王闻查钟秀珍丈夫李永发的"身份证调查组"和张柏华查的"三家被害人交集调查组"打发走，就与赵立群支队长、吴国强局长、邓殿发工程师，还有郑卫东科长及我带来的地区公安处去年毕业的中国刑警大学本科生许其华等相关侦查骨干开始研究并案的科学依据，这直接关系到侦查方向，绝不能搞砸了。

"公孙，这三起案件肯定为一伙人所为，你就放心吧。'98·9·22'、'99·2·23'两案中储蓄所取款单上的字迹咱们处里文检后，我怕不把握，又拿到省厅让全国五大文检专家叶高工重新做一遍，结果和咱们做的结果一样，认定同一，具备并案侦查的硬性条件。"邓殿发工程师言之凿凿。

"就像你那天汇报说的一样，'98·7·17'、'98·9·22'、'99·2·23'三案尽管有些个体差异，但在案件的本质特征上同一元素较多，应该是一伙人所为。"赵支队也赞同。

"并案侦查是指刑事侦查部门将同一个或同一伙犯罪嫌疑人所作的一系列案件并联起来，统一进行工作的侦查措施，也是我们侦查系列案件的总体思路。实施并案的前提是能够判断彼此独立的多起案件是同一个或同一伙犯罪嫌疑人所为，因此准确的并案条件是并案侦查的基础。侦查实践中多依据案件性质进行串并。"九成新的大学生许其华可能是按照教材说的，但是他说得一点都没错。

"我看并案的依据很多，但是主要有两大类，一类应该是现场的物质证据，即犯罪现场遗留的痕迹物证。咱们这个案件有了，就是邓工说的，关联现场——银行储蓄所保留的犯罪嫌疑人拿被害人存折取款时签字，经文检认定同一的鉴定结论。另一类应该是现场的行为证据，即犯罪嫌疑人在实施犯罪过程中表现出来的行为特征。咱们这个案件也有了，就是三个现场七名被害人均被倒剪双臂，呈俯卧体位致死，这是犯罪行为和

130

工具作用在客体上的特征。还有三个现场的地板均用被害人家的拖布拖擦处理过。"技术科长郑卫东说得靠谱，实在是有文化并且很专业。

"犯罪嫌疑人对被害人职业的选择我看也能算上一条，这三家都是平原做买卖中比较出名的个体工商户。除了一个明确的'杀人取财'之外，还有没有其他的共同点？小公派一组去查我认为也有这个考虑。如果能整明白这个系列案件犯罪嫌疑人如何并且为什么选择一种特定的被害人，我们就能够建立起这种被害人与犯罪嫌疑人之间的联系。什么联系呢？我没太想好怎么说，就是有钱的和抢钱的关系吧。这为我们积极预防，控制发案提供了依据，那天已经布置了。进一步深入分析，如果能够整明白犯罪嫌疑人选择被害人特点的全部方式，我们就有较大的可能预测犯罪嫌疑人下一步即将选择什么样的被害人，那我们就能比较有针对性地防控甚至打击，案件破获不是有更大胜算了吗？"吴国强吴局长果然官升智力长，讲得相当不错。

"犯罪嫌疑人对尸体的处理也要重点考虑进去。刚才郑科长已经说过。我要强调的是，犯罪嫌疑人对被害人尸体的处理（也可能是将被害人从活到死留下的姿势）也同样能反映出他们的作案动机、作案技能等特征。这个公副处长已经说过，我仍然要强调的是，对于我们来说，要尽可能将犯罪行为、犯罪现场、犯罪被害人串起来看，因为这是纯客观的东西，有助于我们对三者之间关系全面、深入、准确的认识，这对我们确定侦查方向和范围大有用处。"赵支队虽然是军队保卫处长出身，但是人聪明又肯钻研，"入道"很快，强调到点子上了。

经过一上午的评估、讨论、分析判断，大家对并案侦查统一了思想，当我一再动员讲出不是系列案件，不能串并案的理由时大家都笑而不语了。

　　"国强局长，你就按照大家商定下来的案件性质——即平原县系列入室抢劫杀人案来全面整体派活分工吧，专线调查另行安排，专门听取汇报。"我对吴国强说。

　　"公局，你就一竿子插到底得了，这不脱裤子……"吴国强刚想说句直截了当的粗话诠释此举动，但是一看还有地区处的几个同行和领导在，小公已经是公副处长，今非昔比，就把到嘴边的话咽了回去。

　　"不行！我不能越俎代庖，你的组织领导能力和业务能力我知道，干这点小事一点问题也没有，况且你已经是平原县公安局的吴局长了。"

　　"是！"吴国强在外人面前听这话很受用，想干脆利落地表达一下自己态度，虽然只有一个字，但是听起来还是有点拖泥带水。

　　下午，吴国强把近期并案后的工作方案报上来，经赵立群支队长审核后给我看，前面那些我一目十行浏览而过，主要看一下推进措施。

　　1. 指挥部拟动员和组织平原县公安局、松江油田公安局全体民警，全面发动群众，以暴露出来的嫌疑人形和已掌握的痕迹物证为突破口，实行领导负责，分片包干，任务到人的方法，查团伙、摸对象、检字迹、验血型。

　　2. 由两局负责对所辖区各公安派出所、保卫科股 1992 年以来所有使用（包括被辞退）的治安联防队员、雇佣司机逐人进行一次登记审查。对在此期间使用的秘密力量也要逐一进行审查。

3. 以派出所为单位，对辖区内有抢劫、抢夺、伤害前科劣迹的在押罪犯和"两劳"释解人员摸清上报，逐一审查。

4. 由县局刑警大队教导员王立伟带于猛中队，负责对在平原县工商局注册登记的、在中心商场和农贸市场的经营大户和同行业绩突出显赫及招摇炫富的重点人进行摸排。一旦与辖区派出所摸排的重点人有交叉重合的予以重点防范监护，此外，看这些人周边是否有我们摸排条件中应该关注的重点人。

5. 平原县公安局从即日起取消休假，局领导除副政委主抓全局日常工作兼管农村派出所运行外，其他局领导按照城关镇四个派出所和重点部位中心商场、机关内部单位六个勤务单元分片包干，机关科室与派出所实行所队联合、捆绑作业，重点放在发动群众和巡逻防控上。看守所、拘留所、收审所发动在押人员检举揭发，制定法律范围内最大的奖励办法，寻找破案线索……

一周过去了，王闻的身份证调查组上来汇报工作情况。从侦查员兴奋的目光和激动的表情看，似乎有重大发现。

王闻近一年来总是被我修理，已经成熟很多。语调平和，不讲过程，只说结果的开始汇报。

"李永发来平原县后，开始在火车站站前做水果生意，期间认识一个卖水果的女人刘丽敏，37 岁，是江北地区富民县人，离异后单身。1997 年 1 月刘丽敏与李永发同居，住在火车站前一个外来打工者聚居区的两间土平房里。约四个月后李永发携一个孩子去向不明。1997 年 6 月 12 日刘丽敏失踪，

6月18日在第二松花江南岸平原县段、江北岸富民县段分别发现尸块和头骨，按照上级规定和两县协商惯例，江南岸发现死者头骨由平原县公安局主侦此碎尸案件。10月经公安部二所做DNA检验和颅像重合认定，江边尸块和无名颅骨系失踪者刘丽敏，至此认定刘丽敏被害。"

"这说明什么呢？"吴国强问。

"说明李永发与'97·6·12'刘丽敏失踪被杀害案有重大作案嫌疑，与'99·2·23'楚一凡一家三口被杀害案有关联，不排除参与作案的可能性。"王闻回答得有道理。

"平原县正常的生老病死火化后存放火化场的程序和保管方式你们了解没有？钟秀珍的骨灰盒存放点与其他人的骨灰保管方式有什么不同？"赵立群支队长问到关键环节。

"这正是我要接着汇报的。"

"到火化场火化的尸体正常死亡的都由医院出具因病死亡证明，在家无疾而终老死的由村委会报告乡政府，家属无疑义需要火化的，乡政府和乡镇派出所出证明，非正常死亡的都由公安机关治安部门出具因案件、事件（自杀类）死亡证明。钟秀珍的死亡证明医院留存联我们已经找到，确系因肺结核病不治身亡。平原县这几年不知道谁带头形成一个习俗，就是第一代身份证投入使用后家人去世火化后，将死者的身份证插在其骨灰盒上，大概是落实'生不更名，死不改姓'的古训吧。我们看到与钟秀珍骨灰存放室一块的其他骨灰盒上都这样，唯独钟的骨灰盒上没插身份证。"王闻汇报。

"是压根就没插身份证呢，还是插上被别人拔下去拿走了呢？"邓殿发工程师问。

"这个说不清楚，这两种可能性都有，因为还没有核查。"王闻实话实说。

"应该考虑到钟秀珍是外省外县人，家属也可能不按照这个死后火化完骨灰盒上插身份证的当地习俗做。"赵支队长说得有道理。

"钟秀珍又不是什么电影明星或当代美人，谁能去火化场骨灰存放室偷拿身份证带在自己身上啊!"大学生许其华发表自己的见解。

"说这些有什么用，找到李永发不都明白了吗?"吴国强说得太对了。

"公局，你说说吧。"吴国强请示。

"你都说完了，找李永发。派出一支小分队，全力以赴去找。今天这个情况，还是尽力控制知情范围，侦查员一旦知道，就有人不认真干活，坐等消息了。王闻说得对，李永发有'97·6·12'案重大作案嫌疑和涉嫌'99·2·23'案件，但还不是唯一的排他嫌疑，所以，不能只查一条线，丢掉其他侦查基础工作，否则后患无穷。"在大家十分兴奋，基本看好这条视为破案主线的时候，我似乎隐隐感到一丝不安。

"立群，你和邓工跟我再去'99·2·23'案现场一趟，叫上县局技术员小李子。"我跟赵支队说。

"我也去。"大学生许其华不甘落后，屁颠屁颠地跟在我们身后。

封闭了一个月的杀人现场，虽然南侧客厅和北侧厨房开着小窗户形成空气对流，但由于集中供热，室内温度依然很高，空气中有一种说不清道不明的怪怪的味道。

"公孙副处长，咱们干什么，怎么做？"由于进屋我就像当天初次进现场一样，各房间走一圈，然后看着客厅仍然清晰的粉笔标注出来1号尸体楚一凡的倒卧轮廓线发呆，大家不知所以，赵立群问。

"咱们做个实验，谁带身份证来了？"我说。

"我带着呢。"许其华说。

"那正好，我看着许其华穿着羽绒服棉袄的里面是一个红色方格的加厚棉布衬衣，与配发的制式警用衬衣一样，左侧胸部有个口朝上的口袋。你把身份证装进你的衬衣口袋，和小李子做互相扭打的激烈动作，然后小李子被你摁倒趴在地上，你俯身在他身上做学校警体课教你的擒敌捆绑动作，看你上身口袋里的身份证能否滑落出来。"我说出自己的猜测和需要验证的理由。

"就在这里？"小李子看着脏兮兮的客厅和干涸后已经变黑的血泊，有点不情愿。

"可以不在原位置，但是必须在原地，动作要激烈，幅度要大。"我命令。

"好吧！"小李子只能接受，没有选择。

两个年轻人你来我往，动作逼真地格斗起来，按照套路，小李子被摁倒在地，许其华按照规范的擒敌战术坐骑在小李子身上做倒剪双臂的捆绑动作，一整套规定动作下来，身份证还稳稳地待在上衣口袋里。

"许其华，你别坐在目标身上，撅起屁股大哈腰做捆绑动作。"我提出新的要求。

许其华两腿绷直，哈腰伸臂最大限度地演练捆绑目标的动

137

作，几乎达到 45 度角，身份证只露出一个边，始终没有滑落下来。

"起来吧。"我说。

两个年轻人气喘吁吁地爬起来，到走廊里打扫着身上的脏土，我们几个人在那里思考。

"许其华！"我喊了一声。

"到！"小伙子立即来到我面前。

我刹那间找到了七叔喊我得到回应，一种支配欲得到满足舒服的感觉。

"邓工，把你的上衣脱下来给小许穿一下。"我说。因为我发现我身边的邓殿发橄榄色制式呢子大衣里边穿着一套黑色的西服。

按照我的要求，许其华将身份证放进西服里面左侧内口袋，大幅度做七八次俯身哈腰动作，身份证始终没有脱落。

把现场勘查卷拿过来，我详细看着身份证提取时的原始照片，身份证是在楚一凡俯卧尸体的右边右肩外侧，如果像我们刚才的两场演示，尽管能甩出脱落，也应该在体位方向相同俩人的左边，当然，剧烈的搏斗和不断变化的体位也不排除把身份证从身上某口袋里先甩落在地上，但是这个携带钟秀珍身份证的人一定会和钟秀珍有着生前死后的某种联系，而且是作案人之一。我又陷入精神恍惚神情发呆的迷离状态了……

（一〇一）歪打正着

查找李永发的工作一开始就不顺利。一支由王闻带领做长

138

时间远距离准备的小分队，自此踏上了钟秀珍夫妇家乡辽东省正东县刘启富村小地窝堡屯的走访之路。在当地公安机关配合下，得知钟秀珍死后第二年春节李永发带一个孩子回一趟老家，春节过后离家外出，至今未归。通过当地可靠群众与李永发近亲属了解，有人听李家大孩子说曾经在松江省松北地区张家铺煤矿小学读书，小分队在没有获得其他线索的情况下驱车五百多公里赶到张家铺煤矿，费尽周折找到曾经当过李家儿子借读小学一年级的班主任老师。三十多岁的女教师对李永发儿子李小明这个只借读半年的学生印象很深，曾对这个没有母亲的孩子给予很多关照。女教师在 1998 年新年的时候收到过李小明一张贺年卡，不过忘记是从什么地方寄出来的了。在学校和小分队的帮助下，终于在一个破旧纸箱的一大堆明信片里找到盖着松江省东南林业地区响水河镇邮戳、落款学生李小明的明信片。从松江省大西北的张家铺煤矿到大东南的响水河镇正是一个大对角，从地图上看八百多公里。但是侦查员们没有选择，踏上了第三站的漫漫征程。

王闻中队的另一组侦查员开始走访站前水果零售商贩和在登记的暂住人口中摸排辽东省正东县在平原县打工就业人员分布及与李永发的交集情况，不久就在县中医院"挑红线"（非法卖血者）群体中摸出正东县籍三个重点人：钟喜发、钟喜海、于万林。经秘密调查和外线跟踪，三人行踪飘忽，交往诡异，不像是为卖血养家糊口或喝酒吃肉这两类人，似乎从事着什么秘密勾当。一日傍晚，外线侦查员回来报告，于万林和另一个"挑红线"的人从今天上午通报的同是松北地区的万安县人民医院现金室被持枪抢劫致两死一伤的万安镇回来，两人的身高体态与协查通报嫌疑人接近，另一名侦查员正在监控，临时增援的刑警队内勤石丹阳携带步话机已经就位……

"你们说的这个于万林过去在火车站前一带混过没有？"我问。因为我突然想起一件事来：两年前秋天的一个上午，站前治安派出所政治指导员李修文 BP 机接一个传呼，他跟所里人打个招呼出去再也没有回来，至今活不见人死不见尸。这起案件已经成为我的一块心病，有什么情况总往这个方向想，曾无数次提醒自己这种思维方式容易出问题，但是一遇到情况就控制不住，可能患有破案忧虑多疑症了吧。

"干过，还在站前因争夺水果摊位和本地人打过架，被站前治安派出所拘留十五天呢。"王闻中队高大威猛的新警张得译说。

"刑 09，刑 09，刑 08 呼叫。"张得译手中的报话机传出刑警队内勤石丹阳清晰明亮的女中音。

"请讲！"张得译回复。

"2 号目标出屋走往县医院方向，是否派人跟踪，请指示。"石丹阳知道张得译跟我在一起，故用词礼貌谦恭。小张看我一眼，我摆摆手。

"不用你们管，自然有人管。"张得译下达的指令不规范并且有些磕巴，第一次给师姐下令，怎么装也不太适应。

"小尹，你认识跟于万林一起回来的那个'挑红线'的人吧？"我问刚才回来报告情况的外线侦查员。

"认识，下火车这段是我接过来的。"小尹说。

"那好，你从县医院这边出发，沿去监控房的路迎一下 2 号目标，注意别打照面。"我提出要求。

140

"是!"小尹走了。

……东北四月初的上半夜时分, 零下 25 度的严寒丝毫感觉不到春天的气息。

"有人出来了!"我从局里刚赶到蹲守点, 站在目标屋前排右侧临时租用油田家属区红砖瓦房打开的后窗户前, 举着夜视望远镜的张得译突然叫道。

"什么情况?"我接过这个局里刚从中苏边境自由贸易市场购得的新装备——苏军在阿富汗战场使用过的夜视望远镜, 随着焦距的调整, 相当于老式黑白电影的影像终于清晰起来, 一个穿油田配发黑色野外作业大棉袄的高个精壮男子双手抄着袖从被监控房屋快速走出, 已经接近院子的大门口。

"通知外围组, 设法靠近目标, 找个借口, 将他拿下!"我命令。

"此人可能携带犯罪工具, 动手时注意控制双手, 关掉手持电台, 动作轻一点。"我眼睛没离开望远镜, 接着说。

"我过去!"张得译说话时已经跑出屋门, 高个黑衣男子也在我望远镜视野中消失。

"六六六哇, 九魁首啊! 你不喝呀, 是小狗啊!""看你这熊样, 见着酒比见着你爹还亲, 老译, 背不动就给他扔到地上凉快凉快。"时高时低, 男女混合的醉酒猜拳声和媳妇的叫骂声从胡同口向这边传来。接着似乎有人摔倒和低吼的声音, 继而一切归于平静, 外围侦查员得手了。

……

响水河镇是松江省最大森工林业局所在地, 距离中 C 边境不到二十公里, 是中 C 边境贸易的物品集散地, 距镇子不

141

到两公里的地方就是原始森林，绵延起伏达数百公里。小镇虽然地处偏僻，但是边境贸易活跃，又通森林小火车，流动人口众多，敌情社情复杂，有利于各类人等落脚谋生和隐匿藏身。王闻他们经过两天的长途奔袭，终于在烟雾缭绕的傍晚到达这里。

"咱们先住下休息，明天早上再和林业公安局刑警队联系。你们要去吃饭洗澡的把枪留下统一保管。"王闻说。

"到哪里去找呢？"王闻在等着弟兄吃完饭给自己带回一份的空当里，躺在脏兮兮小旅店的木床上眼望房顶开始问自己，神态有些像我习惯面壁思考一样，但是毕竟没经过七叔严格的训练和踢打，行为上有些懒散，目光时有游离。

"对！回答这个问题，应该从头梳理一下，我们为什么来到这里？"他的眼睛盯住黑乎乎木板天棚一个颜色明显发白，看样子是后来更换的一条定了神，"是因为李永发孩子半年前在这个镇邮局给老师寄出一张新年明信片，所以我们来到这里。"王闻终于在糊涂一会儿后清醒了。

"李永发为什么选择这里落脚谋生呢？"王闻又像我一样设题答题。

"响水河镇是这一带流动人口最多，地形社情最复杂，经济活动相对活跃的边境小镇，这就具备隐匿藏身、打工挣钱的基本条件，更为主要的是，他身边带着需要上学的孩子，不可能像有些人为了生计跑到深山老林里伐木求生。"躺着比坐车舒服，王闻有些神情恍惚，一阵清楚一阵糊涂地间歇性思考着明天工作的突破，"假设半年后的今天还在这里，这种办法应该有效……"

思路决定出路。第二天，"依靠学校找借读生，依靠学校领导找班主任老师，依靠班主任老师了解借读生家庭住址及家庭状况"的工作方法被专案组全体成员认可。

在林业公安机关的配合下，专案组和林业公安局刑警队的同志组成三个访问组，以县教育局小教科抽调的老师调查林区小学师资力量状况为由走访城区结合部和响水河镇内小学。为增加可信度，林业公安特地选派 3 名有过教学工作经历的女同志配合走访，这招果然灵验有效，下午刚过，负责走访镇郊小学的第二组匆匆赶回指挥部报告，该校二年一班一个叫李小龙的借读生与我们查找的李小明各方面条件极其相似，应该就是李小明。其父亲与他人一起从边境一带往内地装卸原木货车，虽然很辛苦也有风险，但是挣钱较多，这个活比较规律，两天能回家一次，家长对孩子学习非常上心，与班主任沟通也比较顺畅，班主任老师对其印象较好。

"这样说不行，你们再辛苦一趟，返回学校请班主任老师出一篇作文题，将李小龙新年给张家铺煤矿小学班主任老师贺年卡明信片上的字，特别是'明'字都设计进去，多写几个，回来我们做个目测'文检'，八九不离十再实施下一步计划。"王闻不打无把握之仗。

第二天，在边境通往响水河镇的第一个林区防火检查站卡点上，李永发被卡点公安检查出"随身携带违禁品大号火柴 2 盒"的事实为由扣留审查，当天下午，李小明班主任和经常被委托照顾孩子的邻居被校方告知，学生家长因老家亲属有急病从检查站直接搭车回乡省亲，留下 1000 元钱由班主任掌握并照顾学生半个月或 20 天的学习生活。这个理由短期内解释

得通，王闻的安排充满了人文关怀。

……

"蹲下！"刚走进刑警队重案组办公室，张得译就把反铐双手的高个精壮汉子推了一把并大喝一声。

"搜身了吗？"石丹阳问。

"还没来得及，你不都看见了吗，摔倒就反扣上了。"张得译突然觉得师姐有些啰唆。

话音刚落，精壮汉子突然猫腰向石丹阳身后两米外的墙上撞去，说时迟，那时快，小石快速向右一步用身体挡住墙壁，右手变拳为掌猛推来者，左脚趁势横扫其右脚跟，对方立马"咕咚"一声坐在地上，来个结结实实的"屁股蹲"。在身体后仰黑色工装大棉袄掀起的同时，一把倒插腹部中间皮带里侧手枪的枪把显露出来，石丹阳上前一步将枪抢在手里，立即枪口向上拉动套筒意欲验枪，但没有拉动，瞄上一眼才发现关着保险，打开再次验枪时，一颗子弹跳了出来，原来这枪顶着火呢，大家不由得吸口凉气！

"真是 697542 啊！"客运所李指导员的枪，这个印在全局民警特别是全体刑警脑子里两年半的号码被女警喊了出来，大家为之一振。

"李指导员失踪两年，今天上午抢医院现金室又两死一伤，三条人命、三条人命啊！"石丹阳突然歇斯底里大叫起来，继而猝不及防地用枪顶住嫌疑人的头。

"指导员在哪里，抢的钱在哪里？"张得译怕师姐愤怒中失手，轻轻用左臂推开枪口，右手抓住嫌疑人手铐中间的钢质链条往上一提，"哎哟！哎哟！抢警察枪是于万林干的，我没

145

参加，他现在在铁路车站附近姐妹煎饼店老板娘他姘头家，讲好我去找他一起走，钱在铁路平原西北站南边信号灯下边一堆枕木底下的麻袋包里。"这个惊魂未定的精壮汉子，后来知道名字叫尚令旗的忙不迭一口气讲完上面的话。

"真话假话？"张得译有点不相信自己的耳朵。参加工作这半年来，局长队长几乎每周例会上都提这起案件，它就像一块巨石，压在全局民警的心口上，自己人被害都破不了案，怎么说都是全局的耻辱，警察的耻辱。

"要有半句假话，姑奶奶你就打爆我的头。"这小子信誓旦旦，不像是假的。

"马上报告局长！"石丹阳的女中音由于愤怒和激动变得尖利刺耳。

一个小时后，于万林——这个单独和结伙枪杀三人、重伤一人（包括站前派出所政治指导员李修文）的刽子手，及当天上午所抢的现金都出现在县局刑警队重案组的办公室里。经过再三核对物证（枪支编号和犯罪现场弹壳弹头与局里在编枪支档案比对审核），亲自讯问于万林同伙尚令旗后，我让吴国强用公安专线报告松北地区公安处，正在万安县前线指挥部指挥破案的林处长不到十分钟就将电话打到平原县刑警队值班室找我确认，并称立马带万安县公安局有关领导和刑警大队长前来平原。

破获大案的兴奋和领导带领友邻县局即将前来的消息公布后，吴国强、王立伟像打了鸡血一样忙来跑去，指挥刑警队员和局里临时加强过来的一干人等审讯、起赃、抓捕同案犯罪嫌疑人，并下死命令将重点嫌疑人钟喜发、钟喜海追捕到位。在

146

人证物证面前，于万林自知死罪难逃，倒也不含糊，把几年来在平原县及周边地区所干的若干起大案交代得比较靠谱。吴国强第二轮调兵遣将，公安局大院灯火通明，人影晃动，不知何人所传灭门系列案件已经破获，于是县局里电话频频响起，多数科室不得不指派专人应对解释。

（一○二）山重水复

李永发到位的消息借助现代通信工具飞快传回指挥部，全局上上下下都喜笑颜开，似乎案件已破。办公室主任张凤斌不出半小时就在市场买回一头280多斤的本地黑毛猪，在院子里大呼小叫要立宰立杀慰问追捕小分队。徐二过去观摩半天插不上手，跑回队里把元旦开联欢晚会的红绸子拿出来没等开刀问斩就迫不及待拴在活猪脖子上……

"公副处长，吴局长正组织3台车十来个人并向县政府分管领导报告了情况，准备与主管副县长一道去县界迎接小分队凯旋，希望我也去。"地区公安处刑警支队长赵立群规范地向我报告。

"王闻他们有新消息吗?"我以问为答。

"没有。"赵立群回答。

"你通知吴局长和地县两级专案组全体同志立马到县局刑警大队会议室开会。"我头也不回地走了。

"同志们，我们这起案件到了最为关键的十字路口，作为这起特别重大系列案件侦破的组织者和实施者，我们既要信心坚定，又要头脑冷静，避免误读误判，造成不可挽回的政治影

147

响。"我缓了一口气，环顾四周，见大家听得很认真，很期待下面的话。

　　"其实从昨天晚上刚一接到李永发到位的消息，我就十分激动，大家表面上看我似乎不动声色，其实内心已翻江倒海，这种状况持续了二三个小时。但是今天早晨特别是大家全部一个心思认为就是李永发参与或主谋作成这一系列案件时，我就把自己关到房间里一上午，对这几起案件现场痕迹物证和李永发与几名被害人的人物关系等方面重新梳理几遍，结果我恐惧地发现，李永发作成这一系列案件的条件并不具备，极有可能不是他干的。"此言一出，舆论哗然，大家齐吵乱嚷几分钟后，把目光投向属地公安机关的最高长官——新任县局局长吴国强。

　　吴国强自当上县局局长后，职位使他不得不成熟许多，此时他两眼望着天棚，若有所思，像尊塑像一样动也不动。足足过了2分钟，才仰天吐出一口长气："公处，你是认真分析的还是感觉到的，这都弓上弦、弹上膛了，突然来这么一出戏，我们都有点蒙圈转不过弯儿来。但我知道你那脑瓜可不是白给的，我就怕明明能成的事也让你给说破了！如果不是像你说的那样，今天所有准备的费用都得你自己掏腰包。"吴局长半开玩笑半认真地说。

　　"好！如果是李永发干的，案子破了，我双倍赔付费用，庆祝胜利！"我这一表态，平原县局的老人儿都低下了头，十几年的风雨同舟，他们几乎无条件地相信我。

　　"王闻你们不了解吗？"我又看一眼大家接着说。

　　"他是除我之外七叔最看好的年轻人，做事踏实，没有七

148

八分把握从不开口说话。"大家点头。

"他们从响水河镇出发到现在也有十多个小时了吧，用'大哥大'打电话怕泄密，沿途邮局或机关单位能找不到一处固定电话吗？要不他就跟你们一样，一心想着这件事就是李永发干的，十多个小时问都不问一句。"我一看火灭得差不多了，端起杯子喝口水，重新回到座位上。

"那不可能！"吴国强马上否决，"就是王闻不问，咱们那几个小子能闲着吗，他们啥样公处你不是一清二楚吗？"

我看了大家一眼，用有点调侃和活跃气氛的语调说："或许还有一种可能，就是这帮小子集体作弊，隐瞒案件有重大突破的事实真相，想给我们一个惊喜。"

"更不可能！"大家几乎异口同声喊起来。

"那下边的事儿，吴局长安排吧。我的建议是，县局政委带队，仍然出两辆车前往边界迎接。买来的猪也要杀了慰问大家，但是要等小分队回来后再杀，案子没破也需要慰问，这段时间大家太辛苦了！组织审讯和保障审讯的相关事项你们两人商量。"我看一眼吴国强和赵立群说。

王闻的小分队押解李永发昼夜兼程赶回县局后连夜组织审讯，第一轮审讯下来与响水河林业公安初步电话沟通核查，结果不幸被我言中。李永发应该不具有"99·2·23"特大抢劫案件的作案时间和空间，因为在最敏感的"99·2·23"案当天，他和另一工友与司机从中 C 边境往响水河森林小火车站拉原木时中途翻了车，司机和另一工友受了重伤，他是三人中伤势最轻的一个人，也伤成轻度脑震荡和鼻骨骨折，自称是他路上拦车将两人送到森工医院抢救的。

"怎么这么巧?! 太巧就是有问题，是不是，公处?"吴国强要拉我入套，证实他的论点正确。

我还没出声，"真他妈一脚踢出个屁，赶巧了!"县局刑警大队教导员王立伟大声骂道。

"局长，我带人回去一趟，把这条线查死，否则死不瞑目。"王闻瞪着满是血丝的眼睛神情坚定地向我请战。

我刚要表态，突然意识到我已经不是平原县公安局局长了，就把脸转到吴国强方向："吴局长你看呢?"

吴局长稍微犹豫了一下，"按道理说，你出去半个月刚回来连家门都没进，应该派别人去，但案情重大，事关成败，别人去我真有点不放心。这样，人员你挑，我的车给你，司机还是用刑警队原来去的人，车好路熟，能提高安全系数。你家里边的事儿我来帮你办，但是和对象见面的事儿我可代替不了，只能跟王教导员和内勤石丹阳去做一个有效说明，这样你看行不行?"

吴国强就是吴国强，这嗑儿唠的就是一个字"爽"! 话说到这个份儿上，让你后悔都来不及、说不出。

当王闻再一次把眼神投向我时，"你把审讯李永发三次记录的相同部分，尤其是刚到手非正规的第一次他说的话给我重复一遍，也就是'99·2·23'案这天一日情景描述。"我恢复了冷静的同时也恢复了地区公安处副处长的威严。

"是!"王闻声音洪亮起来。

……

"你这次去带好法律文书和介绍信等公函，先将客观书证物证拿到手，也就是借阅、调取、复制交通事故案发地交警大队案件卷宗，尤其是交通事故现场勘查卷和全部入卷及不入卷的现场照片。其次去森工医院拿到三人的病历档案，不是还有一个人因脊椎骨折还在住院吗？这两件东西拿到手后要立马进行复核，带上照相机，秘密核查现场肇事车辆和现在拖到交警大队交通事故车辆停车场去的车是否同一，还要到事故现场从卷宗照片的角度多拍几张照片，看整体环境地形与卷宗现场照片背景是否一致。医院的病历档案注意看第一页接收患者的病情描述，三人病例是否基本一致，如果三人病例为一人所写，情形又完全一致，那就有情况了。另外，把三人主治医生或病历上签字医生的其他患者病历调出至少两份，看字迹是否为同一人书写。手术单上同意手术家属亲人签字栏的应该是李永发，比对一下与交警大队事故卷宗档案里的当事人李永发的签字是否一致。走时把李永发指掌纹和血样都采集带上，以便比对。三是这次走时带上地区公安处邓工程师与大学生许其华和我的车一起去，人多好干活，路上有照应。四是……"

"四是回溯李永发在那边从第一天至抓到位，及在响水河镇居住期间的全部情况，避免再跑第三趟。"王闻抢答。可能我说得太详细并且有些唠叨。

"另外，吴局长与王闻及时沟通，主要问题查清后征求李永发意见，联系其近亲属将委托在邻居同学家的孩子从响水河镇接走。"我喘口气，还是改不了一说案件就兴奋，一言堂灌到底的毛病，好在平原县局的同志们都适应。

"那李永发还审吗？"吴国强也是习惯性地问我。

"办理刑事拘留延期手续，选择适当监号调整原监号在押人员，加强看押监管力量，制定狱侦工作方案，以涉嫌

'97·6·12'刘丽敏被杀案名义填写法律文书打延期手续，李永发毕竟和刘丽敏同居生活很长时间，并且刘丽敏失踪与他出走时间吻合重叠，有重大作案嫌疑，这件事你和赵支队长策划好，也可能东方不亮西方亮，一浪打在沙滩上。"我突然有一种这样的感觉。

"那我调张柏华中队上来干这件事，说不定搂草打兔子，捎带破个大案呢！"吴国强也兴奋了。

其实现在最大的案件就是这一串系列入室抢劫杀人案，破什么案能有这个案件大？我心里嘀咕着，但是不忍心打击过去的搭档，现在的难兄难弟。

在希望与毁灭交织并存的等待中煎熬，一次又一次的调查走访，踏实再踏实的核实查验，细致再细致的检验比对，希望之火被冰冷无情的事实之水浇灭。外线王闻带队、地区公安处邓工技术支撑的重返响水河小分队，终于在穷尽一切手段，将李永发与"99·2·23"案件关联的核查工作做到了极致，结论是李永发不占有"99·2·23"案件的时间空间，不是这起入室抢劫杀人案件的犯罪嫌疑人。但是"97·6·12"刘丽敏被杀案件的涉案嫌疑，经王立伟率张柏华中队艰苦工作正在上升。其姐夫安之义、外甥安井宝也具有重大作案嫌疑，二人均系李永发老家来平原县的暂住人员。所涉及证件问题均称钟秀珍死后将其身份证同骨灰一起存放在火化场其骨灰盒上，所提供的情况也没有其他佐证。大量艰苦细致的工作正在砥砺前行，不是越走越近，就是越走越远，总之，不撞南墙不回头，撞了南墙再回头也是侦查相持阶段的必然过程。另与证件有关人员，如同乡来平原县打工的童旺发、童旺财、于百林等经详细工作均被排除，侦查工作陷入僵局，大家的情绪似乎也降到了冰点。

"将专案组集合起来，你给开个会，给大家放假一周，休整一下，但是脑子不能休，下周一上班每个人都带回 1-2 个破案的意见和建议，半张纸一张纸都可以。"这天周一一上班，我就跟吴国强说。

别人都放假，我也不能在指挥部待着了，否则又有一帮人前来骚扰，县局刑警大队那些哥们儿根本没把你当成什么副处长，进屋先翻桌子找烟，然后坐到桌子上跟你聊天，很少能让人静下心来思考问题。于是我也回到家里闷头干起家务，做回十年前的内务卫生来，一天下来，家里木见本色，铜铁发光，连门框上面都一尘不染。

"哇！今天太阳是不是从西边升起来的？伊戈尔，快看看你爸，成了咱家的劳动模范了。"苏丽梅下班接孩子回来看到家里旧貌换新颜，忙不迭地提出表扬。

我又表演第二个节目，把从饭店食品店买回的主副食快速放到桌子上，拉着伊戈尔去洗手，准备开饭。

"慰问劳动模范！"苏医生拿过两个酒杯，一瓶葡萄酒，给儿子的水杯倒点水，三人举起来碰一下干掉了。

……

夜深人静，万籁俱寂，我还是睡不着，但是怕影响家人，只好闭目思考。

"公孙，你是不是压力太大了？不行给公公打电话让他回来帮帮你吧。"苏医生突然在我耳边说话，吓我一跳，我以为她早都睡着了呢。

"你不嫌丢人吗?! 自己丢人不够,还把七叔拉着一块来,我不同意。"

"那我们娘俩也帮不上你忙啊!"语调中似乎有一种哭腔,穿过漆黑的夜幕深深刺激着我,夫妻患难见真情,连当医生的妻子都要提枪上阵了,刑警丈夫情何以堪。

"睡觉吧!"我伸手拍拍她。

"七叔他们也该回来了吧?"苏医生说。

我俩都沉默了,只有墙上的烟台挂钟滴答滴答地记录着一去不复返的时间。

正面突击不成,侧面迂回怎么样?此案不开,他案如何?总之,近期必须打一仗,打胜仗,否则队伍士气低落,精神萎靡,这种状态比破不了系列案件还可怕。这是我失眠大半夜思索的结果。

"先干'97·6·12'案怎么样,系列案件那边人员不减,基础工作不停。我重点指导王立伟他们全力以赴,争取短期拿下来。"第二天,我找到吴国强把这个想法说给他。

"咱俩想到一块儿去了,专案那边人回来我多抓一些,你盯住'6·12'案,我相信能拿得下来,只要下决心,没有你啃不下来的骨头。"吴局长兴奋起来。

"你们把李永发案件的全部材料拿给我看,无论是口供笔录或证人证言,包括'6·12'案件报案材料,公安部二所做的'颅像重合'检验报告,总之,一张纸、一个字也别落下。"我对县局刑警大队主持工作的教导员王立伟和中队长张柏华说。

"局长是说?"张柏华想探底。

"我什么也没说，就说把全部案卷材料一个字都不落地送到我这里。"我不想让这伙比人还精的家伙摸透意图。

"爸爸，爸爸，我爷爷、奶奶、姑姑他们明天就回来了！我马上就有巧克力和大列巴吃了！"下班刚到家，伊戈尔就迫不及待地将这一重大消息告诉我。

我愣一下，随即想到是七叔七婶他们而不是太平县的爸爸妈妈和姐姐，因为伊戈尔说的是"回"而不是"来"。

"真的？太好了！"我几乎喊起来。身边的苏丽梅大眼睛有些发红。比刚才愣一下顶多延迟3秒，我突然问妻子："是不是你给斯琴打电话了？"

苏丽梅知道援兵不久将至，加之儿子就在身边，底气十足："不是我打的，是斯琴打我接的，接电话有错吗？"

"你知道我说的不是这个意思！"我正在找充分的理由来反击她，就搪塞一句。

"公孙副处长，我接的电话是斯琴在婆婆妈妈家打过来的，没聊几句就让婆婆抢过来说话，没说第三句就问伊戈尔，说起伊戈尔就没完，半天才问到你，我说都挺好的，就是最近睡眠不太好，结果还没等我往下说，电话又让公公抢过去了，张口就问，为什么睡不着觉，是'跑偏'了（指犯错误）还是又有大案？你说我的选项就两个，事实就有一个，我是选择撒谎欺骗公公，还是实事求是向他老人家汇报？剩下的还用详细说吗？"苏医生满脸得意藐视着我收住话头，完美收官。

"妈妈讲得真是棒极了！"伊戈尔鼓掌支持。"行行行，你做得对，可以了吧？"最近连走麦城，老打败仗，连家里论战也是2∶1，懒得跟他们计较。不过七叔一家回来是件十分高兴的事儿，我们立马进入策划整理七叔家内务、打扫卫生、添置新的生活用品、如何到省城接机等具体事宜的热烈讨论中去了。

"嘟…嘟…"刚刚由模拟信号改为数字信号的手机响起清脆悦耳的铃声，"是不是姑姑的电话？"伊戈尔跑过去把手机拿了过来，"公副处长吗？"对方在核实持机人身份，"是我。"我回答。

"我是行署公安处刑警支队长赵立群，你交代我的任务有新情况需要马上当面汇报，我现在的位置在县局大门外汽车里。"军队保卫处长出身的支队长规范地报告。

（一○三）不屈不挠

"你放假前交代的'注意周边'，看平原县城辐射周边150公里县市有无此类案件后，我就琢磨咱们地区不用说是没有的，可以排除在外，那本省外地区，外省邻近地区有没有呢？过去县局的同志坚持没听说过有，但是没听说不等于没有，况且没有专门派人了解过。所以，放假这两天我就不停地由远及近给家在平原周边的战友打电话询问此情况，都说没有，结果最后快绝望的时候，我一转业到与平原县近邻归省会市管辖的宝安县的战友，说去年夏天他们那里发生一起类似这样的案件，我一听连夜开车过去，这不忙活了一小天才搞明白。"在我家里，赵立群一口气说了个开头，端起水杯喝下一大半。

苏医生一看我们谈工作，过来倒上水后领着伊戈尔出门了。

156

"你是搞明白了，我还糊涂着呢，是真有还是没有？"我笑着说。

"是！"赵立群下意识地回答一声，顺便抬起右臂用袖口擦一下嘴，典型"大兵"的痼癖动作。"宝安县这位战友原来和我是一个团的，具体情况他也说不太清楚，就找另一个转业到公安局的战友，恰巧这个人在案发地的辖区派出所。情况是：去年6月19日，宝安县农贸市场管理员刘某夫妻被人用同类手段杀死在家中，案件至今没破，县局有的领导说此事不宜过分张扬，避免像平原县一样引起社会恐慌，不利于安定团结。"

"同类手段你指的是什么？"我问。

"犯罪工具两种：一是用钝器打击头部，二是用尖刀捅刺前胸后背要害部位，更主要的是标志性的尸体呈俯卧体位，手脚都被捆绑住。"赵立群回答得很流利，也很正确。

"你看到现场或被害人照片了吗？"我还不放心。

"我知道你心细，一定会问到这个问题。我们在派出所的这个战友很能干，把宝安县局刑警大队技术员请出来吃顿饭，介绍了我的身份，看了我的工作证，酒后我就跟着技术员到他办公室快速地浏览一下他们的现场勘查卷宗，其中，女被害人头部还被室内门帘盖上了。"

"什么?！"这回轮到我站起来了，"你先回家休息，到期按时上班，我们再详细商讨，此事暂时保密。"我兴奋了。

……一连几天都是在眩晕和兴奋中度过，七叔一家回来后，两家6口人合为一处，欢笑与泪水共融，汉语与俄语混搭，生活话题与工作话题交织，历史回顾与现实生活比对，其

157

乐融融，其情切切，让人不胜感慨！回来当天伊戈尔就宣布，从今天起奶奶和姑姑住我家，爸爸和爷爷住爷爷家，妈妈和姑姑住他的房间，他和奶奶住爸爸妈妈的房间。七叔刚回来还没喜欢够伊戈尔，抗议说明天再这样安排吧？结果抗议无效被驳回。斯琴动用商务关系，搞回来十大箱 40 瓶伏特加酒，我这几天休假，早晨陪七叔七婶喝茶，白天陪七叔遛弯，顺便偷着看几遍现场，晚上陪着喝酒，夜里陪七叔唠嗑。本来七叔是不让我喝酒的，但是斯琴不答应，说男人不喝酒就不是一个纯粹的男人，这多少有些俄罗斯人的理念，七婶笑着不表态，苏丽梅居然让斯琴拉拢腐蚀过去，也暧昧地表示"多少意思意思点吧"。于是，喝了伏特加酒晕，整夜陪七叔聊天话多觉少晕，听七叔说起在俄罗斯会见老战友，回访老驻地，祭奠烈士活动等可歌可泣的情况感动到晕。高处长听说七叔七婶回来后，和我在县局的前局长赵副处长一起来看七叔，县委刘书记和县长又把七叔七婶斯琴一起请到县委招待所，高处长、赵副处长带的酒，书记、县长出的钱，我们一家三口作陪，又一场大酒喝得大家共同晕。

几天眩晕带来的结果是上班后，坐在县局刑警大队会议室破案指挥部里主持专案会议的我，不仅满血复活，而且思路清晰。同样，坐在我右边的七叔也身板硬朗，满面红光。那天高处长、赵副处长来平原再次明确，如果身体允许，七叔立马出山上阵，授权以省地公安机关刑侦顾问的名义协助公孙副处长侦破此系列案件。平原县局的人看七叔这次重返前线，精神上受到很大鼓舞，有人称当年侦破系列采花大盗（系列强奸）案的三驾马车又重新组合一起，系列灭门案件破案有希望了。

经与七叔和吴国强商量，决定由七叔代表专案组带赵立群、王立伟等去宝安县局沟通确认是否发生类似案件。高处长也以地区公安处长的名义与省会市公安局长先行电话协调，得到积极响应和大力支持，省会市公安局刑警支队长带领侦查技术人员先于七叔他们赶到宝安县局，经过两地警方共同会诊论证，基本确认发生在宝安县城的"98·6·19"案件与平原县的三起案件系一伙人所为，遂决定串并案件联合侦查并交换了现场物证。

"小子，我听徐二说，咱们局里又有人说系列案件作案人可能是宝安人不是平原人，你要警惕。"七叔到家就跟我说。

"这都是怂人说的话，'肚子疼埋怨灶王爷'，我现在都懒得跟他们生气了！"我回答。

"爷爷，灶王爷是谁的爷爷？"伊戈尔上来凑热闹。

"灶王爷就是灶王的爷爷！"苏医生一看我和七叔谈工作，马上接过话，过来把孩子领走了。

"国强说最近你在盯'97·6·12'刘丽敏被杀案，怎么样？"七叔又提起新的话题。

"我正要跟你详细汇报呢，这几天太忙了。"我说。"别扯淡，说正事儿，什么汇报不汇报的。"七叔不耐烦了。

"是！"我立马认真起来。

……

并案侦查会议后，由吴国强、赵立群牵头，七叔顾问指导的系列案件专案组，明确了坚持立足当地、联系宝安、外延周边的指导思想，以走访犯罪现场周围群众为重点，结合排查城关镇周边村屯，同时整治和查控市区进货和通信器材等销赃场

159

所。开始了踏踏实实的专案基础工作，并对前期摸排上来的嫌疑对象与宝安警方实时通报，进行重点追查和加工，要求每否掉一个嫌疑对象，侦查小组（两人一组）必须拿侦查卷宗汇报，上专案领导小组会议集体讨论，作出取舍审查结论，这就最大程度避免了侦查员因个人认识偏差、社会阅历不同、综合侦查素养等原因盲目决断，擅自取舍的弊端。

"这几天你们没有大事儿别找我，我需要三天时间审阅和思考'97·6·12'卷宗及工作思路。"我对吴国强说。

"你要到哪里阅卷?"吴国强问。

"不受干扰又管吃管住的地方哪里有? 你给我想想。"我说。

"这个地方又好找又不太好找哈。"吴国强沉思。

"关键还得符合规定，在侦案件卷宗不能带出公安机关。"我说。

"对了，看守所!"我俩几乎异口同声说出这个既符合规定又免被打扰的地方。

"我这就给李所长、杨指导员打电话，让他们把办公区一头靠近武警中队那个乒乓球室收拾出来，放上一桌一椅一张床，一个水壶一个茶杯，一顿三餐由值班所领导送进去，累了那屋里还有健身哑铃，这就齐了吧? 对了，公共卫生间距离十多米，只是……""只是和关禁闭差不多。"我替吴局长说。

"咱俩又想一块儿去了。""呵呵呵!"我俩很久没有这种笑声了。

至此，以代号"99·2·23"命名的平原、宝安系列入室抢劫杀人案和代号"97·6·12"平原杀人碎尸案双双进入深入侦查阶段。

平原、宝安两地警方在各自上级的督导下开始围绕四起案件共同的痕迹物证展开联合攻坚。七叔回来这些天，尤其是刚回来那一周，跟我没日没夜地聊案件，偷偷看了几遍现场，这次又把现场勘查卷（含尸检）看了数遍，在赵立群、郑大学、邓工程师和许其华的带领下正式复勘了现场，从心里认同我对案件的看法，也坚信熟人、熟情的本地人或暂住本地人所为。

尤其是退下来这两年，七叔多了对人生、对过去工作的回顾与思考，这次不像以前那样风风火火立马就干起来，而是像政委一样开始开会，先解决专案组成员的思想认识问题，克服畏难厌战情绪，再谈对案件的认识，最后经过反复论证评估，激烈讨论，大家统一了认识，把动员、培训放在一起，达到"磨刀不误砍柴工"的效果。七叔他们提出"三步排查，步步为营，层层剥开，显露真凶"的工作方案，经专案组讨论同意开始实施。

第一步，做点。也就是先审查原来存疑的重点人，进行甄别，采取一罪定死，一事儿查实的原则，先行刑拘报捕，关进笼子。第二步，扫面。把几个月来排查过程中和平时刑侦基础工作中发现社会面上的盗抢骗团伙外围人员及欺行霸市、横行乡里的高危违法犯罪嫌疑人，动员各警种、各地派出所集中时间收集获取其违法犯罪证据材料，治安拘留一批，在拘留期间深挖细查，获取有效证据后劳动教养一批，把浮在社会面上的违法犯罪清扫一次。第三步，挖块。把全县 5 年以内放出来的"两劳"（劳改劳教）释放人员按照违法（劳教）犯罪（劳改）两个板块，由辖区派出所上报，专案组派员到法院和司法局有关部门复核，集中精力核查系列案件第一起至最后一起他们的时空轨迹，定时定地定证人。大家坚信，系列案件嫌疑人中最起码有一人应该有前科劣迹，现场痕迹物证留下来得越少就越反证他（他们）有较丰富的作案经验和受过打击的反侦查能力。

就这样，顶着内忧外患的巨大压力，七叔和专案组成员付出了数不清的艰辛劳动。在不到 20 天的时间里，就打掉犯罪团伙 9 个，成员 50 余人，审查对象 300 余人。他们像紧螺丝一样，丝丝入扣，清点扫面，忘我工作。为砸实现场遗留物身份证钟秀珍身边人这条线，七叔提出重新对除李永发外钟家近亲属及正东县在平原人员的深度审查双向复核（平原和正东公安机关）的工作思路，王闻受命二次带队前往。从平原县到正东县，从张家铺煤矿到响水河镇，从松江省到辽东省，行程二万余公里，克服重重困难，为案件侦破打下了坚实的基础。

20 天过去了，案件毫无进展。社会上群众不理解，内部侦查员情绪再度低落，指挥部开会做大家思想工作。七叔带头发言："人民警察保护人民安全是我们的职责。破不了案，刑警就是怂警。我们只能怨自己无能，不能怨群众无情。我们只能化压力为动力，化埋怨为激情。大家要有一种骨气，像当年我们抗联似的'冻死迎风站，饿死不倒槽'。无论如何也要和犯罪分子斗争到底。"在艰苦的侦查相持阶段，七叔的所作所为无疑是一面旗帜，一种精神，支撑着我们艰苦跋涉。

"这是第几次来我这里了？以后你们出去不要说自己是平原县公安局刑警队的，更不要说认识我，我药方给你们开三遍了，你们还是抓不齐药，是人不行啊还是药方开错了?!"在系列案件专案组前线指挥部，县局刑警大队会议室一角兼我的临时办公室里，王立伟、张柏华规规矩矩立正站在我面前，眼睛盯着自己的脚尖，正接受我的第 N 次批评、挖苦和打击。"败军之将怎言勇?"有药方，没抓到药，关键是 20 多天过去还没找到主干药——李永发涉嫌最深重的"97·6·12"刘丽敏被杀害碎尸案第一现场，拿不到致李永发零口供举手投降的硬件证据。从多次审讯的结果看，双方都认识到一点，一旦找到证据，李永发就是个死，否则不单是活，而且连犯罪也定不上，公安机关还得检讨赔偿。

"局长，这案子就是李永发干的!"张柏华年轻官小胆子大，看我骂累了低调反击。

"闭嘴!""我还知道应该是他干的呢，但是你得拿出证据证明是他干的，拿不到证据说什么都没用。"我及时一炮打哑了他。在他俩低头反省装聋作哑、我有一句没一句讽刺打击骂街时，突然喊了一声"等等!"

他俩抬起头愣愣地看着我："我俩没出声啊!"这次说话的是王立伟。

"带卷来没有?"我急迫地喊道，因为我突然想到在看守所闭门阅卷那三天看到的江南江北两岸发现尸块和头颅好像都在两县城区两岸的下游部位，平原县这边最先出警的是镇郊派出所，江北富民县也是下游的松北派出所。

"带来了。"张柏华这次反应迅速，从公文包里拿出厚厚的卷宗并很快找到两岸报警记录，结果与我记忆一致。

"那年破'采花大盗'系列强奸案你带人上江心岛，是否

163

记得江心岛南端距市区多远吗？"我死死盯着王立伟问。

"看着不远，实际有十多公里二十多华里吧，怎么啦？"王立伟一脸蒙圈状。

"看卷！李永发姐夫安之义、外甥安景宝刚来平原县时是不是在江边搭窝铺打过鱼、在南江心岛抢占别人地窖子（渔民临时打鱼休息处）打架被水上派出所处理过，此后才改行到站前一带贩卖水果？"我一兴奋语速极快，像自动枪连发一般，好在这两个小子听得懂。

王立伟大眼睛转不到三圈，明白过来了，冲过去帮张柏华找卷宗材料。"对！对！"张柏华也似有所悟，高声回答。

"冷静！我们一起数十个数 1、2、3……8、9、10，停，呼气！"我们三个人像神经病一样站在那里，面面相觑。

"坐下！"他俩还没缓过神来，听口令僵硬地、直直地坐在我对面的木椅上。

"你俩帮我检验一下我的推断，看是否靠谱，然后咱们再动作，怎么样？"

"局长你说。"他俩有点迫不及待。

"审讯那段咱们不谈，可以忽略不计。我让你们找刘丽敏被害第一现场，我相信你们差不多将平原县城翻个遍，他们共同生活的两个出租屋一个一年前被拆迁，已经盖起新楼，痕迹物证无从查找，另一个我相信你们没挖地三尺，室内也每个厘米都检查过，结果一无所获。那么他们（包括他姐夫和外甥）能否利用他们熟悉的江边打鱼、熟悉江心岛和江边环境、地形的优势，由李永发一人作案或共同作案，打死、打昏刘丽敏，在其姐夫和外甥的帮助下运到江心岛地窖里杀害、分尸、抛尸

164

呢？因为据报案材料记载和当年法医的推测，尸块特征显示在水中时间不超过三天，尸块、头颅又是顺江而下，显然抛尸地点应该在上游，巧的是，江心岛尤其是南端就在市区上游十几公里，巧合吗?"我自问自答状结束了我的分析预测。

"不是!!"这两个小子几乎是喊着回答。

"激动没有用，现在要冷静。"我心里其实也很激动，"我们现在要做的基础工作如下。"他俩立即站起来挺直腰板。

"一是确认李永发姐夫安之义、外甥安景宝还在我们看守所，被执行刑事拘留延期至一个月的羁押中。""在!"他俩异口同声。"二是马上调取 1997 年 6 月 5 日至 6 月 15 日平原县的水文气象记录，尤其是第二松花江的流速记录。三是立伟你马上将此情况通报给七叔和吴局长，并由你亲自带队和水上派出所一起上岛，法医、技术员做好相应准备。这是我们的最后一张牌，而且是推理判断的一张牌，是否可能，还要经过事实检验。立足岛上挖地六尺，也不能遗留一平方米。所以，搜寻作案第一现场，地窖是重点，他们将人分尸抛尸，但是被害人的衣服不一定抛到江里。理由是尸块一旦与衣服同时或相近时间被发现，尸源会很快被确定，与被害人相关的人很快会被警方注意，也许，他们没考虑这么多，但我们必须考虑全。上岛后封锁该岛，群众损失由县局按规定赔付。是否要武警协助，由吴局长决定，但是要低调进行。"

……

半小时后，院子里汽车摩托车发动机声音多了起来，紧接着，武警中队的一辆运兵车也开了进来。

比高考还重要的大考再次来临了，要么，功在当下，给弟兄们打坚持破案不止的一针强心剂；要么，名声扫地，成为压垮大家身心的最后一根稻草。一切皆有可能，一切都是未知……

整个下午，县局大院静悄悄的，刑警队里也是静悄悄的，下午下班了，也没人没声，我只好悻悻地自己回家了。苏医生和斯琴在家里好像正说着悄悄话，见我无精打采地回来有些吃惊，"怎么这么准点、这么没气质？"斯琴调侃我。

"没破案又没钱有什么气质？"我有气无力地回击她，更没心思跟她斗嘴。

"破案是你和老爸俩人的事儿，是你们自己找的；没钱我这儿有，随时来拿；没气质是你自己一个人的事儿，我可帮不上忙。"师姐伶牙俐齿，不减当年。

"他是累了！走，到儿子床上休息一会儿，饭马上就好。"苏医生过来解围。

"嘟……嘟……"迷迷糊糊中手机铃声响，一看，是赵立群打来的，我摁下了通话键。"报告公孙副处长，'6·12'第一现场找到了，在江心岛最南端一个被伪装掩埋较好的地窖里，里面有被害人的血衣，还有两件看样子是男人的衣裤。邓工和郑法医已经提取大量检材，现场已被武警严密警戒起来，等待二次勘验，王立伟、张柏华已经回去送检材，我看吴国强正在交代事情，七叔也在，吴局长问你来不来。"

这伙计什么时候去的？我心里狂跳起来，"告诉吴局长和七叔，我就不去了，我要在家吃饭喝酒！"说完，我愣了一下，怎么跟部下说出这样的话。

连闻声进屋的苏医生都瞪着大眼睛不知所以了。未及，

166

"嘟……嘟……"手机又响了起来，是王立伟。"局长，安景宝交代了，是李永发干的，他爸和他帮的忙！"

"工具！工具在哪里?!"我近乎歇斯底里地大声喊道。电话背景音里一片嘈杂，接着手机里传来张柏华喜极而泣的嘶哑低音："局长，工具，工具找到了！"

"炒菜、喝酒，去接七婶，今天我哪都不去，就在家陪你们。"

（一〇四）雪上加霜

"99·2·23"等系列案件虽未侦破，但是近年来在社会上有影响的站前治安派出所政治指导员失踪案，近期邻县万安镇人民医院现金室持枪抢劫案件和"97·6·12"杀人碎尸案等几起历史遗留案件和新发严暴案件侦破，涉案犯罪嫌疑人悉数归案，也在社会和公安机关内部引起相当广泛的影响和震动，在一定程度上缓解了社会舆论和公众带给公安机关的压力。

"怎么样？怎么样！我不止一次跟你们说过，这案件有了七叔和小公还有咱们这些不怕苦、不要命的弟兄们，就没有啃不下来的硬骨头。干什么连自己都没信心，还指望别人帮上忙或者老天爷照顾，那都是扯淡。"在周一的全局科所队长中层干部会上，吴国强以他特有的语言风格在做例会讲话，意在鼓舞士气，攻克系列案件。

"吴局长，地区公安处办公室来电话，今天中午地区公安处高处长要到省厅开会，中午到咱们县局休息吃顿饭，说也慰

167

问一下地县两级公安机关专案组成员，因为吃完饭就走，就不用惊动县里领导了。"县局办公室文书小刘向刚刚走出会议室的吴国强报告。

"老巴啊，你这真是老将出马，一个顶俩，一个月不到连破两起大案，三驾马车名不虚传，了不起啊！"高处长一下车就满面笑容握住七叔的手说。

"处长这是鼓励高抬我啊！这主要都是县局吴国强和处里赵立群、邓工等同志们一起干的，要说出头冒尖的年轻人，王闻和咱们处新来的大学生许其华都很优秀。"七叔边跟着高处长往会议室走边说，这两年他已经学会表扬人了。

"吴局长，一会儿让刚才老巴说的那两个年轻人也参加会。"高处长要求。

"好嘞！"吴国强答应，一般情况下他不太注意语言规范。

……

"为适应案件进一步侦查的需要，经请示行署公安处主要领导，专案组决定以精兵克大案。选调骨干组成新的专案组，地区公安处由我、七叔、赵立群支队长、邓工程师、许其华5人组成，高处长加强给专案组的新'北京212'吉普车今天送到，县局人员由吴局长确定。"在第二天的地、县公安机关有关人员参加的专案工作会议上，我讲了高处长昨天和县局共同研究作出的决定。

"县局这边没什么说的，破系列案件是县局的头等大事，必须全警动员、全力以赴，县公安局由刑警大队主持工作的政治教导员王立伟带王闻、张柏华2个中队10个人两台车参战，咱们地县两级加我一共16个人，4台车，保障常规的侦查活

168

动没有问题，一旦有新情况，发现新线索，要多少保证多少。"吴国强信心满满，话也说得透彻敞亮。

"七叔，你看下面怎么搞?"我看着七叔，真诚地征求意见。

"呵呵！我还没老糊涂，这事儿你们自己做主或者说由你做主。你不要忘记我现在是'顾问'而不是主官，这顾问就像当年你给我当参谋似的，说了不算，不算还得说。参谋大都年轻，特别是参谋不带长，放屁都不响。顾问呢，基本都是岁数大的，顾上来呢，就问一问，顾不上来或者忘了呢就不问。如果你非要我说的话，就这么两句，你和国强还要和以前一样，搭成班子，选好队伍，今天都做到了，这是一句话；第二句呢还是老话，就是从来就没有什么救世主，更没有神仙皇帝，丢掉幻想，放手一搏。案件搞到这个份儿上，后果很清楚，不是鱼死，就是网破。我说的鱼，就是犯罪分子，我说的网，就是专案组。"七叔不紧不慢的话，看似平常普通，但对我和吴国强两个当事者来讲，不亚于醍醐灌顶似的警醒。

"那我们就趁着今天人齐气象新的好开端，国强和立群先给大家分分组，七叔、我、国强不分组。剩下3人一组，正常2人一组，3人一组考虑一人作为备份或机动。集中坐下来回顾总结前段专案工作的查证情况，然后敞开思想充分讨论、争论，就系列案件的侦查方向、侦查范围有没有偏差搞一次为期3天的大讨论。从今天起，专案组成员无论地区局或是县局的同志，一律集中食宿，集中精力，集中讨论，讨论出思想碰撞、语言火花，但是君子动口不动手，伙食嘛……"我停下来。

"没问题，就是不破案不能喝酒，是不是七叔?"吴国强笑嘻嘻地问。

经反复研究论证，大家统一了思想认识，坚持此案与本地人有联系，与平原县殡仪馆（火化场）有联系，与平原县中心市场有联系，应为熟人、熟情人作案的工作方向，范围应该还是本地人或在本地居住较长时间的外地人可能性大。

再次启动新专案侦查活动从哪里入手呢？这是大家讨论最多、意见也不一致的话题。明天就要开工干活，今天最后一天如果不解决存疑问题，不知道哪个侦查员在哪个具体工作环节上会导致无视或者误判，"100-1＝0"的教训比比皆是。

在最后一天下午，我下定决心解决这个问题。

我看时间差不多了，决定不能这样无休止地争论下去，民主以后应该集中统一了。

"大家都说了很多，我准备用20分钟说两个问题。一个今天是咱们规定专案大讨论的最后一天的最后一个下午，今天晚上给大家放一宿假，不在这里吃饭的一会儿告诉司务长。"我说完后大家精神为之一振，年轻和年老的都面露喜色，我知道对于七叔来说，两天不给酒喝和不给饭吃差不多。"另一个就是大家争论的问题，是不是还要从身份证这条线入手开展工作问题。这个话题刚才七叔和吴国强局长，包括我们的刑警许其华都讲了，我认为都有道理。下面，我系统说说自己的看法，大家看看是否靠谱。

首先，这张名字叫钟秀珍女人的身份证来自于'99·2·23'案件犯罪现场1号尸体身边，经王闻中队精细排查确认为'犯罪现场遗留物'，那么这张身份证的法定持有人经我们工作认定为已经死亡，依据是县医院开具的死亡证明和病历档案，这份档案我们已经查阅并且经省传染病研究中心鉴定治疗用药符合规范，不是被'肺结核'病死的。二是能接触到钟秀珍身份证并且有可能因故持有的近亲属，我们经摸底排队追踪找到了她的丈夫李永发和李永发的姐夫及外甥，破获了'97·6·12'碎尸案，并且在破获此案的过程中我们花费大力气查否了李永发不是这起案件的犯罪行为人。这个事实没有异议吧？"大家点头。"现在的问题是这张身份证一边连着'99·2·23'案件1号被害人尸体，另一边连着因病死亡的42岁外地妇女钟秀珍，两个都是死人，不会说话。但是，钟秀珍身份证最后一次使用是她因肺结核病死亡后，其丈夫李永发用它到县医院有关部门开具死亡证明的时候。据李永发讲，钟秀珍身份证在其火化后入乡随俗按照平原县习惯将其插到钟秀珍骨灰盒上面，以后因没去扫墓就不知情了。另与证件有接触条件人员，来平原县打工的钟秀珍哥哥钟安九、弟弟钟安明、表弟于百林也在第一轮工作中被排除，是这样吧？"我面向王闻问。

"是这样。"王闻回应。

"那我们下一步干什么呢？"我又把大家争论的话题在这个节点上抛出。

"查靠钟秀珍的身份证到底放没放到骨灰盒上。"王闻、张柏华和许其华几个年轻人几乎异口同声说道。

"对！这次工作起头还要从这里开始。"七叔肯定地说。

"大家还有什么意见？"我问。

"没有了！"连争论的另一方也心服口服地表态。

"爷爷，奶奶说你这几天不回来，家里可清闲不少。"我和七叔刚进七叔家的门，伊戈尔就直接把群众问题反映上来了。

"呵呵！我现在也烦你奶奶，她总是唠唠叨叨地管着我，还有你姑姑，也是一个帮凶。"七叔半真半假地发着牢骚。

"姑姑是帮凶?"小伊戈尔有些蒙圈。

"我的孩子，你把巴雅尔带出去一段时间吧，要不，不是他疯掉就是我疯掉了！半夜做梦都是破案子。"七婶过来拥抱我以后跟我说。

这半年，七叔七婶在一块的时间比过去大半辈子时间都长，七叔没有工作干是个很无趣的人。

"吃饭了，喝什么酒?"苏医生怕我实话实说，惹起任何一方不高兴，忙着在一旁大声讲话，转移话题。

"'伏特加'还是留着重要节日喝吧，今天就喝点'草原白酒'。"七叔有些言不由衷。

"老爸，你就喝'伏特加'吧，我已经跟表弟维克多说好，每隔一个月就往咱们中国 H 边检站旁边的免税店过关 10 箱 40 瓶上等'伏特加'，公孙的同学李站长就会直接给咱发过来。资金我都预付一年的了，当然，李站长的运费我没付，要付就苏医生付，谁让她当年对我一点都不客气地抢人。"斯琴搂着苏丽梅肩膀笑嘻嘻地说。

"既然师姐基础工作做得好，咱们还是喝'伏特加'吧。"我看师姐没喝酒说话就要跑偏，抓紧找个应该喝酒的理由开饭。

……

172

"斯琴怎么还不走?"晚上回家睡觉时我问苏丽梅。

"怎么,你烦人家啦?又没总待在你家里。"苏医生这次被师姐拉拢腐蚀得很彻底。

"你知道我不是那个意思,她南方那个家到底是不是家,日子过不过了,那个浪荡公子现在好点没有?我不方便问,你抽时间多跟她谈谈,七叔七婶岁数大管不了,咱们不得多操点心吗?"我诚恳地说。

"你怎么知道没谈?"苏丽梅转身打开灯,大眼睛在灯光下第一次闪烁着坚定和智慧的光芒。"我要不是看你们爷俩破不了案子着急上火,我才不揽这个活呢,斯琴回来第二天就要找你谈,被我劝住了。"苏丽梅的眼神里神秘莫测。

"得得得,你千万别让她跟我谈,她上来那任性劲七叔七婶都管不了,我有什么办法,一旦让我退货,跟她走,你就是搭了老公又折兵了!"我吓唬苏医生。

"呵呵!你以为我会信吗?"她居然稳坐钓鱼船。"不过,被退货的不是我,是你师姐斯琴,人家不要她了,对方宁可净身出户,就要她这个夫人编制。据斯琴讲,香港一个富姐,不,现在应该叫富婆,跟斯琴丈夫来往很多年,孩子都5岁了,斯琴傻乎乎的都不知道,只知道吃好喝好,提前把自己搞成俄罗斯大妈,这次她和七叔在俄罗斯期间接到人家的最后通牒,可能就是'小安徽'跟你说的那个香港女人吧。"苏医生言之凿凿。

"什么!"我忽的一下坐起来,"这个王八蛋,我现在去给他变成二级残废!"我攥紧拳头,目露凶光。

"行了!你媳妇要这样……"

173

"你想说什么?!"我凶巴巴地瞪着苏医生。

"我是说你媳妇要退货你一定也得去拼命。对呀,我老公是你啊,你怎么会退货呢?"这老娘们儿语无伦次地急转弯。

"他妈的!闭灯,睡觉!"我转过身去。整个是提着镰刀进大白菜地,颗(嗑)捞(唠)散了!

……专案组在吴国强的建议下,决定连续突击,夜以继日,集中择机休整。至此,案件进入专门侦查、攻坚克难阶段。

首先,七叔领着县局的两个中队再次把在押和能接触到钟秀珍身份证的相关人重新梳理甄别一遍,为防止意外,对每个人的取舍都由七叔和吴国强两人把关并形成会议记录。张柏华中队费尽周折将当年给钟秀珍看火化时辰的阴阳先生找到,且施以烟酒不露身份,阴阳先生回忆是他建议说,这种得痨病(肺结核)的人和"横死"(非正常死亡)的人一般客死他乡后不能回老家进家族坟地,否则,对后代影响甚大云云。当家属(李永发等)求教破解之法时,他说像当地人一样将身份证插在骨灰盒上就回不了原籍了,至于家属是不是这样做的他就说不清了。王闻又在这件骨灰盒存放间保管员的社会关系上寻得突破口,和这个进城打工大爷的女婿攀上了中学校友,短期内喝了几场大酒,感情像处对象一样迅速提升。等带着当地十分像样的"四盒礼"外加2瓶"草原白酒"、一只烧鸡"府上"造访时,老爷子水到渠成将他所知道的一切全和盘托出。

原来,这老爷子对每天存放骨灰盒和生死离别的场景见多都麻木了,但是,这家不一样,特别要求骨灰盒上这张身份证别弄丢了,丧家交代两遍,他都有点不耐烦了,后来又塞给他

50块钱，叮嘱他一定要看到"五七"以后，老爷子受人之托，收人钱财，就特别注意了，钟秀珍这个名字也印在脑海里了。姓钟表的钟，存放号147，他还说用"要死妻"的谐音记的，钉帮铁牢、扎扎实实。

"为什么要求必须看过'五七'呢？"大学生许其华问，这也是绝大多人想知道的，包括我。

"老爷子在那个地方时间长了，也知道点这方面的说头。据说人死后到黄泉路尽头就上望乡台，这就过了'五七'了，也就是三十五天。最后再望一眼故乡的亲人，孟婆就在奈何桥口等着，过桥时孟婆就让死鬼喝迷魂汤，她就忘了生前的一切，开始重新轮回，看是成仙还是重新投胎做人，还是投胎变飞禽走兽。如果你的亲人按时给你烧纸花钱摆献，投胎时你就能好好想想结果如何。"王闻说。

"什么时间发现没的？"七叔问。

"这个我问好几遍，老爷子讲，清明节前肯定在，因为清明前三天有人来给骨灰盒拿出去烧香祭奠，还向他道谢呢，节后没太注意，直到案发后咱们的人找上他才知道身份证没了。"王闻不紧不慢地说。

"那就是说，现场这张身份证确实在钟秀珍死后插在骨灰盒上一段时间，或者说，来自于火化场骨灰第二存放室147号。"赵立群支队长说得准确。

于是，专案组继续围绕现场遗留身份证开展工作，对钟秀珍骨灰盒上身份证有接触条件的平原县殡仪馆职工，以及该骨灰盒存放位置附近的其他骨灰盒所有者家属170余户650余人进行了排队审查，还是未发现嫌疑线索。

在专案侦查期间，南方 F 省 J 市发生一起特大入室抢劫杀人案，F 省一个特大纸业集团董事长 W 一家 4 口被杀。专案组马上与 J 市刑警取得联系，获得了 J 市 "09·16" 案件的有关情况，又对在平原县暂住经商的 24 名 F 省人和 21 名在 F 省 J 市发案期间漫游到该地的平原县注册移动电话持有者进行审查。

在案件沿着既定目标艰难推进但又久侦不破的过程中，时间不知不觉到了冬天，跟穿着厚厚的棉衣一样，大家心里沉甸甸的。这样干为什么还没摸上边儿？从理论上说是不可能的，从以往经验教训上说，也应该有反应啊！我决定停工开会，再次坐下来对前期工作进行回顾检讨研究。

"同志们，我们前期工作还是卓有成效的，'清点'、'扫面'已基本完成，最后的'搬块'也就是将 5 年内释放解教的劳改劳教人员逐人筛查，查清系列案件发生时的时空轨迹工作马上就要开始了，这项任务，我们过去都交给辖区派出所去做，但是大家也知道，他们人少任务重，又缺乏专业知识和对案情的深入了解，摸丢摸漏在所难免，所以我不放心。这次会议，既是前段时间的总结会，又是第三阶段的动员会，希望大家畅所欲言，各抒己见。"我结束了会议动员。

"咱们下去调查不成，就得上来研究，研究就得集思广益，互相讨论争论。"吴国强局长的讲话水平和职位是对称的。

经过一天的理性讨论和评估，大家一致认为：原定方向、范围没有错，主攻方向、并案侦查也没有错，但对犯罪嫌疑人的人形刻画上可能有差异，排查条件上有漏洞，抑或是某项侦

176

查措施实施者——也就是侦查员或基层民警没有落实到位。

七叔做了较长时间的发言，总体上是鼓劲减压，他说："已经9个月没有发案了，说明什么呢，说明他知晓我们的动作，被我们触动了，只不过我们不知道而已。我们哪方面行动触动了呢？应该是'扫面'行动。下步'搬块'如果开展得彻底，原形应该露出来了。这段时间没作案，可能大跨度跳出我们的地界到外面去了，也可能主要成员因小事被我们扫进去了。所以，对外更大范围的访查同类案件，对内注意这大半年抓进来人的阅卷审查是一项重要工作。另外，在严格审查'两劳'人员的同时，又提示我们注意目前较为突出的青少年犯罪，适当调整摸排对象也是有必要的。"最后，我征求吴国强和七叔的意见，宣布一个多月没休息的专案组县局同志休息5天，地区同志休息7天（加往返路程），回来再战。

在细致、务实、低调的"搬块"审查"两劳"人员中，发现了大量的漏网之鱼，在对这些失职渎职人员工作态度的极端气愤中，似乎隐隐感觉到一线希望。这种说不清、道不明的感觉我已经和七叔说了两次，他说先不要急于追究谁的责任，重点是集中精力审查遗漏的"两劳"释放人员与平原中心市场、平原火化场及四起案件被害人之间的关联关系。摸排低龄的寒暑假放假学生、待分配的毕业生、落榜生以及待分配的复员兵即"三生一兵"工作，叫吴国强督促县局有关部门做好就行了。并确定专人对3起案件现场本楼和临近楼房逐人逐户进行回访，按照新的取舍条件发现新的重点人。

一转眼已经到了年底。

这天，我们正在"前指"听取各组关于审查漏网"两劳"

人员情况的汇报，县局值班室值班长何远征报告："刚才有群众报警，育英小区一楼有一家三口被杀死在家中，辖区派出所正赶往现场。"

"告诉他们先别动现场！"我大声吼叫，下意识看一下桌上的台历——1999年12月27日。

(一〇五) 最后一击

门被强行打开了，一股浓烈的血腥味迎面扑来，一个男子头朝里脚朝外扑倒在不大的客厅里，头颈部的血还在往外流，扩展着已经很大的血泊，进户门的左手（左边），一个拖地的拖把靠立在墙上。我的大脑一片空白，头似乎有点晕，这是以前案件最典型脱离现场最后一个动作的特征，宣告系列案件中又一起新的个案发生。真是日日夜夜想破案，千方百计来破案，案子没破又发了案。

"怎么样？"七叔气喘吁吁地在我耳边问。

"是这伙人干的。"我回答。

"小子！你是指挥员，此时要冷静、镇定。"七叔用只有我才能听到的声音说。"外面的事儿交给我，里面的事儿你会干，自己亲自动手，别有依靠思想。"

"是！"我用低沉、坚决而洪亮的声音回答。

转身看时，七叔已在几步之外，虽腿有残疾，但步伐坚定有力，挺胸抬头，腰杆笔直。我呼出一口气，使劲把进户门全部打开。

"邓工、郑科长！"我声音洪亮。

"在这里!""到!"地区局和县局的回答习惯不一样。

"你俩分别带着县局的技术员和法医,做好初步观察现场和查验被害人有无生命体征的准备,照相录像一起上,初步将现场全方位固定后撤出,郑科长带县局法医进去查验被害人生死,撤出后封闭现场,报告省厅,等待具体指令后再详细勘验。"急促、清晰、冷静和明确的指令,伴随着浓烈的血腥味,由门口快速向现场周边扩散。警令如山倒,一种绝对服从必须照办的战时氛围瞬间形成。

"塑料袋!"我喊一声。

"塑料袋好!"辖区派出所长汪士兵应声而到,"找吴局长和七叔领任务。"我头也不抬拿起塑料袋往脚上套。

"是!"汪士兵是县局刑警队出去的,这节骨眼儿上不用细说。

"用塑料袋做鞋套这招儿谁想出来的?挺有创意!"有人小声说。我一抬头,又没动静了。"快!两部相机交叉照,录像机先身体局部特征拉到全景,动作要快,让郑科长带法医尽快进去确认死活后再精雕细刻。"我站在门口,手戴医用手套、脚踏塑料袋裹成的简易鞋套,急吼吼地说。

"公副处长,省厅刑警总队回电话,总队刑侦技术骨干昨晚在主管副厅长的带领下去另一个地区出大案现场了,经请示分管副厅长,同意在七叔的指导下,由你指挥勘验犯罪现场,提取的与现场有关检材全部送省厅物证鉴定中心检验,要求仔细再仔细,争取这次从现场拿到东西。"赵立群支队长报告。

"明白!告诉吴国强,一会儿准备 20 份办案快餐(这里是指馒头、咸菜、稀粥,这还是在刑警队我给七叔当参谋时起的名）一小时后开饭，进去（现场）不知道什么时间能出来呢。另外，你和许其华、县局西南政法刑侦系和刑警学院学痕迹的两个新毕业的大学生也先吃饭，一会儿第一批跟我进现场，其他基础工作七叔和吴国强都会准备好。"

"是！"赵立群找到感觉，敬一个十分标准的举手礼做一个向后转动作下去了。

"公处！"吴国强喊我。"刚才，县委办公室通知，地委书记、行署专员和省厅领导已经分别从省城和松北地区出发，四个小时后陆续到达现场，听取汇报，县委书记、县长一会儿先到，咱们是不是得准备准备？"吴国强知道我一根筋的脾气，担心地看着我。

"我现在最着急的是准备勘验现场，迎接领导是你的特长。"我口气有点急，话说得有点直，把吴国强给噎住了。我似乎也意识到这一点，就缓口气说："国强，现在案情紧急，情况空前严重，真的是一刻千金。这样，你与七叔先应对县里领导，我和相关同志抓紧添油加料，只要允许，今天至少干一个通宵，县委刘书记找我，你再来叫，现场情况不明，咱们跟领导说什么？表决心、喊口号有用吗？"我真诚地看着他说。

"知道了！"他刚离开一步回身又拍着我的肩膀说："兄弟，我相信你！"扭头走开。

现在最关键的事儿正像省厅刑警总队说的那样，现场最重要，现场能不能拿到东西是关键。过去发生重特大案件，县地省公安机关领导带领刑侦技术人员先后到场，经常出现县局的领导和同志见地区的领导同行来了，自己就撤到一边听地区公安局指挥，按照地区同行要求来干；省厅领导带刑警总队的同行来了，地区领导同行亦如此，出现了最熟悉情况的属地公安机关分管领导被指挥，对情况了解不多的上级领导瞎指挥、打乱仗的情况，结果案件破了，是省地县三级公安机关共同努力的结果，破不了案件谁都没责任。这次好了！一是省厅指令由七叔指导我指挥，权属明确；二是这是一场基本没有胜算的背水一战，正像七叔说的"不是鱼死，就是网破"。看似省地县三级共同破案，其实还是以县级公安局刑警队"三驾马车"为主。

"丢掉幻想，准备上阵！"我突然觉得最近有些感悟多、思想少，可能快进入油腻"大叔"阶段了吧！"请七叔和吴局长过来！"我对赵立群说。

"他们就在咱们身后，现场对面的三居室单元房里，现在已经被县局征用作为前线指挥部了。"刑警支队长说。

"七叔，我想把主要精力、骨干警力、全部技术力量投入到犯罪现场勘查中，常规的周边走访、摸底排队，接待领导的活儿往后放怎么样？"进屋后见到七叔，神情稳定不少，思路也清晰起来。

"可以！但是有一样不行，就是领导来了往后放不行，领导来了是听汇报、作指示、鼓干劲来的，不是我们说了算的事儿。不过这件事儿交给我，我资格老，脸皮厚，接待不周他们不好意思批评，你就一心一意看你的现场，审你的考试题。小子，胜败在此一举，万万不可粗心大意！"七叔真的老了，那么铁血的人，如今说话带有明显的感情色彩。

"那咱们分分工，七叔你来掌舵，我来'打表'（制定勘查方案），国强负责'画格'（组织实施），王闻让他'跑腿学舌'（协调现场各组勘验行动、传递场内外各种信息），赵支队给我当助手，我对县局的工作意见，都是通过赵支队传达，只对吴国强局长一个人讲，这样一张嘴巴对一个耳朵，避免信息误传，也避免责任不清。邓工负责痕迹、郑科长负责尸检，各组长的工作意见，由王闻沟通，怎么样？"

大家点头称是。

"我看干脆就给它来个打表画格。"吴国强沉默 3 秒钟突然来这么一句。

"可以！"我愣一下，随后说。

七叔也眼露赞许的目光。

"怎么回事？"赵立群有点蒙圈。

"就是像小学生在白板纸上打方格一样，在犯罪现场地面画出若干方格，一个格一个格地去勘查检查，避免遗漏任何痕迹物证，这样速度较慢，效率不高，过去业内有人提过，但是很少有人去实施。"邓工给他的上级和同事介绍。

"那就一不做、二不休，干脆将现场地上、墙面、棚顶都打上格，格内所有物品都一厘米一厘米的检查全，检查透，就是老鼠屎也要提取化验，不能遗漏，谁漏我就整死谁！"我一着急就说狠话，甚至爆粗口骂人，这一点，承接了七叔的真传。

"地面好说，这墙上、棚顶怎么打格？"张柏华一不小心说出了真话，吐一下舌头把头低下了。

"这事儿我来办。"吴国强马上把话接过去，他知道我的脾气，谁说困难就让谁来完成这个任务，现在是大战之前，主官不能意气用事。

"开饭！5 分钟结束战斗！"我下令。

二次固定现场的技术员携照相机、录像机进去了，半小时后出来了……

郑科长带着县局两个年轻的法医进去了，半小时内，三具装在专用袋子里的一家三口尸体抬出来了……

吴国强带着第三批画格的刑事技术员、工程技术员进去了，一个半小时出来了……

"清理内部（排空大小便），准备进现场！"我发出命令。

"公处，顺序是?"邓工虽然也久经沙场，但此次关系重大，又有我在，故提前请示。

"按照规范和你的习惯做。"我不墨守成规。

"那就由外向内，从客厅到主卧、次卧三名被害人的房间，然后其他房间，地面一厘米一厘米地过，包括地面上的任何物品……"邓工还要说。

"别磨叽！组已经编好了，开始吧。这次是你干我看，你干累了，让技术员干，咱俩看，要专心致志，心无旁骛。"我要求。

"跟我来！"邓工带着准备充分的技术组，和另外加强到技术组的 2 名当年毕业的公安政法院校本科生进去了。

……现场被吴国强先期带进去的工程技术人员重新换装的大功率灯泡照得雪亮，加上技术组带进去的 DBD 光源，地面的痕迹一览无余，犯罪嫌疑人最后用拖布拖地沾染的淡红色血水痕迹也清晰可见。我一把抓过刚才换灯泡用过的室内折叠梯子，调整好高度蹲坐在上面，看着他们一个方格一个方格地精查细检……

"公处，书记、县长到了，刘书记问你，七叔说在现场里面，刘书记说要见你。"现场协调员王闻走进我身边小声说。

"怎么样，小公？"刘书记语言温和脸色平静地问。

"是先前系列案件这伙人干的！"我十分肯定地说。

"我就要你这句话，你想怎么干？这里没有外人，有话直说。"刘书记盯着我的眼睛讲。

"是！"我的声音洪亮起来。"这一系列案件快两年时间始终没破，我觉得我们是走了一段舍本求末的弯路，简单说，就是现场拿到的东西不够，有取舍条件的物证少。还有就是大兵团作战，人员众多素质参差不齐，要求的工作没有做到位，在什么地方遗漏了，于是有了'100-1=0'的结果。我认为前一阶段工作，分析判断和组织实施这两块应该没有问题，问题还是出在执行落实上。说回今天这个新案件，我准备利用现场这个信息资源库作突破口，不急不躁，精雕细刻，不漏一寸，不落一分，争取拿到更多的东西来研究、比对、关联犯罪分子，把这块硬骨头啃下来，为民除害！"我用一分半钟就讲完了系列案件未破主要原因和下一步工作方向。

"有感觉吗？"七叔用低沉平静的语调问我一句。

"有！"我肯定地回答。

"让小公回去吧，那里更需要他。"七叔对刘书记说。

我站起身来，习惯地用手拉直警服上衣前后衣襟，向书记、县长行了一个注目礼，标准的向后转动作离开了。

"有感觉是什么意思？"县长望着七叔问。

"就是有信心、有希望是吧？"刘书记打圆场。

"我可没那么说。"七叔继续打哑谜。其实这是我和七叔在这种场合交流的内部信息，只有他知我知，意思是"发现东西没有？我说发现了"。因为在大家严格按照方格进行详勘

185

细查时，我进屋就从犯罪嫌疑人离开现场最后一个动作承载标的物——靠立在进入室内方向左侧墙上清理现场拖地拖把开始，左右扫描，当第二次扫描到进户门向屋里方向开的木质门后面时，一根一米左右长的镀锌钢管赫然站立在墙脚，我擦擦眼睛，没错，是一寸钢管，与地面接触那一段还沾有血迹，上面这端有不甚规整崭新的横断面，应为一般民用铁锯截断形成，与"99·2·23"作案工具之一相同，无疑这应该是"犯罪现场遗留物。"从行为特征推断是系列案件犯罪嫌疑人作案，到有物证证明的硬件支持，系同一伙人所为没有任何问题。我习惯性地用自己携带的相机再照一次，找一个塑料袋套在管子上端，从现场勘查硬皮活页笔记本里取出一张纸，画出一只张开的手掌简图并打一红色斜杠，用白色粉笔画出一圈警戒提示线。

"告诉大家，撤出现场，休息20分钟。清理内部，把大衣姜汤准备好，稍作休息后到院子雪地里清醒头脑。"我对王闻说。

清新寒冷的空气让大家疲惫的神经得到迅速恢复，"公处，你标注的物证我发现了，一会进去就提取。我就奇怪，咱们一起进的现场，怎么你刚进去就能发现问题呢？"邓工和赵立群真诚地望着我，绝对没有阿谀奉承之意。

"主要是我被这个系列案件折磨的时间长，有些现场细节和痕迹物证都印在脑子里了，看到什么事儿、什么物件甚至与我们刻画相似的人，都习惯往案件上关联。"我回答。

"立群，告诉吴局长，一定找个绝对靠得住的群众做见证人，由吴局长做担保人并签署保密协议，县局除现场里的人

186

外，只能吴国强一人知道。"我望着刑警支队长说。

"明白！"赵立群扭头要走。

"等等！邓工，一会儿重新勘验并履行固定、见证、提取法律程序，最后还需确认前期两轮固定现场的照相录像技术员没触碰过这根钢管。"我又强调一遍。

"是！"他俩异口同声，尽管邓工声音滞后，总体还算合拍。

……"小公，你对如何侦破这起系列案件思路是对的，我们相信你，相信行署公安处和县公安局在地委行署、县委县政府的坚强领导下不急不躁，攻坚克难；省公安厅要集中全省侦查资源，举全省之力，支持专案组侦破此案，啃下这块硬骨头，给我们公安机关争光，为人民警察添彩。"在前线指挥部，代替主管副厅长前来指导慰问的厅政治部主任站在省厅角度和政治工作者的立场说了上面一段鼓舞人心的话。行署公安处高处长正在公安部组织的地市公安局长培训班学习，跟着书记专员来的地区行署公安处领导，是刚刚从地委宣传部副部长岗位上调到公安处任党委副书记，一年前还是松北地区产粮大县的县委书记。

这位基层出身、不甘落后，又激情满怀的公安处党委副书记站起来说："省厅、地区、县委领导都在，今天我就代表地区公安处表个态，我们也举全区之力，全力以赴，7天拿下这串系列杀人案件！"此时此刻，此言一出，真的是语惊四座，在鸦雀无声几十秒之后，这伙计突然将了一军："公安的同志们有信心没有？"

"有！"我立马挺直腰板，几乎是从胸腔里吼出来的，其

187

次声音最大的是七叔。

余光中，县委刘书记似乎皱了皱眉。

县长代表刘书记讲话，话说得中肯实在，开头是检讨社会治安综合治理工作没做好，致使案件接连发生，群众遭受重大损失，各位领导辛苦奔波前来指导，愧对百姓和组织云云。我没心思听县长讲话，全部心思投入到倒计时还有 7 天的破案时限的工作计划上，真不理解这老兄一激动就拍胸脯、数着手指头破案，"你真以为拿下案件，像你当县委书记秋季动员农民拿'玉米茬子'一样，使上劲就能拿下那么容易吗?"我在梳理纷乱杂绪中不禁有些怂怂然。

"报告各位领导，我需要马上返回现场，勘验工作正在关键时刻。"我站起身来要走，"再这样耗在这里说来说去，100 天也破不了案件。"我请示。

"去吧!"刘书记懂我。

从烟雾缭绕、空气混浊的"前指"来到院子里，流动的清冷空气吹醒我混乱的思绪，头疼欲裂。凛冽的寒风中不时有雪花飘过，仰天望去，墨黑的天穹处有寒星在闪烁，仿佛被害人的眼睛一样俯瞰人间为他们所做的一切。"98·7·17"、"98·9·22"、"99·2·23"、"99·12·27"四起案件 10 人，加上宝安县"98·6·19"一起案件 2 人，共 5 家 12 人被杀害，可案件还没有侦破，甚至连犯罪嫌疑人的尾巴都没摸到，真他妈是黑瞎子拍门——熊到家了。对! 不能认怂，不能服输，"冻死迎风站，饿死不倒槽"，抗联密营附近参天大树当年刀刻的两句标语仿佛就在眼前。必须全力以赴，连续突击，按照公安处副书记的承诺，十天，不，九天拿下这起系列案

188

件，否则就是一个字——死，我一脚把地上的雪球踢飞。

"王闻!"我喊。

"到!"现场信息协调员不知什么时候已经站在我身边。

"公处，有情况!"虽然身边没人，他说话还是轻轻地……

（一〇六）两张报纸

"什么情况?"我随王闻走进现场，问赵立群。

"这边来。"邓工把我和赵立群拉向已经勘查过的"污染区"。

"我们从卫生间的脏纸篓里发现一个报纸的纸筒，感觉情况异常。"邓工眼睛看着我，小心翼翼欲言又止。

我刚要爆粗口，话到嘴边想到事关重大急躁不得，就地来个急转弯："老邓，你我是老同志，这现场对我们意味着什么，我想你比我都清楚。有什么话一口气讲出来，错的都算我的，对的都是你们的，咱们不看活人看死人，这5起案件12条人命，什么事儿能比破案还重要。"

邓工显然受到感动："公处，我跟你搞案子最佩服的就是这一点，能较真，敢负责。我初步判断这个纸筒的基本功能或者说用途，再大胆点说，它可能是犯罪分子的现场遗留物。"

我一惊，下意识大喊一声："手套"。

全现场的人都停下手里的工作往这边看。

"干活!"我又喊一声，大家埋下头继续认真工作了，他们了解我这段时间尤其是这起案件发生后压力大，不时发发神经骂骂人是可以忍受或者说是正常的，并没人在意。

"手套好！"许其华从工具包里拿出一副崭新的医用胶皮手套递过来，接着递过来一副 5 倍拉伸式放大镜，这小子素质不错，知道领导此刻需要什么。

"跟我来，你们都别动！"邓工交代完，领着我像踏进雷区似的绕过没勘查过的"清洁区"，进入卫生间已勘查过的二分之一"污染区"马桶右侧的"便纸篓"前，一个不对称折叠的扁管状报纸筒平放在纸篓边一块洁白的提取纸上，上面黏附两块擦拭大便的卫生纸都没动，看样子邓工不但花了不少心思，也做了一定的高难动作才极力保持着物品原貌。

"移动前？"我在现场经常说些行业内的半截话。

"这样。"邓工早已取下脖子上的录像机，按下倒退键和停止键，小显示窗里出现影像。"这里是发现时，这里是发现后移动前，这里是移动中，这里是落地现在状态。"边解说边一帧一帧回放给我看。

"DBD 光源。"我这次声音很小。

"光源好。"赵立群、许其华联手把这个比较笨重的新装备小心翼翼抬过来。

"接通。"我说。雪亮的灯光把放在地上的扁报纸筒照得几乎通透，我蹲着看角度还是不对，索性趴下、最后侧卧在肮脏窄小的卫生间里，顺着现有的纸筒两端用放大镜看了足足有 15 分钟，邓工两次警告电源再热钨丝要爆，我被人拉起来坐在邓工准备的小马扎上一分钟没出声，感觉头有点晕，后面站立的人中似乎有人要问，被邓工"嘘"声制止。

"钢管。"我缓过一口气。

190

"钢管好。"邓工像捧着宝贝似的亲自拿过来。我把这个按照规范严格用专门塑料套保护的镀锌钢管两端各看2分钟就让他们收起来了。

"天亮了吗?"我突然问出一句与案件现场不相关的话。

"现在凌晨4时50分,还有半个小时。"赵立群看看表回答我。

"你们继续干活,通知七叔、吴国强5点10分到'前指'开会,你们这几个知情人都参加,把不相干的人从'前指'赶出去。"我有气无力地对赵支队长交代。

"还有吗?"赵立群有些不放心或是没听明白。

"告诉吴国强,让张柏华、王闻中队进入二级备勤状态,你和许其华也是二级备勤。"我这次补充清楚有力。

"是!"赵立群有些明白过来了。

……"这就是两个'物证'发现和提取过程。"邓工关掉了录像机和作为显示终端的电视机说。

"报纸筒你们认为是遗留物,那还等什么,拆开一看不就清楚了吗?说不定还有什么意外发现呢!镀锌钢管马上送检,我不信他作案时戴手套,把钢管锯断加工时或作案前始终戴手套,智者千虑,必有一失,何况他不一定是他妈的什么智者!"吴国强激动地摩拳擦掌,甚至语无伦次,原地转了两圈。

"我要说这两个物件不是现场遗留物呢?"七叔眼睛发亮半天,突然提出这个问题,看样子老爷子不愧为"刑侦专家",高手啊!

"这不明明是嘛!"赵立群着急了。

191

"你说是不行，你得证明给我是才行。"七叔寸步不让。

吴国强心知肚明，马上转向："公处，你给大家说一下吧，外边两个中队急得直跺脚，工作还得靠干才能出结果。"

"好的，我给大家讲讲。"我看一眼七叔，他默默点头。"七叔说得非常有道理，大家都认为是'现场遗留物'，我认为也是。但'认为是'不行，必须得'证明是'才行，为什么这样讲，就是因为案件特别重大，我们赌不起、输不起，更不能因小失大。下面我利用三分钟时间说一下现场物证的问题，具体干法我讲完你们就清楚了。"我喘了一口气。

"大家知道，迄今为止，我们从现场拿到两个疑似现场遗留物的物件，也就是钢管和报纸筒。钢管是我第一个发现的，高度怀疑它是现场遗留物或是犯罪嫌疑人作案工具之一的理由，一是置于犯罪现场出户门里层木质门的墙角处，位置比较隐蔽；二是靠近地面一段有新鲜的血迹，疑是被害人之一或之几的血迹，如果取材化验血型即可认定或否定；三是从系列案件前几起案件中，特别是'2·23'案件中犯罪嫌疑人使用的工具之一就是一米左右的钢管，有理由认为犯罪嫌疑人是出于方便或习惯使用，有些习惯就像人的口音和饮食一样，有意无意都会显露出来。当然，还需要下一步侦查员'排他式'走访调查，即询问被害人家幸存者或近亲属的辨认及言词证明，这也是物证或证据的原始性和关联性所在。另一个报纸卷成的纸筒被外力压扁并不对称折叠塞进卫生间的脏纸篓里，发现和提取过程大家都看到了，也是出于犯罪中心现场。

大家从录像中可以看出，进卫生间方向马桶左侧的浴盆里有三分之一的血水，这应该是犯罪嫌疑人清理现场拖地涮洗拖布留下的痕迹，当然，这也需要取材检验后才能最后确认。我要说的是，卫生间里与犯罪行为是密切关联的，那么，紧挨着浴盆的脏纸篓里突兀多个报纸做成的纸筒显然有悖生活常规，这是其一。大家看到现在的纸筒基本是原始状态，邓工费了九牛二虎之力把它弄出来才维持成这样。我刚才用十几分钟时间，在放大镜下仔细观察、比对了纸筒上端与门后镀锌钢管有一块锌漆脱落铁管氧化形成的铁锈瘢痕，与报纸筒里面的铁锈瘢痕高度相似，如果理化检验来自同一分离主体且成分一致，就固定了这个纸筒与钢管关联是确实存在的，钢管一头的血型和现场三名被害人之一检验相同，那么这张报纸筒就是犯罪现场遗留物，当然还要做被害人家幸存者和近亲属关于报纸和这家人生活习惯'排他性'调查。另外，告诉郑科长将1号2号尸体的排泄物采集取样，今天就与纸筒上粘连这两块屎纸检验，看是否同一，如果结论一致的话，也从犯罪嫌疑人藏匿与犯罪行为物证有关的心理方面予以证明。"我一口气说下来，时间已接近3分钟。

"还有吗？"七叔问。

他像说相声捧哏一样与我配合得天衣无缝。

"下面我说的是提取物证见证人，也就是证据来源合法性问题。

大家都知道镀锌钢管被加工过，正像吴局长说的那样，管体上极有可能提取到犯罪嫌疑人的指掌纹或汗液残留，报纸筒还没有打开，里面有没有我们需要的东西及犯罪嫌疑人留下的信息还不知道，这是案件的核心机密，必须保护好。我们虽然对钢管和纸筒有所移动，但是没有打开检验，我的意见是……""就地打开。"这次是王闻憋不住了。

"不行!""你听小公说,别插话。"七叔出面制止。

"将两个物证归还原位,重新履行固定、见证、提取、打开,再发现、提取的法律程序,反正咱们有原始录像在,违规不违法,并且案情重大,时间紧迫,反正一大堆理由。"我说。

"关键是这个人不好找啊!我都里里外外想了两圈了,还是没有合适的人。"吴国强说。

"你说退休的警察是不是老百姓?"七叔突然插话,眼睛里露出很久没有的狡黠光芒。

"从理论上说应该是。"我回答。

"那就用咱们刑警队里退休多年的'一根筋'鼻祖老耿头,组织上交代的事儿打死他都不会说,就这样,别磨叽了!"七叔终于绷不住爆发了。

"吴局长、赵支队、邓工,你们在七叔的指导下开干,这事儿完成后再往下'检格'。"我使出最后的力气讲完这句话,头更加晕了,冷汗顺着头发流了下来。

"什么时间吃的饭?"七叔看见我脸色煞白,急忙过来问。"从发案到现在水米未进。"王闻说。

"盐糖姜水、小米粥。"刚进门的郑科长前法医开出有效药方。我摆摆手,大家分头忙去了。

盐糖姜水和小米粥喝下去后,胃里暖暖的很舒服,眼皮沉重起来,一对打扮时尚前卫、三十多岁的夫妻领着孩子款款走来。

"公孙局长,听说你们公安局最近破了不少案子,我家的

194

案子怎么样啊?"女的问。

"对不起,你家什么案子能说一下吗?"我客气地回应。

"我说嘛,我说嘛!公安局早就把这事儿忘在脑后了,你就不信。"男的说。

"这不就信了吗?"说话间场景转换,一阵臭烘烘的气味中一个男人双手双脚被绑,头部被蒙趴在一间屋子的床上,另一间屋子里一个女性尸体已呈高度腐败的巨人观,阵阵恶臭正从这里扩散。"爸爸、妈妈!"一个小男孩叫着扑过来碰到了我的腿。

我一抖,睁眼看见七叔正轻轻摇我的腿,叼着从俄罗斯回来有时抽的香烟,怪怪的"臭味"正四处扩散,眼睛里满满的慈祥。

"把这杯水喝下去跟我来。"说着递过来一杯红糖姜水。

"睡着了!"我有些愧疚。

"已经 1 小时 25 分钟,我多给你 5 分钟,来,到客厅。"七叔心情似乎不错。

客厅被认真整理过,干净整洁,头上吸顶灯灯罩被卸下,一个 100 度的环形日光灯把不大的客厅照得雪亮。三张学校学生课桌摆在客厅中间,两个并在一起的课桌上放着两张脏兮兮的报纸,另一个课桌上放着那根镀锌钢管,显得形单影只。距课桌一米之外静静地站着一圈专案组物证的知情者,也是专案组的核心骨干,看样子,他们已经统一了认识,等着听我的意见。

"这是初步检验已经提取完有关检材的两个现场物证。第一轮'排他性'调查已经结束,正在制作详细的调查笔录。"

195

邓工指着眼前这两张课桌上的东西对我说。

"'排他性'调查是王闻中队做的，比较详细客观。"赵立群补充。

"王闻！"

"到！"王闻像在操场上一样出列。

"说结论，然后说怎么得出的结论，3分钟之内讲完，艰难困苦就不用说了。"

"是。这家男事主叫梅冬青，四口人，除被杀害的爸爸妈妈和5岁的小女儿外，还有一个刚上县里读重点初中的儿子，儿子昨天被姥爷放学接走，由于作业多做得太晚没回家。据这位叫梅童童的幸存者辨认和回忆，这只钢管和纸篓里的报纸筒从来没见过。他还介绍说，他爸爸是个做生意很勤劳、日常生活很有规律的人。每天5点起床，用电饭锅定时煮粥，然后上厕所，叫醒他做洗漱、穿衣吃饭等日常晨间活动，6点准时送他出门上学，6点半到运动场跑步，7点准时回家照顾妈妈和妹妹吃饭，只要不出门雷打不动，连天下小雨都打伞跑步。"王闻看我一眼，我无动于衷。

"跟事主家来往最密切，最了解其家庭内部情况的人，是事主的妻妹，也就是女被害人的亲妹妹，这个5岁的小女孩从小到一个月前都由她带。她提供了一个重要情况，昨天晚上在姐姐家吃完晚饭，哄小外甥女睡觉前去卫生间上厕所时，由于厕纸不够，她从饭桌餐巾纸盒里抽出几张纸用完丢在脏纸篓里时还没发现有报纸卷筒。她到家时电视正重播平原新闻，经与电视台复核，重播时间是9点20分开始，她家与被害人家距离步行20分钟，我们试一下18分钟，也就是案发前一天晚上

196

9 点钟没有这个报纸筒。"

我抬头看一眼王闻。

他明显提高语速，"另与被害人家来往密切的孩子姥姥、奶奶，经访问均称没见过这两件东西。"王闻结束了汇报。

"钢管?"我面无表情地说。

"经工作，在钢管靠近新锯断一段的 20 公分处，发现并提取到一个比较完整且有检验比对价值的左手指掌纹和另一端 3 枚有价值的右手拇指、食指指尖第一节、无名指第一节的指纹，我们有理由认为，左手指掌纹作用在钢管客体上留下的原因应该是锯钢管时左手握住形成的，右手那几枚指纹应该是右手从一端提抓形成的。"邓工尽可能通俗地汇报。

"排他调查?"我头也不抬地说。

"家中幸存者和近亲属及密切商业伙伴在平原县城的都找到并提取到全部指掌纹，结果都对不上。"张柏华简单直接报告。

"七叔?"我抬起头真诚谦恭地问。

"没补充。"老爷子用三个字回答我。

"吴局长?"我看一眼吴国强。

"你睡觉时我们都讨论好几次了，是现场遗留物。"吴国强肯定地说。

"报纸捡了没有?"我问。

"小公，就等着你呢，大伙都说等你亲自来干，你就别磨叽了，怎么官越大胆子越小呢，干不就得了!"我参加工作时的老人家，解放前的武工队员、平原刑警队"一根筋"鼻祖、这次提取物证的"见证人"老耿头不耐烦、大声小气地喊起来。

"这就来，这就来!"我立马面带笑容回应，许其华和县局新来的两个本科毕业生捂着嘴转过身去。跟部队一样，公安机关的资历有时比级别更受认同。

"是啊! 上次在牧羊场那起杀人焚尸案，你自己关在屋里好几个小时，在臭鞋垫里你发现重要秘密，我们都不知道你怎么搞的，这次群众监督，现场作业，有邓工这样高级工程师当助手，有三个大学生打下手，你就全程认真展示一下吧。"吴国强添油拨灯。

"给我一杯热水。"七叔又递上一杯红糖姜片水。

"现在的年轻人干点活真费劲。"老耿头跟七叔说。

七叔笑而不答，递给老人家一支"人参牌"香烟并点着火，我看张柏华在七叔身边露出暧昧的笑容，就知道是这小子给七叔换的"给养"，也顺应了大家不堪忍受的香烟"臭味"。

(一○七) 初见端倪

我像家属苏医生做手术一样，带着最新最薄的医用手术手套，在课桌上将脏兮兮的报纸筒拿起来，发现一头开口，一头用一厘米宽的文具透明胶纸黏结。用郑科长郑法医的手术刀小心翼翼割开胶纸后，发现这是两张报纸，一张是本年度 6 月 8 日的《工人日报》、一张是本年度 5 月 12 日的《中国石油报》，报纸的外面有磨损污迹，里面有铁锈的瘢痕。每个动作后改变的物证状态，都被照相机及时固定和摄像机全程录像，随着步步展开，层层抚平，反复检验宝贝物证，发现筒状报纸在不同版面不同页数上有几组不连贯的阿拉伯数字。

"这是什么意思?"七叔问。

"没意思。"吴国强说。

"没意思往上面写这个干什么?"赵立群问。

"一般人第一次使用新笔,或无聊时都喜欢写自己的姓名,与家人朋友密切关联的人名、籍贯地、自己单位所属地,就像人在搞对象时经常不自觉书写恋人的名字一样。"我突然想起我的研究生心理学教授张书生老师的高谈阔论。

"先固定物证展开的程序,然后精雕细刻。"我的话音刚落。

"这里有文字。"许其华激动地大声说。

在两张报纸重叠粘连的边缘上,有一行深蓝色十分漂亮的钢笔字:"没有围墙的大学"。虽然后三个字"的大学"有些模糊,但经过大家集体辨认,结论一致。

"这张报纸太重要了,是一个不可替代的信息载体,除报纸上原始文字图片外,多出的任何一个文字数字甚至每一个标点符号都要研究到极致。"我自言自语,既兴奋又咬牙切齿地发狠。

半个小时过去了,物证被检查三遍,又半个小时过去了,两张报纸又被检查三遍,技术员小李和痕迹工程师老邓脸上都流着汗,还是一遍遍地照,一遍遍地录。"休息半小时,出去透气 5 分钟,回来交叉看照片和录像 20 分钟,带着对文字和数字的理解发表意见,讨论不出来结果,谁都不能回家。"我半开玩笑半认真地宣布。

……呛人的烟雾已经超过人们的忍受极限,征用居民住宅楼窗户被前后打开，对流的寒冷空气带走浓浓烟雾的同时也吹醒了大家麻木的头脑。

"停！往回倒车，看这边！"七叔突然加快语速，喊了起来。

邓工把录像一帧帧回放，定格在一副画面上，第一帧图像上的"9273"四个阿拉伯数字和第四帧图像上的"975"书写习惯十分接近或者不用文字检验也可以看出出自一人之手，只不过"975"三个数字下边的一条边或说五分之一左右缺失。

"说明什么呢？"这次是张柏华问的，吴国强在其身后眨巴着眼睛不出声。

"别说话！"七叔大声说，屋子里顿时鸦雀无声。

"停！在这里！"又是七叔大叫，大家一起伸长了脖子往与录像机连接的十四英寸彩电前面凑。图像画面上，报纸右下角的空白处有明显折叠痕迹，"975"最下面的部分出现了或者说被七叔找到了。

"明白了！"我对着一圈发蒙的兄弟们说。

"小公，讲给他们听。"七叔此时一点都不谦虚也不客气地推介他的得意门生——我。

"我个人这样理解哈，刚才邓工按照七叔的要求多次回放现场录像，大家对'没有围墙的大学'字样没有异议，和'9273'与'975'应为同一人书写，但这只是大家共同的判断，不能定论，刚才最后一帧图像，我们找到了。"我兴奋地眼睛冒光。

"大家看，'9273'这四个阿拉伯数字是完整的，是处于《中国石油报》报纸第一版右上角部分，大家刚才看到，我按

200

照第一版报纸的压痕和写有'975'数字报纸原来的折痕复原,'975'不但系这张报纸的第三版,且正处于'9273'右上方43度的斜线上。"我放下手中制图用的量角器说。

"说明什么?"我貌似自己问自己。

"说明这两页相关但又是独立报纸上的阿拉伯数字是一个人在报纸折叠状态下书写的,也就是这两组数字是一个整体,在表达一个完整的意思或体现一种完整的功能。"我自己回答。

"等等!"这次轮到吴国强吴局长喊了。

"这县公安局的人怎么都是一惊一乍的?"身后许其华小声跟他的直接首长、顶头上司赵立群说。

"按照公处说法,这两组数字拼凑起来是表达一个完整的意思或是一种功能的话,那么,'9273975'我认为极有可能是一个电话号码,进一步说应该是平原油田江南地区的电话号码,我记得在油田建筑公司我连襟家的电话号码就是92打头,对!油田建筑公司家属楼就在江南'百栋楼',号码也是7位数!"吴国强一激动,语速很快,像自动枪连发一样。

"是不是打一下不就知道了吗?"不知谁说了一句,王立伟拿起"大哥大"就要拨号。

"不许动!"我像战场上缴俘虏枪一般大喝一声,把满屋子的人都震住了。

"你是猪脑袋呀!有这么简单直接核实真伪的吗?还用自己的手机!"我瞪着不大的眼睛看着王立伟骂。

"去,让通信科吴科长立马送来一本油田公安局内部电话号码本,那里不是所有油田二级单位派出所、保卫科电话都有

201

吗？理由，就跟吴科长说要抽调三分之一警力搞排查。"我看着王闻说。

一刻钟后，推断被证实，这组不规则的阿拉伯数字经过重新组合，确系松江油田江南地区一个电话号码。

按照这个思路，"25"、"452"、"50"分别在另一张《工人日报》一、三和副刊版三页上不连贯的数字也被我们组合成"2545250"七位数的整体，假定其也是一组电话号码，派人上松江省邮电局黄页电话号码大全上检索查询。

经王闻中队和张柏华中队两天两夜的深度调查，前者"9273975"为松江油田江南物业公司职工杜晓梅家电话号码，后者"2545250"为省城外五县之一，德公县金鹿乡黄家村黄旺财家电话号码。经两个中队侦查员义正词严、软磨硬泡、撒娇卖萌、请客送礼、小恩小惠的综合手段运用下，省邮电局计算机管理中心上下一致，加班加点工作，经电讯部门计算机查询，6月至10月平原主叫"2545250"电话六次，五次是公用电话，最后一次打出的电话机主是采油C厂工人迟大为。查询迟大为这部座机电话运行情况，发现迟大为电话与油田江南地区联系较频繁，经工作，江南电话机主是物业公司江南维修大队调度室。迟大为的大哥迟大全在油田物业公司江南维修大队当调度员。

"显然，犯罪现场遗留物之一报纸上的两组电话号码均与松江油田江南维修大队有关联，那么，'没有围墙的大学'这七个文字，是否与这个单位也有关联呢？"在当天晚上的碰头会上，我提出这个问题。

"这个问题好办。"七叔说。

202

这天早晨一上班，松江油田江南维修大队党支部书记和大队长通知所有职工，按照管理局要求，必须填写一份职工重新登记表格，写一份油田第四季度大会战员工个人工作自我鉴定，管理局考虑到基层员工文化水平的实际情况，专门下发了自我鉴定模板，硬性要求：表格填不正确和请人代填代写的，取消会战津贴和四季度奖金，加起来大约一万元出头。

大队长钻井工人出身，在会上就对书记发牢骚："你说局里这帮老爷怎么想的，明明知道大家不会写这什么'鉴定自我'，还非叫这么干，真是'吃大酱放屁——咸（闲）的'，干脆，大家伙就照着他们发的那玩意抄一遍，写上自己名字交差，但是，表格必须填好。"在百般无奈、骂骂咧咧、热烈期盼中折腾半个上午，这 300 多份表格和自我鉴定材料，下午放到了专案组"前指"的桌子上。

几乎没费什么大的周折，邓工就确认，报纸上的字系迟大全所留。至此，现场提取报纸上的电话号码和文字两个线索交叉，松江油田江南维修大队被确定为重点。"前指"立即撤回指挥部，严密封锁消息。同时，马上组成两个物证暗访组，由县局局长吴国强带地区和县局刑警 8 人，两台车，开始暗访报纸和钢管来源。由地区行署公安处刑警支队长赵立群带领邓工、王闻、技术员小李等地区、县局刑警 6 人择机秘密传唤迟大全。

吴国强局长带领的物证暗访组经踏实有效工作查明，平原县和松江油田生产生活驻地周边县市两种报纸同时订阅单位 81 个，松江油田、平原炼油厂为重点单位。

寒冬，大雪初晴的早晨，太阳还没有出来，第二松花江南岸的江提上就出现了早起运动者的身影。迟大全离开江边不远处的石油新区"百栋楼"就踏着马路边上厚厚的积雪慢跑起来，身后不远处，两个"晨练者"也运动起来，前边 200 米的地方，还有两个"晨练者"迎面跑来……

"这字和电话号码是我写的，但是什么时间写的记不清了，电话号码一个是我同事家的电话，一个是我老家父亲家的电话。"50 分钟后，距离县城 35 公里以外偏远的"牙木吐"农村交警中队会议室里，迟大全看着侦查员出示的报纸照片上的文字和数字组合，惊魂未定但痛痛快快地说出了上面的话。

赵立群和邓工、王闻他们第一感觉他说的是实话，迟大全不是作案人或者知情者之一。

"你想想是不是'五·一'前后的事儿?"王闻提出个时间节点，挖个坑想让迟大全往里跳。

"真记不住了，警官，反正是报纸到我手里后，百无聊赖时瞎划拉的。"这位当年高分考进全国著名的松江地质学院的现任助理工程师说。

"继续严密封锁消息，留下两个人陪他聊透后把材料取了，让他亲自找适当并且充分的理由通知单位和家这几天既不能露面上班又不能回家，包括负责保障的交警中队长，都不得离开，懂吧?"赵立群最近"上手"很快，果断决策。

"明白!"王闻手下能唠嗑会唠嗑的人很多，部署一番后，带领这拨人返回县城。

"出自犯罪现场的报纸和报纸上文字、数字的书写人均确定在一个地方，松江油田江南维修大队就是重点。"我在县局刑警大队会议室里，环视一周后透过烟雾的空隙看着七叔说，七叔重重地点一下头。

我们是否这样认为,我提高了音量:"'12·27'案件侦查方向应定为松江油田,范围就框定在江南维修大队院内。划定职工本人、职工家庭成员、职工社会关系和接触关系三个圈进行工作,怎么样?"还没等有人回答,"砰、啪!啪啪啪啪……"一阵鞭炮声透过开着一条缝的窗户传了进来,大家为之一振,已经12月31日,明天就是元旦,今天是发案第五天,距离领导提出我们承诺7天破案的时间就剩下两天半36个小时了,犯罪分子在哪里?啪啪鞭炮似发令枪声,令人紧张;心跳咚咚,似战鼓擂响,催人奋进,在沉寂的会议室里,大家不约而同地站起身来,攥紧了拳头……

1月1日,元旦,新的一年第一天开始了,距离要求破案时间不足24小时了!彻夜未眠的30名刑警将松江油田物业公司江南维修大队团团围住。指挥部争取到油田管理局配合,传达公安机关指令,江南维修大队所有人员取消休假到单位上班,日后调休,配合公安机关调查重大杀人抢劫案件。为坚定信心,激励斗志,指挥部要求参战刑警"看住"江南维修大队的门,就朝江南维修大队要人。

我们随机调整了侦查力量,在普遍调查摸底基础上,指挥部决定把专案组成员分成三个组:报纸调查组、钢管调查组和重点线索加工组。利用一天时间对前期获取的案件材料认真审阅,回顾检查,看有没有遗漏线索。下午,地区局刑警支队长赵立群在审阅维修大队收发员李俊秀的材料时发现,李俊秀往家拿过报纸,自称是烧炉子点火用和开音像出租店包出租光盘用,还发现她在大伯哥季雪峰后面特意写上"从不来往"四个字。进一步审阅又发现，李俊秀丈夫季雪松，无业，两年前在平原中心市场卖菜，亲哥俩怎么能互不来往呢？

赵立群认为情况反常，向指挥部里的七叔和我汇报。

"喊吴国强局长回来！"我觉得赵立群支队长言之有理。

指挥部经短暂会商认为，李俊秀是单位收发员，具备将现场相隔26天的报纸积累到一起的条件，又有将报纸拿回家中的事实；她丈夫还在中心市场一楼做过买卖；两口子挣钱少，生活应该拮据，但李俊秀带有项链，季雪松带有戒指，配有BP机，最近又买了新楼房，经济反常；自称与其丈夫同胞哥哥季雪峰断决来往，于情理不通，应列为重点专项加工。

当晚，侦查员又查到如下情况：季雪松，24岁，因出租黄色光盘曾被油田公安局江南分局处罚过。两年前在平原中心市场一楼卖菜，与"98·7·17"被害人董春萍摊床相连。案发当天他的活动情况只有妻子李俊秀证实。季雪松大哥季雪峰与季雪松同父异母，其生母在季雪峰1岁时改嫁宝安。季雪峰有"二进宫"历史。

指挥部决定：传讯季雪松。

季雪松被带到专案组，他自称自己不占有作案时间。可是侦查员却发现他的左胳膊有刀伤，采血化验为 B 型，与"98·9·22"案犯罪嫌疑人现场遗留的血型一致。季雪松有涉案嫌疑，指挥部果断决定，对其刑拘3天审查。

接着，指挥部集中警力，全力以赴寻找季雪峰。

侦查员找到在平原炼油厂家属区开发廊的季雪峰的大姨姐——章宏卫的妻子尹立红了解情况。尹立红态度蛮横，辱骂侦查员，说季雪峰已和其妹妹离婚了，不知去向。

指挥部再次会商认为，季、尹两家断然否认来往，这种反常现象反证了一个事实，就是季、尹两家不但与季雪峰有来往，而且季雪峰极大可能有问题，这问题就是涉案杀人。根据是：

1. 季雪峰本质不好，两次被判刑，在监狱蹲过五年。

2. 季雪松承认跟季雪峰有来往，拿过黄色光盘。李俊秀说给别人拿黄色光盘都是用报纸包，而给季雪峰拿光盘却用塑料袋装，不符合常理和习惯。

3. 李俊秀成批往家拿过报纸，季雪峰与他家有来往，拿过光盘，有接触现场报纸的条件和渠道。

4. 季雪峰第二次因盗窃一寸钢管入狱，有喜欢和使用寸管的历史，因而也应该有具备现场犯罪工具（寸管）的条件。

季雪峰到底隐匿在哪里呢？指挥部选择以尹立红为突破口。

公安机关动用一切可以动用的传统和现代侦查手段。很快，指挥部接到报告，尹立红经常到电话号码为9271798的住户家串门。经电信部门全力配合，专案组查清9271798电话户主是孙某，家住油田江南地区铁西街油田钻井家属楼一单元一门。侦查员立刻来到这里调查，户主证实，他的住宅于今年6月末租给一个姓季的人，以先期付款一个季度900元的价格在中介所签过一份协议。9月30日晚9时，当孙某去季家取第二季度房钱时，见季家妻儿都在，家中只有电视，无家具，季有手机、BP机。他的妻子还带着很粗的项链、手链。谈话中，季自称长年在外做买卖，租楼住安全。可是就在昨天——12月31日，季突然告诉他，当晚搬家，到本县南门镇开饭店。

送来钥匙后，乘红色夏利出租车走了。

由于季雪峰突然搬家，大家兴奋起来，吴国强开始调兵遣将，县局大院灯火通明。指挥部再次调整力量，要求全力以赴、不分昼夜、争分夺秒、疯狂工作，侦查活动紧锣密鼓又丝丝入扣。专案组将搜集到的季雪峰的照片和其他人的11张照片混合一起，让"98·9·22"案件女被害人存折储蓄所业务员辨认，认定季雪峰照片很像当日取款的人。

夜半，侦查员到房屋中介所通过更夫找到业务员，提取季雪峰在协议上的签字样本，查询邮电部门关于季雪峰、尹立红、季雪松等人的住宅电话、手机、BP机运行情况，访问出租车、货车出租市场，了解季雪峰的搬家去向……

（一〇八）决战王府

在亢奋忘我的工作中迎来日出，1月2日天刚亮，指挥部开始会商外勤各组调查情况。弟兄们虽然一夜没眨眼，有的眼睛里布满血丝，但是个个神情振奋，从眼神到动作都处于最佳状态。经查询，季雪峰、尹立红、李俊秀的手机、BP机近期来往沟通联系频繁，尤其在"98·12·27"案发前的25日、26日两天通联更加密集。侦查员访到：一个体貌类似季雪峰的人，两次到平原县农贸市场附近的货车出租市场和平原影院附近的货车出租市场，拟租用北京牌货车和小解放货车，自称在城西陈家围子住，用车往松江省城东南部的沿江市搬家，但最后却以各种借口没有谈成。

上述情况进一步证实了指挥部的判断，季雪峰应为系列案件的重点嫌疑人。

此时的季雪峰玩起声东击西、南辕北辙的伎俩，在平原两个货车出租市场声称要搬家到 250 公里外的省城东南沿江市，做完一圈假动作后，却坐火车潜到距离平原县 100 公里的北部万安县城，没接触任何社会关系，仅凭街头广告电话号码找到出租房主，又在万安县城货车出租市场租赁"解放 141"返回平原，夜半搬家，携妻带子，逃往万安。

7 时 30 分，指挥部接到报告：季雪峰应该在万安县城区活动。王闻和许其华立即带领 6 名侦查员火速赶往万安，在万安县公安局配合下，查到了季雪峰临时居住的出租平房，但已人去房空。

……近几天，狼一样凶残、狐狸一般狡猾的季雪峰右眼皮老是跳，一种不祥的预感如影相随，无论在冰天雪地的户外还是温暖如春的室内，都驱赶不走这种恐怖的反应。尤其到了晚上，经常梦到那些被他杀死的人，不是男人提刀举斧向其索命，就是女人披头散发号叫着用尖尖的手指来抠其眼珠，经常一身冷汗被惊醒，打开灯检查住处门窗，然后呆呆地坐到天明，开始一粒安眠药尚可解决问题，现在三粒也睡不满一宿。昨天下午弟弟季雪松突然失联，弟妹下班后又去向不明，冥冥之中的预感即将或终于成为现实。在迅速采取一系列应急掩护措施后，终于于昨天晚上 9 点钟在万安出租房内安顿下来。早晨起床，他将手中的 9000 元现金分三份，妻子、儿子各4000，儿子的那份让妻子用针线缝在棉帽帽遮上面的前帽墙里，妻子的那份分别缝在两只棉鞋的鞋垫中，剩下的 1000 元，妻儿各揣 200 元，剩下 600 元自己收起。一把黑市上高价购买

209

的自制手枪和一把锋利的匕首藏于前腹后腰处。

"走，早饭出去吃，顺便买点生活日用品。"季雪峰对这个助纣为虐、向往虚荣又十分惧怕自己的妻子说。夜间一场小雪，把昨天已被房东打扫出一条房门至院门的人行道重新覆盖上了。季雪峰用力推开被冻住的房门，"吱呀!"一声，他一惊，本能地把手伸向腰间，整个人处于高度的敏感戒备状态中，已成惊弓之鸟。

"咱们，咱们从后边厕所围墙那个豁口走，别从正门出去。"他突然改变了主意。

三个小时后，一家人提着几袋东西走到出租屋附近时，狡猾的季雪峰似乎嗅到了异常气味，他让妻儿先在路边等一下，他像狸猫一样溜回院墙边探头一看，早晨被小雪覆盖院门至房门的小路被杂乱的鞋印踏出进出两条足迹形成的小道……

"你马上带孩子坐火车去王爷府他大姨叔叔家，我今晚赶到，明天去关里。"没待妻子问询，人已经不见了。

此招，也使当天潜入该房的侦查员们在零下32度的严寒中白白守候了一天一夜，6人全部被冻伤。

上午9时，另一组侦查员按照指挥部的部署在平原县移动电话公司存款交费处调出了季雪峰的三张手机交费存单，侦查员发现，上面的签字和阿拉伯数字与"98·7·17""98·9·22"案件犯罪嫌疑人取款的字迹十分相似，遂报告指挥部速派邓工前往查验，邓殿发携县局女文检技术员小单，飞车来到缴费处接过存单一看，"哇! 对上了!""是! 就是他。"这一老一少喊叫着冲出屋子，手举存单奔跑在冰天雪地的马路上，几近疯狂……

文检同一又从书证硬件上固定了季雪峰就是系列案件犯罪嫌疑人之一。

上午 10 时，看守所传来喜讯，审讯员王立伟、张柏华经与季雪松 24 小时的斗智斗勇，季雪松彻底低头认罪。他交代，在其兄季雪峰的策划下，伙同季雪峰的连襟章宏卫和狱友马思国一起分别或结伙在平原县、宝安县、辽东省汤山市杀人抢劫作案 8 起，杀死 19 人的犯罪事实，特别是压在全局民警心上的另一起血案——平圣湖水上派出所民警金建华上班路上被害，就是这个团伙中的马思国干的。

此消息被迅速传到各地各组侦查员耳畔，苦战了二年的专案组成员和县局民警奔走相告，泪洒衣襟。

上午 10 时 30 分，指挥部再次接到报告，季雪峰又在万安县城区出现。兵贵神速，指挥部组织平原县武警、民警 246 人，51 台车，由地区公安处立下军令状的党委副书记亲自带队，赵立群、吴国强协助指挥，在当地公安机关的配合下，于中午 12 时完成了对万安县城的铁壁合围。但是，经对全镇居民区、出租房屋、公共场所、文化娱乐场所、城乡结合部、个体旅店浴池进行彻底清查和出城卡点的堵截盘查，并未捕获季雪峰，应该是我们合围前他已经跳出了包围圈。

季雪松交代，季雪峰曾经说过，事情一旦败露，先杀圈内人，再想法搞到一支手枪，杀尽同伙才能保证个人安全。为防止季雪峰在大安返回平原实施这一计划，指挥部又组织一百余名警力，沿途堵截所有行人车辆，力争在平原城区外捕获季雪峰，并配备了特等射手，一旦发现季雪峰劫持人质，我方抓捕条件不具备时，予以击毙。

时间回溯到当天 11 时 30 分许，在商场、农贸市场人多眼杂的地方转悠了一上午的季雪峰，来到距出城卡点不到 100 米的路边小饭店门外窥视，发现饭店门口的卡点只有交警站岗，没有配备武器，检查也不严格，拦车主要是查违章罚款，基本不针对人盘查过问。说话间，一辆拉着几头猪的小解放货车来到哨卡前，交警检查后发现车辆有三项不合格，合并执行罚款200 元，司机跟随相求，要求减免，但交警正忙于检查下一台车，没有答应。

　　季雪峰见机会来了，上前将小货车司机拉到一边："哥们儿，这个交警我认识，你看这样行不行，我着急去尖山西边的平圣湖码头亲戚结婚随个礼，我给你说情不罚款，你来回绕道30 公里送我一趟怎么样？再说，你不绕行，前面不到 10 公里'旧庙'那里还有一个检查站。"

　　"行！那你能说通吗？"小货车司机有些担心。

　　"瞧好吧，你去发动车等我。"季雪峰过去了。

　　"警官、警官，我们这批猪下午一点前必须送到平原一副食，晚了拒收就赔大发了，罚款给你，票子不要了。"说着塞进交警手里 200 元钱头也不回坐上小解放车走了。

　　交警反应过来，一看手中的 200 元罚款是真的，就忙着处理下边被扣车辆一堆乱事去了……

　　狡猾的季雪峰在万安和平原中间尖山镇突然改变路线，换乘交通工具，第二次跳出路上堵截审查的包围圈。天黑前潜入平原县南部王爷府镇。

　　从上午 10 时季雪松开口交代犯罪团伙的犯罪事实起，仅仅一个小时内，4 名犯罪分子的近亲属及所有在本地的社会关系被上百名公安民警和武警官兵全部监控了，一张密不透风的大网张口以待。指挥部马上接到疑似季雪峰出现在王爷府镇其大姨姐叔叔家的报告。

"我去！"我看一眼七叔说。

七叔点点头："行！我看家，带上对讲机。"七叔叮嘱。

"我车上有车载电台。"我边说边抽出"五四式"手枪，枪口朝上退弹夹检查武器。

"我也去！但是身边除司机没人了。"吴国强说。

"走！发现他你就给我做好警戒，其他事儿不用管。"我的一根筋式的战斗激情彻底爆棚了，自己下楼时都感觉心跳过速。

司机刚把车开过来停稳，后面的车门从两侧被打开，上来两员女将，反扒老将李大红和县局刑警大队内勤——烈女石丹阳。

我刚要开口，"没人了，连管理员、炊事员都上前线了，我们俩怎么也比他们强吧？"李大红先发制人，她是老同志，差不多也算我师傅，没有理由反驳。

"我不冲动，但遇上杀人魔王，也不排除枪走火。"石丹阳笑嘻嘻地气我。

她们都是我的战友，彼此非常了解，心里有数。说话间，地县公安机关两台最好的丰田吉普一前一后驶上公路，风驰电掣般开往王爷府镇方向，在车灯的照射下，扬起的雪尘足有两米多高。

"人是一小时前进去的，刚才派他们西院的邻居冯大娘过去找'正痛片'给老头吃，发现人还在，个子不太高，挺瘦，眼睛像狼似的，应该就是季雪峰。听话音，客人可能乘今晚9：40去省城的火车走。"王爷府镇派出所的老民警、转业干部出身的柴玉民汇报。

"在家就好办。"吴国强兴奋得直搓手。"有一个问题，他家养两条黑背大狼狗，凶猛异常，生人根本靠不上前。"老柴补充介绍。

"这事儿好办。田野！"我叫一声。

"到！"王爷府镇年轻的派出所所长从门外安排工作中应声跑了进来。

"那些工作让教导员去做，你们镇上不是有一个远近闻名的狗肉大全饭馆吗？"我问。

"是。订几桌，老局长？"田所长理解错了，他以为要吃庆功宴。

"你以最快的速度，带着老柴，把那个狗肉馆老板给我带来，让他带足各种各样偷狗抓狗的器械和毒药，告诉他我在这里请他来，他会乖乖照办。"

"是！"田野出去了。

抓捕时候如何处置看家狗的问题，来的路上我就想过，这一带是少数民族聚居区，过去猎户较多，几乎家家养狗。去找的这个狗肉馆老板三年前在县城因生意做得好被人绑架，是我带人解救出来的，因此，招之必来。

说话间到了晚7时，天黑透了，狗肉馆老板带着前哨组悄无声息摸了上去，几分钟后，每个都有百八十斤的大狼狗被拖了过来。

"就是藏獒见到我也浑身发抖，一声不吭。"那年解救被绑架的被害人，今日出手的狗肉馆老板言之不差。

214

我左手向前一挥，吴国强带着田野和另外一名民警各持一把一米多长的木质镐把，封住了正面门窗。

　　"上！"我轻轻一喊，快速越过一米五六高的围墙，蹑手蹑脚来到农村当地干打垒四间土平房的入户门前，左手手心朝下、虎口向内，握紧刚换过电池的三节手电筒正面朝前，托架平端着压满7发子弹、张着机头的"五四式"手枪的右手，左脚尖向前，右脚横放跟进，弯腰持枪，像鬼子进村似地做好战斗准备，身后，老柴和石丹阳也都学我的姿势持枪在手，枪口朝上，与我背靠背形成除后方以外的警戒态势。

　　"咣当！"向里开的入户门被摔跤运动员出身、人高马大的李大红一脚踹开，热气腾腾的厨房里被我雪亮的手电筒光照出一条巨大的光洞，两个惊魂未定的妇女刚要反扑，被李大红左右开弓打翻在地。说时迟，那时快，我一个箭步冲进里屋，农村连二大炕的炕梢上，一个穿黑色衣服的男子头朝里脚朝外躺着，闻声坐起正将手伸向枕头底下，"砰！"我手中的"五·四"枪响了，五米外的枕头被打得荞麦皮伴着灰尘飞了起来，大家一愣，身后的李大红像只母老虎一般射了出去，抓住对方的脚踝一把拖到地下，两人滚在一起。

　　"抬高枪口，控制住手。"我发出最后一道命令，关上保险，收枪入套，抬腕看表，晚7时17分……

　　走出屋外，仰望夜空，寒冬夜色苍穹里星星在愉快地眨着眼睛，我心情大好，拿起电台话筒：

　　"松05呼叫松07，松05呼叫松07。"

　　"我是松07。"七叔的声音。

　　"报告队长，系列案件首犯季雪峰已经到位，缴获自制手枪一支，子弹 5 发，匕首一把，我方无伤亡，报告完毕，请您指示。"我想都没想就来这么一出。

对方沉默，接着传来极力克制的哽咽声。

"七叔！"我有点心慌，七叔毕竟年纪大了，经不起这极重大喜讯的刺激。

"押解人犯安全归队，时速不得超过 80。"突然，电台里传出七叔以往坚定不移、简洁清楚的指令。

"是！"我不知不觉间已泪流满面⋯⋯

是啊！只有亲自走过这 725 天艰苦破案历程的刑警，只有经历无数次像坐过山车一样悲喜交加折磨的专案组成员，只有肩负着大案如山巨大责任的人们，才能体会到做成这件事是何等的艰辛！尤其是我和七叔这种特殊的职位和角色。

派出所里，人声鼎沸，出来进去的民警和群众络绎不绝。我刚要告诉吴国强部署警戒和增添看押警力，外面噼噼啪啪的鞭炮声响了起来，不一会儿就"哗哗"连成一片，跟农历除夕晚上一般，中间夹杂着咚咚的"一声雷"和五颜六色的烟花。

按照七叔的要求，我们两台车打着双闪灯，严格遵循时速 80 公里的指令中速返回，刚接近郊区和城区的公路收费站，就看见前边灯火通明，人声嘈杂，地区行署公安处党委副书记、平原县委书记县长带五个班子领导，七叔带领在家的专案组成员，县电台、电视台、地区和省电视台、电台的派驻记者"长枪短炮"摆了一大溜，吴嫂带县医院部分科室的主任加上外科全体休班的医护人员，手举鲜花，迎接我们凯旋。武警中队派过来一个班的战士乘坐布篷 121 北京长厢吉普专司押解

217

任务。

此时此刻，我再一次仰望夜空，潸然泪下。

既然场合这样的隆重，我也不能马虎。

"国强，你安排好与武警对接，咱们的人不能离左右，你下车跟我走。"

车队在收费站外面停了下来，跟来的交警在另一侧路上疏导过往车辆，刚才热闹喧嚣的声音戛然而止。我在众目睽睽之下距离领导和欢迎队伍 15 米处停车下车，规范、习惯性地整理警服冬装，然后按照操典规定，抬起并夹紧双臂，前不露肘，后不露手跑步至欢迎队伍五步以内三步以外立定敬礼：

"书记同志，松北地区公安处及平原县公安局系列案件专案组，奉命执行抓捕该系列案件首犯季雪峰任务，已圆满完成，人犯到位，缴获自制手枪 1 支，子弹 5 发，匕首 1 把，我方无伤亡，报告完毕，请您指示！松北地区行署公安处副处长公孙坚决，平原县公安局局长吴国强。"我的最后一个字"决"字喊得清晰响亮，尾音拉得很长，有余音绕梁之效果，这是在学校队列教官找我替他偷懒做队列示范一年的功夫练就的。反之，吴国强报告自己单位职务姓名就相形见绌了。

县委刘书记是看着我成长起来的，此时此刻也十分激动："按照原计划回县里休息，大家辛苦了！"

"为人民服务！"口号声由于武警一个班的加入，更加虎势虎威。吴嫂和苏医生各抱一捧鲜花塞到我和吴国强的怀里，苏医生第一次在大庭广众面前亲我脸一下，"还有我！"斯琴不知从哪里跑过来，抱着我亲一下。

"蹬车！"我发出命令。

（一〇九）鱼水深情

　　一排十几辆吉普车打着双闪灯驶往县城，此时已经晚上 8 时 30 分，未及城区，城内响起鞭炮声，继而连成一片，冰天雪地的"平原大路"两侧街道上已经站满闻讯赶来的人群。武警中队长早已下令放下长厢吉普车篷布，威风凛凛的武警战士押着五花大绑跪坐在车厢中间的季雪峰，迎来长久不息的掌声和高低不断的诅咒声，不知道谁带头喊起了口号，"枪毙杀人犯！""枪毙季雪峰！""共产党万岁！人民警察万岁！"在鞭炮声和口号声响成一片时，车速明显慢了下来。

　　战鼓咚咚响了起来，原来是老年秧歌队自动组织起来在路边扭起了秧歌，沿街所有店铺都开门迎客，所有能亮化的灯具一律打开，刚时兴起的装饰楼房、准备过春节才能打开的霓虹灯瞬间将县城披上节日的盛装，就连中心市场也应业主的强烈要求夜间打开大门。县日杂土产公司组织 5 台长车厢"五十铃"货车来回运送鞭炮，车几乎不到卸货地点，就被蜂拥而上的群众"瞬间抢光"，扔在驾驶室里 1 万、2 万甚至 5 万的成捆钞票远超鞭炮价格的几倍几十倍，淳朴善良的平原人民，用燃放震耳鞭炮这一古老的庆典形式，宣泄自己的情感，看家的县局新任政委徐晖不得不请求油田公安局的同行紧急支援，维护街面秩序。

　　车队缓慢进入主城区，整个县城沸腾了，鞭炮声、口号声，被害人近亲属喜极而泣的哭喊声混合成巨大的声浪，伴随着浓浓的火药味冲击着这个第二松花江南岸、松嫩平原腹地小小县城的夜空。

车队停下来了，"怎么回事?"我有些紧张。

"坐下!"七叔按住我。

"小子，过去我跟你说，搞案子要依靠人民群众，现在，你要相信人民群众。"车队又慢慢地向前蠕动着，原来，中心市场的商户，抢不到鞭炮放，狂喜的他们把自家经营的食品日用品撒向车队和大街马路，以感谢党和政府领导的人民公安为民除害，为他们的同行业主报仇申冤。

东北人过春节时最喜欢吃的冻柿子、冻梨、大枣、花生满街都是，望着窗外狂欢的人群，七叔一遍遍用衣袖擦拭眼泪，司机一次次用手抹去流过脸颊的泪水。

"小子，我这是第二次经历这种场面，第一次是'1945年8.15光复'，在苏联远东哈巴罗夫斯克抗联教导旅A营的营地，我们得知日本无条件投降的消息，就不顾条例条令规定，把手中枪里所有子弹射向天空，继而相互抱头痛哭，接着把营地里所有的酒都喝光了，闻讯赶来的苏军当得知日军投降后又运来一车伏特加，附近集体农庄的苏联群众载歌载舞，倾其所有慰问我们这些浴血奋战14年，仍在异国他乡的反法西斯战士，整个营区都是醉卧的兵，还有苏军的军官，整整昏睡了3天。"七叔流着泪断断续续哽咽着述说。

"整个部队都喝多了停止运转，苏军首脑机关不追究吗?听说苏军战时纪律是十分严厉的。"我说。

"这是第二次世界大战正义一方的伟大胜利，胜利者是不受指责的，斯大林同志都这么说过。"七叔颇为自豪。

说话间，车子进了县局大院，大院灯火通明，院子里，慰问品不到一个小时就堆积如山，还有一群哞哞乱叫的绵羊和伴随铿锵锣鼓扭动正欢的大爷大妈，几乎所有城关镇除值班外的民警及民警家属都来到了县局机关，注定今天的胜利之夜也是不眠之夜……

难忘今宵！！！

七叔坐镇，审讯季雪峰工作连夜进行。聚光灯下，这个十恶不赦的家伙被砸上脚镣、戴着手铐坐在被审席上。狼一样阴森森的眼睛扫视着坐在对面的警官。

王闻主审，石丹阳记录，七叔和李大红一左一右坐在审讯台两侧。

"七叔，开始吗？"王闻习惯性地请示。

七叔点头。

"等等！"季雪峰突然开口说话。"你就是县公安局的七叔巴队长？"季雪峰看着七叔问。

"是！如假包换。"七叔语调缓慢，斩钉截铁。

"你还有一个姓公的徒弟吧，我前两次进局子总共被判9年徒刑就是你们师徒俩破的案，这次又碰到你们，认栽了。"他突然像泄气的皮球一样有气无力地说。

"这次你恐怕就栽在地上了。"七叔面无表情。

"季雪峰，你知罪吗？"王闻的审讯正式开始。

"把我的铐子松松。"季雪松开始提条件。

"紧一扣。"王闻声音不高，清晰果断。李大红站起，上前双手并用"咔的一声"把季的手铐紧一扣，季雪峰一看李大红就有点发怵，"姑奶奶，你轻点。"瞬间变脸成献媚可怜状。

"有你这样的孙子我从小就掐死喂狗。"李大红瓮声瓮气地说。

"警官，我要是交代你能……"他还想提条件。

"再紧一扣。"王闻平静的声音此时具有震慑力了。

"咔!"铐子又进去一个齿，"从现在起，我问你答，你是一个十恶不赦的杀人抢劫犯，人民的罪人，有什么资格跟我谈条件?"王闻声音不高，字字清楚，正气凛然。

季雪峰本想旁敲侧击试探观察，企图避重就轻抵赖抵抗一下，但是看到审讯人员严厉的态度、严谨的讯问，再看完季雪松交代犯罪事实的录像片段，精神一下子崩溃了，交代得痛快彻底超过事先的预想。第一次讯问半夜12点之前就结束了。

外面的鞭炮声还不时响起，爆竹的硝烟正渐渐散去。我刚用公安专线电话向远在北京学习的高处长详细汇报破案经过，七叔就进来了，"小子，回家喝酒，小苏、斯琴、你七婶、伊戈尔轮番打电话，说等到天亮也要回去喝酒。"七叔已经急不可待了。

"还有疑犯送所羁押等一大摊子收尾工作呢!"

"我已经交代给国强了。"

"记住，你现在已经不是平原县公安局长了，赵立群、老邓、小许他们都有喝酒的地方，今晚徐晖政委总值、政治处主任副值，刑警队李大红、石丹阳代指，跟我保证绝不脱岗、绝不喝酒，还有什么?"七叔似乎不悦。

"还有回家喝酒!"我及时转向。

"走!"七叔高兴得像个孩子。

静静的子夜，远处偶尔传来零星的爆竹声，我和七叔师徒

222

俩默默走在硝烟味儿依然很浓的马路上，脚下发出"咯吱咯吱"的踏雪声，呼吸着寒冷的空气，心情格外舒畅。

"七叔，你在想什么?"我看七叔不出声，问了一句。

"小子，这就是七叔需要的生活，冰天雪地里的硝烟味道。过去这种味道是敌我双方你死我活的战场拼杀，现在这种味道是警匪斗智斗勇我方胜出的庆贺，战场和现场不一样，感觉也不尽相同，但有一点是一样的，那就是为理想、为正义拼搏奋斗胜利后的心情是一样的!"七叔少有的抒发情感。

"七叔，你说得对。"我积极回应。

……

"哎，起来! 快到点上班了。"苏丽梅轻轻摇晃我的肩膀。

"什么?"我一翻身爬起来，已经早上七点钟了。

"快点，洗把脸吃饭去，公公婆婆等你呢!"在七叔家，他儿媳妇的身份始终没有变，说话做事都很有分寸。

我洗脸刷牙不到五分钟就完事儿来到桌子前，让七婶拥抱一下，"我的孩子，休息得好吗?"七婶永远都是那么文明有修养。

"这两年了就昨天晚上休息得最好，丽梅不叫我还不能醒。"我看着七叔说。

"现在还不是放松睡觉的时候，另外两个人要及时追捕归案。"七叔看也不看我，拿起列巴片就吃。

"是!"我知道他这是在全家人面前树立家长威严的时候。

"公孙、老爸，我刚才送伊戈尔上学，看见实验小学对面县公安局门口又敲锣打鼓聚集很多人，还有车往里面拉慰问品呢! 猪和羊都系着红绸子，真的和电影电视里一个样，这次我真看到了老百姓和人民军队的鱼水之情了！"斯琴脸冻得通红，进屋就说。师姐是当兵的出身，军队干部转业，经常把军警弄混。

"民心不可欺，民心不可辱啊！"七叔又感叹起来。

"一会儿我也去看看！"七婶少有的凑一次热闹。

"我和斯琴领你去，正好我上班。"苏医生说完张罗去了。

"七叔、公处，吴局长正找你们呢！"我和七叔刚进大门口，县局刑警大队内勤石丹阳就跑过来跟我们说。

"什么情况？"我边走边问。

"来了一帮被害人家属，指名道姓要见你们，怎么劝都不行。"说话间来到县局刑警大队二楼会议室的专案组办公地点。

"恩人呐！感谢你们为我们报仇了，请受我们一礼！"刚进会议室，"98·9·22"被害人李明父母、岳父母带着这6家被害人的直系亲属20多人鞠躬致礼，人群前边整齐地跪着5名被害人家的孤儿。"孩子啊！你看到了吗……"不知道谁哭诉出声，几乎所有人同时放声痛哭，中间夹杂着少儿尖利的童音，振聋发聩、催人泪下，此情此景，即便你是铁人也不能无动于衷。

七叔、我、吴国强、李大红、石丹阳和在场的所有人都摘下帽子，祭奠被害者亡灵，民警的眼泪和群众的眼泪同时流淌，心贴在一块儿了……

"各位父老乡亲，我们的心情和大家一样，既激动破案又怀念故人，既感激政府又想将全部案犯抓获，地县公安机关的专案组今天还要专门研究下一步追捕的具体工作，争取早日将在逃的两名犯罪分子缉拿归案。县公安局在临近的饭店给大家订了早饭，请大家跟随刑警大队内勤石丹阳同志一起就餐。"县局徐晖政委亲切而又得体地将这些激动的被害人家属请走了。

"巴雅尔，我的英雄！"七婶不知何时来到的专案组，激动喊叫着跑上来拥抱亲吻七叔，县局的同志对七婶这种俄罗斯式感情表达方式已经习惯，但是把赵立群和邓工他们着实吓了一跳，我回头一看，苏医生和斯琴站在门口，眼睛红红的、面带崇敬的微笑看着老爸老妈。

"我的孩子，你们做了多么了不起的事情啊，我为你们自豪！"七婶又紧紧拥抱并亲吻了我的额头。

显然，他们是被刚才被害人亲属感地动天的哭声吸引来的，也深为5名孤儿跪地磕头感谢公安机关人民警察破案报仇的情形而感动，同时对亲人长年累月抛家舍业在外奔波有了更深刻的理解，更真挚的爱戴。

"老爸，你们真伟大！还有你，公孙！"斯琴正式场合还是很有分寸，上来拥抱一下七叔和我，说着一口标准的京味普通话。

我看地区公安处这几位愣愣地不知所以，就忙着介绍："这是七叔的女儿、我师姐斯琴，解放军外国语大学毕业，正营职转业干部，现在南方特区自主创业，回来休假。"

看着苏医生在门口含笑站立，我过去将她拉过来给老邓和许其华介绍："这是我家政委、你们的弟妹和嫂子，县医院、仅限于县医院著名外科医生苏丽梅同志，和我师姐一起陪师母，看看人民警察人民爱，人民警察爱人民的感人事例来

225

了。"我幽默不失调侃地给大家介绍。

刚说到这里，院子里传来一片嘈杂声，大家从二楼窗户望下去，早晨刚被两卡车拉走的慰问品空闲出来的县局停车场，不到半小时又堆满了过年杂货物品，甚至有带着冰块的猪后鞧，这是群众准备过春节自家用的，也从储藏的冰堆里刨出来送给最可爱的人。大门外面，送慰问品的单位、个人又排起了长队，有一养猪大户则更简单粗放，将5头200斤以上的肥猪身上都缝制一个像现在家里养宠物狗那样的红背心，用白色油漆分别在两侧写5个字："肥、猪、献、功、臣"，赶进公安局大门就走人了……

此情此景，再一次感动了七婶："巴雅尔，我们当年打下锦州、解放沈阳、攻克天津时，老百姓就这样庆祝胜利和欢迎爱戴我们的军队，多少年见不到了！"她边说边擦眼泪。

是啊！这支伴随着解放战争隆隆炮声而诞生的人民公安机关和人民警察，其主体就是当年来自人民军队的解放军指战员，它的前身就是刚解放这座城市的解放军军事管制委员会，为人民服务就是这支队伍的宗旨，把人民的利益放在第一位永远是人民公安机关应尽的义务，为此，不惜吃苦受累，不怕流血牺牲。平原县系列案件的侦破再一次证明，只要你把群众的利益担在肩上，人民就会把你记在心上这个最最简单的道理，和只有人民群众的水，才能养活我们这些生活在水里的鱼这个基本生存法则。

"七叔、吴局长、立群，咱们商量一下追捕本案另两名在逃人员章宏卫和马思国的问题吧。"我看其他人都走了，开始把话拉上正题。

"章宏卫老婆尹立红等社会关系当时不都布控了吗，这么重要的社会关系怎么能一点反应都没有，除非跑风漏气。"七叔感到不对头。

我看一眼身旁的吴国强，他的脸已经气成了猪肝色。

"小许，你把门关严。"我看一眼许其华。

"七叔，我说你别生气，昨天你在指挥部看家，外线的事儿也没来得及跟你汇报，加上抓捕季雪峰警情似火，全力以赴，季雪峰到位后大家高兴异常，就没被这件事儿影响心情，现在正式跟大家通报一下，但是此情况还需要保密一段时间。"我环顾一下四周说。

"据审讯，季雪峰、季雪松兄弟二人犯罪团伙中章宏卫的地位和作用应该仅次于首犯季雪峰，排名第二，章在历次犯罪中充当主力，行动中起主要作用，善于用刀，曾亲手杀死9人，被团伙成员称为'一代刀神'。他媳妇尹立红在平原炼油厂劳动服务公司家属队办的'工嫂理发店'上班，前一阶段上班不靠谱，被班长批评，差点没跟班长打到一起，这几天早去晚归，表现积极。她的班长和她的同班搭档都是我们安排贴靠的治安积极分子，班长曾经在老家当过村上的妇联主任，是一名党员。"我说。

"简单点，扯这么多干什么?"七叔心中有气，有点不耐烦。

"是。"我加快语速，"与这两位监控力量联系的，是我们平原炼油厂公安处长亲自安排的一个刚刚从部队转业报到，准备分到经济警察队的政治教导员，原来在部队是团部的后勤助理，是个女干部，扮成女厕所的清扫工专司接头之职。昨天下午1时许，理发店内的厂线公用电话接到一个男人找尹立红的电话，说话很急声音很大，'你家章宏卫犯什么事了，我看搞系列杀人案件的公孙局长和县局刑警队的人，从处长屋里出来，把所长叫过去，不一会儿所长找内勤问所里谁知道西北家属区的章宏卫家住哪儿？然后小声说话后就急匆匆地走了。'尹立红说'我和章宏卫都离婚了，不知道。他就是一喝酒愿意吹牛打架，没事儿，谢谢啊！'"

"然后呢？"邓工问。

"然后尹立红立马说家有急事儿要回去，班长一边示意搭档报信，一边尽力以最近考勤紧不准假为由拖延时间，尹立红一改往日的火爆脾气，不予纠缠冲出店门跑了。在章宏卫家设伏的张柏华中队三个人和一台北京吉普设伏，刚刚接到对讲机中监护哨的报告，还没来得及派人阻拦尹立红进家门时，一台白色的桑塔达出租车停在章家门前，此时，尹立红从胡同中跑了出来向出租车摆手，一个身材魁梧的大个子男人见状从驾驶室一侧推门站出来，就听尹立红声嘶力竭地喊'快跑！'"

"是章宏卫？"许其华问。"是。张柏华用望远镜看见是章宏卫，马上启动北京吉普，但是因为天冷车破，连续发动三次，就是打不着火，眼睁睁看着'桑塔达'绝尘而去，同志们跑过去把尹立红掀翻在地，铐回刑警队。"我喘口气。

"打电话的那个男人是谁，听话音是咱们内部的人？"七叔更加不淡定了。

"理发店的电话被我们换上了录音电话，另外在机房做了手脚，这次一听一查，是分管炼油厂家属区的县局南郊派出所的政治指导员冯元居，他妈的他跟尹立红还有一腿（指不正当男女关系)，我昨天直接把他刑拘了。"吴国强接过来介绍。

"王连举!"七叔咬牙切齿说出一个当年革命现代京剧样板戏《红灯记》中全国人民耳熟能详的叛徒名字。

(一一○) 快乐春节

"小子，你七婶今年要全家一起到松北市去过春节，一是想清静清静，这里过春节来人太多太吵；二是你我都在那里上班，应该过去看看；三是斯琴也想到大一点的城市，生活方便，你安排一下。"七叔在一天晚上下班前交代。

"是!"我答应。地区行署分给七叔家的三室一厅老干部住宅虽然挺宽敞，但是格局传统陈旧，加之七叔他们出国和回来这段时间在平原又有大半年时间没去住了，需要简单维修和重新购置一批生活用品，我想。

"有个事儿我想跟你商量一下。"回家边吃饭，我边跟苏医生说。

"又出什么事了?"她放下筷子，脸上露出紧张的神色。

"没有，没有! 就是县里这次奖励专案组破获系列案件 20 万元，明确专案组成员每人 5000 元，刘书记怕我又把自己的奖金分给大家或请大家吃饭，告诉吴国强把奖金直接给你，吴局长不好意思就直接给我了。"我如实说。

她松了一口气，"吓死我了，你以后能不能别这么正式说事儿，我以为又发生什么大案子了呢，这辈子跟着你，我都落下病了!"苏医生翻着大眼睛瞪我一眼。

"行! 看你这么诚实的份儿上，奖金归你，自行处理。"

这娘们儿以为她是家庭政委主持工作，客气客气就当真的了。

"我想说一下奖金用途。"我立马趁热打铁。

"快吃饭吧，反正你也不能用它去歌厅嗨歌，再说全省都知道你唱歌要人命这件事儿！"说完她自己先笑了。

"七叔下班前跟我说七婶提出今年咱们要到地区所在地松北市去过春节，我想用这笔奖金把他们在松北市那个房子简单收拾一下，买点生活用品。斯琴有钱，但她是女儿，咱们是儿子，用她的钱有损咱们的尊严。"我一口气把话讲完。

"哈哈哈……"苏医生苏政委差点把饭笑喷出来，"不怪当年七叔说你不敢干坏事，结婚后我发现你一要说谎就磕巴，今天说得很流利，肯定是真话喽。"她笑弯了腰。

"奖金你自己留着，你在地区公安处好歹也是个副处长，遇到和大家一起需要花钱的时候也不能表现太差，准备日用品过年的事儿不用你管，我来办。七叔住的不是离休老干部住房吗，人家行署办公室行政科肯定有人管，你请原来老局长赵副处长跟行署办打声招呼，就能解决水电煤气等维修改造的问题。"嚯！这苏政委说得还真有点道理哈。

"不过这钱放到我这里好像有点中间截留似的不舒服。"我还在试探真假。

"行了吧！咱家大事儿哪项不都是你说了算的，别以为我不知道，就这些乱七八糟的家务事儿你让我说了算，用来调动我的积极性。"这医生时间一长也能摸出点事物规律来。

农历腊月二十七，我们和七叔一家共六口人坐上北去的绿皮火车前往松北地区行署所在地松北市过春节，由于系列案件侦破和侦办系列案件中带破几起重特大案件，平原县"文革"以来的所有有影响的大要案件悉数破获，全县、全地区甚至省厅有关处室都是一片赞扬声，破案的正面影响和刑警攻坚克难能力不言自明，我们师徒俩和吴国强"三驾马车"破大案的故事在全省公安机关流传，连松北公安处和平原县公安局民警到外地出差也不时被同行拉住问上几句，我们似乎成了区域行业内的名人。七叔和我此次北行卸掉千斤重担，正式到地区公安处报到上班，心情无比畅快，看见认识不认识的人都微笑致意。

"公孙，你问一下，我往松北公安处发的'伏特加酒'到货没有。"斯琴说。

"前天就到了，还有几箱俄罗斯香肠和黑列巴，丽梅已经安顿好了。"我说。

"噢！我的孩子，你们都去过了，我还准备今明两天全家总动员，整理内务，打扫卫生，迎接春节呢！"七婶惊叹。

"这事儿还用你老婆子操心吗？小苏她早布置好了，你那儿子阿廖沙可没这两把刷子。"七叔意在打击我的同时表扬苏医生。

"都是苏丽梅的主意。"我随声附和。

"嗨嗨！我发现，干部一提到县团级，都有点怕老婆，是不是苏医生？"斯琴阴阳怪气地搂着苏丽梅肩膀说。

"咱们家什么大事儿不都是男人说了算，公孙这是鼓励我的积极性。"苏丽梅苏政委及时化解，引来一片笑声。

"老巴、七婶，提前祝你们新春快乐！"我们刚走出车厢，地区公安处的高处长就亲自到站台上来接我们，后面跟着办公室主任、赵立群和许其华。

"高处长，你这么忙还来接，不敢当、不敢当。"七叔这两年客气话已经说得很溜了。

"你们是功臣，岂有不接之理。地委迟副书记和行署霍副专员听说你们回来过年，拉上我合伙在地委招待所请你们全家吃顿饭，主要是慰问破获系列案件前线后勤的有功之臣，一个都不能少，一个都不能少，包括小朋友！"高处长为人豪爽，粗门大嗓，摸着伊戈尔的头，说话直来直去，举手投足都是公安局长的范儿。

"哇！好宽敞，好气派啊，地区和县里就是不一样啊！老爸老妈，这才跟你们身份级别匹配的啦！"斯琴刚一走进七叔在地委家属区的老干部住房，就不免发一番普通话带着港腔的感慨。

房屋的生活设施都得到更换或维修，室内温暖如春，有零上二十五六摄氏度，尤其将原来的卫生间增加了淋浴设施，储藏间改成一个新的宽敞的淋浴加卫生间，将客厅的另一端用隔断隔开，既能通联又不挡光，把三室一厅改造成三室两厅两卫，这主要是适应我们和斯琴等人的习惯，方便大家一起生活。七叔七婶和斯琴的房间都更新了被褥，温馨又不铺张，尤其各个房间都安装了床头灯，接通了有线电视，客厅木质窗户上还安装一个微型电动换气扇用来排烟，得到全家的一致好评，旧的被褥都集中到我们这个房间里来，但是都拆洗得干干净净、打理得整整齐齐。从这点上看，苏医生有很强的家庭管理能力和办事协调能力，看来让"政委"管生活还是有道理的哈。

"伊戈尔，你跟姑姑在这间房里住吧？你看这样正好每个房间两个人。"斯琴开始拉拢人。

"奶奶不会同意的，再说我要学俄语。"伊戈尔其实愿意跟斯琴在一个房间，她经常偷偷给他糖果零食吃。

"奶奶、妈妈那里我去说。"斯琴保证。

"好吧！可这几天不能写作业啊。"伊戈尔又提出条件。

"好好好！"斯琴答应。

忙活一阵之后，大家安顿下来。

"待会儿吃饭我和伊戈尔就别去了，见到领导就紧张。"苏医生跟我说。

"你不去不好吧，高处长都说了，连小朋友都不能少。像你这样个子高眼睛大不但漂亮，又会拿刀专门救人不杀人，有副高级职称的人才怎么能掉队，我就等你去给我加分呢，再说将来你往地区医院或其他医院调转也得给领导打下好印象，做好扎实基础工作才行，是吧？至于说见到领导就紧张也理由牵强，你成天跟领导一张床上睡觉都不怕，紧张什么呢！"我样子不太正经地劝说。

"走开，走开，没个正形。"苏医生不再推辞了。

"欢迎欢迎！老人家、老前辈，您坐这里！"迟副书记和霍副专员对这次宴请十分重视，在招待所门厅里迎候，一起带我们走进餐厅包间，并将七叔往主位上让。自从干部年轻化以后，地区及地级市的现职领导解放前参加工作的几乎没有了，像七叔这样老资格老革命更是寥寥无几。

"副书记副专员同志，这个无论如何使不得，你们是首长，能接见我们都十分感谢了，怎么能这样坐。"七叔说话虽

234

慢，但是句句实在中听。

"书记、专员，这样好不好?"始终微笑、谦恭有礼、年龄和我差不多，站在一旁的行署办公室主任这时开口说话了："书记，您坐正位，代表地委、行署慰问立功公安机关领导和家属。老首长（指七叔）坐书记右侧，阿姨（指七婶）坐书记左侧，挨着专员，高处长、公副处长和嫂子及小朋友依次就座，师姐您坐老首长身边。"我第一次看见吃饭就座的顺序这么讲究还安排得这么顺畅有道理，接待的礼仪还真是不简单！能向苏医生叫嫂子，向斯琴叫师姐就知道这位年轻的主任功课预习得相当不错，高手到处都有啊，不止在民间。

"听说老首长是松北平原县人，十几岁在苏联参加革命，跟随部队从苏联到国内，打完日本人接着打国民党，从白山黑水打到天涯海角，转业地方公安又屡破大案，威震四方，可亲可敬。尤其是目光高远，退休前又培养出小公这么优秀的徒弟，这次破获我省解放以来少有的系列案件，可喜可贺！破案那几天我正在省里开政法会，这个系列案件成了会上会下议论的焦点，书记、省长找我们过问，我和公安厅长老自豪了！"迟副书记抓住七叔的手，望着七叔的脸，态度真诚、语言亲切。

霍副专员四十出头，是从松江农业大学副校长交流到地区行署任职的年轻干部，此刻也接过副书记的话面对七婶说："听说阿姨抗日时期就在苏联远东抗联教导旅做翻译，跟老首长一道南征北战，解放军副团职干部转业，实属后辈学习的楷模。"话音刚落。年轻的主任很随意地说："师姐如果不是跟首长一起来，大家一定以为是欧洲哪个国家驻华大使馆的外交官呢，长得漂亮还有气质，特别是一张口还是京腔京韵的普通话，特好听。学语言的人不但聪明，还得有天赋。"不经意聊天间，主人一方分层次分对象把客人一方表扬一遍，大家都十分高兴，尤其是七叔，说起打仗破案，立马来了精神。

"两位首长可能不知道，这次破获系列案件不亚于当年我们四野打锦州，是一场飞机炸坦克——硬碰硬的仗，从开始第一起案件到最后一家被灭门，足足干了 725 天。我这徒弟小公，貌似书生，实际是个干活不要命的主，多大困难多少压力不叫苦不回头不屈不挠，关键时刻不怕死冲锋在前从不掉链子，带出他这个徒弟是我这辈子最欣慰的一件事儿！"七叔有些激动。

"老首长慧眼识珠。"霍副专员及时补充一句。

"说起这话，还得感谢迟副书记当年出手果断，留下小公并委以重任才有今天，他能出息，主要是组织的教育培养和你们领导的关心关照。"七叔今天高兴，特别会唠嗑。

"各位领导、老前辈和家属小朋友们，咱们松北有个不成文的习俗，叫'三个菜开说，四个菜开喝'，现在桌面已经四个菜了，是不是开始啊？"高处长刚才一直没插上话，这时候及时将活动导入正题。

"开始！"迟副书记表态。"哈拉少！"七婶代客人方赞成。光说不喝不仅不是俄罗斯人的风格，也让伊戈尔饥肠辘辘、垂涎三尺，亏得奶奶懂他并夹来一大块糖醋排骨。

……

人逢喜事精神爽，酒不醉人人自醉。这次慰问之酒，庆功之宴，吃出了效果，喝出了境界。据七叔七婶讲，这是他们从部队到地方这辈子最舒心最痛快的一次开怀畅饮，战果辉煌。首先，他们得到了应该有的或者说期望有的尊重和官方肯定；其次，他们听到了喜欢听到的晚辈成长进步成功立业的溢美之词；更主要的是，压在他们心里的一块石头，对别人难以启齿求助的斯琴工作生活归属问题得到了地区两位主管组织人事、劳动就业副书记副专员的郑重承诺并且最后当场拍板，斯琴如果愿意回松江省松北市工作，组织可以派人去南方取回档案办理相关手续，可直接去地区外事办工作，按照正营职转业干部落实主任科员一职，也可以去地区外贸公司当副经理，负责对俄边境贸易事宜。最后明确了责任，交给行署办公室主任落实和公安处高处长督办。本来，我和苏医生都是礼节性举杯、象征性喝酒的，见此情景，和斯琴一起站起来将一大杯白酒干掉，惊得伊戈尔直喊妈妈……

春节一般放假 5 天，正月初一至初五，初六正常上班。第二天农历腊月二十八，我和七叔正常到行署公安处上班。高处长领着我重新在处里各科室走一圈，我也遵守履行破了系列案件才来处里上班的承诺，大家都很高兴。公安处政治部正在履行公安处党组关于给系列案件专案组成员记功决定的有关手续，跟我预约谈话赵立群、邓殿发、许其华的事迹及立功点的有关问题，我的立功事宜组织尊重我个人意见不予呈报。由于马上过春节，行署公安处不比基层市县公安局，是一个以指导为主实战为辅的公安机关，家在外地的同志大部分都提前请假走了，我分管的刑侦、技术、预审等支队也都按照备勤状态编好值班人员值守，其他人回家忙活过年去了。七叔的专家办公室里很热闹，处里值班的人都喜欢到他那里走走坐坐，一个是

237

讨点这次破获系列案件对外报道外的详细情节，充当回家与亲戚朋友喝酒吹牛时的谈资和分享在地区公安处工作的荣耀，再就是蹭烟蹭茶蹭国外新闻，像"老毛子女人是否个个都是结婚前漂亮，生儿育女后快速扩张成大妈"这类无聊至极又百问不厌的屁话闲嗑，最后总能回到如何能当七叔的徒弟，如何能像公孙那么优秀的陈词滥调上来。奇怪的是七叔对此类问题百问不厌，问及七婶的问题也不温不火，以至于相当一部分人对七叔过去的"军阀"作风产生质疑。

"公孙，你过来一趟。"距过年还有一天的农历腊月二十九，我刚像以往正常上班走进办公室，内线电话就响了，高处长叫我。

"你家属工作问题是怎么考虑的，昨天我和地区卫生局副局长兼地区人民医院院长，我们松南地区老乡岳元龙一起开会，我提到了你家弟妹的事儿，我一说人家都知道，看来弟妹在全地区胸外科这个领域很厉害，应该是前三名的人物。岳院长说，想去地区医院，现在外科没有主任位置，可以当副主任，我没干。他说麻醉科有位置，可以当主任。另外这伙计还分管地区疾病控制中心，到那里工作清闲级别又高，可以当主任助理，过渡一段能当副主任，这两个地方回去征求意见，让弟妹自己选。另外，我顺手给弟妹请半个月的假，正月十六回去上班，功臣家属嘛，平时付出太多了，休息半个月理所应当。"高处长不光是领导也是大哥，说出这些暖心的话让人感动，基层打拼出来的领导和机关出身的领导不一样，对弟兄们知冷知热，这样的领导抓班子、带队伍的能力毋庸置疑，肯定是杠杠的。

"谢谢处长！我回家征求一下家属意见，你不知道，我家苏医生知识分子出身，看问题一根筋，最不愿意干的事儿就是当官，最喜欢干的事儿就是做业务，拿刀上手术台。"我先打下伏笔。要不我家那个"苏政委"一根筋劲头上来两个单位职位一个不选，岂不是辜负了高处长高老哥的一片苦心和古道热肠。

"别说这些！明天年三十你就不要上班来了，在家陪陪老人和老婆孩子，过个好年，初六上班你家属想去哪儿给我一个痛快话。你原来不也是知识分子吗，现在不跟我们工农兵混成一片了吗！你家老娘们跟你一铺炕睡这么多年还没改造过来呀？"高处长一着急，基层刑警队长的本色就暴露了，开始爆粗口。

"好好好！回去就问，回去就问！"我赶紧退出他的房间。

（一一一） 记功风波

一晃到了正月初六，大家正式上班。春节休息这几天，斯琴开着处里配给七叔九成半新的原"专员用车"，现在的"专案专家用车"苏联产宽大的"伏尔加"轿车，拉着一家人按照七叔要求做了几件有意义的事情，从老到小其乐融融，家庭氛围非常和谐，是我参加工作以来最快乐的一个春节。第一个活动是年三十早饭后，七叔告诉大家上午都不要出去，一会儿有个集体活动，一个都不能少。接着让我和斯琴去搞点祭祀用品来。"别忘了你七婶的习惯。"七叔间隔有两分钟左右补上一句话。苏医生疑惑地望着我，我在帮她收拾饭桌的时候悄悄

239

告诉她我的猜测——去祭拜的地点，她撇撇嘴，对我的判断半信半疑。松江省松西北地区逢年过节，尤其是中华民族传统的大年——春节或春节前，一定要到祖坟上去祭祖，祖坟不在本地的就到城外或本村的十字路口去烧纸，让过往"幽魂"捎给故人零花钱（冥币）和家庭信息，以昭示对先人的崇敬和寄托后辈的哀思，时间节点一般是腊月二十九晚上或年三十晚上点灯时分。在我们从平原来松北前，七叔已经安排我回老家白音花祭祖并做了过年祭祖活动的周到安排，这次活动显然不是去郊区十字路口祭奠的样子。

"公孙，去哪里搞？"斯琴上车就问。

"出大门右转，地委后面'步行一条街'西头。"我说。

"你去过？"斯琴有些不信。

"没有。前天赵处长去火车站接咱们回来路过这条街的东头，我发现路边有不少卖鞭炮、春联等庆祝过年物品的，根据本地民风民俗，一般祭奠的物品应该在同一条街的西头。"我判断。

"真的假的？"斯琴仍存疑。

"去了不就知道了吗。"我不十分确定地说。

其实选择这里购买物品，我还有一个想法，就是处里刑警支队跟我一起搞平原县系列案件的新警许其华，他家在这条路的西段北侧军分区附近住，我看过他的档案，记得他的母亲在松北市民政局工作，和他有一次在专案组闲聊时说过家在军分区东大墙外住这句话。

"哇！真的有哎！"斯琴边说边打方向盘意欲靠右停车。"往前走五十米有站岗的军分区对面再停。"我边说边掏出手机。

十分钟后，当斯琴抱着一大包祭祀用品回到车前时，许其华已经抱着一大捧黄色和白色的还有两束红色鲜花坐在宽大的伏尔加后座上了，惊得斯琴张开的嘴几乎成了"0"形。

"你告诉师姐怎么走。"我对许其华说。

"继续向西直行一公里，见岔路右转二点七五公里就到了，这是松北市最大一处烈士陵园，主要安葬当年东北民主联军'三打四平'抢下来进西满野战医院后牺牲的伤员，有名有姓的就1300多人，最大的官儿是个师长……"许其华刚汇报完。

吱的一声，喜欢开快车的斯琴已经将车子停在了烈士陵园大门前。

"接下来做什么？"许其华似乎有些蒙。

"顺着陵园的主路，找最大最高的陵墓，看墓碑就行。"我胸有成竹。

"找谁？"斯琴问。"一师师长马仁兴。你从车上拿下一捆烧纸和最大一捆高香的三根带上，包括火柴，剩下的放到门口。"我吩咐。

……

"半仙，神奇，可怕！"到城内"步行一条街"许其华下车后，斯琴边飞快开车，边像现在"碎碎念"一样叨咕着什么。

"东西不好买吧？"我们一进屋，苏医生就关心地问，我点点头。

"出发吗？"请示七叔。

"出发！"七叔一脸严肃。

"你帮七婶把大衣帽子都穿戴好，你和孩子大衣也都穿上。"我小声告诉我家"政委"。

"去哪里，巴雅尔？"上车后七婶问七叔，这时候只有她问最合适。

"你儿子阿廖沙应该知道。"七叔神秘一笑，气氛缓和下来了。

"奶奶，这是什么地方？"在烈士陵园一下车，伊戈尔就问七婶。

"孩子，这是救我们出苦海，让我们过上今天幸福生活而牺牲的人住的地方。"七婶尽可能表达清楚，让孙子明白。

"我知道，老师给我们讲过，今天的幸福生活是无数革命先烈流血牺牲换来的，但是不知道他们住在这里。"孩子虽然长大了，但毕竟是个孩子。

当斯琴从车里拿出祭祀用品尤其是一大捧鲜花，还有两束十分鲜艳的红色鲜花时，七婶激动地抱住我："谢谢你，我的孩子！"当我们一行径直来到当年独立一师师长马仁兴的墓前时，先前我们粗略打扫的墓碑前，点着的三柱高香还飘着袅袅青烟，烧过的纸灰随着寒风旋转。"师长，我们看你来了！"七叔哽咽，跪了下来。我迅速上前帮忙，把一副棉手套塞在他受伤的膝盖下面，大家随之跪下，我和苏丽梅跪着烧纸，斯琴领着伊戈尔跪在两位老人后面致哀，七婶双手合十祷告。当全家跟着七叔磕完三个响头（额头触地有声，表示极为尊崇）后，我扶七叔起身，并拿出事先准备好的马扎递过去让其坐着烧纸，老人推开马扎，我又急忙将棉手套放在地上，他就这样单膝跪地，把伊戈尔搂在怀里，一老一小两只手握着黄纸，和我们一起看着跳跃的火苗将纸化成青烟，任凭泪水流过饱经风霜的脸颊滴落在冰冷坚硬的北国大地上，倾泻一腔悲壮。

少顷，我们扶七叔七婶站起，脱下帽子，对着陵墓三鞠躬，缓缓下去。出陵园门口内侧，我让许其华点燃的一排高香已燃烧过半，纸灰虽被大风刮走，但是火烧土地灰黄色的痕迹依稀可见。

"娜莎，你看，这里和首长的坟墓一样，一早就有人来看过，弟兄们，你们死得值，人民没有忘记，人民没有忘记啊！"

七叔激动地振臂呼喊起来。我和斯琴几乎同时转过身，泪水再次夺眶而出，不知是被七叔情绪所感染，还是可怜这位可亲可敬——共和国和人民不应忘记的老人。

"过来！"我们随七叔走出大门，"站好，立正，向先烈三鞠躬！"除苏医生和伊戈尔动作稍差点外，我们四人依然动作整齐规范，完成了一次重要的新春家庭祭拜活动和全家人心灵深处的洗礼。

"老爸，问你个事儿呗，你可要当着全家人的面说实话啊，况且今天是过年，不说实话是不好滴。"斯琴在回去的路上边开车边撒娇似地调节气氛。

"说吧，你爸一辈子什么都会，就不会撒谎撂屁。"七叔底气很足。

"爷爷，撒谎我知道，就是说谎，老师说，说谎不是好孩子，那什么是撂屁呀？"伊戈尔天真地问，七叔语塞。

"这四个字放在一起说就是撒更大的谎。"我急忙补救，

243

全车人都笑了。

"你真没告诉公孙今天买这些物品去哪里祭祀，祭奠谁吗?"斯琴开始正式询问。

"真没有，你们不都在跟前吗，我没有和小公单独在一起说话甚至暗示的机会。"七叔信誓旦旦，快用搞案子的专业术语来解释了。

"老爸说的话我相信，苏医生，你呢?"斯琴开始征求最关键证人的意见。

"老爸啥时候说过假话。"苏丽梅表示赞同。"巴雅尔从来都不说假话，'三打四平'杀俘房要命的事儿他都敢作敢为。"七婶不但抢答而且还举例说明。

"你想说什么? 师姐。"我反应过来笑着问，唯恐这位天不怕、地不怕的骄横师姐将今天不该说的那部分曝光穿帮，影响七叔和一家人心情。"那公孙太聪明太可怕了! 亏得你是个公安局长，你要是私人侦探或给敌方效力真的贻害无穷。苏医生，你跟这么聪明的人在一起可要提高警惕，保卫家园啊!"斯琴没头没脑的一番感慨临了还温馨提示。

"哈哈哈!"七叔开怀大笑。"不这样他还能是你老爸最得意的徒弟，你老妈最疼爱的好儿子阿廖沙吗，我们爷俩这叫心有什么?"七叔俄语、蒙语、汉语三种语言中词汇量最差的是汉语。

"心有灵犀。"苏丽梅苏政委看公公表扬自己丈夫就及时补充一句。

"那天我和苏医生到收费站去欢迎你们，医院那些人背地里管你叫'公孙半仙'，我听着就特别别扭，也不知道确切的意思，后来我问别人和与今天的事儿一琢磨一对照，还真是'半仙'，也就是差不多神仙的一半——是特别能掐会算之人。"师姐用好听的京腔普通话说。

"爸爸，你能掐会算吗?"伊戈尔抬起头来问我。

"别听你姑姑瞎说，能掐我会，就这样。"我假装使劲扭他大腿一下。

"哎哟，疼。"伊戈尔笑着说。

"会算嘛，应该不会，会算还能让你妈妈骗了吗"我也想调节气氛。"不要乱讲话。"七婶警告。"伊戈尔，你姑姑是在表扬你爸爸，大人们都在开玩笑，过春节高兴。"说话间到家了。

......

"七叔，公副处长，今天没事儿，也别在家待着，出去散散心。"初三一早，赵立群在初一电话拜完年后登门拜年并提出了建议。因为都是当兵的出身，特别是搞系列案件在一起滚那么久，彼此都很了解，也不用客气。

"这大正月初三的上哪儿去转，我们可是全家集体活动，不能有掉队的。"七叔也想出去走走。

"我原来部队在这附近有个全国最大的常规武器试验场，那里上百平方公里草原，一马平川，看着心里特别敞亮，再说过年吃这么多好东西不出去走走消化消化，对身体健康和女同志完美形象都有影响。"赵立群后一句话是看着苏医生和斯琴说的。

"哈拉少! 我们去瞧瞧。"七婶率先表态。

"那大家做好防寒准备，旷野上还是有点'美丽冻人'，我回去开车，顺便把我家'政委'也捎上，她跟嫂子同行，是试验场基地的军医，给首长做好保健。"说完走了。

"这个兵器试验中心是国家级常规武器试验场，坐落于科尔沁草原深处，应该是我国最大的常规兵器试验中心。兵器试验中心成立于1954年，是我国最早建成的兵器试验靶场，也是国家对常规武器进行鉴定、定型试验的权威性机构。由最初单枪单炮试验靶场，发展到现在成为国内最大、综合性最强的常规兵器试验中心，可以承担陆、海、空三军常规武器的设计定型。"赵立群开着从他原来的战士、现在资产几个亿的一个大型民营企业老板那里借来的中型高档旅游车，充当司机和导游，边走边介绍。他的妻子背着一个军用挎包（里面装置常规应急药品和血压计一类的简易器械）随行，虽身着便衣，见到我们还习惯性地举手敬礼，浑身上下透着严谨干练的军人气质。

"这里已经研究定型完全国产化的1992年式半自动手枪，是为了代替原装备的'五·四式'手枪的。该枪分为5.8mm和9mm两种口径，弹容量15发，很适合中国人的手形。将来春节过后上班有时间联系一下，七叔、公副处长可以来试试，顺便展示一下他们说我们公安'土八路'的魔鬼神枪。"赵立群这个原部队保卫处长、现在公安处的刑警支队长，通过系列案件的侦办，也很会唠嗑了。

"你可别瞎说，我听说这里可是高手如林，人家成天和各种枪弹打交道，据说有的射手一年必须消耗几顿弹药，子弹喂出来的兵王可想而知。"我及时制止赵立群类似单兵对抗之类的拓展想法。

这个 50 年代初就建设保护起来的射击靶场，除间隔一定距离矗立的高高瞭望塔外，是天地相连的亘古荒原，现如今被厚厚的积雪覆盖着。赵立群把车开到试验场唯一的一眼望不到头的水泥路边停下，我们整理好冬装下车观光。

　　"走，我们往前走几公里怎么样，娜莎？"七叔征求意见。

　　"哈拉少！"七婶应允。

　　我们一行人就跟着七叔七婶在这荒野雪原上走动起来。"喔呵呵呵！"斯琴对着旷野大声喊叫起来。"哎哎哎！"伊戈尔童声童气地呼应着，俩人在雪地上奔跑起来，继而摔倒，又打起雪仗来，只两个回合，斯琴就举手投降，伊戈尔乐不可支，要求再战，直到他姑姑求饶才罢。

　　我亦步亦趋地跟在七叔身后，看他走路吃力的样子，想扶又不敢，想劝又没理由，突然触景生情想起一个事儿："七叔，你说章宏卫和马思国要跑到这里来，咱们是不是很难找到？"我从身后赶上去，真假各半地询问。

　　"嗯！你小子真快成仙了，我刚才也想到这个问题了。"七叔停下脚步。

　　身后很远，苏医生和赵立群家属扶着七婶，斯琴牵着伊戈尔都气喘吁吁地停了下来，雪地中走路消耗的热量是平时平地走路的 3 倍，我记得好像是七叔这样说过。

　　"对策？"我正在那里瞎琢磨，七叔就来这么一句。

　　"公安部已经向全国公安机关发布了对他俩的通缉令，列为部级逃犯全方位追捕。但是像这样部队管理偏远的靶场、农场、矿产资源比较丰富的深山老林，交通、信息闭塞，用部队的番号和信箱代码与外界联系就很难被发现。我有一个同学在解放军总政治部保卫部刑侦局，我上班后带人去过一次，让他们再认真转发督办落实一下，应该比咱们一般的通缉通报有效。"

"可以！"七叔说，"明天跟立群他们到处里研究一下。"

"明天还是放假，咱们说好今年春节不办公。"我提示。

"对，不能破坏'停战'协议，那你刚才干嘛问我工作上的问题。"七叔反问。

"这……"我有些磕巴。

"小苏说得对，你一撒谎就磕巴，样子傻乎乎的，你是怕我累着。"七叔是永远的师傅，首长和家长在我这里没有实质性的区别。

……

"公副处长，许其华来了，咱们一起去七叔那里，是会商系列案件追逃的事儿吗？"赵立群和小许进来打断了我的回忆。

"是的。"我刚说完这句话，看见公安处政治部主任拿着笔记本走进门来。

"过年好！公孙副处长。"他跟我打招呼。"你们有事儿？"他看了一眼赵立群和许其华跟我说。

"还是那个案件上的事儿。"我回答。

"对不起，你们两个到门外回避一下，我和公副处长有点事儿。"政治部主任是地委组织部新进调整充实过来的，办事严谨认真。

"赵立群和许其华两位同志的立功材料及审批表上报省厅政治部后，部务会讨论没异议，但是立功人员没有你部务会有异议，要求必须说明理由，否则整个案件的立功表奖无法进行，因为破案的关键人和关键点才是立功人和立功点。"主任看着我说。

"这理由很简单啊，就是我已经有四个个人二等功，对立功的感觉已经麻木了，多一个少一个没什么，副书记在最后这起案件发生之时就果断表态，七天破案，后来又带领大部队围追堵截，理应立功。"我真诚地说。

"高处长请你过去一趟，咱们详细商量商量。"主任不跟我纠缠。

"……别扯淡！你的理由不充分，论理也是胡说八道。我问你，搞案子，确定犯罪嫌疑人是不是证据要基本形成链条，即使不环环相扣，主要证据也必须存在还要钉帮铁牢，哪有主要证据没有、主要情节缺失的情况下拍板抓人的，那不是昏官吗？一个道理，破案的主要人物——你公孙坚决，原来的县局局长，发生在你辖区里系列案件前期是县局主侦，你负主责；后来你到地区，分管刑侦，你又把案件管辖权拿过来，地区处主侦，还是你负主责，这是事实吧？"高处长激动地瞪着大眼睛看着我。

"是事实。"我回答。

"如果案件破不了，谁负责？"他紧跟一句。

"当然我负责。"我回答速度很快。

"现在案子破了，从方案制定、现场勘查、物证发现、提取，作案人形分析、判断，走访调查到人犯抓捕，你都全程主导全面参与，不但动嘴而且动手，不但开骂而且开枪，你不立功谁立功！同志哥，不要为树立你的高大形象委屈了跟你苦战

249

725 天的弟兄们，你是不需要功绩了，可是同志们需要。弟兄们孩子上学择校，家属调动工作优先，这些党和政府给予公安功模的待遇不能毁于你的自我标榜、自我完善的自私谦虚中。"高处长一激动，刑警式语言刻薄，一针见血"劣根性"发挥得淋漓尽致。

"我去！你还上纲上线了，不就是立功吗，我同意，行了吧？粮库死个耗子，多大点事儿，值得你这样大呼小叫的吗！"我回击他。政治部主任在党委机关时间长，可能从来没看见领导班子成员，主官与副官之间这样讨论问题、交换意见的，背过身子捂着嘴笑。"那副书记立功……"我刚说一半。"那是主官考虑的事儿！"老高继续打击我。

"我去！你尿性，你说了算。没事儿我跟七叔研究追逃去了。"我抬腿走出他的办公室。哈哈哈哈！身后传来老高洪亮开心的笑声。

（一一二）虚晃一枪

系列案件侦破后，王立伟由教导员主持工作扶正，王闻、张柏华提为副大队长。

"这就是春节前后我们了解章宏卫的基本情况，信息不全并且没有太多实质性的东西。"平原县公安局刑警大队长王立伟结束了短暂的工作汇报。

这是农历正月十一，我和七叔、赵立群、许其华重返平原，在原来的专案指挥部里召开旧历新年后第一个专案组追逃研判会。

250

"这个叛徒!"吴国强一提起章宏卫就想起南郊派出所政治指导员冯元居在关键时刻给犯罪嫌疑人家属通风报信的事儿，恨得牙痒痒。

"怎么处理了?"七叔很关心这个"王连举"的情况。

"县检察院已经以涉嫌故意泄露国家机密罪立案调查，近日就可批捕。现在，全县都知道南郊派出所出了个败类'王连举'，很多人见面就跟我说要严惩不贷，那天在县里开会，刘书记还说'王连举'必须依法严肃处理，否则群众不会答应。"吴国强说。

"'王连举'事件虽然是丑闻，但是还没有影响群众对我们的爱戴和好评。"徐晖政委补充道。

"七叔，国强，我先讲两句。"我认真征求意见，他们点头。

"这次节后上班，地区公安处班子听取了赵立群支队长代表地区专案组关于地县公安机关专案组侦破平原县系列入室抢劫杀人案情况的汇报，高度评价专案组在县委、县政府和地区公安处的领导下，顶着巨大压力，克服重重困难，以坚韧不拔的毅力和决心，在人民群众的大力支持下终于啃下这块硬骨头，为人民公安争了光，为党委政府争了气，为被害人家属报了仇、雪了恨，为稳定平原县长久的治安秩序作出了贡献。可以说，打了一场硬仗、恶仗，考验了队伍，彰显了松北、平原公安队伍的战斗力。公安处党组除按照有关规定给破获案件的有关单位及个人记功嘉奖外，还向地委、行署打了报告。地委决定，在全地区范围内通报表扬地县两级公安机关克服重重困难，破获系列入室抢劫杀人特大案件，保护人民生命财产安全，为松北地区改革开放和经济社会发展作出重大贡献的先进事迹，号召各行各业向公安机关学习。"

"这都是前所未有的。"当时列席会议的七叔插话，大家听了面带喜色。

"会上，专案组成员、省厅刑侦顾问七叔提出，按照公安部要求和有关规定，'集团或团伙犯罪，首犯、主犯不到位或团伙成员到位不超过半数的，还不能认为是真正意义上的破案'，主动要求地、县两级系列案件专案组在血债累累、被其团伙成员称为'一代刀神'的章宏卫没到案前，专班不撤，人员不变，力度不减，限期一个月内抓获。为什么这样做，就是人在我们手上跑的，就由我们把他抓回来，这也是这次我们重返平原县的因由，这个情况会前跟吴局长沟通过。"我一口气说出一通官话多于平常话的话。

"立群，你把那天咱们在家商量的意见建议说出来让大家讨论讨论。"刑侦专家七叔开始指导。

"从刚才王大队长的汇报中听出县局已经做了很多卓有成效的工作，很多想法是与我们是重合或相似的。"赵立群不愧在部队当过保卫处长，经过专案组这段时间锻炼后，上手很快，语言分寸也掌握得很好。

"按照公副处长讲过的'靶心效应'理论，章宏卫受惊出逃第一时间应该是选择性不是很强，第一时间本能地能跑多远就跑多远，落脚后通过各种他认为安全的渠道打听我们警方动向，以便采取针对性防范措施。当然，也不排除穷凶极恶逃回原籍，杀害相关人和报复公安民警的可能性，因此，重要关系人、重要人员、重点部位应加强防范，安排架网布控。"赵立群先挑应急防范方面说。

"按照一般规律，我们要找到一个在逃的人，首先要了解这个人，了解他的成长经历和生活环境，了解他的脾气秉性、个人爱好、从业技能以及家庭观念、社会交往等方方面面的情况，并与其在案件中的作用与地位联系起来综合研判评估。但是无论从什么角度考量，大体上都跳不出三个圈：即工作圈、生活圈、交往圈，有时这三个圈是交叉重叠的，需要我们筛选和梳理，找出规律性的东西来。"赵立群赵支队长说得已经比较靠谱了。

"刚才听王大队长介绍，章宏卫一年前按照工厂改革政策，已经买断工龄，在省城开出租车谋生，那他在炼油厂原来的工友应该知道他当初投奔谁去或者谁介绍去这家出租车公司的。"赵支队长说。

张柏华副大队长是眼见着章宏卫在自己眼皮子底下逃走的，在愤怒的同时也有些自责，春节前后借着探亲访友的机会也做了些功课，就接过赵支队长的话说："是这样，原来他们同车间有个当年省城下乡知青彭松林，此人下乡前是个社会青年，会点武功，属于街头混混那种，五年前章宏卫就是和他一起打架致人重伤害被判刑，明明是两个人动手打的，最后章把责任都揽到自己身上，结果被判五年徒刑，三年半就出来了，经过此次事件后两人关系更铁，坏事干得更多，只不过因为这个彭松林在章服刑期间停薪留职回省城开出租车，据说现在搞了一个百八十辆的出租车公司，当上了老板，章如果在省城开出租车，一定与此人有关联。"

王立伟作为大队长被别人大段补充新情况有些不爽，马上汇报刚才汇报稿中没写进去的自己业余时间不忘破案的情况："初五我和在炼油厂安全处的连襟在老丈人家喝酒还托他了解这方面的情况呢。"

"我接着说。"赵立群代表地区公安处专案组作指导被中间打断似乎也有些不爽，大声提示。"按照公副处长要求，我来平原前去一趟省公安厅刑警总队向总队领导汇报侦破系列案件的情况，对下一步追逃工作寻求指导和帮助。总队领导对此十分重视，不但总队班子全员参加，快散会时，分管副厅长也在参加省里的一个会后来听汇报，不但代表省厅再次肯定我们地县两级公安机关锲而不舍地攻克重特大疑难案件的精神和功绩，而且也按照一号厅长的要求签署文件，号召全省公安机关刑侦部门向咱们学习。这些都不重要，重要的是代省厅宣布一个重要决定，就是要举全省之力、举各警种之力帮助'平原县系列入室抢劫杀人案件专案组'追捕两名部级逃犯，同时按照副省级市标准率先在全省武装地区公安处服务区内各县的技术侦查力量，要求我们要用现代侦查理念、科技侦查思维，给全省刑警带出一个传统侦查方式向现代科技方式转型并与之相结合的模式来，明确告诉我们，省厅党委决定公孙副处长为追逃组长和'侦查模式转型'试点组长，我的发言完了，有关追逃情况的整体布局和具体操作方面，七叔还要跟各个组'单兵教练'式点对点指导。"

"立群最后说的话我今天是第三次听到，虽然听懂了但还是挺费劲。"七叔开始发言。"我想无非是两个方面，一是这次追逃，我们不是孤军作战，全省公安机关目前使用的各种先进装备都配合我们，就像打仗时候步兵后面配备了强大的炮兵一样予以支撑保障，这样胜利把握就大大提高了；二是我们今后破案追逃不但要跟着犯罪形势、犯罪方法走，还要跟着高科技走，用新思路、新方法、新科技武装自己，战胜敌人。但是我还要强调一点，这一点也是我们这些年搞案子的立足之本，那就是记住国际歌里那句话——'从来就没有救世主，也不靠神仙皇帝'，要想取得胜利，全靠我们自己。别认为省厅一支持，新科技手段一上，逃犯就像在照妖镜下边显原形一样，我们就可坐享其成，那是不可能的。再说，逃犯的基本情况、基本信息、基本方向不清楚不明确，再高的科技、再多的警种参战，也是高射炮打蚊子，喊口号抓坏蛋式的一场乱仗。打仗有炮兵固然好，但是大炮不能上刺刀，最后结束战斗的还得靠我们在座的专案组步兵。可能是我岁数大了，看问题落后。刚才赵支队给大家一盆火，我这又给大家浇一盆水，这一热一冷就回到常态上来，扎扎实实把两个逃犯的基础工作做好，再说下话。"七叔历来有话就说，干净利落。从激动、兴奋、憧憬、懵懂到清楚明白。

吴国强转过神来恢复自我，恢复自信，开始发言。"大伙儿听清楚没有，听明白没有，我问的是刚才七叔说的话。"他用自己的语言风格对着还有点呆蒙状态的手下弟兄们说。"说一千道一万，破案追逃还靠干。那些先进的什么思路方法，公处知道掌握就行，我们就听你和七叔的。我就不信，再先进的仪器，我跟我老婆在床上说话有可能听得到，我在我老婆的床上想别的女人它能知道吗？哈哈哈哈！""生产队长"用简单给力的语言把刑警支队长刚刚传达的上级新指示、新要求、新理念化解为零……

255

"公孙局长，省厅内线电话。"内勤石丹阳进来对我说，同时对吴国强再次强调说："省厅要求通话时通信科值机员离台值守，不得巡线，以防泄密。"嗯！大家警惕起来。

就像呼应赵立群支队长传达省厅"适应时代变化，侦查破案要与时俱进，侦查活动要依托高新科技，从传统向现代转型升级"的精神一样，当我拿起刑警队唯一一部红色内部保密电话后："你好，公孙副处长，我是省厅技侦总队副总队长大凡，厅长让我告诉你，昨天晚上17时52分、17时55分有一个北京地区的固定电话往重点对象（彭松林）手机尾号5555打两次，接通时长均为3秒，可以认为是接通即挂断，没进行实际通话。"大凡比较谨慎地说。

"北京地区的电话位置知道吗？"我比较内行地问一句，因为对方是固定电话，他们一定知道。

"应该是北京火车站附近公用电话亭。"大凡打个停顿，还是说出来了。

"你们的看法？"我想与技侦这个神秘部门的专家探讨一下。

"我们的看法是按照领导指示将这个情况告诉你。"大凡职业味十足，拒绝与我交流。

"这些人都是从哪里找到的，怎么都这么谨慎和冷血。"我自言自语，有些无奈。

"怎么回事儿？"我回到专案组，七叔张口就问。

我让王闻将门关上后，将整个通话过程陈述一遍，包括大凡的态度，我没有必要把简单的事情搞复杂了，简单问题复杂化，那是学者、硕士、博士的事儿，而我只是个战士，必须把

256

复杂的事情简单化。

　　大家听完后沉默了几分钟，"公处，你怎么看?"吴国强满怀希望地望着我，七叔眼睛里也露出期待的目光。

　　"这个打电话的主叫方十有八九就是章宏卫，你们看，首先，打电话的目的是为了说话沟通问题，交流信息，这是正常人的思维和行为。那么这两个出自北京车站附近公用电话亭，主叫彭松林的电话连续两次接通就挂断，显然不是正常人的思维和正常人的行为。非正常就是特殊，哪里特殊? 方式特殊，是用这种方式传达某种信息。再就是主被叫双方关系特殊，这就符合彭松林与章宏卫的身份特征，一是他们俩属于俗话讲东北地区人际关系最瓷实的四大铁之一'一起蹲铁窗'的；二是他俩先后离开工厂，大家对他们这段友谊了解不多，或者他们自己认为大家对他们之间关系了解的不多，也就是我们摸底时经常说的隐形密切关系；三是章宏卫回家从我们手里逃出后应该与彭松林见过面，彭给予资助的可能性极大，并且双方分手时应有暗号约定，打电话时什么状态是安全，什么状态是隐患，什么状态是危险，以便对方采取规避性措施，因为彭的这条线是赵立群支队长春节上班后报告上去的，这不很快就有反应了吗，之前咱们没摸出来也没报告上去，自然不知道更多的东西；四是我自己瞎琢磨，大家要认真听认真研究，然后认真评估，看是否有道理。我看彭松林是棵消息树，章利用这条线和这种通联方式测试警方动态和追逃方向。如果我们反应太快，动作太大，盲目触碰彭松林，极容易打草惊蛇，致其迅速逃亡他处。这种状况，应该不是两人商定的，更多应是章宏卫单向设置的效果。对于彭松林来说，在不妨碍自己安全的情况

257

下，找熟人透透风再将某些信息放大化是完全可以做到的，毕竟他在炼油厂工作多年，平原县里也有些酒肉朋友，与章兄弟一场，人家还替他蹲过监狱。当然，这些都没有什么可靠的依据或者说没有依据，完全是凭目前这些碎片化信息分析判断、从过去侦查实践中摸索感悟出来的'侦查假说'。"我讲完了我的一己之见。

"我感觉有些道理，不行就咬紧牙关坚持几天不动，盯住彭松林看是否有新情况新反应，再作处理。另外，省厅技侦盯着他，有消息我们也能第一时间知道。"赵立群率先发言支持。

"我看行。"吴国强也认同。

"就这么办，这也是个没有办法的办法。"七叔赞同。

"光这样被动地等待肯定不行，咱们还得做炼油厂内关于章宏卫和彭松林等关系人的基础工作，我们不能把鸡蛋都放在一个篮子里，一旦判断失误，节点失算，就将前功尽弃，一败涂地。因此，必须开出主辅线和备用线三套方案来工作，不怕一万，就怕万一，过去我们这方面的教训比比皆是，大案当前，不可有半点马虎。"我又不厌其烦地唠叨一遍。

在紧张和期待的过程中度过 5 天，第六天早晨 5 时 30 分，在指挥部一角我的单独房间里，专门安装的内部保密电话嗡嗡响了。省厅技侦副总队长大凡通报："一个小时前，有个自称大伟的男人从河西省吕家口市打电话至彭松林尾号 2222 手机里，说后天早晨到北京，在京城电视塔旁边的宾馆里等候彭松林朋友送钱买车，不见不散。"

另外，省厅已经将这段录音与司法厅监狱管理局保管的每次罪犯集体减刑，当年减刑犯代表之一的章宏卫发言感谢政府的录音比对，确认通话一方也就是固定电话主叫方就是我们追捕的一号对象"一代刀神"章宏卫。

"请你代我向厅长请示，如果我们进京设伏，请省厅与北京市局联系并派有关部门随行支持保障。"我比较谨慎严密地说。

"一定转达到。"大凡放下电话。

"兵贵神速，应该马上组织力量开赴京城，提前踏查现场环境，观察预警哨位，部署两套以上抓捕力量，协调所在地公安机关协助，省厅刑侦、技侦随行保障人员也应同时前往，一起动作，这么大的事儿不打好提前量肯定是不行的。"我边往吴国强办公室走边想。

吴国强的局长办公室在刑警队的三楼，可能考虑专案"前指"在这边，联系工作方便，就暂时没搬到主楼去。这不一大早就灯火通明，人声嘈杂，刑警出身的领导大多如此。

"吴局长，有个事儿我一直没搞明白。"好像是我们地区处新警许其华的声音。

"什么事儿?"吴国强的声音。

"那天公处说……说再坚持几天，今天可能有情况，公处你好!"许其华脸对着门，看见我过来，话题急转弯儿。

"有情况! 通知专案组所有人员一级备勤，请七叔和赵支队马上过来。"我口齿清楚地对吴国强说。

（一一三） 乘胜追击

"什么情况?"七叔奔上二楼，受过伤的腿阻碍了他的行动速度，最后一个到达"前指"却是最先一个发问。

"章宏卫有动静了。"我说。

接着我把省厅技侦大凡通报的情况复述一遍，最后说出了刚才到吴国强办公室前的想法。大家沉默下来，每个人都在对我传达的有限信息进行消化理解，反复评估，不轻易表态。三分钟时间到了，我看一眼吴国强。这三分钟是平原县公安局刑警队思考和汇报问题的时间单位，由七叔那里传下来并形成像内部"程序法"一样的惯例。据七叔说这是在八十八旅接受苏军训练时养成的，刘亚楼当年在东野打仗也要求司令部参谋遵守这个时间，究竟是不是这种情况已无从考究。

"我认为，是章宏卫和彭松林联系约定应该没有问题，至于是什么样的'信号弹'我们现在搞不明白，也不用去搞，反正就两个选项，是或者不是，倒不如就'死马当活马医'干一把，怎么着也有一半胜算，干错了从头再来，不干就不知道对错。"吴国强历来是干字当头，表态也是一屁股坐在鸡蛋壳上——七里喀嚓，从不拖泥带水。

我的目光转向赵立群。"我也同意有所动作，这个信息明确了实质性内容，那就是接头，即使不是接头，也是实质性考察自身安全和警方动向的尝试，双方都想通过这次行动相互确认自己的推测是否真实。我同意公处意见立即做好出行准备，然后起程，边向京城机动，边根据最新信息修改方案。"赵立

260

群比吴国强说得有明显进步。

"我同意!"七叔紧接着表态。

我用目光扫视大家一圈。"既然大家同意,我做一下基本分工:七叔、吴国强局长留在指挥部看家,继续做好炼油厂方向的基础工作,并留下刑警大队四个中队的一半警力做预备队,以策应外线追捕队在松江省内的应急事宜;地区公安处赵立群支队长带许其华马上动身去省公安厅汇报我们的工作方案,争取刑警总队和技侦总队派员携带相关法律手续协调北京市局有关部门配合行动,能今天走的不要等到明天,能赶上飞机就不坐火车,要争分夺秒,赶到京城与当地警方衔接,最好请便衣队协助,做好约定接头地点半径一公里的环境踏查和预警工作;我与王立伟带两个中队分成的 5 个组也尽可能今天赶到,一会儿我再给在北京市局刑警总队调度室的师弟打个电话,在法律手续和内部公函未到达前帮我做点功课,避免到时候'抓瞎'。"我一口气说完,看看大家有什么反应。

"就按照公处说的办,王立伟去把县局办公室主任和管财务保障的副主任叫来,花钱出血的时候到了,要不惜一切代价,'脱裤子当袄'也不能差钱。"吴国强执行命令没有二话。

……

当松江省、地、县三级公安机关组成的庞大追逃小组全员武装到位时,已经是第二天下午四时了。四时一刻,我乘电梯来到奥运村附近最高的建筑物,京城电视塔顶部大约 100 米并且 360 度转动的临时观测点时,我京城的师弟已经将不知从什么地方淘来的美国产、起码有 20 倍焦距的单筒望远镜架起调整好,加之市局配备的 88 式 12 倍和我带去七叔的我们称 62

式"苏八"望远镜，构成了远、中、近距离的监视覆盖网。我趴在单筒望远镜前，一公里范围内的景况尽收眼底，加之缓慢转动的电视塔外装置构成了全方位扫描，作为观测点，真是绝佳之地，京城警方果真高手如林！

但是，夜幕即将降临，夜间接头是最有可能发生的，夜间观察效果也会大打折扣，我边看边琢磨，不由想起这次出差经历的一些坎坷与无奈。昨天省厅的人员指派、公函开具、手续备齐等一系列细致琐碎，在基层公安机关喊一嗓子骂一声人就能解决的问题，在大机关里必须走提请、复核、呈报、批准、开具一系列手续，急得县局的弟兄们躲在走廊一头边抽烟边骂娘，惹得来来往往的机关干部一番白眼和嫌弃。你火上房了，他们还是按部就班，人家有错吗？也没有什么错！着急吗？急死了，但我们急死也没用。

夜幕还是不可阻止地降临了，望远镜里的景物在各种灯光的照射下更加光怪陆离，人影憧憧。白天连路人手中报纸上的题目都一清二楚在眼前，现在连人的面目表情都看不明白，观测点基本失去设计的观察预警功能。京城警方很有经验，在以亚运村为原点，一公里为半径通往周边地区路边旅店、饭店、食品店、书报亭、环卫保洁的清扫工、三轮车夫、出租车司机等社会公众服务业里都多了一些不说东北话的义工，他们好像有意无意地俩人经常往一起凑，闲聊的时间好像是多于本职工作的时间。

七时一刻，三个小时过去了，毫无声息，这应该是正常的。我开始不安起来，第二战场情况如何，怎么一点信息也没有，这个情况，就我与赵立群两人知道。我们在省厅的支持下，刑警总队抽调省会市刑警支队的便衣大队为追捕系列案件部督逃犯章宏卫，专门组建一个围绕彭松林周围人员工作并筛选出重点人的追逃辅线专班。自省厅技侦大凡副总队长第一次通报我们情况后，这条辅线即启动并且卓有成效。据密报，彭松林的保镖兼司机"二胖"今天乘坐 6：40 的火车赶赴京城，正常应该晚 7 时到达，辅线专班认为他极有可能是接头人，故组织四个组从不同站点上车监控，但是至今没有消息……

说曹操，曹操就到。正嘀咕着，"嘟……嘟……"我的手机响了。"公副处长，我是省厅刑警总队一支队长王海峰，我们一行四组八人已经抵达京城火车站，当地刑警总队、技侦总队的同志已经衔接到位，正与我们分别开车和打出租车尾随'目标'交替随行，如果不出意外，一小时内应该到达目标区域。"

"明白，注意别'惊梢'，别'掉梢'，有情况及时报告。"我出了一口长气。"海峰明白。"对方放下电话。

在距市标——京城最高建筑电视塔半公里左右的环岛街心花园东南角上，一个五十多岁带着红底白字袖标"巡查"字样的环卫工人正认真检查着责任区内的卫生与保洁情况，还不时掏出个脏兮兮的小本子写着什么。一个四十岁左右，留着络腮胡子的男子走到跟前，"大爷，我是电视台《话说京城》栏目组的剧务大卫，我们要为下两周'京城美容师'拍档节目，想租借你的服装用一宿，明天早晨上班还给你，你今天晚上的工作我来替你做，避免将来上节目演得不像。""络腮胡子"说得很诚恳。

"巡查"显然有些相信眼前这个电视台的剧务，但是又有

263

些不放心，就操着模仿北京话的外地口音说："您这事儿咱自己做不了主，得跟咱领导说，再说这身衣服和这红袖箍看着不起眼，在咱这块儿金贵着呢，谁往这地界一走，就知道咱负责，弄坏或弄丢咱负不起责任。"

"络腮胡子"马上满脸堆笑："大爷，我们是国家电视台，公家办事差不了，这么晚我们到哪里去找你们领导，您就是领导。这样，公家租赁服装不满一天按照一天算50元，我把夜餐费和加班费都算上，给您100元，您怕丢，我再出200元抵押费，明天早晨衣服不放在你指定的地点，300元都归您了，行不？"说着掏出一打百元现钞，数出三张递给"巡查"。

"怎么就您一个人？"大爷无意问一句。

"他们都在吃晚餐，我是剧务管这些乱七八糟的事儿，就先跑来'踩踩点'，怕一会儿您走了，服装都没地儿借。""络腮胡子"说小话说得很顺。

"好吧，我半夜12点下班，这个广场卫生保洁合不合格都归我管，衣服用完放在西北角报刊饮料亭里边，红袖箍要保管好，超过明天中午12点您不来取押金就没收了。"巡查员把自己的时间、职权、范围和约定说完后心满意足地走了。

10分钟后，一个身材魁梧、满脸胡须，行动有些迟缓的"巡查员"在广场周边兢兢业业地履行自己的职责，不但是检查卫生保洁，周边书报饮料亭、小饭店、出租车司机定点饭店门口扔的垃圾杂物也被他拾起放进街边的垃圾桶里。经过两轮广场周边检查巡视后，他发现西北角报刊饮料亭生意红火且有大批过往人员在此逗留，也凑过去"检查"。

"队长，不是说明天早晨有事吗，让咱们来这么早嘎哈？"

一句地道的东北松江话，引起了他的警觉。

"你知道啥，那小子非常狡猾，公处怕他提前'踩点'，才让咱们到位预警。你别老造烤火腿肠了，拿瓶热饮边吃边周边转转，没事儿别说话，这么年轻说话就一口大碴子味儿。"三十多岁的队长在教训年轻人。

五米外，"巡查员"背对着讲话者的身子仿佛一震，慢慢弯下腰，顺便捡起跟前地上的一块垃圾，行动迟缓地向街边垃圾桶走去，消失在灯光斑驳的街头……

辅线专班跟踪的"二胖"倒是单刀直入，从火车站打车直接入住电视台附近的"视角宾馆"单人间里，一夜无声。

早晨七时，太阳升起来了，高倍望远镜将观测范围内的景物一览无余，技侦总队随行侦查员密拍"二胖"的照片和章宏卫一年前的最新照片摆在瞭望哨前面的木板上，供侦查员识别。

"二号目标出现。"观察哨报告。

"适度跟踪。"对讲机里京腔十足的指令声。京城公安外线侦查员已经到位并已进入状态。

"告诉我们的人退出跟踪，就地警戒待命。"我对赵立群说。

"目标向亚运村方向移动，完毕！"电台报告。

"明白，继续，完毕！"指挥长答复。

"目标临近亚运村门口，目标停滞不前。"京城同行的电台里，京腔京味的通话声清晰洪亮，不能不佩服人家的业务素养和指令规范。

"目标原地不动，完毕！"电台继续报告。

265

"继续，完毕！"回答。

"目标看表后折返，完毕！"有新动向。

"记住时间，继续，完毕！"回答。"目标回到'视角宾馆'。""目标走出视角宾馆。""目标坐上出租车，目标车驶向火车站方向。目标购买一张中午 12 时 30 分京城去松江省城的快车票。""明白。继续，完毕！"

一问一答的电台对话把二号目标"二胖"情况反映得清清楚楚，被作战参谋出身的赵立群在民用城市地图上迅速标出一个类似饭勺子形的运行轨迹。

"什么情况？"刑警总队一支队长王海峰问。

"二号目标有回归迹象。"赵立群在手机中简短回答。

"告诉辅线跟踪启动，与北京市局交接。"我头也不回地在望远镜前与赵立群说。

十分钟后，电台里再次响起此次行动指挥长的声音："以火车站前哨为基准，依次交接撤线收队。重复，以火车站前哨为基准，依次交接撤线收队，完毕！"我的指令正得到执行。

"'二胖'是来探哨还是未接上头或者临时改变接头地点？"我一遍遍追问自己。

一次次回顾检讨从昨天到岗就位后的所有侦查活动瑕疵。对，二胖进入房间后没出来，但是，房间内线电话我们做了手脚，手机也在监控之内，据随踪京城便衣反映，房间不是预定而是酒店随机选的，这一切应该没有大的遗漏。那么，没有外部信息干预，转一圈就走说明一是没有接上头，二是事先有时间地点约定，否则不会这么果断地买票返程。对对！他走后房间还没有搜查。

266

"立群，你和王立伟带人把'二胖'住过的房间仔仔细细再详细检查一遍，趁着上午各个房间打扫之前完成，一个纸片也不能放过。"我头也没回地交代任务，这种细活只有自己亲自干或自己信得过的人去干才放心。

……

"哪里出问题了呢？"在返回松江省城的绿皮夜间火车上，我们一伙无精打采的兄弟伴随着"咣当咣当"车轮撞击铁轨间隙的单调声昏昏欲睡，想着各自的心事。我想这个问题不下几十遍了。

"我们上当了，还是动作太大、人员太多？某个环节出问题了？还是压根就没来接头，只不过放出一个探测气球检验警方的追逃方向？'一代刀神'只是擅长杀人越货，这么周密深远的安排他能想得到吗？应该不会。但是，到底哪里出了问题呢？"我的思维又回到了原点。

……

"果然是这里出了问题。"在京郊农村一处蔬菜大棚一角的空房子里，"络腮胡子"吃着刚刚从村里小卖店偷出来一大堆食品中的饼干鱼罐头，不时仰脖灌一口"二锅头"，也在一遍遍琢磨昨天晚上在广场书报饮料亭边听到的情况。

"警察果然摸到了彭松林这根线，并顺线知情来京城埋伏抓人，那就说明不是彭松林被抓把我撂了，就是警察掌握了彭松林并把他当做鱼饵来钓我这条大鱼，总之，警察是摸对了方向，顺着这条线追过来的，要不是阴差阳错碰上那两个多嘴的便衣，我现在恐怕牢饭都吃两顿了。"

"络腮胡子"有些后怕，又抓起瓶子喝下两大口白酒。类似东北小烧的"二锅头"下去半瓶后，"络腮胡子"借着几米外塑料大棚顶上昏暗的灯光，考虑自己下一步逃亡之路了……

京城的无功而返，证明我们的行动暴露了，究竟是哪个环节出了问题，由于参战单位和人员众多，一时还理不清头绪，大家出发前高涨热烈的情绪受到很大影响，我们向公安处党组承诺的一个月把人抓回来的时限眼看过半，我和吴国强都有些着急。这两天，我几乎天天泡在指挥部里，家都懒得回，就怕伊戈尔问我人抓到没有，多少体会到点古代文人墨客"近乡（家）情更怯"的滋味了。

"小子，你今天跟我回家，我这两天快有家不敢回了，一进门全家四口人几乎异口同声问我要人，要不是我拉着脸吓唬他们，恐怕伊戈尔就得找到单位来。"七叔从炼油厂回来进屋就说这番话。

我张张嘴刚要辩解，脚被吴国强踩了一下，立马就闭上了嘴。七叔后面跟着的王闻冲着吴国强诡异地一笑，我知道可能有情况。

"一会下班就回家，斯琴什么时候走？"我突然想起来前几天地区行署人事处调配科来电话，让斯琴有时间跟他们去趟南方开发区，办有关工作调转手续事宜，毕竟斯琴在那边工作生活很长时间，人脉很好，能少跑些冤枉路，提高工作效率。苏医生跟我说，她想请假跟斯琴一块去，避免师姐有时候情绪化把事儿办砸了。这两天让追捕章宏卫的事儿闹得没顾得上问，真有点对不住家人。

"你回去给她们安排部署一下，这些烦心的事儿你不要问我。"七叔还不高兴了。

268

"好好好!" 我忙不迭地应承下来，转过身去，眼睛余光看见吴国强正在对七叔伸大拇指。

"什么情况?" 我在原来转体90度的基础上再加90度，一个向后转与王闻副大队长打个照面，动作之快，连他们夹眼睛示意的动作都没做完就被我抓了个现行。

"公处，你回家安排七叔交给你的任务，这里我们商量一个大概方案，明天再向你汇报。" 吴国强笑嘻嘻地往门外推我。

"我靠! 跟我还保密!" 我差点没说出来。

（一一四）不速之客

在漠北省漠东北地区蒙古族自治县一个靠近边境的放牧点，时间是农历正月二十三的晚上。二月漠东北草原的深夜，万籁俱寂。翁根其其格（丽英）听着身边小孩均匀的呼吸声和丈夫不时响起的轻微鼾声，久久不能入睡。这种静谧，不仅让人有一种世界静止的感觉，还隐隐有一种说不清楚的恐惧。窸窸窣窣……什么声音? 翁根其其格在黑暗中打个激灵，片刻，她回过神来，声音来自仅一壁（草席做成）之隔北屋客人的翻身声，这神经衰弱般的一惊一乍从客人到来不久就产生了，现在更加难以入眠。

住在北屋的客人是丈夫离婚的妹夫，或者说是自己小姑子的初恋，已经五六年没有音信了，前天突然找到远在三十公里六十华里外镇上的公公家里欲与小姑子破镜重圆，而且进屋就长跪不起，声称自己被骗倾家荡产走投无路。丈夫的妹妹五年

269

前因其男人（或叫同居男友更准确些）伤人入狱，带着刚过百天的孩子回到娘家艰苦度日，熬到快三年也就是两年前去探监，丈夫却坚决要与之分手，理由是一个叫尹立红的女子能把他办出去并与她结婚，小姑子苦劝无效，万念俱灰，回来不到一个月，就带着女儿嫁给本乡一个老实本分、腿有点瘸的牧民。这次监狱出来的"前姑爷"突然上门要人，吓得公公和小叔子连夜将其送到这个草原深处冬季转场放牧点，让他们接收安顿下来再说。但是客人这几天除了偶尔上厕所出去溜达一圈外，始终没有走的意思。翁根其其格注意到每逢放牧点有人来送日常生活用品和邻近放牧点人来时，他都能找借口快速离开，平时那双忧郁眼神不时发出的冷光让人感到莫名的恐惧。不行！明天说什么也要跟丈夫说给他找个雇主让他离开这里，哪怕是自家贴点钱也行……这个三十多岁的牧民媳妇如是想。

"这个放牧点似乎也不是久留之地，'原大舅嫂'明显露出警惕与嫌弃之意，'原大舅哥'虽然嘴上不直接说，但是举止行为也没有把自己当成亲戚对待，这两天说话十分客套亲切，老是给自己做好吃的。但是一听就是打发过客，催人启程的话。"越是这样，他越想见到自己的无证妻子——当年被炼油厂员工称为草原夜莺的白银花，还有自己没见过面的女儿。隔壁"络腮胡子"也没睡着，正在自我回忆、评估、思索谋划中。

当年从平原县城下乡农村的知识青年，县机械修理厂钳工的后代章宏卫被招工到国有企业平原炼油厂时，由于有一股"文革"后期社会上那种"大侠"式的仗义性格和能办事儿的特长，很受姑娘们的喜欢和基层领导的赏识。半年后就被推荐去驾校学习开车，一年后回厂被分到安装公司，开上了当时分厂车间领导专用的日本五十铃双排座的半截皮卡车，当上了"准专车"司机。后来领导调任厂电视台当书记，他就跟着到电视台当专车司机。在这里，他认识了气化车间同是下乡知青招工上来的文艺骨干白银花，他喜欢听白银花的歌声，白银花喜欢他仗剑行侠的风格和右手开车左手夹烟滔滔不绝的神侃"雄姿"，两个人很快搞到一起，如胶似漆，惊世骇俗地宣布"试婚"一年，要不是跟彭永林"一战出名"锒铛入狱，也可能混出个厂里不错的前程……

"如果没有彭松林当年把他铁杆哥们儿、平原炼油厂劳动服公司经理尹立贵的妹妹尹立红强行'介绍'给自己，答应出狱后可以重返炼油厂，去'劳服'就业，认了这个母夜叉，再坚持一年半载出狱就和银花娘俩团聚了……"

看来覆水难收，要不干脆就把"前大舅哥"他们一家三口"做掉"，再远走高飞？似乎也不行，一个是他家很穷，做完得不到逃跑需要的大额经费，因为自己以"前姑爷"章宏卫的真实身份出现在这里的，当地警察会第一时间与松江平原警察联系，给追捕者一个更加明确的方向与参照。另一个是近期必须干一次大活，搞一大笔钱用来逃亡，甚至一年半载不再作案也可以维持正常人的生活水准。不能再等了，明天就找借口、找机会去一趟镇子里踩一下点，看看有没有大活可做。京城遇险也实在没办法才投靠这里，谁想到穷乡僻壤还人心有变。但是偏僻也有偏僻的好处，如果目标选准，有机会干一票脱身应该没有问题。"络腮胡子"还在纠结中。

……早晨上班前，我给即将出发的两位女将联系家庭

"公出"事宜。

"小师兄，你师姐这件事还有劳你大处长亲自打电话，安排你家嫂夫人陪伴吗，很小很小的事情啦！"电话那头，南方开发区管委会副主任，已经是副局级干部，我的同学加室友"小安徽"港腔粤调地跟我说。

"你少扯淡，这件事情办不好，这拨人招待不周，我就亲自杀上门去砸你的锅，开你的车，让你总跟我们贫下中农炫富。"我发狠似地开着玩笑调侃他。

"OK！OK！你还是别来了，东三省的人一来，我就头疼，供你们吃饭喝酒没问题，就是说话太冲，拜拜！"这小子是不想再聊下去了。

"公孙，你不去啊？"斯琴回东北待这一年，对南方开发区和前夫似乎有些怯意。

"你让我去我就去。"这个时候我必须一往无前。

"小公不能去！"七叔不知道什么时候从局里回来的，随后插上一句。

"为什么？他必须去！"斯琴任性。

"他有更重要的事儿，是公事儿。"七叔没有像过去那样横眉立目地对待师姐。

"我的孩子，为什么非要阿廖沙跟你们一起去？"七婶也过来问师姐。

"我想让阿廖沙打那个浪荡公子和背信弃义的家伙一顿，起码让他一周下不了床。"

"这句话好像是我说的，但是又好像不是当她面说的。对！对！这是那年斯琴两口子来平原县送'皇冠'时，那个

272

浪荡公子称七叔七婶一口一个'老两口'，我听着特别刺耳，他们走后气愤难当，跟苏丽梅说的。"我心里嘀咕。

应该是这段时间苏医生为缓解斯琴的焦虑情绪，把这么隐秘的话也泄露给她了，看来，家庭的"政委"还是不靠谱的。

"师姐，我就等你一句话，随时听从你召唤。"我像士兵一样表决心。

"算了吧，你少跟她们掺和，跟我到西屋来。"七叔叫我。

"孩子，你不要再任性了。"七婶似乎不放心。

"哈哈哈……"斯琴突然大笑，"老妈，你当真了？我就是喜欢看阿廖沙爱憎分明、嫉恶如仇的态度和为我奋不顾身、不计后果的样子，哪个女人不希望英雄救美呢?!"当然后面的话是用俄语说的，因为苏医生已经开门进来了。

"章宏卫新的落脚点查到了。"七叔随手关上西屋门就说。

"哦，动作够快的。"我说。

"无巧不成书，章宏卫到他'前岳父家'的第二天，原来与他老婆白银花一个车间，这些年一直与之有联系的女同志就接到白银花一个电话，问章宏卫如何被骗的事儿，这个女同志不但有觉悟，而且很有头脑，就讲听说有这事，再给打听打听搪塞过去，随之马上跟公安处长报告了。"七叔这次语速很快，个别的单词是俄语，我竟然都听懂了。

"马上走，我需要看一下地图。"我有些迫不及待。

"我都带着呢！"七叔拍着他的苏军地图包。

"人员、法律文书、车辆装备、枪支弹药，还有……"

"住口！我他妈的是新兵吗?"七叔终于忍不住开口骂人了。

273

"是！是！一高兴就糊涂了。"我马上检讨。

"走！"七叔大吼一声。

门被轻轻推开，"公公，公孙又惹你生气了？"苏医生小心翼翼地问。

"没有！"七叔头也不抬地出去了。

"我跟'小安徽'都说好了，到南方找他就行，保证一个工作日全部办结。"剩下的就是和地区人事局的同志逛街了，但是中英一条街不能去，钱都由师姐出，我笑嘻嘻地说完追七叔去了，扔下一家人在那里目瞪口呆。

七叔家门前 100 米处，两辆丰田吉普车打着火在等我们。"地点？"我上车就问。

"漠北省漠东北地区蒙古族自治县一个靠近边境的'韭菜坨子'放牧点。"县局刑警大队副大队长王闻回答。

"距离？""可通行道路 1127.6 公里，大部分是二级公路，有不到 400 公里的一级公路，不到 100 公里的草原土路。"赵立群回答。

"联系人？"我追问。

"章宏卫原小舅子白银柱，电话尾号 9382，半小时前还通过话。"还是王闻回答。

"跟漠北省厅联系没有？"我问赵立群。

"我没让他联系，章宏卫是公安部通缉的要犯，身背九条人命，血债累累，一旦动作不当惊动这厮，他会大开杀戒，还是我们到以后再跟基层公安局刑警大队联系把握些，反正蒙语我都懂，也不怕当地糊弄咱们。"七叔接话。

"向高处长汇报，请他设法搞两副漠北省漠东北地区蒙古族自治县的车辆号牌，让技术科的老邓亲自携带，明天早晨七点钟前赶到这条公路的两省交界处交给我们。"我对赵立群说。

"明白！"支队长答应。

"为什么你不直接给老高打电话？"七叔提示。

"这伙计跟我一样，一高兴好较劲，再让我自己想办法。我哪有他力度大，下面人打电话，他就不能推辞了，顶多回去时说我功高盖主，有点装屄云云。"我说出理由。

"嗯！有点狡猾。"七叔笑了。

"高处长能搞到吗？"王闻有些担心。"那是他的事儿，否则他怎么从县局刑警队长混到现在的。"我没有当面直接打击老高这个可爱上司的机会，借此"搞"他一下。

"轮流开车，注意加油站，逢站必加油，加油加到满，歇人不歇车，按照平均时速 65 公里开进，明天下午 1 点前必须赶到当地，一台车联系县局，一台车拉上联系人围住放牧点独立房屋，设法将放牧点其他人剥离出来是上策，赵支队和王副大队长全程负责。"我好像自言自语，但声音清晰，指令清楚。

"还有吗，公副处长？"赵立群问。

"还有就是你们俩上后面那辆车上去指手画脚，天亮前回来，我和七叔要睡一觉。"说完我闭上眼睛。

"小子，追逃主要是信息和速度，还有做好伪装隐蔽接近敌人的办法，这些你都掌握得很好。"七叔到这时才说一句话并且是肯定的。

"这些都是跟你学的，虽然你做的时候没这样跟我们讲。"

我由衷表态。

"斯琴工作关系的事儿没问题，我已经跟我同学'小安徽'打过电话了，南方开发区所有的事儿他负责。"我安慰七叔。

"大事儿当前，私人的事儿再大也是小事儿，你不要分散精力。"七叔历来公私分明。

"只要信息准确，就是猫玩老鼠，抓人和抓猪没啥大区别。"我有些久经沙场老兵的自信。

"不能大意，我让前车王立伟他们带支'五·六式'半自动步枪，刚才在县局院子里我临时校一下，还可以。亮天后找个地方你再校校，以防万一。"七叔叮嘱。

"是！不到万不得已还是生擒，这样审理时证据链条完整，让更多的人看到他死有余辜。"我一想起章宏卫杀那么多人就有给他一枪爆头的冲动，但是多年的刑警生涯、副处长的职位都提醒和控制我只能这样想，不能这样做。

……"大哥，今天我想到镇上看看有没有需要打零工的，这次回来银花也不见我，可以理解，毕竟我伤害她们娘俩挺深的，得有个时间让她们接受，我也想通过自己劳动致富活出个人样来给大家看看，但是不知道这里通常打什么工挣钱多，吃苦受累我不怕，就怕挣钱少养活不了一家人，能不能有打两份工的地方，比方说白天给人家干活，晚上给人家打更，这样还解决了吃住问题，对主雇双方都有好处。"在新的一天早饭时间里，"络腮胡子"章宏卫拿出当年厂电视台司机兼剧务会唠嗑的看家本领，跟"原大舅哥"白金柱说。

"听说镇上汉人王老三家的粮米加工厂需要人手，他家可是这儿百八十里的加工大户，常年雇佣十几个人，在镇信用社都有专门账户，年前每天都有三四个人护着钱去信用社存，就是不知道人家用不用。"翁根其其格听说"前妹夫"要走，极力推荐。

"那一会儿吃完饭我用摩托车把你带到镇上试试吧。"白金柱瓮声瓮气地说。

"你把我放到镇子上就妥，明天下午接我就行，正好也试试我的应招应聘实力，如果不行，我再想其他办法。"章宏卫擦掉嘴边胡子上的饭粒，极其诚恳地说。

乌达镇是这个蒙古族自治县的第二大镇，有三万多人口，是附近百八十里农牧商品的集散地，虽然没有县城繁华，但就草原深处来说也是够热闹的了。白金柱骑着幸福摩托车将章宏卫扔到镇西头"王老三家粮米加工厂"门前，就到父亲家去了，他怕这个"前妹夫"找不到工作再来父亲家纠缠不休，也趁机与家人商讨点对策。

上午八时十五分，位于镇中心的信用社打开闸板开门准备营业，不到五分钟，一台面包车和一台北京吉普车停在信用社门前，吉普车上走下两个手持冲锋枪的人站在面包车两侧，面包车上又下来两个人把一个比较重的白色帆布袋子拽到地下，与信用社里出来的两个人一道，将袋子抬进信用社屋内，少倾，两台车离去。在信用社不远的拐角处，一双狼一样阴冷的眼睛把这一切看得清清楚楚。

中午时分，距街心信用社不足三百米的小饭馆里走进一个穿一身黑色工装的信用社员工，进屋就喊："老板娘，饭好了没有啊？"

"五份都装好了。"一个四十多岁胖乎乎的中年妇女应答。

"再加两份,今天来两个县农行检查工作的人,下午的班车走。"黑衣员工说。饭店一角,一双阴森森的狼眼往这边瞟了两下。

下午四时,早晨那两台吉普和面包车如是返回,将一袋子沉重的东西拉上面包车扬长而去。

……一夜奔波,天亮时如约换上老邓送来的漠北省漠东北地区蒙古族自治县的车辆号牌。汽车快速行驶在沙漠公路上,在广袤无垠的戈壁滩上,黄沙滚滚,坦荡如砥,一两个小时看不到一辆车。大学生许其华诗兴大发,反反复复用"雄伟""壮观"一类的形容词来修饰自己华丽幼稚的诗篇。随着车辆的快速前进,你会发现周围全是漫无边际的沙漠,有一种沙海泛舟的感觉。

作战参谋出身的刑警支队长赵立群拿过七叔的军用地图和指北针一遍遍地校正方向,仿佛患上了"沙漠迷航症"。我出发之前让大家见加油站加满油和准备野战随行汽油桶发挥了作用。这种大漠行车,如果没有充足的水、油料和携行的武器,很容易让人产生一种难以言表的不良感觉,是"压抑"还是"恐惧",不身临其境,恐怕谁也说不清楚。

下午一时,我们两辆当地号牌的大吉普相隔十五分钟进入乌达镇,分别停靠在农牧产品市场和牲畜交易市场附近的胡同里,赵立群和王闻带领侦查员分别下车混迹于市井街面人群中,半小时后,他们俩和七叔一起走进了市场旁边的镇公安派出所……

太阳已经在天边下沉,翁根其其格刚将最后两只掉队的羊

278

赶进圈里，邻近放牧点的乌云姐就骑着马带着两个骑马男子来到跟前。"其其格，你看看你家羊圈里有没有多出的羊，我家的羊少了五只。"

乌云离老远就用汉语喊话，"你家羊不见了为什么非得到我家来找？"其其格听着有些不高兴。

"你来数数好了。"她也大声用汉语回答。

说话间三人翻身下马站在翁根其其格面前。

"这两位是县公安局的同志，要跟你谈谈，请进羊圈装作清点羊只数目。"乌云下马走进其其格身边用蒙语说……

"五个人，一个人、两个人……一支手枪，五发子弹；平均每人一发子弹，必须确保前两个人一枪一个或死或伤，才能产生最大的震慑效果，致其他人不敢乱说乱动。否则一旦动起手来，1∶5的绝对劣势很难胜出，搞不好命就撂倒这里。""络腮胡子"章宏卫此时坐在"原大舅哥"白金柱摩托车后座上，从镇里返回放牧点途中边走边想。

"只要打倒两个，一定没人敢动，一支冒烟的枪口足以控制局面。"他下意识地摸一下后腰上别着从中越边境市场上花一万元高价买回的走私勃朗宁手枪。另外，还有一把锋利的匕首久经沙场，多次见识血光，没有问题。"无论如何，'大舅哥'一家三口必须死而且是在明天天亮前，因为让人永远不再说话是保证自己活命的需要。另外，'大舅哥'的衣服装饰及摩托车也是明天做大活必不可少的行头和工具。明天八点半到九点半，择机突袭镇信用社，以少胜多，骑摩托车逃离现场，然后远走高飞……"

（一一五）刀枪相见

摩托车在原生态草原小路上高速疾行，不到三十分钟就出现在夜色苍茫的韭菜坨子放牧点附近。

"注意，目标出现。"赵立群在临时组网的350兆电台里用单频道提示。按照两地警方踏查完现场拟定的抓捕方案，蒙古族自治县警方负责屋内，松北警方负责屋外，为保证生擒逃犯和避免误伤，屋内屋外不交叉使用火力和警力，松北警方指挥员是赵立群支队长，联络员是七叔。自治县警方指挥员是该局分管刑侦的副局长，联络员是镇派出所所长，使用语言是蒙语，这能有效避免行动开始后章宏卫听懂协同口令而采取应对动作。

我和七叔、王闻躲在房子前边左侧羊草垛的后边，用半自动步枪封锁房屋前门窗和西大墙上开设的西窗户，防止章宏卫在非准入条件下闯进屋内，并以此为支撑点狙击房东大墙45度角以外100米之内开阔地出现的逃犯。死命令，没有各自指挥员的命令并经联络员协同，任何人不准越界，更不准离开岗位掩体，对象逃跑也不许追赶，以免阻挡狙击手射击视线。冥冥之中，我仿佛回到了当年参加工作不久王爷府民兵武器库被盗，雪夜伏击那场涉枪战斗中。

摩托车在放牧点用简易木杆拦起来的"大门"外停下，没有熄火，驾车人也没动，乘车人下来移开类似今天小区升降栏杆的细木杆，车子过后又恢复原状，最后摩托车停在亮着电灯的窗户前熄火。

"大哥，我去趟茅房。"章宏卫透过窗户看见"原大舅嫂"翁根其其格像往常一样自己抱着孩子坐在炕上，就转身向后面的羊圈走去。

白金柱开门进屋，室内立即传出一声短促轻微的惊叫声。我长长地吐出一口气，心放了下来。这次章宏卫插翅难逃，没有群众在身边或者说他抓不到人质，剩下的就是猫鼠游戏，我把半自动步枪放在面前的羊草堆上轻松地想。

"站住！举起手来！"房屋东北角羊圈方向突然传来声音不高但是震慑力十足的喝令声，随即两只交叉的手电筒强光将这个独立房屋的东大墙根一带照得雪亮。"都别动！"这是七叔的声音。

我无声地打开半自动步枪保险，右腮紧贴枪托，枪托抵住肩窝，做好射击准备，开始履行狙击手职责。听声音，看情形，今天基本用不上枪，但是，可能用不上也得按用得上准备。可能是行动前命令下达得太严格僵化，也可能是赵支队第一次指挥抓捕持枪杀人犯缺乏经验，在章宏卫举着双手的时候没有下令。

我发现东山墙靠前墙东南角转弯处一只脚后跟朝前的鞋子和半截小腿在手电筒余光下探了出来，立即压低枪口，"砰"一声清脆的枪响，冻土雪沫四起，那只后鞋根底下立即出现一个小碗口大的坑，大家一愣，那个人顺着墙软绵绵躺坐下来。

"上！从侧面！"我大喝一声。

当络腮胡子章宏卫手伸后腰还没抽出枪时，王立伟的三节手电筒和与之并列、张着机头的"五·四"枪口在三米外居高临下指着他的脑袋："动就打死你！"声音短促威严，极具

281

杀伤力。

后面上来的王闻、许其华扑上去三下五除二解除了他的武装，一把银色的"勃朗宁"手枪，子弹已经上膛，杀过九人的匕首尚在套中……

"出来吧，人已经控制住了。"七叔用蒙语向屋子里的人喊道。当自治县公安局同行和白金柱夫妻出来时，络腮胡子章宏卫已经被白色的尼龙警绳规范地捆绑成押解模式，加上背锁的手铐，脚踝上的轻型铁镣（跑镣），标配的杀人重犯打扮。

"呜！动作这么干净利落，快赶上变戏法了。"自治县同行们不禁啧啧称叹。

"刚才我们在屋里听到打一枪，伤着人没有？"县局分管刑侦的副局长关心地问。

"哎哟喂！我的脚踝骨断了。"章宏卫不愧在电视台干过，看样学样演技不错。

"你想多了，我那枪打的是你脚后跟鞋下面 2 公分处，那个坑就是，如果错了你打我一枪。"我指着地下一步以外不规则圆形凹陷处说。

"立伟，把毛巾割成条，把他跑镣缠上，避免磨坏脚踝骨，这个战利品要保护好。"我心情大好，优待俘虏的政策自然要落实到位。

许其华刚要抽出缴获的锋利匕首帮忙，就被王闻使劲地拽一下袖口作罢（匕首回去还要检验）。

"押到车上去！"赵立群抽出一把警用匕首帮忙。

"七叔，向高处长报告，公安部督捕逃犯章宏卫在漠东北地区蒙古族自治县公安局的全力支持配合下抓捕到位，双方均无伤亡，缴获制式'勃朗宁'手枪一支，配套制式子弹5发，匕首一把。"

"这？"七叔犹豫一下。

"你是省厅刑侦专家，又是代表专案组立下的军令状，到今天正好提前十天完成任务，您报告正合适。"我在外省外地同行面前自然要把师傅放在前面。

"好！"七叔和赵立群进屋打电话去了。

"犯罪嫌疑人我们准备送到自治县公安局看守所羁押，需要进行采取强制措施后的第一次审讯，相关人员还要取证，他带来的物品还要做提取扣押手续，大家也需要休息一下恢复体力。更重要的是我要面见局长政委，汇报自治县公安局的同志们无私无畏配合我们抓捕部督逃犯的整体情况，征求回去发函为局所两级参战人员请功的意见，定制两面锦旗回馈两个单位，不知这样做合不合适？"我看着淳朴的自治县公安局副局长说。

"合适合适，领导正好给我们一次学习和服务的机会。"一番话说得自治县公安局的同志们喜笑颜开。

"报告公副处长，高处长先代表公安处党组提出口头表扬，公函电报和请功意见由你代表处里拟稿，今晚发回，争取明天上午松江省厅、松北地区公安处的明传电报就能发到漠北省厅和漠东北地区行署公安处。另外，高处长还说……"赵立群支队长突然急刹车。

"说什么？"我问。

"他说你写这样的材料像搞案子一样在行。"赵立群有点搞不明白这句话的含义。

"明白！按照高处长的意见办。"说完这句话我真的感到很疲劳了。

　　"来来来！公副处长、赵支队长、王大队长及各位兄弟，你们破了大案，今天又在我们这里抓获了部督逃犯，是国家和人民的功臣，我们协助你们抓捕成功，是咱们兄弟的缘分。按照我们漠东北蒙古族自治县的民俗'三杯美酒敬亲人'，还有我们蒙古族欢迎尊贵客人的下马酒三杯，明天领导和弟兄们还要返程，上马酒还要敬三杯，这三三见九，九杯美酒汇成我们的友谊天长地久，57度白酒检验我们战斗的情谊高度纯真，一饮而尽象征着我们漠东北地区蒙古族自治县和松北地区平原县类似今天的警务合作，特别是刑侦协作义无反顾，最后，我特别提议，祝福我们的老革命老专家，我们蒙古族和刑警的双重骄傲，七叔他老人家健康长寿，多培养出像公孙副处长这样文武双全的警界精英，没有意见的，干杯！我先打个样儿给大家看看！"自治县副县长兼公安局长发表一番慷慨激昂言过其实的祝酒词后，举杯仰脖将一大玻璃杯足足有三两的本地57度"蒙古白酒"喝下去了，不但表情愉悦幸福，口型也相当不错。

　　这一招，主人只有善意没有恶意，长期工作生活在蒙汉杂居蒙古族群众居多地区的我，深谙此道。但是对一般客人来说，极具震撼力。大家看着我，尤其是我带来的这拨人，此时，行动就是最好的诠释。

　　我站起来，按照副县长兼局长同志的制式程序将九小杯汇成一大杯，端起来："感谢漠东北地区蒙古族自治县的领导和同志们的真诚帮助，感谢机会与缘分让我们相遇相识，完成这

284

么重大而艰巨的任务。我有幸遇到一个蒙古族师傅，还有我师傅给我起的一个蒙古族名字'喝了吐'。"我正经话和调侃话掺和在一起说，以此来调节一下气氛。

"但是，我刚才摸过裤裆，知道我还是男人，男人面前有艰险，顶天立地不认怂。"一仰脖，一杯白酒咕咚咕咚倒进喉咙，亮出杯底给大家看。

"好！好！"漠东北地区自治县的同行拍手点赞。他们不知道，我喝醉一次酒，至少得恢复半个月，尤其是醉后前几天，数数都不愿意数九，但是人在江湖，身不由己。

记得没结婚前的 1983 年"严打"时，为了获取一个重要犯罪团伙主犯逃跑的准确信息，我曾经和一个村的支部书记两人喝一瓶"草原白酒"，这位后来成为我一辈子朋友的农村基层干部，就欣赏我为了工作能拼命、敢拼命的精神。后来听背我回来的徐二跟预审科的人拼酒时说："刑警大队就是强，秀才喝酒也疯狂。"

这不，两大杯六两酒下肚，胃部立刻翻江倒海，眼前模糊起来，七叔说什么已经况如梦幻，隐隐约约，终于在类似厕所的地方狂喷而出。当我在一干人等搀扶陪伴下重返酒桌时，上来的冷品热菜原封未动，一半以上的人都在桌子下面……

这一顿大酒喝得天翻地覆，刻骨铭心。第二天早晨，当地的蒙古族同志给我们倒上了滚烫的浓浓的奶茶，双方包括七叔在内几个坚持到最后的"战士"开始给我们还原"断片儿"情节。自治县公安局刑警队长是民兵骑兵连长出身，用酒劲没过、略显生硬的汉话归纳大家昨天酒桌上总结的，要求平原和自治县两县刑侦协作双方共同遵守的条款："天下刑警左右手，我工作，你喝酒，抓住逃犯你带走，送到边界挥挥手。"一口奶茶下去意犹未尽，补上一句"谁不这样是小狗！"

屠杀九人，被同伙称为"一代刀神"的章宏卫被短期内抓获的消息再次席卷平原县并波及松北地区，地委行署领导都第一时间作出重要批示，责成有关部门大力宣传公安机关为民除害的事迹和党委政府关注民生、社会安定促进地域经济发展的要求。省公安厅长也直接打电话要求地区公安处一号首长高处长出头露面，接受省级电台、电视台的访谈。

当我们车队第二天傍晚距离平原县城还有5公里，即将到达收费站的时候，就见远方彩旗飘飘，鲜花挥舞，刘书记、高处长、吴国强一干人等都在等待迎接追捕组凯旋。

"王立伟、王闻、许其华。"我下令停车叫住这三个人。

"你们三个从现在起，天塌下来、地球爆炸也不用管，就给我看住章宏卫，没有我的命令，任何人不得靠近一米之内，现在听口令：立正，向后转，目标，押解车，任务，再次检查戒具、绑绳、脚镣情况，并负责一直押送到看守所，办完入所手续后归队，一会儿有武警协助。"

"是！"三人异口同声。

"这次就别像上次抓到季雪峰那样正式表现了。"我心里想。我们离欢迎人群十五米左右停车，由七叔代表追捕小组走到二位领导面前立正敬礼。

"报告二位首长，平原县系列入室抢劫杀人案主犯章宏卫被地县公安机关专案组追捕归案，准备按照规定押送看守所，请领导指示。专案顾问巴图·巴雅尔。"七叔声音洪亮，敬礼标准，报告简洁规范。

286

"老巴，你折煞我们了，辛苦辛苦!"高处长非常热情地握住七叔的手，看样子心情非常好。

"巴队长，这回算正式破案了吧?"刘书记是县里的老资格领导，一直以来就是七叔的上级，见面不用客气，直接捡最要害的问。

"破案了，破案了! 剩下那个从犯小喽啰交给县局刑警队正常追逃，不影响案件审理和诉讼。"七叔十分肯定地回答。"这我们就放心了，也能对全县 70 万干部群众有一个交代了。"刘书记站在县里主官的角度看待问题。

"我看看'一代刀神'到底是个什么东西? 这么残忍地杀害 9 人。"高处长边说边走向押解车，刘书记跟在后面，似乎也要见识一下这个杀人魔王。

"章宏卫还交代，'如果没有被我们抓到，他准备今天晚上把他的大舅哥一家三口杀掉，然后明天上午就持枪端了镇信用社、抢走现金，谁要碍事就杀谁。'还好我们及时抓捕到章宏卫，不然还有更加严重的后果。"七叔说。

许其华挎着"七九式"微型冲锋枪站在丰田大吉普押解车后面警戒，看见高处长、刘书记过来马上立正敬礼："处长、书记好。"

"打开门，我看看这个该杀的魔头什么样。"高处长命令。

"报告处长，一米之内接触逃犯需要公副处长的批准。"这小子关键时刻把"内部纪律"暴露了。

"呵呵! 好小子，你不清楚我是他的领导吗? 我是处长，他是副处长。"高处长觉得这个年轻人很好玩。

"知道，但是我更清楚公副处长是我的直接领导。"许其华像在操场上回答教官一样一本正经。

"老高啊，这叫县官不如现管，我们平原县出去的干部，到哪里都是这个。"刘书记竖起大拇指调侃高处长。

"许其华，打开车门，请二位领导检查逃犯押解的安全工作。"我马上从后面跑过来命令。

"是！领导请！"许其华边答应边打开车门。

章宏卫在一群记者的"长枪短炮"面前居然带着那种玩世不恭的微笑打招呼："大家好！"这让刑警队长出身的高处长瞬间怒火中烧："我×你妈，章宏卫，你杀那么多人还笑嘻嘻地装逼，我他妈的现在就毙了你。"说着就要掏枪，被七叔将手摁住。

"真是太嚣张，太没有人性了。"刘书记也义愤填膺。

好在省电视台新闻频道一个中年男记者很有经验，借机采访了义愤填膺的高处长："高处长，松北地县公安机关历时两年，艰苦卓绝，终于侦破我省有史以来罕见的特大入室抢劫杀人案，打掉了这个作恶多端、恶贯满盈的犯罪团伙。今天，又跨越两省一千多公里，在破案不到一个月的时间里抓回团伙另一个主犯，被同伙称为'一代刀神'的犯罪分子章宏卫，可以称之为神奇警探。从前边这些自愿组织起来和闻讯赶来慰问公安民警的群众，就能看得出人心所向。您作为地县两级公安机关的首长，此时想跟大家说点什么？"

高处长刚才由于章宏卫的挑衅而愤怒激动，此时在镜头和闪光灯下迅速恢复了常态："我想说的是，打击犯罪是人民公安机关的主业，只有严格掌控犯罪形势，打击犯罪活动，才能保护人民，服务改革开放和经济社会发展。下一步我们要组织动员群众参与社会治安综合治理，加强基层治保组织建设，防范这类案件少发生不发生。最后我和广大人民群众一样，期待司法机关快诉快判，依法严惩这伙犯罪分子!"高处长毕竟当过多年领导干部，临场不乱。

"你别说，老高还真有两把刷子。"七叔小声跟我说。我们一行人跟群众一样热烈鼓起掌来。

我返身走到押解车副驾驶窗前轻轻敲击两下，窗玻璃降了下来，王立伟冲我点点头。我拿过王立伟递过来的话筒："请大家让开路，我们押解车过收费站十五米后在路边停一下，满足大家要看看这个十恶不赦杀人狂魔的丑恶嘴脸，但是章宏卫是公安部督捕的杀人要犯，大家必须遵守在五米以外的观察区观察 3 分钟的规定。"我用警车上的扩音器说。

"好!"又是一阵热烈的掌声。

高处长急忙挤到我身边："公孙，你又搞什么鬼?"

我回道："我在挽回影响，弘扬正气，你等着看吧。"

当交警引导其他车辆正常通行后，另一台丰田大吉普打开耀眼的车灯照在押解车后半部，四名奉命赶到的武警战士手持"81-1"自动步枪站出 5 米距离的警戒区域，另一台隆隆作响的运兵车，一挺班用机枪架在驾驶室上边，指向前方，高车厢两边各站 3 名武警。这种架势，又引发新闻媒体记者的一顿忙乎和人群短暂的骚动。

少顷，丰田吉普车的后门被两名刑警打开，章宏卫上着反铐跪在后行李箱地板上，大声说："我就是杀人犯章宏卫，给平原家乡谢罪了，我有罪，我该死，我死有余辜。"然后一个响头磕在地板上不再抬头。

"抬起头来，让大家看看你的丑恶嘴脸。"王立伟声音不大地命令道。

章宏卫费劲抬起头转过脸，一日颠簸搞得蓬头垢面、胡子拉碴的模样成了真正的丑恶嘴脸标准照。

"怎么样?"我和七叔被高处长拉上了他的车，车一启动我就来这么一句。

"就你小子鬼点子多，你枪管那么直（指枪法准）怎么不打断他的腿？让他到家还这么嚣张，还好意思跟我显摆。"老高在前座位上回头跟我说。

（一一六）谋杀民警

金建华像往常一样，最后一口早饭还没完全咽下去，就抓起身边的棉上衣往身上穿。这位有着五年军龄十三年警龄的民警，虽然只有 37 岁，却是平圣湖水上派出所的"三老"之一，工作历来一丝不苟，生活也极有规律。虽然住在平圣湖渔场前湖分场的居民点土平房里，但是在没有特殊任务的情况下，始终在家——派出所——执勤点水面船只上或湖上冰面这三点一线活动，一年四季，年复一年，周而复始，从事着平凡而琐碎的水面治安管理和维护湖区治安秩序的工作，像老黄牛一样默默无闻又不可或缺。去年底，县局政治处根据派出所和渔场党委的推荐，总结他十年如一日扎根基层，三次跳水解救遇险群众，义无反顾服务人民的先进事迹，被《松江法制报》连续刊载，去年年底被推选为"全省优秀人民警察"。

今天是入冬以来湖面结冰的第三周，按照所里安排，他要在冬季最容易出现问题、靠近芦苇荡附近"清口"（当地人称冬天不封冻的活水地段）较多的冰面附近巡查。大湖冰面虽然已经冰层很厚，坚硬似铁，但在活水流动的地方冰层很薄甚至一冬不冻，最危险的是冰上便道与清口处有一段十五度左右的斜坡，一旦误入冰面活动的车辆行人发现危险时来不及转向就会冲入水中，这样的悲剧几乎每年都会发生。因此，所里按照局里要求，今年在固定制式警示牌和栅栏没安装到位之前，水上民警先引导和警示偶尔穿行车辆和行人及时避让，以确保安全。

"建华，广播里说今天开始降温，明天能达到零下 30 摄氏度，湖面马上封死了，今天去那儿看看就回来吧。顺便到场卫生所给爹多买点止咳药，这天一冷老爷子咳得都睡不好觉。"媳妇春兰叮嘱道。

"知道了!"金建华穿着完毕到仓房里推出摩托车，打着火刚要起步，"爸! 等等!"儿子金明明喊着冲出来，"拐个弯捎上我去学校。"明明小学六年级，是平圣湖小学的明星，学习特别优秀，每次参加县里数学、语文知识竞赛都能获奖，县里重点初中"平原一中"已经数次通知"场小"，这个好苗子必须留给县中，哪里来挖也不能转让。

摩托车在零下二十七八摄氏度的乡间冰雪路面艰难险行，冷风像刀子一样切割着驾车人的身体，没走多远脸就冻得麻木失去知觉。金建华减挡慢收油靠路边停车，摘下羊皮棉警帽旁边的"护脸"，系在棉帽帽耳两侧固定的扣子上，回身说："儿子，钻进大衣里面来，抱紧我的腰，开拔喽!"嘟……

雪越下越大，天地间只有白茫茫的混沌苍穹，在这个没有任何其他颜色和参照物的银白世界里，人们极易因无法辨别方向而迷路。金建华已经完成下午的第一轮巡查，引导一辆马车和两副雪爬犁避开危险区域。虽然风雪交加，寒风刺骨，但是穿着十多斤重的羊皮大衣、携带标配的枪支弹药等警用装备，加之步行在大雪覆盖的冰面上，走路一呲一滑，十分消耗体力，因此满身是汗，配发的警用绒衣绒裤都已湿透。

鼓足力气走到"清口"附近，在距离有着十五度斜坡最出名的危险地段"青龙口"不远处干枯的芦苇上面，裹着配发给寒区民警"八五式"橄榄色面料羊皮大衣，坐下来准备休息片刻。湖区的人都知道，在这种恶劣气候条件下带汗休息，超过五分钟就会生病。

"救命啊！"金建华刚解开皮大衣前排扣子，掏出随身携带的军用水壶喝一口里面用来取暖御寒的"圣湖小烧"，就听到隐隐约约的呼救声。他爬起来转身看去，一张雪爬犁正由坡上的冰雪路面向这边滑来。

"老乡，危险！快用右手掌钎，向左转弯！"金建华扔掉水壶，向右前方跑去，用身体拦住越来越快、越来越近的木质冰雪爬犁，风雪中隐约看见一个车轴汉子右手握着的不是湖面上滑冰助行的铁钎，而是一把锋利的尖刀！在快速下滑的木爬犁撞击阻拦者身体和尖刀刺中目标的瞬间，持刀者被拴在后腰上的绳子拽住滚落在冰面上。扑通！沉重的木爬犁和金建华同时掉进了"青龙口"清沟里，漫天大雪掩盖了刚刚发生的一切……

"一九九一年冬天，跟踪杀害平圣湖水上派出所警察的是季雪峰的同学加狱友马思国，当天我在后面坡上依靠铁钎固定

292

住身体用绳子拉着马思国，他用雪爬犁撞击并用我的刀刺中的金警官而不是我。"章宏卫在预审员让他交代自己罪行时第一阶段开头就这样说。

"马思国当年出狱后混得不好，找季雪峰要入伙一块干，季雪峰说我们都是'做大生意的'，要入伙得杀个人或交一万块钱才具备资格，做起生意才能不贪财不怕死。马思国想半天说，平圣湖金警官办事'死性'，对咱们兄弟特不给面儿，去年因为'整（偷）鱼'和打架被治安拘留两次，要不是我溜得快，指定被劳教了。马思国还说金警官生活特别有规律，最近又被树为警察典型，马思国家也住平圣湖边上，了解那里的底细，做掉他最合适。季雪峰说我不管你杀谁，杀有影响的更好，反正入伙最好身背人命，没有退路。于是派我跟马思国一起去干，其实是让我监督他，如果马思国不干或临时改变主意不敢下手，我就把马做掉，避免事情败露拔出萝卜带出泥。"章宏卫喘一口气。"警官，我杀一个人是死，杀九个人也是死，实在没有推脱的必要。再说，我都被你们抓住了，马思国也不可能不被逮着，到时候一问就清楚了。"在回到平原县第一次系统完整的审讯中，章宏卫如此这般说。

"公处，章宏卫说出点新情况，你先看看笔录，我还没跟吴局长汇报呢。"我和七叔刚从县政府招待所跟刘书记、高处长吃完饭回到指挥部，王闻就拿着一沓材料跟我说。

"给七叔。"我没太当回事儿，把一杯热茶递到王闻手中。

"他妈的！这帮该毙的混蛋。"伴随着骂声，七叔"呼"的一拳砸到桌子上。

七叔已经很长时间不骂人了，我接过章宏卫上述交代材料

293

一目十行地浏览一下，怒火瞬间在胸膛里燃烧起来，金建华牺牲后的往事又浮现在眼前……

　　当年，刚刚被评选为"全省优秀人民警察""松北公安机关爱民模范"的金建华执行巡防任务中连人带枪失踪，活不见人，死不见尸。此消息惊动全县上下，省地公安机关领导的严格严厉批示雪片般飞到我——平原县公安局长的案头。其时，我已经组织全局有出勤能力的全部力量四百多人搜救队伍干了两天两夜，还是没有下落。吴国强按照我的安排，带着两组精干的侦查员开始调查还原金建华失踪前一周的活动轨迹，让家属反映这个时段关心靠近他的相关人员，包括这些人案发前后的语言行为，并把金建华两年来办过的案件卷宗找出来让另一组侦查员审查，我们预判，这是一起案件而不是事件。

　　但是，大雪无痕。

　　"还得从他的巡防责任区里边找，即使有天大的困难也要克服，重点还应该围绕他巡防区'青龙口'等两个没封冻的活水'清口'下功夫。"我站在溯风呼叫、寒气逼人的冰面上想。

　　第三天，县里决定组织动员平圣湖全体渔民和北部五个乡镇的民兵共五千余人在我们划定的重点区域，也就是金建华的巡防区开展拉网式踏查，争取有所发现。如果这招还不奏效，就下决心在清口处下笨功夫，开展冬季冰下探查，带网打捞。这个决定由公安局组织评估论证，县政府组织平圣湖与省里请来的专家指导实施。但前提应该是，是否有金建华与"清口"的关联证据。

　　傍晚，加上金家亲属近五百人的搜寻队伍搜寻无果返回渔场驻地的临时住处后，我呆呆地望着窗前排队领取面包咸菜的队伍在慢慢移动。发现穿一身冬季迷彩服的刑警大队警犬驯导员孙二林也在其中，突然想到为何不让警犬试一试呢，生物搜寻岂不是更加快捷有效？

"叫办公室主任张凤斌拿两个面包，和刑警大队孙二林一起过来。"我说。

"你用五分钟时间把面包吃完，张主任给你派一台吉普车，找你搭档一起把你们那两条宝贝警犬马上拉来，连夜开干，寻找两个'清口'附近500米半径与金建华有关的物品踪迹，组织实施找你们大队长，嗅源问题张主任解决，有问题吗？"我问他俩。

"德牧'猎豹'嗅觉追踪不如史宾格'花花'灵敏。"孙二林推介他手下无言战友的长短项。

"我没时间跟你阵前论狗，就问你有没有问题？"

"没问题！"这一老一小异口同声。

下半夜两点，外面有急促的大声讲话声，我推开活动板房门，七叔、吴国强、张凤斌、李仲弟、孙二林等人进来了。

"金建华随身携带的军用水壶找到了。"七叔说。

我看一眼李仲弟，"发现、见证、提取、固定程序都履行了，指纹检验和壶内残留酒检验送回县局今天早班火车送省厅检验。"李仲弟说。大家都是一个锅里搅马勺多年的伙计，一个眼神就知道我要问什么。

"你们怎么看？"我问。

"事情就发生在'清口'附近。"吴国强率先发言。

这种情况下七叔一般不出声，因为我刚当局长，他怕影响

295

我的思路和判断。

"酒壶失落处是干枯芦苇最多的地方，人应该是在此停留或休息过，有一个直径一米五左右的芦苇普遍低矮或折断的情形，当然，何时折断、断茬的新旧程度尚不能确定。另外，壶内白酒有残留，按照现在这种严寒天气和访问金建华家属春兰证实，每天壶内酒不超过二两计算，酒壶盖打开后应该没喝多少。"负责刑事技术的副大队长李仲弟谨慎地说。

"你们是否问过家属平时金建华携带军用水壶的方式或者习惯?"我说。

"这个细节是我亲自问的。金建华当过五年兵，但就是个战士。他现在带水壶还是按照部队携行习惯右肩左挎大背方式，现场遗落的水壶是这样一个脱套的'裸壶'。"李仲弟把刚刚弄到手"立拍得"相机照出质量较差的图片递给我。

"这是?"我正在琢磨水壶的型号。

"1962年式，那时我还没转业。水壶套上有一个类似我们配发的军用挎包上的卡扣，不解开卡扣水壶拿不出来。"七叔说。

"水壶遗留地距'清口'的直线距离，地势如何?"我开始抠细节。

"这个我们也做了初步踏查。水壶发现处与'清口'地势目测相同，没有坡度。直线距离十五米左右，中间还有五米左右的芦苇荡残留，可以排除意外滑落或跌落'清口'的情形。距离横穿湖面西边的习惯便道三十余米，这个便道如果直通'清口'有大约由西至东十几度的坡度，但是很少有人从便道往'清口'方向走，除非迷路。"李仲弟跟我出现场多年，基础工作扎实，心思缜密。

"水壶发现处距离便道至'清口'直线距离的交叉点有多远，我问的是大概。"我又紧盯一句。

"不超过十五米或者更近。"李仲弟肯定地说。

"那就是说，排除金建华意外跌落'清口'，又是在和平甚至是轻松的状况下解开羊皮大衣扣子，从左后侧将军用 62 式水壶移到身前，解开壶套卡扣，拧开壶盖喝一口或一部分酒的当口，意外事件或案件就发生了。"我环顾一周，"这样说靠谱吗？"众人点头。

"为什么不是利害关系人或是对公安机关人民警察有仇恨的人持械暴力劫持或杀害了呢？"当年的小萝卜头王闻说。

"也不排除这种可能。但是，暴力劫持的目的是什么，是有条件的交换利益，犯罪嫌疑人追求自己利益的最大化，但是从金建华失踪到现在，我们没有获得任何关于交换条件的信息。如果是杀害，杀人灭迹的最好隐蔽地是'清口'，下面是流动的江水，发现尸体需要来年开春四月份以后，届时有关的痕迹物证将消失殆尽。何况这里又是民警执勤的责任区，每年都发生有人误入'清口'丧命的先例，同时这也是对作案人最佳的掩护方式，极有可能成为预谋犯罪嫌疑人的首选。"我信马由缰顺着自己的思路说下去。

"说得靠谱。"七叔终于发言。

"不管怎么说，在没有新的发现前，与金建华身份确认的最有力证据是装酒的军用水壶，如果水壶上边没有非常规接触人的指纹等痕迹，刚才小公的推断就站得住脚。这个物证又是在距离最大危险源——'青龙口清口'最近的地方被发现的，可以把它们之间不能确定的因果关系看作是有'推断关联'性，采取打捞寻找等紧急补救措施方案报给上级，我是这个意见。"七叔显然是考虑成熟才这样讲的。

大家同意。

七叔又强调，"另外，吴国强同志排查调查组要充实力量，加派人手，不放过任何蛛丝马迹，不遗漏任何案件的相对人、当事人、犯罪嫌疑人及其近亲属在案发时段的准确位置，和案发前后特别是案发后的行为表现及去向。人手不够，全局抽调，对于我们来说，没有什么比同志执勤失踪这件事更重要的了"。

冰下投网搜寻打捞人的事情渔民们很少做，各级组织全力以赴，请出了在省城儿子家养老、八十多岁的鱼把头石大爷回来现场掌舵。似乎全县的焦点都聚焦在此，虽然媒体没宣传，但每天都有上千人怀着期望来到现场，也引发成千上万人在关注与探听。一天、两天、五天、七天过去了，大家几乎绝望，作业的渔民都没有了信心，闷声不响地只顾干活……

搜寻打捞工作终于在第九天下午石破天惊，金建华遗体和木爬犁一并从距'清口'五百多米、十多米深的湖底打捞上来，死者双手还紧紧抓着木爬犁的前端，现场哭声大作，震撼冰面雪原。

"立即将遗体运到县局。"我红着眼睛命令。

当晚九时，在门口布了双岗的县公安局通信科小会议室里，吴国强带领副大队长李仲弟、技术科长郑卫东和王闻等几个利害关系调查组组长等人，开始向分管政法的县委副书记、政法委书记、分管公安司法的副县长、公安局班子成员及七叔汇报冰雪木爬犁勘验检查和金建华尸体检验情况。

"……尸体腹部有一创口，创口特征稳定，应为单刃刺器形成，钝角0.2厘米左右，宽为2.7厘米左右，深达腹腔……综上所述，平圣湖派出所民警金建华系执行上级交给的辖区管护任务时遇袭牺牲。打捞上来的木爬犁应为作案工具之一，另一尖刀类作案工具没有打捞上来，或被犯罪分子行凶后带离现场。"郑卫东科长代表刑警大队结束了案件性质的前一阶段汇报。

"起立！脱帽，向金建华同志致哀！"县委副书记一脸凝重，低声断喝。

"我简单讲一下。"副书记接着说："县公安局全力组织破案，给金建华同志报仇，让他死而瞑目。另一项任务是抓紧整理金建华同志有关材料，报县民政局，由政府分管县长带队，向省政府民政部门申报烈士，两项工作都要抓紧。你们继续开会，我和政法委书记、副县长马上回去，向书记、县长汇报。"县里领导急匆匆地走了。

"咱们先分一下工。"我对班子成员说。

"你们先别动，一会儿还得把案件研究一下。"我看刑警大队的同志们拿起笔记本要走，把他们叫住。我继续说："一是冯副局长和政治处及平圣湖派出所全员处理金建华同志后事和烈士申报等相关事宜，人手车辆不够全局范围内抽调补充，其他班子成员都给予协助与支持，总之不能让烈士家属因这些事不满意。二是吴国强副局长和我集中破获这起杀害民警案件，我俩不在家时的分管工作，依次按照班子成员排序顺延至下位承接，什么事情该定就定，我和国强都不会有想法，大家

299

辛苦!"

　　部署完，班子成员都出去了。

　　"说，谁的嫌疑最大，依据什么?"情况紧急，就不用过年的爆竹挨个点了。

　　"公局，你真知道我们干个八九不离十了?"吴国强惊讶地说。

　　"不知道能等别人离开后单说吗?"我对吴国强的质疑有些不屑。

　　"王闻汇报。"吴国强下令。

　　"金建华今年一共办理三起刑事案件八起治安案件，基本每月办一起，办案的质量都不错。三起刑案一起盗窃两起伤害都诉出去了，当事人和被告人都没什么不正常的地方，案发节点位置清晰，案发后行为正常。"王闻缓口气看看我。"我们认为不正常的是两起伤害案件的同一个当事人，这人叫马思国，半年前因伤害罪被判三年刑满释放回乡，出来后半年时间在平圣湖辖区连续两次打伤他人，犯同类前科。据金建华家属春兰反映，马思国曾经到场小学打听过金明明在哪个班学习，还跟春兰娘家嫂子说跟金建华'结了梁子'，秋后算账，有作案因素，案发时段至今下落不明。"

　　"他家住在什么地方? 家里都是干什么的?"七叔问。

　　"就在平圣湖西边不到两公里的'黑鱼圈'屯住，母亲早亡，父亲将近六十，哥哥四十来岁，去年也被派出所处理过，一家三口都是'光棍'，基本是靠湖吃湖，不种地也没有正当生活来源，在屯子里口碑极差。"王闻不紧不慢汇报。

　　"集中力量查他家，把冰雪木爬犁运到'黑鱼圈'，组织可靠村民和当地木匠辨认，一有涉嫌证据立马收容审查，组织力量追查马思国，一旦发现立马扣留。案情重大，时间紧迫，要依法放开手脚，提高工作效率。"我拿着笔记本站起身来。

（一一七）一往无前

查找冰雪木爬犁权属的事情出乎意料的顺利，"黑鱼圈"屯第二个木匠"白老三"走进办案点屋里，看见摆在地中间的木爬犁就愣了一下。吴国强眼睛不揉沙子，头一摆，大家都退出房间。

"说吧，老哥。"吴国强递上一支过滤嘴的"石林"牌香烟说。

"这东西我看着有点眼熟啊。"白老三目不转睛盯着地上冰雪爬犁终于开口说话了。

"没关系，老哥，你就说说看这东西哪里觉得眼熟就行。"吴国强上前给白老三刚才叼在嘴上的香烟点着火，并且借机追问一句。白老三还是不出声，接着用双手抓着爬犁上面的两个横木使劲往一边推，试图将爬犁接触地、类似滑雪板的两个硬质顺木翻过来查看，这个意图在吴国强的帮助下实现了。

接着，他又用脏兮兮棉袄的右袖头使劲擦拭前面横木上的木卯，看半天才直起腰来喘口气，"这个雪爬犁八成是屯东头前趟街王忠兴家的。"他眼睛里露出自信的目光。

"那两成是怎么回事?"吴国强不那么好打发。

"你到他家看看爬犁在不在就知道了。"白老三也很狡猾。

"来，老哥，喝口水。"吴国强倒上一杯滚烫的红茶，顺手又递上一支"过滤嘴"。

"我是县公安局副局长，叫吴国强，你别有顾虑，说说你那八成的依据。"

"我知道你是那年抓'采花大盗'刑警队的吴队长，看你是个很正义的好人，我才说，要不我才不趟这个'浑水'呢!"白老三终于说出实话。

"谢谢老哥夸奖。但是有时好人不得好报，你看我这兄弟，平圣湖派出所的金建华，多厚道正直的警察，不也是被犯罪分子杀害了吗? 他就是怕过往群众走错路滑向'青龙口'有生命危险，才舍身相救，用身体阻挡爬犁，结果犯罪分子利用他的善良，在爬犁撞击他的同时用尖刀刺进他的腹部，最后连人带爬犁一起滑进湖里。"说到这里，吴国强声音哽咽，眼圈发红。

"什么也别说了，这个爬犁就是屯东头王忠兴家的。你要说依据，有这么两点你看够不够? 一个是爬犁像滑雪板一样着地的两个'顺脚'，这上面钉着的两根'绿豆条（当地土语：指8号铁线，为了减少木制爬犁底板'顺脚'与地面的摩擦)，是湖里刚封冻时王忠兴和侄子王月拉着它一起到我家，找我给安装上的。你看前边往上翘的'脚头'还钉着一块铁片，剩下一块'绿豆条'还在我家里呢。"白老三说得很具体。"另外，爬犁上面前边横木与立柱连接的木卯中间各新加一个木楔子，是红松的。我怕木爬犁经过夏天风干后木卯会松动临时加上去的。他们去那天我给西头刘贵河儿子打立柜，剩块木头正好顺苕就砍两斧子楔进去的。但是老王家人都胆小，偷点鱼能干出来，杀警察这么大事能不能干出来我可说不好。"白老三终于放下包袱讲真话了。

接下来工作就简单了，按照传统工作套路，为掩护白老三的有效指证，召开全屯群众大会进行动员，组织大家辨认这付冰雪爬犁所属。然后再实行屯不漏户，户不漏人的分别谈话。结果第二天傍晚就确认爬犁确为王忠兴家所有，只不过王家在案发第二天才发现放在房后的雪爬犁丢失，还向左右邻居问过。金建华尸体打捞上来之后，听说有一付爬犁也一起打捞上来，村民王月到湖里冰面看过，确系他叔王忠兴家那副，故更加不敢声张。

"情况应该属实，不是王家人干的。但王家人也差不多能知道谁偷的或怀疑是谁偷的。一个自然屯，二十多户人家一百多口人，逐人排查，明天晚上睡觉前必须完成，给我一个明确的答案。"听完吴国强的汇报，我又上来检查工作只要结果不要过程不讲理的劲了。

"保证完成任务！"这句话是王闻抢答的。看来这帮小子已经"肚里有棍"胸有成竹了，到我这里不过是对对表，讨讨药方而已。

搜寻到的军用水壶上的指纹经省厅检验，没有发现非正常接触人的痕迹，残留酒成分与"平原小烧"相近。李仲弟借机汇报上几句关键的话。

"老王家这几个成年人里谁胆子最小，又是谁最后一个承认爬犁是他家的？"吴国强领着王闻等几个摸排骨干在琢磨选谁做突破口。

"最早承认的是老头王忠兴，最后承认的是他的侄子王月。"王闻回答。

303

"王家原籍山东，二十年前搬到黑鱼圈屯的，他的侄子十年前投奔他来读书，去年高中毕业因学习不好回乡务农。这个王月胆子很小，刚被我们找来时腿直哆嗦。"王闻手下小沈说。

"就选王月，直接砸他，他应该知道情况。"吴国强下令。他历来主张行动优先，干就完了，不愿意琢磨来评估去。

大家站了起来，"但是我说砸他，不是打他，要用招法。"吴国强突然觉得需要补充上这非常重要的一句话。

"明白！你瞧好吧。"王闻不紧不慢地回答。

"杀害民警金建华的事儿应该就是家住黑鱼圈屯的村民，劳改释放分子马思国所为。"第二天中午刚吃完饭，在县局刑警大队会议室里，已经是骨干侦查员的王闻汇报出这个结论性意见。

我抬起头来看他一眼，王闻意识到这种倒置的汇报不符合规范，立即加快语速。"依据如下：一是马思国有前科劣迹，一次被判刑，两次因伤害他人被治安拘留，这后两次案件的主办人都是金建华，故马思国有报复公安机关办案人、杀害办案民警的动机。这个不重要，重要的是他曾经到金建华儿子就读的平圣湖渔场小学打听金明明在哪个班就读，观察该校学生上下学情况，也就是说他的报复动机已经升级为行动了。二是与金建华同志遗体一起打捞上来的物证冰雪爬犁，经工作确认为与马思国同屯居住的村民王忠兴所有。王忠兴侄子王月证实，下大雪（案发当天）的前两天晚上，在马思国家一起打扑克，赌'小鸡炖蘑菇粉条外加大米饭'（谁输了谁请客），两人出来上厕所时马思国曾经跟他说要用他叔叔家新修好的雪爬犁去偷点鱼。王月说他自己做不了主，但是告诉他冰雪爬犁就在其叔后院柴火垛那里。结果下大雪第二天他叔要用爬犁时发现丢了，还站在院子里骂一阵街呢。这个丢爬犁骂街的情况王家邻居也都给予了证实。"这次汇报得比较靠谱。

"案发后发现马思国没有？"我问。

"没有。自从我们发现他两次被拘留后，尤其是金建华家属李春兰反映他去过场小学打听过金明明后，就一直在找他，估计是'起飞'（逃跑）了。"吴国强回答。

"你们各位还有什么意见？"我明知故问，没人出声。

"抓马思国！"我一反常态，跟王闻一样，先说结论。

"专案组以平圣湖派出所名义呈报县局，履行拟对劳改释放分子并且出狱后半年两次打架伤害他人，扰乱社会治安的违法分子马思国劳动教养两年意见的呈报手续，国强局长即刻审批，以批教在逃状态通报全国公安机关，发现此人，立即扣留，通知我局。刑警队和平圣湖派出所组成专门追逃小组，摸清马思国的全部社会关系，研究其从上小学至今的全部人生经历及吃、住、行、消、交各种爱好，做好追逃的基础工作。追逃经费局里全部负责，实报实销，即使天涯海角，也要将其缉拿归案，血债血偿。"我咬牙切齿地发誓。但是，马思国从此再无声息……

"公副处长！"一声呼唤将我从回忆中拉回现实，是赵支队长叫我。

"高处长让你和七叔、我和许其华咱们地区公安处专案组这几个人明天早晨一起到招待所吃早饭，有工作上的事儿说说。"赵立群说完走了。

"公孙，你和老巴破获了平原县系列入室抢劫杀人案件，这次又将另一主犯'一代刀神'追捕到位，案件彻底告破，不欠账，不后悔，对得起乡亲对得起组织，应该没什么遗憾了吧？今天跟我回地区，还有一大摊子乱事等着咱们呢!"在第二天早饭饭桌上，高处长当着刘书记的面跟七叔和我说。

"是该回去了，全地区十七个县区，现案、积案几十起，得认真梳理梳理，详细研究研究，先干开它几起，震慑一下。"七叔少有的抢先发言，给我打个样，意在让我按照他的思路说。

"好的。"我先表态。"咱们全地区刑侦基础工作一直在全省排在前列，我想利用这次破获系列入室抢劫杀人案件的经验教训，也就是破案得失的反思情况搞几个座谈，写出一篇平时刑侦基础工作与发案破案也就是预防犯罪和打击犯罪的相互关系的文章，凸显基础工作的重要性，推动全地区这方面工作再上一个新台阶，不知是否合适?"我看着高处长说。

"你说什么都是理由满满，充分得很，给你一个星期的时间够用吧，不能再长了。"老高很爽快。

"够用，够用，回去就交卷。"我信誓旦旦地保证。

"不对! 你小子可能还有事儿，老巴，你留下看着他，到时候给我押回去，这小子耍心眼咱俩绑一块儿都不是他的个儿。"老高看着刘书记意味深长的笑容有点不放心，立马来个补救措施。

"你是不是不放心追捕马思国的事儿?"高处长的车一动，七叔就迫不及待地问我。

"是的。此人一天不到位，我就一天不安心，不甘心。"

306

我说。

"小公，平原县没白培养你，你就是平原人的骄傲，在地区有什么困难随时回来找我，干部群众不会忘记你为平原家乡所做的一切。"刘书记握手道别。

"你先留下跟国强他们研究，下午回去陪小苏她们娘俩上街买点菜。晚上一起吃顿饭，我先上蒙古族饭店定一只最小的烤全羊，斯琴回来后咱们还没一起吃顿家庭饭呢，这样下去我这个爸爸和公公形象就不行了。"七叔调侃一句，转身步履蹒跚地走了。

看着师傅慢慢远去的背影，想到我刚来平原县公安局刑警队工作时那个严厉苛刻、亦父亦兄、战争年代有仇必报的铁血七叔，突然有种"廉颇老矣"的感触，不觉间鼻子发酸，眼睛有些模糊。

"马思国这些年都是王闻负责追捕的吧?"我开始就问。

"先期是我，后来队里的案件多我就回来了，任务由派出所接过去搞，但一直没停，前半个月他们所的丁副所长还来跟我会商有关情况呢。"王闻回答。他不会撒谎，应该是真的。

"打电话通知，让派出所负责追逃的丁副所长和责任民警下午上班前赶来参加会议。"我交代。

"这个会议怎么开，吴局长你先讲讲。"我征求吴国强意见。

"地区公安处的人都走了，我们都是你手下的兄弟，就别那么虚伪客气，有话讲就完了，要我说就这样一问一答又快又好。"吴国强实话实说。

"王闻讲你那段追逃情况和你通过那段追逃工作后的想

307

法。"我开始按照我的思路主持。

……马思国在重量加速度持刀撞击迎面阻挡民警金建华的一刹那，明显感触到手中利刃深深刺进对方的腹部，还没来得及思考下一步动作，绑在腰间的尼龙绳子一下子将自己拉离爬犁，连同自己手中紧握的尖刀，摔倒在坚硬的冰面上。没待起身，身体被腰间的绳子牵引迅速在冰面上被拉到距'清口'三十多米的另一端，一个身材魁梧，满脸络腮胡子的男子站在自己头上："把刀扔掉！"语气和湖面一样冰冷。

"这么说做上了？""络腮胡子"看着刀上的血问。

"扎进肚子里去了。"马思国躺在地上回答。

"起来回家吧，我回去跟老大汇报，那一万块钱入伙费交不交你听通知。"说完捡起刀自顾自地走了。

"杀一个警察还不算，还要交一万元入伙费，我要有一万块钱何必跟你们卖命呢？"马思国想着刚才"络腮胡子"要刀的眼神、口气和一只手始终插在大衣口袋里的动作，不禁打了个冷战，心里和身下的冰面一样拔凉拔凉的。

不行！抓紧走，就在今晚，不，就是现在，否则就是一个死，无论让公安抓住或投奔季雪峰。跑，可能是唯一一条有希望的活路。少顷，一个人影在风雪交加的冰面上站起，从慢到快走向冰湖深处，消失在茫茫雪原里……

"通过前期近一年时间的调查走访和后期不间断工作，所有人都说在案发前见过马思国，案发后就再没见过此人，马思国这些年就像人间蒸发一样消失了。这次到案的季氏兄弟和章宏卫也都证实杀害金建华后再没见过马思国，并且起誓发愿地保证，绝对没有杀人灭口。"王闻说。大家也都七嘴八舌地随声附和。

当议论的嗡嗡声小点之后，"马思国现在是死是活？"我转过身问吴国强。

"活应该是活着，就是不知道在哪里。"吴局长前半句话是自己的判断，后半句话等于没说，要知道在哪里早就抓回来了。

"应该是活着。"王闻也随声附和。

"证据？"我紧跟一句。

"没有，只是感觉。"王闻实话实说。

"扯淡！我和七叔教你凭感觉搞案子了吗？"这方面我反应极快，加之有点生气，苛刻的语言脱口而出，给王闻弄个大红脸。

"公处，你就像以前那样，按照你的思路往下说，然后大家讨论补充，这样既快又能解决问题，也好让年轻人领会一下你的工作思路。"吴国强诚恳地说。

"那咱们就先讨论第一个，也就是我刚才问的，马思国现状死与活的问题。"我开始进入分析案件的着魔状态。"当年案件发生时最近距离、最后时段接触的双方，也就是民警金建华和犯罪分子马思国，案发后两人都失踪失联了。经我们工作，民警遗体找到了，同时打捞上来的犯罪工具之一冰雪爬犁，确认了所属并证实马思国有重大作案嫌疑，于是我们开始追逃至今，这个事实大家没有异议吧？"众人点头认可。

"如果犯罪嫌疑人马思国像有人说的那样被同伙杀人灭口，最理想的做法就是砍断或松开绳子让马思国与金建华一起冲进'清口'，同归于尽，这样做警方也查不出来任何破绽，而不是像章宏卫说的那样给马思国腰间拴上一个安全绳。退一步讲，我们打捞金建华遗体时，方圆一公里之内的湖底都像篦子梳理头发一样没留死角，如果马思国葬身湖底，尸体一定会打捞上来。最后补充一点是，历年来冬季失足或自杀于'清口'的人基本上都在第二年春夏之交冰雪融化时漂浮湖面，被人认领或由公安机关作为无名尸处理。但是，马思国的尸体始终没有被发现，这应该是事实或者说是他现在还活着的一个理由吧?"我停下来喝口水，看看大家反应，没人提出异议。

"第二个理由就是季家兄弟和章宏卫到案后都讲了关于要求马思国杀人入伙的情况，我们都是分别审讯的，三人供述具体案件情节的基本一致性也从另一方面证实了他们供述的客观真实性，也是我们认为供述可信性的基本理由。最后一个接触马思国的活人就是这次追捕回来的章宏卫，他又说出来这个细节，真伪无法考证。但是，我们必须再次、多次提审章宏卫，详细深挖他和马思国谋杀民警金建华的每个细节、每句话，这可能是我们认定马思国活着和逃亡方向的唯一捷径。"我结束第一阶段的高谈阔论。

"有道理，有道理! 你们看，这话让公局一说就敞亮了，你们学学。"吴国强显然是受到启发，十分兴奋，指着王闻和刑警队一帮年轻人说。

"第二个要做的就是从反方向查漏补遗，收集相关信息，强化马思国活着的判断。国强可考虑在县局刑警大队找一个工作认真的年轻人，全局再选一个十分认真的'一根筋'式的老同志，退休热爱刑侦工作的'一根筋'也可以，去省厅刑警总队外协支队，从金建华被害案发生的当天起，把公安部刑侦局发给全国要求协查的'三逃'（有案在逃、批教在逃、批捕在逃）人员通报和全国公安机关关于'无名尸'认领的通报一天不落地查到今天为止，辨认不清的与当地公安机关联系，有疑似马思国的派人前往甄别，必要时作详细检验，以辨真伪。"大家在认真记录。

"第三个要做的就是要有专人领导，这个事儿非吴国强局长莫属，你是主官，有领导决策权和资源分配调度权。成立专班，以刑警大队为主，让专业的人干专业的事，事半功倍。剩下的就是梳理分析，评估论证马思国的逃亡方向。在原来'三友'（学友、战友、狱友）、'三圈'（亲属圈、生活圈、交往圈）摸排的基础上，从他上小学孩童时代查起，每年甚至每月都不要出现空当，就像大人物生平年代表一样列出清单直至案发。在围绕年代表期间有交集的人，填进我国以省为单位行政区划表，以备下一步按省分组，逐人落实，逐人排查，这事虽然琐碎但并不复杂，需要的是仔细、仔细、再仔细。特别是他辍学后浪迹社会和上次入狱以后，所接触的任何一个人都要调查审查，包括政法机关的办案人员及监狱管理人员。回来后，经常与之鬼混和交往较密切的人具有违法犯罪事实的，应该抓起来审查。这些工作，力争三个月之内完成，如果有时间，吴局长每半个月组织一次评估研判调度会，以不断调整工作进度和节奏。最后我要特别强调，我们追捕的不光是一个系列案件犯罪嫌疑人之一的命案逃犯，我们追捕的是袭警杀人，向公安机关权威挑战的犯罪分子，为了人民警察的荣誉，为了公安机关的声誉，为了烈士能够安息，我们必须一往无前，追捕到底！"

（一一八） 新的生活

　　回地区公安处正式上班已经一个月了，尽管工作关系调来将近一年，但是人始终在平原县搞系列案件，真的按部就班做起地委大院的机关干部，对这种朝九晚五上下班工作模式仍然感到不太适应。真的离开工作十八年的县公安局，尤其离开火热的基层公安工作和朝夕相处的同志兄弟，心里不时空落落的。可能是年龄和资历的关系，七叔对这种工作方式倒比我适应，反正在办公室里也待不上几天，就被下边县区公安局请去指导新发案件侦破和历史疑难案件"会诊"，接触的还都是刑侦系统的人，干的还都是侦查破案的活。大家出于对老革命、老前辈及刑侦专家的尊重，对其照顾得很好，他自己也很享受这种长辈加专家的感觉。

　　苏丽梅和斯琴从南方回来后也都接受了要到地区工作的现实，这段时间又来把七叔家收拾打理一番，公安处给我申请的住房也在报批中，一切顺理成章，工作生活波澜不惊。

　　"公孙，我看你最近除了应付现案外就在办公室闷着，是不是有些不习惯啊？"这天快下班前，高处长来到我办公室说。

　　"这么多年在基层跑野了，蹲机关有些不太习惯，不过很快就会适应的。"我回答。

　　"你知道，我也是搞刑侦出身，有跟你一样的毛病，一听哪里有案件，心里就长草，总想往前凑凑，掺和掺和，这我理解。但是，你是党的干部，得服从组织安排和上级决定，不能

312

总干一样的活，做一样的事，否则得不到全面锻炼。"

"你说得对！嗯……什么意思？"我突然觉得哪里不对。

"没什么意思，你写的《从侦破平原县系列入室抢劫杀人案看公安刑侦基础工作的重要性》那篇文章，得到省厅主要领导的肯定，已经批给党委成员和刑警总队传阅，上半年要召开全省刑侦基础工作座谈会，指定咱们地区要介绍经验，你小子可以啊！"高处长不像说假话的样子。

"那还不是在你的领导下做的。"我本着有好事儿不能落下领导的潜规则说。

"废话少说，我今天就是和你商量一下关于举办全地区刑侦骨干培训班的事。你也知道，咱们全地区十七个县（市）区公安局，近七千名民警，真正公安院校毕业和接受系统培训的很少，相当一部分同志是'八三严打'抽调并留下的各企事业单位保卫干部和复员退伍军人。这些同志这些年虽然学中干、干中学有很大进步，很多同志已经成了基层公安机关的中层干部，但是公安基础理论知识、现代民主法治意识，尤其全区刑侦系统重破案、轻办案，重实体、轻程序，重口供、轻证据的情况比较普遍。案件破得了，诉不出，定不住的瑕疵案件甚至问题案件不断出现。这种状况再不改变，已经不适应国家的民主法治进程了，甚至有的同志会因为不当执法而犯错误或犯罪。你接受过正规教育，又有丰富的基层警队管理经验和侦破重大案件经验教训，尤其是十五年前你们搞的大要案件'一案一总结，一案一提高'回顾讲评法，把平原刑警打造成了全地区的品牌和全省刑侦系统的标兵。咱们放着这样的资源不开发利用，有你这样的教员教官不传习教导，不是傻帽是什

313

么？最重要的是这事儿符合你研究问题的习惯，不用老蹲在办公室里憋屈着。怎么样，干不干？"老高看着我，眼睛里的笑意藏不住狡猾。

"没问题，但是分管的其他工作和有突发大案时……"我想讲点前提条件。

"什么都不变，就是有点急，明天报到，后天开课，在咱们山湾公安干校，有关培训班的课程设置，日常管理等一堆具体事儿都由政治部管，你上好课训好人就行了。"这伙计可能怕我再提什么条件，转身急匆匆地走了。

一不小心，接个大活，而且是急活。行啊，有事儿干总比没事儿干强，况且是刑侦骨干培训班，和基层同志多交流交流能补充很多营养，身心也能得到放松。刚到一个新岗位新环境都面临转型适应问题，这也是必然阶段，我怀着既兴奋又有些莫名忐忑的心情回到家里。

"这会儿才像个地委大院的机关干部，正点上下班，你又不累，我又能天天看到你，老人就医和孩子上学条件都好于县城，这回我们就在这儿过安稳日子吧。"苏丽梅到地区医院外科当医生的事儿已经落实，孩子到地区重点中学上学也已办完，对现状很满足。

"七婶呢？"七叔出差外县，斯琴也去省里参加系统会议，家里人总是凑不齐。

"去接伊戈尔了。"苏医生说。

"都那么大的人了，怎么还用他奶奶去接，我像他这么大，家里烧柴都是我自己一个人弄的。"我说。

"你不要动不动就说你们家的苦难史，别说孩子不爱听，

314

我都听烦了，什么九岁独立放猪，十二岁到草原上搂柴火，十七岁回乡种地，等等。"她突然觉得自己话有点说多了，抬起头来看看我。

见我一反常态平静地看着她，不免心里有点发慌。"我刚才还和婆婆说，伊戈尔都快一米八的大小伙子，自己什么都能做，不用接。但是七婶还像孩子一样对待，担心他刚到一个人生地不熟的地方，怕这怕那。"苏医生急转弯，收住这个年龄段妇女有点唠唠叨叨的话语。

搬到松北地区所在地松北市，最高兴的是七叔七婶，除了换个生活环境，条件有较好的改善以外，主要是斯琴婚姻失败在外漂泊的问题得到解决，一家人终于能在一起了。最近，地区妇联和地区医院的几个热心人正在给斯琴物色对象，全家老少都心情舒畅，我们的生活充满阳光。

晚饭后，按照一日生活安排，苏医生照料并监督伊戈尔写作业，我和七婶喝咖啡聊天，这段时间由于一对一的交流，我的俄语水平有较大提高，基本不用附加汉语、手势也能正常交流。

"阿廖沙，斯琴的工作如果做得不好，你要及时批评帮助她。你知道，这个孩子很任性，全家她只听你一个人的话。"七婶虽然使用俄语讲，但还是向中国老太太一样，看一眼苏医生和伊戈尔的房门。

"我知道，七婶，这些都不用你操心，我和丽达（苏丽梅）都会处理好，尤其是我。"我用俄语回答。"我聪明的孩子，有你们我感到特别幸福。"七婶像所有的中国母亲一样，对子女永远有操不完的心。

315

"嘟……嘟……"红色的公安专线电话响了,不是找我就是找七叔的。

　　"请讲。"我拿过电话。"小子,我说你听着就行了。"七叔的声音。

　　"嗯?"我愣一下。"明白!"随即表态。

　　"我刚才与地区迟专员一起在县政府招待所吃顿饭,他听说我在松岭县搞案件,特意派人将我请去共进晚餐,席间把你好一顿表扬。"七叔看样子喝了不少酒,声音很大也很兴奋。

　　"但是他说了几句莫名其妙的话,我觉得他是在提示什么。"七叔恢复了分析案件时的冷静。"他对我讲,有你这样的徒弟加儿子,我晚年的生活就像芝麻开花节节高,松北绝不是我的养老之地。还说他当年没放你去南方,不但是为平原县、松北地区留下一个难得的公安人才,为松江省也作出了重大贡献,留下一个专家型人才。关键是说完跟我干一杯,还眨眨眼,我感觉他是有意泄露给我一个什么信息,我思考再三还是告诉你一声,自己去想,就这些!"啪!电话挂了。

　　我慢慢放下电话,神情若有所思。

　　见七婶正看着我,就笑着说:"是我七叔的电话,工作上的事儿,他可能过几天才能回来。"七婶习以为常,"没关系的。"说完进屋去休息。

　　我跟进去,把保温杯加好水,打开床头夜读灯,将俄文版小说《静静的顿河》放在枕头边上,拖鞋放在床前,道声"晚安"退了出来。

　　"什么意思?什么意思?虽然我刚来一年,外出搞案件八个多月,在办公室没待几天,处里人还没认全,难道工作还要

316

有变动，不可能。但是刚才七叔的电话和今天下班前高处长临时交代的紧急任务，特别是老高那意味深长的话及隐讳莫深暧昧的笑，现在看都是有内容的。"我手里拿着一本书，靠在床上傻傻地看了半天也没翻一页。

"洗脚！"苏医生进来放下水盆看我一眼，"出什么事了?"她问我。

"没，没事儿。"我搪塞。"算了吧，你这个人不会撒谎，破案行作案不行。指定公公来电话跟你说什么单位上的事了。"家庭"政委"苏丽梅开始分析。

她知道家里的事儿都是她做主，与七叔他们没在一起住时，两家的事也都是她张罗，七叔七婶对我有意见也不会对她有意见，因此近年来在我面前时有指手画脚之举，态度行为有些嚣张。

与此同时，据此不足两公里的松北地区招待所小会议室里，改革开放后组建的松江省国家安全厅的一名副厅长和政治部主任，正与松北地委主管干部和政法的副书记及地委组织部长、地区国安处长、地区公安处高处长一起，商讨评估关于拟在松北国安机关、公安机关选调省厅侦查处长人选问题。

"大家还有什么补充?"地委组织部长环顾一下在座的人，看样子议题进入尾声。

"我再重申一下，公孙坚决同志对党忠诚，政治立场可靠，家庭与主要社会关系清白清楚，组织纪律性强，侦查业务出色，这些都没问题。但他是一个纯粹的业务干部，脑子'一根筋'，有时极其聪明，有时幼稚可笑，有时还很性情。曾经有过冬天下乡抓捕盗窃犯时，将棉衣内胆脱给犯罪嫌疑人家属小孩御寒，自己被冻感冒，因革命立场不够坚定入党转正延期半年的成长瑕疵。他的这个弱点，我得向组织反映明白，是否适合做隐蔽战线的侦察工作。"老高煞有介事地说。大家含笑点头，不置可否。

这边，我和"苏政委"也在分析。突然办班，急于培训，"党的干部，服从安排，全面锻炼"，"松北不是七叔的养老之地，为县、地区尤其是省里留下一个人才"，我在一张白纸上写下这些关键词……这些话意义何在，有何关联？我问分管家庭后勤工作的"政委"苏丽梅。

"苏政委"念念有词地读了四五遍，沉默片刻，突然抬起那双好看的大眼睛盯着我看了五秒钟，"我看是不是要把你调到省里去呀？"她说出自己的判断。

"说说依据。"我对研究论证未知问题历来感兴趣。

"你看你写公公告诉的'松北不是你的养老之地'、'尤其是为省里留下一个人才'这两句话，一个大专员，无缘无故跟一个退休老头说这些干什么？"苏医生比较自信地说。

"有道理！但是，松北地区不是松江省的吗？留在松北、平原，不就是留在松江省了吗？松北不是养老之地，也不排除专员的意思是平原县老家、俄罗斯七婶家也可以养老啊！你的论点不具备唯一性和排他性。"我故意气她。

"你，你这么解释不是胡搅蛮缠吗？谁说话不想直接明白告诉对方自己想表达的意思，不想直接表达，故意弯弯绕说的话就是真话，谁像你们非得把好人分析不好了才罢休！""苏政委"有些气急败坏。

"行行行！你分析得真有道理，不急眼行不行？孩子还在写作业。"是不是我最近工作上没有什么业绩，自家老娘们儿也敢关起门来和我叫板了，我有点偏执地想。

"服从安排，全面锻炼。"我看着老高下班前跟我说话的关键词，心想不排除组织有安排我到哪个部门当正职的意图，这样不就是全面锻炼了吗。那服从安排呢？可能不是我特别想干的部门职位，否则怎么用服从这两个字呢？我呆呆地面壁思考。

"怎么样？""苏政委"突然问我一句，吓我一跳，我以为人已经走了呢。

"看来有情况，七叔还跟我说专员跟他碰杯后还眨眨眼睛，这就是情况。工作变动的可能性大，不排除是去任正职，不干刑侦或是到省里工作，范围应该在政法机关内部。"我像"政委"通报研判的最终成果。

"哎呀！咱们刚来还没熟悉呢，就要动了，这一大摊子事情可咋办呐！"苏医生瞪着吃惊的大眼睛说。

"这是我胡乱分析判断的结论，不一定准，明天七叔回来我们俩再评估一次，你千万别和七婶与斯琴说，自己制造家庭动乱。"我告诉这个不成熟的"政委"。

"这些我知道，但是一想这事儿就挺闹心，这辈子跟着你就是'流浪'，想过几天消停日子都难。"苏医生小声发着牢骚转身去儿子屋里了。

······

第三天上午八点半，在距离市区十公里左右的山湾公安干校教室里，我给来自全地区各县市刑警大队侦查骨干培训讲课，第一节课《刑侦实战应用基础知识》。

319

"刑侦工作从来不缺少经验，更不缺少教训。但在实际工作中，往往都是经验总结得多，有的甚至把破案中歪打正着的运气使然和侦查计划直接加工成经验。但教训总结得少，能够如实讲教训的则更少了。作案和破案，可谓是魔道过招，正义与邪恶的较量与博弈，虽然最终结果是正义战胜邪恶，但在博弈过程中双方输上一招一式实属正常。"

　　"记得有人说过一句话，'学习的最高境界就是向对手请教，最痛苦和最有效的方式就是向自己的敌人学习！'这个人不是别人，就是我。但是刚才为什么不说是我呢？因为我不出名，一开始就交代怕你们重视不够！"下面有轻微的笑声。

　　"俗话说：'久病成良医'，只有在现实的侦查破案实践中带着问题认真向书本学习，坚持依靠群众，虚心向前辈请教，向社会学习，向我们的工作对象学习，踏踏实实工作，把传统工作方法与现代科技知识结合起来，综合运用各种侦查手段，结合本职工作和具体案件，反复认真实践，及时总结反思，才能增长知识才干，提高业务素养，才能最终实现一个刑事警察打击犯罪、追求公平正义的理想和价值。"

　　这个版本，我在县局当局长时多次给刑警大队讲过，并且实时更新，去年还应省厅刑警总队领导邀请，给全省刑警队长培训班讲过三期，反映相当不错。

　　"公副处长，大家对你的课反响非常强烈，都说听得懂，接地气。实在，实用，实战，好学易记，和我们部队的实战教学法非常接近，就是有些应知应会的概念性问题还是记不住。"课间休息时，赵立群支队长走到我身边跟我反映，他不但自己来，把整个支队没出差、没办案的人都拉来了。

"好的，我想想办法。"我喜欢大家提意见，特别是针对实际操作层面的基层指挥员。

"公处，今天晚上你别走了，弟兄们很长时间没见面都挺想你，晚上聊聊天。"王立伟和王闻、张柏华中午下课凑到我跟前说。"办班有纪律，这里不能喝酒，你们没看见政治部主任跟班督导吗?"我说。

"咱们不喝酒，喝茶聊天，顺便碰碰追捕马思国的情况。"王闻知道我的软肋。

"有情况?"我兴奋了。

"可以算是有，我们还不敢确定，所以要向你汇报。"王立伟闪烁其词。

"有情况你们能来学习? 想跟我动心眼，再过十年吧。"我突然觉悟了。

"晚上跟你汇报。"王立伟说完，这几个小子笑嘻嘻地随着上课铃声重新走进教室。

在半信半疑中我回到干校给我分配的办公室兼卧室，坐在桌子前想如何完成赵支队长代表基层刑警提出的"应知应会、好记易背"标准的刑侦概念讲授问题，傻傻地坐了半个小时也没有什么好思路。

"概念就是定义，就得死背硬记，刑警这些伙计偏偏对概念性的东西不感冒，怎么有效解决这个问题呢?"我起身在屋子里一步一步地踱起了圈子……

"浓缩极致，关联记忆，形象顺口，不超四字。"当我把自己转蒙之后，这个四句十六字概念讲授原则也出来了。

刑事侦查：是指公安机关、人民检察院在办理案件过程中，依照法律进行的专门调查工作和有关的强制性措施（记忆关键字：专门调查）。

刑侦工作任务：侦查破案，打击犯罪；收集证据，证实犯罪；促进和谐，预防犯罪；减少刑案，控制犯罪（记忆关键字：打证防控）。

刑侦工作方针：依靠群众，抓住战机，积极侦查，及时破案（记忆关键字：依抓积破，谐音：一抓即破）。

刑侦工作原则：党的领导，实事求是，专群结合，遵守法制（记忆关键字：四项原则）。

刑侦队伍建设：政治强，业务精，作风正，执法严（记忆关键字：强精正严）。

第二天上午，我把折腾大半宿的刑侦基础概念"公氏顺口溜"整理出来了，等着下午上课时同志们的检验。

（一一九）丧家之犬

东北风冒烟雪越下越大，天地浑然一体，三十米外看不清任何景物，马思国完全凭感觉和对生存的强烈渴望，跌跌撞撞顶风冒雪前行。

"方向对不对，前面有没有'清口'？"他在问自己。但是继而一想，滑进"清口"随着那个警察去，就是命里该绝，也算一命顶一命了。方向不对走哪儿算哪儿，活着总比死了强，多活一天算一天，多活一会儿是一会儿。

呜……一列火车拉着撕心裂肺的汽笛由北向南开来，惊心动魄的车轮声在傍晚不远处的茫茫雪雾中震耳欲聋。

"东北方向没错！"马思国几乎大喊一声。

前面就是自己寻找的第一个目标松边铁路干线，这一判断，仿佛奄奄一息的重症病人被注射一支强心剂，浑身上下瞬间充满了力气，脚步轻盈起来。

一个小时后，他已经坐在一列北边过来开往南边方向的一节闷罐车厢里。本打算顺着铁道线一直往西北方向的松北市其舅舅家走，中途见机行事再做道理，但赶到平圣湖东北长胜铁路编组站时，正好遇到这趟车头向南停着的货车，遂借着冒烟雪的掩护爬了上去。前几年在劳改队服刑，经常去铁路车站干些装卸水泥、钢材等建筑物资的重活，对货车编组也略懂一二，上车后很快找到闷罐车并轻易开锁钻了进来。

上车不久，这列南下的货车就叫嚣着离开编组站，像理解马思国的心情一样越开越快。大雪不经意间抹去了火车的痕迹，灭失了叫喊的回声，向前画出两条无尽的雪辙，一切又都沉寂了。

……

四月，江南水乡，清晨，细雨蒙蒙。罗爱娣早早起来将屋子打理清爽，撑着雨伞往自家的织布厂走去。自从五年前一场突如其来的车祸夺走四十岁丈夫和十六岁儿子后，她已心如死灰，形同走肉，要不是年迈的公公婆婆拼死相劝，她早就与他们在天堂相聚了。也许时间就是最好的止痛药，也许丈夫留下这个一家人赖以生存的织布厂急需掌管，也许老天有眼补偿这个不幸女子的痛苦与无助，织布厂在她的打理下生意越来越好，连续三年盈利居全镇同行业之首，罗爱娣阴沉几年的脸上终于有了笑容。昨天快下班时一个大用户告急，今天起早必须发货，为此安排一个夜班突击，几个早起装车验货的人恐怕已经开干了。想到这里，她转身在路边小吃铺定了几份大麻糕和三鲜馅馄饨，想到那个面部红润、身体健壮，干活特别卖力且只要吃饱、不要工钱的东北苦命阿弟、保安兼装卸工高满囤时，又多加了一份。

"罗总，货已经按照计划全部验收装车完毕，正等您签字放行呢。"刚到厂门卫室，赤着上身、满脸流汗的高满囤就及时报告。看到这位忠心耿耿、满身肌肉疙瘩的优秀员工，罗爱娣再次感动了，两年前路边邂逅的情景再次浮现眼前。

"来人啊！这里有人要死了！"那天，她和司机去市里送货回来，刚到镇子边上就听公路沟里有人呼喊。她们下去一看，只见一个黑衣黑裤的中年男子口吐白沫人事不省地在沟边抽搐，情形十分危急。"快打120。"她大声告诉司机，又不顾脏臭，抱着男人的脑袋用纸擦去嘴边的白沫，做她所知道的救人动作。这个男人因为送医及时最终被抢救过来，断断续续讲述的身世真应了一句名言："世界上的幸福都是一样的，而不幸的人却各有各的不幸。"

男子自称东北辽东省林原县人，叫高满囤。自幼父母双亡，是吃百家饭长大的农村娃，后被好心的邻居收养并在其成年时将女儿下嫁予他。婚后多年才生有一子，去年，岳母领着六岁的孩子去村边玩耍时走失，全家全村动员找了好几天不见踪影，当地曾经丢过几个小孩，疑似被人贩子偷走。几个月后岳母后悔不已上吊自杀。媳妇在双重打击下精神失常，经常半夜出走寻娃，还常常见着同样大的孩子喊着自家孩子的名前去追赶。这次出走一个多月没回去，亲戚邻里多方打听不知下落，前几天听说这边有个东北精神病妇女，今天寻过来才知道两天前投江自杀，自觉亲人散尽，人生无望，才将剩下的五块钱在街边买点鼠药自我了结。

罗爱娣本来就是一个善良的人，听着高满囤的讲述早已泪水涟涟，想想自己的家境，不免同病相怜。遂决定收留高满囤在厂里就业，攒足钱再去寻人，如果不想留下来，待身体恢复后资助五千元回家。就这样，高满囤留在厂里做保安兼全方位力工，哪里有困难哪里就有他，而且忠心耿耿，乐于助人，给工资坚决不要，说命都是老板给的，能给口饭吃就行。开始也有人议论其身份的真实性问题，后来被其一如既往的淳朴与真诚感化。高满囤，就像罗爱娣工厂的产品一样，货真价实到无人质疑。他，就是一个知恩图报、善良敦厚化身的真实存在。

"阿弟，你去洗洗，领着大家休息一下，其他的活有人做。"罗爱娣看着满身汗透、满脸灰尘的高满囤说。她最近不知不觉中开始关注这个比自己小五岁、老实憨厚到有点傻的东北男子。

前一阶段，派出所片警来厂做外来暂住人口登记，高满囤憨乎乎地说自己从来没领过身份证，加上罗爱娣的影响和全厂上下一致的良好口碑，管片民警决定立马回去代为申请一个暂住证，正式身份证等回东北老家迁来户口再重新办理。至此，东北平原县劳改释放分子，袭警杀人在逃犯马思国在经济比较发达的江南水乡小镇演变为身世凄惨、性情敦厚、人品高尚的高满囤。

……虽然心中有事儿，但培训还是十分认真的。下课铃响了，大家还沉浸在我刚刚讲授的课程内容里，当跟堂听课的政治部主任再次提醒大家课已讲完，可以离开教室时，大家才缓过劲来，雷鸣般的掌声经久不息，中间夹杂着几声尖锐的口哨声，同志们用刑警特有的粗犷豪放方式表达自己由衷的敬佩和臣服。

"人出发了吗？"当大家走得差不多的时候，我和赵立群叫住王立伟及平原县局刑警队的几个同志。

"昨天晚上下半夜赶到省城，今天早班直飞南州的航班没票，先到京城再中转，估计今天晚上能到达目的地。"王立伟说。

昨天晚上王立伟、王闻他们汇报的情况虽是道听途说，但必须重视。世间无巧不成书。信息来源是刑警大队从平圣湖派出所借来个通讯员，叫程大伟，只有十五岁，虽然家境贫寒，读过初中二年级，但是十分聪明勤奋，来队里不到一星期，不但内务卫生大为改观，全队四十多人的手机、BP机、家庭电话号码，局领导、值班室、看守所，地区公安处刑警支队领导、值班室号码倒背如流，张口就来。得到了刑警大队上下一片称赞。

就这个小萝卜头似的通讯员，开班前连续两天跟王立伟和王闻说，他们屯（也在平圣湖边住）有名的媒婆张二婶，前几天去他家串门跟他妈讲：住在邻乡她兄弟媳妇的表叔，前些天到南州下边一个县去看当消防兵的儿子，儿子偷偷在当地处了一个对象，有一天儿子领父亲到对象单位——镇上一家织布厂，暗地观察儿子对象时，发现这个厂的保安像是那年杀害警察的马思国。后来这个表叔还让儿子问对象那个保安是不是东北人，一问果然是，是与松江省相邻的辽东省人。这就是昨天

326

晚上平原县局刑警队几个兄弟神秘兮兮跟我汇报的重要情报。

"一个农民为什么对通缉的马思国这么感兴趣呢?"我问他们。这样问主要是防止在东北农村,过去离不开,声誉又很差的媒婆"扯老婆舌"类小广播扩散出来的垃圾信息。

"金建华被害后,咱们局不是全力以赴追捕,全方位深入发动群众干了一年多吗,平圣湖一带,每个村屯、居民点我到场开会都不少于五次,我们还把马思国从上小学起一直到劳改队服刑能找到的照片印成一千副扑克免费发到每个农民家。另外,要求每家每户都将不少于三张的马思国照片贴在墙上,过春节被撕下去,过了正月十五派出所又发一遍,为此还训诫和警告了几户多次撕照片的人呢。"王闻说。

"更主要的是这次破获系列案件,我们确认马思国是袭警杀人的团伙成员后,通缉通报的奖励提高到人民币五万元,这对于一般农民来讲,是本地一户农家五至七年的纯收入,所以大家特别上心。"张柏华解释。

"这样,你们现在就向吴国强局长汇报,我建议分两组,一组领着小程秘密再访媒婆,必须砸死每句话并严格防扩散措施。他那个亲戚表叔不要触动,因为跟南州方向他服兵役的儿子连着呢,容易信息泄露惊动逃犯。另一组马上往省城机场赶,边走路边沟通,宁可信其有,不可信其无。"这是我昨天晚上听完汇报后的安排,所以一天心神不安,特别关注行动进展情况。

方婷玉是个典型的江南女孩,既能吃苦,又能算计,白天在织布厂上班,晚上还在自家楼下开个店铺,经营江南特色小吃,解决一家人的生计问题。半年前邻居家的一次意外失火引来了消防队，勇敢的消防班长在紧急关头冒火抢出了有爆炸危险的煤气罐，由此赢得她的芳心。

昨天，刚刚正式成为她男朋友的东北兵哥哥交给他一个神秘神圣的任务——测试她们厂子保安高满囤是不是东北松江省平原县人。要不是为完成男朋友交给她一个听起来严肃吓人，对她来说又有些荒诞可笑甚至好玩的任务，而且关系到她和男朋友体面结婚发家致富的大事，她才不做这种像特务一样的蠢事呢。在她看来，如果高大叔是坏人，这世界上就没有好人了。但是刺激好玩、有可能挣大钱的诱惑和男朋友的一再劝说，尤其听了男朋友"排除嫌疑归还真善，不是坏人不更好吗"这句话后才同意的。

上午下工的铃声响了，工友们放下手中的活儿，关掉机器，到与食堂门前搭着凉棚的一排水池子前洗手，排队进入食堂就餐。方婷玉故意落在后面，一边在水池子最边上的水龙头下慢慢洗手，一边注意门口保安岗亭那边动态。当吃饭的第一拨工友都出来时，发现高满囤才往这边走来，遂转身回到财会室去拿东西。

"高大叔，你总是最后一个吃饭，你看米饭都凉了，我这里有我家今早晨新做的大麻糕，你看我妈真是亲妈，给我带两大块，怎么吃得了，再说我正在减肥呢，来来，给你一块。"说着就用筷子夹一块大的放在高满囤餐盘里。

"哎呀呀！这怎么好意思。"高满囤嘴上这么说，手中的筷子已经伸向了诱人的美食。

"不过你们女孩子要理解做父母的心情，他们怎么做都怕孩子饿着冻着，不过咱们这边不冷，冻不着。"高满囤呵呵憨笑着。

"嗯嗯！可不是嘛，我妈最近可烦人了，差不多每月都让人给我介绍对象相亲，好像我是大龄剩女似的。"边说边做出生气噘嘴状。

"介绍的不一定都不行，有好的也要看看嘛！"大叔果然有长辈的样子。

"对了！高大叔。前几天我闺密她妈给我介绍一个当兵的，我妈跟我说两次我都没搭理，结果昨天我闺密她妈直接给领来了，结果被你说着了。"小方突然刹车。

"怎么着？"高大叔倒有点着急了。

"身高体健，浓眉大眼，个头至少有一米八五，那军装就像长在他身上一样，活脱脱地帅呆了喂！"小方姑娘不知不觉入戏，满脸洋溢着幸福的表情。

"真不错！这样的好男孩必须牢牢抓住，慢一点就会被别人抢走。"高大叔不但点赞，还给出主意。

"更重要的是，他还是中国人民武装警察部队学院消防系毕业的大学生军官，而且皮肤跟咱们南方人一样白……"小方姑娘好像对象就在眼前，抬起头往上看着说。

"他不是咱们本地人啊？"高满囤接住方婷玉的话，唯恐她喋喋不休地介绍起来没完。

"不是，是东北人。对呀，高大叔，你家不也是东北的吗？我这个对象是东北什么地方人来着……你看我这记性。对！他可逗了，还郑重其事地给我一张表，介绍自己的简历，上面还带着照片呢，你说傻不傻？啊！在这里，你看看他家离你们那里远不远。"说着，从随身的手袋里拿出一张类似找工

329

作自我推荐表格类的一页纸递给高满囤，笑呵呵地看着这位大叔。

"小伙子真帅啊！嚯！这肩牌上还两个豆，什么官啊？"大叔眯起眼睛欣赏。

"不知道，头一次见面就问人家什么官，对方还不得以为我想当官太太才跟他处的对象啊。"姑娘说得很真诚。

"这家住松江省…"高满囤从念念有词到默不作声，从满脸春风像中了邪风，面部肌肉就像患了神经麻痹一样开始僵硬，整个人如同被电击了似的僵住十几秒。

"大叔，大叔！他家这地方离你家远吗？哪天有时间我领来给你看看，帮我把把关怎么样？"姑娘按照原来设计的方案，又往前逼了一步。她也不自觉地被高满囤这种迅速变化的表情惊呆了，好在这种测试方法是她与对象两个人反复讨论、研究一晚上才达成一致通过的。

"这个，这个，这个地方我没听说过，更没去过。小方，你先吃饭，我去准备一下明天去上海买织布机的事儿。"说着高满囤掉头走了，出门时差点把邻座的椅子带翻。

"怎么这么巧？怎么这么巧！这么长的时间，这么远的地方，怎么还会他乡遇故知？"高满囤走回大门口的保安室，顺手将门插上，一屁股坐在椅子上想。

"是事儿犯了还是偶然的巧合？或者是公安局派这个小姑娘来试探？"他呆呆地看着织布厂大门一遍遍地问自己。"如果是事儿犯了，公安不得如狼似虎地闯进来把我铐起来抓走。如果是怀疑试探，还用得着指使这个自己再熟悉不过的小姑娘一脸幸福地显摆对象来验证真伪吗？这些都不像！那就是另一种可能，巧合。"高满囤经过自己认真的分析评估，做出了结论，心里安定下来，放松地把身体靠上椅背，将脚放在对面的桌子上。

"嗯！也不行。那小姑娘不是说要把她对象自己邻屯老乡那个当兵的领来给我看看吗，我看他不要紧，他看我十有八九会认出来，那和公安局认出来没什么区别，说不定当场就把我扭送到派出所去呢！"因为他知道自己前些年在老家整天骑着个摩托车东西两乡、南北二屯地乱窜，偷鸡摸狗，打架斗殴，赌博骗人，农村混混的事儿几乎无所不为，十里八村大人小孩没有不认识他的，高满囤突然觉得可怕起来。"不行，走，马上走！兵贵神速，晚一点就可能有变化，抓住就是一个死。"他把脚从桌子上拿下来。

"高大叔，一会儿跟我到银行去提笔款子，明天起早去上海买设备用，这家的账户不知道跟谁打官司被法院查封了，非得要现金，你说烦不烦人。"方婷玉在岗亭大玻璃下边的小窗户前跟这个万无一失的保安说。

"好的，随叫随到。"高满囤答应，憨厚的嘴角上露出一丝不易察觉的笑意。

……

"110吗？我这里是镇'锦绣织布厂'，快来人吧，我们厂财会室保险柜被撬，丢失现金十五六万元。我厂保安高满囤也不见人影，怀疑可能一起被绑架了。"第二天早晨六点钟，江南的天刚蒙蒙亮，镇派出所就接到市里的明星企业——本镇最大、效益最好的私营企业老板罗爱娣的报警电话。在现场老板身边的本厂财会人员方婷玉此时已经心知肚明，但是她不能说

331

也不敢说，隐隐中既感到一种莫名的恐惧似乎还有一丝庆幸。

下午，一拨来自东北腹地松江省平原县公安局的人在当地公安局刑侦大队配合下急如星火来到现场。晚上，两地警方结合现场痕迹物证，经过反复比对会商，最后确认，这个江南小镇织布厂的模范员工，老实敦厚的保安高满囤，就是当年平原县袭警杀人的劳改释放分子、盗窃今天织布厂现金的作案者——公安部督捕逃犯马思国。

像一颗不亚于当量巨大航空炸弹突然爆炸的冲击波，在这个江南水乡富庶的小镇上空呼啸掠过，颠覆善良人们的所有认知，伤害织布厂从老板到员工所有人的感情，人们不能接受又不得不接受这个残酷的现实——敦厚勤劳高满囤＝杀警逃犯马思国，一个活生生的两面人，真是"画龙画虎难画骨，知人知面不知心"。

（一二〇）剩勇追寇

马思国蛰伏并再次作案不仅在江南小镇引发强烈地震，在东北松江省松北地区平原县也掀起轩然大波。公安部门反应迅速，一道红色通缉令第二天就发至全国各级公安机关。围绕江南小镇半径两千公里的七个重点省份连夜开展第一波清查工作，全国水陆空交通要道，宾馆服务业等公共场所都张贴着小镇派出所留存的马思国（高满囤）暂住证上的最新照片，一张最新编织的天罗地网将中国大陆罩个严严实实。

"小子，这次你帮着县局把马思国'研究'出来很是不错，不要再提枪上阵了，否则大家会说闲话，我指的不光是地区公安处，也包括咱们平原县公安局，破案追逃是刑警的基本功，不光咱俩会干。"这天晚饭后的休闲时间，七叔一边喝着茶，一边跟我说。这么多年，他说话还是改不掉倒装句的习惯。

"是！但是我真的想去，马思国不抓到位，咱们爷们儿、咱们县公安局，尤其是刑警大队都没脸见烈士家属。"我心里有些不甘地说。

"我理解，理儿倒是这么个理儿，但是不干咱们这行，没经过生死相依的刑警工作生活，别人是不理解的。破案追逃，是公安机关的日常工作，作为公安机关领导，没必要总是冲锋在前。你现在不是我当年打仗时的骑兵连长，又不是县局分管刑侦的副局长、局长，而是地区公安处的副处长，县团级干部，什么事儿不能由着性子来。"七叔语重心长。

"明白！"我挺直了腰板。

"明白！"伊戈尔在旁边学我，被苏医生捂着嘴拉进奶奶房间里。

"奶奶，爸爸为什么那么怕爷爷，爷爷声音一大他就这样'啪'的一个立正。"说着两腿一并摆出立正的姿势。

"那是你爸从小得了怕爷爷的病，到现在也没治好。"斯琴在一边添油加醋。

"我亲爱的孙子，那不是怕，是尊重。咱们中国有句话'师徒如父子'，你爸毕业参加工作就在你爷爷手下当兵，他们俩，既是师徒，又是父子，怎么能不怕呢！"七婶这几年随着年纪大，在中国时间长，已彻底中国化了，不但更加注重亲情，也更加热爱中国。

"姑姑，你怎么不害怕爷爷呢？"伊戈尔似乎还没完全理解，转身问斯琴。"我和你爷爷，只是父女，不是师徒，当然不怕了。"伊戈尔小时候就像朋友一样跟斯琴相处，说话也没大没小。

"噢，我明白了，就像我不怕我妈，但是害怕老师一样，对吧？"伊戈尔茅塞顿开。

"哈拉少！我聪明的侄子。"斯琴抱着已经是大小伙子的伊戈尔亲一口。

"嘟……嘟……"客厅里的红色警备电话响了。"我是老巴，请讲。"七叔拿起电话。

"小公肯定不行，他一大堆事儿呢。我回去？这件事儿你再慎重考虑一下，眼下毕竟改革开放，人、事、物变化极大，我这脑子有点跟不上形势，再说也年满退休了，虽说是顾问，也基本上是人家问，才能光顾一下。咱们'三驾马车'破案的年代已经过去了，我和小公总回去掺和咱们县里的案件，对你的威信，对县局整体声誉都有影响。嗯？那好，老高要是下命令，我就去。"七叔放下电话。

"是吴国强？"我问，现在一听到平原县的任何事儿，我都感兴趣，自觉不自觉地往前凑。

"是他。他说这次抓马思国，如果你还在平原县局，他还是副局长，这样的'卧兔'（指狩猎时的固定目标）能变成'跑兔'（指狩猎时的活动目标）吗？现在的侦查员，你一句话没交代好，他就给你干跑偏，煮熟的鸭子都能搞飞了。这事儿气得他昨天一宿没睡着觉，想来想去还得找咱俩回去，'三驾马车'继续追逃，被我拒绝了。他说请示高处长，起码让

334

我回去一趟。"七叔说。

"嘟……嘟……"七叔话音没落，电话又响了起来，我把电话递给七叔。"我是老巴，哦，高处长。"七叔竖起左手食指，放在嘴前做噤声动作。

"老巴，平原系列案件最后一个逃犯马思国的追捕问题本来是不用咱们地区公安处指导的，但这是袭警杀人案件，必须重视，所以我想让你前去进行专项追逃指导。不过，最后还得跟你徒弟小公通个气，他虽然没有决定权，但是有一票否决权，他要不同意，我也是没有好办法滴，哈哈哈！"高处长在电话里朗声大笑，隔着电话听筒都能感到声震屋宇。

"组织的决定只好服从了。"七叔装出无可奈何的样子，孩子般地冲我笑笑。

"今天下午妈妈给我来电话，说有人到她们单位了解她的情况，包括退休以后这些年都干什么，去过哪里，是不是经常出国，有没有海外亲属什么的，据说还去了街道派出所，怎么回事啊？"临睡觉前，苏医生才想起这件事儿。她是警嫂，对去派出所了解有关情况的事儿比较敏感，但不是害怕那类的紧张。

"了解妈妈能有什么事儿，她已经光荣退休好几年了，估计还是上次七叔听专员说关于我的事吧。"我漫不经心地回答我们家的"政委"。

"让你去做什么，搞得这么严肃神秘。"苏医生大眼睛里都是疑惑，还有一点点忧虑。

"不是让我当省长吧？"我逗她。

"不像！"她断然否定，继而想一下，发现自己上当了，

335

"讨厌!"转过身去了。

实际上我已经知道自己即将离开现在岗位甚至是单位,凭借着职业敏感和曾经的教育背景,也能预测出未来的基本方向,只是这一切都是不能说的。家属这个信息,说明组织已经启动调转我工作的有关程序了。不想不知道,一想吓一跳,这一判断立即驱散困倦,一点睡意都没有了。"刚刚离开基层火热的公安工作和亲如一家的刑警兄弟,真的还要离开流血流汗没流泪的刑警队、国家安危系于一半的公安工作吗?"我的心情有些不平静了,与其睡不着在这里硬挺,倒不如去书房找本书看看,我披着衣服坐起来。

"你干什么去?"原来苏医生也没睡着。

"睡不着,我去书房坐一会儿。"我说。

"别去了,公公在那里。"她身也没转过来说。

"你别为难,你到哪里我们都跟着,当海警做你的港湾,去边防做你的后方基地,大不了我不干本行当个教师,连伊戈尔都一块教了。斯琴回来,七叔他们短时间相互也有个照应。如果你去比松北还好的地方,安排落实好工作生活后咱们再接他们过去。我现在越来越体会到,没有什么比一家人在一起更重要了。"苏丽梅轻轻地但是态度坚决地说。我一时语塞,心中五味杂陈,叹口气,重新躺下,让她的头靠在肩上,抱着这个外柔内刚、大事儿明理的妻子。

"公孙、公孙!"我迷迷糊糊刚睡着就被苏医生推醒。

"怎么了?"我说着就要爬起来。

"你去书房看看吧,我听公公都出来两次了,可能遇到难题了,你去陪着说说话,婆婆进去说两句俄语我也没听懂。"

苏医生趴我耳边说。

"你什么时候当起特务来了?"我调侃她,接着胳膊就被她拧得生疼。这是她的秘密武器,也是一种最具"家庭暴力"的方式。

"七叔,你休息一会儿,我来做。"我给一个茶杯续上开水,顺便将一个扁瓶的"平原二两"被当地人称为"平二"或"瓶盖"的57度白酒递了过去,因为伏特加酒都在斯琴、伊戈尔房间,我只好拿它顶替。

本来还有一盒猪手罐头,刚才出门被苏医生抢下换了一盒好消化的山楂罐头。

"好好!你坐这儿。"七叔起身坐在书桌侧面的椅子上,把正位让给我,顺手接过打开盖子的小酒瓶仰脖喝了一大口,当看到我手中的山楂罐头时有些意外,"这是小苏给换的,我原来保障的可是猪手罐头。"我连忙解释并抬出他儿媳妇挡驾。

"这个好!这个好消化。"七叔言不由衷。

七叔书桌上放着一张民用版的全国地图,马思国隐匿的江南小镇被他用红铅笔标注得非常醒目,以红点为中心,几条类似制式箭头正在虚线扩展。别看七叔文化不高,但因在八十八旅接受过苏军严格的参谋图上作业训练,又在当年东野司令部当过一年多的作战参谋,经过实战检验和刘亚楼参谋长的首肯,图上作业水平自然是杠杠的。

"你怎么看?"七叔一口酒一口山楂罐头把我带来的"夜宵"消灭大半,才缓过一口气问我。

"我认为您标注的都对,但是太注重交通干线和交通发达地区了，这在案发时无疑是对的，但时过境迁，他需要一个靠近交通枢纽相对发达的地方来落脚，考虑下一步去向，我们是否处在这个时间段？"我看了几分钟七叔标注的地图说。

"你说得有道理，为什么，接着说。"七叔显然在认真考虑我说的话。

"从马思国逃亡这几年的情况看，他逃跑完全是放任式的随波逐流，看似没有任何章法套路，实际上这就是最好的方法套路，恰恰就是这点迷惑了我们同时拯救了他。为什么这样说？我们警方，包括过去的军方侦察情报部门，研究对手都是按照人的生活习性、性格特点、生活经历、个体爱好、社会关系等'靶心效应'来研究评判一个人的去向，进而采取相对工作措施开展追捕。你看他，东北人往南方逃，只求苟延残喘生存，不求生活质量高低，用最悲情的谎言赢得善良人们的普遍同情，乡愁满怀却从不与家人联系，身在闹市做保安，却等同青灯孤影隐居深山，如果没有强烈的生存愿望和活下来的信念支撑，有这种定力的人恐怕很少，除非他是有某种宗教信仰的人，何况他当时身无分文。"我一谈起案子不仅思路开阔，有时还眉飞色舞。

"别扯那些用不着的理论，说点实际管用的。"师傅早就不耐烦了。

"上次从东北平圣湖逃来江南，他身上没有多少钱，基本是搭乘各种低端交通工具甚至是步行流浪到江南水乡小镇的，到这里他已穷途末路，否则不会选择喝老鼠药自杀。"我看一眼七叔。

"比较靠谱，继续说。"七叔又珍惜小心地酌一口酒，吃一粒山楂。

"这次不一样了，他不仅有几年南方的生活经历，而且懂得或适应南方的生活习惯甚至能听懂部分南方地域方言。更重要的是，他手里有将近十六万元的现金，足以支撑他逃至远方。"我看着地图说。

"你看看我分析他可能逃跑的方向路线。"七叔不无炫耀之意。

"对一般逃犯来说，你确定的方向路线都对，就是现在，也有百分之八十的准确概率。"我小心地说。

"嗯？你仔细说说看。"七叔严肃认真起来。

"你别生气，我还是你的参谋，干的还是参谋的活儿，只是提出方案供你参考，不过现在是讨论方案阶段，你不能武断打压，拒闻良言。"我半开玩笑半认真地说。

"别废话，挑干货说。"七叔命令。

"是！"我不自觉又回到当年平原县公安局土平房里刑警队最年轻的参谋时代，思绪开始活跃，语言也随之流畅起来。

"七叔你看，这民用地图虽然不甚详尽，但是仍然能看出他逃跑的小镇毗邻沪市，且水网密布，也就是水运航路或水上逃跑更为便捷有效。虽然身上有大量现金携行，但是凭借马思国这几年的生活经历和悲情表演，弄个南方的蛇皮袋伪装上点废铜烂铁，多给点零钱就能搞定。凭借他重伤害前科和敢杀警察的胆量，如果对方看出破绽或见财起意稍有异动，他定能分分钟消灭对方夺路而逃，这是您考虑较少的地方之一。"我眼睛离开地图看看七叔，他头都没抬，做一个继续讲的手势。

"如果他从水路逃往沪市，有利的方面是大都市人口众多

339

鱼龙混杂，便于藏身。不利的方面是城市管理较农村城镇和渔港江边严格，作为资深逃犯的马思国可能比任何人体会都深刻，按照他过去的逆向思维和行为方式推测，他可能从离开单位财会室起，就利用熟悉当地情况的优势，借助小江小河上的各种交通工具逃离现场，汇入主流第一大江水系。这里目标小，成本低，各种信息传递慢，当公安机关全面架网布控时，他已经跳出我们的包围圈。"我抬头看看七叔。

"继续说。"七叔还是不表态。

"方向，我认为往上游逃亡的可能性大，山城一带历来是三教九流汇集之地，帮会林立，社情复杂，大西南因历史上搞'三线'国防工程建设，有数量众多的东北人生活于此，并且都在深山野谷之间，地形复杂，交通通信闭塞，便于隐藏。还有马思国前期逃亡做出许多我们意料之外的事，因此我们也不能按照常规出牌，应该以偏制偏。"我停顿一下。

"具体措施，从哪里入手？"七叔不愧是刑侦专家，专检要害的节点问。

我继续，"组建追逃专班：确定专门领导负责，应该是吴国强挂帅；专门顾问指导，应该是您；专项经费保障，应该实报实销；组建队伍，应该不少于五十人。把中国大陆按照省级行政区划分为东西南北中五大片区，每区四组八人包干，这就四十人。剩下十人，四人负责综合各方信息，六人每天研判各方情况，并作为机动力量随时支援各区处置突发情况。"

"这些我都会，吴国强也不是傻瓜。"七叔似乎有些生气。

我一看，酒和山楂罐头瓶都空了。

"稍等一下。"悄悄走进卧室翻动苏医生一侧的床头柜，刚一弯下腰，手就被"家庭政委"捉住。

"你干什么?"大眼睛瞪得吓人。

"我和七叔正研究到关键处，思路不畅，又突然断酒断粮，老爷子不高兴了，一会能不能动手都不好说，最轻的也得面壁思过。"我一脸凝重。

"一会儿你听着点，伊戈尔醒了千万不要让他过去，否则这爸爸的形象彻底废了。"我说的跟真事儿一样。

"是吗!""苏政委"紧张地坐了起来，一看表，已经凌晨四点了。

"那怎么办，叫婆婆或者斯琴过去劝劝?"她历来是眼睛大胆子小。

"你傻呀，谁过去劝，不都是我出来后别人才进去的，信息自然是我提供的，七叔不更生气加倍处罚才怪，搞不好连你都得一起批，人到了这个岁数有时候既固执情绪又不稳定。"我吓唬她。

"那你想怎么办?"她退步了。

"再给我找一瓶'平二'、一盒牛肉或午餐肉罐头。"我知道苏医生怕伊戈尔吃零食不健康，他奶奶、姑姑又管不住，收缴伊戈尔不少亲朋好友送来的好吃好看但不一定健康的简易食品，偶尔作为奖励发给儿子。'平二'小酒也是七婶怕七叔喝起来没节制，别人管不住而让苏医生代为保存的。

"这是真的?"傻娘们儿专门问傻问题。

"是真的，你老公说话能有假吗?"我抓过酒和罐头赶紧溜走了。

当我悄悄在厨房烧开一壶水拿进来给七叔沏好新一杯红茶

341

时，七叔正在全神贯注地在民用地图上标注江南小镇水网与附近主要江湖水系的通航情况，无疑我的建议被他采纳了。当酒肉茶香扑面而来时，他饱经风霜的脸上再次露出孩子般的笑容。

"说说从哪里入手？"声音更加温和，让你有点怀疑自己的耳朵。

"从他盗窃带走的新版人民币入手。王闻昨晚给我来个电话，确认马思国带走的是百元票面新版人民币十五万元整，另有其他不同票面的人民币五千四百三十七元。但是，这些零钱都是上次厂财会室方婷玉有一次进货回来不小心将装钱的袋子放在印染车间的工位上被污染成蓝色，银行答应下个月开支时给兑换新钱，结果这次一并被盗了。"我说。

"你是说，这些被污染过的钱，在流通市场上老百姓不一定认可，也就是花不出去，对吗？"七叔眼睛发亮，大声问询。

"是的。"我认为是这样。

"那就是说，他要逃亡消费，必须动用当天从银行取回的十五万新版一百元票面的人民币，这些钱号码是连着的，对吗？"七叔紧追不舍，连连发问。

"完全正确。"我回答肯定。

"啪！"七叔击掌起立。"如果以马思国逃跑的江南小镇为中心，以方圆五百公里为半径，以水路水网为重点，申报省厅电商江南省公安厅，请当地公安机关全力配合，我们将五十人，不，一百人全部压上去，只要能访问到一张新币或一张被污染过的旧币，再视访问的地点与小镇的距离而定，方向就出来了，如果在同一方向往前延伸访出第二张第 N 张新版人民币，逃跑的路线就能确定，范围就能从全国缩小到一个方向几个省份，我们追捕成功的概率将大大提高，对吗？"七叔不但站起来，似乎有些手舞足蹈了。

"是的！我就是这个思路，不知道对不对，跟你对对标。"我不敢造次。

"这个思路没有问题，就看怎么操作，如何执行！"七叔肯定。

"老婆子，小苏，起来炒菜做饭，我和小公要喝酒，不要'瓶盖'，给我拿伏特加来。"七叔高兴异常。

"小子，你就是为打击犯罪而生，为保卫人民安全而战。咱们哪里也不去，就在公安局刑警队干。谁要让你走，我拼着老命也要上访告状，别人告状找不到地方，我一告一个准，我的老上级，前中央顾问委员会里还有一大批呢！"七叔激动不已。

我在高兴之余隐隐有些不安，这老爷子，今天太兴奋了吧，这酒，给还是不给，喝还是不喝？不给不喝肯定是不对的，但是给了喝了能不能有什么情况啊！我担心地看着苏医生，她却一脸平静地看着我，可能还在为早晨我骗她拿酒拿罐头这件事被识破生气吧。但是，如果真像七叔说的那样不离开公安局刑警队岂不是最大的好事儿，苏医生反应慢，一会儿就能缓过劲来。正琢磨着，她突然快步走进斯琴房间，拿出一瓶精装伏特加来，然后步履轻盈走进厨房，手脚麻利地干起活来……

（一二一）凭空蒸发

　　七叔和吴国强把当年沿松花江走访调查"采花大盗"的八百公里"寻魔计划"移植到这次抓捕马思国的追捕方案中来，并因地制宜作出很多删减和补充，使之更具可操作性。仅仅三天，在距小镇不到一百五十公里的江边小卖店里访到了这次织布厂财会室被盗的新钱，号码也在银行提供的范围内，经再次核对无疑。这主要是吴国强的脑瓜聪明，大肆宣传谁提供交易新币确认无误的，按照 1：5 的奖励当场兑现。这家小卖店的店主在不到半小时就挣到 500 块钱，自然十分高兴，东北警察只是用旧版一百元人民币换走新版的人民币，钱赚得爽极了。作为回报，他将那天来花钱买食品人的体貌特征描绘得十分形象具体。没经过太多的周折，侦查员在当地派出所民警协助下找到那个花钱购物之人，可惜是一个当地的农妇。正如大家所料，他是在替江上划摆渡船丈夫的船客之托下来买的。她丈夫描述此人体貌特征与马思国相近，但是这个人从哪里来没看清。在侦查员反复动员回忆两人接触到分离的每一句话、每一个动作甚至面部表情和眼神变化时，船工回忆起他老婆去岸上买食品时，俩人聊天的一段对话。

　　过客问："船往上游走几天能到山城？"

　　船工回："那得看你坐什么船，如果坐旅游的游艇，最慢三天能到，快的时候两天半也能到。"

　　但这个人也确实是他送到对面去的。通过接触，船工确认对方是东北人，因为这个船工曾经在内蒙古东部靠近松江省的地方当过三年兵。

七叔和机动支援组长许其华从松江省城直飞山城,利用公安部红色通缉令上要犯的分量和五万元人民币的奖励,加之许其华同学校友的支持帮助,从机场落地不到四个小时,就在偌大的山城车站码头等有关部位场所架起了大网。这是访到新版人民币的第三天,如果逃犯乘坐旅游船,也是今天靠岸的时间。但是,从访到新版人民币的同时,另外派出的沿上下游码头分班登船的各行动小组均无反应,情况不容乐观。

"计算一下他买的食品,按照一个人最低需求量能保障几天?"七叔突然想到这个问题,让年轻人许其华计算。

"一天吃一顿,不会太饱也就能坚持三天。"许其华根据发现组提供的食品数量回答。

"告诉各组扩大沿江两岸访问纵深,沿岸的车站和小旅店也不能放过!"七叔下令。

下午,在距离第一次发现新币两百公里左右的一个公共汽车站旁边的"过桥米线"小馆里,侦查员访到一张老板娘保留的新版人民币:因为票面新颜色红而被留存,在五倍利润的诱惑下终于拿出来交换旧币;时间是昨天下午,地点在距离山城水陆交通距离都不足两百五十公里的地方。看来,马思国逃亡方向是山城一带,办法还是各种交通工具交替使用,努力前行。

"命令往下游访谈的两岸四个组掉头支援加强上游各组,天黑前进城支援!"七叔发出第二道命令。

其时,一辆农用三轮车正在崎岖蜿蜒的江边公路上艰难爬坡,后面车厢里的乘客正在简易车棚下面蜷曲着身体,伴随着

345

单缸柴油发动机单调的嘭嘭声半睡半醒。

"这是哪里？不管哪里，只要是往南方运动就行，动就安全，不动就不安全。随心所欲达不到，随遇而安是命运，我自己都不知道将来到哪里，今晚住哪里，量他警察也找不到，何况还有这么多现金，足够漂泊一阵子。"马思国看一眼垫在身下、用蛇皮袋装着的、用一床在垃圾堆里捡出来脏兮兮的夏被包裹、已变形的十五万元现金，再用麻绳捆绑成的随身行李卷，若有所思地想着心事。

"大哥，前面正在修桥，我的车过不去，你走过去，到对面看看有没有往码头那边去的车吧，反正离那里也不到两公里了!"这个临时从稻田地里被重金雇来的司机停下车，回头大声跟乘客说。

"好吧!"马思国慢腾腾地下了车，在路边找一根枯树枝挑着不轻不重的行李卷，一瘸一拐地往桥梁建筑工地走去。

"老师傅，你们在这里看没看见一个三十多岁有点精神不正常的东北女人路过？"马思国声泪俱下，将几年前在江南小镇邂逅织布厂女老板的那个悲惨故事复述一遍，只不过把结尾那个精神病东北女人投江自尽的地点改为山城一带，果然引来多人围观且赚得不少眼泪与同情。这个正在施工的桥涵公司，原来是铁道兵某师集体转业地方的一个连队。部队的优良爱民传统和帮人扶困正气传承得很好。炊事班长老崔第一个站出来拉着马思国去吃饭，现场又有几个工人回去找来两套旧军装旧工装拿给炊事班长，用国人传统的方式资助有困难又值得同情的苦命人。

"兄弟，凡事儿想开点，只要人还在，就没有过不去的坎

346

儿。我们是男人！男人要坚强，明天太阳照样升起，生活还得继续。"老崔是河北唐山人，震惊世界的 1976 年唐山大地震，一夜之间让他失去五位亲人，成了孤儿。他用自己的亲身经历教育这位蓬头垢面、可怜兮兮的东北人。

"哥！我记住了，我不能死，但是我心不甘。有人说看见偷孩子的是在松花江边南码头上的船，我老婆没疯之前就沿着松花江找了一年半，回家不到半个月就疯了。出院以后时好时犯，专门沿着有水的江河湖泊找，这次我就是按照她以前的想法习惯来寻她的。都说'不到黄河不死心'，我找遍黄河沿岸，没有找到，但还是不死心。这次又从长江下游往上找，再找遍大江两岸，也算尽心尽力，对得起老婆一家的养育之恩了！"说罢，用脏兮兮的衣袖抹去顺脸而下的泪水。

"难得你是个有情有义的男子汉！"老崔也陪着擦干自己的眼泪。

"这样吧，你吃完饭睡一觉，下午两点我们施工点的生活车去码头拉菜，把你送上我们的通勤船，到山城澡堂子洗个澡，理理发，把大家给你的衣服换上，再去各处打听打听，如果没有，你后天早晨还是跟这班船回来。四天后，我们有趟去东北边城的大型桥梁结构水泥预制件专列，路上可能还要重新编组，挂别的货车，大约一周就能到达目的地。路上有活你就跟着干点，就算是一次性的押运员，按照临时工标准供你吃喝开点工资，用这钱买张车票回家过日子吧！"老崔不仅话说得敞亮透彻，也满含感情。

"谢谢大哥！"马思国咕咚一声跪下，咚的一声磕个响头。

"大哥对我有再造之恩，原来想在山城若找不到我媳妇，

347

就在这里了结一生。听大哥一番说教，特别受用。大恩不言谢，我这就去帮着司机师傅擦车干活，不能让大哥脸上没面子!"说着又磕一个响头出去了。

三天过去了，五天过去了，一周过去了。不仅沿江车站码头、旅店、饭店、小卖店等部位场所，在当地公安机关配合下都翻个底朝天，而且新币线索也中断了。山城公安机关架网布控、昼夜值守，没有嫌疑人撞网。就连当地公安机关在码头车站等行业使用的秘密力量，也没发现马思国的踪影。是指挥部判断有误! 马思国没有溯江而上，或是上来一段又因为某种原因卧下不动，能否流向其他方向其他地区了呢? 七叔、吴国强查找不出原因，只好放弃守株待兔的守候。除留下县局两个组和地区公安处七叔这个组外，其他人重新编成四个组，由吴国强亲自督导，从原点——江南小镇开始向下游访问，到水系入海口再转乘火车回东北，结束这段不得不认领失败的追逃。

"公孙，今天你哪里也不要去了! 晚上，咱们两家吃顿饭，把七婶也请过来!"早晨一上班，处长老高就到我办公室通知。

"好的! 只是七婶年纪有点大，不太习惯跟我们晚辈一起吃这种拉长谈式的聚餐，回去尽量动员一下。"我回答。

"那是你的事儿，我们要求是一个也不能少!"老高又露出那种飘忽不定的眼神和暧昧的微笑。

嗒、嗒! 两声轻轻的敲门声。"进来!"我一抬头，看见赵立群神情异样甚至惊慌地站在我面前。

"公副处长，听说你要调走了，是真的吗?"他问。

"我不知道啊，谁说的?"我很诧异。

348

"你别问我是谁说的，有没有这回事吧?"他还较上劲了。

"不可能吧!你没听坊间有人说'身体靠运动，当官靠活动'。活没活动，我自己知道啊!你别那样看我，我真不知道，谁知道谁就是王八蛋!"我看赵立群存疑的眼神，立马起誓发愿地保证。

"对，对!上哪儿啊?"我突然发现扯半天闲篇，连最关键的话都没问着。

"听说是省公安厅刑侦局副局长括号正处长级!"赵立群说得有板有眼，从自信的表情判断，应该有可靠的情报来源，你看，带括号的事儿都清楚，不像瞎掰。

"嚯!各村地道都有很多高招啊!"我借用"文革"中看过不下一百遍的《地道战》电影里那个人人皆知汉奸队长的一句话，来表达我对他情报来源准确性的敬意。

"公副处长，行署办公室打来电话，迟专员请你过去一下，我陪着你。"公安处政治部孙主任进来说。

赵立群跟我眨一下眼睛出去了。

"什么事儿?"我问政治部主任。

"不知道。"政治部门的同志从上到下历来作风严谨，不该说的绝对不说。

"报告!"我站在专员办公室门外喊道。

"进来进来，快坐下。"专员看样子是正在等我，但还是从上到下给我打量个遍。

"没怎么变，还是那样精神。"说着，递给我一杯事先准备好的茶水。

"小公啊，参加工作多少年了，来地区公安处几年了?"

专员关心地问，慢慢的语速和好听的男中音给人一种暖心的感觉。

"报告专员，参加工作十八年整，来地区公安处一年六个月零十四天。"我直起腰板汇报。

"好好！放松些，真是老巴的徒弟，才气中透着铮铮铁骨，文武双全，人才啊！当年没放你去南方，我对咱们地区、松江省是有贡献地！"专员抒发着感慨，把白勺的加重语气读成土也地，相当于现在年轻人网上语言"滴"。

"首长！"我心里有些激动，要站起来。

"坐下！"专员做一个用手往下按的手势。哒、哒！伴随着轻轻的敲门声，地委组织部夏副部长带着干部科长来到专员房间。我突然想起，两周前，地委书记调到外地任职，上周省委组织部来人召开地直机关干部大会，宣布迟专员主持松北地委工作，基本上是未来的地委书记。

"公孙坚决同志。"专员这次正式站起来。

"到！"我从椅子上跳了起来，并且瞬间立正站好，把组织部那两位吓了一跳。

"经地委与省公安厅党委磋商并报省委政法委备案，决定和同意将你免去松北地区行政专员公署公安处副处长职务，任省公安厅刑侦局副局长兼大案侦查处处长（正处长级），任免时间以文件下达为准，看你自己还有什么想法和意见？"专员看着我的眼睛说。

"服从组织决定，按照要求就职和报到！"我像多年前在操场上向教官报告一样。

"坐下，你们再看看有什么要叮嘱告诉的，一次性兜底告

350

诉小公！你们看到了，他这个处级干部单纯得很。去省直机关工作，用文件指导工作，跟地区还是不一样的！"迟专员跟组织部的两位首长说。

"公处长，今天谈完话，就可以回公安处自己办公室收拾东西，上交枪支弹药、文件案卷等公家物品，然后可以休几天假，但是不要走远。离开地区，要跟我们打声招呼，我们将跟省公安厅政治部保持密切沟通。何时报到，听我们通知。公安处高处长和我们干部科长把你送过去。家属工作掉转随迁等问题，我们将与省公安厅进一步协商，争取把事情办好！"地委组织部分管干部的副部长微笑着，但是严谨严肃地说。

"小公，咱们省城见！"专员说。大家站起身来。

"怎么样？"我刚走进自己办公室，赵立群就溜了进来。

"是工作调动，去省公安厅任刑侦局副局长兼大要案侦查处处长，是正处长级。"我心里一下子还没适应过来，面无表情地跟支队长说。

"哎呀！真的呀。"赵立群一屁股坐在我办公桌对面的椅子上，没有话说，眼圈似乎有些发红。

接着又进来分管部门的一些人，手脚勤快地开始帮我整理东西，有些随行物品和书籍，从平原拉来还没来得及打开，就要再次搬迁了。大家心里都有些不一样的感觉，尽可能说些平常的话题，极力维持正常的气氛。东西少，又有大家帮忙，连公家物品上缴登记和自己物品打包整理也不到两个小时。赵支队长带着他们支队两个年轻的同志开车把我连人带东西送回了家。

"我的孩子，这是怎么回事啊？"七婶从外面回来，看见客厅里我的随身物品，吃惊地问道。

"七婶，我的工作又调动了，这次是去省公安厅刑侦局当副局长兼大要案侦查处处长，具体报到时间还没定，可能不会超过一周。等我过去安顿好了，再回来接你们。我估计需要半年或者更长的时间，但是不会超过一年。斯琴和丽达的工作及伊戈尔的转学问题，我报到后再向组织申办，我七叔原来就是省厅的刑侦专家，这次实至名归，一切顺理成章了。"我装作轻松愉快地跟七婶说。

"我的孩子，你辛苦了！谢谢。"七婶上来紧紧地抱着我，两行热泪顺颊而下，我几乎也流出泪来，但是被极力控制住了。

"公孙，公孙，你真的工作调动了？"苏丽梅一进屋，看到满地我个人随行用品，激动得说话都有些不流畅了。我把情况简要地跟她学一遍，她马上冷静下来。

"总体上看是件好事儿，也实现了咱们当初的梦想。八三年省厅就要留你，我差点辞职跟你去流浪。十八年后，我们名正言顺带着全家搬去省城，将来老人就医、孩子上学都能获取更优质的资源，你还能在你喜欢的行业里做你自己喜欢的事儿，就是幸福。不过，公公婆婆不知道什么想法心态？我这几天先跟婆婆聊聊，公公那边原来就是省厅刑侦专家，这回更名副其实了。他们退休，原单位开工资，离休干部到哪里，国家都有统一的政策，没什么问题。""苏政委"开始分析评估由于我工作调转而带来对家庭成员及各方面的影响。

"斯琴能怎么样？她处那个外办的对象怎么样了？将来去省城她能同意吧？"我问。

"去省城，她是一百个同意、一千个适应。在南方特区生活工作那么多年，人往高处走还能不适应吗？不过你说外办的那个对象早就吹了。那个男的，听介绍人介绍和看照片也是一百个同意，但是接触几次看斯琴标准的'俄罗斯大妈'身材和直来直去的怼人语言，就找借口跑掉了。我们单位那几个离婚的都带着小孩，有一个科主任人和技术都不错，就是有一条，不能和斯琴生小孩，怕他家满族的纯粹血统被俄罗斯血统破坏了，你说气不气人！""苏政委"评估得比较靠谱。

"你们那个主任家，肯定是清朝遗老遗少或伪满洲国的什么皇亲国戚，被苏军光复东北时打趴下了，否则怎么有如此荒谬的言辞。"我愤愤不平，差点骂出"他妈的"，咽口唾液还是忍住了。既然暂时没单位没工作，就别装了，跟在老婆后面打杂聊天吧！于是，我把自己将来往省厅带的东西拉进书房，就跟着苏医生在厨房里帮忙，给媳妇当助手。苏丽梅从来没享受过这个待遇，严重不适应，语言不是太过严厉就是太过温柔，自己好几次拿错东西。

"算了，你还是进屋看书去吧，你这帮忙叫'越帮越忙'，一会儿孩子回来，按时吃饭都有问题了。去跟婆婆练练俄语吧，说不定到省厅还用得上呢！"说着把我推了出来。

"公孙，公副局长，公处长！"一听声音就知道是斯琴回来了。

"你怎么知道的？"苏丽梅走出厨房问。

"地委机关都传遍了。说头可多了，传说原计划拟调公孙去省安全厅当侦查处长。后来公安厅和松北地委都不太同意，结果公安厅先下手为强，趁着安全厅向国家安全部报批的机会

353

把公孙任命为刑侦局副局长兼侦查处处长，松北地区全力支持，立马同意，说文件今天就到，公孙明天就走，是不是这样？"斯琴鞋都没脱，包都没放下，就说这么一大堆话。

"不知道呢，公孙没说。""苏政委"一时有些蒙圈。

（一二二）边境双雄

"上游"号蒸汽机车怒吼着拖起长长的桥梁预制件专列，铿锵有力的四个红色大动轮带动钢铁巨龙，穿过云遮雾障一路向北。专列守车里除了这次运输部门专门配备拿着信号旗（信号灯）的押运车长外，还增加了一个身着绿色老式军便服、蓝色工装裤子、棕色翻毛皮鞋、理着平头的桥涵公司临时押运员做助手。这个四十岁左右叫谢忠厚的押运助理，人既聪明又勤快，能干活会唠嗑。上车不久，就把这次押运专列守车的功能（供运转车长押车，瞭望防护，监测货运列车的状态，机车制动失效时可以辅助手制动，以确保铁路专列货运的安全）、押运车长和押运员的职责，理解和辅助执行得十分到位。每到一个会车站点停车待命，他都会下车买来水果、食品、热水及街头小报、休闲杂志等车上十分需要的东西。尤其是夜间运行、状态值守，几乎都被谢忠厚助理一个人承包顶替，这令押运车长十分满意。专列伴随着凉风袭来，衣物添加，继续一路向北。终于，在第七天夜间11时30分停靠在中俄国境边上一个二等站货物站台上。谢助理最后一次给车长买回一袋热乎乎的包子和豆浆后，匆忙告别，去赶回老家的公共汽车。押运车长恋恋不舍地目送他消失在灯光昏暗的边境小镇街头。

　十天后，松江省省会所在地松江铁路公安处刑警支队办公室。已是刑警支队支队长、当年铁路平原车站派出所所长郑继先，正翻阅着阵控基础大队报上来的"铁警站车动态反映"中一条边城铁路车站派出所驻所刑警责任区中队报告："据责任区内 16 号信息员反映，站内特许 5 号夜间摊位卖包子豆浆的满大爷说，一个四十岁左右，着装类似复原兵，说话不完全是当地口音的人，用一百元新版人民币买两份包子豆浆，又添加二百元新币和买包子剩下的七十多元钱将满大爷身上披的家常薄棉袄也买了去。此人出手大方，口音不正，怀疑是否为境外派来的间谍，不知要搞什么鬼，否则不会做出这样有悖常理的事情来。中队长已经叮嘱满大爷用塑料袋保存好三百元新版人民币，等待公安处通知后再作处理……"

　"嗯？等等！刚才看什么来着？"已经往下看到第三页站车信息的支队长突然反应过来。

　"新版人民币？有悖常理？什么情况？"郑继先重新翻回去，细细研读刚才看过的这份信息报告。由于多年在平原铁路公安机关工作，对平原有关情况特别是平原县公安机关的信息格外关注，他记得好像前段时间部局发过红色通缉令，疑犯就是平原县公安局通缉的人，其中提到过什么新版人民币。对，半个月前，平原县局局长、自己的老相识吴国强还为部下执行紧急任务坐火车的事儿给他打过电话，能不能跟这件事有关联啊？

　"小文，小文！"他跟所有搞刑侦的基层领导一样，想哪样是哪样，立即大呼小叫。

"支队长，你叫我？"女内勤——去年铁警学院的毕业生，一个高个子的姑娘应声而至。

"你马上给我把今年，不，最近两个月的公安部和铁路公安局的红色通缉令拿过来！"郑继先头也不抬地命令。

"是！支队长。这两个月上红通的就三个逃犯，两个已经抓到撤下通缉通报了，就剩下一个是杀害警察的逃犯叫马思国，逃跑多年。最近在南方一个地方发现他再次作案，带着十五万元新版百元票面人民币现金逃跑了。我马上去给你拿过来看！"内勤小文说完出去了。

十分钟后，边城铁路派出所所长与驻所刑警中队长共同在所长办公室，接听公安处刑警支队长的固定电话，要求按下免提键："立即找到满大爷，核对三张新版人民币编号，如果号码在'R99……'范围内的，立即用一千五百元现金换回这三百元新版人民币。条件是必须保密，此事关系重大，要求妻不过、子不传，否则后果自负。核实完，要立即用专线电话向这个号码电话报告，然后集合责任区刑警中队，在派出所等待支队长带队过去交代任务。请满大爷在中队等待配合工作，好生招待，热情服务，不准问话！大爷家的营业损失，按照三日内自己申报平均日收入金额，由刑警支队出资赔付。"

"什么情况？"再次按下免提键，恢复正常电话功能后，派出所所长与责任区刑警中队长面面相觑。

从地理位置上说，中国边城市（县级）与对面俄罗斯的卡拉斯诺市直线距离不到八百米，中间虽然有一条界河，但是水很浅，最深处的水不及腰，冬天冰冻封河，小孩子打一个东北说的"出溜滑"就能出国。毫不夸张地说，中俄两国边民隔着河分分钟就能说好的事儿，两个国家最快也要半个月二十天才能达成某种共识或默契。

如果从历史上追溯，中苏（俄）两国其实从一九五七年就在两个边境城市之间建立了小型的贸易关系，可惜时间不长，随着中苏两国关系转冷而中断。一九八三年，随着中苏两国之间外交关系的松动冰融，这里民间贸易才开始活跃起来，不过基本属于半走私的非法贸易，这种情况一直维系到一九八六年才逐步走向正轨，特别是苏联解体，东欧剧变后，中俄边境贸易才正式全面开始。

这时，边城的中俄边境贸易正值中俄两国各自的特殊时期。中国改革开放，国外的物质文化蜂拥而入，渗透到社会生活的方方面面，人们思想空前解放，计划经济正开始向市场经济艰难转型，社会万象更新。新的社会治理和边境管控还处于"摸着石头过河"的探索阶段，各方面制度还很不健全，和其他边境口岸一样，非法贸易活动猖獗。中俄边境贸易除了一批倒腾中俄（苏）市场紧俏物资，诸如中国日用品和俄罗斯汽车、钢材、退役军用物资的双方"倒爷"外，还有相当一批两国不明身份的掮客大佬混迹其中。他们既不像普通老百姓用牙刷、电动刮胡刀等日用品换军用品望远镜之类做些捅捅咕咕的小生意，也不像以营利为目的，双方交换舞厅歌女、卖淫小姐，接送偷渡客，走私野生珍奇动植物和紧俏烟酒类商品的传统走私贩私团伙，而是连坦克导弹都能倒、外交档案也能卖、走俏的科学家可以领进带出。只要价钱合适，一周之内，中俄公民身份可以转换，不能转换的只是外在形象，给再多的钱，黄皮肤、黑头发也变不成白皮肤、黄头发。

357

与边贸走私配套的就是外币兑换黑市随处可见，有的遮遮掩掩，有的明码标价。当然，打的是卢布和人民币的招牌，实际上最受双方欢迎和追求的是兑换美元。当时，人民币与美元汇率接近 8.3：1，但是黑市炒到 10：1 或 11：1，如果需求量大又要求当天兑换，最高达到 13：1。人民币与俄罗斯卢布汇率接近 1：10，但是黑市上 1：15 甚至 1：20，也没几个中国人兑换。所以，美元就成了黑市上的硬通货，用美元不仅双方的事儿都好办，而且是公认的大佬身份和地位的象征。

　　四个热乎乎的牛肉芹菜馅包子和一大杯热豆浆下肚，马思国身上也热乎起来。他半夜从车站出来，就到中俄边境贸易中心市场附近的一个小旅店边上观察。发现这里不但没有想象中国境边上的紧张神秘，有关部门似乎也没有像内地那样对人、车、货物管控严格。特别是下半夜一点多钟，几家酒吧舞厅还灯红酒绿，闹闹哄哄地人进人出。人们除了对金钱、美女、美食、美酒感兴趣外，似乎忘记了这个世界应该和必须有的劳动与付出。另外，他注意到，凡是俄罗斯人和与俄罗斯打交道的人大都西装革履。晚上凉点儿，个别人穿大衣戴黑色礼帽，提着一个类似装钱的保险箱。至于箱子里是卢布、人民币、美元还是砖头，那只有提箱子的人知道了。这样的人，有几拨进去出来，都有人开门让道，用现在的话说，不是大款也是小腕。

　　当天晚上，已经革新换面的马思国出现在一个俄罗斯人开的高档西餐厅里，手里也提着一个场面上人都提着的保险箱，坐在灯光较暗的角落里，一边慢慢地品酌着像中药一样难喝的苦咖啡，一边等着不仅在东北边城，而且在俄罗斯远东地区也是神通广大的俄罗斯大佬——安德烈的到来。这是他利用一天时间和五百元小费在五个宾馆大堂和餐厅酒吧获取的准确信息。据说，这位年纪不大的俄国大亨是前苏联秘密警察克格勃总部一个负责亚太地区局长的公子，也是俄罗斯远东著名金融寡头的女婿，与中国边境地区相关部门同样交往甚密，在两国边境地区呼风唤雨。

"如果找机会能和这位大佬挂上钩，把自己带出中国进入俄罗斯，岂不是一劳永逸？即使过境为老毛子当牛做马，也比在中国被警察抓住枪毙强。至于手头这十四万多块钱，如果能顺利出境就算花钱买命了。"马思国边欣赏着吧台里俄罗斯男孩勾兑鸡尾酒的花样表演，边眯缝着眼睛想自己的心事。

"先生，咖啡，加吗？"一句生硬的中国话惊醒了他。抬头一看，一个四十岁左右（俄罗斯人的年龄不好判断），身材高大，金发蓝眼，足有一百六七十斤的俄罗斯大婶正注视着他，等着他回答。

"加，加，有茶吗？"马思国被突然发问，有些语无伦次。

"红茶，要吗？"俄罗斯大婶发问。

"嗯呐，要，可以！"马思国不知道自己说的那句话，这个老毛子娘们儿能否听懂。

"可以。"胖大婶走了。片刻，一杯印度红茶端上来了，一看托盘里的消费单，五十元的金额令他大吃一惊。

"这不讹人吗？"马思国有些愤怒，但是一看女招待的大蓝眼睛，突然换上一副极有涵养的微笑。

"不用找。"他将一百元红色新版人民币放在托盘里。

"先生，谢谢！"女招待喜上眉梢，礼貌地点头致敬。

"让一下！"一个很霸道的声音从门口传来。接着呼呼啦啦地进来七八个中国人，穿着清一色的黑衣黑裤，剃着三面理光刮净、头顶留一撮寸板的"炮子头"，簇拥着中间一个穿西服扎领带，看样子三十多岁的高个男子，此人白净脸上卡着一副圆框墨镜，戴着雪白汗布手套的双手特别扎眼。跟班的人中，至少有四个人提着制式不一但是非常精致的手提箱。

"老板娘，有包厢吗?"其中一个个头中等、满脸横肉的黑衣男子问。

"先生，我们这里是俄罗斯西餐厅，没有包厢，老板还没上班，有话请跟我讲。"俄罗斯胖大婶上前搭话。

"你们老毛子脑袋就是一根筋，现在像点样的地方都有包厢，就你们家没有!"黑衣男子说话也有点横。

"铁头，怎么这样讲话? 向人家道歉!"西服男子说话了，声音不高，但是中气十足。

"是! 四哥。对不起，小姐!"黑衣男子瞬间点头哈腰。

"问一下，我们能预订几张桌子吗?"黑衣男子说着将一捆没开封的绿色旧版一百元人民币拍在吧台上。

"可以，请到这边来。"说着就把一行人领到马思国坐的这里。

"好! 就这靠里边十二张桌子我们全包了，把那位先生打发走，他消费的款项由我们买单。"满脸横肉的黑衣人指手画脚地说。

"请稍等一下，我需要征求这位先生的意见，他毕竟是先来的，消费刚刚开始。"俄罗斯大婶用生硬但不失礼貌的话说。

"先生，您能否到那边临窗的餐桌去欣赏一下边城的夜景，本店营业时间至明天凌晨三点，如果您有兴趣，可以一直享受到门店关闭，您的消费由本店承担，并不需要其他贵客买单，请您考虑……"女招待用手指一下西餐厅另一端靠窗的座位，语速很慢，语调不准，但意思表达得清楚明白，表情也很真挚。

"好的，没有问题。个人消费自己买单，天经地义。"说着站起身，提起现金保险箱走向靠窗的地方坐下。

"请给我来份与那些先生一样的酒菜，包括饮料。"马思国在这里观察半天，觉得有点意思，直觉告诉他应该待下去。

"先生，你的酒品，请品尝!"女招待过来说。看一眼消费单：三百零五元，确实价格不菲!马思国从西装左侧内口袋里拿出一沓新版红色百元大钞，用手一捻，拿出四张放在盘子里，"不用找了!"

女招待再次惊讶地瞪大眼睛，"先生，这……"她刚要开口，盘子里又多了两张红色大票，一字一句地说："你不要回头，请告诉我那边坐着的都是些什么人?"

女招待没有回答。

盘子里又多了三张百元钞票。

"我只听说他们是东北 H 市的曹四爷，跟我们的安德烈是生意伙伴，跟着他的保镖都是 H 市的刀枪炮。你打听这些干什么?"俄罗斯大婶在重赏之下，把知道的都说了。

"像你对我一样，都是出于好奇。"马思国显得很老到。

"中国人的事情，我们永远不懂。"女招待边往口袋里揣钱，边叨叨咕咕地说。

"刀枪炮"其实是东北很早以前社会动荡时期的"强盗"

组织，宗旨是：乱世求生存，危险求生活。成员多为身无分文、被生活所迫的各类社会成员，也包括东三省一些落难的老百姓，没有生活出路，就是所说"逼上梁山"那种情况。在旧社会兵荒马乱的年代，三五成群组成小团体，靠打家劫舍过活，慢慢地人员组织发展壮大就成了土匪绺子。为了区分识别，按各股匪首所报"字号"的不同，每股绺子的名称也不一样，如"一铁鞭"、"草上飞"、"桑大刀"、"凤双侠"等等。"刀枪炮"意味有大刀、洋枪、火炮，作风更为凶悍。后来，解放军剿匪胜利，东北解放，人民生活安定，治安情况根本好转，土匪就绝迹了。演变到现代，就是东北某些特定地区，代指那些在城市车站码头、娱乐场所，为争夺利益耍勇斗狠、好吃懒做之徒，不想靠劳动致富，就想靠盗抢骗蒙的黑恶势力、流氓混混。也曾有人传言他们类似什么古代或旧社会行侠仗义之人，只不过是坊间传说罢了。

"哎呀！'曹四'这个大侠，在 H 市甚至东三省可老有号了，没犯事儿在家当混混时就听说过，没想到今天遇见真人现身。"马思国有种莫名的激动，紧张地思考如何找机会靠前搭话，借着这棵大树和手中金钱实现自己的出国梦想。

那个俄罗斯大佬安德烈怎么还不露面！

"Добрый вечер！"（晚上好）随着一声洪亮流利的俄语问候，几个身材魁梧的俄罗斯大汉簇拥着一个三十多岁、身高一米九十以上、穿西服打领结、气宇轩昂的俄罗斯白人走进西餐厅。

"Добрый вечер（晚上好）曹！"俄罗斯年轻人打招呼。

"哈拉少！安德烈！"曹四一伙都站了起来，两个人随即在刚才马思国坐过左边靠一头中间的位置上坐下，身后各自站着一名翻译和一个保镖。

双方其他人各后退到五米以内、三米以外，看似漫不经心，但是从转动的眼珠和双手交叉抱在胸前的姿势瞧，都处于高度戒备状态。今晚的西餐厅似乎不平常，平静客套中隐藏着杀机，马思国为避免麻烦想走开，又实在舍不得亲眼目睹这双雄争霸的机会……

（一二三）亚力山大

"公孙处长，你的背包和挎包都拿到你的办公室，内务也整理好了，请首长检查一下"。松北地区公安处刑警支队长赵立群见我从省厅政治部谈完话回到刑侦局，立马上前敬礼报告，二十多年的军旅生涯造就他说话办事像钟表一样准确，尽管有时略显刻板，但是被优良严谨的作风抵消取代，令人钦佩欣赏。

你看，自从我的任职命令下达，他正式场合都称我为公孙处长，此前都不怕麻烦的，称我公孙副处长。

刑侦局徐局长去北京参加公安部刑侦局召开的全国刑侦部门提高办案质量现场会还没回来，宋副局长在下面搞案子没在家，我就在刑侦局办公室主任和大要案侦查处副处长、内勤的簇拥下，来到新办公室。大约十一二平方米的房间，只有一桌一椅一柜一床而已，将这个有限空间装填的，既不拥挤，也不闲置。

我带来一箱子的书及随身换洗衣物，都被赵立群和松北地区公安处的同志放进了卷柜，安置在上下两层，井井有条。洗脸盆里面装着肥皂牙缸等洗漱用品放在床下，白色的毛巾洗好搭在军绿色的盆边。配发的制式三接头皮鞋也被擦得油光锃亮，与配发的黑色布鞋一道整齐地放在床下。上午阳光透过一扇不足一平方米、上下开关的透气窗照进室内，窗台上放着一盆刚刚开花的君子兰，给这间新整理出来的副局长兼处长办公室带来新鲜空气与生机。

"立群，抓紧带同志们往回走吧，今天到平原县住一宿，吴国强还等着你们研究下一步追捕马思国的方案呢！"我虽然舍不得他们走，但是此时必须狠下心来赶他们，否则自己似乎也会显露出不舍情感的一面。

"是！"赵立群显然听懂了我的意思，和许其华等人与我握手后告别。

渐行渐弱的皮鞋踩踏楼梯的脚步声消失，从我房间唯一的窗户望下去，赵立群及松北公安处的同志们在院子临上车前还往楼这边看，我本能地挥挥手，也不知道他们是否看见，一股离别之痛、战友朝夕相处的分别之情涌上心头，眼睛也有些湿润了！

"处长，需要我给你去食堂换饭票吗？"处里的内勤萧红在我身后说。

"需要，需要，我刚来，哪里都不熟悉，麻烦你了。"我努力镇定一下自己的情绪，转身从制服右上衣口袋里掏出我家"苏政委"给我带来一个月的生活费共五百元，将其中的三百元递给内勤。民以食为天，吃饭的事儿含糊不得。

"公孙副局长，你的党组织关系带来没有，我到机关党委

364

去给你接转。"刑侦局政治协理员顾卫星看内勤出去，也进来跟我说。

"带来了，带来了。"我忙不迭地应声，将放在制服左上衣口袋里的党员组织关系介绍信掏出来，递过去。机关，机关，规定的程序，严谨的作风，就连职务称谓也不尽相同。不光体现对方在所属单位的职位现状，也彰显自己与这个职位领导的隶属关系。

不到一分钟时间，一个单位里的人，局里的政治协理员和大要案侦查处内勤，叫我的称呼就两样。让我，这个在基层习惯于案情就是命令，破案就是硬道理的刑侦价值观，且长期养成冲冲杀杀、大呼小叫，甚至时不时爆粗口骂人，具有一线刑警作风、侦查员出身的刑侦干部，有了进一步感性认识，隐约间似乎有些不爽。

"公孙，你去省公安厅以后一定要多干活少说话，争强好胜不服输的劲头必须收一收，尤其是一听案件就兴奋、谁做不对就急眼的毛病要改一改，那是机关，文明人多，动不动就训人、骂人，显得多没素质……"老婆苏丽梅昨晚的话仿佛又在耳边响起。

"我为什么要来这里！"坐在不大不小俗称"一头沉"的旧办公桌后面发呆三分钟后，我自言自语地说出了到省公安厅第一句心里话，并长长呼出一口气。

……

"安德烈，这单生意我们赚得不多，主要原因是打点这边有关岗位新换的人，但是按照过去五五分成没有问题，这是你们的那份，五万人民币。"曹四一歪头，身后一个提着高档密

365

码箱的手下立即上前，熟练打开密码箱，崭新的五十元票面人民币连银行打包的封条都没动，分十捆整整齐齐展现在众人面前。

"Прости（对不起）曹，我们约定的利润五五分成没有错，那是指我们所有的合作生意，但是这单生意我们开始时说得就很清楚，确保我方一万美元的收益，也就是人民币八万二至八万五之间，看在老朋友的面子上，八万三我们是可以接受的。"不动声色、清晰快速伴随着舌根颤音吐出一串流利的俄语过后，曹四身边的翻译用略带有京味的标准普通话翻译出以上的内容。

"安德烈！"曹四声音不高，平静中透出一股阴森的杀气。"我刚才讲过，这次赚得不多的原因主要是我方有三个岗位换了新人，需要大力度地打点运作，这也是做成这单生意的成本。中国人有句古话'有舍才有得'，我想这次不到一万美元是'小舍'在前，下次必定'大得'在后，这个道理你应该明白！"曹四讲得似乎理在其中。

"讲究诚信，履行合约是我们俄罗斯人做生意的信条，你应该明白，曹！"在距离俄罗斯边境不到一千米的西餐厅里，播放俄罗斯轻音乐环境下的双方谈话，似乎并不轻松。

"那你想咋地？"曹四翻译的话音刚落，与之并肩站立的满脸横肉、一身青衣、剃着炮子头的保镖不耐烦了。与安德烈来的一班人高马大的俄罗斯人虽然听不懂汉语，但是看表情，听语气已明白八九，个个把手伸向腰间，性急的掰开了子弹上膛手枪的击锤，虎视眈眈地注视着曹四一伙。炮子头保镖一脸狞笑，一个行云流水般的动作解开拉链，露出用胶带捆绑粘贴在肚皮上的一个前苏联七二式金属壳反坦克地雷，这种装 5 公斤以上 TNT 炸药，采用耐爆引信或双冲击引信的地雷威力十分巨大，四五十吨的坦克碰上不死即残，一旦引爆，瞬间就能将在场所有人和这个俄式西餐厅送上天。

这么暴力的行为方式，也许只有中国东北"刀枪炮"团伙想得到、做得出。俄罗斯人虽然占有西餐厅内小环境和人种形体上、武器自动上的优势，但是在中国地界的大环境上，尤其是碰上面前这个身高不到一米七五、浑身肌肉块、绑着反坦克地雷，随时准备与你同归于尽的亡命徒面前，还是怂了，纷纷把手从腰间移开，眼光也柔和起来。

曹四带着雪白手套的手略微抬起，"地雷保镖"也将手离开了已经将"压发式"引爆改成"拉发式"引爆的引信绳。

啪！啪！西餐厅靠马路一侧的门后玻璃窗前，传出不轻不重两下掌声。

"H 城四哥，各位英雄，小人刚到边城，是过路之人，有两句话要说，不知是否可以？"随着话音站起一个人来。一直密切关注事态发展、寻找机会搭话介入的谢忠厚，终于等到了机会。

"有屁就放，别他妈磨叽！"那个黑衣保镖说。

"请这位小姐把我的意思翻译过去。"谢忠厚转身对那个胖胖的女招待说。

"哈拉少！"流利动听的俄语声响起。

"本人谢忠厚，早年家遭不幸，妻亡子散，流落南方，遇到贵人相助做点生意，发个小财。刚刚听到二位先生因一单生意成本增加未能如愿，我倒有个解决此问题的办法，不知二位是否愿意听？"谢忠厚故意装出胆小怕事的样子来吊双方的胃口。

一段俄语过后，曹四的白手套往上动了一下，保镖立马换一副谦和的嘴脸，"先生请讲！"安德烈那边女招待一声"哈拉少"也予以认同。

"中国有句古话叫和气生财，还有一句是'金钱险中求'。合伙做生意风险共担、利益分摊都是正常的。二位先生刚才说得都有道理，这不是先生们的过错，是中俄两国传统文化和经商理念不同造成的。本人也是听人说这一带中俄贸易发展红火，才不远千里过来求财，遇到诸位既是缘分也是福分。我们虽萍水相逢，但本人愿意将这些年做生意挣得的钱拿出一半七万元人民币，作为我的信誉投资。具体就是安德烈先生三万五千元人民币，加上 H 城四哥的五万元人民币，共八万五千元人民币可兑换一万美元，完成这单生意前期预估收益。另一笔同样三万五千元请四哥收下，作为这单生意打点有关人的成本付出。反正我媳妇死了，孩子丢了，两次自杀都被好心人救下，又帮助我做生意挣钱才活到今天，这次是按照恩人也是东家的意思前来在生意上探探路，大家要怀疑我的真诚和人品，钱放下我走人。常言道，山不转水转，说不定有缘哪年哪天还能碰上。"边说边当着众人面打开随行密码箱，将当时还不多见的红色新版人民币拿出七捆放在两伙人中间桌子上，提起箱子就要走人。

"等等。"H 城四哥终于说出两个字。

"这些钱是真的吗？你为什么要这样做？"四哥队伍里有个类似书生、应该是师爷的年轻人问。

"钱是真是假，你们到市场上一花或兑换美元就知道了。这是我打开捆剩下的新版钱，给双方各十张一千元立即验证。"说着，将一沓红色百元大钞放在餐桌上。

"至于为什么这样做我刚才已经讲过，不再重复。四哥的名声我十年前家里没出事时就时有耳闻，如何行侠仗义、剑走江湖。今天得见，能为四哥尽绵薄之力，也是三生有幸！"说完抬腿又要走。

"Пожалуйста，подождите минуту！"（请等一会儿）这次说话的是那个叫安德烈的、英俊冷酷的俄罗斯年轻人，女招待即时作了翻译。

"不是什么意外吧，曹？"安德烈总算再次开口，真是贵人话语迟。

"他怀疑是我们编的扣、设的局！"曹四的翻译很专业，也很聪明，他怕对方翻译听懂，就用这些大家都懂的土话俗语掺杂在一起说。

曹四这时才认真地看了谢忠厚一眼，跟他的名字一样，第一眼印象貌似老实厚道人，心有好感，点一下头。

"请谢先生回答。"四哥的秘书（军师）说。

用东北土话说，编吧（撒谎编故事）已经是谢忠厚的长项了。

"这位先生，你可以怀疑任何一个中国人，唯独不能怀疑我四哥，他是我心中的偶像，东三省江湖上的名人义士，能为区区几万元的小事儿设局造假吗？"此话义正词严，落地有声，十分给力，曹四虽然眼望天棚看着雪茄冒出的蓝烟，但是微微调整的坐姿说明对这句话十分受用，他身后统一着装、一

369

式发型的"刀枪炮",包括怀揣反坦克地雷,一脸横肉的保镖都挺直了腰杆。

"你看这样行不行?我不走了,今晚就跟你们在一起。如果你有办事能力,明天一早开关,我跟你们一起过江。等你们到银行或者黑市把人民币都兑换成美元,验证无误后,再送我回来。但是,需要给我找个翻译,我总不能吃饭、上厕所都用手比划吧!"谢忠厚说得十分中肯。

"哈拉少!就让卡佳跟他过去当翻译。"安德烈作决定从不拖泥带水。

"好的,就按照谢先生的意思办,我陪你过去当翻译。"女招待翻译语速很快,似乎也很高兴。

"谢先生还有别的要求吗?"安德烈的中文翻译问。

"没有。为表示诚意,我剩下的三万元人民币现在就交给卡佳保管,一切结束后,回来再交给我。"一通俄语过后,翻译答应了谢忠厚的请求,当着大家的面,女招待接过密码箱和箱子里剩下的三万元钱。

"想喝酒吗,安德烈?"曹四提出邀请。

"为什么不?"安德烈高兴地回应。其实,就在刚才餐厅里剑拔弩张这段时间里,这对边境枭雄都通过各自的关系验证了这批新版人民币的真实性,一场一触即发、刀光剑影的厮杀或是同归于尽的毁灭,都是因为有了这个淳朴面相的谢忠厚及时出面化解了。

"这个突然出现的财神爷,如此仗义通达,是个什么人呢?道上的人肯定不是,也不像身负特殊使命的'雷子'(警察),否则不会把自己推上条绝路。也许是'底儿潮'(前科劣迹）没掉脚（暴露）来洗人洗钱的雏儿，也不太像。那是什么人呢？反正有点神秘，不托底。嗨！想那么多干什么，反正钱是真的没有问题。给咱们化解危机也是真的，给我和弟兄在老毛子们面前一顿忽悠也是真的，这就够了。一会儿就用他的三万五千块钱中的五千块钱支付今晚消费，祝贺又一单买卖做成分红。把我方剩下的另外三万块钱都给安德烈，让他安排这个神秘人加入俄罗斯国籍并安排去俄罗斯腹地生活。是'雷子'也让他响不了、回不来。是'潮货'警察也查不到踪迹，安排这些事儿安德烈连一万元人民币都用不了，又纯赚两万元，以后的合作岂不是越来越愉快吗！对！人家出这么多钱，咱们给他起个俄国名吧！什么名好呢？也不用好听，好记就行。也不用好记，反正过几天就是老毛子那边人了，咱们压力不大，有事儿老毛子担着，对！对！就叫亚（压）力山大！这事儿到哪里我都可以对弟兄们说，是这个兄弟'底儿潮'，他花钱我帮忙找安德烈过界洗人去了！"一丝不易察觉的微笑挂在曹四嘴边，他突然觉得俄罗斯轻音乐真的很好听。

郑继先支队长带着铁路公安处几名刑警连客车都没坐，搭乘货车守车急三火四地赶到边城火车站。

"满大爷收的钱在哪里？"到派出所还没落座，就问责任区刑警中队长。

"在这里，我们谁都没动，人也没问。"中队长可能已经知道案情重大，规规矩矩地回答，戴手套递过来一个用塑料袋装着、三张百元票面的人民币新币。没用两个小时，询问证人、初步检验、号码比对核查等基础工作已接近尾声。

经查，满大爷当天收到卖包子、豆浆和旧薄棉袄的三张新

371

版百元票面人民币号码，在公安部刑侦局通报的范围之内。其中一张新币上的右手拇指、食指和中指指纹与江南小镇派出所采集的暂住人口信息中的指纹吻合。经满大爷辨认，混在十张年龄相似相仿男人照片中的马思国被挑出来，被指为买包子、豆浆之人。据此，郑继先支队长按照规定上报所属铁路局公安局后电告老朋友吴国强。

掐指算来，来省厅上班已经快一周了。期间，厅长、分管副厅长和徐局长共同出资，在省宾馆请我吃一顿像样的大餐，又搞一次"喝了吐"。政治部主任再次找我征求家属掉转和宿舍安排意见，总的说来一切正常，一切有希望，但又没有什么大的希望。这天和处里几名五十多岁的老同志讨论近期发生的一些"两抢两盗"案件忘记了开饭时间，待匆忙宣布散会赶去食堂时，打饭窗口早已关闭，只好买一袋方便面充饥。

"嘟……嘟……"手机响了，不用说，又是我家"苏政委"来查岗。一看，果然是家里的公安专线通过总机打出的固定电话号。

"你天天打电话，烦不烦呢？"我心情不好，张口就说。

"你烦什么，刚进省城就添毛病了？"嚯！是七叔。

"七叔，对不起！我以为是丽梅呢！"我实话实说。

"你的态度账，有时间再算，我告诉你，马思国有信儿了，在中俄国境线上的边城火车站露面了！"七叔大声兴奋地跟我说。

"他要出境?!"我将大半碗方便面倒进垃圾桶，抓起上衣往厅调度室（相当于现在的指挥中心）跑去。

（一二四） 大案处长

"一会儿，咱们开个全局民警大会，宣布一下班子成员分工和传达这次全国刑侦部门提高办案质量现场会议精神，安排部署贯彻落实意见，争取本月将我省刑侦部门提高办案质量现场会开上。"在我来省厅第二个星期一早晨上班的第一时间，徐局长在局里不大的会议室里，召开有班子成员、各处处长和政治协理员参加的刑侦局党委扩大会议。

"经请示分管副厅长同意并征求厅政治部意见，我作为主官，负责刑侦局全面工作。公孙坚决作为正处长级干部，又是副局长兼侦查处长，协助我负责局内主要侦查破案工作，具体分管大要案件侦查处、有组织犯罪侦查处、恐怖与爆炸案件侦查处、对外协作处。宋副局长协助我分管综合情报处、直属侦查处、警务保障处、政工室。看看大家，主要是你们二位有什么意见？"他跟我一样，都是侦查员起步，县局刑警队长出身，不同的是在地区刑警支队当支队长时间很长，说话办事有着鲜明刑警语言风格和基层警队的经历痕迹。

着装不规范、语言不文明、行为不严整、内务不达标是全省刑侦部门甚至是整个警种不同程度存在的毛病，在其身上一样不少。但他又极其聪明，吃苦耐劳，是人人皆知的破案半仙、拼命三郎、对弟兄们知冷知热的大哥大，很受刑侦局内部及全省刑警的欢迎。这不，当我和宋副局长明确表态服从组织决定，没有个人意见，努力干好分管工作后，他的讲话就开始有特色了。

"没有意见最好，其实有意见也白扯，服从组织决定是每个共产党员的义务。别看分工，我一个处也没管，其实我是既不管又全管，你们没听我宣布分工时前面加四个字吗？'协助局长'分管什么什么处室，就是这个意思，不要理解错了，以为就是你们管的我管不着了！"你看这好好的嗑就要让他唠散了！

"这次公孙来了，我得歇歇。周六，我喝半斤酒，到政治部主任家里耗到晚上十一点半。以酒遮脸，就不让他媳妇专心辅导孩子写作业，不让他两口子过早上床睡觉。结果，要来这次全厅考进来九个研究生其中的三个，有一个还是松江大学法学院犯罪心理学硕士呢！昨天晚上，我与警务保障处长和萧红等几名女将一道，把装财处长和他们警花团队一顿大酒干倒三分之二！现场答应我局今年预算经费同比增加百分之十，大要案经费全额保障。我们现在可以说是要人有人，要钱有钱，兵强马壮，能打胜仗。你们过去可能都听说过公孙副局长的英雄事迹和破案传奇，要说我是半仙儿的话，这伙计就是大仙儿。现在可以解密地说一句，这小子差点与我们失之交臂，被其他部门搞走，要不是我信息灵，厅党委出手快，现在不知道他屁股坐到哪家椅子上呢！不过大仙儿今天落到半仙手里，我还是很有成就感滴。本来想给你这个仙才更优厚的待遇，可是条件不允许啊！本来，我想告诉保障处长把你除了媳妇不换，其他的办公家具、被服装备都换成新的，但听说你一贯低调，艰苦朴素习惯已经形成个人痼癖，也只能随你所愿了！"

"靠！有这么表扬人和忽悠人的吗？"我心里默默地说。不过，这伙计讲话习惯和语言风格我倒是很喜欢。

"以后，公孙副局长兼处长可以放开手脚，施展才能。不但要侦查破案，还要培养新人。你不愿意干的协调关系，要钱喝酒之类的难题俗事儿都由我来做，你只负责干就完了。为了工作，全刑侦局或全省公安刑侦部门范围内，要人，你说姓名！要钱，你说数字！但是要小姐，没有！不是我这个局长不尽力，你家苏医生也不会同意，实在是纪律不允许啊！"我靠！这话说着说着又开始跑偏，终于有人笑出了声。

赵立群、吴国强带着地、县两级刑警组成的追捕小分队，驱车十二个小时，终于赶到边城火车站，与郑继先的铁警追捕小组会合。

经简单交换意见和会商，决定按照公安部关于（铁）路地（方）公安机关案件管辖的规定各自展开工作。在当地公安机关积极配合下，经周密细致走访调查，与边防、海关、出入境认真分析研判，结合平原县公安局前期工作，查明杀害民警犯罪潜逃后曾用名"高满囤"、"谢忠厚"的马思国，确实于一周前持俄罗斯护照，以俄籍华人"亚历山大"的名字由中国边城口岸出境。踏实周密的案件调查工作表明，想还原一周前在俄罗斯人开的西餐厅里中俄双方黑道交易内幕，必须有过硬的证据支持，否则无法确认。由于案件所涉主要犯罪嫌疑人和重要知情人均在国外无法归案，致使侦查及追捕工作无法继续进行而暂时搁浅。

据说每逢世纪之交都能发生一些大事，能赶上世纪之交的人都是幸运的人。作为横跨世纪之交的芸芸众生的我幸运与否倒没多少感受，但是能目睹香港、澳门回归这样百年一遇的世纪大事，并与全国人民、全世界华人分享，作为中国人，确实感到扬眉吐气的自豪！剩下我身边的大事，就是全省范围内的杀人抢劫等大要案件、涉枪涉爆案件不断发生，侦查处男女老少都算上只有二十个人，有时忙得连内勤和 59 岁的郭阿姨都要披挂上阵，参与指导各个地市严暴案件的侦破，全处想要坐在一起开个会都挺难。这样长时间被动反应式地跟着案件跑，不但我们疲于奔命、指导乏力，下面地市县区公安局也打不胜打、防不胜防，破案效能、办案质量都无法达到最佳状态。我来省厅两个月后，有了这些切身感受，但是还不敢确定这种习惯传统做法是否应该舍弃更新。

"公孙，我看你到省厅后无论打电话还是回家，好像都有点不开心，怎么回事，能跟我说说吗？"我家苏医生、家庭苏政委有一天休假来省城看我，住在省厅招待所里跟我说。

"别的都没什么，就是在基层时间长了，有点不适应机关里的工作方式。还有，无论在县局当局长还是在地区公安处当副处长，都是一个有权威有影响有感觉的官，说话有人听，小事有人办，到这里正处长就是一个中层干部，和地区公安处的科长、县公安局的股长一样。不同的是，基层的中层干部是官，省直厅局的中层干部是吏。"我总算遇到过去的知己、今天的老婆、能说心里话的人，谈起这个我现在感受最深的话题。正好今天是绝对的二人世界，就敞开心扉、实话实说了。

"这有什么区别吗？过去你当十来年县公安局局长，两年来地区公安处副处长也没利用局长和副处长的权力给亲戚朋友办什么事儿，倒是把你我两头的亲属朋友得罪个遍，找你不行的事儿，找别人都办成了。我们家除了我姥爷夸你外，连爸妈都保持沉默。你知道我这几年为什么不参加中学同学、大学同

376

学聚会吗？就是因为有几个同学求我帮助搞户口'农转非'和借助你的影响过问协调案件上的事儿被我拒绝，因不理解而说三道四，在同学中形成一种我和他们'苟富贵，就相忘'的共识。平时见面还时不时地冷嘲热讽，集中见面就能形成一种舆论甚至是氛围，搞得我和大家都不开心，干脆就不参加了。"苏医生理解我的心情，借机发泄一下自己心中的郁闷和无奈。

"我知道你不容易并且很伟大，相夫教子还要照顾七叔七婶。对二位老人来说，你不是亲人胜似亲人，不是儿媳好过儿媳。尤其七叔七婶是战争年代走过来的，身上心里有很多我们晚辈人不理解的情感与隐痛。七婶又是俄罗斯人，虽然多年生活在中国，但是民族历史文化差异的基因不时发作，年纪越大体现得越突出，每次你都能酌情化解，真的很厉害，请接受你老公我的致敬！"我躺在床上将右手碰到右前额来个懒散随意的美式敬礼。

"别忽悠我。"苏医生把我举着的右手臂扳下来。"既然政委大老远跑来与我同吃同住，交流思想和感情，那我也系统地向你汇报一下思想，以利于丢下包袱、轻装上阵、巩固后方、稳定家庭根据地。"我心情转好，有点油嘴滑舌。

"你正经点。""苏政委"同意。

"其实我到这儿不到两个月就后悔了，原因是从三个具体的小事上，也就是最简单最起码的吃、住、行上诱发的。"我尽可能以轻松甚至搞笑的口吻叙述过程。

大家都知道，何时何地发生何种案件不是以警方的意志为转移的。到省公安厅这个层面的案件，都是急需指挥协调指导和亲赴现场组织侦查破案的重特大刑事案件。但是机关工作就是朝九晚五、有规律地上下班，机关食堂跟着机关作息时间运行也是无可厚非，这在平时都没有问题。对家在本地的同志也问题不大，怎么着对付一两顿回家总能吃口热乎饭菜，在家庭这个港湾里休息和恢复疲惫的身心。但是对我这样在基层县局当过多年主官，地区公安处当过副职已年过四十的中年人，跟刚毕业的小伙子一样不规律生活就觉得吃力了。尤其是第三次和厅局领导一起在调度室处置完案件，急忙跑下楼，到大食堂窗口打饭，在距打饭口不到五米左右处，那扇小窗户被果断关闭。我上前轻轻敲两下，一个胖乎乎、满脸油光、四十多岁穿着白色油腻厨师服的男子打开小窗户，问："干什么?"我讲我是刑侦局的，刚才有点事儿没来得及吃饭。胖子说："到点了！我们就跟你们干部正点上下班一样，到点开饭，到点关门。除非你是那边吃小食堂的，我们一直伺候到吃饱喝足。"说着啪的一声将小窗户关闭，并把白色的布帘拉上。

"这个好像是刑侦局新来的大案处长!"我愤怒中听到里面好像有人在议论我。

"他还以为处长是多大的官呢?!处长更应该遵守时间!"胖子显然见到的处级干部多了，除了几位厅领导，他谁都不放在眼里。

"他妈的!"我差点将饭盆摔在脏兮兮的水泥地上。转身直接到门口小卖店买两箱方便面塞进床底下。

"此处不养爷，自有养爷处!"这回我想什么时间开饭就什么时间开饭，老天还能饿死瞎家雀吗?!一袋方便面、半袋咸菜下肚，气也没消。更主要的是，这样高消费，老婆给的生活费恐怕不够。但也问题不大，中间如果发生大案，下地市县区基层刑警队指导案件也能蹭点不花钱的饭。

　　住在办公室兼卧室本来很好，但是刑侦局大要案处这个地方，十天有八天有事儿，紧张的办公节奏，上班下班没有区别的工作休息环境，长时间极易产生视觉疲劳和休息不好带来的神经衰弱，尽管我的神经在校四年都是杠杠的，没有任何弱项的显示，但是现在经常浅睡眠做噩梦。这也不足为道，与此有关的一件事儿大大伤害了我的自尊。上星期四晚上，在连续四十八小时组织协调一起特大跨省拦路抢劫杀人案侦破后，想到厅机关后面新开一家"洗浴广场"去泡一下热水澡，驱赶疲劳恢复体力，干干净净回家。从我办公室唯一的玻璃窗户望下去，那家洗浴门前车水马龙，生意很好。闪动的霓虹灯打出35元一票到底的广告。大案破获，心情很好，明天回家，放松放松。我关掉手机，拿出50元钱（反正最多是35元，一票到底嘛），跟局里轮流到大要案处值班的直属侦查处不太熟悉的小青年汪海峰说出去洗个澡，有紧急案件或特殊事件到后面"洗浴广场"去找我。然后，手机也没带就出去了。反正路程不到二百米，洗澡也不能带手机。门票确实35元，我进去后傻了，不怪叫洗浴广场，真有广场这么大呀！可能是因为我傻傻地愣在那里，引起了服务小哥的注意。在"先生"、"先生"一路叫着、一路指导着，终于走进热水池，开始有生以来现实生活中的"泡澡"，享受过去都是从电影电视中看到的海外富商巨贾才能享受的奢靡生活之一。虽然改革开放后无论是平原县或是松北地区所在的松北市，都不乏各种高档的洗浴中心，但我都是走过、看过、从来没有进去过。在我的印象中，那里绝对是个高消费场所，也不排除是藏污纳垢的地方，因为治安部门总是死死盯住这些场所，每次集中统一清查行动也都有所收获。大池子里水太热，我刚下去不到五分钟就受不了，跑出来到有喷头的淋浴处冲洗。突然发现有个挂着药浴汗蒸房的小木屋，门口还站着个室内打扮的服务生。"药浴汗蒸"是什么鬼？体验一下看看，反正是35块钱，不去白不去。我想到做到，立即前往。站岗的服务生客气地叫声先生，看看我手腕上的牌牌就点头放行。我一钻进去仿佛进了火焰山，立马汗流如注，呼吸困难，两分钟不到抱头鼠窜出来……

"先生，你消费85元，请付费！"前台收银员客气地说。

"什么？不是35元一票到底吗？"我愤怒了。

收银员认真看看消费单，"你还有药浴汗蒸消费，这项50元，先生。"

啊！？我愣住了，这不是误导消费，变相加钱吗？但只是心里嘀咕一下。

"我只带50元，因为你们这里写着35元一票到底的。"我声音渐渐小下去。

"那请先生打个电话吧，让家人朋友帮助一下，但是电话只能打市区的啦！"收银小姐可能头一次遇到我这样的主，连穷家富路的常识都没有，学着时下最流行的粤腔港调，比较友善地提示到。

亏得我当年接受过强化记忆训练，来省厅报到的当天就记住了省厅总机的警备电话00110，接通转刑侦局值班室0110，电话通了，今年省委组织部遴选的地方优秀大学生、学有机化学专业、刚入警的汪海峰不到五分钟时间赶到，交够85元钱，把我这个副局长兼大要案侦查处处长赎回。

在县公安局当局长后期，组织上给我们局配了两台丰田吉普车，一台基本是我坐，另一台给刑警大队作现场勘查车。到地区行署公安处，老高以工作需要为由，给我装备了部队配发使用的三菱吉普，并且出门出差都有人跟随，至少身边有个司机跟班提包。到省厅工作后，全局两台车，大要案处就一台三菱吉普，货真价实的现场勘查车，不出现场谁都不会坐。并且维修保养到 24 小时备勤状态，配套驾驶员、侦查员、技术员，带班局处领导一个专班，没有极为重要的大案和大事，谁想都不要想。这两个月双休日回家，往返都是坐火车，车票当然是自己掏钱买了。唯一特殊点儿的，就是老朋友——原平原火车站铁路派出所所长郑继先在省城铁路公安处刑警支队当支队长，既熟悉又工作对口，按照路局程序以工作需要为名给我申办一张"通行证"，可以从工作人员通道进站上车，略略提升一下我日益下滑的自信心和优越感。就这样，两个月不到，我遗失了两个当时极为流行的干部手提文件包。这种包，就像东北人冬天喜欢将两只棉袄袖口对在一起"抄手"一样，当年的干部也喜欢将手提文件包夹在腋下，俗称"夹包"。丢失原因，自然是自己还处于过去公安局处长惯性工作生活中没有改变，现在身边除了自己，还是自己，没有随从了。要用一句话自我总结到省公安厅前后地位价值的话，就是"在地县当局长一呼百应，在省厅当处长位卑言轻"。

"怎么样，政委同志，汇报总结得还可以吧?"我调侃地问一句。

嗯? 怎么没动静! 转过脸一看，泪水还在苏医生大眼睛里不断地流出，已经浸湿了大片枕巾……

（一二五）因言获师

"重破案，轻办案；重实体，轻程序；重口供，轻证据是我们全省公安机关刑侦部门普遍存在的问题，这'三轻三重'执法痼疾不解决，提高办案质量就是一句空话。我来省厅时间短，对全省刑警执法办案现状了解不多，不知讲得对不对。办案质量直接关系到执法质量，一支低素质的刑事侦查队伍无法适应改革开放以来快速推进的民主法治进程，也不能很好地发挥新时期公安机关打击犯罪、保护人民、服务'四化'的职能作用。"在刑侦局召开全省公安机关刑侦部门提高办案质量筹备会上，讨论厅领导主旨报告草稿时我据实发言。

"我们是刑警队，只要案件破获，人抓到了，主要事实清楚，主要证据存在，查明是他干的就行了。如果过分强调程序上的细枝末节，就会束缚基层同志克服困难、一往无前的斗争精神，导致办案缩手缩脚，影响侦查破案，更不利于打击犯罪。"有人说出当下部分人共同的想法和心声。

"公孙，你就给大家说一下刚才讲的这'三轻三重'产生原因、危害后果和有效对策，最好能举例说明一下重实体、轻程序的关系及后果。我觉得办案质量问题是到非解决不可的时候了，否则辛苦奔波甚至出生入死，破获的案件诉不出，判不了，最后还弄我们一身不是。出现我们办社会上犯罪的案件，检察院办我们的案件，长此以往咱们就得关门歇业。"徐局长刚参加完部局组织的全国公安机关刑侦部门提高办案质量座谈会回来，思想观念、执法理念有较大触动和改变，虽然张口闭口还离不开"破案就是硬道理，不破案就是没道理"这种以侦查为中心的思想观念，但是对依法按程序办案也有了深刻认识。

"这种事儿一句话两句话说不清楚，我想推掉这个费心费力又得不到大家支持认同的活。"我说道。

"不怕话长，我们有的是时间，你能给说明白就行。我们刑侦局是厅党委刑侦工作的参谋部，全省刑侦部门的司令部，自己思想认识问题都没解决好，提高办案质量、转变执法理念、强化证据意识、端正工作作风就是瞎扯。"徐局长是个脑子反应快、思路清晰并且很难缠的角色。

"其实这是个执法观念和执法习惯，也就是执法理念问题。从历史沿革上讲，新中国成立以来，为巩固新生的人民政权，党领导人民在对外反侵略进行抗美援朝战争的同时，对内也持续不断地开展'镇反'、'三反'、'五反'等一系列政治运动，有效地肃清了敌伪残余，荡涤旧社会残留下来的污泥浊水。为此，我们公安机关夜以继日工作，甚至前赴后继，不惜流血牺牲。在这种历史条件下，破案多、抓人多、破大案、抓要犯一直是我们工作目标和不懈的价值追求。加之我们师从苏联，受他们意识形态和战斗民族司法制度的影响，执法活动都是按照军事斗争惯性思维来进行的。我们人民警察队伍主体又是人民军队转隶而来，其组织体系、机构设置、执法方式、工作作风都留存着鲜明的对敌斗争和苏联执法观念现象与痕迹，比方说队伍的局长政委双主官设置，警察制服制式和颜色。时至今日，我们还习惯把惩治犯罪叫打击犯罪，把阶段性工作统筹称之为专项斗争。另外，'重破案轻办案'形成的原因也有体制机制方面的因素。苏式的侦查和预审分设把整体侦查破案活动人为地分割成两部分，我们只要查明是谁作案就行，下一步工作交给预审来做。严格来说，预审是侦查活动的继续，虽然补证大多数情况是侦查和预审部门联合进行，但他们主要是做审讯、深挖犯罪和成卷移送审查起诉工作，或者说他们才是公安机关真正的办案部门，侦审分离客观上形成了我们刑侦部门破案精细、办案粗糙的痼疾。现在刑侦改革，侦审合一，两人一组，一包到底，确实有效解决了将侦查活动肢解的问题，但是因为几十年形成的工作惯性和一部分预审员去了法制或流失到有关部门，真正能做到文武双全、侦审皆通的侦查员还是不多。

'重实体轻程序'就是只注重实体法律，而忽视程序法律，过去我们办班培训学'两法'，讲的学的最认真的是《中华人民共和国刑法》，而忽视了更重要的《中华人民共和国刑事诉讼法》。举个例子说：一个人涉嫌杀人犯罪，现场没发现和工作中没有收集到作案工具——致被害人死亡的利器尖刀，也没有直接证据证明其犯罪的唯一性和排他性，而侦查机关如果无视程序法规定，进行刑讯逼供和非法取证，获得口供证据而追究该犯罪嫌疑人杀人犯罪的刑事责任，会造成很多的冤假错案。"

"停！你讲的这些足以说明要提高办案质量，必须解决现在普遍存在的'三轻三重'问题，而要解决这'三轻三重'问题，必须办班培训，争取速成。现在，上面对召开全省性会议控制得很严。因此，必须采取'以会代训'的方式不可，讲这样理论问题的人不少，但是懂得实战问题较多的、有着丰富实践经验和切肤之痛教训的，非公孙副局长不可！大家同意的话，就呱唧呱唧！"我靠！上这伙计的套了。

三天后的下午。

"大家知道，侦破刑事案件的过程就是摸底排队、收集线索，调查研究，运用证据认定案件事实的过程，在准确认定案件事实的基础上正确适用法律，犯罪嫌疑人才能得到惩处，案件才能得到正确处理。证据既是证明案件事实的唯一手段，也是正确处理案件的可靠保证。我们说的以事实为依据，其实就是以证据为依据，用证据能够证明的事实或者已经证明的事实为依据。由于我国的刑事诉讼是侦查、提起公诉、审判、执行环环相扣的流程，侦查活动是刑事诉讼程序的第一道工序，侦查责任也就成了刑事司法责任链条的第一个环节。侦查工作的质量作为侦办刑事案件的'第一粒扣子'，侦查的事实证据能否经得起法庭审理的交叉审查、质证，经得起法律的检验，直接关系到后续环节能否顺利进行，关系到刑事诉讼活动能否实现真正的公平正义。大家也知道，案件虽是已经发生的事实，却不是大家已经知道的事实，任何人都无法穿越过去、再现重演。我们侦查人员奋力追求的事实真相'客观真实'，但在现实中只能实现'法律真实'；也就是说，难以实现通常社会经验层面上绝对的客观真实，而只能是'经过法律程序重塑的法律真实'。"我在下午"全省公安机关刑侦部门提高办案质量座谈会暨'强化证据意识，提高办案质量'研讨班"上正式开讲，完成徐局长强加给我的培训任务。好在几天前我去北京中国公安学院看望同学，顺便蹭一堂政法大师何教授的课，结合我省实际和刑侦工作现学现卖，听着似乎也比较有层次。

"案件事实对我们来说就是历史，作为侦查人员，我们无法直接认识感知过去发生的事情。犯罪活动又是发生在五光十色的现实生活中，是没有或者不可能按照固定规则去实施的，哪怕是发生在十分钟以前的案件事实我们也看不到。像电视剧中经常采取回放犯罪现场的情况少之又少。那么，我们如何去认识发生在过去的事情呢，只有靠收集证据去还原案件真相。我是一名基层出身的公安局长、侦查处长，非常热爱甚至痴迷刑事侦查工作，前半生的苦恼和快乐就为了四个字'案件事实'。"

我看大家听得十分认真，在一定程度上满足了我的表现欲，继续我的"传经布道"。

"在这种条件和规则下认识案件事实，就像我国一位著名法学家何教授形容得那样，好比是水中之月、镜中之花、海市蜃楼。明知这个月、这个花、这个楼是存在的，但是我们不能直接去感知它，我们只能通过水、镜子、光线的折射，用无数次有用或者事后看似无用的工作，去认识过去发生的案件事实，去感知那轮月亮、那盆花卉、那栋楼房。我们通过收集证据对案件事实的认识是间接的和不完整的，或者干脆说就是拼接的。但我们也只能依照程序，通过获取证据去认识发生在过去的案件事实也就是我们说的法律真实，这也是证据的重要性之所在。所以，我们必须重视侦查取证中存在的问题。"

"公孙副局长，你刚才讲得非常实际，就像中学时做数学题一样，憋了一个星期天都没解开，到校后听老师一讲，茅塞顿开，今天我又找到这个感觉了。我们在工作中也经常遇到你刚才讲的类似问题，同样有着类似苦恼，可惜回家没有倾诉对象，在单位也缺乏同行交流。"课间休息时，我正和赵立群谈追捕马思国的事儿，松江市公安局刑警支队长，我的下下届校友韩英祥说。这个小师弟为人淳朴，英才内敛，极其聪明。永远是做得比写得好，写得比说得好，并且英语水平与汉语水平一样出色。搞起案件来逻辑推理、分析判断，将传统手段与现代科技相结合运用于侦查实践是他的拿手好戏，但是为人低调，低调得有时让人忽略他的存在。也正因为这样，他时不时就能以侦破疑难大要案件放颗卫星，技惊同行。最近他们市管辖的一个县内发生两起恶性入室杀人案，还没及时侦破，压力很大，想请我和省厅侦查技术人员过去会商。

"在现实侦查办案过程中，案件侦破质量高低并不完全取决于侦查人员的专业素质和主观愿望，还会受到现场客观环境、团队整体办案能力、刑事技术装备水平以及案件本身发生变化等方方面面因素的影响，像最近松江市发生的几起入室抢劫杀人案件还没侦破一样。从理论上讲，主观世界认识客观世界，带有一定的局限性，侦查活动的组织、实施、干预、矫正，按照侦查方案不断调整前行，是个复杂的系统工程，前提是侦查方向和范围对，工作方式和方法正确，但是团体中有一个人没有按照方案要求操作落实到位，就会出现'100−1＝0'的后果。尽管案件最终一定会破获，但这里有个认识和工作过程。"我及时为我师弟站场助威，鼓舞士气。

"故而侦查方向的确定、侦查措施的采取、强制措施的适用等，未必都能完美实现'我们这些事后诸葛亮'评判的最优选择。因此，侦查是一种有相当风险的活动。科学认识侦查规律，客观面对侦查风险，才能准确界定侦查单位领导和侦查员的智商、水平、责任，防止出现'多做多错、少做少错、不做不错'的怪象蔓延并形成潜规则。"

我突然想起，三天前我在刑侦局班子扩大会上被徐局长"套路"前讲的执法理念沿革、成因、对策还没讲，就马上重新盘点，言归正传。

"新中国成立以来一直强调打击犯罪，把打击犯罪放在首位；刑事司法的价值取向是倾向于打击犯罪的，从某种意义上讲，忽视了对犯罪嫌疑人和被告人人权的保护。近年来，随着社会主义法制建设的持续推进，相应法律法规的出台实施，保障人权得到了有效体现。过去，个别专家学者一提起瑕疵证据或非法证据问题，不是滔滔不绝就是义愤填膺，好像我们到处都是刑讯逼供，案案都是屈打成招似的。事实完全不是那么回事。就是有些人，包括政法机关内部和个别法律工作者，道听途说又附加主观臆断，无限放大侦查机关执法瑕疵，似乎不口诛笔伐公安机关执法随意刑讯逼供，就不是一个主张公平正义的当代法律人一样。"我开始正儿八经地讲授课程了。

"等等！公孙副局长！"我突然发现徐局长在后面站起来叫停。这伙计什么时候进来的？自从那次班子会后，他正式场合都叫我副局长，平时就叫公孙。有人问他为什么叫这么标准的称谓，徐局长说这样叫充分彰显他是大仙儿我是半仙儿，我这不照他差半级吗！

"伙计！你干脆就叫下边的同志们提问，你据实回答，这样既活跃气氛，又通俗好记，实践中用得上。大家说怎么样？"雷鸣般的掌声响起来了。

388

"我给你打场子（组织），你主答，咱们这么一改革，说不定你就由大仙儿变成大师了呢！"这伙计说着从后排走过来跳上前台。

我还没反应过来，台下站起一个四十多岁的中年民警，自己介绍是某某县公安局分管刑侦的副局长，张口提出一个貌似简单，其实也是一种理念转变带来的改变称谓问题。

"我们以前破案抓人都称其为犯罪分子或人犯，现在为什么叫犯罪嫌疑人呢？"

"这位同志说得对，这是法律规定问题。1979年刑事诉讼法称被追诉者为人犯，1996年刑事诉讼法修改后改称为犯罪嫌疑人。在移送审查起诉后成为被告人。根据刑事诉讼法规定，刑事诉讼过程中被依法追究刑事责任的人在不同的诉讼阶段有不同的称谓。在公诉案件的侦查和审查起诉阶段，由于尚未对其提出正式的指控，因而一律称为'犯罪嫌疑人'。当人民检察院决定公诉以后，从制作起诉书开始，即改为'被告人'。自诉案件中，则被统称为'被告人'。据此，实践中应避免使用'人犯''犯罪分子''嫌疑犯'等不准确甚至带有有罪推定色彩的概念。"由于是第一个提问，没有准备，语速有些快。我呼出一口气，镇定一下情绪，语言顺畅起来。"这也是我要讲的一个重要理念转变题目——无罪推定原则。它告诉我们，在侦查阶段所面对的犯罪嫌疑人未必就是真正的罪犯，必须用对无罪推定这种客观的调查方法和调查观办案。使用'调查'这个词，比'侦查'更公正、更客观一点。虽然现在法律规定侦查人员有收集犯罪嫌疑人有罪证据的职责。但是，如果我们带着有罪侦查观去办案，就会觉得你面对的犯罪

389

嫌疑人就是罪犯。按照这个思路来办案，就有可能造成错案。我们面对的具体案件，只能根据证据，去认定发生在过去的案件事实，由于受证据的局限，这个阶段的犯罪嫌疑人、被告人究竟是有罪还是无罪，可能你的认识只是一种推测的状态。那么，在这种情况下怎么办？如果放了，那可能是错放，如果判了，可能是错判。这种情况下就要体现无罪推定原则，即疑罪从无——放人。"

放人!? 下边一阵惊呼。

"大家静一静，我有话要问!" 下边站起一位穿着武警制服三十五六岁模样的干部，自我介绍是边境地区哪个边防分局分管刑侦的副局长。"请问首长，如果按照无罪推定原则，侦查初始阶段怎样确定侦查方向和范围，如果人人都可能无罪，那我们该如何动员大家带着敌情去走访摸排、侦查破案?"

"我靠! 办案思维是无罪推定，破案思维就是人人可能作案，这事儿还问。" 主持人徐局长憋不住，直接抢答了。

……整个是拿着镰刀进白菜地，棵（嗑）儿全都搂（唠）散了!

（一二六）办案流程

以会代训的"提高办案质量培训班"尽管有些插曲花絮，但还是取得了较为明显的学习成果。如证据意识、程序优先、疑罪从无、审判导向等等现代司法理念比以往任何一次培训都深入人心。我倡导每个地区自己推荐一个失败的案例上报省厅，最好是现任主管领导自己搞砸的案件拿出来剖析更有说服力。为消除大家顾虑，我将自己在松北地区平原县任公安局长期间牵头搞错的甄友林强奸案拿出来解剖讲评，教训供大家分享，学员由此接受了我汲取教训比总结经验更重要的新理念。经请示厅领导和有关部门同意，对剖析的案件旨在吸取教训，对责任民警和当时的负责人不戴帽子，不打棍子，但是构成严重违法犯罪的不在此列。同时，又由徐局长出面在省检察院反渎职局搞来全省五年内，已批捕起诉的刑侦部门民警因刑讯逼供、暴力取证等职务犯罪的案例五起，从省法院搞来全省五年来已经终审判决的因证据不足、非法证据排除而宣告无罪的杀人案件五起。特别是山城地区刑警支队二大队民警因抓捕持枪逃犯而壮烈牺牲，三年后逃犯追捕到位但因主要证据缺失，关联证据来源程序不合法而不能定罪科刑，被法院宣告无罪的案例，由刑侦局情报综合处和大案侦审处联合汇总，抽调省警察学院侦查系老师和应届毕业生帮忙编审出《松江省公安机关刑侦部门大要案件侦破教训选》（公安机关刑侦内部参考），编制保密编号下发县（区）刑警队作为业务培训教材供大家学习。

"公孙，你来省厅这段时间虽然不长，但是工作确实干得不错。昨天厅长把我和分管厅长找去，肯定并表扬了刑侦局这个季度工作的主动性，执法的规范性，严暴案件没有压住，学习培训走在前头，队伍的政治素质和业务素质有明显改观。特别提到在全省刑侦部门提高办案质量现场会后，我们收集失败案例，总结教训，集中反思，收到事半功倍效果的做法。连省里检法两长在省政法委开会时都称赞这种做法好，值得他们学习借鉴，还说请你去给他们讲课呢。真是像改革开放之初我在县公安局当局长，我们县委书记在全县三级干部会议上谈基层党组织建设，讲选好农村党支部书记带领群众致富奔小康的重要性时说过的一句话，'用好一个人，富了一个屯'。咱们局这儿也是'用好一个长，名声呱呱响'，你这个'大仙儿'不仅破案行，搞事情也行，人才啊！仙才啊！"一天早上刚上班，徐局长带着昨夜未消的酒气，在我小小办公室转着圈子，正话加跑偏话一口气说了这么多。

"这都是厅党委、主管厅长和你领导得好，各地市公安局特别是刑侦部门弟兄们支持的结果。如果没有你这么给力的协调奔走，检法两院这十个案例也不会这么短时间、这么快速度给咱们，各地区失败的案例也不能很短时间内报上来。"我还是秉承一直以来好事儿不能落下领导，头功必须让给主官的信条。

"你这话我愿意听，但实事求是是我们党的思想路线，这事儿不能含糊。你起的作用多大，我和同志们一样心里清楚，我今天就是来通报一下你的阶段性工作成果和领导群众对你的评价。但你不要骄闹（傲），因为你们有点文化的知识分子最喜欢翘尾巴，给点阳光就灿烂，谦虚谨慎才能越走越好，尤其是在厅机关。"他转过身看着我的眼睛认真地说。

这伙计有时候跑偏的话不怎么好听，但你事后一想是符合当时受众环境、对方情况的正话反说。尤其在特定场景对特定人骂骂咧咧地爆粗口，事后才知道是骂人者与被骂者要么关系特殊，要么是老鼠吃猫奶——感情处到份儿了，是大智若愚的表达方式，要不怎么能从一个县公安局刑警队的侦查员搞到今天的副厅长级刑侦局长呢。

"是！局长。"我回答。徐局长的话虽然粗放，但是粗中有细，向老大哥教育小弟弟一样，让我这个多年在基层刑警队里滚打过来的同行听着既贴心又感动。

"你来这么长时间家属怎么还不跟来，是不是 1949 年的感觉还没过劲啊？" 1949 年？啊！我反应过来，是指脱离家庭监管自由自在像 1949 年被解放一样。

"不是我不让她过来，政治部干部处长说已经跟卫生厅说好了，他们与省医院打过招呼，年末可能要研究一批高级职称的人进省城。"我急忙汇报。

"组织上的事情多，干部处长口袋里至少有十名以上家属随迁需要解决两地分居生活的，我们要不等不靠，自己努力，少给组织添麻烦。"他说的话特正式，搞得我都没法接茬了。

"是！我们自己克服一段时间。"这种情况下只能如此表态。

"原来省国安厅要调你过去给开的什么价？"他突然停住脚步回身问我。

"开价？"我一脸茫然。

"就是什么条件。你是装傻呀还是真傻？"我醒悟过来，忘记这伙计三句话不过就跑偏的特点。

"事后听松北地区原来专员、现在的地委书记有一次跟我师傅喝酒时说，把我和我家属调进他们厅里，苏医生去他们所属专门医院，级别职称一点不差，孩子上学由组织联系到省实验中学，住房小三室一厅，七叔按照离休老干部有关政策一并落实，连师姐斯琴也承诺严格政审考核通过后调进他们系统作为正式语言干部分配相关工作。"我又想想，应该就这么多。

"好！其实这些条件我都知道。"徐局长狡黠地笑笑。"这个厅长下乡时就在我们村的集体户，我老爹还给他们当过贫农老户长，连七七年高考上大学去火车站上车都是我老爹赶着马车送的，要不我怎么知道你这次来省厅前前后后的故事呢!"这伙计此时才说出实话。

"你不是卧底吧？"我半开玩笑半认真地看着他转来转去，将脸转过来对着我时，说："卧底也是我去那边卧底，回这边报信，否则你已经是他们的侦查处长，现在老婆孩子等一大家子人团圆了。"这都是命运，现在也挺好。我喜欢轰轰烈烈干工作，这样有激情。也喜欢像解数学题一样的侦查破案，尽管前路曲折，历尽艰辛，但是能手缚凶犯，也快意恩仇。虽然过程艰苦，但也乐在其中。我一谈到自己热爱的刑侦工作，就像中了邪似的立马进入亢奋状态。

徐局长显然是被我的激情和语言所感染，脸上闪过一丝不易察觉的忧郁。"看到你目前的状态我是既高兴又内疚啊，所以来跟你扯这么半天闲篇，以慰藉你寂寞并不委屈的心情。"我一时无语。"好好干吧，有时间考虑下怎么把程序优先的理念塞进基层侦查员脑子里，走了。"他拍拍我的肩头出去了。

我怔怔地站在办公桌前，想着刚才他说的话，是喜，是忧？说不清楚，反正思绪有点乱。

应该承认，人的欲望是没有止境的。省公安厅虽然没给那么多优厚的条件，但是干着我称心如意的工作，摊上这么既豪爽粗放，又细致入微、有情有义的主官大哥，真的没什么遗憾了。何况，我是谁？一个祖祖辈辈农民的后代，没有党的教育和培养，没有领导同志们的帮助与支持，没有家庭的付出及个人坚韧不拔的努力，也没有今天。别说一个正县处级干部，恐怕连村长都当不上。当年公社的公安助理，背着一把抗战时期的"二八匣枪"去村里公干，我和小伙伴们从村东头跟到村西头，看他屁股后头那支裹着红绸布插进皮套里的手枪，但是枪的"庐山真面目"还不得而知。今天，已经当上全省警界侦探的二号人物，大要案件侦破的一号人物，还有什么不满足的呢！这样一想，幸福感和自豪感就满满的了。

记起刚才徐局长临走前交代的那个活，把程序优先灌进（应该叫灌输）全省刑警脑子里，成为侦查办案中的自觉行动这句话来。"怎么做呢？"我已经习惯自己问自己了。"灌进侦查员的脑子里"这不是目的，目的是要应用于刑事案件的侦办中。全省5000多人的刑侦队伍，学习灌输就需要很长时间，并且这支队伍承担着日益繁重的打击刑事犯罪任务，并且文化程度不高，素质参差不齐，还有一定的流动性。就说全面轮训一次，按照今年是平年365天计算，除去133天的双休放假日期，工作日就是232天。办班每期最短应该是5个工作日，加上往返时间，正好是一周7天时间。每班按照50人计算（人数太多一线空虚会导致刑侦工作不能正常运转），需要办100期班。那么100（期）×7天＝（需要时间）700天，700（天）÷232（天）＝2.3（年），也就是全省刑警全都轮训一遍，需要两年零三个月，还是净时间。那我就不是大要案侦查处长而是刑警培训校长，成了真正的公孙老师了。这种时间长、见效慢，炒黄豆式的培训偶尔突击强化一两项知识技能还可以，把这么严密先进的法理原则装进我们这些成天冲杀在一线刑警兄弟们的脑子里，显然只是个良好的愿望而已！

"怎么办？"我又开始面壁了。这是少年功夫，是师傅七叔"严厉+暴力"训练出来的。"怎么办？"我再次问自己。"对！七叔还有一句话'好记性不如烂笔头'，那就记，记完再往下背。似乎也不行，刑警队事情多不说，多达 225 条的刑事诉讼法，别说全省刑侦队伍年龄知识结构不行，就是放在应届高三毕业生身上，恐怕也不是一件容易的事儿，况且还有相当一部分大约三分之二强的刑警超过四十五岁，能背笔记还不如翻书了，每个人公文包里放着跟材料纸在一起的刑事诉讼法随时备用，也不现实。"我经一番自己脑子里的相互打架，还是没有好办法。

那就打表画格，看图作业，按照刑事诉讼法的程序规定制作像军用地图一样的办案流程挂图。挂图采取"固定式"（办公室或办案区）、"移动式"（纸质也行最好是布质）"联通式"（挂在墙上、铺在桌子上、放在公文包里都可以的布质），这样是否可以，我有点像解开一道数学难题一样兴奋起来。慢！我坐下来慢慢数了十个数，让激动的心情平静下来，膨胀的想法回归原位，从头至尾自我梳理一遍刚才的想法，认为有必要找人商榷、探讨、论证一下。

正琢磨间，门外有一声响亮的"报告"，我一看，进来的是去年刚从中国公安学院预审专业毕业的本科生阳一亮。小伙儿高高的个子，笔直的腰身，清瘦帅气，大眼睛明亮清澈，长得像南方人，跟我刚毕业的时候一样，走路两脚生风，工作充满激情。

"处长，这个呈请拘留报告书需要你审批签字。"小阳说。

"你看过吗？"我问他。

"这个，我看过。"小伙子有点支支吾吾。

"拿来!"我觉得有情况，直接把表要了过来。呵呵，果然如此。此表呈请人（办案人阳一亮）一栏写得很清楚，拟拘留三日，审核人这栏，他们那个直属侦查处长大笔一挥，拘留一个月，下面的签名龙飞凤舞，豪情万丈。

"这是跟师娘学的法律吗，刑拘也一票到底并且以月为单位审核通过，岂有此理。你把他叫来!"我又像在基层一样开始刻薄挖苦爆粗口骂人了。

"处长，我建议你直接签批同意拘留三日比较好。"这个小小师弟善意地提醒我。我愣一下，觉得他说得有道理，就提笔签批同意拘留三日。

"小阳，我记得你是学预审的?"我问他，意在留下谈一会儿。

"是，处长。"他很正规地回答我。

"你要不忙坐下聊一会儿，我有个想法想听听你的意见。"我十分友善地跟他说。

"没大事儿，就是要跟庄哥去铁北看守所审一个人。"阳一亮实话实说。

"那好，下周有时间过来咱们再聊，把老庄也叫上。"

"明白!"阳一亮敬个礼出去了。

老庄叫庄广军，是东北某重点大学毕业的高材生，四十多岁，中等身材，才华横溢。大多有才的人都有个性，老庄就属于这类人，尽管有时与人相处不太合群，但工作生活都不同凡响。凭我在政治协理员那儿看到的干部履历表上的基本信息和近百天的观察了解，这两个人应该成为我编制图表的伙伴或助手。

"嘟······嘟······"第三天早晨，我刚进办公室，桌子上的公安专线电话铃就响了。

"小子，你今天回来一趟，有事商量。"我刚拿起电话，七叔在电话里命令道。

"今天?"我话还没说完，啪! 电话挂断了。今天是星期几呀，我习惯性地掏出手机看一眼，是周五，难怪七叔这样讲话。

"这两天省里外事部门和原来要调你去的安全部门来几个人，把斯琴回到松江省的全部情况按时间回溯调查一遍，十分专业和细致，不知道是什么情况? 难道斯琴在南方有什么问题，还是跟我们去俄罗斯与不该接触的人接触了，所以把你找回来商量一下。如果斯琴真有问题，咱们俩就直接把她交给组织，组织不会冤枉人的，但是这事儿暂时不能让你七婶知道。"七叔看来十分看重此事，严肃地对我说。

"七叔，事情可能不是像你想象的那样，我打个电话问问行吗?"我想起徐局长的话。

"组织上的事儿你不要干预，如果她要犯那样的错误，我就亲手打死她。"七叔心里没底。

"徐局长，你好! 是的，我已经到家了。感谢你对我家这样关怀备至，我师傅七叔让我代他向你问好。我师姐斯琴的工作随迁一直是他和我师母的一块心病，没想到这么快你就有动作了。"我当七叔的面给我的主官打电话侦测口风。

"哈哈哈! 你小子这不也会忽悠人吗! 我那天从你那里出来之后，看你傻乎乎可怜兮兮的样子觉得有些愧疚，正好国安厅长那老哥这几天反应过来备鸿门宴要找我算账。我一看形势不好，开车回乡下把我老爹请来一块赴宴，老爷子一听说去看他'干儿子'，二话没说到院里抓两个芦花大公鸡就跟我来了。那个厅长老哥为了便于说明不是他有意泄露内部情况信息，特意把他们常务副厅长、主管侦查的副厅长、政治部主任、干部处长七七八八一大堆人都召去了，杀气腾腾地要开杯问斩。可是开门一看，我领着我爸他干爹，他干爹还拎着过去老区人民看望子弟兵标配礼品——芦花大公鸡，满脸笑容进来了……你想想，你想想那是什么场面，他干儿子及其下属是什么表情？此处至少省略200字，哈哈哈！"我这边是按下免提键跟七叔一起分享徐局长兴致勃勃的高音。

"后来呢？"我有点迫不及待地问。

"我就反客为主。说厅长大人最近工作如何忙，成绩如何卓越，为保卫国家安全作出一百个特大贡献，反正他们干的事儿是保密的，咱们也不知道，说一百个总比说一个两个强。又跟我爹说，他这么忙也没忘记你，今天特意摆下酒宴让我回家接你，还找一桌同僚陪您吃饭喝酒，共同庆祝伟大胜利等等。我这一说，老爷子特别开心，连忙把他所有能赞美的词儿都用在厅长身上，气得厅长老哥冲我直翻白眼，差点背过气去。"徐局长这伙计一高兴语言没跑偏思路有些跑偏，话多有点收不住。我刚要张口引导，七叔摆摆手。

"这顿大酒喝到八九不离十的时候，厅长老哥终于借酒发飙，说我泄露组织人事机密，致使他们失去一个物色很久，已经上报部里走审批程序的优秀侦查人才，被我横刀夺爱，拦在麾下，今天还得意洋洋，云云。"这伙计说这事的时候还真就有点得意洋洋的口吻。

"后来呢?"我终于忍不住问他一句,否则这伙计再说半个小时也未必能完。

"后来我就打感情牌、悲情牌、传统牌。先讲我当刑侦局长这两年的工作压力如何大,差点得了精神病,你公孙侦破刑事重特大案件如何强,我跟老板(厅长)说多少次就是协调不下来松北市委那边,这次让国安厅他们一搞才有机会。再说你公孙就是我们公安的人,我这样做也算巩固阵地吧。趁老爷子在场,我说国安公安都是保卫国家安全,亲儿子干儿子都是老人家的儿子。但是由于我公事私心抢人才,把公孙一家坑得够呛。你们答应人家一大堆条件我这边都没法兑现,公孙现在还困在办公室吃方便面就咸菜,夫妻家人两地分居,双休日来回坐五六个小时的火车,令我十分内疚。特别是这小子善良仁义,待他师傅师母胜似父母,强过家人。他师傅师母都是东北抗联时期的老革命,他师姐是解放军外国语学院的俄语教员转业的优秀外事干部,让我这么横插一脚,现在全家随迁的事儿都泡了汤,真的感到有些后悔。要不你们找找我们老板,让公孙过去吧!"我刚要出声搭话,又被七叔制止了。"说到这里我自己都要感动哭了。"那边徐局长说。

"'呵呵!我说你这小子忙三火四回家,说你哥请我喝酒,原来是你惹祸了。'我老爹终于说话了。'你们哥俩争人闹别扭,害了那个姓公的可不好,损人利己的事儿咱家不能做。'我老爹终于按照我的思路讲话了。

'老爹,你听我说,他这是当初许愿许大了,现在还不上愿,自己又做不了主,打我主意呢。'国安厅长眼睛不揉沙

400

子，及时揭穿了我的诡计。

'你是哥哥，他惹祸了你不帮他谁帮他。'老爹开始主持公道。这个过程我看政治部主任在和干部处长咬耳朵交流信息，后来主任又跟常务厅长、侦查副厅长嘀咕几句。"这么半天终于要聊到正题上，急死我了。

"戴眼镜的政治部主任站起来对着老哥说'厅长'也别让老爷子操心，局长既然话说到这份上我建议分两步走，一是重新启动向部里报公孙处长调我厅任职的程序，但前提是徐局长得做好省公安厅的工作，确定放人。二是斯琴同志这样出身老干部家庭，解放军外国语学院毕业，现在从事外事工作的语言干部条件很好，我们也需要，但是要严格按照有关规定进行政审体检。"组织人事干部说话做事一向严谨。

"你看这小白脸真是狡猾，上下左右都进可攻退可守，这两天我听说他们已经着手审查考察你师姐了。至于你本人就别想太多了，生是公安的人嘛，死还远着哩！哈哈哈……"隔着电话都能感觉到徐局长牛气冲天。

（一二七）五人小组

"新世纪到来了！全世界张开双臂，迎接人类历史的又一个新纪元。抚今追昔，我们感慨万千；展望前程，我们心潮澎湃。刚刚过去的20世纪，波澜壮阔，风雷激荡。这是殖民主义体系全面崩溃、民族独立和民族解放风起云涌的百年，是社会主义诞生、发展并经历曲折斗争的百年，是科学技术全面发展、社会生产力突飞猛进的百年。上半个世纪，人类经历了两

401

次世界大战，浩劫空前；下半个世纪，国际形势深刻变化，和平与发展成为时代主题。全世界人民在艰难中跋涉，在求索中奋进，在正义与邪恶的斗争中新生，在社会变革和科技革命中发展，创造了以往时代无可比拟的文明。"早晨六点，我陪七叔在距地委不远的松北公园里一面走步晨练，一面听七叔袖珍收音机里播音员用慷慨激昂的声音和语调播发 2001 年元旦社论——迈进光辉灿烂的新世纪。

"没想到啊，没想到！我还能活到 21 世纪！"七叔伸直双臂，仰望蓝天，感慨万千。可能是这次我调往省厅，师姐斯琴政审历经南北两地近一个月的调查喜获通过，终于走进体制内为国家出力，遂了七叔七婶革命一辈子的心愿。也可能是全家不久将搬迁省城，离开这个给他第二次生命的当年东北民主联军西满野战医院所在地，由此从胜利走向胜利的松北市特别留恋所致吧。

"七叔，把扣系上，别着凉感冒。"我上前把他因快速运动发热而解开的制式警用棉袄内胆的扣子扣上，皮夹克的拉链拉上大半，开始返程回家。

"我的孩子，你们回来了！"七婶这次是先拥抱我后又拥抱的七叔。

"快去洗洗吃饭吧，伊戈尔要你送他上学呢。"苏医生过来接过我脱下的外套说。

"这么大的小伙子……"我的话还没说完，左手背像针扎一样疼，这是苏医生使出的杀手锏——掐人。"……走在路上，别人还以为是我同事呢！"我终于在家庭政委暴力干预下，脑筋急转弯带来语音延迟三秒的应急转换。

"爸爸，一会儿你送我上学，不要像爷爷那样严肃，把同学都吓跑了，还不跟我聊天。"伊戈尔毕竟是孩子，上餐桌低头就吃，说话也不管不顾。

"跑的不都是女同学吗，男生我怎么没发现跑，还跟到咱家让我讲故事呢。"七叔据理力争。看来似乎有点情况，我看一眼苏丽梅，她正招呼大家吃饭，没理我。

"伊戈尔，你看你的个头儿马上要超过我了，上学怎么还让人送啊，能给爸爸说说吗？"我和儿子并排走在地委后面的步行街上，家里距学校不远，正常速度大约十五分钟左右。

"爸爸，不是我让大人送，而是妈妈奶奶坚持要送，我已经高二了，让同学看见多难为情。但你们是大人啊，我能有什么办法呢！"伊戈尔无可奈何的样子非常可爱。

"好儿子，你这个独立自主的想法很好，我回去跟你妈妈和奶奶说，给你争取上下学的行走自由权，怎么样？"我拍拍儿子的后背说。本来想像过去那样摸摸脑袋、拍拍肩膀，但是现在个子高太费劲了。

"爸爸你太可爱了，明天还是你送我吧，这样咱俩能轻松聊天。你总不在家，我放学到家妈妈不是让我写作业就是让我看书，晚上还偷偷检查我的书包和衣服口袋，像个女特务似的。"嗬！这小子怎么发现的，并且有点逆反心理。

"不能这么说你妈，你妈尽管偷偷检查，但那也是政委的本职工作，管好队伍是她的职责，对不对，儿子！"我赶紧替苏医生辩护。在儿子面前，父母的权威性非常重要。

"其实我知道，我妈说我还小，刚来松北市接送我上下学是假，怕我搞对象是真。咱们大院里开始有几个女同学找我一

403

起上学，我妈就叫爷爷送我，爷爷一路上满脸严肃一言不发。你想，日本鬼子、国民党都让他打跑了，女同学还敢跟我一起走路吗？我奶奶倒是对我宽容，但是妈妈总找借口说她腿脚不好不能走远路不让奶奶送，姑姑对我百依百顺可惜她不经常在家，在家早晨起得比我还晚又送不上我，我看我妈还提防她跟我是一伙的呢。"乖乖，这小子真的长大了，轻视不得。"另外，爷爷还暗暗调查学校到咱们家这路上有几个电子游戏厅，放学前后说是锻炼身体，其实是流动检查看我在不在那里玩。"伊戈尔轻描淡写地叙述。

"嚯！你倒是搞得门清啊，小……"我突然来个急刹车。

"小兔崽子！你是想骂这句话没骂出来吧？老爸。"我后背被拍两下。"请你们别忘了我是谁的后代。对象肯定不会搞，电子游戏会玩但是不会去游戏厅里玩，也不会耽误学习。"没等我回答，已到学校大门口了。"再见爸爸。"这小子蹦蹦跳跳进校园了，扔下我在路边发愣。

"最近怎么总遇到意外的事儿，是不是我真的跟不上时代步伐，需要重塑学习了？你看连儿子都叫老爸了。"在回家的路上，我自言自语。"怎么能不老，儿子都高中二年级了，个头儿马上超过我，可怕的是，我们以为他不知道的事儿，其实他什么都知道，针对他所做的一切无疑是掩耳盗铃，好笑的是我们而不是孩子。我们是应该高兴呢，还是感慨或感到悲哀呢！"没等我在脑子里梳理明白，到家门口了。

"怎么样，有什么情况？""苏政委"看来也不简单，看情形这娘俩斗智斗勇有一段时间了。我笑笑，上前给七叔的杯里加上茶水，给七婶的咖啡杯里续上少许牛奶，示意苏医生重新坐在餐桌前，一场非正规但是不乏严肃认真的，关于家长如何教育管理孩子上学的家庭研讨会开始了……

"处长，我看了局里一周工作安排，你如果有时间，我和庄哥随时听你通知。"新年后上班的第一天下午，侦查处应刑侦改革要求改名的大案侦审处案审科的阳一亮就敲开我的办公室汇报。

"好啊，我正要找你们，你就来了。这样，把你们科长大杨（他们科长也姓杨，只不过是杨树的杨，不是阳光的阳，大家习惯叫大杨）叫来，咱们一起讨论一下。"我说。

"我先说一下为什么要搞这个流程图吧。"为出师有名，必须向下属交代清楚干这件事的意义，或称做这件事的指导思想，就像我们打仗要搞战前动员，破案摸排要搞发动群众一样，是我们群众工作方法的重要组成部分。接着我把基层刑侦队伍执法现状，这次办班发现亟待解决的问题，徐局长的要求，和过去我在侦查办案实践中用表格加顺口溜的形式强化执法操作，达到一目了然、通俗易懂、好背易记、容易推广的实践体会，加之受师傅七叔"军用地图不离手，一图在手天下走"的影响，才有搞个"公安机关办理刑事案件流程图"的想法综合叙述一遍。讲完现实需要也把工作动机交代明白清楚了，这就像作案动机一样，否则坐在我对面的三个大学本科生，尤其是大杨，是东北拔尖、全国赫赫有名的法学院毕业高材生，又在省厅预审处干了十多年，可不是个省油的灯。"当然，这个图表的依据不单单是 1996 年刑事诉讼法，还有 1998 年 5 月 14 日发布的《公安机关办理刑事案件程序规定》（公安部令第 35 号）部门法规。"动机交代完了这依据不交代明白也不行。"大家有什么意见和建议吗？"我看看三位，象征性地征求一下意见。正像徐局长经常说的那句话，有意见也白扯，必须得服从组织决定。

大杨抬头看看我，又左右看看老庄和小阳，"没什么意见。"算是代表大家表了态。

"既然大家没意见，咱们就明确一下组织分工。"我调整一下坐姿。"咱们首先得成立一个工作小组，就像搞案子的专案组一样，也就是事儿得靠人来干，也叫工作专班。这个组叫什么名字呢？"其实我也没想好。大杨和老庄都做认真思考状，其实真思考假思考只有他们自己知道。

"要不叫'公安机关办理刑事案件流程图课题组'？这么搞可能是全国首家吧，一会儿我上公安网查查，外网我上不去，下班我到网吧上互联网再看看，如果没有其他地方搞，咱们先搞出来，服务实战，也算一个科研项目，搞项目不就得有课题吗，叫课题组就靠谱了。"阳一亮毕竟年轻气盛，绷不住率先发言。那二位未置可否，我得支持这个积极发言的年轻人，况且说得也有道理。

"我看小阳的意见可以考虑。如果叫'课题组'在厅机关或刑侦局里怕引起歧义，我们不妨叫'贯彻全国公安机关刑侦部门提高办案质量会议落实组'怎么样？"我还是看那两位老同志说。

"叫'落实组'好。"二位这次没有犹豫，异口同声。

"那这样，徐局长是这个项目落实组的提起者和领导者，负责全面领导、组织、协调工作。大杨不脱产参加这个落实组具体工作，研究问题时候参加，因为你还有那么大的一个科室，一摊子日常工作靠你主持。老庄、小阳和我组成三人突击小组，他们俩暂时脱离科室工作，全力以赴调研落实。我们三人从今天起一周内读《刑事诉讼法》和《公安机关办理刑事案件程序规定》原文十遍，然后各自拿方案思路，白天没时间就晚上干，下周一在这里碰头，拿出成型意见再向徐局长汇报。从现在起，'五人落实小组'正式组建运行！"我对在座三人讲完，拿起笔记本，大家站了起来。

在我们三人突击小组夜以继日工作的一周内，徐局长又神秘地"失踪了"。我知道他在按照一号首长指令，亲自经营一起背景复杂的案件，具体是什么性质案件，我严格遵守保密规定"不该知道的绝对不打听"。一般情况下，他离开省城都会跟我打个招呼，告诉我和综合处长自己的去向，便于有什么事儿及时联系。周一早晨我刚下火车走进办公室，内线电话就响了，我一看是总机首长们一号台的电话，赶忙接起来。

"小公，老徐干嘛去了？"我一听是一号厅长的声音。

"是我，厅长。我刚来还没看到徐局长，这就马上去找，让他到你那里报到吗？"我下意识地站起身来回答。

"你到哪里去找，我找他两天都没找到？"听声音火气不小。

"那可能下去搞案子了，我是周五回松北刚下车的。"我连忙解释一下。

"胡扯！你们就善于互相包庇，有需要他去的大案子我能不知道，你能闲在家里吗？你找不到马上给我过来一趟。"厅长不依不饶。"是！"我冲出门跑到侦审处，大杨和小阳都在。

"你们两个，一个往徐局长家里打电话，问徐局长去向，

407

找到马上给厅长秘书打电话。一个跑步到厅调度室，看有没有发生全省性的大案件、大事件，有的话马上打我手机，没有的话手机保持静默半小时示意我！"没等他俩表态，我转身往主楼跑去。

"你简直是目无组织，胡作非为，谁告诉你我们能放小公？我问你，是不是你们俩串联好给我演的双簧？"厅长的声音。

"您老息怒，气大伤身，小公傻乎乎的压根不知道这件事儿。我是看您和政治部工作太忙，迟迟没解决小公家属和巴雅尔老干部老专家随迁的事儿，赶上那天他们请我老爹吃饭，才借机发挥将他们一军，你看还告到你这里来了，太不仗义了吧。我马上回去告诉小公，让他通知家里，不让他师姐去国安那边报到，等着咱们这里有更好的安排。"徐局长委屈抵赖的声音要挟厅长。

"你少胡扯！你那么伟大无辜为什么不敢开手机，是不是到哪里鬼混去了？"厅长似乎不那么生气了。

"天地良心，我始终和我最亲爱的媳妇在一起，一不小心手机忘充电了，结果闹出这么大的事儿来，看把你气的。"徐局长越发无赖起来。

"报告！"我不能再听下去，否则自己不但不厚道，也容易跳进黄河洗不清了。

"进来！"屋里沉默片刻，响起厅长洪亮威严的声音。

我进屋一看，厅长端坐在宽大的办公桌后面正在聚精会神地批阅文件，徐局长坐在办公桌对面的沙发上一脸无辜地看着我打招呼："今天早晨回来的？"

408

嚯！怎么回事儿？我有点怀疑自己是梦游还是刚才耳朵出了什么问题。待我使劲掐一下大腿确认没有梦游后，才看清厅长抬起头来，用手指指徐局长右侧的单人沙发。"你们等我两分钟，我批完这个文件。"说着又低下头看文件。

徐局长给我倒一杯白开水，借着往我面前使劲推水杯"能将水洒到桌面的工夫"，右手三个手指头迅速在水泊里划过，往回一带手的瞬间在茶几上留下一个"不"字。"不"什么？是不说话，不同意，不表态，还是……我没反应过来，抬头看他时，他仍然一脸无辜的样子。"我靠！这都什么情况啊！"我一头雾水。

"小公啊，老巴的身体怎么样？"厅长终于抬起头来正面问我话。

"身体挺好，就是受伤的腿和脸部开春入冬气候变化大时有些反应，会疼痛麻木一阵子。但是如果听说哪里有案子让他去，病立马就好了。"我挺直腰板，屁股只在沙发角上搭个边，口齿清楚地回答。眼睛余光中我发现徐局长在玻璃茶几下面伸出个大拇指。

"今天把你们两个找来，是通报一下昨天厅党委会作出一个与刑侦局副局长公孙坚决同志有关问题的决定。本来政治部主任和干部处长应该一起参与谈话，但是公安部现役办来两个同志要考核我们边防总队的一位首长，就由我代表党委给你们传达了。"厅长开始正式谈话，我和徐局长也都挺直腰板聆听。"公孙同志一直是我们省厅党委关注和重点培养的年轻后备干部，从县局到地区局，这次又调来省厅刑侦局任副局长兼大要案侦审处长，进行全面锻炼，提高综合素质和机关工作水

409

平，这也是我们党新时期着眼长远的目标规划，培养各行各业干部的一种方法。当然，这与你本人这么多年的个人努力和信念坚守是分不开的。"厅长面对我说。我刚要搭话，徐局长右手端杯最下面的小手指左右晃晃，意在制止，脸上却露出谦恭的微笑和洗耳恭听的专注神态。"调你来省厅刑侦局工作，党委已经酝酿很长时间了，你们徐局长也总到我这里叫苦要赖，对你是志在必得。现在借着省委全面发现培养引进各方面人才，尤其是各个行业的专门人才的规划大纲，才把你从松北公安处直接拿到厅刑侦局锻炼提高，我想政治部主任可能都跟你说过这个意思。"厅长站位高远，深藏不露，又兼顾现场陪同谈话的徐局长威信和情感讲了这段开场白。

"感谢厅长这么重视刑侦工作，把这个已经……"徐局长趁着厅长说话间歇发言表态。

"把这个已经很成熟的刑侦干部拿到省厅机关全面锻炼。"厅长看出徐局长又要"跑偏"及时拦截制止。说完，抬腕看一下手表，"厅里参照省委省政府人才培养引进规划中关于高素质高职称专业人才提高相关待遇的规定，经厅党委认真讨论，统筹考虑你和离休老干部、全省刑侦专家老巴等的实际情况决定，原来在一号家属楼警苑小区预留给厅领导的三室一厅97平方米的住房，公安部拟定下派任职的领导因故没到位，决定分给巴雅尔老干部、老专家居住，老巴同志的工作单位、退休关系拿回省公安厅，其工资、医疗、老干部活动等相关问题由政治部与省委老干部局衔接办理。你的住房还是按照正处长加硕士研究生双重身份，将预留给研究生人才的大两室一厅68平方米的分给你居住。你家属是高级职称医生，我们也需

410

要，职级职称不变调入离厅家属院较近的消防总队医院当个综合类全科医生，也就是什么病都得看，经过外出进修学习必须达到什么病都能看的程度。但是没有军籍，将来政治部与部里现役办研究，是否解决部队医院序列的文职或专业技术级，估计时间不会长，下个月就可以上班。你孩子上学的事儿由刑侦局管，老徐负责落实。老巴的女儿斯琴，你们徐局长替你找了国安厅长，人家经考核考察认为人才难得，决定调用做相关工作。老巴家属，你师母的离休关系如果留在松北地区政协不方便，也可以办理过来，不过这件事儿党委会没议，要做还需走上会程序。怎么样？公孙，老徐，咱们公安厅不差吧？对老干部、对人才还是十分重视地！"

我和徐局长对望一下，齐刷刷站起来举手敬礼，异口同声喊道："感谢党委关怀，坚决努力工作！"

厅长微笑着对我俩说："喊得这么整齐，是不是事前练过啊！"

你看这事儿闹的……

（一二八）反复论证

世间万事开头难。我们三人突击小组利用一周时间研读法条十遍的任务倒是按时以及提前完成了，但是受原来所学专业、年龄、经历、资历的局限，拿出的原创想法都不一致。我想到最多的是实用、实战、实际。老庄想到最多的是规范、规律、规则。阳一亮想到最多的是简便、简洁、简单。与自己想法创意相对应的，是一大堆理论与理由，一旦宣布进入"有

411

话说，有屁放"的民主议事日程，这一老一小就喋喋不休地讲起没完，阳一亮兴奋时引经据典讲到世界上第一部比较完备的成文法汉谟拉比法典，老庄也由法律法规讲到俄国科学家"罗蒙诺索夫"质量守恒定律的物质不灭定律，两个人讲两个小时，看这架势还刚刚开始，搞得我头都大了。此时我才深切地体会到原来在县局当局长时政治处主任徐晖的一句话"学者就是把简单的事儿搞复杂了"，这还没等当上学者，只是参照一个搞科研题目的说法，突击小组这二位就把我整蒙圈了。我看民主得差不多了，就张罗集中。"二位，议论这么半天，靠谱和不靠谱话也都说得差不多了，我讲一下集中起来的原则，大家看怎么样？"

"没意见。"二位表态。

"为尊重大家一周以来的劳动成果和遵循我们搞这个图表服务实战的初衷，我看是否用我们三人一周研读成果的两个字，我的'实用'、老庄的'规范'、小阳的'简洁'，也就是按照'实用、规范、简洁'的设计思路，依据《刑事诉讼法》和《公安机关办理刑事案件程序规定》来编制'公安机关办理刑事案件流程图'，追求使用者一目了然、一看就会，一用就灵的效果，达到服务实战，服务基层，服务执法的目的。"我喘一口气，"怎么样？"问他们两个。

"这样行！"老庄认可。

"太好了！"小阳强烈表示同意。

那就这样，我习惯性地最后表态："老庄负责梳理这两部法律规章的规律规范性东西，淬炼成言简意赅、好记易背通俗短句来。小阳负责从受案开始列表划格，将老庄的文字短句装

412

到表格里，直至侦查终结移送起诉。我负责将你们两个搞的文字表格一体化与原著法律规章比对、比较，是否靠谱，关键是准确无误。再与基层警队执法现实寻找差异，修改，纠正。反复修改、修改反复，如此三起三落，拿出第一稿汇报给徐局长。他同意再召集刑侦局内部副处级以上干部和侦审处全员参加进行初审，大家实事求是，七嘴八舌提出意见，咱们再进行第二轮修改订正。刑侦局机关有初步评审意见后，再请各地区的主管局长，刑警支队长带领大案大队长、案审大队长，县局主管副局长、刑警大队长上来以会代训的方式进行一整天的二次评审，认真听取大家意见和建议。接着请主管厅长出面，以省厅刑侦局的名义，邀请省检察院批捕处长、公诉处长，省法院刑一庭庭长、刑二庭庭长，省人大法工委有关业务领导，松江大学法学院有关教授参加进行为期一天的第三次评审论证，广泛征求各方面专家学者和省级层面实务部门意见，这个过程大约两个月内完成。这样边学边看边听边改的'四边'方法能避免少走弯路，快速直达，但是时间有限，贵在我们，路在脚下。"我啰啰唆唆婆婆妈妈说了一大堆。

"这样行不行？"我再次征求他俩意见。

"行！"这次异口同声。

"干吧！还等什么。"我站起来走人。

"生活是一条路，怎能没有坑坑洼洼，生活是一首歌，吟唱着人生悲喜交加的苦乐年华。"我不知道这是当年哪个明星大腕唱的流行歌曲。本来平静如水的机关生活，偶尔起点涟漪，都是在全省范围内有影响的恶性杀人放火、抢劫强奸大案要案，作为全省刑侦部门大要案件侦查处长，已经习以为常

413

了。但是周一早晨和徐局长一起从厅长办公室出来，还是蒙蒙地半天回不过神来，下楼梯都差点踏空。何以至此？谁也想不到幸福会来得这么快，冲击力这么强。

"公孙，咱俩到底谁是大仙儿谁是半仙儿？"徐局长一有机会就说跑偏的话解闷。

"你是大仙儿，你是大仙儿。"看来连这个虚拟的头衔也必须让给主官。失踪一周，搞成这么多大事难事儿，其神功仙气不能不服，我由衷敬佩。

"这个消息得封锁到周五上班，否则不完美，你师母随迁后的工资关系、老干部待遇得落实个单位，否则你回家没法交代，何况她是国际共产主义战士。你别皱眉头，这事儿我去办。这次周末回家，苏医生不三次以上跪求，你都别给她上床，否则我认为你定力不够，半仙儿也难以为继啦。"这伙计的话继续跑偏。

当我在星期五晚上兴致勃勃即将推开家门的一刹那突然停住，想象是否按照意愿中，全家人一个不落地在客厅里等着我。因为我上了火车才按照徐局长要求把今天回家要宣布十分重要的事情告诉家属，并要求家庭成员一个也不能少，包括家庭纪律性较差的师姐斯琴。这个传达、召集、监督执行的任务由"家庭政委"苏丽梅同志负责，另外，还要准备一桌丰盛的晚餐。伊戈尔晚自习如果没有重要课程或者不测验，可以请假在家等候。这样做一是对徐局长守约，主要是防止这么多年来公安刑侦工作"计划没有变化快的事情"发生。

"什么情况啊？""苏政委"有些蒙圈，忘记原来约定问了一句不该问的话。

"这是行政首长的事儿，政委只管生活嘛。"我岔开话题。

"什么？我今晚就宣布在家里要实行家长政委'一肩挑'制度。"苏医生吃个软钉子，悻悻地反击一句放下电话。

"政委，我回来了！"我提着随行包进屋就喊。这几天我一直处于亢奋状态，仰脸走道，见谁都笑，浑身上下有使不完的劲。这么多这么重要的好事儿不能与人分享，真能憋死人，现在总算解禁了！另外，包里还有我花光本月生活费和自己本月出差补助费，专门到省城百货五商店附近的外贸食品店买的俄式红肠、鱼子酱、伏特加酒，还有伊戈尔爱吃的俄罗斯糖块等熟食零食，外加三支据说来自英国的口红。当我兴致勃勃推开客厅门时愣住了。也可能是太重视了，也可能是苏医生真的要竞争家长政委一肩挑的职位，发现七叔七婶将那套极为珍贵的解放军1956年式军装大衣披在身上，这是我军首次授衔的制式服装，庄重，厚实，精致，更重要的是大衣左侧的衣襟上挂满了勋章和奖章，即使是在家里，也令人肃然起敬。伊戈尔果然不出所料换掉校服，穿上一件斯琴给买的当下港澳和南方最流行的棒球衫，高挑的身材娃娃的脸，更显得少年英姿，阳光四射。师姐斯琴由于近两年身材快速变形，可能是翻箱倒柜才找出一件去年在俄罗斯买的灰色长版俄式羊毛大衣穿上，显得雍容华贵。苏丽梅倒是坚持一贯的脱下白大褂也朴素端庄的样子，浅咖啡色圆领毛衣外边也换上了不长穿的深蓝色暗格西服套装。亏得我带回一大堆事关每个人的好消息件件着实，如果有一件空转这玩笑就开大发了，谁也没有能力圆这个场。大仙儿徐局长果然料事如神！

"爸爸回来了，快开饭吧！"伊戈尔高喊着并鼓掌，随着伊戈尔还有两响掌声，肯定是斯琴的。

"别急！好饭不怕晚，小苏、斯琴，把小公拿回来这些东西加工一下，好吃的伊戈尔先吃一口，公孙副局长换好衣服后照张相再开席。"七叔面带微笑，发号施令。

"老爸，你也不先问什么事儿就跟着起哄，搞砸了怎么办？"斯琴想打压七叔套出点内幕来。

"呵呵！我不知道是什么事儿但知道是好事儿，连这点自信都没有我还是他师傅吗！这次暂时保密马上披露的消息肯定是好事儿，方向是四面八方每个人，范围是全家，而且关系到我和你妈后半生，你们大半生，伊戈尔的人生！"七叔振振有词，信誓旦旦。

当我穿着两竖杠满三星一级警督的肩章，藏蓝色99式警服走进客厅时，七婶带头鼓起掌来……

"政委，把照相机拿来。"我话刚出口，照相机已经出现在面前三米处的三角支架上。

"爸爸，你站哪里？"伊戈尔指着七叔七婶座位后面中间的位置，苏丽梅和斯琴在我右侧各就各位，我刚刚入列，延时曝光的警示红灯就闪烁起来，伊戈尔站到我左边就位不到两秒钟"咔嚓"快门声响了。

……

"爸爸，怎么没有我的好消息啊！"当我宣布完苏丽梅经省公安厅报公安部现役办批准被调进消防部队医院，参照专业技术八级（相当于副团职）干部待遇，两周后履行完手续上班，大家再次鼓掌干杯后，儿子终于发言了。

"好戏在后头，听你爸爸的压轴节目。"七叔拍着他孙子的后背安慰。

"按照厅首长的指示，经刑侦局长徐大伯的不懈努力，松北市重点高中学生伊戈尔按照优良学生转学至松江省实验中学高中部99级高二三班就读，下周一报到，不得迟到，否则……"我拉长语调。

"否则什么?"苏医生绷不住了。"自己留在松北继续当优秀学生。"我来个大喘气。

"吓死我了。"苏医生一屁股坐在椅子上，没等动员，自己将一小杯白酒干掉了。

"为什么我最聪明的孙子是优良学生而不是优秀学生?"七婶不同意这种说法。

"奶奶，是金子在哪里都会发光，考一次试他们就知道你孙子优秀了!"伊戈尔牛皮哄哄地说。

"省实验中学可是高手云集，在那个学校优良都是十分不容易的。"我理智地提醒这个狂妄少年。

"不优秀我敢是这家的儿孙吗!"嚯! 还没等我说出话来，七叔又举起酒杯号召。"小公，你们不要嫌我磨叨，来，咱们再次感谢共产党，感谢社会主义祖国，感谢省公安厅，感谢组织和同志们，包括那些牺牲的战友，也感谢命运，遇到了你们。"说着，他和七婶又流下眼泪。

"老爸，这是你今晚第八次说这话了。"斯琴提醒，被苏丽梅制止。"来，为我老巴家、娜莎家后继有人，人又争气，孙子优秀，优秀的牛哄哄，干杯!"

"干杯!!"大家异口同声。

二十一世纪第一个春节到来之际，在松北地区所在地松北

417

市地委家属院老干部住宅区里，四个姓氏，三个民族，三代人；两位英雄，两个国度，俩刑警；一个信念，一种执着，一家人，和全国人民一样，生活幸福，心情舒畅，不忘过去，展望未来，彻夜狂欢。

元旦后，春节前，是各个单位正忙的时候，也正是公安机关最紧张的时刻。资历老一点的公安局处长都好说一句话"过年就是过关"，年轻的公安人不太认同，那说明他还年轻，还没走上挑起重担、扛起重要责任的岗位。这个时候城市人流物流资金流相对集中，绺窃、盗窃、抢劫抢夺案件时有发生。农村外出人员回归，节假日喝酒赌博无事生非，酿成事端祸端概率大幅增高。各地警方除窗口单位和侦查单位留下必要的执勤值岗和二级备勤的刑侦刑技民警外，大部分警力都撒向街面场所，巡逻巡查控制阵地去了。所谓公安机关，某种程度上是指省级以上公安部门，只有它们才称得上是机关，市县级以下则为战斗实体，毫无机关半天的感觉，更没有机关干部"一杯茶，一支烟，一张报纸看一天"的潇洒自在。

"这几天进展怎么样？"已经是农历腊月二十三，东北过小年的节日，我对应召来我办公室汇报工作的老庄和小阳说。

"第一轮、第二轮征求意见审查后，提出的意见建议我们基本都搞完了，听听大家的意见还真的不一样，对我们触动很大。我们虽然也是搞刑事侦查的，但是与基层刑警队同志们摸爬滚打的感同身受不一样。比如破案从第一张纸的第一个字做起，问第一次话，干第一手活，直至成卷移送检察机关，这样一套完整的办案过程都很少经历，破案办案执法的理念就不完全一样。这里不光是有理念的差异，更主要的是为谁破案、为

418

谁执法的执政理念在破案办案中需要特别强化，这就是人民公安机关和旧社会国民党警察机关的本质区别。"老庄就是老庄，这个问题看得准，认识高，确实不与他人雷同。

"另外，破案指挥的行政化问题也不可忽视。通过座谈，尤其是各地区报上来的失败案例，都存在类似情况。有的案件，除了共性的现场勘查不细，方向范围不准，走访摸排不实，措施方法不当等外，就是研究欠缺论证不多，最大毛病就是谁的官大按照谁的意见办，结果有真知灼见甚至是正确的少数意见被否决掉，警事民主发扬得不够，没有形成案件讨论中的百家争鸣，导致侦查活动跑偏出错。"小阳说。

"离过年就剩下六七天时间，这个节点上找谁研究程序图之类的纯业务工作都不太现实，何况咱们是求人家给咱们把脉。"我对二位组员说出请省级检法两院和省人大法工委等部门相关业务领导能否成行的担忧。

"基本不可能，咱们还是做春节后征求意见的准备吧。"老庄认同我的观点。

"干嘛呢？还关着门鬼鬼祟祟的。"随着办公室的门被粗暴推开，话到人到，徐局长进来了。一看我们三人都拿着笔记本在讨论问题又发感慨："你看看，我走一圈，就你这屋在干正经事儿，其他办公室都在忙活自己事儿，挺着脖子等着放假回家呢。"我们一起站起来，我把情况简明扼要向他作了汇报。

他可能很享受这种久违的下级见到上级懂规矩和谦恭有礼的表现，立马发挥出他不拘一格的协调才华。"小阳，你把后勤保障处长叫到我办公室来。"阳一亮领命而去。"你们两个把要征求的意见今天上午整理好，共性的问题不要，省级政法机关认识不清或解决不了的省略，别水裆尿裤（不干净利索之意）搞很厚一大摞，人家一看就头疼，按照今天下午两点在厅第二会议室开征求意见会准备，别到时候给我掉链子。"说完转身走了。

"乖乖！今天可是过小年啊！"老庄伸出舌头表示怀疑。

"咱俩能做的就是执行命令，而且不能打折扣。"我做一个往下按的手势，请老庄坐下。

"公孙处长，我特别佩服你刚柔并济、文武双全。既能号令三军，做公安局主官，又能剥丝抽茧，推理论证；既能抓捕会取证，又能……"他突然意识到说得有点多，卡一下壳。

"爆粗口骂娘，是吧？"我笑着接过来说。

"是的。"老庄有点不好意思。

"你看你都是刑侦局的副局长兼大要案侦查处长了，准确地说是徐局长的搭档和同事，但是人前背后都尊重有加，而且像战士对待首长一样绝对服从，一口一个'是'，有时候我们看着都不好意思。"老庄诚恳地看着我说。

"话题跑偏可耽误干活，下午两点咱俩要交卷滴！"我不想继续谈这个话题，这毕竟是班子成员之间的事儿，弄不好只有负效应没有正能量。

"干活儿没问题，按照徐局长的要求，我两个小时之内就能搞定，前提是你要相信我。"嚯！有个性的人就是不一样，但前提是你得有才，我心里想。

"相信你没有问题，我从当刑警队长时就秉承'用人不疑，疑人不用'的原则，包括抓捕持枪疑犯。那是关键节点，彼此以命相托，是真正的战友兄弟，不像……"我也突然意识到话多要走火，所以紧急刹车。

"不像厅机关。"老庄及时补缺，我俩相视一笑。

"我参加工作就在我师傅手下干活。他当兵的出身，又经历过残酷的战争，上级出口就是命令，下级对命令无条件执行，并且绝不可以拖泥带水。师傅七叔坚信，好兵是打出来的，一是与敌人打仗打出来的，二是班长修理打出来的。好刑警是骂出来的，不骂不长记性。他常说，当兵不打不尿性（勇敢之意），刑警不骂不血性。尿性血性加理性，才能打胜仗，破大案，娘们唧唧的成不了大事儿。其实，我本是一介书生，文明人，都是这个职业熏陶的，当然，也接受了七叔的传承和影响。"我比较客观地说。

"我看主要受巴老专家的影响，你身上秀才和兵的痕迹都很明显。"老庄说。

"咱俩怎么也跑偏，扯上这个话题了，干活吧！"我俩异口同声地说。

（一二九）全国首创

这一年四月，部局召开贯彻落实全国公安机关刑侦部门提高办案质量落实情况汇报会，徐局长带综合处长、大杨、老庄和小阳前去参加。由于徐局长出色的前瞻力（从队伍素质养成抓起）和执行力（组建专门的会议落实专班）及会议落实成果（办案流程图思路新、起步早、成熟度高、实用性强等特点），得到了部局领导和分管副部长的高度评价。确定由部局牵头，松江省厅原班人马参加，在全国分东西南北中地域，再次征求公安机关和全国人大法工委、最高检、最高法有关部门意见，准备经反复修改推敲，经部里讨论通过后下发全国公安机关办案部门使用。并责成松江省公安厅就"一会一图十案例"（即召开全省公安机关刑侦部门领导会议贯彻落实公安部会议精神，编制"公安机关办理刑事案件流程图"，总结汇总过去十大教训案例）在汇报会上做典型发言。公安部分管副部长还就此图的创新立意，编制的科学明晰，办案的简单实用，对部里会议的落实有力，对未来公安机关办理刑事案件中的贡献等方面作了长篇批示，并用保密电话"红机子"给一号首长打电话专项表扬。

徐局长从北京回来的第二天下午，厅党委扩大会议就听取了这次全国公安刑侦部门落实公安部提高办案质量会议精神情况的汇报，厅长又将副部长批示和通话记录在会上传达一遍。党委会充分肯定了刑侦局在厅党委和分管副厅长的领导下，半年来破案办案、教育培训、政治业务素质双提升的工作成绩，并决定按照公安机关政治部门有关规定进行集体立功考核。

"用好一个人，富了一个屯，用好一个长，巴掌呱呱响啊！"党委扩大会议一散，徐局长边叨咕这套嗑，边走进我开着门的办公室。"公孙，刚才党委扩大会上，咱们刑侦局可是'光着膀子推磨，瞪眼睛闪亮一圈'，把那些处长羡慕嫉妒得直咧嘴淌哈喇子。你说，好钢就得用在刀刃上，就像厅长散会私下里跟我说的，把专业的人用在专门的岗位上，就是知人善任。要叫我说，知人善任是领导者的水平和能力，关键这个人得是人才，不是人才你给他放到人才的位置上他就是废材，比

422

方我。"我刚站起来，他就正话偏话说了一大堆。

"你还不是人才？你是专门解决难题的综合型'人才'，否则怎么那么早就当上了领导干部，今天官至副厅长级的刑侦局长？"我由衷地说。

"这话也不是没有道理哈，你将来还能有进步。实事求是讲，这半年时间，我发现除了搞案子写东西及军事科目我不如你之外，剩下的我都比你强，对不对？"徐局长一高兴有椅子不坐一屁股坐在我的办公桌上，我只好站在他对面继续话聊。没等我回答，他接着说："除了你不与主官争功，不与同僚争宠，不与下级争利之外，还不与老婆争权，这样的人当下可不好找啊！"他三句话不过肯定跑偏，你看这次正好是三句正话一句偏话，几乎成了徐氏标配。

"你刚才说这次要分配我们什么任务？"我赶紧把话题引到正道上来。

"部局让咱们'五人落实小组'原班人马下周到部局报到，与他们混合编组正式成立'公安机关办理刑事案件程序图'编写小组，以部里名义开展意见征询、修改补充等大量工作，时间大约两三个月的样子。刚才厅长在副部长那里给我请了假，首长立即答应了，他也知道骨干不是我，我只是领导指导而已。但是副部长接着一句话把你的路给封死了，'谁请假那个公孙不能请假！'厅长还申辩一句'他分管侦查还兼着大要案处长呢。'你猜首长说什么？'他没来之前你们不也正常开门营业了嘛，不要有本位主义思想，同志哥。'厅长只好表示坚决服从部里决定，下周一你带队进京去部局当官做老爷去。"话唠到这份儿上才算交代了他来我办公室的目的。

"有困难吗?"他一脸真诚地问我。

"没有,坚决完成任务!"我挺直腰板回答。

"你家里的事儿不用操心,我会安排妥妥的。在部局要表现优良但是不能优秀。"我一愣。"为什么"这句话还没等我问出口。

"优秀你就回不来了。你这级干部,留下只能住集体宿舍,最好的交通工具可能配个自行车而且不是新的。中国这么大,案件这么多,你天南地北地跑吧!最有可能的结果是成为'共和国刑侦专家',退休前搞个副厅局级,但是跟我们省厅的副处级也没啥两样,都是中层副职,你感兴趣吗?"他似乎认真了,这几句话没跑偏。

"别别别!徐局长,你大仙儿神通广大,消息灵,跟厅长和部局局长说,我这个人缺乏远大理想抱负,有东北人固有的毛病,农民意识强,乡土情意重。最眷恋'二亩地,一头牛,老婆孩子热炕头'的居家过日子生活,还有七叔七婶师姐一大家子人等着我来照顾,京官肯定做不了,拜托拜托!"我立正给他敬个标准的举手礼。

"你有这态度我就肚里有棍——胸有成竹了。"他看着我笑了,笑得很狡猾。

"我愿意看你傻乎乎的样子。"他的话开始跑偏。

"你本来可以说,咱俩搭班子,碰到了最好的大哥,最优秀的班长,最理想的主官,最默契的搭档,在一起时间不长,但是心情好,没处够。这样我多高兴。"我去!他真是大仙儿,把我想过的话都说出来了。

"其实我心里都有,想说的话你都替我说了,但是要当你

424

面说就显得有点虚伪和吹捧。"我实话实说。

"哈哈哈!"徐局长大笑。"就这点,你根本去不了大机关。你说得对,你是有点农民意识,准确地说是农民的质朴。你那天给地、市、州刑侦局长和刑警支队长讲课,关于转变执法理念证据问题时有一句话,叫'查明是为自己知道,证明是让别人知道'吧。现在用你身上就是'你心里有话不说出来谁知道?'相处时间长的人都理解,时间短的人则认为你是傻帽。"这家伙倒是一针见血。

天安门城楼斜对面的公安部大楼巍然屹立,门口的双岗哨兵站立笔直,出来进去的人和车井然有序,给人一种威严神圣的感觉。这里是共和国治安主管机关的神经中枢,是全国公安机关的警令部,是近二百万人民警察心中神圣的殿堂。

我和老庄小阳一起,被部刑侦局的同志从门口接进去,领到分管办案的吴副局长办公室,这个与我办公室房间大小相似的办公室里摆着两张不大的办公桌椅。在首都,再大的机关,副厅局长级也是两个人一个办公室,只有正厅局长才能拥有一个独立的办公空间,比这个两人一间的副局长办公室只能小不能大。徐局长说得没错,这里的处长充其量只能配发一辆公家的自行车,办公条件和公配待遇与基层就没法比了。我在县局当刑警大队长时就自己一个办公室,大小与副局长这间相仿。

吴副局长是南方人,四十多岁,清瘦的面孔,瘦削的下巴,笔直的鼻梁,有点深陷的眼睛炯炯有神,一看就是很精明的人,接人待物谦虚有礼。交谈中得知他和我与老庄一样,都是"文革"后首届招生的七七级,系中国南方一个著名政法大学毕业生,一直在部局分管办案这一块。他到松江省公安厅指导一起历史疑难案件复查时，发现我们搞这张图，并认定这张图的实用实效价值。因而也是我们这个五人小组坚定支持者和奔走呼号的宣传者，流程图改为程序图就是他的意见。本来大杨也应该与我们一起来部局报到，不知徐局长使用了何种手段，临上车时被通知与部局请示批准他可以不去，就高高兴兴地打个出租车回厅里了，弄得小阳目瞪口呆。我倒是不太意外，因为大杨不是五人小组的核心骨干，另外在徐局长那里，只有你想不到，没有什么他做不到的事儿。就像他有时候跑偏话说的那样："作为一个刑警，不了解社会，不了解社会上的三教九流五行八作，不了解人性本质，不了解案发地风土人情和历史沿革，你就不配说你是个刑警，也别说你认识我，我为你无知无能感到丢人。"你细想想，也不是一点道理也没有。

"你们来这一路很辛苦，本应该休息一下，但是咱们这项任务部领导时间卡得紧，要求质量高，协调相关部门会商已经列入局领导下月工作计划，所以工作必须打出提前量。如果大家身体吃得消，我让局办公室协调铁道部公安局买今天晚上卧铺车票去上海，在那里召开第一个座谈会，与华东地区几个省级公安刑侦部门的有关领导和同志们碰碰情况，主要是征求意见和建议，从那里再去成都而后去广州，局里派王处长和小孙与你们同行。华北、西北、东北地区回来再走，怎么样？"副局长征求我们意见。

"没问题！"我抢先表态。

"请各位跟我来。"从大门口把我们领进副局长办公室那个姓孙的小伙子站起来说，吴副局长也起身与我们话别。

"我们处长在昆明出差，飞机刚刚落地，嘱咐我接待好大家，他与我们在火车站见面。"小孙领我们在不宽的走廊里边走边说。嚯！这么紧张又这么精准，让我第一时间感受到公安部的快节奏、高效率工作作风，莫名的有一种心里没底的感觉。

走到院子里，习惯性地回顾一下刚才半小时与部里人实际接触过程，感觉这个坐落在首都核心部位威严平静的大院，实际上是警界藏龙卧虎之地，公安部这个中国警察最高机关名不虚传，来来往往看似平平常常的人，没有一个是等闲平庸之辈。原来在县局、地区局甚至在省厅偶尔有点自负自恋的优越感瞬间荡然无存。

"二位，刚才看到了吧？公安部机关作风严谨而高效。我们这次到现在还是代表松江省厅，但是，明天一下车就代表公安部调研组了，举止言行都要得体有度，不能让外省同行看我们不专业、不敬业、不懂文明礼仪，给公安部特别是松江省厅丢脸。"趁着小孙出去给我们搞茶水的空隙，我开始对两位组员进行执行任务前的动员教育。

"放心！我们也不差。"老庄个性凸显，甚至在座位上攥紧拳头表示决心。

"没问题！"小阳乐呵呵地表态。响鼓不用重槌，通过这段时间接触，我对他俩比较了解放心。

在熙熙攘攘的北京火车站站前广场上，我们见到了三十七八岁，身材修长，皮肤白皙，一张南方人脸，神情略显疲惫的王处长。

"公孙副局长及各位辛苦了，都没让你们参观休息一下就赶往上海，实在不好意思。我和小孙为能有机会参与你们首创全国第一个简化实用，公安机关办理刑事案件离不开、用得上的程序图修改完善而倍感珍惜与荣耀。各位不要遗憾，咱们还有机会，完成任务后我和小孙请大家吃一顿北京烤鸭顺便游览一下万里长城，确认三位都是我们公安刑侦部门的好汉，我们两个算是借了三位的光了。我经济实力不行，但是小孙处了一个北京当地对象，准岳父是京郊一个村的支部书记，你们不要小瞧村支部书记，这位大叔就是长城脚下的土皇帝，咱们去了你就知道多厉害了。"南方口音的普通话让人听着亲切自然又不失礼节。

"公孙，你在哪里？方便时用专线座机给我回个话。"一天中午，我家政委苏医生给我打电话。这老娘儿们自从家搬到省城后，尤其是和徐局长的家属等几位刑侦局班子成员及其他处长夫人接触后，胆子更大、底气更足，对行政首长——家长的权威挑战更加具体。你看，今天竟责成我给她回话。但是话虽这样说，我还是怕家里有事儿，尤其是七叔七婶岁数大，身体健康有隐患，不敢大意。就让负责联系我们的四川省厅同志带我去他们省厅电话总机处要通家里的专线电话。

"丽梅，什么事儿？"我急着先问事情性质。

"没什么急事儿，就是报个平安结果。伊戈尔昨天已经上学了，是公公领他坐公共汽车去的，回来公共汽车站还是他给爷爷找到送上车的。结果下午就被叫到学校一间办公室，数、理、化、语、外、政各主要课程通通考一遍，看样子成绩很好，心情也不错。没等到放学时间，自己就回来了。说是跟老师请一节课的假，提前回来怕家里人不放心再去接他，儿子这回真懂事了。""苏政委"说起儿子就兴奋，话多有点唠叨。

428

"知道了，说下一个问题。"我及时制止。

"公公婆婆因为新房装修的事儿跟斯琴闹意见，我给调解好了，双方一致同意我做主。我就先让两位老人住进我们消防医院师职干部病房检查治疗一个月，相关手续也已经在省委老干部局那边办好，这期间房子应该弄差不多了，斯琴暂时住咱家。"苏医生继续喋喋不休。

"还有吗?"我问。

"没有了，你不用惦记家。对了，我看公公好像不太高兴，不知道什么原因，有时间你给他打打电话吧。"她好像补充似的说这么一句。

"我知道了，你没事儿多和七叔七婶在一起，不要以为送去医院就万事大吉。老人有时会对我们看来一些正常的小事儿特别敏感，多站在他们角度考虑问题。我看你给他俩全面检查身体和适当疗养后跟我联系，让他们到南方来旅游一次，这边我找同学接待一下，你在家把房子装好，政委同志辛苦了!"我在跟家属说话过程中想到另一个人。

"公孙，你在哪里?"当天晚上，我忙完公务就在饭后遛弯时给徐局长打个电话，没想电话一通就被问话，这可能是当领导干部时间长了养成的一个毛病吧。

"我在成都，明天去广州，有个事儿还得请你帮忙。"我试探着说。

"有话说，干嘛这么客气，你一客气我就不会了。"看样子他心情很好，声音洪亮。

我趁势而上，"刚才苏医生来电话说，我师父因为房子装修的事儿跟师姐产生意见分歧，是她给调解好的。结果是一致同意此项工程由我家属做主，由我师姐出钱。施工期间师姐到楼下我家住，师父、师母到消防医院检查身体和诊疗一个月。至于老干部住院医疗手续这块我家属先自己跑一下试试，应该没有问题。但是家属说师父似乎有些不开心，我有些惦记。这边任务完成还不到一半，暂时回不去，想请你有时间去医院看看，摸摸情况，说服他们到南方来散散心。广州军区干休所还有一部分他们那个时期的老干部、老部下，这边我也有些同学能陪他们走走看看，你看如何？"我说着说着语调有些低沉。

"哈哈哈！清官难断家务事，你公孙也有这方面的烦恼？我就问两个关键问题吧，你小子可要实话实说。一个是不是你出差在外你老婆苏医生对你师父师母不恭敬，老头老太太有些不开心？第二个是不是装修房子的事姑娘就是你师姐和父母发生矛盾，儿媳妇调和时谁也没说服谁，就顺势都推给你家属做主，你家属再没深入征求当事人尤其是二位老人家意见就将双方分开，把老两口弄到医院检查疗养去了？"徐局长是农村大队治保主任出身，公社公安特派员起步，对调处家长里短的事儿非常内行，两句话都问到要害节点上。

"第一个不存在，七叔七婶对我有想法也不能对苏医生有想法，从订婚至结婚到现在，他们之间的感情比师姐斯琴还好，有一次我跟苏医生吵两句，七叔差点去拿马刀教训我，吓得苏医生给他们下跪才算了结。第二个你说的可能性有，这房子毕竟是他们打算住到老的，一定有自己的意愿想法，也可能就这个问题不能与师姐达成共识而闹意见。我家属为了缓解矛盾，把他们暂时分开，看似获得表面共识，实际上没有解决根本问题。"我试着分析。

"你不笨啊！就是这么回事儿。这个问题交给我，一定让女儿、媳妇、老两口都满意。你不知道，二十多年前我在农村老家当大队治保主任兼调解委员会主任时，就是这方面高手，老头、老太太、大姑娘、小媳妇都愿意听我说话，解决过不少大事儿难题，还获得过省委省政府的联合表彰呢！这点事儿解决不好还敢称什么大仙儿！你就安心完成好部里交给的任务，管好咱们自己人。我这两天就带着政治协理员和后勤处长专门慰问一下你们三人小组的家属，解决实际问题免除后顾之忧，宣传你这种革命的孝心孝道和家国情怀。"徐局长爽快地表态。

（一三〇）"DH"计划

二十一世纪的中国虽然在改革开放中充满生机和活力，但由于人流物流资金流的空前活跃，也给犯罪攫取利益带来更多的机会。据统计资料显示，2001 年全国发刑事案件数量高达446 万起，新中国已经进入解放后的第三个犯罪高峰期，社会治安形势十分严峻。跟全国一样，松江省刑事犯罪尤其是严重暴力犯罪近来很突出，特别是几个资源丰富型城市和地区，结伙持枪、有组织有预谋犯罪就发生好几起。既有人民政权稳定后首次出现的持枪劫持运钞车犯罪，又有针对公安机关、公安民警的暴力犯罪。松东南地区松河市腰岭乡有人打电话给派出所报案，说辖区内发生杀人案件，在民警赶赴目标地的必经之路上被事先安放好的拉发式爆炸物袭击，造成一死两伤。还有一个煤矿集中的松西南地区，犯罪分子竟给两个派出所以邮递方式投递炸药包，造成一个派出所两人重伤，另一个派出所一人轻伤。这类犯罪有一个共同特点，就是组织性、谋略性特征明显。

徐局长在这种形势下焦头烂额，差不多每两天就给我打一个电话，这不！又来电话了。

"公孙，你到底什么时候回来，是想回来还是不想回来？家里案子都开锅了，你还在外面逍遥，小心我把你老婆孩子赶出省城。"徐局长期盼中带着跑偏的威胁语言。

"我怎么不想回去，你要是能给我请下假来，我立马就动身。"我也胁迫他。

"那就快点，别磨磨叽叽的了。"他无奈放下电话。

其实我们俩都心里清楚，各自都有难唱的曲，但此时必须都得唱下去。我这边跟部局用近一个半月时间，已经征求完东西南北中大区内省及省以下公安机关，和铁交民林等四个行业公安机关意见、建议，就剩下部局领导出面，邀请最高法、最高检、全国人大法制工作委员会和中国人民大学有关部门业务领导和专家学者了。十八拜都拜了，就差最后一哆嗦了，说什么也不能前功尽弃。而且在这段时间内和部局的王处长、小孙，各省市区、行业公安机关的相关领导及业务骨干都建立了工作联系并且相处得不错，为完成这次部局交给的任务打下了坚实的基础。按照这个计划，征求各方意见后进行汇总分析，论证修改订正，至少得半个月二十天的，这期间，恐怕凭徐局长的能力和影响力是请不下来假的。

厅里刑侦局那边也不时有各种消息传来，最劲爆的消息是，在如此紧张敏感的时刻，最近徐局长竟两次玩失踪，但是没有一号厅长找他的传闻。我隐隐约约感觉徐局长在搞一件很神秘而且很重要的事情。因为我发现自去年年底起他就经常往厅长办公室跑，有一次还顺嘴说一句什么"DH 计划"，发现我看他一眼，立马用一句很跑偏的话岔过去了。时不时玩失踪可能与这件事有关系，我坐在部里招待所窗前简易写字桌后面的椅子上想。是搞什么事儿呢？虽然保密守则上明确规定"一、不该说的秘密绝对不说。二、不该问的秘密绝对不问。三、不该看的秘密绝对不看。四、不该知道的事情绝对不打听"，但是没要求不该知道的机密绝对不去想。我把目光从窗口收回，转过身来面壁思考，这是我的思维习惯，也是七叔训练的结果，历经"面壁罚站→面壁思过→面壁思考"的整个暴力、强迫、自觉乃至习惯的全过程。

在县局刑警大队，尤其是搞系列案件那段刻骨铭心的艰苦日子里，弟兄们一看我站在墙角或搬把椅子坐在墙对面时，都悄悄退出房间带上门，让我静下来思考。

今天早晨，接到部局小孙通知继续等待的指令后，老庄和阳一亮就到附近的天安门广场散步观光去了，留下我一个人正好有机会整理一下思绪。

"徐局长什么时候开始玩失踪的呢？"我开始设问。"应该是我来厅里前后。不对，是来厅里以后，以前失踪没失踪自己哪里知道，那一段全省发生什么大的案事件了？"在节点搞清楚后，我再次设问。"应该没有，或者没听说过。如果是发生影响全省现行大案大事件，我作为副局长兼大要案侦查处处长，无论如何也应该知道。"这样一想，就从理论上和实际上排除了我到厅里后发生的案件或事件。"从保密的严格等级上

433

看，应该是很要害或者很敏感的案事件，否则没必要搞得这么神秘呀!"排除时间节点和现行案件，那么只有上级交办领导签批的重要案件了，这就与我们没有关系了。我们是刑事警察，只负责侦破全省的刑事大要案件，预测调研全省未来的刑事犯罪形势、走向，提出有针对性的打击防范对策或建议。慢! 搞这些常规性的工作，有必要搞得如此神秘吗? 显然是不需要的，我再次否定了自己的推断。领导签批的案件除了历史积案，就是现实影响大，危害后果严重，群众反响强烈，案件成因复杂或嫌疑人身份特殊，基层又没有能力破获的案件。并且，一定是并且，需要秘密侦查经营的特殊案件，才能轮得上一号厅长亲自安排，副厅长级的刑侦局长亲自提枪上阵这样的高级组合。我记得主管副厅长还有一次打听徐局长的下落呢，也就是说这是一起分管副厅长也没有参与侦查的秘密案件。我站起来，活动一下四肢，将椅子换个方向坐下来继续面壁。最近上边，不，准确地说在徐局长第一次失踪前上级公安机关或是省委省政府有什么大的举动或全局性硬性要求没有，我在静静地回忆。嗯! 好像有点迹象。我隐约记得，我刚到厅里上班不久，应该是元旦前一段时间，公安部召开过一次全国性的会议，对! 内容应该是打黑除恶方面的。

"小孙，你如果方便和不违反规定，请帮我查一下去年年底也就是 12 月份部里召开有关刑侦方面哪几次全国性电视电话会议，每次会议的主题是什么?"我想到就做，拿起警用专线电话跟我们联络员、现在也是一个组的同事说。

片刻，电话铃响，小孙报告:"2000 年 12 月 11 日，全国打黑除恶专项斗争电视电话会议在北京召开，中央决定从

434

2000 年 12 月到 2001 年 10 月，组织全国公安机关开展一场打黑除恶专项斗争。要求全国公安机关即刻起精心组织，秘密摸排，适当经营，果断出手，坚决打击日益嚣张、群众反映强烈的黑恶犯罪。这是会议的主要内容，也是我国首次开展打黑除恶专项活动。"小孙说。

"分管副部长带领部刑侦局长会后曾分片将各地公安厅局长叫到公安部做专项交代，各地有比较像样黑恶对象的，会后做好证据的秘密收集工作，等公安部下令时统一行动，争取打响一个有影响有震慑的开头炮。"小孙说得很具体明白，临完交代一句话："这是绝密信息，怎么做你是懂的哈。"

面壁思考的成果应该是有突破性进展的，还应该深入思考获得佐证才能立得住。我还在思考。

"对！我不是有一次听见徐局长显然是说走嘴的一句话'DH 计划'吗，什么意思？"我再度陷入沉思。这次不过两分钟，我几乎跳了起来。"打黑！DH 就是汉语打黑的首字母，这样小有文化的行动代号，显然不是徐局长能想象出来的。"是否可以认为，徐局长的间歇性失踪，一定是与打黑除恶专项活动、秘密经营黑恶案件这个秘密指令有关系。那么，在我们松江省现实生活中，或者说我来省厅之前一段时间内，一定有在全省群众反响强烈、有影响有震动的黑恶案件，而且正在有计划侦查经营中。一定是！还有，我原来工作过的松西北地区刑警支队的骨干侦查员肇喜文有两次在厅里看到我，眼神躲闪，飘忽不定，既不来看我又不与我讨论案件，我判断，他应该是抽调过来搞涉黑专案的。

"搞谁呢？"我的思绪开始高速运转后一时刹不住车，反正老庄和小阳又没回来，闲着也是闲着，继续面壁思索。"当然是松江省内这几年有影响而且是持续有影响的重大有影响的恶性案件了。"我自问自答。思考到这个范畴内，检索这类的案件就不困难了，突然，松南地区一个外号或者一个名字蓦然出现在我的脑海里，长白山脚下老河口市（县级市）"冉波——人称黑市长"。

说起"黑市长"冉波，还得从我刚到省厅不几天的一场涉枪战斗谈起。那是我刚到厅里的第一周，徐局长从部里回来给刑侦局班子分完工后就拉着我到下面各地市州盟公安处局转转，一是跟大家见个面，熟悉熟悉，二是亲自体验一下各地刑警的办案质量，回来办班培训时好有的放矢。这天刚走进松南地区老河口市公安局刑警大队，就接到该市南崴子乡派出所报案，那里发生一起恶性持枪杀人案，现场两死一伤，犯罪嫌疑人系邻乡但是归辽北省管辖的下台子乡人，已经携五连发猎枪和子弹若干逃进山林，要求县局指挥增援。碰上这样的突发涉枪案件，什么座谈、办案质量统统为其让道，这是没有选项的决定。

"二位领导想去吗?"县局局长也是个老资格，应该是与我先后的公安局长。

"为什么不去?"徐局长跃跃欲试。

"那二位就和我坐一台车，到现场请跟在我后面。"县局局长关心地说。

"谢谢! 但你是指挥员，我是参谋长，公孙是副参谋长，咱们先把战时指挥关系理清楚。"徐局长大事不糊涂。

武警登车完毕。"二位领导还有什么特殊需要吗?"局长征求意见不落过。

"我没有，你问公孙副局长。"徐局长说。

"如果来得及，给我找一支经常使用的'五·六式'半自动步枪。"我突然提出这个要求，连自己都吓一跳。

"没问题，郑队长，把你们中队不去执行任务的战士最好用的半自动步枪拿过来一支，这位领导要用。"局长喊道。

"是！一班长，叫八班长刘玉柱带枪过来。"那个被称为郑队长的武警中尉回答。

片刻，一把八成新的"五六式"半自动步枪被一个志愿兵拿过来了，我双手接枪，瞬间将枪托夹于右肋与右大臂之间，枪口与肩同高，行云流水般打开保险、卸弹夹、验枪、复位、上弹夹、关保险。

"枪保养得不错，几年兵了？"我问一句目瞪口呆的八班长。

"六年，首长。"老兵回答。

"弹着点。""微微偏左上，十一点方向，我今天早晨校的枪。一个弹夹够吗？首长！"老兵憨厚地询问。

"你说呢？"我拍拍他的肩，将枪抱在怀里小心翼翼坐进丰田大吉普后座上。

"河01，河01，刑01呼叫，现场警犬追踪方向西南，犯罪分子老家也在辽北省这个方向！"刚上车，县局刑警大队长就用电台向代表指挥部的局长报告。

……

"公孙，快开枪，再有不远这家伙就跑出我们省了！"我们终于抢到犯罪分子前面，在两省交界半山区一片天然次生柞

437

木林和松树混杂的阳面山坡相遇。我身后 30 多米远的地方，徐局长扯着嗓子大声喊。

我知道这也是当地县局局长的指令，否则他不会越俎代庖。后面的警犬吠叫声越来越近，啪！啪！我前方下坡七八十米处的林间山地上，一个一米八十左右，穿着当地黑色夹袄的男子边跑边回头连开两枪。我迅速将半自动步枪架在身边一棵松树枝杈上，调整呼吸，压低枪口，根据奔跑速度，让出运动目标中的前三个体位，轻轻扣压扳机，"呼！"目标一个踉跄扑倒在地，猎枪甩出去两三米远，但倒地的目标人还在极力往前爬行，试图去抓 2 米远处的猎枪，又一发呼啸而至的子弹准确打在他伸出的手与枪之间，伸出的手立马就僵住，警犬怒吼着扑了上去。"我大哥是冉波，我大哥是冉波！"这喊声与警犬的汪汪声一道传得很远、很远。

跟我期望的一样，犯罪嫌疑人是左小腿肚子肌肉贯通伤，这既是意料之中又是意料之外，里外之差没打断骨头全凭运气。

"冉波是谁？"在人被架走以后，我问一下原来认识但是叫不上来名字、年龄五十岁左右，负责现场处置的刑警副大队长。

"市长！"副大队长愤愤地说。

"黑市长、市长黑。"几个侦查员附和着又不确定地说。

"老河口，冉波，黑市长？"我怎么似乎有点印象。何时何地何人何种事情让我留下似有似无的印象？我坐在行驶山区公路颠簸的返程吉普车里，一遍遍检索我大脑里的信息碎片加以粘连组合，是什么状况下接受的这种信息？我努力回忆着。

"公孙副局长，过去来过我们东边县吧?"坐在前座副驾驶位置上的副大队长打破沉默问我。

"东边县?"我愣了一下。"就是现在的老河口市，原来叫东边县，当年挺出名的呢! 你不是本省人吧?"副大队长是个热情健谈的人。

"是的，我家是外地人，不过也在东北。"我望一眼驾驶员和身边一个二十多岁的年轻刑警，决定跟他聊几句。

"我刚才跟局长他们出现场的时候，发现你们县城建得不错，街面商业气氛很浓，有一个'东边饺子王'门外面还有排队等桌的，开始我以为是'哈尔滨饺子王'呢。"我谈点观后感。

"这里原来是东边县县府所在地，改革开放后为强化地域优势名城效应改成老河口市的。"身边的年轻人热情介绍。

蓦地，我脑子的计算机突然被"东边县县城"这句话激活，终于将一些碎片化信息整合成一封上访信，这封信应该是我到省公安厅刑侦局大要案侦查处报到的当天，内勤收到让我处理的第一份信函，内容就是反映东边县一个犯罪集团猖狂的犯罪活动。

因为举报信文笔流畅，列举该团伙犯罪事实触目惊心，我印象颇深，由于是刚报到第一天，询问公文处理程序后交内勤专报徐局长了! 信中披露:"老河口市坐落在风景秀丽的长白山脚下，系长白山余脉与松江平原的过渡地带。这里自然资源丰富，境内河流纵横，是松江省有名的鱼米之乡，也是全国商品粮基地和优质水稻重点产区之一。具有长白山特色的人参、鹿茸、中药材、山野菜、红松子等土特产，品种繁多，久负盛名，畅销国内外；以天然次生林和人工林为主的森林资源丰富，森林覆盖率达 40%；还有众多的煤炭、黄金、石墨等矿产资源；杨河水穿境而过流进临县的第二松花江。老河口交通便利，火车站是全国为数不多的一级编组站之一，日接发客货列车近 200 列。公路网络发达，是连接东三省公路的重要枢纽。是九十年代松江省政府确定全省唯一的'经济快速发展综合改革试点城市'。"

在 90 年代中期改革开放的大潮中，尤其是在老河口作为全省快速发展经济试点市的有利条件下，从小就极不安分且有雄厚家庭背景的冉波成了敢闯敢试的第一批淘金者，开始在经济领域大做文章。为使自己具备更雄厚的经济实力，在短短几年的时间里，他先后开办了煤矿、五金公司，承包了市制药厂和一些工程项目，初步估算，其固定资产已经达到 2000 余万元。

那么，搞这么多的实业除了关系硬、胆子大，怎么能更快更多地赚取大量钱财呢！在高人的指点下，冉波盯上了世间除了天以外的第二大资源——土地，并且是关系拳头并用强占土地。老河口市是浅表煤田资源丰富地区，位于郊区有一块国家作为战略储备的浅表煤田，是任何组织和个人不准开采的。"文革"中曾经有一个造反派上台的领导打过它的主意，结果没等动工就被当时的军管会保卫部以破坏备战为名逮捕法办。可是，如今狂妄的冉波在没有办理任何手续的情况下，强行开工，非法开采，借此机会占用农民耕地约 50 亩。在其开办煤矿的几年时间里，应交款 56 万元，而冉波只付了 2 万多元的现金和价值 5 万多元的煤炭。在背景硬、拳头硬的情况下，当地村委会只能用村民的提留款来替冉波还钱。

不但在农村资源丰富的地区跑马占地，而且在市区也占地盖房。冉波下面的一个五金总公司建在市区的黄金地段，总面积大概3600多平方米，建楼时，应交给建设局的配套费和测量费总计43万元，而冉波分文未交！并且，他还将公司另外一个子公司一栋楼以高于市价一倍的价格作为抵押，在银行非法贷款300万元，也有贷无还。

冉波暴富的另一个办法就是偷税、逃税。他的大舅哥是市里的税务局局长。从90年代初期闯世界以来，生意做得风生水起，但从没交过一分税款。另外，他还欠国有大河煤矿电费30多万元，欠老河口市农电局电费5.5万多元。几年里，冉波欠老河口市国税局、建设局、土地局等各部门的钱款，总共400多万元。

信中还提到冉波的父亲曾当过东边县的副县长，兄弟姐妹、姐夫嫂子都在县里重要部门工作，县里地区都有他们家的人，除非省公安厅，地方根本撼动不了冉波这伙人。

"冉波怎么又叫冉市长了？这个信中可是没有涉及。"我默默地想。

"处长，小孙刚才通知，下午三点在部局会议室召开最高法、最高检、全国人大法工委及有关高校法学院等有关部门领导和专家征求意见会议，由于是多部门参加，会议规模大，各有关部门又很重视，来了一批司局级领导和法学院院长，会议由原来的局长主持改为分管副部长主持，让咱们做好充分准备。"老庄和阳一亮气喘吁吁闯进来报告，打断了我的回忆。

441

（一三一） 追捕"A 逃"

"公孙，可把你盼回来了，走！咱们直接去饭店。今天吃饭咱们是亲兄弟明算账。但是有一个事儿我可跟你说清楚，这顿饭，我和厅长出一半钱，你出一半钱，你出钱的理由是你们一大家子人来到省城各得其所，也没请厅长和我吃饭，今天补上。厅长和我出钱的理由是你来省里工作后给厅里增光添彩，给全国刑警作出了贡献。刚才副部长又给厅长打电话，表扬你们三人小组在部里这两个月时间的优秀表现，不光是部、局机关，走访过的各地公安机关也一致好评。这张程序图现在已经进了印刷厂，下周就能出来，落款是部局和松江省公安厅两家的名字，发到全国县级公安机关包括责任区刑警中队。布质程序图部领导每人一份，全国省级公安厅局党委委员每人一份，分管副部长已经将样图挂在他的办公室了，其影响广泛，前所未有。这样你出一半钱我们出一半钱既节约又把双方意思表达了，顺便还请了你们全家和几位朋友。大吃二喝的价格被二一除，单方也就是中等偏上的请客支出，是不是又办事儿又请客又节约的多赢举措啊！"他最后一句话肯定是跑偏的，我已经摸出规律了。

"厅长好！"我们一进饭店大包房，就看见厅长正和七叔热烈交谈什么，立马走进高声报告，虽然身着便衣，但是按照操典规定不差分毫。

"快坐下，快坐下，你们辛苦了！"厅长起身与我们三人一一握手。

"老庄，我听老徐和小公说，你最辛苦，出了很多金点子。小阳，不愧是学预审的，学有所用，用在其时！"厅长就是厅长！接人待物间就历数部下的主要成绩同时亲和部下层级关系，给人以安慰，给人以希望，给人以激励。

我刚走到七婶面前弯下腰，"дети！"（孩子）七婶抱住我，刚说出一句俄语，突然觉得首长在座，立马改成汉语："你是多么优秀啊！"老庄和小阳都好奇地欣赏着过去在电影中看到过的俄罗斯礼节。

"公副局长是部队转业干部吗？"屋子另一边有一个武警上校在跟苏医生讲话。

"不是，但他受过极严格的军事训练，有一定的军事素质，教官就是我公公。"苏丽梅笑着回答。

"公孙，这是我们消防医院汪海波院长。"看我走过来苏医生介绍。"首长好！"上校军姿敬礼都很标准。

"苏医生一直在地方医院工作，部队有些规矩还不太懂，请院长多多指教！"我也立正还礼后回话。因为我看见苏丽梅穿一件武警浅绿色制式衬衣，扎在武警制式军装裤子里，没注意上衣挂在哪里，怕她不懂规矩军便服混穿出笑话，临场发挥来这么一句。

"公副局长，咱们吃饭吧。汪院长，人家夫妻很长时间没见面，你不要跟人家聊得太久嘛！"徐局长张罗开饭也不忘跑偏。

……

"公孙坚决同志。"厅长刚说一句。

"到！"我立马跳起来立正站好，把拿笔记录的徐局长吓

443

一跳。

"你干什么，一惊一乍的，心脏不好会被你吓死。"徐局长夸张地说。

"坐下，坐下。"厅长宽容友善地说。

"对不起，厅长，你说得太正式，我就条件反射跳起来了。"我小声解释道。

"没什么，我调你来之前就知道你有很多故事，这都是巴老专家从严带兵的结果。"首长调节气氛。

第二天早晨上班，徐局长领我去厅长办公室，刚说一句话，就上演这么一出来。

"小公，公安部去年年底召开了全国打黑除恶电视电话会议，决定在全国开展一次打黑除恶专项斗争。正像会议指出的那样，各地都有程度不同、大小不等的黑恶犯罪，有的地区还十分严重，已经干扰或影响我们的社会管理和政策实施。我们省这几年就有那么几个地方那么些人，在当地结成帮伙，横行乡里，甚至为所欲为，这些人在当地有些根基或与当地党政政法干部有瓜葛，群众意见很大，当地公安机关打击有难度。今天找你来，就是向老徐和你正式下达关于追捕老河口市涉黑团伙主要犯罪嫌疑人，被当地群众称为'黑市长'冉波的任务指令。前期鉴于这个案件的特殊性和复杂性，原来都是老徐一个人经营，从一个偏远地区和武警优秀转业干部中抽调两个业务骨干做助手，现在可以说案件有很大进展，也到了关键时刻。老徐作为指导全省刑侦工作的一局之长，下面有五个业务处，虽然你分管一部分，但是还有一大摊子行政事务要他亲自来做，实在分不开身，弄不好就案件工作两耽误。今天叫你来

444

领任务就明确你们俩换位，老徐指导你主抓。跟前期工作原则一样，将在外君命有所不受，该自己决断的事情不要再请示贻误战机，我们都相信你能把握好。最后再强调一句，这件事全厅就咱们三人知道，保密是成功的关键。"厅长收起笔记本，锁在身后的保险柜里。徐局长和我站起身来。

"我需要知道相关信息和有关的背景资料"我出门就跟徐局长说。"资料有限，都是公文和法律文书，没多大参考价值。信息不少，都在我们三人脑子里，按照厅长要求，重要信息死记硬背不能记在任何纸上留痕。一会儿我开完会，彻底跟你坦白交代。"他认真说跑偏话的样子很可爱。

"冉波这个涉黑头目也是在老河口本地诸恶争霸中打出来的，当地公安机关在最后一次广场枪战后才立案侦查，以前多起涉枪涉重伤害案件都被摆平，甚至连报案记录都没有。"下午两点，在省公安厅招待所里，抽调的松北地区刑警支队重案大队长肇喜文介绍省厅掌握的专案有关情况。

第一次涉枪案件。

"90年代末，在老河口还有另外一伙人在矿区横行霸道，他们的头目叫李斌。这年夏天，李斌的岳父到市里一家浴池洗澡，因价格问题与老板发生口角，恰恰这个老板又是冉波的表弟且出言不逊。李斌的岳父岂能受这个窝囊气，打电话找来李斌及其随从，对浴池老板和服务员大打出手并砸坏了浴池的所有玻璃。冉波表弟自然也咽不下这口气，冉波出国不在，就将此事告诉了冉波公司的司机陈二。陈二立马找来两个团伙成员，各持一把五连发猎枪开车满街寻找李斌。终于在第二天中午于老河口市古楼一条街遇见李斌的凌志车，陈二这伙人双枪齐发，将凌志车轮胎打爆，车上三人一重伤两轻伤。"肇喜文开始介绍情况。

"这样明火执仗的街头开枪，公安机关干嘛去了？"我有些不解。

"这就是此案的复杂性所在。"徐局长抽着烟，不动声色地说。看来他了解类似的情况很多，已经麻木了。

"这个事儿还没算完。"肇喜文继续介绍。"时隔不久，冉波从国外回来后，听说李斌要买枪报复他，就将当时正在南方的另一个打手张家华召回商量对策。张家华提出先下手打李斌，冉波表示同意。随后，张家华找来另外敢拼命下手黑的团伙成员，制定消灭李斌的行动方案。他们决定，先派一个外地人开车跟踪李斌，并准备了车辆、猎枪、雨衣等作案工具。一天，外地人告诉张家华，李斌去奉阳市购买汽车零件，张下令在老河口到奉阳途中寻机作案，但是必须在老河口地面解决问题，否则不利。他认为在他人地面不但听不到消息，也可能因为疏忽而掉脚（暴露的意思）。但是李斌一路上十分警觉，遇有军警用车一律尾随，使其无法下手。当日下午 7 时许，张家华见天下大雨，决定必须今天解决李斌，不能让其见到明天的太阳。遂亲自驾驶一无牌照红色桑塔纳轿车，让同伙穿好雨衣，携带猎枪乘坐自己开的车到李斌家楼下守候。9 时许，李斌驾车回家时，被张家华用车别住，李斌打开车门欲下车理论时头部中枪，随后二人驾车逃离现场。李斌被人发现送到医院后不治身亡。张家华完成任务后通过冉波司机向冉波报告，冉波怕他们被抓住暴露自己，让司机给每个人 2 万元钱出去避避风头，并捎过一句话'嘴严的人都有肉吃、有酒喝'，下一句话没说。这次跟踪李斌的外地人被我们找到并顺藤摸瓜密捕了另一个枪手。此专案前期案件基础工作做得十分扎实，掩护动作和时间也十分到位，至今没被冉波一伙发现，我们也据此获取了大量犯罪团伙内部耸人听闻的犯罪信息。"肇喜文说。

"等等！咱们就别新媳妇放屁——零揪了。厅长已经决定公孙副局长负责这个'DH计划'了，你就原汁原味把整个情况坦白清楚交代彻底吧。"他说什么都有接近正题的跑偏词汇。"这个详细情况我说不太清楚，只知道个大概。"肇喜文老老实实地回答。

"这个我来说。"这次终于轮到徐局长讲话了，看样子这么半天没发表意见憋得够呛。"前一阶段我不是失踪两次被大家议论纷纷，以为我是一等男人——家外有家，或是出去会情人找小三了呢！"徐局长喝一口水润润嗓子。

"他说得意的事情好激动，容易刹不住车。"我先给自己打一下预防针。

"其实厅长交给我这个'DH计划'任务时什么资料也没有，只是部里刚刚召开全国打黑除恶专项斗争电视电话会议进行动员部署，也可能是老天帮忙也可能是机缘巧合，厅长就在电视电话会议前接到一个公安专线电话，接起来听一个苍老的本地口音说了下面一段话：'老河口枪杀案的主犯是冉波，另一个枪手现在内蒙古鄂旗一个煤矿十四井干活，还有一个盯梢（放哨）的，火化场阴阳先生知道他是哪里人。'话说完电话就挂掉了。"徐局长沉浸在回忆中。

"厅长回忆这段话有记录吗？"我问。

"你别耍小聪明，我知道你想问这段话是否为原始状态，

447

对吗？"我笑了笑。

"我告诉你，厅长是什么人，斗争经验极其丰富，对新科技、新手段都是第一批试用使用者之一，他的内线电话也都很早以前就装上了录音装置，这个人刚说第一句话他就摁下了录音键。这是原声音的复制品，是我坐一夜火车到公安部二所现场监制扒（复制的意思）下来的，一会儿你再听。"他从上衣口袋里小心翼翼拿出一个微型卡式录音机。"但你听不能离开办公区你的办公室，我已经告诉后勤装备处长给你的办公室装备两铁一器一柜（铁窗、铁门、报警器、机要保险柜）了，出事儿你罪责自负。"徐局长目光坚定，语调都铿锵有力了。

"后来呢？"我急于听下文。

"老河口市连续发生持枪当街杀人、持爆炸物袭击杀人、持刀公共场所杀人案早已引起省委省政府和厅党委的高度关注，公安部刑侦局也将其列为重点治乱地区。这次接到这个电话和部里召开打黑除恶专项斗争动员会多重因素叠加，厅长向省委书记、省长当面汇报，决定在全省公安机关选最可靠的人，制订并实施'DH（打黑）计划'，坚决打击有组织犯罪活动，遏制日益升级的刑事犯罪态势，还老百姓一个太平世界和朗朗乾坤。"徐局长说着说着把自己都说激动了，不仅握紧了拳头，还站起来走两步，无奈空间太小又坐下了。

"元旦这天，你们记住，就是2001年元旦这天，我应邀来到厅长办公室，厅长让秘书联系警卫局给他门前设个坐岗，厅内其他公务由秘书转为值班厅长处理，我们俩研究了整整一天。"徐局长兴致勃勃，进入健谈阶段。

我如坐针毡，想知道实质性进展情况。

"你坐稳了，别着急，你不了解计划背景情况和前段工作利弊得失怎么能再接再厉，打开新局面，取得突破性进展呢？"这伙计貌似大大咧咧，实际上明察秋毫，这副厅长级的刑侦局长可不是混上来的，别的行业可以滥竽充数，刑侦这个职业混明白很难，我略显尴尬地笑笑，继续听他说下去。

"这个松江省公安机关'DH 计划'代号也是元旦这天诞生的。确定了代号，还得建立组织，成立专班，厅长自命为组长，我是常务副组长，筛选组员费了我们一上午心思，我提出两个人选都被厅长毫不犹豫地否掉了。选人标准首先是忠诚，第二还是忠诚，没有忠诚，能力再强也等于零。第三才是能力，主要是业务能力。第四必须个人历史和现实都清白+没有任何不良嗜好，社会关系清楚+清白+没有任何不良记录。第五是非松南地区包括老河口市原籍，男性正编民警，这五把尺子，实际上（把第一第二两条合并）是四把尺子一卡，符合条件的人就不多了，熟悉的人在我们俩脑子里过若干遍，就选中了肇喜文和冷雪两个人再加上我，也和你们搞程序图三人突击小组一样了。"话说到这总算事情有进展了。

"冷雪是谁？今天怎么没来？"我问。

"冷雪是武警总队直属机动支队的一个侦察参谋，山东兵，政治军事及侦察业务素质都非常好，曾经在全国武警特种兵比赛中拔得头筹，是一个老革命的后代，不幸的是他的父母已经不在了。本人又没处对象，地方上也没熟人，武警总队首长过去没少表扬他，这次厅长专门找部队首长把他要来，征求个人意见，如果愿意转业省厅，任务完成就可以办理手续。肇喜文我不用说你都了解，是你在松北地区公安处培养和使用的刑侦骨干，这个南方政法大学刑侦系的高材生我一提议厅长就批准了，看来厅长不光是关注你，连你身边的人，使用的干部都被他老人家纳入法眼了。小肇到位后果然出手不凡，帮我出了不少好主意。"徐局长今天违背了他不当面表扬部下的原则，说得肇喜文脸都红了。

"这就是你手下一明一暗的哼哈二将？"我有点失望地问一句。

"也可以叫瞎参谋，乱干事。喜文负责计划谋划和组织一次性最精简化的材料和研判评析各类各方信息，冷参谋负责外线所有行动，我负责选择三个以上方案和意见中的一个，最后报厅长批准实施。"徐局长说出简易工作流程。

"明白了。"我说。

"其实你是厅长和我共同认定的第一人选，但你来后就接手落实全国刑侦部门提高办案质量培训班，提议搞办案流程图又被部局认可拿到全国征求意见没有时间，没有机会做这件事，何况你还负责全省大要案件侦破的指挥指导，这样我就不得不提枪上阵勉为其难了。"徐局长继续说。"你可能着急让我介绍怎么找到老河口当街杀人案另一个枪手的吧？其实说复杂就复杂，说简单又很简单，世间复杂与简单在特定条件催化下是可以瞬间转化的，有时候戏剧性转化让始作俑者都目瞪口呆。"这伙计突然甩词儿把我和肇喜文肇干事都弄蒙圈了。

"怎么样？你们两个也傻了吧！不要以为我们工农兵学员出身水平不高，我们是相当可以滴！连伟人也说实践出真知嘛！"这伙计半天没说跑偏话，连听众都觉得不适应了。

"简单说就是我和肇干事反复听几遍录音，有一句话很有用：'开枪人之一在内蒙古鄂旗煤矿十四井'。方向，煤矿；范围，内蒙古鄂旗十四井。干脆不用绕弯子，直奔主题，我们三人开车上去了。外线冷参谋转悠两天，我和肇干事配合一天，第三天晚上就在这小子升井上野外厕所大便之际让他失踪了。天有不测风云！我们行动后的下一班井下作业就发生瓦斯爆炸事故，一个班三十多人全部遇难。我们拉着这个枪手离开煤矿十公里左右找个荒凉隐蔽之处'就地砸坑'（随机方便）进行审讯，事情真相果然与电话说的一样。待一切搞定，第二天下午让冷参谋回去取他的生活用品顺便和矿上保卫处打招呼时，矿上误认为冷参谋是枪手的亲属。就有人出主意说，是为多挣钱跟下班工人连续作业不幸一起遇难了，能得到一大笔赔偿金，以后找到也不要回去了。矿方果真留下了冷参谋临时启用的工作手机号码，最近矿方还有人联系这个号码呢。"真是无巧不成书，我不禁感叹这个只有小说和电视神剧中才能有的情节，现实中真的有或者叫真的可以有。

"那边销号了，这边冉波一伙就能放心。但是冷参谋这个工作用手机号还必须尽快做'免生疑处理'，防止引起冉家注意追查，要考虑到他的家族能量很大，细节不能放过。"我对徐局长建议。

"对！小肇你记一下，这个事儿我来处理，你们忙大事儿。你现在最急于知道的是枪手那边销号了，我在哪里给他挂的号，也就是羁押到哪里了，是吧？"徐局长面带狡黠地看我一眼。

我点点头。"他现在被羁押在东北军区看守所里，案件性质是涉嫌破坏军用设施罪，与几个部队职务犯罪原来团以上干

451

部押在一起，部队专门给我们制作了特别通行证和专门提审程序，这当然都是厅长找部局，协调解放军总政保卫部做成的。"徐局长喘口气，端起茶杯咕咚咕咚喝半杯温茶。

"找另一个跟踪的就简单了，枪手交代，其实冉波和张家华不知道，所谓家住外地的跟踪人也是枪手给找的，枪手被我们拿下并送进部队看守所之后，我们就到位于我省老河口附近的辽北省某村的野地里把那个'跟踪人'带走了，第二天早晨让他往家打个电话说去外地打工，让父母不用惦记，我们这两个月还按照他提供的家庭住址电汇'工资'回去，人就押在你的老根据地松北地区平原县看守所，案件性质是涉嫌拐卖越南妇女到东北。为防止你知道情况，我专门给吴国强交代这是重要犯罪嫌疑人，连公孙副局长也不知道。怎么样？干部是党的干部，关键时刻还是听党的话滴！"这句话他说得对，没有跑偏。

"我们下一步的主要任务？"我实在受不了徐局长这种得意之时"娓娓道来"的细节叙述，急于投入到案件工作中。

"追逃！追捕公安部 A 级逃犯冉波！"徐局长终于坚定严肃地下达了核心指令。

（一三二）内部同志

位于辽东省东南部的南州市，位置优越，不仅为连接中、朝、韩、俄、日五国欧亚大通道的交通枢纽，还与朝鲜隔江相望，是东北东部地区重要的海陆门户。随着改革开放的不断深入，这个边境小城也焕发出勃勃生机，一幢幢大楼拔地而起，

452

五星级酒店也接二连三地开门迎客。在这个充满边境风情的小城东南方向靠近海边风景区的别墅群里，有一个类似群主的超级"别墅王专区"，这个"专区"占地近一公顷，只有寥寥十户人家，却各成体系，别有洞天。区域标志为一个大大的A区字样，实行一对一管家，一对一保健，一对一保安24小时超高级别的特供服务，进出A区门口，都有着极为严格然而是极有礼貌的安保措施。在世纪之初的边境县级市里，享受着超副省级领导的安全保障和生活保障待遇，可见业主都是非大贵即大富，相当不平常之人。前些日子，A4栋别墅业主——一个专门搞边境贸易的跨国公司总裁助理电话通知专区管家有贵宾不日入住，第二天凌晨2点，两辆乌黑锃亮的奔驰S500轿车开进专区，一行人进入A4栋别墅，两小时后，一辆大奔驰驶离专区，A4别墅灯光变暗，但别墅附近不时有人影晃动和狼狗的低沉吼声。

"我需要一周时间了解此案全部信息，查看有关资料，提审羁押军地两个看守所的涉案嫌疑人。要追捕'A逃'，案情吃不透，对象研究不深不细，行动不但具有盲目性，也不会有好的效果。"在徐局长向我移交追捕冉波"冉市长"的指挥权后，我提出一个也是唯一一个要求或者叫做条件。

"那是你的事儿，我只要结果不要过程，为了抓住冉波，别说一个要求，十个要求也没问题，不过要小姐是没有滴!"这家伙第三句话肯定是跑偏滴。

"不过本局长温馨地提示你，时间不是很宽裕，不要拿追捕'A逃'当日子过，搞个一年半载的还抓不到人，你我都得下课。"徐局长看着我的眼睛认真地说。

"只要冉波没死没逃出国门，一个月内我一定抓住他！"我口气坚定地表态。"通知冷参谋后天上午赶到辽东省省会奉阳市找一家军队招待所或政府宾馆住下来等我们，不准与任何人接触。你马上以省厅专案组名义联系监管处和部局，要求将羁押在松北地区平原县看守所的另一犯罪嫌疑人押解至东北军区看守所，与同案'枪手'分区羁押，错时放风，另立案由，以适应我们集中审讯和保密的侦查追捕需要，因为我回平原县看守所提人太敏感了，全县局新老民警都认识我。这一切都要向徐局长报告，让他决策处理，他是协调方面的专家，何况又了解前期案情，理由力度都拿捏得准。"在徐局长离开后沉默五分钟，我缓过劲来向身边的唯一助手肇喜文说，开始主持专案工作。

"是！然后呢？"肇喜文肇干事答应一声转身要走之际问一句。

"然后回来复命，听候下一步指示。"我脸沉了下来，恢复在松北地区搞平原县系列案件时说一不二的威严与武断，抑或称之为自信。

"是！"肇喜文声音洪亮起来，重新找回做我部下的感觉。

"在这里待得怎么样？有人欺负你没有，有什么情况及时反映，我们会与看守所沟通的。"在东北军区看守所的一间提审室里，冷参谋开口对已经很熟络的犯罪嫌疑人"枪手"说。

"感谢政府交代，感谢首长关照，我在号里比在矿上，甚至比在'冉市长'手下都吃得好，睡得香，受人尊重，尤其是号里几个老大哥总是特殊关照我，这辈子才活出做人的尊严。""枪手"显然是个与公安保卫机关打过多次交道的老江

454

湖，说话言语间虽不乏真实，但都极尽夸张献媚之能事，且表情丰富，令人讨厌。尤其是在冷参谋这个语言直接、动作如电，让人望而生畏的对手面前。

"你跟冉波多少年了？"我不想再看他那副笑里藏刀、表里不一的丑恶嘴脸，直接发问。

"没有十年也有八年，我可是跟'冉市长'一路起家的老臣。"这个不到四十岁的混蛋神经一放松就露出一副流氓无赖的嘴脸。

"那你就从认识冉波的第一天起一直讲到这次被抓那天为止，详细说说冉波的所有事情，包括他的私生活。"我问第二句话。

"私生活？"这厮显然没听懂我说的最后一句话。

"包括'抠皮子'（绺窃）'挂码子'（嫖娼、男女流氓鬼混），现在叫找小三，有固定情人那些乱糟糟的事儿。"我平静地跟他说，但是心里生出一股对这家伙扮单纯想蒙混过关的愤怒。

"开始吧！"冷参谋递上一纸杯矿泉水命令道。

随着追随冉波起家这名"老臣""枪手"的交代，冉波"冉市长"在老河口的基本犯罪历程展现在我们面前，记载在肇喜文的审讯笔录中，所作所为令人瞠目结舌。

暴力垄断煤炭市场。

冉波责成"枪手"和另一社会人合伙做老河口煤矿福利煤生意期间，和煤炭的经销大户外号杨百万产生矛盾，"枪手"明知杨百万不是等闲之辈，就邀同伙报号（事先通知）到杨家欲商谈此事，被杨百万的人开枪打跑。此后冉波下令报复杨百万，意图霸占煤炭销售市场。

这年五黄六月，烈日炎炎的一天上午，老河口市煤矿西柳树镇，冉波亲自带队设卡拦截到杨百万处买煤的大客户，对其实施打骂威胁，称："从今天起，谁买杨家煤谁就倒霉，谁跟杨百万做买卖，谁就得损失一百万！"当天深夜，冉波令"枪手"带人在老河口东方市场门前，伏击杨百万保安队长——其小舅子等五人，将杨的小舅子等三人打成重伤。

接着，冉波又指使"枪手"雇佣外地"道上的人"择机伤害杨百万，要求非死即残。但是杨百万自从小舅子被伤害后出入十分谨慎，又从河南开封少林寺重金雇来两个武林高手跟随左右，致使冉波伤害计划屡屡落空。

这年中秋节中午 12 点，趁着节日放假，保镖不在，杨百万防范放松时刻，冉波命令"枪手"带领三人，直接突击杨百万家，他们开枪打死杨家护院的大狼狗，号叫着举刀追砍杨百万，杨见状不好从二楼跳下逃生，"枪手"也从二楼跳下追上杨百万，将其头部和四肢砍伤后逃离现场。杨百万被人发现送到医院幸免一死，后经鉴定构成重伤。事后，冉波两次给这些行凶歹徒 5 万元。与之抗衡的第一个强势对手被冉波打败，重要的是占有了老河口煤炭经销市场。

酒后行凶霸占医药市场。

九十年代中期，松江省依托区域自然资源开拓出诸多药材市场，与其相配套的医疗器械市场也日益发达，吸引着全国相关行业部门人员来此淘金，本地第三产业一度也十分发达。一天，冉波司机带领冉波手下来玫瑰花酒店喝酒，时逢江东省发达市几个药品经销商在此聚餐，可能是新做成一单大买卖心里

456

高兴，也可能是东北人都一样豪爽粗放，也可能是大口吃肉大碗喝酒大声说话抢了他们风头，抑或是在老河口地界上这种行为触犯了他们的尊严，双方很快发生了口角，继而厮打在一起。在殴打过程中，冉波司机持刀刺伤对方三人，其中一人失血性休克死亡，另外二人重伤。

外地业户王春在老河口市经营医药行业已多年，这年端午节，他将价值 50 多万元的药品存放在朋友李怀家。冉波知道这个情况后，找来王春逼他将药品交给自己，并殴打了和王春同行的人，最后冉波强行命令李怀将药品送来，据为己有。至此后，谁在老河口做医药药材医疗器械买卖的，必须拿出10%的毛利率给冉波，否则有来无回，严重的倾家荡产，血本无归。

"在老河口市，'市长'下班我们上班。冉波是市长，我和他司机就是市长助理，我们是第六套班子。""枪手"说兴奋了，好像又回到了那个横行霸道、为所欲为的时期。

也是这一年的 9 月，冉波和"枪手"与市建设局一名副局长等人同乘一部电梯上建设局宾馆楼上看朋友，上电梯时开电梯的女服务员与副局长打个招呼而未与冉波说话，冉波就说这位副局长摸了开电梯服务员的头发，双方为此发生口角并厮打在一起。电梯上楼后，冉波手下跑到冉波朋友住的房间，找来多名帮手，将副局长和手下三人堵在一楼大厅用铁管将其中三人打成重伤，服务员轻伤。

"在老河口，'冉市长'说什么就是什么，一个建设局的小副局长还敢跟他犟嘴，能有什么好果子吃。""枪手"进入状态，居然慷慨激昂起来。不过看到冷参谋目光如炬的眼神时，才知道说走了嘴，低下挨枪子儿的脑袋瓜。

"有人说，在老河口，甚至小孩哭闹的时候，跟他一说冉波来了，小孩吓得都不敢哭。你要在老河口这地方提市长、副市长是谁，人们不一定能叫上名来，一提冉波没有人不知道，是真的吗？"肇喜文问。

"这话不假，我们老大是有这个能耐。""枪手"承认。

"据说冉波的车过收费站从来不交费，是真的吗？"肇喜文明知道这是真的，还要验证一下。

"当然是真的，从来不交费，别说在老河口，在松南地区也都不交费，车没到岗亭，拦车杆就抬起来了。有一次，市公安局黄副局长的车都被拦下，我们的车一路放行。""枪手"眼睛冒光，有点嚣张欠揍的样子。"在老河口，大家都知道冉波厉害，市长办不了的事他能办得了，没人敢惹他的。""枪手"有点兴奋刹不住车，我看冷参谋的手在桌子下握成拳头状，微笑着用脚碰碰他的脚，他的面部神经和身体放松了。

……

随着"枪手"时而兴奋嚣张，时而畏惧悔恨的交代，我们逐渐相信，冉波在老河口被人叫做"黑市长"绝不仅仅是简单叫叫而已，他用十年的时间，组成了一个80多人的犯罪团伙。这些人都是在一次次案件和事件中筛选中胜出的。一切行动听指挥，干什么只要冉波喊一声，就一哄而上，而且有着比较严明的组织纪律。他和另外两个团伙在发生枪战前，都要作战前动员，打完之后还有战后总结。如果你想洗手不干，那就像处理逃兵一样，轻者流血，重者残废。

一个跟冉波六年一同"打天下"的同案犯罪嫌疑人申请

458

离开冉波组织前，自断一根手指，冉波仍不放过，被冉波司机捅了三刀，造成血气胸差点丢了命，变成残疾人。"顺冉波者昌，逆冉波者亡"是这个百十号团伙坚信不二的规矩。在老河口，可以说他想办啥事就能办啥事，他想打谁就打谁，打完人没有敢报案的。冉波为霸占一个河北人的生意，对方稍有质疑，当晚就指使手下用刀挑断了那人手脚上的大筋，使之成为废人。有人恨冉波，但也有人爱他。一位官员曾跟当地公安局的同志说："当时我们有些公务人员觉得，如果能跟冉波吃上一顿饭或者见上一次面，很荣耀，回来可以向同事进行炫耀。所以他出没的地方排场很大，基本上是耀武扬威。"冉波曾出钱邀请两位政府要员去日本游玩，其中就有一位是市人大领导。用老百姓的话说，冉波就相当于市五个班子正职级别了。

时间到了20世纪最后一年的最后一个月，老河口市上级公安部门在省公安厅严厉命令和万众疾呼的双重压力下，抽调精兵强将，历经三个多月的秘密核查，组织一次大规模的搜捕行动。到12月份的后5天，冉波被缉拿归案。但匪夷所思的是，冉波就在老河口市公安局110指挥中心的办公室里，在众多荷枪实弹的武装警察眼皮底下，一边打着电话，一边从容走出门去……

不见了，没影了，他就这样逃走了。

两年过去了，冉波仍然活不见人，死不见尸。老河口市公安局和它的上级公安机关十数次打报告说已经组织5次以上专班，想尽了一切办法，穷尽了一切手段。但是，人，始终没抓到。

今年1月，松江省公安厅主要领导亲任组长，省厅副厅长级的刑侦局长任副组长兼追捕组长，下决心将这个"黑市长"追捕归案，对上级、对组织、对人民群众和被害人有个起码的交代。今天，这个任务历史性地落在我们身上，想到这里，我不甘失败、乐于接受挑战的兴奋劲上来了。

冉波从出道到发达，从疯狂到被抓，从被抓没送进看守所而带回公安局的办公室，从110指挥中心办公室，能手机不被没收且打着电话呈散步遛弯儿模式在荷枪实弹、众目睽睽之下走掉了，失联了，逃跑了，黑社会一号头目在一群武装警察的眼皮底下失踪了，地县两级公安机关两年时间想尽了一切办法，穷尽了一切手段，竟然没有抓到，并且一点线索都没摸出来，我想尽一切所想，从空想、妄想到胡思乱想，还是想不出为什么会这样，在床上翻过来调过去折腾一个多小时，还是找不出一个合理的解释。

"冉波什么背景，有如此手眼通天的本事?"尽管以前肇喜文介绍过，我还是气呼呼问我身边的瞎参谋乱干事。

他的父亲曾任老河口市前身东边县副县长；二舅哥任市国税局副局长；大姑父任市劳动局局长；二叔任市委组织部副部长；另外，冉波的大哥、堂哥、大姐和二姐也分别在市地税局、市检察院、市物价局和市人事局工作。

"老河口到底是我们共产党的天下，还是他冉家的天下。他娘的! 老子抓他，就让他跑出30米，然后赏给他一颗花生米!"冷参谋气咻咻地说。

"当然是我们共产党的天下，要不怎么有他第一次被抓，怎么有人给一号厅长打电话。你们记住，我们是厅党委书记、厅长代表组织千挑万选找出来的专案组成员，外人面前不能乱讲话，侦查破案要遵守纪律法律，不能由着性子来，当然也包括我自己。"我及时给他们两个灭火。

"是!""明白!"哼哈二将表态，我们三人小组迅速统一了思想。

"你们两个对'枪手'一天的交代有什么看法?"既然都睡不着觉，莫不如交流一下工作体会，反正闲着也是闲着。

"我看是闲话屁话多，实话真话少。"冷参谋打出头一炮。

"我认为他避重就轻多，说实质性要害性东西少，尤其是涉及他自己的事儿。尽管我们一再交代政策，他也知道自己死罪难逃，短期内很难突破。"肇喜文说得靠谱，我也有同感，但是我不能说，以免影响士气，动摇军心。

"抓住'枪手'这条线索是谁提供的?"我突然有个新想法，但是需要群众印证。

"是一号厅长录音提供，是一个本地口音的人打给厅长的匿名电话，被厅长眼疾手快录了音，于是才有今天的突破性进展。"肇喜文回答。

"录音在哪里?"我的想法有了基础支撑。

"在我这里。"喜文回答。

"放10遍，谁也不准出声。"我命令。

……"冷参谋，听出什么问题没有?"我点名发言。

"本地人，而且是老河口一带人，有比较明显的辽北口音，年龄得有四五十岁，不会再年轻。肯定与冉波一伙有仇或有过节，不到一定份儿上不会冒险干这事儿。另外，得有内部人指路，否则不会直接打到厅长办公桌电话上，一号首长的电话到现在我都不知道，他怎么摸得这么准?"这位武警干部言之凿凿。

"喜文你讲。"我点名。

"我基本同意冷参谋意见。我要补充的是电话问题要重视。一是电话的时间节点，电话是在厅长要去参加全国打黑除恶电视电话会议松江分会场前 10 分钟打进来的。二是电话专门属性，打进来的电话是公安专线。三是从刚才听 10 遍的录音看，报案人沉稳理性，不但说出了重要案件的主要犯罪嫌疑人的姓名，而且说出重要犯罪同伙也是关键证人隐匿的具体方向、位置，重要团伙犯罪嫌疑人知情人的职业、位置，应该是我们内部有觉悟、有良知的人所为，范围应该就在老河口市公安局，顶多扩展到松南地区参与侦破老河口冉波案的刑侦民警。"肇喜文说得十分靠谱，不愧是精挑细选上来的刑侦骨干。

"公孙副局长！"他两个几乎异口同声。

我从沉思状态下抬起头，看见两双期待的眼睛同时盯着我，知道该自己发言了。

"首先，我同意你们二位的看法和意见，这说明组织没有选错人，你们不但忠诚，而且敬业，体现了良好的政治业务素质。这些意见和看法，如果不是平时留意，没事儿时琢磨分析，别说听 10 遍录音，就是听 100 遍录音也说不到这个程度。"我首先肯定他们的意见看法。"那么，我综合二位意见加上我的分析评估，二位听听怎么样？"我下巴支在枕头上，眼睛盯在招待所红砖地面上，眼神迷离进入面地分析状态。"正像二位说的那样，这个内部电话的主叫人或者称之为打电话的人，方向是我们公安内部人，范围是案发地老河口市公安局或者扩大范围至参加过侦办前期冉波专案的松南地区公安处民警。依据是电话属性是公安专线，不是公安的人打不成这个电话。二是像喜文同志说的那样，不是内部人，时间节点拿捏得不会那么准，就在全国公安机关打黑除恶电视电话会议召开的前十分钟直接打进一号首长的办公室。大家注意，如果经过人工台，也就是一号首长台，我们就立马知道这个电话是从哪个地区打上来的，然后再一查各地区公安局处通信科值班在岗记录一比对，是谁打的就一目了然了。"我说。

"对！"他俩还是异口同声赞成。

"但这也差不多从另一个角度暴露出他的身份特征。"我接着说。"首先，他是一个男人，年纪在四十岁以上六十岁以下，再往靠谱点说五十岁左右，右的可能性大一些，但是不可能到六十岁，因为基层民警不但六十岁必须退休，到五十八岁基本就离岗了。依据是录音中声音有些苍老或者叫有点饱经沧桑的韵味。人应该是松南地区重点是老河口本地的，依据是说话有比较浓厚的辽北口音，纯正的松南地区人由于移民的历史，与老河口人比较，山东口音浓厚一些，录音大家都听过了。他能绕过人工台用省厅新换上不到一周的新型自动交换机准确打到厅长办公桌上，说明对通信业务比较娴熟。"我逐渐进入状态。

"没错！""是的！"哼哈二将附和赞同。

"我认为最主要的是电话反映的内容，这个被我们事后工作证明十分准确的信息应该是老河口本地人或者是案件知情人、侦办人提供的，刚才这些分析意见大家一致同意是内部人所为，那就排除打电话提供准确信息之人不是犯罪嫌疑人同

463

伙，而是我们自己的同志，而且这个同志是有觉悟、有良知、有智慧的好同志，他应该是老河口市公安局通信科或者办公室的人，中层干部的可能性很大。否则，年龄、阅历、办公条件、知密程度、个人智慧不会同时具备。当然，也不完全排除松南地区参加侦办前期冉波案件的同志。"我兜底来一句，结束一番分析评判。

"公孙副局长，你说得这么有道理，是不是你知道是谁啊？知道就告诉我们两个，你不用动我们就能把他找来。"冷参谋有些跃跃欲试了。

"这是我们自己的同志，他之所以采取这样的办法提供线索，一定有他的道理或者苦衷。"肇干事毕竟有几年地方公安工作经验。

"我真的不知道是谁，但是我知道应该找谁。"我胸有成竹地说。

"嗯？"他俩做出洗耳恭听状。

"肇喜文同志！"我很正式地说一句。

"到！"肇喜文延迟一秒钟答应一声，差点儿从床上跳起来。

"你坐明天早晨6点钟早班火车回松江省城，把咱们刚才研判结果向徐局长汇报，说我要亲自见这个打电话的同志，他不说何时何地见此人，你就别回来，时间连来带去三天整，第四天早晨回来复命。"

"这……？"肇喜文迟疑一下。

"这个人是谁呀，徐局长和你肯定知道。"冷参谋业余时间跟我说话很随便。

"我再重复一遍，我跟你们一样，真不知道。但是需要我知道时，我一定会想办法知道，徐局长也是如此。否则，这副厅长级的刑侦局长怎么能当上。"我调侃他。

（一三三） 神秘接头

黎明明被一阵海风吹刮别墅窗户上钢化玻璃的沙沙声惊醒，睁眼看见床尾一角蓝色柔和的微光显示时钟，凌晨一点半。再看身边呼呼大睡的男人，尤其是看到压在自己身上文着虎头的粗壮大臂，一股莫名的疑惑和恐惧再次袭上心头，注定今晚又要失眠了。

黎明明出生东北，从小父母离异，跟着母亲在南方生活读书至大学毕业。身材高挑，皮肤白皙，一头乌黑的秀发像瀑布一样遮住半边五官端正又不失妩媚动人的脸颊，早晚走在都市街头石库门旁人行道上，清脆的高跟鞋踏地声伴随左右晃动的披肩长发，引来无数男人的追随目光。

不知是身体里父亲的基因起作用还是从小缺乏父爱，总之鬼使神差地报名参加东北一家省级国有石油总公司的招聘考试，一路过关斩将顺利被录用为这个总公司的经销公司职员，月薪3000余元加上各种福利补贴5000有余，这对于当时九十年代末刚刚就业的大学生来讲，是梦幻一般的职业待遇。不光是工资高待遇好，还能得到父亲的溺爱，领导的认可，老同志的传帮带和单位姐妹们的愉快相处，在参加工作一年试用期中，她始终认为自己不但当时选择来东北的正确，而且是世界上最幸福的人之一，直到两年后27岁时遇到当地名人，被人称作市长的冉波。

那是九十年代最后一天下午，一向不善社会交际但是擅长与各种客户打交道的东北石油总公司下派挂职年轻干部——老河口市石油公司经理助理黎明明，在书记身体有恙、副经理出差的情况下，受经理之托并代表经理去拜访当地赫赫有名、只听说没见过的社会名人，被人称为市长的冉波，按照程序客气邀请其参加公司辞旧迎新新年晚会。

"石油公司的，是吴经理黄书记吗？"冉波近年来随着连续战胜两个强势对手，老河口民间和社会资源基本上被其控制，攫取的利益呈滚雪球式增长，财源滚滚。方方面面巴结他的人越来越多，从政府要员到各局委办头头都给面子，能办的不能办的事儿几乎都能办成，连感觉都越发膨胀起来，还真把自己当成六套班子正职，相当于市长了。

"都不是，是一个不认识的经理助理。"漂亮的秘书小姐低眉顺眼地小声说。

"我不见，你问一下他有什么事儿就打发走。"冉总经理的口吻说一不二，与总经理身份黑道大哥都比较配套。自从连续两场枪战胜出，冉波这伙已经很长时间没有砍砍杀杀，在街头巷尾寻衅滋事了，进进出出也人模狗样穿起西服、扎起领带，俨然一伙办公司的样子。

"已经和来人说过两遍，但是这个上边下来的小姑娘是南方人，还是个大学生，做事比较较真儿，说这是他们总经理安排的，不见到您不走。"秘书小姐面呈难色。

"有文化的小姐本总经理见得多了，不过南方大学生小妞倒不多见，难得这么有个性，我喜欢野性有个性的小妞，你就缺乏这种野性。"冉总经理张口说话不超过两句就能听出是东北社会人，不论他穿西服马甲，还是貂皮马靴。

"那让她进来?"秘书小姐还拿不准。冉波没说话，只打个响指，随后把穿着 44 号鳄鱼牌皮鞋的两脚扔到足有两张双人床那么大的老板台上。

"冉总经理好。我是市石油公司的总经理助理黎明明。"一句类似莺歌燕语般的南方口音普通话在面前响起，冉波好像瞬间被电流击中一样，放下脚坐直身子，看着眼前这位亭亭玉立的南方小姐、总经理助理，眼睛发直，就差哈喇子流下来了。

"小姐好，助理好!"冉波很少失态地急忙打招呼。

"我们吴总经理在省城慰问公司退下来的老干部，昨天晚上打电话要我今天无论如何见到您，请您赏光莅临我们今天晚上的庆祝年会，我们公司全体员工将以您的到来感到荣幸，公司领导也因为能请到您这样的实力名人而高兴。"黎明明朱唇轻启，面带职业性的微笑，履行着总经理助理的工作职责。刚才那两句话，都是她和总经理秘书几天前拟定的交际性制式语言，见着这个层次这样位置的领导都这么说，就像现在智能机器人自动识别一样。

"好的! 回去告诉吴总经理、黄书记，我今天人大政府的场子都不去了，就去你们那里，不过你一定在场噢。"冉波不知道哪根筋发作，态度超好地表态。

"那我们就期待您准时光临。"说着把大红请柬递过来，冉波单手接住，顺势握住黎明明的小手晃两下，并亲自将这位南方小姐、总经理助理送到楼下大门外，把手下一干人等看得目瞪口呆。

……

那年公司年会，由于冉波的参加，她在总公司领导和全公司职工面前赚足了面子，她也从助理的位置升到副总经理的位置，那年，才刚刚 28 岁。

本应该享受前程似锦、事业辉煌、爱情甜蜜、家庭幸福的时光，可是后来，冉波设局灌醉并强奸了她，她本想报案和自杀又缺乏勇气和能力。再后来，她成了冉波的情妇，开上了奔驰 S500，习惯了人们鄙视、顺从、巴结、羡慕等种种眼神。再后来，她辞去了工作，在承阳和北京都有了别墅，并且给冉波生了个儿子，过上了进出有保镖，出门有随从，家中有保姆佣人，不再轻声细语，不再畏畏缩缩，家主女皇般的生活。尽管这样，夜深人静之际，尤其独守空房时，她还是经常以泪洗面，怀念学生时代虽缺少父爱，但仍然青春年少、憧憬美好未来而孜孜不倦学习的单纯生活，怀念刚参加工作时的与人为善、热情洋溢的时光。既痛恨冉波坑害了她，又离不开他野性、兽性、社会性的软磨硬泡，尤其是看到冉波缺失的左手小手指，那是她被强奸，痛不欲生时，冉波为表示真心喜欢她，当她面用菜刀剁下去的，这野兽般的举动，既吓坏了她又感动了她，就这样一步步走到了今天。十天前，冉波突然带着几个兄弟夜半回家，让她收拾东西马上跟他走，来到这栋风景区深处的独栋别墅，并留下两个保镖一条狼狗，从冉波的眼神和这次转移的突然性看，应该凶多吉少，尽管她从来不过问冉波外面的事儿。

……

"公孙，你要见的这个人我联系好了，他开始死活不承认是他打的电话，后来我说是你分析研判结果和新更换的警用数字交换机最先进的留痕记忆功能，加上启发激励肯定他的政治觉悟和警察骨气，关键是以党性人格外加老婆孩子全家声誉押上确保机密，才同意介绍有关知晓的案件情况，并且只能对你一个人说。不知道你来省厅这段时间通过什么魔法把基层一些民警忽悠得鬼迷心窍、死心塌地追随你。"

在我昼夜兼程风尘仆仆早晨一上班就出现在他的办公室还没来得及喝口水的情况下，一口气说出这么一大段包括最后一句跑偏的话。

也可能是习惯了，也可能在一起时间长有耐力或者习惯成自然，我现在都懒得跟他解释了。

"时间、地点、联系方式、掩护动作和往返见面地点的安全保障措施归你，我就一个人回来的，这些乱事儿我可不管，你告诉我何时何地见面就行了。"我看出徐局长有些兴奋，怕他说起没完，耽误我的准备工作，急忙往正路上引导。

"下午两点三十分，在省厅后面消防医院门诊三楼烧伤一科诊疗室对面，家属候诊区最里间护士长办公室。上午这段时间你回家搞口饭吃，沐浴更衣，中午你老婆回家陪你，下午两点前你陪苏医生上班到消防医院，注意要装成夫妻恩爱的样子。"他总是这样偏话殿后。

"我去！怎么搞得像地下党接头似的，我们可是真正的恩爱夫妻。"我心里这样想。"为什么去消防医院而不是别的什么地方呢？"可能我的问号挂在脸上了。

"这个举报人 9 岁小孙子的手前几天被烫伤，需要治疗，

469

上消防医院名正言顺。"徐局长说明。"公孙，你真不想知道你下午要见的是什么人吗？"可能是说服举报人的征服感，安排好这件事儿的兴奋劲还没过，也可能是看我时间还宽裕，想拖我再聊几句。

"反正我下午两点半就见到了，早知道几个小时晚知道几个小时没啥区别。"我不想跟他磨叽，想回家补一觉。

"这不是你公孙的性格，是不是刚才进屋脑袋撞门框上蒙圈了？"他在用话激我。

"不就是我们研判过、肇干事向你汇报的老河口公安局内部人，通信科或办公室的中层领导，或者兼而有其职吗？"我装作不屑一顾转身要走的样子试试他。

"啊！半仙儿。下午两点半，在约定的时间地点你能见到你想见的人。"他也站起来算是送我出门。

"自1995年以来，冉波一伙为称霸一方，攫取利益，垄断当地煤炭经营，药材经销，大肆进行聚众斗殴、寻衅滋事、故意伤害、非法占用农用地、偷税和强迫交易等违法犯罪活动，并通过违法犯罪活动聚敛了大量财产，不惜花重金雇用杀手暴徒砍杀对手，组织多人持枪与对方在老河口市内广场枪战。几年来在老河口市为非作歹，欺压残害群众，严重破坏当地经济、社会秩序、生活教学秩序，可以说搞得乌烟瘴气，群众敢怒不敢言，严重影响党的执政形象和国家治理能力。"

下午两点半，我在苏医生的引导下，见到了我想见到的干过派出所长、治安科长、通信科长，现职老河口市公安局党委委员、办公室主任的举报人。此人个头儿不高，五官端正，微胖，五十多岁，讲话不紧不慢，沉稳有序，像写材料一样，在各自自我介绍一致肯定见面意义和再三重申保密规则后，立马就来这样一个"帽段"概括一下冉波在老河口涉嫌严重犯罪的所作所为和黑恶犯罪在当地的严重程度。

"我是老河口老人儿，'文革'前部队转业后就到县公安局工作，那时老河口市还叫东边县。那时候县城就是一条街，人口两万来人，县城就一个派出所，十字街有个交警岗楼，我在县城唯一的派出所从片警干到所长，冉波是我看着长大的。"举报人从头说起。

我按着事先约定，只听不记录。

"这个孩子出生在六十年代初，父亲是德高望重的东边县副县长。冉波从小在县委大院长大，人们出于对领导的尊敬，对这孩子宠爱有加。渐渐地，这孩子养成说咋的就咋的、老子天下第一的性格，学业自然无成。家里张罗给他找工作，又有许多人上门帮忙。于是，他先去当兵，后在县农机公司、医药公司等部门开车。八十年代初期，冉波已20多岁，开始随着改革开放的新形势经商做买卖。他很会利用父亲老部下这些人力资源，无论是商业、企业还是政界，甚至是司法监督部门，他都有人；无论是厂长、经理，局长、主任，副市长、书记，都跟他是'爷哥们儿'或是朋友，做起买卖自然一路绿灯。公司越开越大，钱越捞越多。金钱把某些掌权人紧紧捆绑在他的周围，充当起保护伞。社会上的地痞无赖看此人是根'棍'，纷纷投靠他，充当打手，这就是单纯孩子演变成黑恶霸主的起始过程。"举报人停下来喘口气，我在他的纸杯里续上水，拿出支烟给他点上。

"冉波能在重兵看押之下潇洒走脱，至今杳无音信，可见能量非凡。现在他的关系网还在，谁能动得了他？"举报人深深吸一口烟，望着慢慢上升的蓝色烟雾，沉思状态下的眼神有些迷离，口气质疑地说。

"有你我这样的共产党员、人民警察，就能动得了他，我就不信共产党的天他能翻得了！"我口气坚决，眼睛冒火地盯着他说。

"我听说过你不少事儿，我相信你，我参加过一九六二年中印自卫反击作战，生死关都过来了，儿孙齐全，怕什么！"他目光坚定，语气坚决。

随着他的介绍，一个老共产党员、深受群众信任的资深人民警察在局部环境严峻恶劣，一些人随波逐流不坚持执法底线的情况下默默工作，历尽艰辛收集到的涉案线索展开了。在一位被害人的家里，已经残废两年的男子终于开口述说了不堪回首的一天："1999 年夏季，其取得了秋梨沟三井福利煤销售权，冉波一伙看这生意挣钱，想拿过去干，勒令其退出。男子害怕生意被抢走，就给冉波手下一个小头目送去 1 万元钱。以为没事儿了，可没想到这年八月的一天中午，这个小头目带一伙人持枪和匕首来到其家，将其媳妇打伤，将其四肢大筋砍断……"

随着叙述，老河口黑幕被逐渐撕开，暴露出一部以黑护商、以商养黑、以官保黑的黑道大哥丑恶发迹史。

几年来，冉波团伙以开煤矿、搞运输、经商办厂等手段巧取豪夺，敛聚大量财产，然后经营和培植关系网。老河口市副市长李墨白就是冉波的代言人。李墨白从 1996 年开始就经常为冉波联系厂家卖煤，催要卖煤款，与冉波以兄弟相称，一起

472

吃喝嫖赌。一次，李墨白在邻县县城赌博，一下输了 20 多万元，对方不让他走人，李墨白马上给冉波打电话。冉波冲对方说："他是我大哥，马上放人，明天我去结账。"就这样，李墨白与冉波，明明黑白两道，却浑然一体。你利用我，我依靠你，成为生死之交。有了副市长这个高层次的哥们儿，冉波成了上层官员坐席上的常客，一来二去与掌管各方大权的不少部委领导建立了特殊关系。冉波经商以来，非法倒卖煤炭数十万吨，偷漏税款上千万元。某些人利用手中大权，指使税务专管员弄虚作假，致国家蒙受巨大损失。为扩大经营，冉波买了 20 台卡车非法营运。一次，20 辆卡车经过一处收费站，收费员要收取过路费，冉波说："不给!"结果，20 台大卡车停在路面上，造成交通要道堵塞达 2 小时之久。后来，冉波骂骂咧咧地找到交通局某领导，此人对收费员说："算了吧，冉波咱惹不起，让道通行。"从此，冉波的 20 辆大卡车呼呼隆隆地通过收费站，再无人敢拦截收费。冉波非法占用耕地五万多平方米，逃漏土地使用费一百多万元。通过巧取豪夺，冉波仅用几年的时间就拥有固定资产数千万元。在那些渎职者、贪官污吏的庇护下，冉波在老河口横行霸道，为所欲为，"冉市长"声名鹊起，第六套班子几乎名副其实。

"这样的败类不被绳之以法，我们怎么向党和政府交代，有何资格穿这身警服，有何脸面面对群众？我们一定要把冉波追捕到案，冉不到案死不休，你放心。生命不息，追逃不止!"我握紧拳头，发狠地说。

"说得好，你说的就是两年来我一直秘密做的。尤其是最近一段时间，我自费到南方沪市去了一趟，经过我在沪市公安

473

局户政处战友的帮助查到了冉波情妇黎明明的生母，经过反复细致工作，终于获取一条重要线索，黎明明应该住在辽东省会奉阳市近郊一座别墅里，门牌号和手机号码分别是……"这位神秘忠诚、可亲可敬的老民警压低了声音。

（一三四）山东保安

中国东盛物业总公司经理近来十分头疼，其下属东升海边风景区别墅群，超级"别墅王专区"A4业主半个月内两次投诉，称公司为其配备的一对一24小时保安服务有名无实，不但时间不能按照规定无空当，而且白天站岗时有缺位，晚上巡逻密度不够且脚步声重，影响休息，夜间保安有偷觊业主隐私嫌疑。最为要命的是，这一共两次平均每周一次的投诉均为现在国外的业主委员会副主任电话直接打给公司董事长的。刚才董事长秘书电话传达董事长最后通牒，如果再有一次投诉，他和保安部长立马走人，看在服务公司多年的份儿上，可以多开一个月工资，作为他们两人找工作时间的生活保障。

"都说顾客就是上帝，过去没什么体会，这次才感觉到上帝的威严，不高兴就砸你的饭碗啊！"经理目光呆滞地望着窗外如画的风景默默感叹。

"为什么我一个人在这里挨骂受罪，保安部长王彪干嘛去了，这一切不都是这个混蛋惹出的祸吗！对，解铃还须系铃人，听听这小子有什么主意再说。"经理似乎有些开窍。

"来人！"他喊了一声。

"经理，有事吗？"一个身穿黑色西服工装，身材高挑、面容姣好的秘书小姐应声而至。

"叫保安部王彪马上到我办公室。"他命令。

"招聘广告。本公司决定面向社会招聘保安特勤大队长一名，特勤保安班长一名。要求：男性，18-30岁，形象好，素质佳，人勤奋，会武功。身高一米八零以上，体重不超过八十公斤。同等条件下复员退伍军人优先，退伍军人中侦察兵、特种兵优先。大队长能简单英语会话，特勤班长武艺高超。本次招聘，要经过报名、笔试、面试、比武、体检等有关程序方能录用。按照合同规定试用期一年，基本工资大队长月薪人民币一万元整，特勤班长人民币八千元整，有意者请到中国东盛物业总公司人力资源部报名，联系电话、报名地址如下……"

我们刚到南州市政府招待所住下来洗把脸，肇喜文就在刚刚打开的电视屏幕下方滚动字幕上发现这条招聘广告。

"处长你看!"肇喜文始终把我当做他的直接上级，称呼始终没改过来。

"冷参谋!"我喊。

"到!"冷参谋正在低头收拾自己的行李箱，听我喊声跳起来立正站好。

"看电视!"我说。

"乖乖! 咱们走什么鸿运了，想什么来什么，特勤大队长非我莫属。但是英语除了'拜拜'其他我都不会。"冷参谋兴奋中有些挠头。

"喜文负责今晚必须教会几句英语，不用多。这几句必须得会：'你好! 先生，小姐，有需要帮忙的吗?'英语的 1 到 10 也得会说。不要教成东北英语'吃饭没? 嘎哈呢'除了自己懂，中国人外国人都听不懂。我出去遛个弯儿，你俩干什么自己知道，一会儿回来我考试。"说着径直走出门去，他们俩怎么教怎么学就不是我的事儿了。

突如其来的巧事儿打破我们几天来努力工作、费尽心思，千锤百炼拟订的渗透、贴靠、确认、抓捕冉波计划，脑子一时有点乱，需要到外面走走清醒一下，梳理思路，修改甚至重新制订抓捕计划。

"首先，对于我们三人追捕小组来讲，这则招聘广告是一件好事、巧事，排除对方是故意释放探测气球，试探我方反应。是试探吗？不是。他只是一个逃犯，不是敌特情报机关，还没有这个脑袋和能力。"我自己边走边想。

可能一个人经历得越多，尤其长时间干一件事儿，不但会疲劳，也可能会神经质。从另一个角度说，他可能经历得越多，思考得就越多，大人物如此，历史上能工巧匠也是如此，所以才不断推陈出新。记不清谁说过这样的话，人越优秀越是努力。这一现象的原因是，优秀的人总能看到比自己还好的，而平庸的人总是看到比自己更差的。真的努力后你会发现自己要比想象的优秀很多，因此，只有努力才能幸运。对！刚才我想什么来着？啊，是想找电话向徐局长汇报这一突发情况并征求对新方案新工作思路的意见。

徐局长手机尾号是0009，他总称自己是老九，还常常引用"文革"时期革命样板戏中《智取威虎山》中土匪座山雕一句台词"老九不能走"。这是移动公司给公安厅的一个集团号段，省厅党委委员厅领导7个人，交警总队长也是副厅长级，因上班早，资格老，占了8号，徐局长虽然也是副厅长级，但上班和提职时间均晚于交警总队长，只能是9号了，10号没发，作为预备机动留给厅级干部。

"嘟……嘟……"对方振铃没超过三声。"说，什么事儿?"徐局长接电话了。

"座机回复。"我也是惜字如金。

十五分钟后，我的手机再次响起，我看手机显示的是徐局长办公室座机号，开始汇报。

"……我的想法是，让冷参谋在他的视野内选一个原籍非东北地区的武警特战队志愿兵，参军后没在松南地区特别是老河口市服过役，与冷参谋一道应聘。为确保两人能够被顺利录用，是否考虑在确保机密的情况下再派出4-6人的武警特战队老兵陪聘围标，淘汰其他社会应聘者。另外，来人均需非东北籍的二代身份证或非松江省驻军的退伍士兵证、士官证。一旦竞争上岗到位，抓捕任务就进入倒计时，我会随时请示汇报。"我挑最主要的说给我的主官。

徐局长静静地听着，一次也没插话，最后说："我知道了，两个小时内咱俩再通一次电话，我主叫。公孙，越到最后的关键时刻，越要慎重果断，不能大意失荆州，否则赔了夫人又折兵。"最后一句话还没怎么跑偏。

"公副局长!"我一回招待所走进房间，哼哈二将同时跟我打招呼。

"学习得怎么样?"我一改往日不苟言笑的沉默寡言，语气平和地问。

"孺子可教也。"肇喜文也放松来一句。

"冷参谋，你先在脑子里想一下，你们山东籍的老兵在总队、支队特战队里有没有跟你合拍，机智勇敢，又没有在松南地区支队及老河口市中队服过役的人，先不忙回答我，我们还有一个小时时间决定这件事。"我说。

"公副局长是想让他竞聘特勤班长吗?"冷参谋反应很快。

"我看是。"肇干事也参与进来。

每月万八千的保安工资，在今天二三线城市也算高的了，何况本世纪初的东北沿江小市，广告仅公布三天时间，报名者就超过200人。在200人中选出一个保安特勤大队长和一个保安特勤班长，是真正的百里挑一，外加一项比武程序，电视一播，引起轰动，并借助现代通信工具扩散四面八方、天南海北，当地人们奔走相告准备一睹擂台霸王赛风采。为防止大量群众围观，发生意外和拥挤踩踏等公共安全事故，当地公安机关及时控制东升保安总公司招录保安队长、班长面试比武程序规格，允许面试比武只能在市体育馆内进行，比武也要点到为止，并派出治安巡特警大队10名民警维护现场秩序，派出所控制进入现场人数，规定只有报名人员和评审人员才能进入现场，最大限度降低了事故、事件发生的风险。

冷参谋刚刚给新到的参选队员开完动员会，军人开会，简单明了，只要结果，不讲过程，只是因任务特殊，比武竞赛强调点到为止，不能伤人。还有大家用五分钟时间背熟记牢十分钟前发给各位的"自己原单位"名称。为什么报名应聘，统一回答版本是：家在山东河北河南农村，年底退伍，准备找个挣钱多的工作，攒钱回家娶媳妇生娃。重要的事情说三遍，保密保密还是保密! 说错一个字，不是枪毙是禁闭! 十分钟会议结束。

徐局长善协调，力度大。这次连夜赶过来的 5 个人，是武警松江总队教导队特战大队去年成建制参加全国武警系统大比武一个班中取得五项全能的前三名，外加两个格斗教官。一水的一米八零到一米八五的小平头、棒小伙，内行人一眼望去就知道不是等闲之辈。再看行为动作，举手投足之间都显露杀机，别说竞争保安队长，就是遴选保卫中央首长的警卫队长、警卫班长也都够格。

徐局长粗中有细，今天早晨报到的兵，每人将自己携带一寸、二寸解放军着装免冠头像照片各两张交给冷参谋时，东北军区政治部保卫部的两个干事已在隔壁一言不发地等待一个小时了。

半小时后，隶属东北军区驻东北除松江省外师以上单位的六个部别退伍士官证、士兵证发到每个人手中。我们设计，按照报名或抽签顺序，冷参谋和准备竞争保安特勤班长的一班长都拖到最后进场抽签，这样前面上场的特战队员就能横扫百军，为他们俩留下取胜的绝对把握。如果公司或评委暗箱操作，虚假招聘，显失公正，六个人可以现场投诉，形成短时间内讨公道上访情形，造成局部摩擦混乱，引起公安部门介入，我们通过上级公安机关以民间调解方式保障上岗。

"这两天我怎么老做噩梦，半夜醒来就睡不着觉，老感觉房前屋后有人走动，吓死人了。"黎明明几乎又度过一个不眠之夜，透过客厅里淡黄色窗帘看着外面阳光明媚的世界，忧心忡忡地对刚起来的冉波说。

"没事儿！我让老总打投诉电话的事儿见效果了，昨天在A区游泳池旁西餐厅总统套房请我吃饭的是物业公司老总和保

479

安部长，除了赔礼道歉说这段时间没照顾好之外，承诺保安马上就换。今天就组织200多人报名、面试、比武，选出一个特勤大队长和特勤班长，特勤班长就负责咱们家这栋别墅。据说报名的不少是解放军大比武下来的特种兵，真正的优中选优，每月工资都是一万块钱。到位后咱们看好了，给他两万一个月将人挖走，有这样能耐的人在身边，再加上德牧'捷豹'，咱心里就有底了。"冉波说出自己的计划。

"哎！'捷豹'呢?"黎明明响起夜半恍惚中好像有狗吠和人的脚步声。

"捷豹!"冉波大喊一声。"汪汪。"窗外一条高大壮硕的德国牧羊犬应声将前爪搭在别墅窗户的阳台上，鼻子顶在玻璃上向主人报到。

"吓死我了，我以为'捷豹'不在了呢！不行，我还得睡一觉，新保安来了，咱俩一定亲自看看，行的话抓紧另找个地方，这地方我总觉得不踏实。"黎明明说着站起身来。

由于昨天按照保安部长的主意他们两人在 A 区最好最贵的总统包房里请那个多事儿的 A4 现住业主吃顿价格不菲的西餐，并承诺马上换一个一流保安，获得"上帝"谅解后，东盛物业总公司经理心里还是没底，今天一早"硬要"与保安部长一起参加面试，以确保最优秀的、百里挑一"保安霸王擂台赛"的公正性。

大公司办事儿还是有气魄有规矩的。上午 9 点整，市体育馆内东盛公司招聘特勤保安的面试比武就正式鸣锣开场。面试将简单实用、淘汰率最高的"单兵对抗式"比武放在第一个环节。你别说，虽系民间私营企业招聘看门护院、打更守夜、地位低下的保安，但是月工资上万元的待遇抬高了此次招聘保安的品质。除个别花拳绣腿主动放弃的报名者外，大多数还真是练过三拳两脚的。由于公安机关的人坐镇观摩，比武一开始就进入点到为止，没有争议、干净利落的快节奏。现在场上这个，是河南开封少林寺来的俗家弟子，已经连胜三场。比赛规定连续三场取胜者，可以休息半个小时再上场继续挑战对手，以恢复体力，体现公允。但是这位武术高手可能正玩在兴头上，也可能力克群雄自认为势不可挡，公然叫嚣，我不需要休息，再上来三个也统统打下去，大队长非我莫属。

"人要狂，快灭亡。"下一个挑战的就是这边武警特战队去年全国比赛五项全能冠军，一米八三的大个儿，全身都是肌肉块。上来立正敬礼后说，"按照比赛规定，你是需要休息半小时的，你不休息就是放弃了这个权利，请再考虑一下。"

对方拍着赤裸的胸脯说"不需要。你是退伍兵吧？我就是对广告中复员退伍军人优先这条气不过，才来挑战这个大队长职位的，干什么都要靠实力说话。"前场胜利者说。

"斗嘴不算成绩，开始！"保安部长下令。河南武林高手像前几场一样，动若脱兔，快如闪电的动作带着风声冲向后者，人们只见复员兵身子微微一闪一蹲，左脚一勾一抬，右脚背绷直如板啪的一声拍在对方屁股上，武林高手整个身体飞了起来，摔在五米以外的另一个体能训练垫子上半天没动，掌声响起来了。

接下来的比赛速度更快，有直接放弃的，有过上三招两式的，就是没有口出狂言的，真正体现了点到为止。这个复原兵被他后面第四个上场的黑壮汉子——一班长对打三招后放倒在地，退出比赛场地观摩。

一小时后，保安特勤大队长职位上，身高一米八二，精瘦彪悍的冷参谋胜出，保安特勤班长职位上，黑壮的一班长胜出，两人都是山东籍复员兵，双双进入面试加英语环节……

"各位业主，经本公司不惜重金招揽，原解放军 R 集团军直属侦察营副排长冷雪，原解放军 H 集团军特种兵大队突击班长雷霆被荣幸录用为 A 区保安特勤大队长和特勤班长，明日上岗。明日上午 9 点后由管家总监和保安部长带二人登门拜访，请各位业主接洽。特此告知。"下面是两位新招聘保安的着装照片和简介，确实是年轻帅气，英武逼人。在 A 区通往各户的必经通道精美的公示牌上，如是贴着物业管理公司的公告。

"怎么都是山东人啊？"有个女业主说。"山东人好，山东人耿直忠诚，当兵当保安让人放心。"一个老者说。

"这是公安部最重要的一类红色通缉令通缉的逃犯，也叫'A逃'冉波，也有人叫他冉市长。这个是冉波的情妇叫黎明明。情报显示，两人以夫妻名义住在 A4 栋别墅里，同时住在这幢房子里的还有两人所生的三岁男孩和一个四十多岁的保姆。这是四人的照片。"我对在刚刚履行完录用手续，借口出来跟家人道别的冷参谋和一班长说。

"还有吗？"他俩同时问。

"你们要表现出积极不要命的样子，创造今晚熟悉巡区巡段地形的机会，或者借助明天上门拜访的机会进行比对确认，如准确无误，就用这两部手持电台，将右边第二个旋钮，顺时针旋转至 6 频道，与我们联系，我的代号是部长，肇干事的代号是老板，哪个方便叫哪个，我们将与今天来这里比武围标的四个战士组成六人突击小分队，确保 10 分钟之内增援到位，一旦动手，无论发生什么情况，都要坚持 10 分钟，必要时，对冉波可以采取果断措施，包括击伤或击毙，我是说即使在没有枪的情况下。"我边说边将与物业保安公司发的建伍牌对讲机一模一样的手持电台和充电器交给他俩。

"注意，电池是充满电的，但是为确保关键时刻不误事儿，只要条件允许，必须时刻充电，保持战时状态。另外，在没有发给你们对讲机前，这东西要隐蔽好，只有发给你们对讲机了，你们才可以鱼目混珠，一机两用，明白吗？"我严肃地问。

"明白！"他俩压低声音齐声回答。

"肇干事有什么补充？"我转身问喜文。

"不让带枪，怎么在关键时刻击伤或击毙？"书生出身的肇干事比较认真。

"我说击伤这个'击'是专指火药推动弹丸的射击了吗？比方说体育比赛中的击剑，我们在法医尸检文书上经常看到'电击致死''棍棒击伤致死'字样，但是记住前提是万不得已，千不得已都不行，明白吗？"我看着肇喜文说。

"明白！"这次三人异口同声。

世事难料，世间无巧不成书，对于我们搞侦查的人来说还有一句话，叫做计划没有变化快。送走冷参谋和一班长，"叫武警预备队到这里集合！"我对肇喜文说。

鉴于比武当保安贴靠冉波的抓捕计划进展顺利，我及时将情况报告徐局长，建议协调武警总队将今天早晨到达的四名干部战士（一个带队的排长，也是格斗教员）留下与我和肇干事组成应急支援小分队，由我指挥。半小时后，武警总队命令由参谋长下达带队排长，排长向我报到。

"同志们，我们今天执行的是追捕公安部 A 级逃犯重要任务，保密级别为绝密级。今天总队批准你们参与这次行动是组织的最高信任，也是我们在座每个人的光荣。现在，冷参谋和一班长已经渗透进去了，我们现在就往前运动，准备潜伏接应，一旦有消息，大家一切行动听指挥。指挥程序是，情况允许的条件下，我跟排长说，排长向你们下指令，然后行动，情况紧急时，听我的命令行动，有什么后果我负责，听明白没有？"我结束战前动员。

"明白！"整齐洪亮的低吼声让人振奋，给人力量。

"首长，不用我来当传声筒，你直接下命令，我们干就完了。"带队排长说。

"就这样执行。"我同意。

"发器材给养，五分钟之内完成准备工作。六点一刻出发。"我向肇喜文下达命令。

肇喜文将一个大号民用旅行包从床下拉出来，从里面拿出六根胶皮警棍，四根警用绑绳和四副手铐，又将已经过时淘汰的蓝色警用挎包、军警用人造革腰带每人一条发给大家。这是他一小时前按照我的要求，敲开路边一家保安公司商店，用双倍价格清仓买回来应急的，现在看非常必要。给养是每人两个面包、一根火腿肠，一小袋榨菜，一瓶矿泉水。

六点一刻，一行人悄然离开政府招待所，消失在苍茫夜色中。

（一三五） 连夜突击

"报告！" 门外一声响亮的喊声。

"进来！" 王彪应了一声。

"部长，我们已经和亲属告别回来了，向您销假。我和雷霆雷班长准备利用这段时间将我们今后工作的责任区路段踏查一下，请部长指示！" 在高雅别致、富丽堂皇的游泳馆旁高端会所休息室里，刚刚入职不到两个小时的冷大队长报告。

"好啊！真是解放军的作风，雷厉风行。这个没问题，一会儿吃完饭就可以踏查踏查，顺便当消化食了。" 保安部长十分高兴能招到这么敬业又这么有规矩的保安。

"那我们回宿舍待命，部长吃完饭派人叫我们一声，或者我们两人在外面边站岗边等。" 冷参谋不甘心。

"你们先回宿舍休息吧，今个儿报到、比武啥的折腾一天也挺累，休息休息明天再说，工作也不是一天干的哈。" 部下积极肯干，部长也得体恤下级，这上下级关系这么互相关照能处不好吗。

"是！" 随着一声短促洪亮的应答声，两人齐刷刷做出一个向后转体动作，同时伸出左脚迈步走人。

"慢！" 又是一声大喊，不过不是新录用保安的声音，而是从屋里传出来保安部长的声音。"你们两个在门外边站岗边等，十五分钟后物业公司总经理过来，我们今晚请连续投诉保安服务的 A4 栋别墅新业主吃饭，让他看看你们的英武形象，看看我们对业主意见的重视，还有公司的高效率。'东升保

485

安，保你平安！东盛物业，让你快乐！'"王彪一高兴，指令词后面，加上保安部和物业总公司的两句广告词。

"报告部长，我认为，新兵第一次与业主见面，有被业主考察面试之意。虽然招谁用谁您说了算，但是对有更高需求、爱提意见的业主，我们更应该重视。如果条件允许，我们俩回去一趟装备齐全到这里先迎宾、后见面、再站岗，最后护送业主回家如何？请指示！"冷参谋不愧在总队作训处干过，说话办事有板有眼，只是语速稍快时山东口音重一些，但是完全能听懂。

"冷大队说得有道理，你们等一下。"保安部长拿出手机。"小陈，你在宿舍吗？在，那太好了。你马上到装备库，挑最新的配套装备武装带、对讲机、橡皮警棍、警哨、警绳、手铐、催泪瓦斯喷雾器等七大件，给今天比武面试的两个保安小伙选两套。再到我办公室把五天前我让你定制的，昨天下午送来的两套大号新型保安制服，包括衬衣领带一股脑给我拿到游泳馆旁会所的总统包房来，动作要快。什么？东西太多，拿不动，不是有巡逻电瓶车吗，备班的保安郑二喝酒去了？"王彪有些气愤。冷参谋不失时机地上前一步，用手指指自己的脸。"那好，你十分钟后在办公楼保安部门前等今天刚入职的冷大队长，他帮你拿东西，也……"冷参谋做一个双手握方向盘上下活动的动作。"也会开电瓶车。什么？有没有对象？不知道，你自己问他吧。"王彪很生气的样子放下手机。

"我到外面站岗。"一班长也退了出来。

"注意进来的每一个人，如果照片上那个冉波'冉市长'进来，一定盯死他，等我回来再动手。"冷参谋交代。

"跟老板联系！"一班长提醒。

"我知道！"冷参谋一闪不见了。

"厅长，我需要马上见到你，有情况汇报。"在松江省公安厅刑侦局长办公室里，徐局长神情严肃地用公安专线电话报告。已经是晚上八点钟了，公安厅大楼里依然灯火通明，几乎有一半人在加班。对于大楼里的人来说，加班和双休日及带薪休假的概念都很模糊，夜以继日的工作对这群人来说从参加工作那天起几乎就是常态。

"公孙副局长在武警总队、东北军区政治部保卫部的全力配合下，按照预定工作方案推进得十分顺利，十分钟前报告，他们已经与先期以报名比武竞争保安的冷参谋和一班长取得联系。冷参谋报告，今晚管理冉波所隐匿的别墅王A区的物业公司总经理和保安部长，因冉波所住A4栋业主两次投诉保安事项险些被董事长开除，今天重金聘来高素质保安，也有借机展示，请投诉者满意息诉之意。当然，也不完全排除别墅管理方物业公司、保安部与冉波勾结一起设局的可能，我已提醒公孙。但是公孙很固执，说只要冷参谋和一班长确认A4栋别墅现住业主就是情报中显示的那样，为冉波和她的情妇黎明明、儿子及保姆，他就有把握生擒活捉这个A级部逃，即使管理方与他们相互勾结，那两个先期留下的保镖还在，也有信心有能力取得胜利，甚至不计代价完成任务。"徐局长有些担心地看着自己的厅长说。

"你说得没错。这小子看似书生，但是骨子里争强好胜，尤其是受巴老专家军事思维和强悍作风影响深刻，比有些当兵的还像军人，又带着一群特警，一旦释放野性，必将势不可

487

挡，搞砸了也必将不可收拾。告诉公孙，一是原来的'将在外君命有所不受'的原则不变，二是抓住冉波为第一任务，其他人和事随机处理，三是尽量避免武力冲突，冉波武力拒捕不在此列。马上打电话!"厅长命令。

徐局长急匆匆地出去了。

"请接辽东省公安厅一号台。"厅长抓起办公桌右侧的红色电话机。

"老板，两台出租车到位了，目的地?""东南山角风景区门前与046空军雷达站交汇路口。"我说。

"上车都不准说话，司机聊天，就说外出执行任务回基地，我坐的车在前边，你的车在后边，统一口径。"我对带队的排长说。

"是! 按照刚才编组上车。"排长命令。

两台当地普通型小面的出租车在人车渐少的市里通往郊区的公路上奔驰起来。

冷参谋离开游泳馆会所200米距离后，以百米赛跑的速度冲进位于半山腰办公楼旁边的西配楼一楼男保安宿舍。在两张简易单人床下面拉出一个小型军用携行包，将两部对讲机的其中一部打开，迅速调整到9频道，按下发送键："老板老板，我是冷雪，听到请回答。"抬起手指。紧张等待回复同时又注意倾听周边，由于刚才快速奔跑和紧张，汗从不到一寸小平头上滚落下来。由于是新来的保安，也可能是物业公司分管内部职工保障的小经理嫉妒，把他和一班长宿舍安排到一楼靠近厕所仓库旁边的地方，此时这样的周边环境倒给他与小分队联系创造了条件。

488

"老板，老板！冷雪呼叫。"出租车刚到风景区门口还没转过弯来，肇喜文将对讲机递给我说。

"停车！"我命令。

"我是老板，请讲。"我边迈出车门边发话。

"15分钟后，东盛物业公司总经理和下属东升保安公司保安部长，在A区游泳馆内高端会所总统包房里请A4现住业主吃夜宵，我们申请站岗迎宾，席间房外护卫，餐后保安护送他们的建议获得批准，一会儿A4业主到位比对确认后，请求在适当时机采取抓捕行动，请指示！"冷参谋口齿清楚，带有山东口音的普通话干脆利落。

"情况明白！我现在位置风景区门口，地图显示A区距这里3.5公里，15分钟我们渗透到位没有问题。我们到位并与你联系前无论发生什么情况都不准行动，这是命令！"我强调。

"坚决执行命令！"冷参谋作为军人对这点不含糊。

"游泳馆及会馆有什么外在标识？"我捡主要的问。"游泳馆是个圆顶建筑，晚上有个围绕圆顶的霓虹灯带在闪烁，高端会所在游泳馆大门左侧，进大堂就能看见。总统包房走廊对过是个圆形拱门式的VIP厕所，厕所窗户我们设法从内部搞开，你们可以在那里埋伏。"冷参谋汇报。

"明白。联系上再行动，前提要确保对象准确，万无一失，否则一失万无，咱们都得完蛋。"我松开发送键。

"明白，完毕！"对方结束通话。

"冷哥，你穿这身衣服真好看，像长在身上一样，穿军装一定更得帅呆了，不知道迷倒多少大姑娘小媳妇萌妹子呢。那些保安，穿这身衣服给人土货货的感觉，不怪人家都骂是看门狗，但你穿上这身就是杨二郎、看门神。"保安部（内勤兼总管家）秘书刘春露看着刚换上保安服，正把武装带系紧的冷参谋，两眼色眯眯、语言酸溜溜地说。这个 30 岁左右，结过婚又离婚，离婚又结婚，结婚再离婚，现在正单身的女子，在陪经理部长去运动馆招录特勤保安现场，就对眼前这个叫冷雪的保安大队长心生爱慕或者叫一见钟情，但是整天在男人堆里混的她，文化不高，语言低俗，不知道如何表达此时的感情。

"刘姐，你去看看电瓶巡逻车司机回来没有，没回来你把钥匙拿过来，我把东西搬上去，经理、部长可能都急了。"冷参谋支刘春露出去。

"好嘞。不过你不能叫我姐，我是你老妹儿，听见没有?"刘春露撒娇地说。她前脚刚出门，冷参谋迅速将身后随行包里带来的同品牌同样式的对讲机掉了包，一部插进自己腰带中的对讲机套里，戴上耳麦，调好音量，恢复公司一频道。一部放进另一个武装带的对讲机套里，并插好耳麦，调好频点，拧紧开关，以防不测。

"敬礼! 总经理好!"物业公司总经理刚才在市里赶个场面，与几个公安内保、交警的朋友小吃几口饭、小酌几杯酒。走前把单买了，又自己花钱以酒店的名义赠送个硬菜，上个果盘式花篮，才点头哈腰、拱手作揖撤出局来。在自家游泳馆大门前推开车门脚刚沾地，就遇到这样首长般的礼遇。一细看，是上午在体育馆力克群雄、打擂称霸，刚刚录用的特勤大队长和特勤班长，立马找回了自己总经理的定位。"随便吧。"挺胸抬头走向总统包房。"是!"整齐响亮的口令声如影相随。

"这两个小伙儿真他妈带劲，以后来大领导就让他们站岗，往那一戳，棍子一般，看着就提气，就让人喜欢。"经理进屋就跟保安部长王彪说。

"哎哟我的总经理，你们男人也喜欢男人啊！我可是看上冷大队长那个帅哥了，可是不知道人家有没有对象，你们可不能胳膊肘往外拐给他介绍别人啊，怎么说也肥水不流外人田嘛！"刘春露半疯半傻地在那里胡说八道，两个中老年男人已经习惯了。

"先生好！"门口传来整齐的问候声。

"上帝来了。"保安部长站起身来准备迎客。

"先生请暂留一步，我们通报一下。"带队保安有礼貌地说。

"报告，有一位尊贵的客人来访，请指示！"冷大队长站在门口敬礼报告，军礼标准，声音洪亮。

"快请进来，快快的！"后一句是保安部长王彪补充的，一着急，日本话都出来了。

"是！"冷大队长后退一步，伸直左臂，略略躬身，呈礼兵请首长动作。

"袁董事长，晚上好！"总经理、保安部长争先恐后上前打招呼。

"二位好，现在二位门口都放上岗了，进屋还要通报，谱摆得大些了吧？"这位袁董事长四十出头，理着板寸头，皮肤很白，眼睛很大，面相长得很周正，就是气质和说话口气上有一种让人说不出来的霸气，看着听着都不舒服。

"哪里哪里，让袁董事长笑话了，我们不是跟您承诺招录

491

高素质保安提高服务质量嘛，今天门口站着这两位就是。他俩上午刚刚报名比武胜出，下午体检面试通过，一小时前教点礼仪，都是山东兵，在特种野战部队服过役，以一当十不敢说，以一当五绝对没问题。这不是提前上岗，请董事长帮着看看，点评一下。"总经理很会说话。

这位被称作袁董事长的男子脸上肌肉渐渐放松，嘴角也露出一丝笑意。"总经理言重了，这两个保安确实看着优秀，不知道有没有我家 A4 定点保安呐？"语气听似探问商榷，实则指令落实。

"你看怎么样，我看就是冉波'冉市长'，咱们的对象。"一班长小声和站在两米外的大队长说。

"先别急，再等机会最后确认一遍。公孙副局长不是再三强调对象左耳朵下三分之一处，也就是耳垂儿是假的，是因为冉波在一次殴斗中被对方砍刀削掉后用人工皮肤替代的，颜色与真皮肤比发白，有连接缝合痕迹。"冷参谋说。"咕……咕……"几声鸟叫，他们到了，在 VIP 厕所外面窗户下。"咕……咕……"一班长回复。

"冷大队！"套房里有人喊一声。

十几米外的厕所方向有轻微的声音传来。"到！"冷雪立即跑过去。

"叫那个跟你一起考上的保安过来。"总经理说。

"一班长，过来一下，首长叫你，我过去站岗。"冷雪说完撤出来，在走廊边上好像衣服被人拉了一下。一班长刚进去，他就倒退着进了厕所。

"可以确认吗？"我问。

"基本确认。"冷雪没转身，没回头。

"屋里几个人?"我说。

"三男一女，他们不是一伙的。"冷雪回答。

"再确认一次，没有特殊情况，第四道凉菜上来后，主请人开始提酒时你发给我们进屋信号'请进'两个字，怎么样?"我问。

"没问题。"冷雪走了。前几步都踮着脚尖轻迈步，到哨位后两步才正常。

"你是哪里人?"一班长刚进去，那位袁董事长就发问。

"山东烟台，首长。"一班长胶东口音很重。

"与刚才出去的大队长过去认识吗?"袁董事长继续发问。

"过去认人不知名，我们是一个军的，去年大比武在军教导队见过，都是山东人，说过话，他家是昌邑的。"一班长回答。

"他怎么叫你一班长?"袁董事长似乎发现了问题。

"不好，我忘记向他们交代，冉波曾在驻青岛海军某部当过三年兵，对部队大体情况了解，对山东地方话也知道一二。"我举起右手，大家站起身来，最前面的带队排长，格斗教官已经像猫掐架一样弓起了身体，只要命令一下，会像箭一样射出去。

"报告首长，俺从入伍当兵到当班长始终在一班，大家都叫我一班长，二班从来没干过。"一班长不但山东腔越来越浓，而且傻乎乎的劲儿令人可笑可信。

"你愿意做我家保安吗?"袁董事长脸上的微笑甚至有亲切的意思。其实这是个圈套，更容易迷惑人。

"不知道首长住在哪里。"一班长盯着袁董事长的脸，作目不转睛的疑问探求状，更加憨态可掬。

我左手在身后往下压压，大家身体放松，恢复待命状态。

"就是特别专区 A4，你上哪里去找这样的财神爷雇主。"保安部长替他着急了。

"党叫干啥俺干啥。"一班长显得更加淳朴可爱。"好，你下去吧。"物业公司总经理发话。

"是，首长！"一班长以老兵的标准动作，敬礼，向后转，齐步走，出去了。"头脑简单，四肢发达，适合做保安。"保安部长评价。

"袁董如何看？"总经理征求"上帝"的意见。

"我就要他，忠诚、简单、技能出众是一个保镖优秀的品质。"袁董事长贵人话语迟。

"是他吗？"一班长刚到哨位，冷雪张口就问。

"就是他，冉波'冉市长'，左耳朵在灯光的照射下三分之一处也就是耳垂儿苍白甚至透明，十分明显，给公副局长发信号，干吧！"一班长摩拳擦掌，跃跃欲试。

"等等，冉波现在已经是死老鼠一只，没有悬念，公孙副局长一定有其他的考虑。"冷雪跟我时间相对长，点拨劝导一班长。

第三道菜上来了，肇喜文趴在门缝说。"等一下。"喜文手机突突震动起来。

"注意警戒！"我下令。

带队排长补上了肇喜文的观察哨位置，另一个老兵顶替了我的位置。昏暗的公用厕所大便池位置上，我和肇喜文看他手机上的信息："已和辽东省厅协调，马上有人与你们联系，注意安全，及时报告。联系秘钥：'今夜有雨'，回复'我在山庄'即可确认。"徐局长的短信。

少顷，又一条辽东省承阳市注册的手机号短信："今夜有雨。"肇希文运指如飞："我在山庄。"对方："辽东省厅蒋朝阳。有何需求，我们已到风景区别墅小区门口，一台中巴，两台丰田大吉普，20 名武警，5 名刑警，随时支援。"回复："松江省厅公孙，感谢！我们位置，圆形屋顶有霓虹灯灯带闪烁的建筑物里，别墅王专区游泳馆内，目标刚刚确认，还没动手，准备再做点基础工作，争取一网打尽。"蒋朝阳是我下一届的师弟，在辽东省厅刑警总队任副总队长，可能辽东警方认为我俩熟悉，沟通起来方便些，便叫他挂帅出征。

蒋朝阳："属地公安局分管内保和治安的副局长在另一台车上，但是没告诉他是什么事儿。这个别墅区虽然情况复杂特殊，非贵即富，黑白两道，但是他们不至于胡来到武装对抗的程度。即使那样，也没什么要紧，我带一个排的武警，一挺班用机枪和一个基数的弹药，还有 5 枚震爆弹 5 枚催泪弹。"

公孙："他们是纸老虎，我有把握让他们无条件缴械投降。"

蒋朝阳："联络信号？"

公孙："开通全国警用电台 6 频道，按动发送键两短一长，试机开始。"我示意肇喜文。肇喜文戴上耳机，在便池上恶劣的环境下认真监听，随即伸手做个 OK 手势。稍后，对方确认。

"检查装备，盘点人数，确认战位！"我用最低但是在狭小空间都能听得到的声音发出预备动员令。

　　参考七叔最初教我苏军侦察兵的捕俘要领和行动规则，按照在校军事教员传授的解放军擒敌格斗方法，结合自己多年刑侦一线入室抓捕实战得失，我们支援小分队到位后我就先与带队排长隐蔽观察踏查地形，制定了实践性极强的突击抓捕方案。简单说就是划分"室外警戒封锁现场"、"门口大厅警戒预备现场"、"走廊警戒应急现场"、"餐厅抓捕突击现场"，对应现场的设计功能，实行一、二、一、四布警。也就是室外现场安排一名武警老兵，行动开始前负责警戒我们进入 VIP 卫生间的入口，保障我们潜伏期间的外部安全。

　　行动预令下达后迅速沿墙转移至总统包房窗户（有不锈钢防盗窗）外，封锁抓捕对象可能逃跑出口。门口大厅由冷参谋和一班长站岗，负责行动前处理化解突发事件，警戒潜伏小组负责行动开始后阻挡拦截企图增援冉波所在房间的任何人，配备胶皮警棍和辣椒水等常规警械器材，视情况支援室内外现场行动。总统包房在大厅左侧里边，大厅方向来人被堵截后就是防止室内人员趁乱逃脱或大厅方向发生紧急情况的火力支援，由肇喜文持一支"六四式"手枪 15 发子弹负责，他虽然没有武警军事素质那么强悍，但是头脑冷静枪法准，多次与我搭档抓捕犯罪嫌疑人，从没出过差错。最后就是我和武警排长、特战队格斗教官，带去年全国武警部队比武五项全能的前两名教导队特战大队老兵直接突击抓捕，由我带一支"五四式"手枪 15 发子弹负责掩护，一名老兵负责以身体前滚翻方式撞开门后，我第二个冲进去往右侧一步，用枪逼住坐在物业总经理贵宾席（右座）的冉波（东北当地习俗，请客主陪座

496

位正对着门,贵宾在主陪右侧),排长和另一名武警瞬时冲进来实施抓捕带人。方案设计:我们冲进去第一时间由我亮明身份宣布我们是公安部追捕 A 级逃犯追捕组警察,或者直接喊:"警察!都别动!"冉波要有动作,抓捕组其他人原地不动,控制好自己面前的人,避开我的枪口,以利于我开枪震慑或予以击伤,这虽然可能性不大,但是想到做到才能立于不败之地。一分钟后,武器装备、人员岗位均已就绪,只待一声令下。

"第四道凉菜上来了。"排长说。

"注意门开方向。"我提示。

"门向里开,虚掩待推。"排长回答。

"明白!"执行第一突击任务的武警特种兵在我身前回答。我身后是突击排长,我能感受到他心脏咚咚跳动的声音和骨关节轻微响动,就像一部突突发动的摩托车蓄势待发。按照东北当地习俗,一般请客吃饭喝酒,都是先上凉菜,后上热菜,饭桌上三个菜开说,主(请)持人讲今天请客的缘由、阐述亲情友情在日常生活中的重要意义,也可能讲今天为什么坐在一起喝酒的现实因由等等,说话间第四个菜上来了,就站起来(也可以不站)讲话,提议大家干杯,喝酒正式开始。

"发信号!"我命令。

"咕咕……"排长发出鸟叫声。

"咕……"一班长收到,我们正等待外面警戒哨的回复……突然,一阵汽车马达声,接着吱的一声,一辆奔驰 S500 停在游泳馆前雨搭下面的缓台上,车上跳下两个大汉,下车就往馆里闯。

"请等一下，先生。"冷参谋、一班长身体一靠，形成一堵墙挡住来人去路。我右手抬起……

（一三六）一鼓作气

"上！"随着我举起的右手像刀一样劈下来的手势，嘴里也发出突击命令。

说时迟，那时快，我身前执行第一突击任务的武警特种兵立马一个鱼跃加前滚翻，从三米多宽走廊的这边扑到对面撞开总统包房的门。我一跃而起，紧随其后，在运动中拔出位于右前腹部腰带上的"五四式"手枪，冲进包房向右横跨一大步，给后面突击排长让出通道，借着右脚落地一刹那的惯力手枪套筒在右大腿上蹭一下，哗啦一声，子弹顶上枪膛，在两脚站稳的瞬间枪已端平，左手抓住面前保安部长后衣领，枪口指向斜对面的冉波，"别动！动就打死你。"几乎就在同时，滚翻撞门进屋的武警特种兵身体在地下跃起的同时，从下往上一脚踢在冉波下巴上，这一脚力度极大，冉波连人带椅子向后倒去并带翻面前圆形餐桌面，在一片稀里哗啦声音中，被我身后跟进的突击排长和站起身来的特种兵按倒在地。

被眼前猝不及防打斗惊得目瞪口呆的物业公司总经理刚要起身，"别动！"一声怒吼，最后进来的武警特种兵怒目圆睁，高高举起的橡皮警棍犹如西游记里齐天大圣孙悟空的金箍棒一般，吓得总经理、保安部长和资深美女刘春露僵在那里，瑟瑟发抖。冉波被反铐双手从地上拉起时，鼻子和嘴角都流着血，整个人还处于一种蒙逼状态，我的枪口抬了起来。

就在刚才突击之时，我好像听到外面响了一枪，刚喊一声"加强警戒"，肇喜文就双手半举着枪口向上的手枪进来。"外面三个都已解决，是我们一直在找的冉波两个保镖一个司机，同伙核心骨干。"他高兴地说。

几乎就在我们冲进总统包房的同时，闯进的两条大汉口中嚷着要见袁董事长，试图暴力冲开两个保安的联合阻拦。出乎两人意料，面前保安伸出的胳膊似乎软中带硬，生生地被堵截在门口两米之内的区域里。

"你他妈的敢拦老子？"个大脸黑的壮汉恼羞成怒，两人一起后退两步冲上来举拳就打，被冷参谋和一班长上身一侧，顺势一拉，底下一脚，双双撂倒在地，没等翻过身来，就被骑在身上反铐双手动弹不得。小个的车轴汉子张口要骂，每人嘴里立马多了条不干不净的毛巾，接着被拉进门卫室里。这最后一幕，被端着盘子刚出来上第五道菜的会所服务员看见，吓得一大盘子土豆炖鲍鱼跌落在大理石地面上，瓷器破碎在空旷的大厅里引起一连串刺耳的震荡声……几乎同时，掉过车头坐在奔驰 S500 里的司机也发现大厅情况有变，遂下车打开后备箱从一个长形帆布套子里往出取一把五连发猎枪，当枪托露出枪管还没拽出来时，砰的一声枪响，子弹打在眼前的枪套边上。"放下枪，举起手，转过身！"司机一哆嗦，乖乖照办了。"哥们儿！"他想探下虚实。"中国武警，执行任务。蹲下，抱头！"三米外五米内，一身便装的大个小伙子双手握着一把"六四式"手枪，凛然不可侵犯的表情下面，黑洞洞的枪口指着他。

"集中看好抓捕对象，联系辽东省厅支援分队过来，最好

499

加派两个武警女干部或女公安民警，人到位后马上组织下一个突击任务！"我对突击排长和肇喜文说。

"是！"他俩异口同声回答，拉着冉波下去了。

"啊！你们是警察呀，那咱们就不用怕了。"最先缓过神来的是保安部长，看来公安、保安，职业还有相通相近之处。

"你们这样不打招呼地抓人，我们要向当地公安局和我们总公司反映的。"物业总经理逐渐恢复自己威严，装腔作势地主张权利。

"可不是咋的，吓死人了，袁董事长啥事儿啊？"刘春露问了不该问的话。

"咱们换个地方谈谈吧。"我对物业总经理说。

"什么，换个地方，他、他什么意思？"总经理色厉内荏看着保安部长说。

"请问首长，咱们到哪里谈？"保安部长可能听我说调武警女干部或女民警前来执行任务，以为我是负责行动的武警首长，故有此问。

"到隔壁休息室，里面上的水果还没动一口呢。"我说。

"我想上厕所。"刘春露这个时候提出一个合乎情理又不能批准的要求。

"请坚持3分钟，增援部队马上就到，到时候有人领你上厕所。"说着我后退两步，伸出左手臂，请他们出包房进隔壁休息室。

当三个人在富丽堂皇休息室的宽大沙发上就座后，我拿起桌子上消毒湿毛巾依次递给总经理和保安部长，我发现总经理接毛巾的手还在发抖。刘春露用湿毛巾擦拭身上的菜汤油渍，

"你们哪儿的呀？"她无知无畏地再次发问。我原来本想把他们三人请到休息室，说明身份，安慰一番，配合下一步工作。一听这个资深美女两次问这个问题，就改变了主意。

"你是东盛物业公司总经理，也是你们三个人的头头吧？"我收起笑容，严肃地对那个经理说。

"是。"经理回答，保安部长和刘春露点头。

"我们是松江省公安厅和武警松江总队联合追捕公安部A级逃犯冉波特别行动小分队，刚才被我们抓捕到位，你们晚餐贵宾的所谓袁董事长，是公安部红色通缉令通报全国全世界的杀人重犯、黑社会主要头目冉波。"我声音朗朗，中气很足地说。

"这位女士不是两次问我们是哪里的吗？我告诉你们，我是松江省公安厅刑侦局副局长兼大要案侦查处长公孙坚决。这是我的工作证。"我把全国公安机关刚刚统一制发黑色封面，里面有金属警徽、类似二代身份证、内置多种信息的人民警察证递到物业总经理和保安部长眼前过目确认。

"这国家级通缉的重要逃犯，在你们管辖区域里逗留多日且被待为贵宾，作为管理方，你们既不向公安机关报告要求核实身份，又帮其隐匿窝藏，更重要的是出重金帮助其招揽保镖，我们有理由认为你们互相勾结，涉嫌共同犯罪或窝藏犯罪，因此决定对三位进行甄别审查。至于总经理你说的此次行动与本地警方打招呼问题，这是我们内部工作流程，跟你们没关系。"说话间，外面马达轰鸣，多人讲话声、调整士兵动作的口令声清晰传来，增援部队到了。

"报告！辽东省厅增援分队到达，请公副局长接洽！"冷参谋冷大队长已脱去保安服，换上迷彩作训服，进屋立正敬礼报告，身后跟着全副武装的 6 名武警，其中有两个女兵。

"冷大队长?"屋内三人惊讶不已。

"准确地说是我们追捕小分队武警冷参谋，竞争上岗你们保安特勤大队大队长四个小时四十七分钟。"我看看表，不乏幽默地回答他们。

"对不起，按照程序，男女分开，检查搜查身体有无违禁物品，法律手续，一会儿就补办，这个保安部长懂。然后武警女同志带这位女士去卫生间方便，无论什么情况，都不能离开身边半步。"我先对着三个工作对象，后面向冷参谋带进来的武警说。

"是! 大小便都守在身边!"清脆响亮的南方口音普通话出自一名女武警少尉之口，一看就知道是优秀班长提拔起来在基层中队滚打出来的女干部。

"蒋副总队长。"我出门看见师弟蒋朝阳正跟一个武警中校说话，赶忙过去打招呼，大庭广众面前，还是规范称呼好。

"这是松江省厅刑侦局公孙副局长，公安部 A 级逃犯追捕组长兼行动队长。这位是武警辽东省总队机动支队参谋长，我们奉命支援你们。这位是当地公安机关南州市公安局负责内保和治安的戴副局长。"蒋朝阳给双方负责人做了介绍。

"首长好!""公副局长好!"两人敬礼。

我由于没着装，就点头作答。

"我们接到的命令是全力配合你们行动并确保你们的安全，尤其是犯罪嫌疑人的绝对安全，一直到把犯罪嫌疑人押进看守所或你们离开辽东省境内。具体怎么做，全听你的指挥。"蒋朝阳郑重传达他们省厅领导的命令。

这么熟悉的本地警方负责人，这么给力的配合命令，我信心倍增，心情大好。

"情况是这样，我们刚才抓捕的是'部督A逃'黑社会性质犯罪集团首犯冉波，和集团犯罪主犯也是他的铁杆部下两个保镖一个司机四个人，现住在A4独栋别墅里还有他的情妇黎明明和他俩的一个三岁男孩及一个保姆。从文明理性执法和不给无辜儿童造成心理伤害角度考虑，我想请你们中间熟悉物业总公司和保安部长的人与后者谈一下，让他们以适当理由将黎明明等三人接到这里来。当然，由我们派去的一男一女两个民警监护，然后我们的人进去搜查，这样是否更好些?"我把蒋副总队长、武警参谋长和本地公安局戴副局长拉到一边说。

"这样最好，既避免强行突击带来的负效应，又能稳妥有效地人赃俱获，达到最优的执法效果。"蒋朝阳的书生气上来了。

"你们谁去做这个工作?"他看着南州市公安局负责内保和治安的戴副局长说。

"我去吧，由于工作原因，我与物业总公司和保安部经理都很熟。再说，我以前在刑警大队干过五年教导员，知道话怎么讲，不知道松江省厅的领导是否信任我?"戴副局长是个老公安，关键时刻不糊涂。几句话既表明原则立场又在叙述自身经历中拉近与这次带头执行突击任务负责人的警种渊源关系，最后不软不硬地争取主侦方领导的直接许可。

"戴副局长见外，天下刑警一家人，我就是县公安局长出身，打黑除恶是我们共同目标，不存在不信任问题。你能协助我们把 A4 别墅内的三个人带出来并做好安抚配合，使搜查审讯工作顺利进行，物业经理、保安部长等人的处理我们听从你的意见给他们从宽政策。"我直接干脆地表态。

这是战场，不是考场，情况随时会发生变化，必须快速将不利因素转化为积极因素，才能达到预期目的。我深知一个县局分管副局长与辖区内保安公司经理"相辅相成"互相帮助的密切关系，这是今天晚上，甚至昨天晚上、前天晚上一个饭桌上的酒友在搂着脖子谈哥们儿感情或者一个牌桌上的牌友在赌运气……

"公副局长既然这么仗义豁达，咱就啥也别说了，瞧好吧，这事儿一定办得妥妥的！"他转身往控制保安部长等几个人的贵宾室走去，还不忘叫上蒋朝阳蒋副总队长一起前往。

我一摆头，肇喜文立即带冷参谋与一班长从人群后面闪退，奔向 A4 别墅。

……"师兄，提高警惕，一路顺风。"在东方刚刚发白的凌晨三点半，蒋朝阳副总队长和武警辽东省总队直属支队参谋长在两省交界的十五里坡高速公路服务区向我和武警松江总队直属支队参谋长敬礼告别。

"师弟，保重。"我还礼后再次握手。虽然只有不到十二个小时的联合工作，但结下平时两年都处不出来的深厚感情，过去部队经常说战友情意重，可能就是这个原因吧。

由于戴副局长受到信任和重用，加之关键时刻能守住底线和看出朋友处于可上可下的关键时刻出手相助，进屋三言两语就让物业总经理和保安部长为我所用。物业总经理眼睛一转，立马想出一个因断电抢修，在高端会馆安排业主家人住一晚上的主意，这样就能让别墅里的黎明明、孩子及保姆三个人，自愿跟亲自前去迎接的物业公司内业总领班刘春露到会所里来，还能带上临时常用个人、主要是孩子的生活用品。肇喜文与女武警少尉作为物业公司的值班管家和员工便装相随。当奔驰S500滑过别墅门前柔和但不失明亮的廊灯停在出户门雨搭下面时，别墅区的灯光闪了两下，最终漆黑一片。物业总公司前台值班电话线路立马拥堵，四台电话铃声响成一片……

搜查A4别墅发现：冉波地下室里有两个沉重的木箱和一个小型金属保险箱。木箱中有制式军警用手枪4支，其中一支"五四式"手枪，查询枪号系1997年松南地区光辉县公安局城关镇派出所被害民警的配枪。3支德国产五连发霰弹猎枪，2支分别是枪托喂弹和下面上弹夹的10发小口径半自动步枪。匕首、老式三八枪枪刺，"五六式"半自动步枪三棱枪刺10把，制式子弹"7.62"口径手枪弹140发（两盒），其他制式手枪弹74发，小口径步枪子弹1000发。扣押价值100余万元的奔驰S500两台，丰田大吉普一台，金条20块10公斤，美金11万元，人民币120余万元及大量银行卡购物卡消费卡等其他贵重物品。

经江苏籍武警女少尉教育感化，据黎明明交代，在承阳郊区别墅地下室和车库里又起获丰田3.0皇冠轿车两台，人民币53万元和一批名人字画等贵重物品及重要书证——给政府有关人员的送礼行贿清单，记载十分详细，跟解放初地主老财的变天账差不多。

物业公司总经理和保安部长及业主总管家刘春露看到搜查起获的大量枪支弹药、管制刀具、黄金美元及人民币时目瞪口呆，再看看被武警擒获的保镖司机仍然凶神恶煞一般，不禁倒抽一口凉气，亏得公安机关发现早，动手快，否则不知道哪一天惹到袁董事长不高兴，自己小命就没了。因此，从开始的抵触不愿意配合到初期为免责不得不配合直至明白真相主动全力配合，搜查起赃工作，包括做黎明明思想工作均积极主动且很有成效。

鉴于三人确实对冉波过去情况不了解，对冉波犯罪逃跑不知情的情形，加之事前对戴副局长的承诺和后期三人的表现，由蒋朝阳代表省厅说出具体处理建议，我和肇喜文商量后向徐局长汇报请示厅长后，决定按照重要证人交由后续到达的办案组取份笔录装进卷宗了结。我方、辽东省市县警方、东盛物业公司方都皆大欢喜，用现在的话说，此次追捕公安部"A逃"，办出了政治效果、法律效果、社会效果、公安武警联勤协同效果。

松江省公安厅接报后第一时间作出反应，一号厅长立马从床上爬起来，召集有关厅领导和武警总队首长开会商讨与辽东省厅对接有关工作、武警安全押解等细节问题。为达到静默后爆料的突然性，决定人员到位向省委省政府主要领导、公安部局领导汇报后再由新闻媒体公布。

冉波上次是于老河口市公安局110办公室，在几名全副武装的武警面前打电话走出门去消失的。事后经反复调查，当班武警坚持称，是在看押门口外执勤时发现冉波边打电话边出门，以为是办案民警允许而没有阻拦……

这次省厅启动追捕"A逃"冉波行动计划，一号厅长经严密慎重考虑，秉持"用人不疑、疑人不用"的原则，决定谋划在省厅、行动靠武警，初期厅里只有厅长和刑侦局长两人、抽调两名常规思维认为不应该选调的两个一般干部计四人搞侦查经营。武警松江省总队只有总队长和参谋长两人参与对接追逃计划。我接过来经营这段时间，尤其是近期有突破性进展行动时，都是依靠武警部队干部战士完成。实践证明，这是一支完全可以信任、召之即来、能打胜仗的队伍。

借着省委主要领导、省厅主要领导赞扬肯定武警部队在完成这次光荣艰巨又极其机密任务的东风，关键是一雪前耻，完胜辽东，胜利凯旋，武警部队首长尽管恪守不到时间不能发声的纪律要求，但是总队机关知情者还是压抑不住这股兴奋的情绪。真的是不想高调，确实是心情不允许啊！于是，由总队参谋长带队，六台三菱军用吉普负责押解 6 名犯罪嫌疑人，按照"4：1"（含驾驶员）比例配特战队员，一台军用中巴，按照"2：1"监管黎明明、孩子、保姆，四台解放运兵车每台车上配有 20 名全副武装的武警战士，前后两辆运兵车驾驶棚上面的木质栅栏地板上，两挺不常见的 250 发弹箱"五八式"7.62mm 连用机枪指向远方，足足一个满编中队的武器兵员配置，目标是万无一失。如果不是电视神剧神人情节再现，就真的是万无一失。

"公孙处长，有这个必要吗？"肇喜文肇干事看着威武壮观、浩浩荡荡中速开进的车队，对我说。

"有必要。这是正义的展示，态度的宣示，也是武警部队忠于党和人民，维护法律尊严的公示，因为上次冉波逃跑时，有人说是武警放的。两年没抓到，有人说是公安机关故意不抓，还有什么官匪勾结、警匪勾结等等舆论。今天这阵势，形

507

式意义大于实际意义。冉波被称为市长也是'黑市长'，在我们共产党执政的朗朗乾坤下，他就是名副其实的犯罪嫌疑人，不久后的罪犯，会得到应有的下场！"我说起来有些激动。

"处长，你说得好。冉波犯罪集团核心骨干这么短时间内被一网打尽，连我们自己都没想到，你可真是大仙儿，能掐会算。刚才我去东北军区看守所半夜提人，所长和分管保卫的政治部副主任听说'冉市长'被抓，特意从家里赶来看冉波和他同伙一眼，觉得不可思议，跟你干活就是爽！"肇干事兴奋了。

"停！以后你要记住，尤其是在省厅和刑侦局，'大仙儿'永远是徐局长，他不在时我也是半仙儿，功劳归于党，归于徐局长。"我幽他一默。

"对！功劳归于党，归于徐局长！"肇喜文和刑侦局司机大冯异口同声。"哈哈哈！"笑声抛洒在胜利的路上。

消失两年，地县公安机关追捕两年的黑社会神奇老大被人称为"黑市长"的冉波，与左膀右臂、枪手线人等核心骨干六人一夜之间全部落网（包括前期在矿上抓获、在其家责任田中带走，羁押在军队看守所的两人），而且事前毫无征兆。

早晨六点半，松江省电台电视台就将这一激动人心的消息在第一时间头条播出，像一颗重磅炸弹，对公安机关内部、武警部队内部，松南地区及老河口党政部门、政法机关的震动可想而知。距离省城 200 公里的老河口最先反应过来，随着第一声"双响子""二踢脚"的"乒、乓"炸开，连起来的鞭炮声足足响了一天。受众最多的松江电视台接着就改成滚动播出和跟进报道，直至押解车队将犯罪嫌疑人送进省公安厅看

508

守所。

两个半月后，冉波、冉波司机、"枪手"、两个保镖等五名黑社会性质组织犯罪集团核心骨干被依法判处死刑，饮弹刑场。涉案起保护伞作用的党政机关干部、政法机关干警均被依法追究，为自己徇私舞弊、执法犯法付出了应有的代价。

（一三七）边境杀手

在我们抓住并依法惩处松江省当年影响最大、危害最深的冉波黑社会性质组织犯罪的过程中，中 E 边境地区接二连三发生几起入室杀人、抢劫、强奸案件。徐局长他们在梳理这些案件现场痕迹物证及作案人现场行为特征时，发现近几年在松边地区发生的故意杀人、故意伤害、强制猥亵妇女案件二十余起未破案件应和近期发生的恶性案件有关联，是否为同一人所为还需做详尽的物证检验比对和反复论证。如果这个推断成立，那么从三年前首发案件到最近这起，共致十多人死亡、十多人受伤，重伤人数占受伤人数的一半以上的一连串案件应为系列案件。这些未破案件，除了死伤三十余人外，还有十多名妇女被强奸猥亵，被抢劫财物价值两万余元。这么严重的犯罪结果，持续这么长时间没能攻破，警方的压力可想而知。

"巴老专家、七婶、公孙、小苏，今天我和徐局长专款专项，专门设宴招待你们一家，顺便叫上二等功臣、刑侦局大要案侦查处二科科长冷雪，二等功臣、松北地区公安处刑警支队副支队长肇喜文作陪，庆祝公安部'A逃'冉波追捕组荣立集体二等功，徐局长和小冷、小肇荣立个人二等功，本来公孙

509

同志在必须记功范围之内，但是他又一次推掉了，建议厅里报告公安部，把这个立功指标给辽东省厅蒋朝阳副总队长，因此也受到部局、辽东省厅、咱们厅里上上下下的一致好评。今天这顿饭，把你们全家请来，让在座的各位人民功臣作证，公孙同志在这次追捕冉波一案中，机智勇敢，能谋划，善分析，敢负责，勇突击，功在此案，功在人心。我代表厅党委，以专案组长的身份敬你们全家一杯，感谢你们的支持与付出，感谢你们培养出这么好的徒弟，干！"在省公安厅招待所的一间包房里，一号厅长举杯动情地讲了这段祝酒词，时间是2001年6月底的一天晚上。

"厅长，我这个徒弟总算没给我丢脸，我这几年也因为他的工作成绩突出和为人处世正派而自豪。俗话说'十年前看父敬子，十年后看子敬父'，我现在就到看子敬父的时候了！"七叔端起酒杯抒发感慨，一饮而尽。

"首长说得对，我的阿廖沙是多么优秀啊！"七婶不甘落后，举杯发言。

"巴老专家，俗语还有一句话'打仗亲兄弟，上阵父子兵'，不知道您老听说过没有？"徐局长话有所指，我听出点弦外之音，如果不是随意而说，那拨弄琴弦的人就是一号厅长，我的脑袋飞速地思考着，但此时我不便搭话。

"需要我出山，就厅长和你一句话，破案子就像攻山头一样，志在必得，不破不休！"七叔仅仅延迟一秒，就明确表态。姜，还是老的辣。"跟我七叔兜圈子、玩谋略，幼稚！"我心中好笑。挨着我坐的苏医生用腿碰碰我，意在引起我的注意，连这个傻娘们儿都感觉今天这个饭局不简简单单是个庆功宴了。我转脸冲她笑笑，可能是笑得不难看甚至有些灿烂，她面部表情放松了。

饭局，其实也是个局。谁请客，谁设局。历史上，除了"鸿门宴"外基本都是好局，毕竟像东北一句俗语说的那样，"将酒敬人无恶意"。

"老巴同志。"厅长又倒上一杯酒，"我专门敬你和公孙一杯酒。"请客设局者似乎要言归正传，说出请客要旨。

"请首长下达任务！"七叔历来喜欢直来直去，第二杯酒下去之后直奔主题。

"是这样，咱们省松边地区最近连发几起入室抢劫杀人案，犯罪分子狡猾凶狠，作案后不留活口，基本都是灭门。徐局长他们经工作认为，可能与这几年这个地区发生的其他杀人、抢劫、伤害甚至强奸案件有关联，但暂时没有硬件支撑。考虑到你与公孙在平原县、在松北地区曾经搞过几起疑难系列案件，想请你出山帮助把把关，指导顾问一下。本来你年龄大，身体有伤，一般案件不考虑你上，但这串案件发生在半径不到十平方公里的松边行署所在地松边市及其周边，恶性大且多发频发、犯罪手段残忍、群众人心恐慌、社会反响强烈，省地县公安机关顶着巨大的压力艰苦奋战仍然没有破获，也因此被确定为今年松江省十大公案之首和公安部督办案件。"

"厅长放心，我家公孙就像110一样，有警必出，从结婚到现在，家里的事儿从来没让他操过心。我们在县里的时候，就和我公公一起搭伴搞案件，我们都习惯了。只是这几年公公退休，又怕给公孙造成影响，才在一起搞案件少了，但是回家两人谈话不到十分钟就要谈案件的事儿。我婆婆说得对，我公公一搞案件，精神和身体就都处于最佳状态。我明天早晨去医院，给他们爷俩开点药带上，在一起还能互相照顾。"苏医生现在也会说些场面上的话，而且表达得不错。

"公孙，你怎么光笑不出声，是不是有什么意见啊？"厅长一看设局请吃的主要目标实现，心里高兴，开始调节气氛，用话挤对我。

"没有，厅长。刚才我家属说，从结婚到现在，家里的事儿我从来没管过，这是实情。每每想起就觉得愧对家人，作用往往决定地位，虽然我家户口本上写的户主是我，但是……"我感觉苏医生在用腿碰我发出警告。

"但是什么？"厅长故意追问。

"但是仍然没有让位，不过能感觉到竞争的危机。我家'政委'苏医生都表态了，我完全同意她的意见，随时听从组织的召唤。"我笑嘻嘻地结束了不甚严肃的表态。

……

"小公，地区公安处刑警支队前期侦查工作报告你详细看了吗？"距厅长请我们吃"庆功宴"和"誓师饭"不到一周时间的一个晚上，在松边地区行署所在地松边市公安边防支队招待所一个房间里，七叔摘掉老花镜对我说。

"看了三遍，和这几天我们踏查复勘现场情况还有些出入，可能这次咱们来，省厅接手作为侦查牵头单位，地县公安机关有些压力，侦查报告和续报都有明显的修改痕迹，更像公文了，所以原始有用的信息少了，套路的词语多了。"我跟七叔实话实说。

"你说得对，但是你说这话比较尖刻，与你的身份和位置

512

不相符。这里不是县局刑警队，也不是公安处下边的刑警支队，而是地区公安处，你是省公安厅下属警种副职，不能没鼻子带脸地逮谁说谁，而且语言一步到位，看破不说破，点破才是这种指导案件的应有素质。"嚯！七叔什么时候由刑侦专家修炼进步到谋略大家的地步了？我暗暗称奇。但是略加回忆，发现七叔自从退休后尤其是在松北地区公安处，特别是到省城继续被厅里聘为刑侦专家后，语言文明程度和指导案件的方式方法都比以前有很大改变甚至是颠覆性改变，这不，都不叫我"小子"叫小公了，也可能在松北老干部住宅区家里有一次叫我"小子"，被伊戈尔学他也叫我"小子"，对他有刺激警醒而"痛改前非"吧。

"是！巴老师！"我学着别人这样叫他。

"呵呵，这就对了，当老师有什么不好，受人尊敬，你当时还嫌人家小苏喜欢说教，好为人师呢，结果你现在比她还厉害。"七叔开始翻老账，可能年纪大的人都不自觉地回忆过去。

"你看报告罗列的前五起案件，也就是从目前发现的第一起案件，我们所说的首发案件，至第五起案件有一个共同特点。"七叔重新戴上老花镜，拿起材料跟我说。

"都是拦路抢劫或户外趁人不备发动袭击抢劫，作案过程紧张慌乱，这一点从被害人身体上刀伤和棍棒类钝器伤痕的混乱轻重上可以看出。"我说。

"首发案件是哪起？"七叔和我一样，说起案件就兴奋，一时刹不住车。

"是这起吧，1998 年 1 月 2 日 22 时许，在松边市边东桥至边南桥之间的南侧堤坝上，被害人杨某涛和张佳静（正在谈对象）发现有一个年轻人快速迎面走来，还没待问话，来人即持随身携带的菜刀和锤子将二人威逼至河堤南侧，自称是杀人犯并向二人要钱。抢得被害人张佳静人民币 20 元，用锤子击打两被害人头部后逃离。经鉴定，被害人张佳静伤情为轻伤。"我一口气将报告上的原文背了下来，并且连括号里面的文字在内。

"嗯，不错，看样子你认真看了。"七叔少有地当面肯定我。"第一次致人死亡的案件？"我刚松一口气，七叔又来这么一句。

"1998 年 3 月 1 日，有人发现在松边市边南街百货大楼北侧河堤上，有一对青年男女倒在血泊中，遂报警。公安 110 迅速将两人送至市立医院，女青年抢救无效死亡，男青年经抢救脱离生命危险。清醒后叙述在河堤上与女青年谈恋爱时被人背后袭击，两人身上均有分布不规则、深浅不一的多处刀伤，男青年后经法医鉴定为重伤。"我又背诵一个案例，既然是首例，我一定会重点关注，看不下十遍甚至二十遍，而且是边看边琢磨的。

"第一次入室杀人？"七叔从椅子上有点费劲地站起来，我要上前扶他，他摆摆手谢绝，又紧逼一步。

"2000 年 3 月 18 日晚，松边市向阳镇向阳街新发委居民乔国学家门没锁。次日凌晨 2 时许，有人窜入其家，换上乔国学脱在走廊的一双白色运动鞋，持乔家厨房里劈木头用的斧子，先后砍击被害人乔国学及妻子尹海燕头部后脱掉被害人鞋子逃离现场。妻子尹海燕死亡，丈夫乔国学经法医鉴定为重伤。"我几乎一字不差地叙述下来。"每起案子你都能背下来吗?"七叔露出我熟悉的那种狡黠的目光。

"那为什么这几起案件能说得这么准确清楚?"七叔似乎不信。

"是因为这几起案件都有阶段性特征。第一起案件不用说,它是我们发现报警时间最早的案件。一般来说,系列案件首发案件作案人随机作案的可能性大,也就是没有充分的思想和条件准备,暴露出来的客观东西会多于后面发生的案件。"

"那么这个系列案件首发案件暴露出哪些客观信息呢?"七叔开始像十年前、十五年前那样考我。

"我认为,显露出犯罪嫌疑人居住地或暂住地距现场不远,但又不是现场附近的人。你看,案发时间:22 时许,也就是晚上十点多。案发地点:松边市边东桥至边南桥之间的南侧堤坝上。被侵害对象:两个谈恋爱的年轻人。案发之初:发现有一个年轻人快速迎面走来。作案过程:还没待问话,来人即持随身携带的菜刀和锤子将二人威逼至河堤南侧。作案工具:菜刀和锤子。来源:自带。语言:自称是杀人犯。目的:向二人要钱。犯罪结果:在抢得被害人张佳静的人民币 20 元,用锤子击打两被害人头部后逃离。"我一口气梳理分解出这么多条。

"说明什么?"七叔问。

"说明犯罪嫌疑人是本区域的人但不是本地人,也就是松边市或周边的人但不是堤坝以北这两个自然村的人。因为他来去都没借助自行车等任何交通工具,又敢于现场对话,说自己是杀人犯,不顾及被害人认出或听出他是谁。此外他随身携带菜刀锤子，说明有犯罪预备，但这两样工具都不是拦路抢劫最顺手的器械。晚上十点多钟，敢在当地的公共道路上以一对二实施抢劫，不是丧心病狂就是无知无畏。作案抢到20元钱还动锤伤人，说明生活层次较低。"我说。

"简单评估?"七叔问。

"据案发现场不会超过半径十公里二十华里的本地年轻人，家庭生活困难或本人好逸恶劳，从作案手法上看不老练，像是初学乍干。"我在七叔面前没有负担，想到哪儿说到哪儿。

"首次案件是拦路持械抢劫，那么，你刚才回答的第二个问题，也就是第一次杀人，也可以说首开杀戒这起案件反映出哪些信息呢?"七叔继续考问。

"这次是时间相近或相同，都是晚上，地点是在穿越松边市中间的松水河的北岸边上北侧河堤上，力量对比也是1：2，手法是从背后突然袭击，乱刀捅刺。工具是比较锋利的尖刀。报告中没提到被害人财产损失，因此从被害客体上无法逆向分析其作案动机，也许就是针对被害人其中的一个人或是搞对象这类人发动的攻击。谈恋爱时被人背后袭击，从两名被害人身上均有分布不规则、深浅不一的多处刀伤判定，死亡性质应为伤害致死。"我说。

"与首发案件有何异同?"七叔坐了下来。好像是我读研究生时的导师，向战战兢兢的学生发问。但是今天他面前的学生已经经历比较丰厚，基础比较扎实，因此胆子也壮了不少，似乎胸有成竹，有问必答了。

"作案人数相同，时间地点接近，侵害对象相同（人数相

516

同、类别相同），犯罪预备相同（自带作案工具）。不同点是：作案工具不同（首次是菜刀铁锤，偏重于家庭日常用工具。这次是锋利尖刀，偏重于作案），接触方式不同（首起案件是迎面而来，这次是背后突袭），追求结果不同（首起案件语言行为至犯罪结果都是要钱并且抢到手 20 元钱，这次报告中没有记载，也不排除现场出现不允许翻动查找的意外情形而没有翻动被害人衣兜的动作）。"我说。

"总体评估？"七叔似乎找到当年感觉，问话言简意赅。

"倾向于同一个人作案，尽管这起案件与首发案件有些差异，但是案件构成同一元素较多，虽然没有硬件支撑，但是这么多相同点就是支撑，曾经有个名人说过一句话，'很多的偶然，必定成就必然'。"我想引经据典。

"放下你的名人名言，咱俩还是讨论坏人坏事吧。说你刚才记住的第三起案件。"师傅越来越像父亲，连说话的口吻都像。

"这是距首发案件两年后春天的一个凌晨 2 时许，地点是松边市郊区向阳镇向阳街一家没上锁或忘插门的住户。方式是换上被害人之一户主脱在走廊的一双白色运动鞋，工具是就地取材，用被害人家劈木头的斧子，先后砍击被害人夫妇头部后脱掉被害人鞋子逃离现场。结果造成被害人家妻子死亡，丈夫重伤。"我说。

"这中间还有好几起案件，你怎么专门记住这起案件了？"七叔故意问。

"因为作案人转段升级，由户外野外作案到侵入居民家中杀人。还学会了伪装自己——穿被害人的鞋子，用被害人家的工具，打击被害人的要害部位——头部。犯罪故意明显，犯罪意识强烈，犯罪手段转型，犯罪行为升级了。这起案件犯罪现场也没有找到图财害命的痕迹物证，也就是说针对人的侵害意识强化了，而且是人群中的某类个体，从某种程度上说，有些仇视社会报复社会群体中的某些人。"最后这句话，我自己也觉得缺少硬件根据，只是一种感觉。但是不敢说出来，七叔最恨的就是搞案子不凭证据凭感觉，不靠分析靠瞎猜。

"你说得有些道理，但是道理不是证据，没有证据就要寻找证据，寻找证据最直接的方法是向现场要证据。前几天开会，松边地区公安处刑警支队长陈军说，这二十多起案件有复勘复查条件的现场不足一半，这一半的现场你都看完了吗？咱们这次来的第一个任务就是串并案，徐局长他们说，这批案件中，有几起案件犯罪行为人侵害的对象目标相同相近，作案的方法手段相同相似，疑似系列案件，但是没有痕迹物证的同一确认，是不能最后下结论的，否则就会导致方向性错误。"七叔说。

"我知道。最近几天，我和刑事技术处梁工、米法医包括技侦总队章副总队长几个人始终在跑现场，无论有无现场、现场是否具备复勘复查条件，都在地区刑警支队原来参加勘验同志的参加下详细认真走一遍，即使不能复勘，也让大家有个最基础的'实地现场方位感、环境感'，这对技侦总队的同志一样重要。经过这次新一轮的踏查评估，大家一致认为，有复勘复查条件的只有八起案件，刚够三分之一。真正的复勘工作还没开始。"我说。

"你做得对，不要听别人的丧气话而动摇决心，这些人要是打仗时就得枪毙他们。"七叔似乎话有所指。"我这几天和你们侦查处加地区刑警支队同志们一起，对全部未破命案进行认真梳理，发现有四起案件存在类似特征，你看。"七叔把材料递给我，有特征的案件均被红笔标注：

1. 1999 年 3 月 16 日 24 时许，犯罪分子从后窗侵入与松边市毗邻的沿河镇胜利街 17 组"聚财阁"商店，用刀将店主张桂凤杀死。

2. 2000 年 5 月 7 日 1 时许，犯罪分子从窗户侵入沿河镇繁荣街 9 组居民许文梅家，持刀将许文梅砍死，将其丈夫张兆和砍成重伤。

3. 2000 年 7 月 13 日 24 时许，犯罪分子从窗户侵入沿河镇朝阳街居民常四海家，用钝器和尖刀将常妻黄晓红及其女常艳杀死，常受重伤。

4. 2001 年 2 月 28 日 24 时许，犯罪分子从窗户侵入沿河镇红卫街 3 组居民李顺家，持尖刀、剪刀、河卵石等凶器将李和妻子郎福珍杀死在屋内。

"这几起案件确实有相近相同之处。"我刚说一句，七叔就抢过话头说："我和大家在充分讨论的基础上，总结梳理出七条并案条件，你给看看，把把关。"说着递过两页写满中俄两种文字的稿纸。

"七叔，你可是来把关掌舵的，怎么能让我把关。"我有点不适应。

"少扯淡，抓紧看，我还等着走下步，跟大家讨论摸排条件呢，这么大阵势，这么多人，摸排条件迟迟拿不出，'窝工'（耽误工作）不说，对厅里影响也不好。"七叔已经站在省厅角度考虑问题了。

"上述案件除'5·07'案件外，现场均有类似足迹，且具有一定并案条件。一是作案动机相同，即只杀人，未抢劫、强奸。二是作案人员稳定，系单独一人作案。三是作案工具相似，自带尖刀，并就地选择工具，作案后将工具带走。四是被害对象相近，均为居住平房，生活条件较差的家庭。五是作案时间相对比较集中，多为夜间 11 点到凌晨 2 点，选择被害对象已熟睡时入室作案。六是对女性的侵害严重。"看来七叔他们没少下功夫。

根据七叔他们论证的相同特点，专案组认为应将四起案件并案侦查。确定案件性质为以对女性的仇恨、发泄及心理变态为主，不排除图财、抢劫作案。结合每起案件的侦查情况，确定了犯罪嫌疑人的摸排条件如下：

1. 年龄 25-40 岁，男性。

2. 身高一米六至一米七二之间。

3. 体态偏瘦。

4. 当地口音。

5. 夏季穿半袖，戴红色太阳帽；春秋穿红色或深色夹克衫；冬季穿黑色半截大衣，戴棉帽子；常穿波纹农田鞋、水波纹运动鞋。

6. 单独居住或居住独立房屋，周围环境对其出入无限制。

7. 心理、精神方面有障碍。可能遭受过来自女性方面的某种刺激和伤害，心理烦躁，有反常行为或给人以"老实人"的假象。

8. 经常夜间外出游荡活动。

9. 生活、居住条件较差，档次较低。

联合专案组组织大量警力，对案发现场周边居民进行摸排，其他侦查工作也同步展开。

（一三八）奖励群众

转眼到了秋天。国庆节和中秋节重叠，经请示徐局长报备厅长，给联合专案组的同志们放三天假回家取换季衣服，同时与家人团聚一下。

我跟七叔商量，让七婶、斯琴、苏医生带伊戈尔连夜坐火车过来，一家在中 E 边境小镇过个国庆中秋佳节。虽然案件没开（破），但是节日得过，生活还得继续，何况一家人两个多月没有见面了，七叔考虑一下同意了。

我又跟徐局长打招呼如此这般一说，他也理解同意，并与松边行署公安处安处长打了招呼，嘱咐刑警支队出个面包车将我们送到一个叫"三道岭"的地方，找个能住的房子，上班前一天晚上去接我们即可，一切费用自理，一切家庭活动不参与。

"三道岭"是距中 E 边境不到 5 公里的边陲小镇，风景优美，极具异国风情。站在山冈高坡，一眼望去，田野里有金灿灿的稻子，紫莹莹的茄子，果园里有红彤彤的苹果，黄澄澄的梨，皆能体会到一个收获的季节。

"爸爸，妈妈，你们过来!"伊戈尔拿着爷爷的"苏八"望远镜，躺在一块松林边上的巨石上看着天空，喊着我和苏医生。

521

"走！过去看看。"我对苏医生说。

"这么大的小伙子了，一天老是喊爸爸妈妈的，什么时候能长大。"苏医生嗔怪着。

"爸爸妈妈，我们现在正训练命题作文，老师说什么时候达到'见景生情，情文并茂，词要达意，景要醉人'的标准，作文就合格了。可我看了半天天空和远方，也没有诗情画意，咋办啊，你快帮帮我吧，妈妈！"

"我看看。"苏医生接过望远镜，仰望太空，七叔七婶不在跟前的时候，她比较宠孩子。

"记，儿子。蓝天，白云。还有……"她说不上来了。

"还有羊群，不过羊群好像在地上。"我接过话挤对苏医生。

"去！去！你来看，你来说。"她借坡下驴，把望远镜递给我。"你爸是研究生，我是本科生，让你爸看。"她幸灾乐祸地看着儿子。

"爸爸，你行不行啊？"我看了两分钟一声没出，伊戈尔绷不住说话了。我眼睛的余光里，苏医生的大眼睛正在藐视我，他们娘俩显然不信任我的能力与才华。

"儿子，拿笔记下来。"我煞有介事。

"不用儿子，我纸和笔都有。"苏医生果然纸笔在手，可能是医生的职业习惯吧。

"天空如此的宁静，变得又高又蓝。而白云犹如羊群，再细看，又犹如棉花糖。天空仿佛被海水洗过，如羽毛一般的轻盈。"我又把望远镜放平，目视前方。

"层林尽染，一片金黄。阳光下，站在这山巅之上，密林之外，确有一番别样的风情，不一样的味道。"

"这算吗?"苏医生不屑。

"妈妈，别说话，快记。天空和远方结合起来。"伊戈尔说。

"观云起云涌宛如人生天地匆匆过客，看秋风落叶好似片片迭落的时光。"苏医生运笔如飞，"我怎么听好像是副对联呢。"她不敢确定。

"说对秋天的感叹。"伊戈尔在我旁边喊。

"他……"我要张口骂人。

"我知道你要骂我，还是快写作文吧，已经上思路了。"这小子在一边起哄。

"秋天的美是成熟的——它不像春天那么羞涩，夏天那么袒露，冬天那么内向;秋天的美是理智的——它不像春天那么妩媚，夏天那么火热，冬天那么含蓄。"我放下望远镜，遥望远方，儿子的掌声响起来了。

"是你作的吗?"苏医生半信半疑。"能背下来也不简单吧。"我有些自豪。"秋天是收获的季节，可我们还没有收获。秋天的美是理智的，难道这段工作太任性了吗?"我叨叨咕咕地往七叔七婶的方向走，无心与她争辩。

"我爸怎么了?"伊戈尔有些茫然。

"精神病犯了。"苏医生倒不太在意。

……

正当专案组开展大兵团作战、地毯式排查之际，松边市的近邻沿河镇接连发生的"2001·11·02"等四起命案，引起了我们的高度关注，厅长和徐局长再次从省城赶来。

523

"这四起案件的很多特征与前期并案侦查的案件相似，特别是'2001·11·02'案件中犯罪分子杀人、刺阴、剖腹的手法与'2000·07·13'沿河镇朝阳街居民常四海家案件现场极为相似，应该并案侦查。"在第9次案件会商会上，我毫不犹豫地说出了省厅专案组集体会诊意见，厅长和局长郑重点头同意。

"同志们，松边地区三年来发生一系列拦路、入室杀人、抢劫、强奸、猥亵案件，造成重大人员伤亡和群众财产损失，严重影响边境地区的生产生活秩序和教学科研秩序，此案不破，我们无法向组织交代，无法面对群众啊！"厅长最后一番语重心长的肺腑之言似重锤击鼓、利剑穿心一般振聋发聩、刻骨铭心。

"老巴，你是老专家，案件搞到这个份儿上还没开，怎么办，这屋里就咱们五个人，有话直说。"厅长开完大会，绷着脸回到专案组会议室，当着徐局长、我、松边公安处安处长的面，劈头就问。

"我们共产党是靠群众起家的，还得动员组织群众，宣传教育群众，依靠激励群众。"七叔真诚地有感而发，未尽之言，厅长听懂了。

"激励奖励群众！徐局长、小公，马上起草公告，直接提供重要线索破案的，奖励提供者人民币10万元并为其永远保密，这笔钱，省厅拿。松边地县公安机关负责村不落户、户不落人的宣传到位！"厅长当场拍板。

"是！"我们答应。

"小公，你怎么不出声？我好钢用在刀刃上，这次就试试刀锋。"大案如山，责任在肩，厅长也不淡定了。

"我想把最后'2001·11·02'这起案件现场再详细搞两遍，让省厅刑事技术处所有工程师、法医师跟我一起干，我相信现场这个资源库没开发到位，智者千虑，还有一失呢，何况犯罪分子他只是狡猾，不是智者。技侦的章副总队长也留下一起干最好。"我没有退路。刚说一半，突然有思路了……

"犯罪现场的一切东西都不能动，尸体不要火化，死者当时穿着的所有衣物都不能动！"我突然歇斯底里地大叫一声，把大家吓一跳，厅长、徐局长和七叔倒是精神一振。

"按照公副局长的要求办。"松边地区公安处安处长发话。

我刚刚想起，前几天章副总队长跟我说"2001·2·29"案件的犯罪嫌疑人将被害人手机抢走后，在沿河镇与松边市交界的金山村附近打过一个传呼。犯罪嫌疑人的这一反常动作立即引起我们的注意，于是将金山村列为重点区域，松边地区公安处安处长亲自组织警力，按照前期确定的摸排条件进行逐人排查。有三人被列为重点嫌疑对象，采集了足迹、指纹、血样，但因缺乏客观依据而将其放走并建立了专案特情。

"梁工、米法医，你俩叫上公安处的法医技术员跟我去现场。"第二天天刚放亮，我就敲开专案组刑技小组住在边防总队招待所一楼宿舍的门。

"你们注意没有，那天勘查现场在土炕炕梢靠近女死者的位置有一条脏兮兮的灰色毛巾上有擦拭类的血痕。"我问。

"好像有。"米法医说。

"在哪里?"我有点兴奋着急。

"应该还在，昨天我来好像看见了。"梁工不确定地说，大家不由自主地加快了步伐。

谢天谢地！脏毛巾还在。米法医戴上手套，拿出镊子塑料袋等专用工具意欲提取。

　　"慢！把看护现场的老大爷叫来见证后提取，再做好提取笔录。"案情重大，无论有用没用，都要提防犯错，特别是有用的时候。

　　"离远点看，是不是血迹？"我让米法医对着早晨的阳光高高举起装着物证的透明塑料袋，问在场的省地县三名法医。

　　"这样肉眼看有血的痕迹，但是究竟是不是血迹，是人的还是其他动物血迹还需要进一步检验才能确定。"地区公安处的资深法医说。他说得一点没错，知识分子就是这样，呵呵！

　　"女被害人致死原因？"我说。

　　"失血性休克死亡。"米法医答。

　　"致命伤？"我追问。

　　"颈部颈动脉被割断。"米法医回答。

　　"拿全部现场照片来。"我对梁工说，因为来之前我告诉她把现场卷宗全部提来。

　　一张犯罪现场的概览照和一张女被害人颈部的细目照基本诠释了这条毛巾是在死者大量喷溅性血迹喷射的方向范围之内，但是不在血迹主流的直线上，从刚才提取的卷曲形状看，应该是有人动过。另外，折叠的地方似乎有较多的粘连物，是血迹、鼻涕还是人的唾液？如果不是我们勘查现场的人动过，那么……

　　"明白了！"在场的人几乎异口同声。

　　"梁工、米法医，你俩马上回专案组驻地，照相固定后将检材分成两部分，坐飞机回省厅和去公安部第二研究所，穷尽一切手段检测物证所有，没有确切结论，不要回来，没有确切

526

信息，不要电话报告！"我声音不知不觉严厉起来。

在金山村物建专案特情也有进展，悬赏 10 万元的举报奖励不到一天就人人皆知，公安处长、刑警支队长的手机几乎被打爆。

"小公，我听说你一早就去现场了，有什么新发现？"厅长在谢绝当地党政主官陪餐后，在招待所小包房里早餐时间，还是昨天我们五个人的范围问我。

我汇报完刚才的工作和部署后，说出我的思路和一个细节。那天案发后我也是第一时间跟省地县有关人员到达现场外面，在照相录像固定后，我戴手套脚套进去后发现，女死者头朝外左侧一米左右的脏毛巾有血迹，这是肯定的，因为在女被害人喷溅血范围之内。但是我回忆当时一个细节，女被害人仰卧死亡，脸部左侧和右侧均有喷溅血水回落的细微跌落状血迹，但是鼻子、额头上没有，头部炕沿上有一大颗滴落状血迹，这与高处落下的喷溅型微量血迹有形状上的根本区别，而毛巾折叠处似乎有大量粘连物质。如果一刀下去，颈动脉的血像水管里的水一样喷出的同时也不排除喷溅到作案人脸上，如果喷到作案人眼睛鼻子部位，情急之中，这条脏兮兮的毛巾是否为其应急所用，持刀的右手能否条件反射般地在脸前挥舞？

大家放下了筷子。

"退票，我今天不走了。"厅长说。

金山村有群众反映本村村民石秋野经常夜间出门，且人形符合摸排条件，有可能系本案的犯罪嫌疑人。有人向专案组成员，松边地区公安处安处长报告。在如山重压和内部信息的双重作用下，他立马下令对石秋野进行深入调查。仅仅一天时

527

间，专案组发现石有抢劫前科，曾因嫖娼被公安机关处理过，并占有作案时间。老安未经请示就将石秋野刑拘审查。

人还没带到看守所，我这边时刻观察，热切企盼的米法医电话终于来了。一个颤抖的声音，泣不成声的腔调报告："检材里发现除被害人血迹以外另一人血迹，经与带去的重点嫌疑人血样比对，现场毛巾上的粘连物和女被害人头上的血迹与金山村村民石秋野血型一致，细目检查正在进行中。"

"你再说一遍。"我按下免提键。徐局长和公安处长出去了，屋里我和厅长、七叔静静地听着，仿佛米法医沙哑的声音胜过美妙绝伦的音乐。

……

半个月后，我在刑侦局副局长办公室里，读着局里综合调研处、松边地区公安处、中国人民公安学院侦查系教授、心理学教授共同撰写的报告。

经进一步核实，证实石秋野在实施系列犯罪过程中有如下规律特点：

犯罪规律特点

（一）**作案准备充分**。石秋野在每次实施犯罪前均做了充分的准备。具体表现在每次作案均事先寻找侵害目标，准备作案工具，等待作案时机。在作案时，都经过多次踩点，对目标地附近的地形、环境及进出路线进行实地观察、踏查。特别是后期实施入室抢劫、强奸等犯罪时，均事先跟踪被害人，确认被害人住处，携带尖刀、手电筒、手套等作案工具，等待被害人夜深熟睡后，在确认十分有把握后才实施犯罪。

（二）**犯罪目标明确**。石秋野实施犯罪均以年轻女性为主

528

要目标，20 多起犯罪均有女性被害人。其中，被侵害人有单身女性，也有约会男女、同居男女。选择对象时，室外作案通常是针对正在河边、树林约会的男女（有不正当男女关系）进行抢劫（后经核实多数没有报案），在室内作案则对同居男女或妇女进行抢劫、强奸。作案地点均系城郊的民居或室外僻静场所等人员流动少的场所，2000 年以来则多选择入室作案。

（三）**作案手段残忍。**石秋野自 1998 年开始作案，先后持菜刀、铁锤、斧子、尖刀等工具实施杀人、抢劫、强奸等暴力犯罪。作案过程中，不问青红皂白，先持凶器杀伤被害人，再进行强奸或抢劫财物，只要觉得被害人稍不顺眼或有反抗即痛下杀手，不留活口，并伴有剖腹、刺阴、切颈等残忍手段。在 2000 年一起故意杀人案件中，石秋野随机选择一家为作案目标，持水泥块和尖刀窜入室内，先用水泥块砸头，再用刀刺颈部，至这家被害男子重伤，妻子死亡。逃离现场前，还残忍地用刀将女被害人腹部剖开，用刀刺其阴部，见二人的婴儿哭泣，又用水泥块将婴儿砸死。

（四）**实施犯罪伪装。**石秋野作案时经常采取各种伪装手段，意图扰乱公安机关侦查视线。一是衣着伪装。每次作案时石秋野都会以打鱼为名夜晚外出，在河边撒下渔网，更换事先准备好的衣服后实施犯罪，作案后再回到河边换回原有装束。作案时还曾多次在进入犯罪现场前，在现场周边找来鞋子穿上后实施犯罪。二是语言伪装。石秋野在沿河镇一带作案时伪装外地口音，很少讲本地话，意图麻痹被害人，使公安机关无法判断其身份。三是通信伪装。在一起抢劫案中，石秋野进入现场前先将本人手机调至铃声设置，入室后持刀将被害人家男人杀死，威逼女被害人要钱，又故意在现场按响手机铃声，伪装通话。离开现场后，石又持抢来的被害人手机随意传呼了一个陌生人的 BP 机号码，意图干扰侦查视线。四是动机伪装。石秋野的犯罪动机主要是仇恨社会，随意选择目标进行发泄，实施杀人、抢劫、强奸等犯罪。为干扰侦查视线，石在多次作案时故意留下活口，并在作案时谎称替人要债、寻仇等。在一起抢劫强奸案中，石秋野先持铁锤将这家男被害人打成重伤，又对女被害人实施强奸。在打男人时，边打边用外地话说："你这个狗东西，欠了钱为什么不还。"

（五）连续频繁作案。石秋野在三年多的时间里持续作案20 余起，平均两个月作案一次，作案频率较高。尤其是 2001年 7 月以后，最频时 1 个月疯狂作案 3 起。同时，随着案件数量的增加，由单一犯罪逐渐转变成一案多罪。2001 年 9 月以前，石秋野实施的 9 起犯罪均系故意杀人、抢劫、故意伤害等单一犯罪；2001 年 9 月以后实施的 14 起犯罪多数是一案实施多种犯罪行为，其中每起均有抢劫行为，8 起有强奸行为，6起有故意杀人行为，1 起有强制猥亵行为。

（六）防范意识较强。为防止身份暴露，石秋野每次作案前均做好充分的思想准备，作案过程中尽量避免被害人看到其相貌，只要感觉无法控制被害人，或遇有其他危险就马上逃离现场，绝不"恋战"。在一起抢劫案中，石秋野持木方、尖刀窜入室内，先用木方击打这家男被害人头部数下致其失去反抗能力后，威逼女被害人要钱时，听到被害人家邻居有动静便立即逃离现场。在另一起抢劫案中，石秋野实施犯罪过程中持手电筒作案，并将被害人家中的灯泡卸下。在一起抢劫案中，石秋野凌晨窜入被害人家中实施抢劫过程中，户主将灯打开，石秋野立即用铁锹将灯打碎，女被害人借机跑出屋并大声呼救，石见状立即逃离现场。

犯罪心理分析

1983 年"严打"期间石秋野因抢劫罪被判处十年有期徒刑，他的青春年华大部分在狱中度过。被释放后，改革开放已多年，社会发生巨大变化，他心理极度不平衡，产生强烈的报复社会的欲望，表现出残暴、贪婪、连续犯罪等心理特征。其犯罪心理随着犯罪次数的增加逐渐得到升级强化，支配其犯罪从室外到室内，从单一犯罪到同时实施多个犯罪行为，从隔几个月作案一次到一个月内三次作案，从逃避侦查到顶风作案。综合分析，石秋野的心理主要有以下特征：

（一）**内心自卑、仇恨社会**。特殊的成长经历使石秋野感觉自己出狱后无法适应社会生活，认为社会对其本人极度不公。

童年生活幸福。石秋野的父亲是名军人，曾参加抗美援朝战争负伤并立功。石秋野在家中排行老幺，在家庭的呵护下，小学、初中生活健康向上，一度是学校的足球、排球运动员。

升学参军梦想破灭。石秋野初中毕业因成绩不理想，未能考上高中。同时，1982 年报名参军，在体检合格的情况下未获批准（自认为是当地武装部长因与其个人恩怨从中作梗）。

"严打"被判长刑。1983 年，石秋野因抢劫一辆自行车被判处十年有期徒刑。他本人对此判决不服，从此失去对法律的信任。同时，在监狱服刑期间，与狱友之间经常交流犯罪心得，加之生活环境比较艰苦，更加感觉自己的十年徒刑是被冤

531

枉的，心中对社会的怨恨逐渐加深。

就业之路不顺。石秋野刑满释放后曾一度安心打工度日，但由于公司效益不好，只能回家待业。待业期间与社会上的狐朋狗友走到一处，经常出入桑拿浴、按摩院等场所。由于没有经济来源，他更加觉得己不如人，老天对自己"不公"。

罚款引发罪念。1997 年，石秋野因嫖娼被公安机关处以3000 元罚款，多方借钱勉强交上罚款后，多年的怨恨爆发，产生实施报复的心理。他首先企图对办理其嫖娼案件的一名派出所副所长进行报复，准备尖刀，多次跟踪，因该人随身带枪而放弃这一念头。报复公安人员未得逞后，石秋野将目标转向社会无辜群众，妄想通过作案给他人造成伤害，给社会造成恐慌，进而发泄对社会的仇恨。

（二）心胸狭隘、报复心强。石秋野在家中排行老幺，家人对其十分溺爱，使其形成自私狭隘的心理，遇事易走极端，报复心理较强。据石秋野自述，在黑龙江省报名参军时，时任武装部长曾系其中学的汉语老师，因小事与其发生过争执，参军未获准的主要原因应是这名老师阻止所致。对此，他至今仍怀恨在心。1983 年，石秋野抢劫自行车一案也是因其"心眼小"所致。当天其与哥哥吵架后独自离开家，行至松边市纺织厂附近时看到有一妇女推着自行车在旁边走。石秋野感觉那名妇女每走几步就看他一眼，以为对方看不起自己，令其气不打一处来，于是将自行车抢了下来。最后这起故意杀人案件也充分显示了石秋野的报复心理。案发前，石秋野走路时与被害人两口子剐蹭，被男人骂了几句，妻子在劝丈夫时说石秋野长得像个盲流。石秋野听后立即决定对二人实施报复，遂跟踪二人至住处，等至深夜二人熟睡时持刀窜入室内，先将男人杀死，又将女人叫醒后对其摧残。为报复女人称其像盲流，石秋野将刀插入被害人的阴道并向下切割，逼问："我是不是盲流？"被害人因疼痛昏迷后醒来，石秋野用刀刮下墙上的白灰撒在被害人阴部，又舀来一瓢凉水泼到阴部处，观看女人痛苦地扭动身体，又用刀划开被害人的胸腹部，将其折磨致死。

（三）奸诈狡猾、处处设防。石秋野被劳改后，对公安机关的侦查工作有一定的了解，为逃避公安机关的打击，处处防范其罪行被人发现。具体表现为：每次犯罪前打探公安机关的侦查动向，选择巡防薄弱的地域实施犯罪；作案过程中采取多种手段进行伪装，制造假象干扰侦查视线；犯罪后将作案工具及绝大部分赃物扔到河中，并经常于次日返回案发现场周边，观察侦查人员的工作情况，注意周围群众反响；公安机关对石秋野排查时要求其踩足迹，其故意在行走时改变脚的用力点，避免被发现足迹与现场一致等。

（四）狂妄自大、顶风作案。石秋野自认为了解公安机关侦查手段，本人作案手法高明，只要自己不说很难被公安机关发现。开始实施犯罪时，石秋野多是在犯罪后一段时间停止作案，观察公安机关动向，感觉没有危险再寻找机会作案，经常是跳跃地点实施犯罪。随着多次作案未被发现，石秋野的内心开始膨胀，不再把警察放在眼里，作案更加有恃无恐。经常在公安机关日夜加强巡逻的情况下，在警察眼皮底下连续作案。2001 年，松边市公安局针对本市发生多起入室抢劫、强奸案，加强了辖区内的巡逻。石秋野在明知这一点的情况下，仍连续大肆作案。其间，石秋野多在作案前观察警察巡逻规律，选择在巡逻间隙实施犯罪。在 2001 年一起抢劫、强奸案中，石秋野在两名被害人发生性关系时持刀闯入室内（未等被害人熟睡），先将男被害人砍死，又将女被害人强奸。临走前，石秋野告诉女被害人自己走后 5 分钟内不许外出。石秋野离开现场并未仓皇逃跑，而是在不远处观察，看到女被害人跑出后才沿相反方向离开，听到警笛后才加快脚步逃离。

（五）罪孽深重、死不悔改。石秋野系列案件造成了多人死亡、重伤等严重后果，给被害人的身心、家庭带来不可挽回的重大损失，严重危害了当地的治安秩序、经济秩序，人们谈及此案仍心有余悸。石秋野被捕后交代，实施犯罪的目的就在于报复社会，给社会带来恐慌，看到警察日夜忙碌、老百姓人人自危，心中就有种快感，并预谋在 2002 年的新年春节期间再作几起大案，引起更大恐慌。对于自己的罪行，石秋野并未表现出过多的悔改之意，而是将自己走上犯罪之路并越走越远的原因归咎于他人的迫害、不公的判决、艰苦的劳改经历等。在明知迟早会被发现的情况下，认为反正已经走上这条路了，只有更多地作案才"够本"，因此在犯罪后期，几天内不作案就觉得不自在。临刑时，石秋野一脸不屑，并未表现出任何的悔恨、恐惧。

"罪该万死，罄竹难书！"我狠狠地拍一下桌面上的报告。

（第二部完）

2019 年 7 月 6 日完稿于吉林长春
任剑波

534